暗《あん》約《やく》領《りょう》域《いき》　新宿鮫Ⅺ

大沢在昌

OSAWA ARIMASA

KAPPA NOVELS

1

密告をしてきたのは浦田《うらた》という密売人だった。根っからのクスリ好きで、酒は体質に合わない。少しでも飲むと頭が痛くなり心臓がばくばくして具合が悪くなるのだと、二度目の逮捕のときに鮫島《さめじま》に話した。覚せい剤中毒者には、そうした下戸《げこ》が少なくない。かつてトルエンなどの有機溶剤中毒になるのも、一滴も酒が飲めないという若者が多かった。

酒盛りをして気持よくなれるなら、「アンパン」なんてやらねえよ、というのだ。

コンビニや自販機で買える快楽とは縁がないから、自分はトルエンに走るのだ、と。

動機は理解できなくもない。酔って憂さを晴らしたり、仲間との絆を確かめあうことは誰にでもある。だが飲めない者はそれができない。

だからといってしゃぶや違法薬物に手をだせば、転落が待っている。正業をもちクスリ代に事欠かない稼ぎが続けばまだしも、そうでなかったら即、売人のできあがりだ。クスリを卸《おろ》す連中も、もちろんそのあたりのことはわかっている。

十パケぶんの代金で十一パケと交換だ。かつて「コーヒーチケット」というのが町の喫茶店にはあって、十杯ぶんの料金で十一杯ぶんのチケットが買えた。どちらが先かはわからないが、もしかしたらクスリの売人システムを喫茶店が真似たのじゃないかと鮫島は思ったものだ。なぜかというと、大昔、コーヒーとクスリの両方を売っている喫茶店があったからだ。店主は足を洗ったやくざで、女房に店をやらせながら、常連客にしゃぶやヘロインを売っていた。

いずれにしても売人のなりてはいくらでもいる。売人が売人を育てるといってもいい。

十パケを売れば、自分の一パケがただになることを知った売人は、仲間にクスリを売り、それをさらに売人に仕立てる。卸しはそのあたりをわかっている。百パケぶんの金をだすなら、百十パケではなく百二十パケをサービスする。ただの二十パケを仲間に安く卸せば、売人兼卸しに格上げだ。そうしてまるでネズミ講のように卸しと売人のシステムが広がっていく。売人はパクられても、自分への卸ししか知らない。その卸しはすぐ上の卸ししか知らず、えんえんとたぐっていくのは困難だ。

それだけ卸しや売人が増えると、当然、競争も激しくなる。しゃぶ中イコール売人ということになったら、商売あがったりだ。

客と店舗の数が同じだったら、あたり前の話、皆、潰れてしまう。

そこでよその店舗を密告《ちっくり》するというわけだ。それもできるだけ、扱っている品数の多い店舗がいい。百や二百くらいを売っている売人より、千単位のタネを小分けにしている卸しを摘発してもらえば、売人の商売敵《がたき》を一度に何人も潰せる。地元の大きな卸しが潰れると、一時的に品薄になるので、値上げもできて一石二鳥にもなる。

以前、数千単位のパケを小分けにする卸しを密告した売人がいた。ガサが入って、これで商売敵が減ったと喜んでいたら、自分の卸しの卸しもそこからタネを仕入れていて、商売ができなくなったという笑い話がある。

浦田が知らせてきたのは、北新宿四丁目のマンションの一室が卸しの仕分けと売人との取引に使われているという情報だった。

建物の名はＫＳＪマンション、四階建てでエレベーターのない古い建物で、調べたところ築三十八年が経過している。

「タネを卸しているのは栄勇《えいゆう》会を破門になった阿曽《あそ》って野郎で、おそらく現役連中がこっそり回してやってるんだと思うんです。ほら、このごろはどこの組でも現役がクスリさわるのにうるさいじゃないですか」

管内を外し、中野駅前の居酒屋で午後八時に会った浦田はいった。携帯に電話をかけてきて会いたいといわれたときから、密告だろうと鮫島は見当をつけていた。浦田は五十代の初めで、年齢のわりに白髪の多い頭を短く刈っている。バイク乗りが好むような革ジャンにごついブーツをはいているが、愛車は宇都宮ナンバーの軽ワゴンだ。盛り場にいる県外ナンバーが職務質問の標的にされやすいことを長いあいだ知らずにいた。もっとも自分の車でブツを運ぶほど馬鹿ではない。

「ものは何だ？」

「冷たいのがほとんどで、あとは錠剤と葉っぱがオーダーがあると入るらしいです」

「パケか？」

　鮫島が訊ねると浦田は頷《うなず》いた。

「今どきパケなんて流行《はや》んないと思うでしょう。それが最近また増えてんですよ。錠剤のパチもんが出回っちゃってるんで。中国製の偽もんがやたら多いらしくて。しかもただの小麦粉とかに色をつけた奴ならともかく、飲むと腹壊すってんだから、いったい何で作ってるんだか」

　ＭＤＭＡにとどまらず、覚せい剤成分であるメタンフェタミンやアンフェタミンを含んだ錠剤が世界的に出回っている。化学物質なので合成や成形が容易で、保管や運搬に手間がかからないからだ。アメリカでもコカインを上回る勢いだという。

「腹を壊すくらいですむなら、そのほうがましだ」

「勘弁して下さいよ。パチもん売ったら、それでアウトなのだから」

　浦田が泣きそうな顔をしたので鮫島は気づいた。中国製の偽ものをつかまされたのは浦田なのだ。そのせいで客が離れ、あせっている。そこで密告を思いついたのだろう。

「なぜ俺なんだ？」

　浦田から密告をうけたことはなかった。薬物捜査ではあたり前の「エス」を用いる捜査が、鮫島は嫌いだった。「エス」を使うくらいなら、地道に売人をたぐっていくほうがいい。

「栄勇会とつながってない人は、鮫島さんくらいしか思いつかなかったからですよ。いや、勘ちがいしないで下さい――」

　鮫島の表情が険しくなったので、浦田はあわてていった。

「別に新宿の誰かが仲よしだってわけじゃないんです。

鮫島さんなら、絶対筋者《すじもの》と仲よくしないじゃないですか。それに課長だし」

「課長じゃない。代理だ」

「なるんでしょう、課長に」

「ならない」

首をふり、鮫島は話題をかえた。

「小分けをやる日は決まっているのか」

スマホのアプリで浦田のいうマンションを検索した。写真では赤茶色の外観で、一階は二台分のコインパーキングになっていて、入口はオートロックではなさそうだ。意外だった。犯罪者はオートロックの建物を使いたがる。

「決めてはいないと思います。ガサかけられちゃマズいんで。でも一週間か十日に一度は必ず集まってる筈なんで、張ってりゃわかるんじゃないですか」

「部屋を借りている人間を知っているか」

「それが、賃貸じゃないみたいなんです」

「分譲ということか?」

「いや、そうじゃなくて、ホテルみたいに部屋を貸す——」

「民泊か」

「それです、それ」

浦田は勢いよく頷いた。鮫島は息を吐いた。新宿区は渋谷区と並んで民泊物件が多いといわれている。都心部ながら、築年数の古い小規模なマンションやアパートが多いからだ。

平成二十九年に公布された「住宅宿泊事業法」により、民泊業者に対する届出《とどけで》等が義務づけられた。

しかし、「住宅宿泊事業法」では年間百八十日以内の営業の制限があることから、旅館業法で定める「簡易宿所営業」で許可を取得している民泊業者も多い。

簡易宿所とは、通常、四部屋までの施設で二段ベッドなどの階層寝台をおくものとされているが、民泊施設によってはホテルの客室かと見紛うような改装を施されたところもある。一方で、清掃もほとんどおこなわれず、ノミやダニが繁殖しているような劣悪な部屋もある。

結局は、使う側の問題であり、責任ということだ。

宿泊客はインターネットで部屋を探し、立地や値段で選択する。その業者が届出し許可をうけているかどうかは考えない。

　重要なのは「使い勝手」だ。客の大半は外国人で、中・長期の滞在を目的としてホテルや旅館より安価な民泊を選択する。

　中には自ら外国人をもてなし交流しようという民泊業者もいる。そういうところでは業者と宿泊客が顔を合わせるから問題はおこりにくい。

　インターネットでの申しこみを受け、あとは鍵を渡すだけという業者の中には、無許可の民泊業者、いわゆる「ヤミ民泊」が多く含まれている。

　そしてそうならば「使い勝手」がよりよくなる、という宿泊客がいる。犯罪者だ。パスポートの提示を求められることもないか、あってもメールで写真を送るだけなら、いくらでも偽装が可能だ。鍵の受け渡し方法によっては、業者と一度も顔を合わせることなく部屋を利用できる。

　外国人にとって、ちまちまとした日本の住宅地はわかりにくく、案内なしでは民泊施設にたどりつけなかったのが、今ではスマートフォンのアプリで地図と現在地を照合できるので、道に迷うことも少ない。

　部屋の扉が通常の鍵ではなく番号入力式になっていれば、鍵の受け渡しすら必要ない。業者はメールで開錠番号を送信し、期間を過ぎたら、番号を変更するだけですむ。

　こうした便利なシステムに犯罪者が喰いつかない筈はない。

「住宅宿泊事業の適正な運営を確保し、区民の生活環境の悪化を防止する」ことを目的として新宿区は独自のルールを制定している。

　それによれば、金曜日の正午から月曜日の正午までの七十二時間以外は、住居専用地域における民泊営業が禁じられている。つまり週末のみの営業ということだ。

　だがヤミの民泊業者にとっては、そんなことはおかまいなしだ。客がいて金を払ってくれるなら、いくらでもどうぞというわけだ。古いマンションのワンフロアやアパートの一棟がそうした業者に使われていたら、他の住人から苦情のでる心配もない。

　また住人がいても、そうした古いマンションやアパートは高齢者が多い。民泊については知っていても「新宿区ルール」は知らなかったりする。

　さらに苦情をどこにもちこむのか。業者はその場にはいない。区役所か警察ということになる。

　実際、民泊に関するトラブルの届出件数は増える一方で、地域課はてんてこまいだ。

「ヤミだな」

　鮫島はつぶやいた。

　民泊業者を検索すると、トップには申請をし観光庁長官の登録をうけた代行サービス業者があがってくる。「遊んでいる部屋」を金にかえたいという「ホスト」と宿泊客である「ゲスト」のあいだをとりもつ業者だ。

　宿泊客の募集、鍵の受け渡し、さらには清掃などを宿泊料金の十五から三十パーセントほどで代行するらしい。

　代行サービス業者の中には、預かる部屋の多さを信頼の証しとして、大手と呼ばれる会社も存在する。

　この代行サービス業者にも「ヤミの大手」があるのではないかと、鮫島は考えていた。

　暴力団排除条例によって、飲食店の経営や金融業はもちろんのこと、あらゆる事業から暴力団の構成員が締めだされている。

　干あがり、組を解散したり足を洗わざるをえなくなっている者も多い。「反社会的勢力」というレッテルを貼られれば、銀行口座もひらけない。罰則は、取引や契約をした側にも適用されるため、部屋を借りたり携帯電話をもつことすらままならない。

　とはいえ、ある道を塞がれれば、新たな道を開く者が必ずいるのも、暴力団のしぶとさだ。

　薬物がその代表だが、法で規制されない、いわゆる「合法ドラッグ」の時代は、カタギや半グレが扱っていたのが、規制がかかり禁止されたとたんに、暴力団の独壇場となる。

　つかまりたくないからと法のギリギリを商売にするカタギや半グレとちがい、暴力団は法を犯すことを恐れない。

薬物に限らず、規制をうけていても需要のある物品や行為はすべて、彼らのシノギの対象たりえる。

民泊事業に届出、許可が必要となるのは当然の流れではあるが、その一方でヤミの民泊というシノギの手段を生んだのも事実だ。

元来、不動産、建設、金融という業種にからむのは、暴力団が得意とするところだ。不動産は地上げや取引への介入、建設は資材や人員の確保、金融は非合法の貸金である。

そういった点で、暴力団にとってヤミの民泊事業ほど参入しやすい〝業種〟はない、と鮫島は考えていた。

古いマンションやアパートの確保は、縄張りをもつ彼らにとって容易だ。改装には息のかかった建設業者を使える。大手の不動産や建設業者、銀行は、暴排条例による処罰、社会的制裁を恐れて暴力団と手を切ったが、小規模の業者は、食べていくためにつながりを断てずにいる。

中には、暴排条例で追いつめられた暴力団の弱みにつけこんでいるカタギもいる。偽名による取引に応じ、高額の手数料を得るのだ。暴力団に利用されているのではなく、金儲けに利用しているといってもいい。

かつて「フロント」「企業舎弟」といわれていた企業が、逆に暴力団を食いものにしている。こうした状況がつづき、暴力団員の構成そのものがかわってきた。

組員として警察に把握されていない構成員の数を増やす。組員でなければ表向きはカタギである。暴排条例の対象にはならない。

資金を提供して、彼らに飲食店、不動産、建設、金融といったカタギの事業をおこなわせ、必要なときに利用するのだ。

組員として把握されてしまった者には、売春やドラッグ、特殊詐欺といったハナから犯罪であるシノギをやらせる。

カタギにしか見えない商売と、発覚すれば逮捕を免れられないプロの犯罪と、暴力団のシノギも二極分化が進んでいた。

鮫島の考えでは、暴力団が背景にあるヤミの民泊業者は、宿泊客にも犯罪者か、それに近い連中が多い筈だった。パスポートの提示やコピーを求めず、金さえ払えばいつでも誰でも泊めてやるという商売をしていれば、宿泊客の側にもそれが知られていく。

世界中、犯罪者ほど情報のネットワークをはりめぐらせている連中はいない。

誰がどこを仕切っているかに始まり、どの国の警察が何にうるさく、何にゆるいか。賄賂《わいろ》が通じる部署はどこで、通じないのはどこかなどといった核心の情報から、非合法なブツの入手法、そして滞在する側から信用できる宿泊施設の情報も出回っている。その中には当然、「安心、安全に」泊まれるヤミの民泊業者のリストもある筈だ。

鮫島自身がそうしたネットワークから情報を得られることはない。プロの犯罪者たちだけに、そのネットワークに正体を隠して入りこむのは不可能だからだ。

たとえ入りこんだとしても、やりとりは日本語ではないだろうし、暗号化された符丁が多く、とても理解できない。アメリカのＦＢＩになら、そうしたネットワークに入りこむ技術があるかもしれないが、そのノウハウを明かすことは決してないだろう。

「もちろんヤミですよ。仕分けなんかやったひにゃ、あとから掃除に入ったらすぐにわかりますからね。粉も多少は落ちてるし、匂いも残ってる」

浦田はいった。

「ＫＳＪマンション全体がヤミ民泊なのか？」

「そこまではわからないっす。俺が知ってんのは、三階の『３０２』が使われてるってだけで」

浦田は首をふった。

ふつうに考えればネタ元（卸し元）が栄勇会を破門になった人物である以上、ヤミ民泊の経営も栄勇会である可能性は高い。

が、仕分けの現場は、こうした密告があることからも、踏みこまれる危険が多い。そうなると上から下まで栄勇会がもっていかれないために、無関係の民泊業者を使っているかもしれなかった。

「わかった。ようすを見てみよう。うまくいけば、あんたは商売敵が潰せるというわけだ」

浦田が正直に頷いたので、鮫島は思わず苦笑した。

「ただしいっておく。あんたの情報が正しくて、そこで何かしらでたとしても、これは借りにはならない。このことで将来、俺から何かしてもらえるとは思わないでくれ」

「もちろんです。鮫島さんにそんなものが通用するなんて、ハナから思っていません」

神妙な顔で頷き、氷が溶けてすっかりぬるくなったウーロン茶を浦田は飲んだ。

2

鮫島にとって夜の捜査がつづいていた。理由はふたつあった。

ひとつ目は、物理的なものだ。桃井《ももい》の殉職に伴い、新宿署生活安全課の課長代理となって、出席しなければならない会議がひどく増えた。

署内の会議だけではない。警視庁管内各署の生活安全課長会議、警視庁生活安全部との連絡会議等があり、さらに出席する前としたあとに報告書を求められる。

レポートの作成はさして苦にはならない。多くの現場警察官が苦手とする書類仕事を、鮫島は他人の何倍もの速さでこなすことができる。それはいわば才能で、同僚や上司を驚かせ、あきれさせてきた。キャリア出身であるからできるわけではない。キャリア警察官でも、書類仕事の苦手な人間はいる。

会議の多くは午前中、ときには午後いっぱいも潰す。

翌日は翌日で、レポートの作成がある。必然的に、捜査に使える時間は夜に限られてくる。

課長職がそこまでたいへんだとは、桃井から感じたことはなかった。何食わぬ顔で、桃井は仕事をこなしていたのだ。

ふたつ目の理由は、不眠だった。

桃井を失い、晶《しょう》との関係を断った。ふたりと過《す》ごした時間がいかに貴重だったかを、この数カ月、鮫島は痛感していた。

寂しさは耐えられる。そう信じてはいるが、眠ろうとベッドに入ると、記憶が甦るのだ。

目をつぶったとたん、桃井が撃たれた瞬間の映像が浮かんでくる。スローモーションの映像が何度も何度も瞼《まぶた》の裏に浮かぶ。それを消そうと、深酒をしたり睡眠薬の助けを借りたこともあった。

だがそれはつかのまの効果しかもたらさない。眠りも浅く、短時間で目覚めてしまうのだ。そのあとやってくる自己嫌悪が強く胸を食《は》む。

そんなとき晶を思いだした。暗い天井を見つめ、どれほど彼女に励まされてきたかを考えずにはいられない。

気づくと夜明けとなっている。そうして鮫島は眠ることをあきらめた。

眠れない時間は捜査にあたればよいのだ。幸いなことに、多くの犯罪者は夜動き回る。それを監視し、証拠を集めるには、夜のほうが効率がよい。

捜査にあたっている限り、桃井の死の記憶にさいなまれずにすむ。晶の不在が心を削ることもない。

体重は減ったが、体の不調は感じない。動けるのなら、動いてもいいということだ。夜明け頃、ベッドに倒れこむときは、桃井がよくやったとほめてくれているような気がした。

こんなに疲れていたら晶とのデートもできない。欠伸《あくび》を噛み殺す鮫島を見たら、烈火のごとく怒るに決まっている。だから会わないでいるほうが互いのためだ。

いいわけをして、目を閉じる。それでも目覚ましは必要ない。二、三時間もすれば眠りが終わる。疲れは少し残っているが、自己嫌悪はなかった。

どこまで体が保《も》つかはわからない。が、可能な限り、夜の捜査をつづけようと鮫島は決めていた。


浦田と別れたその足で、鮫島は北新宿に向かった。すぐに何かが得られるとは思わないが、監視対象に気づかれない限りは、頻繁に足を運ぶことが必要だ。

一週間か十日に一度おこなわれる小分けがいつなのかは不明だ。つきとめるには足繁く通う他ない。できれば、近隣の空き部屋を見つけ、監視拠点として確保したい。

大量の覚せい剤を運びこむ小分け日は、当然、警察の張り込みを警戒する。その日は朝から見慣れない人や車が周辺にいないか、チェックし用心する筈だ。したがって現地の状況をなるべく多く知る必要があった。

北新宿一帯は、戦前は淀橋《よどばし》区柏木《かしわぎ》と呼ばれていた。新宿区北西部の端に位置し、東側は百人町《ひゃくにんちょう》、北側は神田川をはさんで中野区東中野、南側は西新宿となる。管内では比較的住宅が密集しており、歌舞伎町《かぶきちょう》や西新宿とは雰囲気の異なる静かな区域だ。北新宿四丁目じたいは、ＪＲだと新宿駅より、大久保、東中野駅のほうが近いが、どの駅からも四、五百メートルは離れていて、決して電車の便がよいとはいえない。

ＪＲ大久保駅で電車を下り、鮫島は徒歩でＫＳＪマンションをめざした。

中央線の線路と小滝橋《おたきばし》通り、神田川にはさまれた三角形が北新宿四丁目で、その三角形のほぼ中心に、ＫＳＪマンションはある。

交差する一方通行路が碁盤の目のように走っており、低層のビルやマンション、アパートが並んでいて、飲食店の数もさほど多くない。道路幅も狭く、長時間の路上駐車は人目を惹くにちがいなかった。

ＫＳＪマンションはスマホのアプリ写真で見たより古さを感じさせた。そこに民泊施設があることを知らせる表示は何もない。

午後九時二十分だが、明りのついている窓はひとつもなかった。コインパーキングも空だ。

ＫＳＪマンションの前を通りすぎた鮫島は、向かいのメゾンクレストという建物に目をとめた。四階建てのマンションで各階二部屋があり、二階の右側の窓がまっ暗でカーテンもない。賃貸だとすれば、空き物件と思われた。

監視拠点としては最高の立地だ。

ＫＳＪマンションのようすをしばらくうかがい、出入りする人間や明りのつく窓がないことを確かめて、鮫島は一階の入口をくぐった。入口の扉をくぐると、正面右手に階段、左手に郵便受けがある。ロビーといえるほどの広さもなく、防犯カメラも設置されていない。

郵便受けに歩み寄った。郵便受けは六箱ある。一階には部屋がなく、二階から四階までが各二部屋だ。どの郵便受けにもチラシがたまっていて、住人の存在を感じさせない。「３０２」も同じで、手袋をして開くと、中にはデリバリーのメニューがたまっていた。私信や請求書の類は一切なく、ためしに見た「２０１」もまるで同じだ。

ＫＳＪマンションの六部屋すべてが民泊に使われているのかもしれない。

ためしに二階に上ると、その考えがまちがっていなかったと気づいた。狭い廊下に並ぶ、ふたつのスティールドアには、あとづけの番号錠が設置されている。縦長の銀色の箱で、「０」から「９」までのボタンが二列、縦に並んでいる。

三階、四階と、すべてが同じ構造だった。どの部屋の扉も鍵ではなく、番号を入力して開ける仕組だ。

ＫＳＪマンションをでた鮫島は、向かいのメゾンクレストに歩みよった。こちらの一階には、賃貸管理をおこなう不動産会社が看板をだしていた。北新宿一丁目にある「淀橋《よどばし》不動産」という会社だ。電話番号をメモし、鮫島はメゾンクレストをでた。

翌日の夕方、鮫島は「淀橋不動産」を訪ねた。八階建てのビルの二階と三階を使っている。すりガラスに金文字で「淀橋不動産」と書かれた扉は、老舗《しにせ》を思わせる。

扉を押すと、事務服を着た女性がふたり、正面にすわっていて、

「いらっしゃいませ」

と声を揃えていった。ふたりとも四十代のどこかだろう。

「お忙しいところを申しわけありません。新宿署生活安全課の者です」

身分証を提示すると、奥の席にいた眼鏡の男が立ちあがった。五十代の半ばくらいで、でっぷりと太り、生え際が後退している。

「新宿さんにはお世話になっております。何でしょう?」

新宿さんという表現が、いかにもそつがなく、鮫島は男を見直した。

「あ、私、専務の山口《やまぐち》と申します」

「鮫島といいます。おたくが北新宿四丁目で管理されている物件のことで、ちょっとお話をうかがいたいのですが」

「北新宿四丁目。ああ、メゾンクレストですな」

山口の反応は早かった。

「二階の向かって右側は空き部屋ですか?」

鮫島が訊《たず》ねると頷いた。

「そうですが……」

答えて山口は席を離れ、鮫島に歩みよってきた。ガラスの間仕切りでへだてた応接セットを示す。

鮫島は礼をいい、腰をおろした。向かいにすわった山口に改めて身分証を提示する。

「先にまずうかがいたいのですが、メゾンクレストの向かいにＫＳＪマンションという建物があります。ご存じですか」

「ええ、知ってますよ。あそこは昔、ガラス屋さんだったんです。一階が店舗で、二階に家族で住んで、三階四階を賃貸にしていたのじゃないかな。けれど親父さんが亡くなり、サラリーマンだった息子さんが賭け麻雀にはまってね……」

山口は顔をしかめた。

「いつ頃のことです?」

「そうさね、もう二十年は前だな。結局、ビルごと手離すことになって。うちもね、名乗りをあげたんです。あの辺一帯は、いずれ再開発がかかるって噂もあって」

「それで？」

　山口は首をふった。

「どこかが買ったのでしょうけど、私らの知る業者じゃなかったですね。地元じゃないと思います。もしかすると……」

　いいかけ、黙った。

「もしかすると？」

　鮫島はうながした。山口は首をふった。

「いい加減なことはいえません」

　声を潜めている。

「もしかすると息子さんの賭け麻雀の仲間かもしれない、とかですか」

　鮫島は山口の目を見つめた。山口は視線を外した。

「まあ、そうかもしれない、というだけで」

「どこで麻雀をしていたのか、ご存じですか？」

「最初は地元の麻雀屋です。私もいってましたが、百人町の千代田荘ってところで。もうなくなって、ビルが建っています」

「何というビルです？」

「ハチマンビルです。隣の八幡神社の土地と合わせて建てたんで」

　知っていた。百人町三丁目だ。現在は退去したが、六階に兼有《けんゆう》会という小さな組の事務所があった。

「その千代田荘がなくなったあと、常連に誘われて、西新宿の会員制のところに通うようになったんですよ」

「山口さんはいかれなかったのですか」

　鮫島の問いに首をふった。

「その頃からこっちに夢中になっちゃって」

　ゴルフクラブを振る真似をした。

「麻雀より体にいいし、何より負けてもタカが知れてる。あ、刑事さんにこんな話しちゃマズかったな」

「大丈夫です。その会員制のところの名前はご存じですか」

「『サロン』」

「サロン何です？」

「いや『サロン』てだけです。でもそこも二、三年くらいで潰れました。筋者の客が多くて、大きな額が動いているというのが噂になったらしくて」

「サロン」という名の麻雀荘の名は聞いたことがなかった。

「暴力団関係者が多い店だったのですね」

「そりゃひと晩に百も二百も動くような麻雀を、カタギはやらんでしょう」

「百万、二百万、という金額が動いていたとおっしゃるのですか」

鮫島が確認すると山口は頷いた。

「そこでやられちゃったんですよ。それなりにうまい人でしたがね、相手はプロの博打うちだ。いくら全自動卓でイカサマができないったって、勝負にならない。一年もしないうちに、使ってなかった店舗が駐車場になって、そのうち上物《うわもの》も人手に渡った」

「麻雀の負けで土地をとられたということですか」

「その前に奥さんも子供を連れてでていっちゃってますしね」

鮫島は頷いた。

「息子さんの名前を教えていただけますか」

「ええとね、『呉竹《くれたけ》ガラス店』ていうのが屋号だったから、呉竹何とかといったな……。そうだ、呉竹ヒロシです。ヒロシはこれ」

「宏」という字を掌に書いて見せた。

「今どこにおられるかはご存じですか」

山口は首をふった。

「まったくわかりません。正直、生きているのかどうかも」

「建物を買いとったのがどこかもご存じではない？」

山口は息を吸いこみながら頷いた。

「ええ。その後、賃貸にだすなら、うちあたりにも情報が回るだろうと見ていたんですが、しばらく手つかずでしたね」

「一階のコインパーキングも同じ地主ですか？」

「最初は息子さんが貸していたのだと思いますが、今は、さあ……。全部とられちゃったのじゃないかな」

「呉竹さん以外に、その『サロン』のメンバーだった方を誰かご存じありませんか」

「ひとりは知っていたんですがね。同じ北新宿四丁目にあったスナックのマスターですが、その人も今はどこにいっちゃったのか」

「名前は？」

「スナックが『バニシング』、マスターは確か遠藤《えんどう》さんていったかな。エンちゃんて、皆に呼ばれてましたから」

「遠藤何と？」

「そこまではちょっと……」

「ありがとうございます。ところでＫＳＪマンションが今どうなっているか、ご存じですか」

「ええ。刑事さんがいらしたのも、それが狙いでしょう？」

「それ、とは？」

「たぶん、モグリの民泊をやっている。ちがいますか？」

「なぜモグリだと？」

「平日に人がでてくるのを見たことがあるんです。明らかに外国人で、キャリーバッグをがらがら引いてた。『新宿区ルール』にひっかかる。それを承知でやってるならモグリに決まってます」

「外国人は何人《なにじん》でした？」

「中国人でしょう。四、五人いましたよ。スマホいじりながら、ぞろぞろ小滝橋通りのほうに歩いていって」

「地元で噂になっているのでしょうか」

「そこまでは……。あのあたりは、元からの商売屋だと、代がわりして店を畳んじゃったり、古いアパートやマンションは外国人の入居者も多くてね。あとはお年寄りばかりだからなあ」

　鮫島が頷くと、山口は訊《たず》ねた。

「で、メゾンクレストにどんな御用です？」

「短期間だけ、部屋をお借りできないかというお願いです。使用料は払います。ただ正規の契約というわけにはいかないのですが」

「短期というのは、どのくらいですか」

「ひと月かふた月」

「借りられる目的は？」

山口は事務的な口調になった。

「張りこみです。ＫＳＪマンションが犯罪に使用されているという情報があり、それを確かめたいのです」

山口は鮫島を見つめた。

「ＫＳＪの全部ですか。それともどこかの部屋？」

「そのことも調べたいのです」

つかのま無言だったが、山口は頷き、女性事務員に声をかけた。

「おーい、メゾンクレストの書類、もってきて」

3

署に戻った鮫島が、メゾンクレストを監視拠点として使用するための経費請求を含めた書類仕事を終わらせたのは、午後八時を回った時刻だった。

携帯にメールが届いた。

「いるか。いるなら顔だせ」

そっけない文面は鑑識係の藪《やぶ》だった。鮫島はパソコンを閉じ、鑑識の部屋に向かった。

藪は二台のスマホとパソコンをデスクに並べ、何かの作業をしていた。

「やっぱりいたか」

「さっき戻って、片づけものをしていた」

答えた鮫島を、藪は見上げた。署内ではいつも薄よごれた白衣を着け、体重はどんどん増える傾向にある。

「お前のダイエット法は何だ？」

いきなり藪は訊ねた。

「ダイエット？　しちゃいない」

「じゃあ病気だな」

「どこも悪くない」

「嘘をつけ。肌もガサガサだし、目の下には隈ができてる」

「エステでもいくか」

　鮫島がいうと、藪はにこりともせずに頷いた。

「いいな。きれいな姉ちゃんにパックでもしてもらえ」

「冗談だよ。そんな暇も金もない」

「寝てないのか」

「暇がないんだ。会議ばかりで捜査がはかどらない」

「課長は捜査なんかしねえんだ。デスクにふんぞりかえって、ハンコついてりゃいい」

「課長じゃない。ただの代理だ」

「どっちがいい？」

　藪が訊ねた。

「どっちとは？」

「課長と課長代理と」

　鮫島は首をふった。

「お前に人事権があるとは知らなかった」

「どっちだ？」

　真顔で藪は訊ねた。

「どっちも困る。元の遊軍に戻りたい」

　鮫島が答えると、藪は椅子に大きくよりかかった。背もたれが悲鳴をあげた。

「じき戻れるみたいだぞ」

　鮫島は無言で眉を吊り上げた。桃井がいなくなった今、署内で唯一、心を許せるのが藪だった。

「新しい課長が生安にくる」

「そいつはありがたい」

　本音だった。

「署長と副署長は、お前を課長にしたいと具申したが、本庁の人事に却下されたらしい。新しい課長がじき本庁からくる」

「どこでそんな話を聞いた？」

　署長クラスでもなければ知りようのない情報だ。

「新聞記者《ブンヤ》だよ。新宿署の定点観測記事を書いてるのが中央日報にいて、そいつが本庁記者クラブのコネで聞きつけてきた。今度の課長は警視らしい」

　不思議はない。近年は、大きな署の課長に警視が着任することが多い。その大半が、退官まで十年を切ったベテランノンキャリアだ。

「生安の新課長が、そんなに大きな記事になるのか」

「撃たれて殉職した生安課長の後任が、女だったらな」

「女？　女性課長なのか」

「そうだ」

　警察庁は女性警察官の採用を増やすように、警視庁、各道府県警察本部に働きかけている。

「警務部の女性活躍推進担当管理官だそうだ」

　警務部にそういうセクションがあることは聞いていた。対外的にも、警察が女性にひらかれた役所であることをアピールするためだ。鮫島が黙っていると、藪はつづけた。

「女性活躍推進担当だぞ。よほど上に覚えがめでたいのだろうな。すげえ美人とか」

「だったら楽しみだ」

　鮫島は苦笑した。が、すぐに笑みを消し、いった。

「課長に誰がこようと、今より仕事がしやすくなるなら、俺はかまわない。新課長をいびる気もない」

「あんたならそういうだろうと思った。だが桃井さんのようにはいかなくなる」

「それは、覚悟している。俺の居場所を認めてくれればいい」

　藪は息を吐き「マルX」と書かれたマグカップからコーヒーをすすった。

「何年かかった？　あんたと桃井さんがそういう仲になるのに」

「さあな。二年か三年かな」

「新課長がそこまでいるといいが」

　警視庁警察官で上に登る者は、通常、本庁と所轄勤務を交互にこなす。期間は長くて五、六年、短ければ一年だ。「女性活躍推進担当管理官」であった女性警視が、本当に殉職した桃井の後任に当たるとすれば、それが長期間に及ぶとはとうてい考えられない。

「教えてくれた記者は、もう記事の見出しができたって喜んでた。『女性の目で見守る眠らない街』だとよ」

鮫島は無言だった。桃井の殉職によって、新宿署の生活安全課の課長は空席となった。鮫島を課長代理にすえたのは、新宿署の署長だった。突然の空席を埋めるのに課員をあてるのは不自然ではない。

そして異動の時期を待ち、警視庁は新課長を送りこんできた。

藪に告げた言葉に嘘はない。会議から解放され、捜査に専念できるなら、それは歓迎できる。

が、新課長が、鮫島の存在を知らされずにくるとは思えない。何かを考えている筈だ。

新宿署で鮫島が自由に動けたのは、桃井の庇護があったからだ。新課長が同じような庇護を与えてくれるとは、とうてい期待できず、むしろ逆になる可能性のほうが高い。

それならば、課長になるほうがましだった。行動を制限する直属の上司がいない。

警視庁には、いまだに鮫島の存在を許したくない人間がいる、ということなのだ。彼らの一番の望みは、鮫島が退職することだ。だがそんなつもりはさらさらない。警察官を辞めたら、桃井は鮫島を許さないだろう。

「ところで、俺も頼みたいことがあった」

鮫島は藪に告げた。

「何だ」

「しゃぶの小分けをやってる部屋を張りこむ。都合よく、向かいのマンションの空き部屋を借りられてな——」

「カメラか」

最後まで聞かず藪が訊ね、鮫島は頷いた。

「いないあいだもずっと録画しておける機材が欲しい」

「今のカメラは昔とちがう。テープを入れ替える必要もない。何百時間分でもハードディスクにおさめられる」

「簡単なのか」

「俺がシステムを組んでやる」

「助かる」

「現場はどこだ？」

「北新宿四丁目だ。ヤミの民泊だと思われる」

　藪はメモ用紙を引きよせた。

「部屋の位置関係は？　お前の借りた部屋との」

「借りたのは、向かいの二階で、対象の部屋は三階だ」

「カーテンは？」

「俺が借りたほうはついてない。向こうは、確かあった」

「カムフラージュがいるな」

「カムフラージュ？」

「カーテンのない部屋に三脚にすえたカメラをおくわけにいかんだろう。といって今までカーテンがなかった向かいの部屋の窓にカーテンがついたら、どう思う？　新しい入居者がきたと考え、どんな住人か探りをいれてくる。俺がしゃぶ屋ならようすを見て、場合によっちゃ、その民泊はもう使わない」

　その通りだ。

「どうすればいい？」

「向かいは今まで通り空き部屋だと思わせる、その上でカムフラージュしたカメラをおく。空き部屋の日当たりにもよるが、中を黒く塗った段ボールに入れてすれば目立たなくできるかもしれん」

「日当たりがどうなのかはわからない」

「あともう一点、小分けをするときはカーテンを閉めてやるだろうから、部屋の中まで撮るのは難しいぞ」

「それはわかっている。建物に出入りする者や止まる車のナンバーを押さえられればいいんだ」

　藪は頷いた。

「俺を連れていけ。昼間がいい」

「明日は一日会議なので、明後日の午後がいい。午前の会議のあとだ」

「どうせ俺も午前中にはでてこない。何かあれば別だが」

「わかった。会議が終わったら声をかける」

　鮫島がいうと、藪はじっと見つめた。

「早く帰っても眠れないんだな」

「何の話だ」

「何でもない。明後日、待ってる」

パソコンの画面に目を戻し、いった。勘のいい男だが、鮫島の心情に踏みこまない優しさもある。

この男が我を忘れるのは、珍しい銃が関係する犯罪が起こったときだけだ。

鮫島は息を吐き、鑑識の部屋をでた。

4

翌々日、昼に会議が終わると、鮫島は署長室に呼ばれた。署長と副署長がいた。副署長はキャリアで、鮫島よりも若い。

「ご苦労さまです。会議が多くて疲れませんか」

副署長はいった。

「そうですね。桃井さんがこんなに会議をこなしておられたとは知りませんでした」

鮫島がいうと、署長は笑みを浮かべた。

「きちんとやっておられたよ。報告書にはやや難があったが、君が課長代理になってからは簡潔で要領を得たレポートなので助かっている」

「恐縮です」

署長と副署長は顔を見合わせた。

「来月、新しい課長が本庁からくる」

署長がいった。

「助かります」

鮫島が答えると沈黙が生まれた。

「捜査に専念できますから」

鮫島はつけ加えた。ふたりは探るような目を向けている。

「確かに会議にはでなくてすむようになるかもしれないが、新課長とうまくやってほしい」

署長がいった。

「もちろんそのつもりです。桃井さんとは考え方の異なる方であっても、なるべく意に沿えるよう努力します」

再び沈黙があり、副署長が口を開いた。

「新しい課長は阿坂景子《あさかけいこ》といわれる。女性で、本庁警務部の管理官です。それ以前は中野署の地域課長代理をしていらっしゃいました。優秀な方だと聞いています」

「正直、女性というのは意外だったよ。桃井さんがあんなことになって、後任が女性とは。だが本庁人事部は、阿坂さんをうちにおきたかったようだ」

署長がいったので、鮫島は頷いた。

「できる限り、サポートします」

「お願いします。たぶんあちらも、いろいろと考えて、こられるでしょう」

副署長がいった。鮫島は微笑《ほほえ》んだ。

「わかります。私のような者の上司になるのは、決して楽しみではないでしょうから」

副署長の本音に、本音で答えた。

「阿坂警視の経歴には、非の打ちどころがない。短大をでてから奉職され、順調に経験を積んでこられた。女性ノンキャリアの、いわば星のような人だ」

署長がいった。やや皮肉がこもったような口調だった。

「そんな女性が、新宿《うち》の生安にこられる。人事としては、考えあってのことだろうな」

鮫島は署長を見た。

「いくつくらいの方なのです?」

「五十だそうだ。民間人と結婚していて、子供もいる」

「着任の前に挨拶にこられたら、引き会わせたいのですが」

副署長が訊ねたので、鮫島は首をふった。

「お気づかいはありがたいのですが、どうか私を特別扱いしないでください」

「そうだな。新課長をかえってやりづらくさせてしまうかもしれん」

署長がいい、副署長も頷いた。

「そうですね」

ふたりがいいたいことはわかった。新課長の新宿署でのやりかたに、署長や副署長は口をだせない。人選には、上層部の強い意志が働いている。鮫島の存在がそれと無関係とは考えにくい。

署長が咳ばらいをした。話は終わったということだろう。

鮫島は礼をいい、署長室をでた。

藪と待ち合わせ、覆面パトカーで北新宿に向かった。空は晴れている。

まずＫＳＪマンションの前を通りすぎた。コインパーキングには二台の車が止まり、満車の表示がでている。藪がその二台のナンバーをメモした。

鮫島は三階を見上げた。どちらの部屋のカーテンも開いていて、人はいないようだ。

角を曲がったところで車を止め、ふたりは徒歩でＫＳＪマンションの前に戻った。藪がメゾンクレストを見上げていった。

「日当たりは大丈夫だ。この天気であれほど暗かったら、向かいからでもカメラは見えないだろう」

「むきだしでもか」

「いや、むきだしは駄目だ。作動ランプがカメラにはついている。夜は逆にそのランプの光でバレるかもしれん」

ふたりはメゾンクレストに入った。前日の夜「淀橋不動産」で借りた鍵を使い、二階の空き部屋に入る。ドアをくぐると、用心のため、ふたりは身をかがめた。カーテンがないので、向かいのＫＳＪマンションからは室内が丸見えになる。

「向こうにカーテンがあるのは、ある意味ありがたいな」

　藪がいった。閉めきられていた部屋には、ほこりっぽい匂いが淀《よど》んでいる。

「なぜだ」

「使われているかどうか、カーテンを見りゃわかる。見てみろ。二階と三階は空き部屋だが、四階の右側はカーテンが閉まっている」

　藪のいう通りで、二階と三階は、内部に人がいないのが見てとれる。

「カーテンが閉まっていても、人がいるとは限らないだろう。閉めていく客がいるかもしれない」

「客がでたあと、業者は確認のために部屋に入る筈だ。壊されたり盗まれたりしたものがないか、な。そのときカーテンと窓を一度開けて、空気を入れ替える」

　藪がいったので鮫島は感心した。

「詳しいな。民泊を使ったことがあるのか」

「簡単なことだよ、ワトスン君。ビジネスホテルでも皆、同じやりかたをしている」

　藪は答え、持参した望遠レンズつきのカメラで、向かいのＫＳＪマンションの室内を撮影した。画像をのぞきこみ、いった。

「間取りは左右同じのようだな。ワンルームで、入口の近くにユニットバスがあるタイプだ」

　カメラをおろした藪は窓に近づいた。メゾンクレストの部屋はベランダがついている。窓を開け、ベランダにでた。ベランダにはエアコンの室外機がおかれ、一メートル四方のスペースもない。

「ここがいい」

　室外機のかたわらにしゃがみ、藪はいった。

「ここからなら出入口を押さえられる。室内からだと、下を撮るのは難しい」

　鮫島は藪のかたわらに立った。藪のいう通りだった。ベランダの手すりは壁ではなく、細いパイプを並べた造りになっていて、そのすきまからＫＳＪマンションの入口を撮影できそうだ。

　藪は上着から巻き尺をとりだすと、ベランダの床から手すりまでの高さを測った。つづいて室外機の大きさも測り、ボールペンで掌にメモした。

「いえばメモくらいする」

鮫島はそれを見ていった。

「いや、数字だけじゃ、あとで自分がわからなくなる」

掌には図形も描きつけている。

鮫島もしゃがんだ。パイプとパイプのすきまは十センチくらいだ。レンズを近づければ、遮るものなくKSJマンションの出入口や面した道路を撮影できるだろう。

目の前に藪のうなじがある。

「おい、鼻息がかかってる」

藪がいったので、鮫島は苦笑した。

「どこかから見られてたら、狭いベランダでオヤジふたりが抱きあってると思われるだろう」

「それはいったいどんな趣味だ」

立ちあがり、離れた。KSJマンションの四階の右側の部屋のカーテンが動いたような気がした。

鮫島はベランダから部屋に戻った。計測を終えた藪も室内に戻り、掌のメモを手帳に写し直した。

鮫島はKSJマンションの四階を見つめた。

「どうした？」

「今、四階のカーテンが動いたような気がした」

「それ見ろ。俺たちのプレイがバレたぞ」

藪はいって、KSJマンションに目を向けた。じっと見ていたが、

「気のせいだろう」

と首をふった。

「なら、いいが」

「もし四階で今日、小分けをやっていたら、俺たち運が悪すぎる。いや、良すぎるのか」

「良くはない。現行犯で踏みこもうにも、材料がないんだ。指をくわえて、しゃぶ屋がでていくのを見てる他ない」

「少なくとも面《めん》は割れるさ。写真が撮れる」

カメラを示して藪はいった。

「いつ、機材が用意できる？」

「カメラとハードディスクはある。カムフラージュ用の台を段ボールで作るとして、明日の夕方までにはで

きる」

「わかった」

　鮫島はいった。今日が小分けの日なら、下に当然見張りがいる。いないところを見ると、今日ではないだろう。だが万一を考えて、暗くなるまで、ここで張りこむつもりだ。

　それを告げると藪はいった。

「毛布くらい用意しとけ。夜は冷えるぞ。エアコンを動かすわけにもいかない」

「そういえばカメラの電源は大丈夫なのか」

「もちろんバッテリーは用意する」

　藪は答えて、

「じゃあ俺は署に戻る」

と玄関に向かった。鮫島は頷いた。

「よろしく頼む」

　藪がでていくと、鮫島はベランダに面した床にあぐらをかいた。床はコンクリートに薄いカーペットをしいただけなので、じっとしていると冷気を感じる。窓ごしにＫＳＪマンションの四階の窓を見つめた。

　日が落ちれば、中の明りがカーテンのすきまから洩れるので、人がいたらそうとわかる筈だ。

「淀橋不動産」の山口は、わずかな謝礼金でいいといった。ただし部屋をよごさず、電気も使用しないでもらいたい。トイレ、水道は使ってもかまわない。

　携帯が振動した。浦田だった。

「鮫島だ」

「今、大丈夫すか」

「ああ」

「どうです？」

「まだ何も見つけてない」

「あそこで小分けやってるのはまちがいないんで」

「そう願ってるよ」

「張りこんでるんですか、もう」

　浦田は声を潜めて訊ねた。

「そういうことには答えられない」

「張りこんでるんすね。さすがだ。でも、あれですよ。小分けの日は朝からしきてん（見張り役）が張るんで、気をつけてください」

「わかった」

「俺の勘じゃ、あと四、五日以内に小分けをやる筈です。阿曽の下にいる何人かは素人に毛が生えたような奴らなんで、一度にあんまり多いブツを預けないんです。気が大きくなって、食っちまったりするんで」

薬物中毒者とはそういうものだ。手もとに大量のクスリがあると、まるで財布に大金が入っているかのように気が大きくなる。結果、たてつづけにクスリを入れて、使い果たすか、おかしくなって病院に運ばれる。

ネタ元は決してツケではクスリを渡さない。現金引きかえが鉄則だ。だから使い果たすぶんには、また金になるからかまわないが、病院に運ばれたりすると、通報もありうるので警戒し、そういう素人には、いくら金を払うといわれても一度に多くを売らない。それに今回のような密告が原因で、一時的に品薄になる場合もあるので、在庫をすべてさばくようなことはしないものだ。大量の押収があると、手もとに十分な在庫があっても、それを理由に値上げできる。ネタ元が値上げをすれば、売人も当然値上げをする。やがて末端の中毒者がクスリ代に詰まり、犯罪に走る。

浦田が探りを入れてきたのも、鮫島による捜索・押収がいつ頃になるかを知るためだろう。市場が品薄になるのを見越し、今のうちに在庫を増やして稼ぐ気にちがいない。

もっともあまり派手に在庫を増やすと、密告したのが自分だとバレるので、そこは考えてやる筈だ。

クスリを扱っている連中は、密告されたからといって、わかりやすい報復はしない。すれば、自分が犯人だと宣伝するようなものだからだ。が、疑われる心配がなければ、借りを返す。たとえばしゃぶの食いすぎで、いつ弾けてもおかしくないような奴がいたら、「あいつがお前を消すといってる」とささやくのだ。

覚せい剤の乱用によってひき起こされる精神病症状の典型として猜疑《さいぎ》的傾向と妄想がある。

自分を殺そうとしている者がいる、といわれたら、それがたとえ会ったことのない人間であっても、「殺される前に殺してやる」という行動に簡単につながる。

しゃぶ中を殺し屋に仕立てるのは容易だ。ただし、しゃぶ中だから腕の保証はない。標的は無傷で、その家族やたまたま近くにいただけの者が被害をこうむる場合もある。が、それでも復讐や警告にはなる。密告《ちっくり》を入れた奴は、いつかこういう目にあう、というわけだ。

　自分が密告したとバレるほどの下手《へた》を、浦田が打つことはないだろうが、このことによって鮫島に弱みを握られるのはまちがいない。

　浦田が密告者であるのを隠すのと引きかえに、これからも情報を引くことが可能になる。

　薬物事犯の捜査に当たる刑事や麻薬取締官がエスを使うのは、まさにそれが理由だ。一度密告をした人間は、密告者であるのを秘密にしてもらうため、さらなる密告をせざるをえなくなる。

　いわば司法による脅迫だ。

　鮫島はそれが嫌で、エスを使わない。浦田をエスにするのはたやすいが、向こうから情報を提供したいといってこない限り、今後使うつもりはなかった。

　日が落ちた。ＫＳＪマンション四階の、カーテンが閉じた部屋に明りがついていることを、鮫島は確認した。やはりあの部屋には人がいる。

　一方で、ＫＳＪマンションに出入りする者はなかった。小分けが四階でおこなわれていたとしても、鮫島と藪に気づき、息を潜めているのかもしれない。

　もしそうであるなら、検挙のチャンスを失ったことになる。クスリをトイレに流し、ようすを見て、小分けの連中はＫＳＪマンションをでていく。職務質問をかけても、ブツを押さえられなければ、どうしようもなかった。

　とはいえ、捜査にそんな失敗はつきものだ。尾行や張りこみに気づいたネタ元や売人はすぐにブツを処分し、拠点《やさ》をかえる。追う者と追われる者、それがプロの日常だ。

　だが下手を打ってしまったとしても、せめてガン首だけは押さえたい、と鮫島は考えていた。むろん浦田の情報は「３０２」号室なので、四階には、まったく無関係の者が泊まっている可能性もある。明日、ようすを見て、カメラをすえつけるだけだ。

いずれにせよ、でていく人間の写真だけは撮りたかった。

午後十時を過ぎても、四階の部屋に動きはなかった。明りはついたままだ。あるいは宿泊客が明りをつけたまま外出したのかもしれなかった。

ＫＳＪマンションの一階にあるコインパーキングは、今は空になっている。小分けをしている連中が、そのコインパーキングを使うとも思えない。小分け部屋が摘発されたら、たとえその場にいなくても、パーキングのカメラに残った映像から車をたぐられる危険があるからだ。

ＫＳＪマンションにブツをとりにくる売人は、別の駐車場に車を止めるか徒歩でくるにちがいない。もし一階のコインパーキングを使う売人がいるとすれば、ど素人もいいところだ。だが賢かったらしゃぶ中や売人にはならない。そう考えると、そんな愚か者がひとりくらいはいるかもしれなかった。

ともあれ、たとえ今夜、小分けがおこなわれているとしても、そこまでの馬鹿はいないというわけだ。

下の道からガラガラという音が聞こえ、鮫島は表をうかがった。キャリーバッグをひいた男女四人がスマホを手に話している。声高のやりとりは中国語らしい。ひとりがこちらを見上げ、鮫島は頭をひっこめた。

やがて四人はＫＳＪマンションに入っていき、三階の右側の部屋に明りがついた。向かいあわせにふたつの二段ベッドがおかれていて、その向こうにテーブルがあるのが見えた。

ピンク色のセーターを着た女が窓に歩みより、カーテンを閉めた。カーテンの色は四階と同じだ。

三階の右側は「３０２」だ。鮫島は息を吐いた。喉の渇きは水道でいやしていたが、さすがに腹が減っていた。食事をすれば、眠けが襲ってくるだろう、だがベッドにもぐりこんでも、二、三時間で目が覚める。そうなったらなったで、またこの部屋にくればいい、と思った。張りこみとしては空振りになったとしても、ベッドで朝まで天井を見ているよりはましだ。

体を低くしたまま窓ぎわを離れ玄関の近くまで移動

すると、背筋を伸ばした。腰に痛みがあった。ストレッチをして、体をほぐす。

明日からは食料と毛布をもってこようと決めた。部屋の外にでて、建物の中がずっと静かだったことに鮫島は気づいた。下の部屋の物音が聞こえなくても不思議はないが、上や隣からも何も聞こえなかった。

山口は、他の部屋が空いているとはいわなかった。たまたま今日に限って無人だったのかもしれない。

一階の玄関をでた鮫島は早足でメゾンクレストから遠ざかった。あたりをうかがうようなことは一切しない。

角を曲がり、ＫＳＪマンションやメゾンクレストから見えない位置にきてようやく、歩く速度をゆるめた。

西武新宿駅まで歩く途中、コンビニエンスストアに寄り、食料を仕入れた。

野方《のがた》のマンションに帰りつくと、シャワーを浴び、あたためた弁当をパソコンの前においた。日本語の検索エンジンで、新宿の民泊業者を調べた。ＫＳＪマンションの名はなかった。

つづいて英語の検索エンジンで調べると、ヒットした。ＫＳＪマンションの外観と部屋の写真がでている。宿泊料は前払いで、口座振込みか暗号資産による支払いが選べるようだ。宿泊費は、一部屋四名までで、一泊八千円だった。四人で泊まれば、ビジネスホテルよりはるかに安い。

運営している業者は「ＷＴＳ（ウエルカムトウキョウサービス）」となっていて、宿泊の予約はホームページからする仕組だ。連絡先として表示されている電話番号は十一桁の携帯電話番号だった。

弁当を食べ、中国語の検索エンジンで、同様に調べた。簡体字のサイトをたどると、ＫＳＪマンションが見つかった。中国語のサイトには予約カレンダーがあって、それによれば、今日、明日と空室があり、週末となる明後日以降三日間は満室だ。

運営している業者は、同じ「ＷＴＳ」だった。表示されている携帯電話の番号もかわらない。

眠けが襲ってきた。パソコンを閉じ、ベッドに入る。目を閉じ、眠りに入ろうとつとめた。うとうとしたような気がして、時計を見ると午前二時だった。もう少し寝よう、そう決め、再び目を閉じた。

無理だった。午前三時に起きあがり、鮫島はリビングのソファに腰をおろした。電車は動いていないが、自分の車を使えばＫＳＪマンションに向かうことができる。

コーヒーを飲み、毛布と双眼鏡、コンビニで買った食料をもち、車に乗りこんだ。引っ越すべきだというのはわかっていた。今のマンションには、思い出が多すぎる。だが引っ越しにあてる時間はない。

そうではない。引っ越したくないのだ。引っ越したとたん、思い出のすべてが分解し、雲散霧消してしまうような気がしていた。

それで何が悪い。思い出をひきずって生きるよりはマシだ。

そうじゃない。思い出から逃げだす弱さが嫌なのだ。

果てのない自問自答をくり返しながら、ＫＳＪマンションの前まできた。四階の明りは消えていた。かわりに中国人四人組が入っていった「３０２」の明りがついている。車を止め、周囲に人がいないことを確かめて、毛布と食料をメゾンクレストに運びこんだ。

車は新宿警察署の駐車場に入れる。夜明け前の一番冷えこむ時間、歩いてＫＳＪマンションに向かった。息が白い。木枯し一号が吹いたのが一昨日だ。

今年の冬は、例年より寒い、という予報がでていた。

ＫＳＪマンションの「３０２」号室の明りは消えている。すべての部屋がまっ暗だ。どうやら、小分けの日には当たらなかったようだ。

鮫島は息を吐き、メゾンクレストの部屋に入った。体に毛布を巻きつけ、窓ぎわの壁に背中を預ける。

家にいるよりははるかに、落ちついた。ここなら眠れそうだ。眠ってしまったら張りこみにならないというのに。

ペットボトルの水を飲み、冷たい壁に頬を押しつけながら、鮫島は向かいのＫＳＪマンションを見つめた。

5

さしこむ光がまぶしく、目を開いた。午前七時を過ぎている。いつのまにか眠ってしまったようだ。ＫＳＪマンションの、カーテンの閉じられた、上下ふたつの部屋を、鮫島はぼんやりと見つめた。

「３０２」には、中国人四人組がいる。昨夜遅く部屋に入り、午前四時頃まで起きていたようだ。彼らが観光客ならそれも理解できる。日本でこれからどう過すか、計画を話しあっていたのだろう。

その上の「４０２」号室は、十二時近くまでついていた明りが、午前四時には消えていた。部屋にいた者は外出したか眠ったのだ。

トイレを使い、顔を洗って、鮫島は再び窓ぎわにうずくまった。ＫＳＪマンション一階のコインパーキングには軽のワゴンが一台止まっていた。午前四時にはなかった車だ。

午前九時に「３０２」号室のカーテンが開いた。昨夜も見かけたピンクのセーターを着た女が窓を開け、身をのりだすように外を見た。

鮫島は身を隠した。やがて窓の閉まる音がして、向かいをのぞくと、カーテンと窓は閉じていた。

数分後、中国語が外から聞こえ、リュックを背負った四人組がＫＳＪマンションの玄関からでてくるのが見えた。まぶしげに目を細めている。四人はスマホで地理をチェックすると、小滝橋《おたきばし》通りのほうに歩いていった。

鮫島は「４０２」号室の窓を見つめた。外が明るいのと、こちらからは逆光になるため、部屋の照明がついているかどうかはわからない。ただ、昨夜閉まっていたカーテンに、少しすきまがあるように見えた。下の部屋の女と同じように外をうかがい、そのあときっちりと閉めなかったのかもしれない。

地形と建物の形のせいで、メゾンクレストはＫＳＪマンションより一階ぶんほど高い。そのおかげで三階の部屋は正面に、四階の部屋もまずまず見ることができる。

　鮫島はカメラをそのカーテンのすきまに向けた。映像を拡大し、中のようすをうかがえないか、試した。

　駄目だった。暗い室内のようすまではわからない。「４０２」号室に人がいれば、この部屋のベランダにカメラをすえる作業が丸見えだ。「４０２」号室が無人と確認できるときに、作業をすべきだ。

　午前十一時過ぎ、携帯に藪からのメールが届いた。機材の準備ができたことを知らせる内容だった。

　鮫島は、「４０２」に人がいる可能性があるので、でていくまで作業ができないと返信した。

「本当にいるのか」

「カーテンが昨夜に比べ、少し開いている。中の人間が開けたんだ」

「いつ開けた？　お前が見ているときか」

「いや。少しうとうとしたんで、そのあいだだと思う」

「そのときでていったかもしれない」

「それを考えたらキリがない。とにかく部屋が無人と確認できるまで、カメラはすえられない。いるのがネタ元の関係者だったらアウトだ」

「了解した。確認できたら連絡をくれ」

　正午になった。ＫＳＪマンションを出入りする者はなかった。やがて藪からメールがきた。

「お前も調べたかもしれないが、そこは英語と簡体字、ハングル文字の民泊紹介サイトで客を勧誘している。簡体字のサイトによれば平日の予約が可能で、ルール違反のヤミ業者だというのが明らかだ。サイトに名前があがっている『ＷＴＳ』という業者名に登録はなく、連絡先になっている電話番号は、プリペイド携帯のものだ」

「助かる。ありがとう」

　鮫島は返信した。

　午後三時に、「３０２」の四人が戻ってきた。いったん部屋に入ったが、五時前に再びでかけていった。

　それ以外、ＫＳＪマンションに出入りする者はいなかった。あたりが暗くなった。「４０２」号室の明りは、今日はついていない。無人とも考えられるが、それなら明りを消し、でていったのは、鮫島が自宅に戻った昨夜遅くから、午前三時までのあいだということになる。

　携帯が鳴った。署長だった。

「今、どちらですか？」

「北新宿で監視活動をしています」

「明日、新課長の阿坂さんが本署にこられる。その際、阿坂さんのほうから、君に挨拶をしたいといってきた」

「新課長のほうから、ですか」

「そうだ。どんな理由かはわからない。明日の午前十時に顔をだせるか？」

「うかがいます」

「よろしく頼む」

　署長は告げて、電話を切った。鮫島は深呼吸した。藪にメールを打った。明朝ここを離れなければならないので、今夜中にカメラをすえつけたい、「４０２」は明りが消えていて、今は無人だと思われる。

　すぐに、これから向かうという返信があった。

　十分とたたないうちにタクシーが下で止まり、段ボールを抱えた藪が下りた。鮫島は一階まで下りて、段ボールを受けとった。

「本当は夜、作業をしたくなかったな」

　部屋に入ってきた藪はいった。暗がりの中で、段ボールからランタン形のライトをとりだし、点《とも》す。

「ベランダは明りがない。ライトをつけて作業をしていたら、嫌でも目立つだろう。明日の朝は何があるんだ」

「新課長が挨拶にくる。俺と話をしたいらしい」

　段ボールから機材をとりだしていた藪が手を止めた。

「誰がそれをいってきた？」

「署長だ」

「つまり署長も逆らえない流れがあるってわけだ」

「流れ？」

「新しい課長は、ただの異動じゃなく、うんと高いところにいる連中が決めたんだ。お前の上にのっける重しを誰にするか、きっと知恵を絞ったんだろう」

　鮫島は首をふった。

「上はもう、俺のことをそんなに気にしちゃいない」

「どうかな」

「そうさ。追いだす価値もない、と思っている」

「それならなぜお前を課長にしなかったんだ？　誰にも手間がかからない人事だったってのに」

「それは——、俺がその器じゃないと思ったのだろう」

「そんなわけ、ないだろう」

　怒ったように藪はいい、段ボールからカメラをとりだした。コードで小さな箱とつながっている。無言で窓を開けると、ベランダにでた。

「このライトで俺の手もとを照らしてくれ」

　ジャケットから小型のマグライトをとりだし、鮫島に渡した。鮫島が言葉にしたがうと、カメラの電源を入れ、モニターをのぞきながら、すえつける角度を確かめた。

「部屋より建物に出入りする人間の絵を押さえたいんだな」

　背中を向けたまま訊いてくる。

「そうだ。できれば建物の前に止まる車のナンバーも撮りたい」

「それは大丈夫だ」

「暗くてもか」

「高感度だから、映像を解析すれば、たいていのものはわかる筈だ。よし、段ボールをこっちへもってきてくれ」

　鮫島はマグライトを口にくわえ、段ボールを窓ぎわに運んだ。藪が、エアコンの室外機のかたわらに段ボールをおき、中にカメラを入れる。段ボールには、レンズの大きさの穴が開けられていて、それを手すりのパイプぎりぎりまで近づけた。

「さて、ここからだ」

　藪はいって、腹這いになった。上半身をベランダにつきだし、レンズとは反対側に開けた段ボールの穴から、カメラのモニターをのぞきこむ。カメラを段ボールの底においた小型の三脚に固定し、その角度の調整を始めた。段ボールの穴と手すり、撮影するアングルの関係がなかなかうまくいかず、唸り声をたてている。

鮫島はそのあいだ、やることもなく、部屋の中で待った。

　ようやく調整が完了した。藪はまるで爆発物から身を遠ざけるように、慎重にベランダから後退《あとじさ》った。

「やっとだ。地震がこないことを祈れよ。ぐらっときたら、台無しになっちまう」

「もう撮影は始めてるのか」

「これからだ」

　いって、藪は小型のリモートコントローラーをジャケットからとりだした。ボタンを押すと、段ボールの中で赤いランプが点灯した。その光は向かい側からは見えない。

「よし、これで大丈夫だ。念のため、明日の昼に確認にこよう」

　リモートコントローラーを鮫島に渡していった。

「明日？」

「新課長がどんな人だか、俺だって興味がある」

「そうなのか？」

　鮫島がいうと、藪はにらんだ。

「あたり前だろうが。桃井さんがどれだけお前をかばっていたか、これからお前は身をもって知るんだ」

「新しい課長は、俺に嫌がらせをするためにくるわけじゃない」

「そりゃそうだろう。だが、警察ってところは、一度逆らった奴のことは絶対に忘れない。俺ら警察官は、権力者の犬だといわれるけど、警察は権力そのものだ。権力が権力でありつづけるためには、不平分子を決して許さないのが鉄則なんだよ」

　藪がいったので、鮫島は目を丸くしてみせた。

「いつからそんな〝学〟を身につけたんだ」

「もういい！　飯でも食いにいこうぜ。もちろんお前の奢りでな」

6

翌日の午前十時、鮫島は署長室を訪ねた。制服を着けた中年の女性が、署長のかたわらにすわっていた。副署長の姿はない。

「失礼します」

鮫島がいって入室すると、女性は立ちあがった。ややふっくらとした体つきで、色が白く髪を顎のあたりで切りそろえている。目が大きく整った顔立ちは、聞いていた五十という年齢より若く見えた。

目もとに柔和さがにじんでいる一方で、口もとには頑固そうな皺があった。

「鮫島警部、こちらが阿坂警視だ」

署長が階級をつけて紹介し、鮫島は両足を揃えた。

「鮫島です」

「阿坂です。よろしくお願いします」

微笑みを浮かべ、阿坂は頭を下げた。署長にうながされ、鮫島はふたりの向かいに腰をおろした。

「忙しいのにすみません。わたしが鮫島さんにお会いしたいと、署長にお願いしたんです」

阿坂の声はやわらかで、話しかたにもあたたかみがあった。鮫島をまっすぐ見つめる目には自信がこもっている。

「鮫島さんの課長レポートを読ませていただき、本当に頭のいい方なんだなと感心していました」

阿坂がいった。

「恐縮です」

「鮫島さんの経歴を考えれば、当然なのかもしれません」

署長が身じろぎした。鮫島は阿坂の目を見返した。

「職責をまっとうしたいと考えているだけです」

阿坂は小さく頷いた。

「わたしも同じ。二十で四谷《よつや》警察署の交通課巡査を拝命したときから、ずっと職責をまっとうすることだけを考えて生きてきました。民間人と結婚し、出産も経験しましたが、そんなわたしに、警視庁はチャンスを与えてくれました。今回、新宿署にお世話になるにあたって、鮫島さんにはご挨拶をしなければいけないと思ったんです」

　阿坂の目に強い光が宿った。

「『新宿鮫』という名は、いつも聞いていました。新宿には、すごい刑事がいる。キャリア警察官なのに現場にとどまり、どんなに凶悪な犯罪者だろうと、いつもひとりで食いつき、決してあきらめない。まさか自分が、そんな人といっしょに働くことになるとは、夢にも思っていませんでした」

「尾鰭《おひれ》のついた噂です」

　阿坂は微笑んだ。

「確かにもっとごつい方を想像していました。この部屋に入ってこられたとき、意外でした。大男だとばかり、思っていたので」

　署長を見やっていった。署長は無言で笑みを浮かべた。阿坂の意図をつかめないでいるようだ。

「与えられたチャンスにどう応えるか。三十年間、警察官としてずっと守ってきたことがあります。それを鮫島さんにも聞いていただきたくて、今日、ご無理をお願いしました」

「はい」

「それは、基本を守る。ルールを決して曲げない、ということです。警視庁は大きな組織で、わたしたちはその歯車のひとつです。ひとつですが、与えられている力は大きく、責任は重い。力の使い方をあやまれば、誰かを傷つけるだけでなく、警察への信頼を裏切る結果になります。世界にはいろいろな警察があって、組織の利益を公務より優先させる警察、権力者を守るために平気で市民に武器を向ける警察、さらには犯罪組織とあたり前のように手を組む警察すら、存在します。日本の警察はちがう。世界一清潔で、規律正しく、そしてすぐれた捜査能力があります。海外への留学を命じられたときも、わたしは日本の警察官であることを何より誇りに思い、言葉は喋《しゃべ》れなくとも、肩身の狭い思いは決してしませんでした」

　本心からの言葉なのだろう。目元が赤らんでいた。

「基本を守る。ルールを曲げない」

鮫島はくり返した。

「そうです。新宿署においても、わたしはその信念でやっていきたいと思っていて、先ほど署長にも確認をさせていただきました」

「ご立派なお考えだと思います」

阿坂はわずかに顎をひいた。目元の赤みが消え、口もとの皺に深さが増している。

「鮫島さんも賛同してくださいますか？」

「反対する理由はありません」

阿坂はにっこりと笑った。右手をさしだした。

「ありがとうございます」

鮫島はその手を握った。あたたかく乾いた掌だが、柔らかくはない。

「わたしは警視庁警察官であることを、何より誇りにしています。いっしょに働く方にも同じ思いをもっていただきたい」

鮫島を見つめ、いった。

「警察官であることに誇りをもっているのは、私も同じです」

鮫島が答えると、阿坂は大きく頷いた。

「よかった」

署長が口を開いた。

「話は以上ということでよろしいですか。鮫島警部には職務に戻ってもらわなければならない。北新宿での監視だったな」

鮫島は頷いた。阿坂の目が動いた。

「何に対する監視ですか」

「しゃぶの小分けをやっている部屋があるとの通報をうけ、実態を内偵中です」

「ひとりで？」

阿坂の声がわずかに鋭くなった。

「ひとりでは限界があるので、カメラを使っています」

阿坂はわずかに息を吸い、いった。

「そうですね。ひとりでは限界があります。それに基本からも外れています」

そういうことか、と鮫島は気づいた。

「確たる証拠がないのに人員を割くのはいかがなもの

かと考えての上です」

「ひとりでも人員を割いていることにはかわりがありません。それともその通報はガセの可能性が高いのですか」

品のある中年女性といった趣きの阿坂から「ガセ」という言葉がでると、違和感があった。

「いえ、通報者も売人ですので、まちがいないと思います。商売敵を潰すのが目的です」

「ならば、ひとりで捜査に当たるのは考えものではないでしょうか」

「生活安全課は多くの事案を抱えています。対応できるのが私ひとりでした」

阿坂は鮫島の目を見つめた。

「わかりました。いい方法がないか、わたしも考えます」

鮫島は阿坂を見返した。

「それは、今の私の捜査方法に問題を感じておられる、ということですか」

「申しあげました。基本を守る、ルールを曲げない、が私の信念です。単独捜査は、警視庁の基本ではありません」

署長が咳ばらいをした。鮫島は署長を見た。あきらめに似た表情を浮かべている。

「現場に戻ってください。ここで議論をしていても始まらない」

「議論ではありません。確認です」

柔らかいが断固とした口調で阿坂はいった。署長は驚いたように阿坂を見たが、何もいわなかった。鮫島の処遇に関し、よほどのことがない限り、口をだせないということなのだろう。

「失礼してよろしいでしょうか」

訊ねると阿坂が頷いたので、鮫島は立ちあがった。阿坂も立った。身長は一六〇センチを少し超えるくらいだった。鮫島とは十センチ以上ちがうが、決して小さくは感じない。

「ごいっしょできる日が楽しみです」

阿坂はいった。鮫島は頷いた。

「よろしくお願いします」

「ご苦労さまでした」

署長がいい、

「失礼します」

鮫島は告げて、部屋をでていった。

7

「どうだった？」

新宿署をでたとたんに藪が訊ねた。ふたりは徒歩でKSJマンションに向かっていた。

「信念をもった人だな」

言葉少なに鮫島は答えた。

「どんな信念だ？」

「警察官としての信念だ」

「そんなものは誰にでもある。俺にも、お前にも。形は少しずつちがうだろうが」

あきれたように藪はいった。

「基本を守る、ルールを曲げない、という信念だ」

鮫島がいうと、藪は黙った。無言のままふたりは青《お》梅《うめ》街道を北に曲がった。北新宿一丁目と二丁目をへだてる蜀江坂《しょっこうざか》を進む。

「厄介《やっかい》だな」

やがて薮がいった。鮫島は答えなかった。

厄介だとしても、阿坂を課長と仰ぐのは避けられない。

「ノンキャリア女性警察官の星、といわれているそうだ」

薮がつけ加えた。

本人もそれは自覚しているだろう、と鮫島は思った。あるべき警察官の姿にこだわりつづけることで、今の地位に立った。決して無能ではないし、容姿の端麗さを買われただけでもない。

優秀で美しく、何より警察に忠誠を誓っていて、そこに一点の曇りもない。

「理解できる」

鮫島はいった。

「だがお前とは合わない」

「そんなことはまだわからない」

鮫島がいうと、薮は鮫島を見やった。が、

「ま、いいさ」

と息を吐《つ》いた。


ＫＳＪマンションが建つ通りに近づくと、鮫島はいった。

「別々にいこう。俺が先に入る」

「了解」

オフィス街でもない道を、白昼、男がふたり並んで歩いていたら、気にする者はすぐに刑事かと疑う。スーツにネクタイ姿では尚更だ。

単独捜査が結果を生む理由でもある。

鮫島はＫＳＪマンションには目を向けず、メゾンクレストに入った。ＫＳＪマンション一階のパーキングは二台の車で満車だ。すばやくナンバーを見たが、どちらも練馬《ねりま》ナンバーだった。

二階に上がり、監視拠点にしている部屋の扉を開けた。

体を低くして窓べに近づいた。ＫＳＪマンションの窓のカーテンがすべて開いているのがわかった。「３０２」「４０２」ともに、今は無人のようだ。

五分後、薮が入ってきた。

「空いたようだな」

藪の言葉に鮫島は頷いた。

「もしかするとでかけているだけかもしれないが」

「映像を見てみよう」

藪はベランダの窓を開けると、腹這いになった。鮫島は預かっていたリモートコントローラーをさしだした。モニターをのぞきながら、藪はリモートコントローラーを操作した。

鮫島もモニターをのぞこうとした。

「でかい頭が邪魔だ」

「でかいから、お前の役に立つ知恵がいっぱい詰まっているんだ。失敗だ。下まで入ってない」

段ボールの中のカメラをのぞきながら、リモートコントローラーを操作した藪は舌打ちをした。が、不意につぶやいた。

「嘘だろ」

つぶやく。

「どうした？」

鮫島の問いには答えず、首をもたげ、向かいのＫＳＪマンションを見た。やがて訊ねた。

「カメラ、もってるか。双眼鏡でもいい」

「どちらもある」

「だったら双眼鏡だ」

鮫島は双眼鏡を手渡した。藪は立ちあがると、ベランダにでて双眼鏡を目にあてた。

「おい、ずいぶん大胆だな」

ＫＳＪマンションがたとえ無人でも、下の通りを歩く人間から見える。藪は答えず、ＫＳＪマンションの部屋を見ていた。やがて、

「見てみろ。『４０２』だ」

と、双眼鏡をさしだした。

受けとった鮫島は、藪ほど前に立たないよう注意しながら、目にあてた。

焦点が合うと、カーテンの開いた窓と、おかれた二段ベッドが見えた。

「奥のほうだ」

藪がいった。

「奥？」

さすがにベッドの向こうは暗くて、よくわからない。

が、じっと見ていると二本の棒のようなものが床に転がっているのがわかった。やがて棒が人間の足だと気づいた。靴下をはいた足の裏がこちらを向いている。足の先の胴体まではさすがに見えない。

「人が寝ている」

「ああ。ベッドがあるのに床でな」

　答えた藪が鮫島の体を押しのけた。段ボールからカメラをとりだす。双眼鏡をおろした鮫島に、室内でモニターを向けた。

「見ろ」

　リモートコントローラーを操作した。

　ＫＳＪマンションの正面の窓が映った。

「窓と下と、両方撮るつもりでアングルを欲ばったら失敗した。上に片寄って、玄関まで写せてない」

　藪が説明した。言葉通り、「３０２」「４０２」の窓は画面の上半分に映っているが、一階の玄関付近はベランダの手すりが邪魔していた。

「だがな」

　藪はいって映像を巻き戻した。夜間の映像だった。

表示されている時刻は、午前一時二十分だ。一昨夜はついていた「３０２」号室の明りは消え、カーテンが閉まっている。「４０２」号室も同様だ。

　その「４０２」のカーテンが開かれた。部屋は暗いままだ。窓の奥に動く人影が一瞬、見えた。

「カーテンを開けた」

　鮫島はつぶやいた。

「妙じゃないか。夜なのに明りもつけず、カーテンだけを開ける。だが問題はそのあとだ」

　藪がリモートコントローラーを操作した。映像が早送りされ、午前二時のところで、画面に光が走った。

「何だ？」

「今、巻き戻して、スローで見せる」

　まっ暗なＫＳＪマンションの「４０２」の窓の奥で光が放たれ、一瞬、室内が浮かびあがり、すぐ闇に沈んだ。

「何か光ったな」

「その結果が、あれだ」

　藪の表情は真剣だった。

「ちなみに音はしていない」

藪はもう一度映像を巻き戻し、今度は普通速で再生した。

映像の中は静かだ。車のエンジン音が遠くから海鳴りのように聞こえる。暗いマンションの窓や下の通りからは何も聞こえない。

光が走った。藪が再生を止めた。

「つまり？」

鮫島は藪を見つめた。

「減音装置《サプレッサー》をつけた銃を使った。サプレッサーは、音速以下の銃弾に有効で、かなりの減音効果が見こめるが、銃口から噴きだす火までは隠せない」

藪は答えた。鮫島は「４０２」号室を見つめた。

「誰かが撃たれたってのか」

「そして死体が転がっている」

「待てよ」

にわかには信じられず、鮫島は首をふった。

「あの部屋にいる奴が撃ったのか、撃たれたのかは、わからない。とにかくカーテンを開けたまっ暗な部屋の中で、誰かがサプレッサーつきの銃を撃ち、床に転がっている人間の足が見える」

藪がいった。鮫島は藪の顔を見つめた。銃器に関する知識では、藪は警視庁一、といわれている。

「もう一度映像を見せてくれ。あと音量を最大にして」

「イヤフォンで聞け」

藪がカメラにイヤフォンをとりつけ、鮫島は両耳にはめた。

車の音、どこかの部屋でついているテレビの音声も聞こえる。そして、光が放たれた瞬間、ボンという小さな破裂音がした。

「小さいが、ボンと聞こえた」

耳から外したイヤフォンを藪にさしだし、鮫島はいった。同じ部分を再生し、藪は頷いた。

「まちがいない。銃声だ」

「確かか」

「音も光もエネルギーの一種だ。銃口から弾丸や炎とともに放たれた銃声は、拡散しながらも正面に向かう。

この窓の正面奥はおそらく玄関で、銃は室内に向けて発砲された。だから光があそこまで鮮明に写りこんでいる。同じように銃声も、銃口の正面方向にあるこのカメラが拾った。窓が閉まっているんで、このていどだったが、開いていたらもっと大きい音が録音された筈だ」

「じゃあＫＳＪマンションの他の部屋からははっきり聞こえたのじゃないか」

「隣の部屋に人がいれば、まちがいなく聞こえた」

「『３０２』はどうだ？」

藪は首を傾《かし》げた。

「聞こえたろうが、眠っている人間を起こすほどの音ではない。いったように、正面におかれたこのカメラですら、このていどの音しか拾っていない」

「撃たれたのは、室内にいた人間、ということか」

「おそらくな。自殺の可能性もある」

「自殺？」

鮫島は訊《き》き返した。

「『４０２』の人間は部屋をまっ暗にしていた。もし訪ねてきた人間に撃たれたのなら、部屋をまっ暗にはしておかないだろう。前もって訪ねてくるのがわかっていればもちろんだし、いきなりこられても、まず明りをつける。そうはしていないところを見ると、暗い中、自分に向け発砲したのかもしれん。自殺なら、明りをつけなかった理由も何となく理解できる」

「どんな理由だ？」

「決心が鈍る」

鮫島は息を吸いこんだ。寝室の暗い天井を見つめながら、自殺を考えたことがあった。明りをつけた瞬間、死は遠ざかった。

「カーテンを開けたのは、この世の見納めのためか」

藪は頷いた。

「現場を見ない限り、何ともいえないが」

「いってみるか」

鮫島は藪を見つめた。

「手袋は？」

「ある」

ふたりは現場検証用の手袋をはめ、メゾンクレストをでた。まっすぐ向かいのＫＳＪマンションに入る。

建物の中は静かだ。

　階段を四階まであがった。不審を感じるような品は、階段にはない。

　階段をあがって手前の部屋が「４０２」だった。銀色の番号錠が扉のノブの上についている。

　鮫島はまず扉のかたわらにあるインターホンを見た。藪が小声でいった。

「ボタンは駄目だ。指紋を消しちまう」

　インターホンのボタンは小さく、手袋をした手で押すと、残されている指紋を消してしまう可能性がある、という意味だ。

「わかった」

　鮫島はスティールの扉をノックした。藪はしゃがみ、番号錠の箱を観察している。

「ごめん下さい」

　もう一度ノックをしたが、返事はなかった。

「なるほど。暗証番号式の補助錠だな。テンキィで設定した番号を押すと、サムターンのつまみが回せる。配線不要のあとづけタイプだ」

　藪がいった。銀色の箱には縦二列に全部で十二のボタンがついている。左側の列が「１」から「５」と「Ａ」、右側の列が「６」から「０」までと「Ｂ」で、ボタンの下に丸いつまみがあった。

「どういう仕組だ？」

「おそらくだが、四桁か六桁の番号を設定し、このつまみでサムターンを回す。番号がちがうと、サムターンは回せない。開けるのも閉めるのも、外からは番号の入力が必要だ」

「オートロックじゃないのか」

「それだと電気を使うが、これはちがう」

　手袋をはめた手で、藪は慎重にドアノブをつかんだ。声をかけ、ドアノブを引いた。鍵はかかっておらず、ドアは外に向かって開いた。

　うつ伏せに倒れている男の姿が見えた。三和土《たたき》にある黒い革靴の上に顔を伏せている。薄い青のワイシャツにグレイのスラックスをはいていた。血が匂った。

藪は鮫島をふりかえった。鮫島は藪と体の位置を入れ替え、手袋を外した手を、倒れている男の首にあてた。

動脈の位置を探るまでもなく、その冷たい肌で死んでいるのがわかった。

8

夜の十時を過ぎてようやく、現場検証が一段落した。死亡していたのは、推定年齢三十代から四十代のアジア人男性で、胸部左寄りに正面からうけた銃創があり、それが死因となったと考えられた。詳細は、監察医務院での解剖の結果待ちだ。

室内に男性の上着と思《おぼ》しい背広があり、現金十二万円が入った財布もいっしょに見つかったが、クレジットカードや免許証等、氏名や身分を証明する品は一切なかった。

現場から銃は発見されず、検視の結果、殺人である可能性が高まり、初動捜査は警視庁捜査一課第二強行犯二係が担当することになった。現場管理官は津田《つだ》警視で、検証後、鮫島と藪は新宿署で事情聴取をうけた。

事情聴取には、新宿署刑事課長の児嶋《こじま》と捜査一課の二係係長も立ち会った。係長は久米《くめ》という警部で、以前、新宿署組織犯罪対策課にいた。

　死体発見に至る経緯を、まず鮫島が説明した。浦田による密告をきっかけに、ＫＳＪマンションを監視対象にし、カメラの設置に藪の協力を仰いだことを話す。

　その映像の確認をおこなったところ、銃火と思しい閃光が録画されており、さらに「４０２」号室の中に倒れている人間らしき姿が見えたので、現場に立ち入った旨を、藪が告げた。

「令状はとりませんでしたが、適切な行動であったと考えます」

　鮫島はいった。

「そこに疑いはもっていない。カメラがあったなら、帳場をたてるまでもなく、ほしを見つけられると考えていいのかね」

　津田が訊ね、鮫島と藪は顔を見合わせた。

「それが――」

　藪がいいかけ、鮫島はあとをひきとった。

「私の責任です。室内と建物の出入口と、両方を写してほしいと頼んだのですが、結果として窓しかとらえられませんでした」

「いや、欲ばったのは俺です。両方いけると思っていたのが、出入口はベランダの手すりが邪魔をして写せていませんでした」

　藪がいった。

「すると犯人の映像はない？」

　津田が訊ねた。ふたりは頷いた。

「カーテンは開いていたな」

　久米がいった。

「その通りです。映像を分析すればわかると思いますが、発砲の約四十分前に、『４０２』にいた人物がカーテンを開けています。ただし部屋は暗いままでした」

　藪が答えた。

「現場の部屋にいた人間が明りを消してカーテンを開けたということか？」

　津田が訊ねた。

「そうではなく、ずっと暗いままの部屋のカーテンを開けたのです」

「意味がわからないな。部屋にいたが明りをつけず、カーテンを開けたのか」

「その通りです。ただし、いつから部屋にいたのかはわかりません。昼間からいたとしてもカーテンは閉まっていました。ただ暗くなってから明りをつけた形跡がないのです」

「それはこういうことか。部屋にいた者は、カーテンを閉めているのに明りをつけず、発砲の起きる四十分前にカーテンだけを開けた」

「あるいはその直前に入室したのかもしれません。外からやってきて現場の部屋に入り、明りをつけることなく、カーテンだけを開いた」

　藪は答えた。

「君らの監視に気づいて、明りをつけなかったのではないか」

　久米が訊ねた。

「そうなら、カーテンは閉めたままでいいだろう。明りをつけずにカーテンを開く理由にはならない」

　津田がいった。

「しかも、おそらくですが犯人が部屋を訪ねてきたときも、明りはつけていません。暗い中で扉を開け、その場で撃たれた可能性が高いと思われます」

　藪がつけ加えた。久米が藪を見た。

「藪さんはそっちの専門家だ。どう見る？」

「推測しかできません」

「いいよ、聞かせて下さい」

「犯人は減音装置つきの銃を使用しています。録音された銃声からも、それは確かです。午前二時、扉に鍵がかかっていたかどうかは不明の『４０２』を訪れ、室内にいた人間を玄関先で撃った。発砲は一発で心臓に命中し、被害者はその場に倒れ死亡した」

「マル害はなぜ明りをつけなかった。不意に現れたとしても、まずは部屋の明りをつけるだろう」

　久米がいった。

「理由はいくつか考えられます。まず、明りのスイッチがどこにあるかを知らなかった。現場となったマンションはおそらくヤミ民泊で、被害者はそこを借りていた可能性が高い。そこでとっさに明りをつけられなかった。ただしその四十分前から室内にいたことを考えると、これはやや考えにくい。ふたつ目の理由は、あえて明りをつけていなかったというものです。監視を警戒したのか、狙撃を恐れていたのか、外部からのぞかれないように明りをつけなかった。犯人がきたときも明りをつけなかったのは、その予定だったから、と考えます。つまり暗い室内で訪ねてくる人間を待っていた」

「なのにカーテンを開けた理由は？」

「合図です。在室している、と外部にわからせるための。カーテンを閉めたまま明りをつければすむことですが、その方法はとらなかった。理由は、我々の監視を警戒していたからかもしれません」

「監視に気づかれていたと判断できる兆候はあったのか？」

津田が訊ねた。鮫島は首をふった。

「『４０２』はその前々日の夜、明りがつきカーテンは閉まっていました。カメラを設置したのは翌日、つまりきのうの夜でしたが、そのときはカーテンが少しだけ開き、明りは消えていましたので無人だと判断しました」

「カメラの存在を発見された可能性は？」

「それはおそらくない、と思います。段ボールを使ったカムフラージュを藪さんが施していましたので」

「だが、マル害の行動は明らかに外部の監視を警戒したものだ。マル害が、監視対象だったネタ元という可能性はないのか」

「少なくとも阿曽ではありません。私は会ったことがあります。阿曽は五十を超えてますし、エンコを詰めています。マル害とは一致しません。ただその下のしきてんであった可能性はあります。小分けを明日か明後日やるので、あのマンションが張られていないか確かめようとしていたのかもしれません」

久米がいった。

「なるほど、それなら明りをつけなかった理由にはなる。つければ部屋にいると宣伝しているようなものだ」

「しきてん、が殺された理由は？」

鮫島は訊ねた。久米は首をふった。

「そこまではわからない。しゃぶをめぐるいざこざか」

「ほしはプロです。しゃぶのいざこざでネタ元のしきてん風情を殺すのに、プロはでてこんでしょう」

ずっと黙っていた刑事課長の児嶋がいった。

津田が唸り声をたてた。

「マル害の身許《みもと》がわかるものは他になかったのか。携帯電話は？」

「上着の中にありました。プリペイド携帯で、本体に登録された番号はなく、発信、着信ともふたつの番号しか履歴がありませんでした。どちらも携帯電話で、現在、所有者を調べさせています」

久米が答えた。津田は深々と息を吸いこんだ。

「財布には現金だけ、携帯はプリペイドで、かけるのもかけてきたのもふたりしかいない、ということか。何者なんだ」

全員が沈黙した。

「明日、捜査員を一階のコインパーキングの会社とＫＳＪマンションの所有者のもとに向かわせます。コインパーキングのカメラに、マンションに出入りする者が写った可能性はありますし、ＫＳＪマンションの所有者から民泊業者、民泊業者からマル害の身許がたぐれるかもしれません」

久米がいった。

「身許のわかるような品を一切もっていなかったということは、わざとそうしていたのではないでしょうか。たとえば、しゃぶ屋に潜入中の麻取《マトリ》だったとか」

児嶋がいった。

「麻薬取締官だとすれば、正体がばれ、消されたという可能性はあります」

久米が頷くと、津田の顔は険しくなった。

「消したのは阿曽か」

「とは限りません。以前つかまり、恨んでいた者に殺《や》られたのかもしれない。たまたまあのあたりで見かけ、仕返しのチャンスだと考えた。情報を渡すとかいって、カーテンで合図をさせ、マル害がひとりのところを狙った」

「麻取ならAFIS（警察庁刑事局鑑識課指紋システム）に指紋の登録がある筈です。明日には照合の結果がでます」

　久米がいった。

「麻取だったらおおごとだ。いずれにしてもマル害の身許が判明しないことには、ほしの絞りこみは難しい」

　津田は息を吐き、鮫島を見やった。

「きっかけは君だ。意見を聞こう」

　鮫島は首を傾げた。

「おっしゃる通り、マル害の身許が判明しないことには、筋が読めません。ただ減音装置つきの銃など、そのあたりのマルBやしゃぶ中がもっているものではありません。しかもほしは暗い中、一発でマル害を仕留めている。児嶋さんがいうようにプロか、それに近い人間です」

「それに近い人間とは？」

「軍隊、それも特殊部隊などにいた者です」

　鮫島は藪を見やった。

「どう思う？」

「減音装置は、軍用を除けば、アメリカでも簡単には手に入らない。だが知識があれば自分で作ることも可能だ」

　藪が答えた。

「そんなもの、自作できるのか」

　久米が訊ねた。

「銃口に金属管を固定し、減音材となる布やクッションを巻きつけ、ひと回り大きい金属管でおおうだけで、かなりの減音効果がみこめます。さらに凝るなら、弾丸の火薬量を減らしてスライドの後退を止めれば、排莢口から銃声が洩れるのも防げます。そうすれば薬《やっ》莢《きょう》が排出されないので、現場から見つからなかったのも理解できます。暗い中、銃からとびでた薬莢を拾うのは簡単ではありません」

「わざと作動不良を起こすということか？」

　久米の問いに藪は頷いた。

「銃口に減音装置をつけ、装薬を減らした弾丸で排莢をおこなわない拳銃は、米軍などの特殊部隊が使っています。そういった知識をもつ者なら、音速を超えない弾丸を使う拳銃に限って、自作できます」

「音速を超えない？」

「自衛隊や警視庁でも一部に貸与されている九ミリ拳銃は、弾速が速いので、減音効果が期待できません。解剖の結果待ちですが、ほしは弾速の遅い銃を使ったと思います」

「そういう細工ができるのは、どんな奴だ？」

津田が訊ねた。

「鮫島がいったように、まず特殊部隊あがりの外国人。日本人なら、海外で銃の知識と経験を得たような人物です」

「どちらにしてもプロということか。阿曽は元栄勇会だったな」

津田が久米を見た。久米は頷いた。

「栄勇会がらみで過去、プロの殺し屋が関与したと思われる発砲事件はあったか？」

「ドア撃ちなどはありましたが、人を狙った、それもプロらしき発砲はありません」

「栄勇会は屋台骨だった幹部の吉田《よしだ》が自首し、服役してから勢いがありません。以前は中国から直接クスリを仕入れるルートをもっていましたが、鮫島さんに潰された」

児嶋がいった。

「直接仕入れるルート？」

津田は鮫島を見た。

「『金石《ジンシ》』というグループです。金の石と書きます。中国残留孤児の二世三世の互助会から派生しました。『金石』は陸永昌《ルーヨンチャン》、別名樫原等《かしはらひとし》という中国人からクスリを仕入れ、栄勇会に流していました」

「樫原――。例の桃井さんの事件の樫原か」

久米が目をみひらいた。鮫島は無言で頷いた。

「そのグループと阿曽とのあいだに関係はないのか」

鮫島は首をふった。

「桃井さんの件があったので、栄勇会の吉田は自首し、私を殺そうとして失敗した陸は日本から逃げました。その結果、『金石』と栄勇会の関係も切れています」

「完全に切れたという確証はあるのか？」

津田が訊ねた。

「陸がネタ元で、『金石』はいわば商社です。別の筋を見つけない限り、栄勇会はネタを引けません。それを仕切っていたのが吉田で、吉田は『金石』による元暴力団組長夫婦殺しを供述しました。それによって『金石』のメンバーが千葉県警に逮捕されています」

「売ったということか。吉田は『金石』を」

「そうです。出頭の際、吉田は家族の保護を私に頼みました。『金石』は裏切り者を、その家族も含めて許しません。そのため、今なお、実態をつかむのが困難です。逮捕されたメンバーも、完全黙秘を通し、有罪判決を受けいれました。それは、グループについて話せば、自分たちの家族に累が及ぶと考えたからだと思います」

津田の表情が暗くなった。

「マル害が栄勇会の関係者で、『金石』による報復をうけた可能性はどうだ?」

「『金石』が報復に動くとすれば、吉田に近い人間です。マル害がそうならば、可能性はありますが、吉田に弟はいませんし、息子はまだ中学生です」

鮫島は答えた。

「その陸という中国人ではないのだな?」

「ちがいます。陸に私は会っています」

桃井が撃たれる直前、「松毬《マツカサ》」というスナックで、鮫島は陸に会っていた。まだ三十に手が届くかどうかという年齢に見えた。だが鮫島が刑事だと知っても落ちつきはらっていたし、翌日は中国人の殺し屋を自宅近くにさし向けてきた。殺し屋は鮫島を取材しようと張りこんでいた週刊誌の記者を誤射し、鮫島に逮捕された。記者は重傷を負ったが命をとりとめた。

「陸が不用意に新宿に足を踏み入れるような愚を犯すとは思えません。それに――」

鮫島はいいかけ、黙った。

「それに何だ?」

鮫島は全員の顔を見回した。

「陸は、内調の下部機関の情報提供者でした」

「内調」

久米が絶句した。

「どうして知っている?」

津田が鮫島を見た。

「申しわけありません。それはお答えできません」

香田《こうだ》は今も出向先である「東亜通商研究会」にいるだろう。「金石」と桃井を狙っていた樫原茂《しげる》をつなぐのが陸だという情報をくれたのは、鮫島とキャリア同期の香田だった。

目を伏せた鮫島に、津田は何かを察したのか、いった。

「君ならではの情報源があるのだな」

鮫島は黙っていた。

「いいだろう。とにかくマル害の身許の特定が最優先だ。帳場をたてるかどうか、一課長や理事官に相談するが、それまで君にも協力を頼みたい。いいかね?」

「了解しました」

「君は君のパイプを使ってくれてかまわない。そのかわり入った情報はすべてあげてくれ。こちらもわかったことは知らせる」

津田の言葉に、鮫島は頷いた。

9

警察庁刑事局鑑識課指紋センターの照合システムＡＦＩＳに、ＫＳＪマンションの「４０２」で死亡していた男性と一致する指紋の登録はなかった。被害者は司法警察職員ではなく、逮捕歴もない、ということだ。

ＫＳＪマンションの登記上の所有者は「呉竹宏《ひろし》」だった。毎年の固定資産税は「呉竹宏」によって支払われていたが、登記簿上に記載されていた住所、ＫＳＪマンションに住んでいないことが判明した。

それはつまりＫＳＪマンションの事実上の所有権が呉竹宏から、暴力団などの反社会的勢力に移った可能性を示唆していた。

登記簿の書きかえをおこなえば、新たな所有者が反社会的勢力に属する者かどうか確認が必要となるし、もし反社会的勢力に属する者と知った上で書きかえの手続きに協力すれば、不動産業者、司法書士などにも罰則の適用がある。それを避けるため、あえて所有者を「呉竹宏」のままにしておいたのだ。

　呉竹宏が賭け麻雀の負けを清算するためにＫＳＪマンションを奪われたのは明らかだった。殺されてはいないかもしれないが、訴えなどを起こせないような状況にあるのだろうと鮫島は思った。

　ＫＳＪマンションの事実上の所有者である反社会的勢力――暴力団の下で働かされているか、わずかばかりの「名義使用料」の支払いと引きかえに黙らされている可能性もある。

　それは暴力団がからめば、十分ありうる話だった。被害者である呉竹宏が、喜んで名義を貸しているのだ。

　それはこんな絵図だ。

　賭け麻雀によって莫大な借金（もちろん違法で、支払う義務はない）を負った呉竹宏に対し、貸し主である暴力団員は当初、厳しい督促はしない。「遊びの銭だから、余裕のあるときに払ってくれりゃいいですよ」といった調子だ。

　が、それが一定期間を過ぎたとき、「いろいろと組の状況がかわりましてね。急ぎで大きな金を作らなきゃならない。あんたを当てにしろ、と周りにはいわれるんですが、それは心苦しい。ですが、こうも切羽詰まったら、頼る他ないんです。うまくいかないと、俺は指を詰める羽目になっちまう。どうにかなりませんか」

　これをつっぱねるのは容易ではない。なぜなら呉竹には、これまでは督促されず、それにあぐらをかいて借りを払わなかったという負い目がある。

　だが、あくまでも、「今さら払う金なんかない」と図太くふるまったとしよう。たいていの場合、貸し主の〝弟分〟というのがでてくる。

「兄貴はあんたのことが好きで、組うちからいろいろいわれても、ずっとかばってきたんだ。なのに困ってる兄貴を、あんたが助けないというのなら、舎弟の俺が黙ってない。覚悟はいいか」

　呉竹が恐怖を感じたところで、貸し主の暴力団員から提案がある。

「名義は呉竹さんのままでいいから、お持ちの建物を俺に預けてくれませんか。いい商売の話があるんです。うまくいけば、貸しを棒引きできる上に、むしろ使用料が入る。ただそうするには建物を明け渡してもらわなきゃならないんですが、そのための仕度金は用意します」

名義をかえなくていいという言葉に、呉竹は安堵する。名義さえ自分のままなら、知らぬ間に売られてしまう心配もない。そこでいくらかの金をもらい、用意された部屋に引っ越しをする。

名義をかえないのは、暴力団側にとっても、規制されている「反社会的勢力による不動産取引」がバレないというメリットがある。所有権が移れば、その手続きをおこなう行政書士や司法書士には、暴力団排除条例にしたがう義務があり、取引に反社会的勢力が加わっていると知った上で作業に関与すれば、処罰をうける。それは金融機関も同様で、反社会的勢力に属する者は、口座開設もできず、その結果、公共料金の支払いにすら苦慮する状況を生んでいる。

むろん、高額の謝礼と引きかえにあえて条例違反に手を染める者もいる。暴力団排除条例は、基本的人権の侵害だと主張する弁護士もいるほどだ。排除される側からすれば、「やくざは人間じゃないということか」という気持だろう。

それが狙いなのだ。暴力団員をつづけられない生活に追いこみ、足を洗わせる。

が、現実には、カタギでありながら、暴力団員と何らかわらないシノギをおこなう地下犯罪者を作りだす結果を生んでいた。

ＫＳＪマンションはこうして実質の所有権が暴力団に移り、傘下の内装業者によって民泊用の建物に改装される。名義上の所有者が自分たちではないのだから、当然、合法的な営業など考えていない。当初からヤミ民泊として開業する。

万一摘発をうけた場合、矢面《やおもて》に立つのは所有者の呉竹宏だ。そのときにべらべら関係者の名を喋らせないために使用料が支払われ、移転もさせられている。借金のとりたてから解放され、さらに金までもらっている呉竹は、恩義を感じこそすれ、進んで警察に協力することはない。

暴力団によるカタギのとりこみは、昔も今もかわらない「アメとムチ」だ。金を与え、保護をうたい、逆らおうものなら生命をおびやかす。ただその方法が昔より巧妙になり、カタギの側に、「利用されている」というよりむしろ「助けてやっている」という優越感を与える仕組が多くなっている。

そうと知らずに暴力団にとりこまれるのではなく、自らかかわって協力者になるのだ。それもまた暴力団排除条例のもたらした変化だった。

呉竹宏の現住所は、生きてさえいればいずれ判明する。

問題はＫＳＪマンションの「４０２」号室で射殺された男の身許が判明しないことだった。

男が着ていたスーツ、シャツ、下着類はすべて、日本の量販店で売られている品で、携帯電話は、他人の身分証を使って購入した〝トバシ〟だった。その携帯電話に記録が残っていた二本の番号も、同じく〝トバシ〟であることが判明した。

〝トバシ〟の携帯をもち、そこに記録された番号も〝トバシ〟であるとなれば、被害者の男が犯罪に関与していた疑いは濃厚だ。

ＫＳＪマンションの「４０２」号室とその周辺からは、指紋や毛髪など大量の遺留物が見つかった。ＫＳＪマンションがヤミの民泊施設として使われていることを考えれば、これは当然といえた。それらから採取されたＤＮＡと、犯罪歴がある者のＤＮＡの比較がおこなわれることになったが、結果がでるまでに時間がかかる上、犯罪特定の決定的な証拠とはならない可能性があった。

過去、ＫＳＪマンションに出入りしたことがあるからといって、「４０２」号室の殺人に関与したとは限らないからだ。

「ありゃあいいってものじゃない。多すぎても困るんだよ」

二日めの現場検証に立ちあった鮫島に、本庁の鑑識課員がぼやいた。「４０２」号室だけでなく、廊下や階段、玄関の扉などで採取された指紋や毛髪類は、ざっと数十人分にのぼりそうだった。その中に犯人のものが含まれているかどうかはわからない。

「４０２」号室の扉付近から採取された指紋は、大半が被害者のものだった。犯人が玄関口で発砲したことを考えると、室内に指紋を残している可能性は低い。減音装置《サプレッサー》をつけた銃を使用するほどの犯人が、指紋を残しているとも思えない。したがってＫＳＪマンションで採取された指紋が犯人を特定する証拠にはならないだろうと鮫島は考えていた。


署に戻ると、監察医務院から戻ってきた藪と会った。

「弾丸は？」

「でた。砕けた複数の破片が体内から見つかった。集めて重さを量ったんだが、おそらく七・六五ミリ口径の拳銃弾だ。インチで表すアメリカ式にいえば、32口径ということになる。この口径の自動拳銃は、アメリカを始めとして中国、イタリア、世界各国で作られている。入手が特に困難という銃じゃない」

「32口径」

鮫島はつぶやいた。貸与されているニューナンブよりもさらに小さい口径ということだ。

「それでも一発で人は死ぬのだな」

つづけると、藪は頷いた。

「弾丸はマル害の右心房に命中し、破裂させた。心臓の位置は、胸の中央よりやや左だが、左を狙いすぎると外す。ほしはそれをわかっていたのか、胸の中心を撃ち、一発で仕留めた」

「プロなら、止《とど》めを刺すのじゃないか」

「相手が武装していたらそうするかもしれないが、マル害は丸腰だった可能性が高い。出血からして、命をとりとめることはないと判断したのだろうな。そっちは何かでたか」

「ですぎだそうだ。遺留指紋だけで、数十種類あるらしい」

「どうせ全部外れだ。こんなほしが指紋を残す筈がない」

藪も鮫島と同じ考えだった。

「阿曽の指紋はでるかもしれないぞ」

「だからって阿曽がほしということにはならないだろ

う。たまたまあの部屋に出入りしたというだけで。たとえほしだったとしても、マル害との関係をつきとめられなけりゃ落とせない。マル害の身許がわかるまではひっぱれんさ」

　藪の言葉に鮫島は頷いた。クスリのいざこざで殺人が起きるのは、莫大な金になるような量が関係しているときに限られる。

　死んだ男が何キロという覚せい剤をもっていて、それを奪うために殺したというのでもなければ、考えにくい。そしてもしそうなら、男は大物の運び屋だったわけで、記録がない筈はなかった。

「くそ、俺が欲ばらなけりゃ。ほしが出入りする絵が撮れたのに」

　藪はくやしげにつぶやいた。

「殺しが起こるとわかっていたわけじゃない。テスト撮影だった。あんたに責任はない」

　鮫島がいうと、藪は息を吐《つ》いた。

「あとはコインパーキングのカメラだ。角度からして、正面からほしは撮れちゃいないだろうが、何かしら手がかりになる映像があればいいが」

　捜査会議で、そのコインパーキングの監視カメラに残った映像が公開された。

　犯行時刻と思《おぼ》しい午前二時の一分前、黒っぽいスポーツウエアのフードをかぶった人影がＫＳＪマンションの玄関をくぐる姿が写っていた。斜めうしろからの映像で、顔は隠れている。あたりを気にするそぶりも見せず、画面の外からまっすぐにＫＳＪマンションの玄関に向かっている。

　そしてほぼ五分後に、玄関からでてくる姿が写っていた。カメラから顔をそむけるように横を向いて、画面の外にでた。

「これがおそらく犯人だと思われます。明らかに監視カメラの存在を意識し、顔を写されないようにしています」

　マイクを手にした児嶋が説明した。

「犯人の映像はこれだけかと思われましたが、さかのぼって検証した結果、午前一時四十分、こんな映像がありました」

人通りのないコインパーキング周辺の映像が画面に映しだされた。その端を一瞬、かすめたものがある。

「巻き戻して、ストップします」

捜査員から声があがった。それは自転車に乗った男の姿だった。黒っぽいスポーツウエアを着け、フードをかぶっている。それがＫＳＪマンションの前を素早く横ぎったのだ。顔はやはりとらえられていない。

「分析の結果、同一人物であることが判明しました。バスや電車などの公共交通機関は動いていない時間です。ほしは、徒歩や車ではなく、自転車で移動した可能性が高い。自転車なら細い通りを抜けられ、Ｎシステムにとらえられる可能性も低い。とりあえず現場を中心とした二キロ圏内の防犯カメラをしらみ潰しに当たりたいと思います」

久米があとをひきとった。

「この自転車だが、高価なレーサータイプではないことは、タイヤの太さなどで明らかです。より分析を進め、製造元、販売者の情報が得られたら、報告します。さて、コインパーキングの監視カメラには、被害者の映像も残っていました。それをこれからだします。殺害される前日の映像です」

午前零時十分であることが画面に表示された数字でわかった。ＫＳＪマンションの玄関をくぐる。スーツにネクタイ姿の男が映った。

鮫島は唇をかんだ。ＫＳＪマンションの監視をあきらめてから、わずか二十分足らずのことだ。もう少しがんばっていれば、被害者が明りを消し、建物をでていく姿を見られたのだ。

だからといって被害者の殺害を防ぐことはできなかっただろうが。

「そしてこれが、約二十三時間後、同じ日の夜の映像です」

午後十時五十二分、同じスーツの男がＫＳＪマンションに入っていく姿が写っていた。

「この約三時間後に、被害者は射殺されています。解剖の結果、使用されたのは七・六五ミリ口径の拳銃で、一発が心臓右上部に命中、ほぼ即死であったろうということです。しかもその拳銃には、サプレッサー、あるいはサイレンサーとよばれる減音装置がとりつけられていたようです。これは犯人を特定するための重要な秘密なので、各人留意して下さい」

　津田が口を開いた。

「被害者の指紋はＡＦＩＳに記録がなく、現段階では日本人かどうかも判明していない。ただ現場となったＫＳＪマンションは、民泊施設と思われ、しかも外国人向けのサイトでのみ宿泊客を募集している、ヤミ民泊である可能性が高い。これまでの調べで、この建物は過去、『呉竹ガラス店』という店舗兼住宅であったことがわかっている。登記上の所有者は呉竹宏だが、かなり以前、賭け麻雀の負けのカタに土地、建物の実質的な所有権が奪われたとの情報がある。所有権を奪った者がその建物を民泊施設に改装した。所有者の名義がかわっていないのは、暴排条例に抵触するのを恐れたからだと思われる。つまりＫＳＪマンションの実質的な所有者は、暴力団あるいはそのフロント企業で、それがさらに『ＷＴＳ』、もしくは『ウエルカムトウキョウサービス』と名乗る民泊事業代行サービス会社に貸しだされ、民泊施設として使用されているという状況のようだ。『ＷＴＳ』の実態は不明だが、ヤミ民泊業者であることを考えると、殺人事件の発生をうけて、摘発を恐れ、なりを潜める可能性もある。一方で『ＷＴＳ』には、宿泊客として被害者の情報が存在すると思われる。『ＷＴＳ』自体が、フロント企業であるかもしれず、捜査には慎重を期してもらいたい。この事案に『ＷＴＳ』が関係しているかどうかは不明だが、いずれにせよ違法行為に手を染めている連中だ。危険を感じれば、潜伏するかもしれない」

　手が挙《あ》がった。一課の刑事だ。

「賭け麻雀のメンバーについてわかっていることはありませんか」

　津田の目が鮫島をとらえた。

「それについては、新宿署生安の鮫島警部が詳しい。本人から説明してもらおう」

　鮫島は立ちあがった。ひそひそ話が会議室のあちこちで始まり、久米が制した。

「静かに！」

「鮫島です。初めに、本事案にかかわった経緯をご説明します」

　浦田からの密告《ちつくり》がきっかけで、ＫＳＪマンションを監視対象におき、そのために訪れた「淀橋不動産」で得た情報について話した。

「呉竹宏が賭け麻雀に誘いこまれたのは、百人町《ひやくにんちょう》にあった千代田荘という麻雀店ですが、これはもうなくなっています。その後、西新宿の『サロン』という会員制の麻雀店に出入りするようになり、そこではひと晩に百万、二百万という金が動いていたようです。その結果、店舗、建物を奪われることになった。『サロン』も現在はなくなっていて、どういった人間が賭け麻雀に加わっていたのかは不明ですが、マルＢが関係していた可能性は高いと思われます。判明しているメンバーは今のところ、北新宿四丁目にあったスナック『バニシング』のマスターで、遠藤という人物だけです。このスナックも今はありません」

　鮫島は会議室にいる、約百人の捜査員を見渡し、告げた。半数は警視庁捜査一課の人間だ。好奇心のこもった視線を感じる。

「何かありますか」

　誰も手を挙げなかった。鮫島は津田を見た。津田が頷いたので着席した。

　久米が口を開いた。

「密告のあったしゃぶの小分けと本件が関係しているかどうかは、現在のところ不明だが、捜査に際しては先入観を排除してあたってもらいたい。被害者の国籍すら判明していない。いかなる可能性も考慮し、どんなに小さな情報であっても、上げるように」

　百の頭が頷いた。児嶋が立ちあがった。捜査員の編成が発表される。捜査一課、新宿署あわせて百人の捜査員はＫＳＪマンション周辺の地取りと被害者の身許特定、そして「ＷＴＳ」の実態調査の三つに大きく分けられた。

　鮫島は、そのどれにも含まれていなかった。

　会議が終わり、出席していた捜査員が引きあげるのを待って、児嶋が鮫島を呼んだ。津田と久米がかたわらにいる。

「あんたはひとりのほうが動きやすいだろうと思って、組みこまなかった。管理官もそれでいいとのことなので」

久米がいい、鮫島は無言で頭を下げた。

「組みたがる者はいないだろうと思っただけだ。いろいろとあるだろうからな」

嫌みには聞こえない口調で津田がいった。

「組んだ人に迷惑をおかけすることになるかもしれません」

鮫島は答えた。津田が目をそらした。

「将来を考えれば、若い連中はあなたと組みたくないだろう。うまくいってもいかなくても、あなたと組んだということは、人事に記録として残される。何かあったとき、あなたに影響をうけたという理由をつける人間が現れないとも限らない」

「おっしゃる通りです」

「もうひとつあるんだ」

久米がいったので、鮫島は目を向けた。

「本件と関連があるとはっきりするまでは、『金石』の情報を会議にあげたくない。公安《ハム》ネタが絡んでいるとわかると士気にかかわる」

「理解できます」

「マル害が外国人で、公安がらみの事案となれば、捜査の主導権をもっていかれる可能性もある。そのときはしかたがないが、初めからそれを承知で動いてくれとは、いえない」

鮫島は頷いた。

「帳場をたてるかどうかは、もう少しようすを見てからにしようということになった。それまで新宿署には負担をかけるが、署長も了解してくださった」

津田がいった。

「まずはマル害の身許特定が最優先だ。大塚も、歯の治療跡から何かわからないか調べてくれたようだが、はっきりしないらしい。昔ならともかく、近年は中国も治療技術にほとんど差がないらしい」

久米が息を吐いた。

「あなたはどう動くつもりだ?」

津田が訊ねた。

「呉竹宏の周辺を当たるつもりです。『ＷＴＳ』の背景にマルＢがいるかどうか、そのあたりから探れないかと考えています」

鮫島は答えた。津田は頷いた。

「用心してください。どういう筋かはっきりしないうちは、どこでほしにいきあうかわかりません。いきあったとき、ほしがどうするか。逃げるか、とぼけるか、あるいは警察官にも平気で銃を向けるか」

「捜査員には全員、銃の着装を義務づけ、必要ならＥＲＴ（緊急時初動対応部隊）の出動も仰ぐ。あんたもそのつもりでいてくれ」

久米がいった。

10

翌朝、鮫島は「淀橋不動産」を訪ねた。ＫＳＪマンションで死体が発見されたことを、山口はすでに知っていた。

「ニュースで見ましたよ。殺人ですか？」

鮫島と向かいあうなり、山口は訊ねた。

死体が発見されたとは報道されたが、それが射殺体であることは、まだマスコミに伏せられている。

「それを現在調べているところです。とりあえずＫＳＪマンションの現在の所有者をつきとめたいと思いまして」

鮫島は答えた。

「登記上の所有者は調べましたか」

「呉竹宏さんです」

「え？」

山口は意外そうな顔をした。

「今でも、ですか」

鮫島は頷いた。

「今でも、です。ですが民泊施設への改装がおこなわれたことを考えると、実質的な所有者は別人かもしれません」

「てっきり麻雀のカタでとられたものだとばかり思ってました」

事務服の女性がコーヒーをだし、鮫島は礼をいった。

「その麻雀なのですが、先日うかがった『バニシング』というスナックのマスターの他に、加わっていた人をどなたかご存じありませんか」

「うーん」

山口は天井を見上げた。

「麻雀屋でしか顔を合わせないんで、仕事も知らない、渾名《あだな》で呼びあってるから本名もわからないって人ばかりだったし、何しろ昔のことですからね」

目を閉じ、考えていた。

「馬渕《まぶち》さんてタクシーの運転手がいたなあ。あ、でもあの人は亡くなったんだ」

「千代田荘がなくなったあと、『サロン』に呉竹さんをひっぱっていったのは誰だったのでしょうか」

「それがエンちゃん。『バニシング』のマスターの遠藤さんだったんですが、もうひとり確かいたな……」

山口はつぶやいた。鮫島は無言で待った。

しばらく考えていたが、

「駄目だ、思いだせません」

と、山口は首をふった。

「千代田荘や『サロン』に出入りしていた暴力団関係者についてはいかがです？」

「『サロン』はわからないけど、千代田荘には何人かいましたね。やくざ者といっても、いわゆる博打うちで、そんなにガラが悪いというタイプではありませんでしたけど」

「どこの組の何という者です？」

「えーと、ひとりはノミ屋もやってる地回りでした。前歯が片っぽうなくてね、まるでヤーさんには見えない顔の男で。えーと、ヤスさん、ヤストミといった筈です」

「ノミ屋もやっていた、ヤストミですか」

鮫島は手帳を広げた。千代田荘の跡地にたてられたハチマンビルの六階にかつて入居していた小さな組、兼有会の構成員名簿を署の資料室で見つけ、眠れないまま早朝出勤した今朝、手帳に書き写していた。

保富《やすとみ》　武《たけし》という名があった。

「保富武ですか」

「そうです、そうです。同じ組の人間にはタケシって呼ばれてたのを思いだしました。すごいですね、そんな古いこともわかるのですか」

山口は目を丸くした。

「ハチマンビルに入ってた、兼有会という組の構成員だったようです」

「ああ……そうだ。兼有会。そんな名前だった。確かもう、潰れちゃったんですよね」

「廃業届はでていませんが、もう存在していないようです」

「この二十年のあいだに、新宿にあった小さな組は潰れるか吸収されるかして、かなり減っちゃいましたからね。うちの親の時代なんかは、そこら中に事務所がある、みたいな感じでしたけど」

山口は頷いた。

「保富武も『サロン』に移ったのでしょうか」

「いや……。ヤスさんはちがいましたね。一回、そうだな、十年も前か。歌舞伎町でばったり会ったことがありましてね。昼間ですよ。そのときに呉竹さんの話になって、ビルをもってったのはヤスさんたちじゃないのっていったら、うちはちがうって、えらい勢いで怒られて。ちょっと恐かったのを覚えています」

「なぜ怒ったのですか」

「それはよくわからないのですが、『ああいうアコギな真似はしないんだ』とはいっていたな。アコギというのがどういう意味なのかは訊きませんでしたが、おそらく……」

「イカサマですか」

山口は頷いた。

「自動卓ですから積みこみとかはできないでしょうが、通しはあったのじゃないかな」

積みこみとは自分に有利に牌《パイ》が流れこむように麻雀牌を積むことで、通しとは仲間だけにわかる符丁などで待ち牌を教えあったり、こっそり牌の交換をすることだ。その結果、通しに加わっていない者は負けてしまう。呉竹宏がその手にひっかかって大負けしたのではないかと、前回訊きこんだときに山口は話していた。

「つまり保富武は、そういう真似はしていない、と」

「というか、あの怒りっぷりだと『サロン』がそういう場であるのを知っていて、自分はそこには加わっていないといいたかったのじゃないですかね」

「そういう場?」

鮫島は訊き返した。

「ええ。そのあと私もあっと思ったんですが、店の名がなくて、ただ『サロン』としか呼ばれてなかったことや、会員制だといって、二、三卓しかおけない小さなハコでやっていたことなんかを考えると、『サロン』てのは要するに呉竹さんの息子さんを食うためにわざわざ作った店じゃないかって。むしれるカモがいるってんで、邪魔の入らないハコを用意して、いかにも高級雀荘だみたいなフリをして、宏さんを誘いこんだのじゃないかと思うんです。『サロン』の他の客は全部グルってわけです。そうなりゃ通しなんてやり放題だ。そうして宏さんは全部もっていかれた。もしかすると宏さんの他にもそういうカモがいて、別の日に『サロン』でやられていたかもしれない。ヤスさんはそれを知ってて、アコギだといったのじゃないかな」

「なるほど。博打というより、もはや詐欺ですね、そうなると」

鮫島がいうと、山口は頷いた。

「新宿といっても、このあたりは昔の小さな商売屋が土地もちになったって人がけっこういます。住んでるあいだは売れないですが、いざ移るハラをかためれば、それなりの金になる。そういう人を何人かむしれば、いいシノギになります。私だって、一歩まちがえれば、『サロン』にひきずりこまれていたかもしれません。ゴルフに気持が移ったおかげで助かったんです。そのゴルフだって、あの頃は裏プロみたいのがいて、腕自慢の中小企業の社長なんかから、高い握りで持ちビルを奪《と》ったなんて話がありましたからね」

「握りというのは賭けゴルフですか？」

　山口は頷いた。

「ゴルフも恐いですよ。負けだすと『プッシュ、プッシュ』といって賭け額を倍にしていく。そうなったらカッカしていますから、よけいうまくいかなくなる。球は曲がるしパットは入らない。私なんかまだビギナーでしたから、そういう賭けには加わりませんでしたが、食いつめたプロゴルファーでやくざの親分の代打ちをしているなんてのが当時はいたもんです」

　話がそれそうになり、鮫島は訊ねた。

「その保富とは歌舞伎町のどこで会ったのですか？」

「あそこです、歌舞伎町二丁目にいっときあった、デパートの配送所の向かい。今は駐車場になっちゃってますけど、アダルトショップがあったでしょう？　裏モノのビデオとか怪しい薬とかを売っていた」

　鮫島は頷いた。摘発され、潰れたポルノショップだ。無修整のビデオやＤＶＤの他に規制がかかる前の「エクスタシー」などを売っていた。店長は雇われたカタギだが、実際の経営者は指定広域暴力団稜《りょう》知《ち》会の三次団体である岬《みさき》組の組員だった。岬組は、今も管内に事務所をかまえている。

「そのアダルトショップにいたのですか？」

　山口は首をふった。

「できたところに私がいきあわせたんです。客っていう感じじゃなくて、働いてるのともちがうな。何ていうか、出入りの業者みたいでした」

　兼有会が潰れ、岬組に移ったのかもしれない。

「あの店はどこがやっていたのか、刑事さんならご存じですよね」

「摘発され、潰れましたが、その当時は岬組というところです」

「え、岬？　ってことは、稜知会じゃないですか」

「詳しいですね」

「不動産屋ですから、自然に詳しくなりますって」

　山口は苦笑したが、笑みを消し、あわてて手をふった。

「私はちがいますよ。商売柄、いろいろ知り合うことはありますが、やくざじゃありません」

「本当ですね？」

「本当ですって。うちは長く新宿でやっているんです。そんなんだったら、とっくにお宅のマル暴さんにバレてます」

　鮫島は頷き、訊ねた。

「保富は岬組に移ったのでしょうか」

「さあ……。そこまでは。十年ぶりくらいに会って、いきなり『組を移ったの？』なんて訊けません」

「その通りですね」

　鮫島が苦笑すると、山口もほっとしたように笑みを浮かべた。

　さらにいくつか質問をして、鮫島は「淀橋不動産」をでた。本人がいうように商売柄もあるだろうが、山口は新宿の裏事情に通じており、水を向ければいろいろと話を聞けそうではある。が、えてしてこういう人物は、反対方向にもパイプをもち、警察が何に関心を寄せているかを、裏側の人間にも話してしまう傾向にある。親しくなるのは考えものだ。


　署に戻りかけたとき携帯が鳴った。浦田だった。

「あそこでホトケさんが見つかったって聞いたんですが、本当ですか⁉」

　鮫島は足を止め、あたりを見た。周囲に人はいない。

「俺も連絡しようと思っていた。今どこにいる？」

「ホトケは誰なんです？　阿曽ですか」

「阿曽ではない。今、身許を調べている」

「殺しなんですか」

　浦田には隠してもしかたがない。

「そうだ」

　鮫島は認め、告げた。

「あんたに写真を見てもらいたい。こちらにこられるか？」

「勘弁してください。そんな。おっかなくて、当分新宿にはいけないですよ」

「じゃあ中野だ。今からいく」

「え？　でも……。俺、関係ないし」

「あんたの密告《ちつくり》で死体が発見されたんだ。関係ないとはいえないだろう」

鮫島は語気を強めた。

「でも……」

「とにかく知っている人間かどうか、写真を見てもらう」

「名前とかわかってないんですか」

「身分を証明するものを何ももっていなかった」

浦田はため息を吐いた。

「わかりました」

ＪＲ中野駅の近くの喫茶店を浦田は指定し、鮫島は向かった。

店の一番奥の席に、入口に背を向けるようにして浦田はすわっていた。不安げな表情を浮かべている。

「この男だ」

捜査員全員に配られた、加工され生きているように見える被害者の写真を鮫島は見せた。浦田はじっと見つめ、首をふった。

「知らない顔です」

「阿曽の周辺で見かけたこともないか」

「ありません。しゃきっとした感じじゃないですか。売人とかに、こんなしゃきっとした奴、いません」

「しゃきっとした感じ？」

鮫島が訊き返すと、浦田は頷いた。

「この写真、本当は死体でしょう。でも何となくしっかりしているように見えるじゃないですか。髪も短くてさっぱりしてるし、だらしない感じがしない。しゃぶ食ってるような奴は、いくら見た目をきれいにしても、どこか駄目な匂いがします。このホトケさん、しゃぶ中だったんですか」

「解剖では薬物の常用を疑うような結果はでていない」

「でしょう」

「この番号に覚えはないか？」

死体がもっていた携帯電話に記録が残っていた番号を鮫島は口にした。浦田は自分の携帯を確認した。

「俺の電話帳にはない番号です。阿曽とは関係ない奴なのじゃないですか」

「それを今調べている。ＫＳＪマンションは、あんたがいっていたように民泊施設で、しかもヤミ営業をしている。被害者はたまたま『402』号室を使っていただけかもしれない」

　鮫島がいうと浦田は頷いた。

「きっとそうですよ。けど、これであいつらは使わなくなりますね」

「まだ検証がつづいているから、しばらくは近づけないだろう」

　浦田は息を吐いた。

「じゃあパクるのは無理か」

「そうなるな」

「ついてねえ」

　浦田は首をふったが、急に身をのりだした。

「でも、この殺しが阿曽と関係あったら、あいつら終わりですよね」

「もちろんそうだが、しゃぶ屋が殺しに手を染める理由は何だ？」

「そんなの、金がらみに決まってるじゃないですか」

「殺しをやってでも見合うのはいくらだ」

　浦田は鮫島を見つめた。

「弾《はず》みって奴があるじゃないですか。この人はどんな殺されかただったんです？」

「それは教えられないが、弾みで殺されたのではないようだ」

「そうなんですか」

　浦田はうつむいた。

「しゃぶ屋なんてケチな商売です。効いちまった勢いで誰かを殺《や》ることはあるかもしれませんが、そうじゃなければ人殺しなんて間尺に合わないことはしません。第一、そんな度胸があったら、別の商売してます」

「現場になったマンションについて、何か聞いたことはないか？」

　浦田は首をふった。

「あそこで小分けをしてると、なぜわかった？」

「俺の客から売人になった野郎がいるんです。それも卸し元を阿曽に乗りかえやがって。しめあげたら、吐いたんです。あそこで小分けを買ってるって。素人です。前はバツにはまってたんですけど、今は完全なしゃぶ中で、注射器《ポンプ》使ってます」

バツとはMDMAのことだ。「エクスタシー」「エックス」とも呼ばれている。

「そういや、規制がかかる前のバツを売ってたポルノショップが歌舞伎町二丁目にあったのを覚えてるか」

鮫島が訊くと浦田は頷いた。

「覚えてますよ。岬組がやらせてた店でしょう。バツが大流行したときに、いくらでも買うって話がありました。岬組の上って稜知会じゃないですか、表向きはしゃぶ法度《はっと》だけど、バツはしゃぶじゃないってんで、岬組はがんがん売ってました。結局、しゃぶだったんですけどね」

MDMAに覚せい剤成分が含まれていることが明らかになり、規制の対象となった。

「そこに出入りしていた保富という男を知らないか」

「前歯の欠けた兄ちゃんでしょう。覚えてます。確か百人町のちっちゃい組にいた――」

「兼有会」

「そう、それです。組が潰れて食うに困って、裏ビデオをやってたんです。まだ今みたいにインターネットでいくらでも見られる時代じゃなかったから、商売になったんでしょうね」

「今何をしているか、わかるか」

「ラーメン屋ですよ」

こともなげに浦田は答えた。

「ラーメン屋？」

「ええ。『明《あ》け烏《がらす》』って、けっこう有名なラーメン屋です。場所は板橋《いたばし》のほうじゃなかったかな。池袋のラーメン屋に弟子入りして修業し、去年独立して、当たったんです。テレビにもでてきて、足を洗った話をしてましたよ」

携帯で検索すると店の場所はすぐにわかった。山口が知らなかったのは意外だが、新宿を離れたことで、アンテナにひっかからなかったのかもしれない。

「いったことは？」

「あるわけないでしょう。俺なんかが顔だしたら、塩まかれますよ。曲がりなりにも足を洗って、カタギの商売をしてるんですから」

「客でいけば別だろう」

浦田は首をふった。

「なんでもこってり系らしいんです。俺はもう、そういうのは食えないすよ」

11

浦田と別れた鮫島はラーメン店「明け烏」に向かった。ＪＲの板橋駅から十分ほど歩いた場所にある。到着したのはちょうどランチタイムの営業が終わり、暖《の》簾《れん》がひっこめられる時間だった。

「すいません、もう――」

暖簾を手にしたアルバイトと思しい若者の言葉に、鮫島は首をふった。

「いや、保富さんに用があってきたんです」

若者は店内をふりかえった。暖簾は下げられたが、カウンターは満席で、まだ丼を前にしていない客もいる。そのカウンターの中央で、黒いＴシャツを着てタオルを頭に巻いた五十代の男が働いていた。

「大将ですか」

「手が空くまで、外で待ちますので」

鮫島は告げた。若者が店に戻り、Ｔシャツの男に話しかけた。男はこちらを見ることもなく頷き、忙しく手を動かしている。

　客のひとりが立ちあがり、店の扉を開いた。濃い脂と煮干しの混じった匂いが鮫島の鼻にもさしこんだ。確かに濃厚な味のようだ。

「並んでるんですか」

　声をかけられ、鮫島はふりかえった。眼鏡をかけた小太りの若者だった。目は「明け烏」に向けられている。

「いや、店の人に用があって待っているんです。営業はもう終わったようです」

「えー」

　若者は口を尖《とが》らせ、納得がいかないように「明け烏」の扉を押した。入ってすぐの位置に食券の自動販売機がある。が、閉店を告げられたらしく、うなだれて店をでてきた。携帯をとりだし、盛んに指を動かしているのは、次にどこにいこうか、探しているようだ。

　十分ほどすると、残っている客すべての前に丼がおかれ、黒いTシャツの男はカウンターから姿を消した。

「お待たせしました」

　店の裏から現れ、鮫島に声をかけてきた。垂れ目で色が黒く、右の前歯が欠けている。

「お忙しいところを申しわけありません。私、新宿警察署、生活安全課の鮫島と申します」

　身分証をだそうとした鮫島を男は止めた。

「見りゃわかりますよ。鮫島さんて、あの有名な刑事さんでしょう」

「有名かどうかはわかりませんが――」

「あたしだって元が元だ。『新宿鮫』の名くらい聞いたことがあります」

「保富武さんですね」

　男は頷いた。

「そうです。足を洗ってもう何年にもなります。何ですか」

　鮫島を見る目に不安はない。まっとうに生きているという自信があるのだ。

　鮫島は微笑んだ。

「北新宿のある建物のことを調べています。今はKS

Ｊマンションという名になっていますが、以前は『呉竹ガラス店』といいました」

　保富は瞬きをした。

「呉竹……聞いたことあるな」

　スラックスのポケットから煙草をだし、火をつけると、うまそうに煙を吐きだす。

「もうなくなってしまった千代田荘という麻雀荘で、そこの息子の呉竹宏さんとよく麻雀をされていたと思うのですが」

「ああ……。なつかしいな。思いだした。千代田荘。ヒロシちゃんね。やった、やった」

　保富は笑顔になった。が、すぐそれを消し、訊ねた。

「呉竹のヒロシちゃんに何かあったんですか？」

「連絡先をご存じないかと思って、かつての麻雀仲間の方に当たっているんです」

　保富は鮫島を見つめた。

「俺にはぜんぜん心当たりがありませんよ。だいたい千代田荘がなくなってからは、卓を囲むこともなかったし」

「千代田荘がなくなってから、呉竹さんは別の麻雀クラブに通ったと聞きました。西新宿にあった『サロン』という」

「俺はあそことは関係ありません。あれは――」

　いいかけ、保富は首をふった。

「足を洗った人間に面倒な話をさせないで下さい」

「あなたが足を洗い、カタギで立派にやっておられるのは、今、お店を見ていてもわかりました。商売の邪魔をする気はありませんし、迷惑もかけないようにします。呉竹さんがどこにいて、ＫＳＪマンションの所有者が誰なのかを知りたいんです」

「そんなの登記簿あげればわかることだ」

「名義は呉竹宏さんのままで、今でもあそこに住んでいることになっています。しかし実際は民泊施設に改装され、ヤミ営業をしています」

　保富は宙を見つめ、煙を吐いた。

「そうなってんのか」

　と、つぶやいた。

「『サロン』について、ご存じのことがあれば、教えていただきたいのですが」

保富は答えなかった。

「呉竹さんを『サロン』に紹介したのは、『バニシング』というスナックのマスターだったそうですね」

保富は鮫島を見た。

「そうです。エン公、と俺らは呼んでました。カタギの人たちはエンちゃん。あの野郎は、権現《ごんげん》のいとこなのを隠して、カタギの連中にとり入っていた」

「権現？」

鮫島は訊ねた。権現という組ややくざの名は知らない。

保富は再び黙りこんだ。鮫島は待った。

「頭の切れる野郎でね。やくざのときとカタギのときと名前を使い分けていた。まだ暴排なんてなかったから、名前をかえるなんてふつうは考えなかった時代に、それをやってた。権現てのは女房の名字で、筋者としての名前は酒井《さかい》といいます。田島《たじま》組の傘下で一俵《いっぴょう》会って組の若い者頭だった男です。頭はいいが、やることがえげつない。『サロン』は、ヒロシちゃんや、あと何人かを食うために作った店です」

「イカサマ麻雀でカモにしたのですね」

保富は頷いた。

「ヒロシちゃんの他にもふたり、土地建物を奪《と》られた旦那衆を知ってます。ひとりは風呂屋、もうひとりは材木屋、どっちも土地もちだったのに目をつけられた」

「会員制の麻雀店だと偽って、仲間しかいない店に誘いこんだ？」

「聞いた話じゃ、天井にカメラがしかけてあって、カモの手は丸見え。何待ちなのかは、競馬放送聞いてるフリしてイヤフォン耳に入れた奴に通して、安い手ならわざとふりこみ、高かったら仲間の持ち牌をふってあがらせる。五十勝たせて八十負かし、次は百勝たせたと思ったら二百とるって寸法で、じわじわ殺していった。最後は億の借りを作らせたらしい」

「賭博というより詐欺ですね」

鮫島がいうと、保富は笑った。

「博打うちなんて、皆詐欺師みたいなものですよ。俺だって現役のときは、カタギに作った負けは踏み倒すことしか考えず、勝ったらきっちり取り立てた。それで文句をいわれたら、組の名をだして黙らせる。やくざどうしならともかく、カタギが筋者とやって勝てる筈がないんです。筋者は勝つまでやめないし、カタギの勝ち逃げを許さない」

「するとそういったカモからとりあげた土地は、一俵会のものになったのですか」

「それはわかりません。権現の野郎は、足を洗ったたって噂がありました。洗ったといってもそれは表向きで、酒井という組員が一俵会から消えただけ。権現は一俵会の銭で、別の商売をやってるという」

「潜った？」

「そうともいえるね。最近はフロントともいわない。元手は組にだしてもらい、なのにまるきりカタギの面《ツラ》で商売をやってるのがいる。暴排からこっち、そんな奴らばっかりだ。法律には目がついてない。やってることは同じでも、名簿に名前があるかないかで、扱いはまるでちがってくる。昔は、見習いやって修業して、ようやく盃もらってバッジをつけたときは嬉しかったもんだが、今はそこまでやって何にもない。ないどころか、不便なばっかりだ。小さな組は潰れたら惨めなもんです。よそにもらわれて、十九、二十のガキに顎で使われる。そんなガキでも、まだ組員なら先輩だが、そのうち組員でもねえ、ただ商売やって稼いでるってど素人が、まるでゴミを見るみたいな目で見やがって。『やってられません、足を洗わせてください』っていったら『指《エンコ》おいてけ』でもなく、『あ、そうかい。無《む》尽《じん》は返らねえが、それでもいいなら、勝手にしな』ですよ」

　腹立たしげに保富は吐きだした。無尽とは、組に積み立てる、ある種の保険だ。怪我や病気、長期の服役に備え、組に金を預けておく。

「すると権現が今どこで何をしているのか、わからない？」

「一俵会でも古顔に訊かなけりゃ知らないんじゃないですか。鮫島さんのいう、ヤミの民泊なんてのは、いかにも奴がやりそうなことだが」

「スナックをやっていた遠藤はどうです？」

「あいつは……」

保富は宙を見つめた。

「店を潰したあと、どうしたっけな。噂は聞いたんだがな」

「『サロン』は、もうなくなったのですよね。どこかで同じような商売をしているとか」

鮫島は水を向けた。

「そうだ。カジノ屋をやってたんだ。けどそれもうまくなくて畳んだって話です」

カジノ屋とは、文字通り地下カジノのことだ。これも正式な組員ではない者が経営することが多い。

「どこでやっていたのです？」

「赤坂です」

「赤坂？　新宿から離れたのですね」

やくざは縄張りにこだわる。それが非合法のシノギであれば尚さらだ。

保富は苦い表情になった。

「理由はあったんです」

「田島組ですか」

田島組は、稜知会、東砂《とうさ》会と並ぶ指定広域暴力団だ。関西を拠点とする稜知会に対抗するために、東砂会と「連合」を作った。

権現のいた一俵会が田島組の傘下団体であることを考えると、縄張り外の赤坂で地下カジノを始められたのは、本家による後押しがあったからだとしか思えない。

「いや、これ以上はちょっと……」

保富は言葉をにごした。

「わかりました」

鮫島が頷くと、保富は拍子抜けしたように訊いた。

「いいんですか」

「カタギでやっている方をツメるわけにはいきません。いろいろとありがとうございました」

「あの——」

保富はいった。鮫島は保富を見つめた。

「石森《いしもり》ってのとつながってたんです」

「遠藤が、ですか」

保富は頷いた。

「石森というのは何者です？」

保富はためらい、答えた。

「刑事です。四谷署の頃、遠藤とずぶずぶの仲になり、その後赤坂署に移った」

鮫島は息を吸いこんだ。

「いろいろあって警察は辞めている筈です。パクられたって噂は聞きませんが」

保富は早口でいった。鮫島は無言で頷いた。ずぶずぶの仲の刑事が移った先なら、地下カジノの摘発情報を得られた筈だ。警察に存在を知られれば、地下カジノは必ず摘発される。問題は、いつガサ入れがおこなわれるかだ。その時期がわかっていれば、カジノ側は店を閉めたり、太客《ふときやく》と呼ばれる高額を張る常連に警告できる。犯罪になるとわかっていても地下カジノに通うような太客は守りたいからだ。

ひと晩に何千万も動くカジノだったら、テラ銭だけで百万単位の金が入る。太客がつかまれば、それが失われる。そういう意味では、呉竹宏を食いものにした「サロン」とは、客との関係が異なる。

莫大な金を遊んでくれる「旦《だん》べえ」は客を増やしてくれるし、別の場所でカジノを始めても、誘えばまたやってくる。

保富がためらったのは、石森という刑事がもし現役だったら、どんな報復をされるかわからないという不安があったからだろう。悪徳警察官を密告しても処分されなければ、その悪徳警察官は密告者を捜しだしあらゆる手で仕返しをする。

「調べます。保富さんからうかがったことは決していいません」

「頼みます」

保富は頷いた。

「もし何かあったら、いつでも連絡を下さい」

鮫島は携帯番号を書いた名刺を渡した。

逮捕されないまでも、石森が警察を辞めていれば、何らかの形で遠藤や権現とつながっている可能性は高い。場合によってはヤミの民泊経営にかかわっているかもしれない。

「足を洗ったから、あいつらを売るわけじゃないんです。やり口がいくら何でもえげつないのが、ずっと許せなかった。自分から密告《さ》そうとは思ってなかったが、鮫島さんが訊きにきてくれたおかげで、すっきりできました。ヒロシちゃんはいい人だったし」

保富はいって笑みを浮かべた。

「呉竹さんが今どうされているかわかったら、必ずお知らせします」

鮫島は告げ、その場を離れた。

12

その夜の捜査会議で、コインパーキングの会社が使用料を支払っている地権者が呉竹宏であることが報告された。二十年前から同地をコインパーキング用地として借りうけ、使用料を払いつづけている。呉竹宏の住所はＫＳＪマンションになっており、使用料は銀行振込みだ。銀行にも確認したところ、呉竹宏の住所はやはりＫＳＪマンションで、コインパーキング会社、銀行ともに、送付した書類が、あて先不明で戻ってきたことはないという。ＫＳＪマンションの電気料金、水道料金等は呉竹宏名義の口座からひき落とされていた。呉竹宏あての郵便物を回収している者がいるのだ。一方で、この十年、呉竹宏の姿を見た周辺住民はいないことが明らかになった。

被害者の身許は依然として不明だった。ただ周辺監視カメラの映像から、被害者が殺害当日と前日の二日間、夜間にのみＫＳＪマンション「４０２」号室に滞在していたと判明した。しかも被害者が旅行者なら、携行していておかしくない手荷物が室内にはなく、映像でも手ぶらだったことがわかった。

　つまり被害者は宿泊施設としてＫＳＪマンションを使用していたのではなかった可能性が高い。着のみ着のままで、夜間の数時間だけをＫＳＪマンションの「４０２」号室で過していたのだ。「ＷＴＳ」に関する捜査では、事件報道後、サイト上のメールアドレス、電話ともにつながらなくなっていることが判明した。事件発生をうけて、営業を停止したようだ。

　ＫＳＪマンションの「３０２」号室を使用していた中国人旅行客四名は、事件前日の夕方でていき、帰国していた。西新宿のホテルから成田空港いきのバスに乗りこむ映像が残っていたのだ。

　四名の身許をつきとめるべく、航空会社への問い合わせがおこなわれている。

　会議が終了すると、鮫島は久米に歩みよった。石森の話を会議では報告していない。百人近くいる捜査員の中に、石森と交友のある者がいないとも限らないからだ。

「どうした？」

　津田のかたわらにいた久米が気づいた。

「『サロン』の周辺人物をあたったところ、一俵会の酒井、別名権現という組員が関与していたことがわかった。『サロン』に呉竹宏をひっぱっていったスナック『バニシング』のマスター遠藤は、その酒井のいとこであるのを隠してつきあっていた」

「すると『サロン』は仕込みか」

　津田の問いに鮫島は頷いた。

「呉竹以外にもふたり、『サロン』で食いものにされた被害者がいたようです。ひとりは風呂屋、ひとりは材木屋を経営していました」

「土地もちに目をつけたんだな」

　久米がつぶやいた。

「するとそのふたりがもっていた土地にもヤミの民泊施設が作られているかもしれんな」

　津田がいった。

「そうかもしれませんが、摘発の可能性を考えて、運営は『ＷＴＳ』以外になっているでしょうね。生きているかどうかは不明ですが、公共料金まで呉竹宏に払わせていることを考えると、かなり頭のいい連中です」

久米がいって鮫島を見た。

「一俵会ってのは、田島組の二次団体だろう。酒井も遠藤もその線からたぐれそうだな」

「そうだが、酒井は組を抜けたという噂がある」

「表向き足を洗ってヤミ民泊か」

津田が唸った。

「『連合』も稜知会も、暴排で痛めつけられ、シノギに関しちゃ賢くなっています。足を洗うのは、十分考えられます」

久米が同調した。

「もうひとつ、赤坂署にいた石森という人間の名前を聞いたことはないか？」

鮫島は久米に訊ねた。

「石森。四谷の生安に同じ名前の人間がいた。だいぶ前だが」

久米は頷いた。

「たぶん同じ人物だと思う。赤坂署に異動になり、その頃、遠藤は赤坂で地下カジノを始めた」

鮫島がいうと、ふたりの表情が険しくなった。

「おい、それって――」

久米がいいかけ、

「偶然ではないといいたいのか」

津田は鮫島を見つめた。

「食われる前の呉竹宏とつきあいのあった者から聞きました。遠藤が酒井のいとこであることも、その人物からの情報です。元極道で、今は足を洗っています」

鮫島がいうと、久米が息を吐いた。

「石森の話は、噂ですが聞いたことがありました。四谷時代に、田島組とつきあいができていた。異動もそれが理由だったようです」

「今も赤坂なのか」

津田は久米を見た。

「いえ、退職したと聞きました」

「懲戒ではないのだな」

「懲戒なら、もっと噂になっている筈です。監察が動きそうだったので、自分から辞めたのではないでしょうか」

久米の言葉に、鮫島はいった。

「調べたところ、三年ほど前に依願退職しています」

津田は息を吐いた。

「一俵会が面倒をみているかもしれんな。その石森の件は、あなたに任せていいか。元警察官が関係していることは、できるだけ伏せておきたい」

鮫島は頷いた。

「警務部に退職者の情報がある筈です」

「それは俺がやる。あんたから問い合わせがあると、何があったのかとびくつく人間もいるだろう」

久米がいい、津田は苦笑した。

「確かにそうだ。警務なんて、特に疑ぐり深いのが多いからな」

会議室をでた鮫島が自分の席に戻ると、藪がすわっていた。

「会議にでなかったのか」

鮫島の問いに首をふった。興奮を押し殺したような表情を浮かべている。

「俺は捜査陣に組みこまれているわけじゃないからな。それより、北新宿のホトケの顔を見たいというのが、大塚にきたらしい」

鮫島は藪を見つめた。

「全部で四人いて、ひとりが外事二課《ソトニ》の身分証を見せた」

「外事二課の?」

「それだけじゃない。身分証をださなかったひとりの顔を、大塚にいる俺の知り合いが覚えていた。前に会ったときは、組対《ソタイ》の理事官だったからだ」

鮫島は息を吸いこんだ。

「香田《こうだ》か」

藪は頷いた。

香田元警視正は、国家公務員試験Ⅰ種の同期だった。鮫島とは異なり順調にキャリアの階段を上っていたが、ある事件をきっかけに自ら希望して、警視庁公安部外事一課から組対部組対二課に異動した。そこで、外国人犯罪組織を撲滅するため暴力団稜知会と手を組もうとしたことが発覚し、警視庁を退職した。

　その後、公安調査庁が獲得しようと動いたが、内閣情報調査室が待ったをかけ、表向きは民間団体である「東亜通商研究会」に籍を移している。

「東亜通商研究会」が、アジア方面の情報収集に当たる内閣情報調査室の下部機関であることを、「金石」の一件で、鮫島は知った。

「それでホトケの顔を知っていたのか、香田とその連れは」

「わからん。顔を見ただけで帰ったそうだ。ただし、自分たちがきたことは、捜一の人間にはいうなと口止めして」

　藪はにやりと笑った。

「俺は捜一じゃないからな。話してくれたわけだ」

　そして真顔になった。

「俺から聞いたとはいうなよ。大塚にいる知り合いに迷惑がかかる」

　鮫島は頷いた。口止めしたということは、死体の身許を知っているとしても、公安部にはそれを明かす気はない。

「また連中か」

　藪がいった。

「連中？」

「あんたに殺し屋をさし向けたのがいたろう。『金石』だっけか」

　鮫島は首をふった。

「『東亜通商』が関係していたのは『金石』じゃなく、『金石』にクスリを卸していた陸という人物だ。陸は情報提供者だった」

「殺し屋をさし向けたのは、その陸だろう？」

「そうだが、もう狙ってはいないだろうし、『東亜通商』の情報提供者も陸ひとりじゃない」

「もう狙われないという確証があるのか」

「確証はない。だが、いつまでも俺をつけ狙うような暇はないさ。どうしても殺したいのなら、あのあとにも二の矢、三の矢を放った筈だ」

藪はあきれたように鮫島を見つめた。

「桃井さんがあんなことになったのに、自分だけは大丈夫だと思ってるのかよ」

「そうじゃない。桃井さんのときとは動機がちがう。陸はビジネスマンだから、金にもならない恨みをいつまでも抱かないだろうというだけだ」

「この世の中で起きている殺しの大半は、金にならない恨みが原因だぞ」

「それはその通りだが、いつまでも恐がっているわけにはいかない」

「逆だ。少しは恐がれ、といってるんだ」

藪は語気を強めた。

「俺が恐がりなのは知ってるだろう」

鮫島はいい返した。

「昔は、な。今のあんたはちがう。桃井さんが亡くなり、彼女もいなくなって——」

「やめろ」

鮫島はいった。藪は黙った。息を吐き、顔をそむけた。気まずい沈黙が生まれた。


「で、その四人はそれきりか」

鮫島は訊ねた。

「ホトケの所持品について訊ねたらしい。新宿にあると答えたら、それ以上何もいわなかったそうだ」

藪は答えた。そして念を押すようにいった。

「あんただから話した。俺の知り合いを困らせるな」

津田や久米には話すな、という意味だ。

「わかった」

話したところで、捜査一課からの問い合わせに外事二課が回答するとも思えなかった。無視するか、刑事部長を通して正式に問い合わせろというのが関の山だ。

少し前までの興奮した表情が嘘のように、藪は醒めた顔になっていった。

「あのホトケはたぶん日本人じゃないな。じゃなけりゃ元理事官がかかわるわけない。殺されたのは、『東亜通商』に情報を流していたからじゃないのか」

「情報を流しただけで殺されるのか。そんなに危険なら、保護を求めた筈だ。そのためのセーフハウスも、内調なら用意できる」

鮫島は反論した。

「じゃあなんで顔を見にきたんだ」

藪は口を尖らせた。

理由はある。それはまちがいない。だがつきとめるには、男の正体を知らなければならない。

香田に直接訊ねたとしても、答は決して得られない。たとえ目の前の時計が示している時刻であっても、香田は鮫島に教えようとはしないだろう。

「いずれわかるさ」

鮫島は答えた。

「俺の予測をいおうか。たぶん帳場はたたない。このヤマは公安《ハム》がもっていく。そしてあんたはひとりで調べることになる」

藪は嫌みっぽくいった。

「ま、そのほうが、あんたにはやりやすいだろうがな」

鮫島は言葉を呑んだ。どうであれ、重要なのは殺人犯を検挙することだ。警視庁公安部がどのような動きをしようと、百人近い捜査員を投入した殺人事件を、なかったことにはできない。

「犯人がつかまれば、それでいい」

鮫島は答えた。

「真犯人が、だ。わかるだろう、公安《ハム》がほしをあげたといったら、それでヤマは終わりだ。蓋をされる」

「そうは簡単にはいかない。外国人がからんでいたら尚さらだ」

鮫島は首をふった。

「あんたの背中を守ってくれた桃井さんはもういないんだ。気をつけろ。弾はうしろからも飛んでくる」

藪の表情は真剣だった。

13

赤坂署の刑事課に勤務していた石森芳範《よしのり》元巡査部長は、二年八カ月前に警視庁を依願退職していた。警視庁警務部の人事第二課には、目黒区下目黒のマンションが現住所として届けられていたが、そこには別居した妻と小学生の息子が住み、石森本人は赤坂で韓国人ホステスと同居していることを久米はつきとめてきた。

石森と韓国人ホステスの関係は長く、妻の話では警察を退職する前から交際をしていたという。

「奥さんはホステスを恨んでいる。警察を辞めることになったのも、ホステスとの不倫が原因だと思っている。実際は、監察が内偵を始めそうだというので、署長が泡をくって辞表をださせた。このままじゃ懲戒どころか逮捕もありうるといってな」

「田島組との関係は？」

「そんな辞めかたをした元刑事を拾うところは多くない。たぶん今でもつづいているだろうが、よほどの悪さをしない限りはほっておくというのが、警務の見解だ」

鮫島の問いに久米は答え、メモを渡した。

「城西運転代行」という文字と十一桁の数字が書かれていた。

「警務が把握している、石森の勤め先と携帯の番号だ」

「城西運転代行」は、渋谷に事務所をおく運転代行業者で、六本木《ろっぽんぎ》、渋谷、五反田で運転代行サービスとホステスの「宅送り」をおこなっていた。「宅送り」というのは、クラブやキャバクラなどの店舗と契約し、閉店後にホステスを定額で自宅へと送り届ける仕事だ。

乗り合いの白タクのようなもので、タクシー代を節約したいホステスには重宝される。

石森は、早い時間は運転代行の仕事をこなし、深夜は六本木のキャバクラの「宅送り」をやっているらしい。

「宅送り」に使われる車は、運転手の自家用車が多く、乗客が複数でも車内に余裕のあるワンボックスが喜ばれる。深夜になると、あらかじめ決めた場所に路上駐車し、客であるホステスが乗りこむのを待つ。

石森が運転するアルファードが、六本木通りの俳優座の角を北に入った一方通行路に止まるのを、鮫島は少し離れたところに止めた自分の車から見ていた。時刻は午後十一時過ぎで、そこが石森の定位置だというのは調べがついていた。

アルファードはエンジンを切りライトを消したが、運転席から人が下りる気配はない。

鮫島は車を下り、アルファードに近づいた。アルファードの他にも同じような車が三台止まっていて、いずれも運転席には人がすわっている。

石森は中背だが肉のついた体つきで、太く短い首がセーターに埋まっているように見えた。坊主頭にも肉がついていて、警察官時代の写真と比べると、十キロ近く太ったように見える。年齢は四十七になる筈だ。

ハンドルの上に広げた週刊誌をルームランプの明りで読んでいて、鮫島が運転席のかたわらに立っても、顔を上げない。

指先で窓をノックすると、ようやく鮫島を見た。感情をまるで読みとらせない目だ。

パワーウインドウが下りた。

「何だよ」

鮫島を警察官だと気づいている。

「石森さんだね。ちょっと話を聞かせてください」

「嫌だね」

パワーウインドウが上がった。何もなかったかのように週刊誌に目を戻す。鮫島は再び窓をノックした。

無視している。鮫島はあたりを見回した。

アルファードのすぐうしろに止まっているＳＵＶの運転席から、二十代の男が見つめていた。鮫島が歩みよると、男は窓を降ろした。

「前の車の運転手さんを知っていますか」

男はかすんだような視線を鮫島に向けた。しゃぶを食っている者に特有の目つきだ。

「あんた、誰？」

鮫島はバッジを見せた。その瞬間、男の顔色がかわった。

「いや、知らないっす。俺、関係ないっすから……」

しどろもどろになっていった。

「じゃあここを移動してくれますか」

男はせわしなく瞬《まばた》きし、SUVのエンジンをかけた。タイヤを鳴らす勢いで、その場を離れる。

アルファードのルームミラーで石森がこちらをうかがっていることはわかった。鮫島はさらにうしろの車に近づいた。その車もエンジンをかけ、発進した。鮫島が提示したバッジを見ていたのだ。

アルファードの前にも一台、古いシーマが路上駐車していた。運転席にいるのは、スーツを着た小柄な男だ。うしろの騒ぎには気づいていないのか耳にイヤフォンをさしこみ、スマートフォンを見つめている。

鮫島はシーマの窓を叩いた。

「何？」

イヤフォンの片方を外し、スーツの男は訊ねた。鮫島は石森のアルファードを示した。

「うしろの車の人を知っています？」

スーツの男は体をねじり、アルファードをふりかえった。

「何ですか」

警戒した顔になった。鮫島はバッジを見せた。男はアルファードを再び見た。

「おい、いい加減にしろや！」

怒声が浴びせられた。石森が窓から顔をだしていた。

「商売の邪魔すんなよ！　ここにいなきゃいけねえんだよ、俺らはよ」

鮫島は腕時計を掲げた。

「あんたらのお客さんがくるまで、まだ一時間以上ある。風営法にのっとるなら、キャバクラは午前一時まで営業できるからな。もしかすると営業停止を覚悟して、二時三時まで開けている店もあるかもしれない。その場合は、女の子たちのあがりも遅くなるから、あんたらの待ち時間は長くなる。そのぶん、店は色をつけてくれるか？　儲かってるから運転手さんにも金一封ってわけだ。もちろん違法営業になるから、麻布《あざぶ》署に通報する」

シーマがエンジンをかけた。その場から遠ざかる。

残ったのは石森のアルファードだけだ。

「手前《てめえ》、何の嫌がらせだよ」

アルファードのドアを開け、石森が下りたった。怒りで顔が赤らんでいる。鮫島に詰め寄ると、手をうしろで組み、顔だけをつきだした。鮫島は一歩も退かずに告げた。

「話を聞きたいだけだ」

「だからお前なんかに話をする筋合いはないといってんだろうが」

唾が飛んだ。

「ここで話を聞けないなら、渋谷のあんたの会社にいく。『城西運転代行』といったか。いき場のないあんたを拾ってくれた恩人だな。それとも会社の運営資金は一俵会あたりからでているのか」

「お前、どこだ?」

「新宿の生安だ」

石森は顔をしかめた。

「新宿の生安がなんでこんなところにしゃしゃりでてくるんだよ」

「遠藤を捜している」

石森は目をそらした。

「誰だって?」

「知ってるだろう。あんたのおかげでいっとき、赤坂で店を張れた。かなり儲けたのだろう。今でもいい羽振りでいるのか。あんたがこんなところでキャバ嬢の『宅送り』をやってるのは知ってるのか。遠藤とつるまなけりゃ、あんたはまだ警察にいられたのじゃないか」

石森の顎に力がこもった。

「やかましい」

「遠藤をパクる気はない。あんたと同じで話を聞きたいだけだ。いっておくが俺はしつこい。遠藤と話ができるまで、あんたやその周りをつけ回す」

「手前。俺だって警察に知り合いはいるんだ。そいつらに頼んで、警察にいられなくしてやるからな。名前、何てんだ、この野郎!」

「鮫島だ。新宿署生活安全課、鮫島」

石森は息を呑んだ。

「手前が――」

「俺を警察にいられなくするという知り合いの名も教えてもらおうか。どっちが警察にいられなくなるか、勝負してみるか」

鮫島は石森の目を見つめた。

「どこだ？　赤坂か、それとも四谷か。あんたがいた署の人間だろう。本庁あたりにも、仲のいいのがいるのか」

「くそが」

石森は唾を吐いた。

「どうする？　初めに戻って友好的に話し合うか、それとも誰かが通報して、麻布の制服がくるまでここで怒鳴りあうか」

鮫島は静かにいった。石森は怒りのこもった目を向けていたが、肩を落とした。

「遠藤にはしばらく会ってねえよ。俺が辞めたら、とたんに連絡がつかなくなった」

「じゃあこの仕事は誰の紹介だ？」

「別の人間だ」

「権現か」

石森の体が揺れた。

「誰だって？」

「権現、またの名を酒井。遠藤のいとこだ」

「お前、何を追っかけてんだ」

石森は深呼吸し、鮫島を見た。

「一俵会をやろうってのか」

「やるやらないは、流れしだいだ。呉竹宏という名を聞いたことはあるか」

石森は首をふった。

「ないね」

「北新宿のＫＳＪマンションという建物はどうだ」

石森の目が動いた。

「知ってるんだな」

「いいたくない」

「殺しがあったのを知った上でか」

石森は目をむいた。

「殺しだ⁉　知らねえ、そんなの」

「じゃあ教えてやる。人が撃たれて死んだ。まだ帳場はたっていないが、百人態勢で捜査陣が組まれている。現場になったのがＫＳＪマンションだ」

　石森は喘《あえ》いだ。

「ＫＳＪマンションの登記上の所有者は呉竹宏だが、遠藤に誘いこまれた麻雀の負けでもっていかれた。西新宿の『サロン』というモグリの雀荘が舞台だった。『サロン』の名を聞いたことはあるか」

　石森は唇をひき結んでいる。鮫島は石森の目を見つめた。

「俺の目的は嫌がらせじゃない。殺しのほしを見つけることだ。そのためにはＫＳＪマンションの部屋を誰が使っていたのかを、つきとめなけりゃならない。わかるだろう。誰がＫＳＪマンションのことをよく知っているんだ？」

　石森は肩で息をしていたが吐きだした。

「もうやめてるんだ、関係ない」

「あんたの話か」

「ちがう。権現さんだよ。権現さんは一俵会の人間じゃない」

「だから何だ？　組を抜けたら透明人間になるのか。どんな悪さをしても許されるとでもいうのか」

　石森は黙った。

「権現と話がしたい。殺しと関係がないのなら、俺と話せる筈だ」

　鮫島はいった。

「そんなこと、俺は知らねえ」

「じゃあ権現に訊け。今、この場で」

「ふざけるな。そんなことできるわけないだろう！」

「なぜだ。あんた、権現に弱みを握られているのか」

　石森は顔をそむけた。

「やはりそうか」

　鮫島がいうと、ふりむいた。

「何がそうなんだ」

「『城西運転代行』は、権現がやっているんだな。つまりあんたのボスだ」

「そうだよ。誰も拾ってくれなかった俺を、拾ってくれたのが権現さんだ」

石森は肩をそびやかした。

「あんたもたいへんだな。女房子供と別れ、いっしょに住む女もいて。だから運転代行と『宅送り』の二本立てか」

石森はきっとなった。

「哀れんでんのか、手前」

「そうじゃない。元刑事が金に困れば、たいてい悪事に手をだすものだが、それをしないのは立派だと思っている」

石森は信じられないというように、鮫島を見た。

「本気でいってんのかよ」

「本気だ。ただし権現がよそで罪を犯しているなら、あんたも無関係じゃいられない」

「罪だあ」

鮫島は頷いた。

「何をやってるってんだよ」

「ヤミの民泊だ」

「ああ？」

「『ＷＴＳ』という名を聞いたことはないか。またのいいかたは、『ウエルカムトウキョウサービス』だ」

石森は反応した。

「知っているんだな。それがＫＳＪマンションの部屋を貸しているヤミの民泊業者だ」

「そこまでは知らないが、『ＷＴＳ』てのは、聞いたことがある」

「権現に連絡してくれ。殺しに関係がないなら、俺と話ができる筈だ。逃げ回るようだったら、殺しと無関係じゃないってことになる」

石森は鮫島をにらんでいたが、

「今は駄目だ」

と吐きだした。

「なぜ駄目なんだ？　もう寝ているのか。それとも、あんたのほうから連絡をとっちゃいけない決まりでもあるのか」

「明日でいいだろう、明日で」

石森は荒々しくいった。鮫島は首をふった。

「駄目だ。あんたも元刑事ならわかる筈だ。時間稼ぎはさせない。もし明日になって権現と連絡がとれないなんてことになったら、重要参考人《ジュウサン》だぞ」

はったりだった。が、ＫＳＪマンションで発生した殺人について詳細を知らない石森には、捜査陣がどう動くか見当がつかない。

「権現を守りたいなら、今、俺と話をさせろ」

鮫島は告げた。石森はぐっと頬をふくらませた。アルファードに上半身をさしこみ、ダッシュボードにおかれた携帯を手にとった。

イヤフォンマイクを耳にはめ、操作する。やがて応答があったのか、喋った。

「石森です。お疲れさまです。え？　六本木です。いや、事故じゃありません」

石森からの突然の電話を、相手はいぶかしんでいるようだ。

「そうじゃなくて、新宿署の刑事が——」

いって、石森は鮫島に背中を向けた。声が低くなり、聞きとれなくなる。

鮫島は待った。

「ええ、ええ、そうです」

今度は石森が一方的に頷いた。

「わかりました。今ですか？　今。はい、待ってください」

石森は鮫島を見た。

「あんたの番号を教えてくれ。今、かけてくる」

鮫島は番号を口にした。石森が復唱し、それが伝わった。

「じゃ、失礼します」

石森は電話を切った。

「権現本人か？」

鮫島が訊ねると、石森は頷いた。

「本人だよ」

「どういう人物なんだ？」

「ああ？　頭のいい人だ。俺が今まで会った中でも、一、二っていうくらい頭が切れる」

私淑《ししゅく》しているのか、石森はなめらかな口調になった。

「一俵会を抜けたのだろう」

「代紋に頼ってたら、食っていけなくなるって、早いうちに気づいたんだ。一俵会の上は田島組だ。田島組、東砂会、稜知会、大きな組はどこも、あれはするな、これは駄目、と締めつける一方で、上納はがっつりもってこいだ。代紋で商売できた時代ならともかく、そんなものちらつかせるだけで、ひっぱられるってのに、どうしろって話だろう。組の盃返して、銭儲けに専念し、払うもの払って文句はつけさせない。もちろんそうなるために、かなりのものを積んだとは聞いてる。やめたい、ああそうかでやめさせてもらえるほどの下っ端じゃなかったからよ」

「『サロン』で巻きあげた土地、建物はそれにあてたのか」

「昔なら叩き売って終わりだ。それをしないのが、あの人の賢いところさ」

　鮫島の携帯が振動した。知らない番号が表示されている。それを石森に向けた。

「権現さんだ」

　鮫島は耳にあてた。

「鮫島です」

「権現です。俺と話したがっていると聞いたけど。どんな用件です？」

　落ちついた中年の男の声がいった。

「北新宿四丁目にある、ＫＳＪマンションという建物について、うかがいたい」

「それはいったい、誰のもちものなんです？」

　権現は淡々と訊ねた。

「登記上は呉竹宏という人です」

「だったらその呉竹さんに訊いたらどうですか？」

「呉竹さんは今でもＫＳＪマンションに住んでいることになっていて、公共料金はすべて呉竹さん名義で支払われています」

「じゃあ俺は、何の関係もありませんね」

「呉竹さんは、あなたのいとこである遠藤という、スナックのマスターに誘われ、高額の賭け麻雀で大きな負けを作った。その代償にＫＳＪマンションの実質的な所有権を奪われた、と私は考えています」

「所有権を奪ったのなら、名義がかわっていないのはおかしいでしょう」

「暴排条例に抵触するのを避けるため、あえて名義はかえず、別の商売を始めた」

「別の商売？」

「そうです。『ＷＴＳ』という会社について、心当たりがある筈だ」

権現は黙った。鮫島はつづけた。

「なぜ私たち警察官が動いているのか、知らないわけはない、と思いますが？」

「あそこであったことについて、俺は何も知りません」

「あそこであったこと？」

鮫島はくり返した。

「殺しの捜査だと、石森を脅したのだろう」

権現の口調がかわった。

「じゃあ無関係であることを証明してはどうです」

「そんなもの、証明しようがない」

「ＫＳＪマンションを借りていた人間に関する情報をだしてください。そうすれば証明できます」

「俺にわかるわけがない」

「『ＷＴＳ』には情報がある」

権現は再び黙った。

「『ウエルカムトウキョウサービス』という民泊事業者の運営に、あなたがかかわっていると私たちは見ています。インターネットを通じての予約、料金の支払い、連絡先、部屋の使用者に関する情報が、あなたの手元にない筈はない。もし殺人と無関係なら、そういった情報を提出してください」

「そんなこと、すぐにできるわけはない」

「じゃあ待ちましょう。どのくらい時間がかかるのです？」

「パクる気なのか」

権現はいった。

「誰を、です？」

「決まってる。『ＷＴＳ』は認可をうけていない。それをネタにひっぱるつもりなのだろう」

「無認可の民泊事業で、誰かに手錠《わっぱ》をかけるのは難しい。それともあんた、ＫＳＪマンションで、罪に問われるようなことをしているのか」

鮫島も口調をかえた。

「してるわけねえだろう。こっちはカタギなんだ」

「らしいな。酒井という組員時代の名も捨てたのだろう」

「誰がそんなこと喋った」

「俺の目の前にいる人間じゃない。だが、あんたが盃を返すにあたっちゃ、いろいろ物入りだったろうと想像しているだけだ。ＫＳＪマンションを民泊施設に改装するのだって、それなりにかかったろう。噂じゃ、ＫＳＪマンション以外にも、同じような建物があるらしいじゃないか。『サロン』で巻きあげた」

「何だと」

権現は息を吸いこんだ。

「どこにいけば、あんたと会える？　『城西運転代行』の事務所か。いっておくが時間稼ぎはするな。もしあんたと連絡がつかなくなったら、ＫＳＪマンションで起こった殺しの関係者だと見なす」

「わかったよ！　客の情報をくれてやる」

「どこへいけばいい？」

「今いるところに迎えをやる。それでいいだろう」

「わかった。これからだな。待っている」

鮫島はいって、電話を切った。石森があきれたようにつぶやいた。

「あんた、並みじゃないな。あんなに権現さんを詰める人間、初めて見た」

石森の携帯が鳴った。応答する。

「はい、石森です。場所は、俳優座のわきを入ったところです。はい、はい、え？　あ、はい、わかりました。待ちます」

電話を切り、鮫島に告げた。

「遠藤が迎えにくるとさ」

「つまり権現と遠藤は、いっしょにいるんだな」

「知らねえ。俺も何年も会ってないといったろう」

鮫島は石森の顔を見直した。

「冷たい話じゃないか。遠藤のせいで警察を辞める羽目になったのに」

「おい！　俺は自分で辞めたんだ。アヤつけんなよ」

「まだかばうのか。辞表を書かされたことはわかってる。あんたは上のメンツを守るためにも、警察に残るわけにはいかなかった」

石森の表情がやわらいだ。

「そうだよな。あんたならわかってくれるよな」

それには合わせず、

「遠藤は面倒をみてくれたのか」

と、鮫島は訊ねた。

「それなりのことはしてくれた。けど、金がかかる女がいて、あっという間に消えちまった」

石森は吐きだした。が、すぐに険しい顔になった。

「いっておくが、後悔とかはしてねえ。俺は惚《ほ》れて、そいつといっしょにいるんだ」

「人の恋路に文句はつけないさ。だが、あんたも呉竹と同じで、遠藤や権現に人生を壊された」

「どういう意味だよ」

「呉竹は賭け麻雀の、それもイカサマで財産を巻きあげられた。あんたは警察を辞める羽目になっても、まだ奴らに使われている。それなのに恩義を感じているような口ぶりだ。よほどのお人好しか、少しトロいのか」

「やかましい！　俺はあとになってぐちゃぐちゃ考えるのが嫌いなんだよ」

鮫島は無言で石森を見つめていた。不意にその顔に、ハイビームにしたライトが浴びせられた。

鮫島はふりかえった。白のメルセデスが一方通行路に進入していた。メルセデスはアルファードのうしろに止まった。

運転席から、生地のいい濃紺のスーツにノータイの男が下りた。ひょろりとして、白髪まじりの髪をオールバックにし、オレンジ色のフレームの眼鏡をかけている。

「久しぶりですね」

男は石森にいった。石森は尖った視線を男に向けた。

「羽振りがよさそうじゃねえか」

「見栄ですよ、見栄。今のご時世、しょぼくれていたら、客は寄りつきません」

答えて、男は鮫島に目を向けた。

「鮫島さんですか」

「遠藤さんだね。『バニシング』というスナックをやっていた」

鮫島がいうと、遠藤は目をみひらいた。

「なつかしいな。『バニシング』！　そんな店がありました」

「あんたがマスターだったと聞いた」

遠藤はにやにやと笑った。

「だったかなあ。昔すぎて、忘れちゃいました」

「じゃあ西新宿の『サロン』はどうだ。隠しカメラで客の手をのぞき、三人がかりでカモの身ぐるみをはいだ雀荘だ」

遠藤はわざとらしく目をパチパチさせた。

「何です、それ。誰の話ですか。まさか、俺をパクろうってんですか」

「だったらどうする？　石森さんはもう守っちゃくれないぞ」

遠藤の顔から表情が消えた。

「おい、調子くれてんじゃねえぞ。こっちはまっとうにやってるんだ。嫌がらせで点数稼げるのか、おお？」

「権現のいとこだってのを隠して、呉竹宏のようなカモに近づいてた。本当は一俵会の準構だったのじゃないのか、あんた」

遠藤は眉根を寄せた。

「手前何だよ」

そして石森に目を向けた。

「何なんだ、こいつ。あんたの仲間か」

「この人をなめないほうがいい。お前も『新宿鮫』の名前くらい聞いたことがあるだろう」

石森は低い声でいった。

「こいつが！　いや、この人が。俺はもっとごつい人だと思ってたよ」

遠藤は首をふった。

「見ての通りだ。石森さんのいう通り、羽振りがよさそうだ。ヤミの民泊ってのは、そんなに稼げるのか」

遠藤の表情はかわらない。

「何いってるのか、まるでわからないな」

「まあいい。権現さんに会わせてくれるのだろう？」

遠藤はあたりを見回した。

「そう思ってたがな。あんたの態度があんまり悪いんで気がかわった。断わる。なかったことにしようや」

「お前の一存でそんなこと決めていいのか」

石森がいった。

「うるせえよ！　警察辞めた野郎が、何偉そうな口叩いてんだ。うちに拾われなきゃ、今頃ホームレスだろうが」

「何ぃ」

石森は遠藤に詰めよった。鮫島はあいだに入った。

「俺に嫌がらせをするのはいいが、権現さんに確認したほうがいいのじゃないか。ここで話ができないとなると、俺はもっと強硬な手段に訴える。あんたらが組を抜けていようがいまいが、気にせずやるよ、俺は」

遠藤は嫌な顔をした。

「お前は昔から、人をいたぶる癖があるんだ。そんな調子だと、いつかやられるぞ」

石森がいった。遠藤が笑い声をたてた。

「誰にやられるんだぁ？　警察クビになった、韓クラホステスのヒモにか、おお？」

「この野郎！」

石森が殴りかかりそうになるのを鮫島は止めた。

「よせ」

「やれよ。やったらお前、刑務所《ムショ》いきだ。かわいがられるぜ。元刑事は、よ」

遠藤は挑発した。鮫島は息を吸い、遠藤の腕をつかんだ。

「何すんだよ！」

「職質する。もちものを見せてもらおうか」

「なんでだよ」

「あまりにあんたに余裕があるんでな。何か道具でも隠してるのじゃないかという疑いがわいた」

「ふざけんな。職権濫用じゃねえか」

遠藤は鮫島の腕をふり払った。目が真剣になっている。どうやら見つかってはまずい品を、本当にもっているようだ。

刑事を迎えにいくのに、銃や刃物を呑んではいないだろうが、財布にクスリでも忍ばせているのかもしれない。洒落《しゃれ》たいでたちといい、女好きそうなので、セックスのための覚せい剤を隠しもっている可能性はある。

「あんたがヤバいものをもってないのに身体検査をしたとあっちゃ職権濫用かもしれないが、しゃぶのひとパケでもでてきたら、そうはならない」

鮫島は冷ややかにいった。石森が勢いこんだ。

「もってんだな、お前」

「やかましい！　わかったよ。権現さんのところに連れていってやる」

遠藤はいってくるりと背を向け、メルセデスに歩みよる気配を見せた。

「待てや。職質《バン》かけられてんだ。逃げるな」

石森が声を荒らげた。遠藤はふりかえり、怒鳴った。

「何が職質《バン》だ、この野郎。クビになったのに、まだ刑《デコ》事《スケ》やってるつもりかよ」

「手前！」

「もういい！」

鮫島は大声をだした。遠藤に告げる。

「こっちも車だから、あんたのあとをついていく」

自分の車を示した。ＢＭＷから買い替えたボルボだった。中古の外車を選ぶのは、警察官が乗っていると見抜かれにくいからだ。

遠藤は片方の眉を吊りあげたが、無言で頷いた。鮫島は携帯の番号を書いた自分の名刺を石森にさしだした。

「何かあったら連絡をくれ。できることなら相談にのる」

悪徳警官だったかもしれないが、骨はある男だ。

石森は無言で受けとった。遠藤の前で名刺を渡した意味を悟ったようだ。

「仕事の邪魔をして悪かった。仲間の人たちにもそういっておいてくれ」

鮫島は告げ、自分の車に歩みよった。

14

遠藤が運転するメルセデスが止まったのは、山手通りを甲州街道の先で西に折れた一画にある低層マンション地下の駐車場だった。七、八台ぶんのスペースがあり、そのいくつかに「運転代行」の表示灯を屋根にのせた軽自動車が止まっている。

「空いてるところに止めてかまわない」

遠藤はいった。あたりは細い道が連なる住宅街だ。鮫島は、その言葉にしたがった。

マンションは築二十年以上は経過していそうで、「渋谷本町ハイツ」という名前からも、賃貸用に建てられたマンションではないかと思われた。その地下部分の駐車場をすべて「城西運転代行」が使っていることになる。だとすれば、建物そのものを「城西運転代行」、あるいは関連する企業が所有している可能性があった。

マンションの外階段で遠藤は一階にあがった。一階にある建物玄関口には、ＫＳＪマンションの部屋の扉にとりつけられていたのと同じような、番号錠が設置されている。

遠藤がそのボタンを押し、ガラス扉を引いた。正面のエレベーターホールを示す。

「三階にあがって、『３０１』のインターホンを押してくれ。権現さんがいる」

「あんたはこないのか」

「俺は仕事があるし、権現さんはサシであんたと話すといっていた」

遠藤は硬い表情で答えた。

「『３０１』だな」

遠藤は頷き、逃げるように玄関をでていった。鮫島は緊張を覚えた。

もっているブツが理由でこの場を逃げたかったのか、何か別の理由があるのか。

上着の上から腰にさしたニューナンブに触れた。訊きこみにきた刑事をいきなり襲撃するとは思えないが、油断はできない。

　エレベーターで三階にあがった。古いエレベーターなのだろう、速度が遅く、ひどく揺れる。

　エレベーターを下りると、暗い蛍光灯が点《とも》った廊下にでた。湿度が高く、長年の生活臭がこもっている。

　エレベーターから最も遠い部屋が「３０１」だった。塗り直されたと思《おぼ》しい、濃い朱色のスティールドアが四枚、廊下に面している。どの扉にも表札はでていない。かわりにＫＳＪマンションと同じ番号錠がドアノブ付近に設置されていた。

　廊下を少し進んだところで鮫島は立ち止まり、耳をすました。物音は聞こえない。どの部屋も無人のように思える。建物の古さからすれば、人がいれば生活音が聞こえてきて不思議はない。

　しばらく耳をすましていたが、咳ばらいも水音も、何ひとつ聞こえなかった。このマンションが民泊施設として使われているとしても、少なくとも三階には客を泊めていないようだ。だからこそ権現は「３０１」を指定した可能性がある。

「３０１」の扉のかたわらにあるインターホンを鮫島は押した。上着のボタンは外してある。

　呼びだし音のあと一拍おいて、扉が内側から開かれた。白いシャツに細い黒ネクタイを締めた男が立っていた。髪をひどく短く刈っていて、額の左右がＶ字型に切れこんでいる。

　色白で、細く切れ長の目に剣呑《けんのん》な光があった。年齢は四十代後半から五十代の初めといったところだろう。贅肉のない体つきだ。

「権現さんか」

　鮫島が訊ねると、男は否定せず、扉をさらに開いた。

「入ってくれ」

　鮫島は身分証を提示した。

「深夜に申しわけありません。新宿署の鮫島です」

　口調を改め、告げた。男はおや、というように瞬きした。

「権現です。どうぞ」

　扉の内側は、古い２ＤＫだった。扉を入ってすぐ左手にバス、トイレがあり、正面に六畳と四畳半と思しい部屋がつながっている。

　広いほうの部屋に、年代ものの応接セットがおかれていた。黒い人工皮革張りで、近年あまり見ない。中央にあるガラステーブルに灰皿がおかれている。

「ここは、お住まいですか」

「ちがいます。待機部屋といえばいいのかな。仕事がないとき、ドライバーが休んだり仮眠をとったりしてるんです」

　いわれてみると、ソファのかたわらに本棚があって、雑誌やマンガがささっている。しかし掃除がいき届いていて、むさ苦しい雰囲気はない。

「何もでないが、まあすわって下さい」

「どうぞおかまいなく」

　答えて鮫島はソファに腰かけた。スプリングが弱っていて、ひどく体が沈む。権現は、黒っぽいジャケットが背もたれにかけられた、向かいのソファにすわった。

「ＫＳＪマンションのことを知りたいのか」

　権現は正面から鮫島を見た。

「あそこは民泊施設として使われているようですね」

「そうらしいな」

　権現はあいまいに答えた。

「呉竹宏さんをご存じですか」

　鮫島は切りこむことにした。

「知っているよ」

「今どちらにおられます？」

「横浜だ」

　即座に権現は答えた。

「横浜のどちらです？」

「戸部《とべ》だよ。桜木町《さくらぎちょう》に近い、街のまん中さ」

「ほう。お仕事の関係ですか？」

「仕事？　仕事っちゃ仕事かな。雀荘のマスターみたいなことをしてる」

「雀荘の名前は？」

「『緑一荘《リューイーソウ》』。ソウは色じゃなく旅荘の荘と書く」

「『緑一荘』の経営者なのですか？」

「いいや。経営者は俺だ。呉竹はマスターとして、ほぼ住みこんでいる。客の世話をしたり、メンツが足らなけりゃ打ったりして」

「それで生活しているということですか」

「生活には困ってない。KSJマンションの家賃が入ってくる。麻雀が好きだから、緑一荘にいるんだ。本人に訊いてもらってもいい」

　権現は平然と答えた。

「うかがいにいきます。家賃というと、KSJマンションは、誰かに貸しているのですね」

「わかってんだろ。『WTS』だ」

　瞬きもせず、権現はいった。

「『WTS』は、あなたが経営している会社ですか?」

「そうだ。古いマンションのオーナーから依託をうけて、民泊施設に改造し、貸している」

　あっさりと権現は認めた。そしてつづけた。

「あんたが知りたいのは、『402』を使っていた客だろ。それについちゃ教える。その他のことはお断わりだ」

　じっと鮫島を見つめている。

「いいでしょう。今日のところはそれで」

「次はない」

　鮫島は首をふった。

「申しわけありませんが、次があるかどうかを決めるのは、あなたではない。捜査の過程で、新たな情報が必要になれば、うかがいます」

「次は、俺はここにいない」

「では、いるところにうかがう」

　鮫島と権現はにらみあった。先に目をそらしたのは権現だった。

「噂どおりだな、あんた」

　そしてかたわらの上着からスマートフォンをとりだした。

「客の名はこれだ」

　操作し、画面を向ける。

「華恵新」という文字があった。鮫島はメモをとりだした。

「中国人ですか」

「予約は中国人向けのサイトを通じて入ってきた」

「華《か》の住所と連絡先はわかりますか」

権現はスマートフォンを操作した。上海市の住所と、電話番号と思しい番号が画面に表示された。

「パスポートの写しはありますか？」

「写メならな」

「実物の確認はしないのですか」

「しない。支払いが先なんだ。振込みが確認できたら、地図と部屋番号、扉の解錠番号をメールで送る。客とは顔を合わせない」

「支払い方法は振込みで？」

「仮想通貨でも受けつけている」

「華は、何で払いました？」

「確か仮想通貨だった」

「つまり華の銀行口座はわからない？」

権現は頷いた。写真ですむなら、パスポートの偽造などいくらでもできる。華恵新が本名なのかどうか、「WTS」は確かめようがないし、その気もないというわけだ。

「華は、いつからいつまでの契約で部屋を借りたのですか」

「十月三十日チェックイン、十一月六日チェックアウトの、七泊だ」

華が殺害されたのは、十一月二日の深夜だ。

「来日の目的は？　ビジネスですか、観光？」

「わからない。申しこんだ客にはアンケートを送るが、華からの回答はなかった」

「登録した上海の住所以外で連絡先はわかりませんか」

「わからないね。だいたい、そういう面倒なのが嫌だから、ホテルじゃなくうちを選んだのだろう」

「つまり身許を詮索されたくない客ばかりを泊めている？」

「別にそう謳《うた》って、客を集めているわけじゃない。客のほうで使い勝手のいいところを探した結果が、うちなんだ」

「蛇《じゃ》の道は蛇《へび》で、そういう連中に愛用されているとは思いませんか。その結果が、今回の殺人だ」

権現は皮肉げに笑った。

「一流ホテルだろうとラブホテルだろうと、事件は起きるだろうさ。それに、うちの客に日本人はほとんどいない。殺しがあったって、評判にかかわるという心配はない」

「すると、『WTS』の関係者は、このまま出頭しないと？」

「そうはいかないだろう。呉竹をいかそうかと思ったが、尻込みした。だから近いうち、俺か誰か、でていく。新宿署にいけばいいのか」

鮫島は頷き、権現の目を見つめた。

「あなたの考えを聞かせて下さい」

「考え？」

「この華が借りていた『402』号室には、私物はまったくといっていいほどおかれていませんでした。ベッドを使った形跡もない。一週間分も部屋代を前払いしておいて、いったい部屋を何に使うつもりだったのでしょう」

「そんなのは客の勝手だ。近所の迷惑にならない限り、何をやろうと知ったことじゃない。実際に泊まろうが泊まるまいが、金を払ってくれれば関係ないね」

鮫島がいい返そうとすると、人さし指をつきつけた。

「わかっている。もちろん違法営業だ。罰金を払え、というのなら払うさ。だが刑事罰はない。だから俺をパクれない。ちがうか」

「そんなことをいっているのではありません。部屋の貸し主として、犯罪に使われる可能性が気にならないかと訊ねている」

「気にならないね」

鮫島は息を吐いた。

「華が何をしていたのか、思い当たることはありませんか」

「ない」

「華が以前にKSJマンションに泊まったことはありますか」

「華恵新《けいしん》の名では記録はない。もし他人名義だったらわからない」

偽名、偽パスポートであった可能性を否定しない、というわけだ。

「華と会った、あるいは電話でも話をしたという人間は『ＷＴＳ』にいますか」

「いない。インターネット以外で、宿泊手続きはできない。電話はチェックイン後のクレーム対応のみで、この華からはかかってこなかった」

「一階下の『３０２』に同時期、中国人と思しい四人組が宿泊していますが、その連絡先を教えて下さい」

「断わる。『４０２』以外の客のことは教えられない」

鮫島と権現はにらみあった。やがて権現がいった。

「おたくに出頭する人間にもたせる。ただし客が申告したデータだ」

「十一月一日、二日と、『３０２』『４０２』以外で宿泊していた客はいますか」

「いない」

鮫島は息を吐いた。

「華がどんな殺されかたをしたのか、知りたくはありませんか」

「別に知りたくもないね。部屋で殺されたのだろう？」

鮫島は頷いた。

「てことは、知り合いに殺《や》られたわけだ。これがマンションの玄関で、くる奴をかたっぱしから狙ったというなら問題だが、華は、何かしら恨みがある奴に殺られたんだ。だったら今後の商売には関係ない」

「なぜ恨みだとわかるのです？　ビジネス上のトラブルかもしれない」

「ビジネス上のトラブルで、いきなり殺すか？　まずはさらって威《おど》すのがふつうだ。威すならあそこじゃやらない。騒がれたら面倒だからな」

「つまり華恵新は、恨みのある人物に殺されたと」

「中国人か日本人か知らないが、よほどの恨みをもっている奴に殺られたのだろうさ。だから、うちで次はない」

権現は頷いた。

「華が犯罪組織の人間だったらどうでしょう。仲間が仕返しをしようと考え、犯人を捜すかもしれない」

「それはうちには関係ない。仲間なら誰が殺ったかわかるだろうし、そうでなければあんたらのところにでも訊きにいくだろう」

権現は動じなかった。石森がいった通り、頭が切れる。鮫島がどんな話をぶつけてくるか、あらかじめ想定していたようだ。

「なるほど。きてくれたらありがたいのですがね」

権現はにやりと笑った。

「苦労してるみたいだな」

鮫島は立ちあがった。

「お時間をいただき、ありがとうございました。また何かあれば、ご連絡します」

「もう、何もない。明日か明後日には、誰か新宿署にいかせる。だが、俺以上に詳しい人間はいない。あんたは、うちで得られる最大限の情報を手に入れた」

鮫島は首をふった。

「とても納得できません」

「するしかない。これが現実だ」

権現は答えた。

15

翌朝、新課長の赴任が署長から全署員に伝えられた。午後一番で、阿坂景子課長が生活安全課にやってくる。

さらに新課長とともに、生活安全課に新人が配属されることも知らされた。これは当人の都合で今夕になるが、機動隊出身の若手だという。

午前中、鮫島は権現から知らされた華恵新の住所について調べた。実在しない番地であることがわかった。電話番号も同様で、かけると中国語のアナウンスが流れる。意味はわからないが、「使われていない」という内容のようだ。

権現から得た情報を会議用に書面化していると、副署長の声がかかり、全員が起立した。課の入口に、制服姿の阿坂と副署長が立っていた。

「どうぞそのままで。このたび着任します阿坂です。どうかよろしくお願いいたします」

微笑みを浮かべ、阿坂がいった。

「では課員を紹介します。まず、鮫島さん」

副署長がいい、鮫島と阿坂は視線をからませた。

「よろしくお願いします」

以前会ったことには触れず鮫島は頭を下げた。阿坂も同様に、

「こちらこそよろしくお願いします」

と答えた。鮫島以降は、年齢が上から順番に副署長は課員を紹介した。全員の紹介が終わると、阿坂は課長のデスクの前に立った。桃井の私物はもう何もない。

「桃井さんが使われていた机ですね」

全員の視線が鮫島に向けられた。

「そうです」

鮫島は答えた。阿坂は掌をデスクの上にのせた。

「がんばりますので、よろしくお願いします」

まるでデスクに語りかけるように告げた。そして椅子を引くと、全員に一礼した。

「仕事をつづけて下さい」

椅子にすわった。もっていた鞄から私物をとりだし、デスクにおさめ始める。それ以上儀式めいたことはしなかった。

副署長がでていき、課員は着席し、仕事に戻った。

やがて、

「鮫島さん」

阿坂が呼んだ。

「はい」

鮫島が阿坂のデスクの前に立った。再び皆の視線が注がれた。

「北新宿の事案について、何か進展はありましたか」

「それを今日の会議で報告しようと思っていました」

鮫島はプリントアウトした書面をさしだした。阿坂は一瞬鮫島を見直し、書面を手にした。老眼鏡をかけ、目を落とす。

やがて、

「華恵新」

とつぶやいた。鮫島はいった。

「おそらく偽名です。住所は架空の番地ですし、電話もつながりませんでした」

「しかし日本ではこの名で活動していた可能性がありますね。いくつも偽名を使えば、自分が混乱します。偽名だとしても、人と会うときはこの名を使っていたのではないでしょうか」

阿坂がいったので、鮫島は思わず答えた。

「確かにその通りです」

阿坂はにっこりと笑った。

「突破口になりますね。さすが鮫島さん」

「いえ。いずれ『ＷＴＳ』の関係者が出頭すれば、明らかになることです」

「この権現という経営者は、かなりしたたかです。あなたが会いにいかなければ、とことん隠れていたかもしれません。刑事罰がないといっているあたり、かなり悪質です。事件と関係しているとは感じませんでした？」

「それは思いませんでした。確かに腹がすわってはいますが、さすがに殺人に関係していたら、あそこまで冷静に対応できなかったと思います」

「事件資料は、津田さんからいただいています。現場は番号錠がかかっていたと聞いています。マル害が開けたのでなければ、ほしがあらかじめ解錠番号を知っていた可能性があります。『ＷＴＳ』の関係者なら、番号を知ることができます」

「おっしゃる通りです」

「呉竹宏が鍵ですね。権現について何か話してくれるかもしれない」

「今日の午後、会ってくるつもりです」

「その件ですが、新人の課員を同行して下さい」

「新人を、ですか」

「基本です。単独捜査は、わたしの課ではありえません」

鮫島は息を吸いこんだ。

「つまり、その新人を、私の相方《あいかた》にせよといわれるのですか」

「そうです。後ほど紹介しますが、矢崎《やざき》さんといいます。矢崎隆男《たかお》巡査部長です。鮫島さんに指導をお願いします」

阿坂は老眼鏡を外し、鮫島の目を見つめた。

「よろしいですか？」

課の空気が張りつめている。口調は柔らかいが、反《はん》駁《ばく》を許さない響きが阿坂の声にはあった。

「その新人の経歴に傷をつけることになってもよいのですか」

鮫島は訊き返した。

「傷？」

阿坂は意外そうにつぶやいた。

「なぜ鮫島さんと組むことが、傷になるのです？」

「私が警察官であることを快く思わない人間がいるからです」

阿坂は目を広げた。

「どこにいるのです？」

「警視庁、警察庁両方です。彼らにとって私は病原菌のようなものです。誰かと組めば、その人物も菌に冒されたと考えるかもしれない。そうなったら、将来を失うことになる」

阿坂は首をふった。

「そんなに情けない人たちが警察を動かしているとはわたしは思いません。鮫島さんに事情があるというのは知っています。その事情がまるで黴菌《ばいきん》のように他の人に感染するというのですか」

「可能性の問題です。将来において、私と組んだことが人事のマイナス材料にならないとはいいきれません」

「それはあなたの考えであって、警視庁人事の現実をいっているわけではありませんよね。それとも実際にそういうことが起きたのですか？」

阿坂は厳しい口調になった。

「いえ」

「だったら決めつけることはできない筈です」

「そうなってからではとり返しがつかないと思います」

阿坂は首をふった。

「そんなことは起きません。万一起こったら、あなたではなくわたしが責任をとります」

鮫島は息を呑んだ。阿坂は静かにつづけた。

「以前申しあげたように、日本の警察は、世界一立派な警察組織であると思っています。一切の不正がないとまではいいませんが、邪心をもって人事に当たるような幹部は存在しないと確信しています。もしそんな人間がいたら、わたしは刺しちがえてもかまわない」

　目が潤んでいるように見えた。鮫島は目をそらした。

「わかりました。ですがもうひとつ配慮いただかなければならないことがあります」

「何でしょう?」

「桃井さんが殉職された事案に関連し、私に恨みを抱いている中国人犯罪者がおります。その人物がさし向けた殺し屋によって、私を張りこんでいた記者が誤射され、重傷を負いました。実行犯二名はその場で逮捕しましたが、殺し屋を手配した犯罪者は逃走しています。その者が殺し屋を再度手配した場合、私と行動を共にする人間に危険が及ぶ可能性があります」

「だから何だというのです!!」

　阿坂は目をみひらいていった。

「警察官は危険と隣り合わせの仕事です。鮫島さんは殺し屋に狙われるのが恐くて、任務を回避しましたか?」

「いいえ」

「そうでしょう。あらゆる警察官が、任務にあたっては危険を覚悟している筈です。矢崎さんにはわたしから説明します。その上で彼が嫌だというなら、あなたの相方にはしません。ただし――」

　いって阿坂は言葉を切り、課内を見渡した。全員が息を殺し、耳をそばだてている。

「その場合は、わたしがあなたの相方となります」

「あなたが?」

　鮫島は訊き返した。課長、という言葉が喉につっかえていた。桃井以外の誰かに「課長」と呼びかけることがずっとなかった。

「そうです。キャリアの傷も殺し屋も、わたしは恐れませんから」

　鮫島の目を見つめ、阿坂は告げた。本気のようだ。その目をしばらく見つめ返し、

「了解しました」

　鮫島は頭を下げた。

16

矢崎が現れたのは、午後四時過ぎだった。電話をうけた阿坂が課をでていって二十分後、紺のスーツを着た男を伴って戻った。

「皆さん、ご紹介します。本日、生活安全課に配属された矢崎隆男巡査部長です」

中背だががっちりした体つきで眼鏡をかけている。機動隊にいたと副署長はいったが、そのわりには色が白い。

「矢崎です。よろしくお願いします！」

矢崎は直立不動の姿勢をとっていたが、ぺこりと頭を下げた。年齢は三十になったかどうかというところだろう。

「年齢は二十九歳、独身。そうだったわね？」

阿坂がいうと、

「はい！」

と返事をした。

「鮫島さん」

阿坂に呼ばれ、鮫島は立ちあがった。

「矢崎さんをよろしくお願いします」

「了解しました」

鮫島は答えた。矢崎は眼鏡の奥の目を広げ、じっと見ている。

「私が君のパートナーだ」

鮫島は告げた。

「どうかよろしくお願いします」

矢崎は頭を下げた。頷き、

「じゃいこうか」

と鮫島は告げた。阿坂に目を移す。

「呉竹宏に会いにいってきます」

阿坂は頷いた。

「矢崎さんに事件経過を説明してあげて下さい」

「わかりました。横浜ですから電車で向かいますので道中で説明します」

矢崎は無言で鮫島と阿坂の顔を見比べている。阿坂はいった。

「矢崎さん、鮫島さんからいろいろ教わりなさい。勉強になる」

「はい」

鮫島は矢崎をうながし、課をでた。

「横浜のどちらまでですか」

並んで歩きだすと、矢崎が訊ねた。

「桜木町の近くだ」

「了解です」

「機動隊にいたそうだね」

「はい。市谷《いちがや》の特科車両隊におりました」

「なるほど。それで日焼けしていなかったんだな」

矢崎は驚いたように鮫島を見たが、

「表での立ち番はあまりありませんでした」

と答えた。そして訊ねた。

「鮫島さんは機動隊にいらしたことがあるのですか」

「いや。ずっと新宿にいる」

「ずっと？」

驚いたように訊き返した。鮫島のことを知らないようだ。いつか誰かから聞くかもしれないし、聞かなくてもかまわない。

「そうなんだ。事案の話をしよう」

鮫島はいい、ＪＲの新宿駅に向かう道すがら、きっかけとなった浦田のタレコミの話をした。

ＫＳＪマンションを監視するカメラに拳銃の発射光らしきものが写っていたことから死体を発見し、捜査が始まったこと。被害者の身許が判明しないため、ＫＳＪマンションを民泊施設として運営する「ＷＴＳ」の経営者の権現を捜しだし、被害者の氏名とマンションのオーナーである呉竹宏の所在を訊きだした話をした。

ＪＲ湘南新宿ラインで横浜に向かい、横浜でＪＲ根岸線に乗りかえる。他の乗客には聞こえない位置を選び、小声で説明をつづけた。

「権現は、呉竹は桜木町近くの『緑一荘』という麻雀荘で、マスターらしき仕事をしているといった。ただし『緑一荘』のオーナーは権現で、呉竹は使用人のようだ」

「すごいですね、鮫島さん」

　矢崎は感服したようにいった。

「事案にかかわる人名、日付、メモを見ないで全部、説明できるなんて」

「そんなことは自然に覚える。刑事をやるのは初めてか」

「はい。ずっと希望でした」

「よかったな」

「あの、うかがっていいでしょうか」

「何だ？」

「阿坂課長は俺と同じで新任ですよね」

「そうだ」

「前の課長は殉職されたと聞いたのですが」

　鮫島は窓の外に目を向けた。夕暮れの街並みが流れていく。

「そうだ。暴発だった。銃の扱いに慣れない、酒場の主人が興奮して暴発させた。弾は課長の首に当たった」

　静かにいった。

「暴発、ですか」

「現場には課長を逆恨みし、命をつけ狙っていた出所直後の元極道がいた。だがその元極道ではない、酒場の主人に撃たれたんだ」

「そんなことって」

　矢崎は絶句した。

「ひとつ話しておく。細かい話はまたするが、その事案に関連し、陸永昌という中国人が私を恨んで、殺し屋をさし向けてきた。陸はその元極道の息子で、ふだんは中国に住んでいる。殺し屋は、私を張りこんでいた週刊誌の記者を撃って重傷を負わせた」

　矢崎は目を丸くした。

「なぜ、撃ったんです？」

「誤射だ。記者が私に駆け寄ってきた」

　矢崎は緊張した表情になった。

「そいつはまた鮫島さんを狙ってきます？」

「実行犯は逮捕したが、陸は中国に逃げた。したがって、もう狙ってこないとは断言できない」

「中国に手配はしたんですか」

「いちおうは。だが確保は難しいだろうな」

答えて、鮫島は矢崎を見た。

「射撃は得意か？」

矢崎はバツが悪そうな顔になった。

「それが、まるで駄目なんです。車の運転は得意なんですが」

「もってるか」

「え？　今ですか。もってません」

矢崎は首をふった。

「今日のところは大丈夫だろうが、明日からはもてよ。もっていて、扱いにも慣れているほしが相手だ」

「中国人ですかね」

「今の時点では決められない」

「でもサプレッサーなんて映画の世界ですよね」

「鑑識の話だと、知識さえあれば自作できるらしい」

「本当ですか」

鮫島は頷いた。

「おっかないな。そんなのもっている奴がうろついているなんて」

鮫島は苦笑した。だが恐がっているうちは怪我をしない。熱血漢が危ないのだ。

桜木町駅に到着したときは日が暮れていた。冷たい北風が吹きつけてくる。

「『緑一荘』ですね」

矢崎はスマートフォンの画面をのぞきこんだ。

「ここから八百メートルとあります。あっちのほうに上がったところですね」

西側を指さした。歩いていくとその言葉通り、斜面に沿うようにしてある、小さな商店街の一画に、緑色の看板を見つけた。

「『緑一荘』だから緑なんですね」

一階がスナックで、二階が麻雀荘という造りだ。外階段がある。

「携帯の番号を教えてくれ」

鮫島はいって、矢崎と番号を交換した。

「とりあえず、ここは私ひとりでいく」

矢崎は頷いた。

「わかりました。応援が必要なら、鳴らして下さい。

すぐいきます」

　矢崎は緊張した面もちで頷いた。鮫島は外階段をあがった。時刻は五時を過ぎたところだ。サラリーマンの客がくるには少し早いが、扉の前に立つと牌《パイ》の音が聞こえた。

「こんにちは」

　扉を押した。八卓あるうちの一卓だけが使われている。入ってすぐのカウンターの内側に男がひとりいたが、ひと目見て呉竹ではないとわかった。まだ二十四、五くらいだ。

「フリーですか?」

　その男が訊ね、鮫島が答える前に、

「今ここで抜けがでますから」

　使われている一卓のひとりが手を挙げ、いった。長髪で、タオルを頭に巻いている。

「何だよ、勝ち逃げかよ」

　卓につくスーツの男がいった。

「お客さま優先ですよ。大丈夫、俺は逃げないから」

　タオルを巻いた男が答え、直後に、

「はい、ロン。タンヤオのみ」

　といって手牌を倒した。残りの三人が舌打ちした。スーツの男がぼやいた。

「なんだよ。やられちゃったよ。三《さん》コロじゃないの」

「泣かない泣かない。はい、お客さん、どうぞ」

　タオルの男は立ちあがり、鮫島を手招きした。残りの三人が卓の上に、負け分と思《おぼ》しい現金をだしている。それほどの高額ではなく、数千円といった単位だ。

「いや。呉竹さんはいらっしゃいますか」

「あっ。やべえ。警察の?」

　タオルの男がいうと、えっという声とともに卓上の現金が消えた。

「勘弁してよ! マスター。俺ら現行犯じゃん」

　スーツの男が悲鳴のような声をだした。鮫島はタオルの男を見つめた。

「権現さんから連絡があったんですね」

　タオルの男は頷いた。

「俺が呉竹です」

「少しお話をうかがうだけです。お忙しいところを申しわけありません」

　鮫島がいうと、呉竹は歩み寄ってきた。

「外にいきますか。ジュン、かわりに入ってくれ」

カウンターにいた若者に声をかける。

「いいんですか」

　若者は鮫島を見て、怯えたようにいった。

「大丈夫だ、管轄ちがうから。ね、そうでしょう？」

　呉竹は鮫島をのぞきこみ、訊ねた。鮫島は苦笑した。

「そういうことにしておきましょう」

「緑一荘」をでて、外階段を下りた。矢崎が待っていた。

「改めまして。新宿署の鮫島といいます。こちらは矢崎です」

「呉竹です」

　タオルを外すと、長髪の半分は白髪だった。年齢の見当はつきにくいが、五十に届くかどうかだろう。

「早速ですが呉竹さん、身分を証明するものをおもちですか。運転免許証とか」

　鮫島は訊ねた。権現が「身代わり」を用意した可能性を考えたのだ。

　呉竹ははいているジーンズのヒップポケットからすり切れたふたつ折りの財布をだし、中から免許証を抜いた。「呉竹宏」とあり、現住所は北新宿になっている。

「今もお住まいはここですか」

　免許証を返しながら鮫島が訊ねると、呉竹は首をふった。

「ときどきようすを見に帰るだけです。ふだんはこの近くのアパートにいます。店にいる時間のほうが長いので」

「こちらの経営者は呉竹さんですか」

「オーナーは権現社長ですが、店の切り盛りは任されてます。何か問題でも？」

　呉竹は鮫島を見つめた。

「こちらの麻雀荘に関しては、特に。管轄ちがいでもありますし」

「じゃあ、何の用です？」

「ＫＳＪマンションが現在どのように使われているか

についてお訊ねしたくて」

「貸してますから、一棟まるまる。権現さんのところに」

「貸していらっしゃる」

「ええ」

「登記上の名義は呉竹さんのままですが、実際の所有権は権現さんのものになっているのではありませんか」

「なんでそんなことをいうんです？」

「もともとＫＳＪマンションは呉竹さんのご実家だった。ところが『サロン』という会員制の麻雀クラブでおこなわれた高額の賭け麻雀の負けのカタに、権現さんに奪われたと私は聞いています」

「そうなんですか」

　呉竹は表情をかえずにいった。

「そうであるなら、あなたは被害者です。しかも『サロン』の他のメンバーは全員グルで、あなたの負けはいわばイカサマによるものだった」

　呉竹は薄笑いを浮かべた。

「ねえ刑事さん。負けようが勝とうが、賭博は賭博で、認めたら俺も罪になる。それに『サロン』でイカサマがあったとしても、承知の上で俺は打った。負けたのは俺の腕がないからで、本当に強けりゃ、三人に組まれたって負けなかった」

「手牌をすべてのぞくカメラがしかけられていたとしても？」

　鮫島が訊き返すと、呉竹の笑みは消えた。

「そうだったの？」

「ええ、メンツの中にいつもラジオを聞いていた人間はいませんでした？　競馬放送だといって」

「いた」

「カメラの映像をもとに、店の人間から通しをうけていた」

　呉竹は空を見上げた。しばらくそうしていたが、息を吐いた。

「しょうがない。たとえそうでも負けは負けだ。三度の飯より麻雀が好きで、自信もあった。その結果が今で、意外かもしれませんがわりに楽しいんですよ、この暮らしが」

　鮫島を見やった。

「ＫＳＪマンションの実質的な所有権を奪われても、ですか」

「ええ。それにちょこっとだけど、家賃払ってくれてますから。『ＷＴＳ』が」

「上辺《うわべ》をつくろうためです。ＫＳＪマンションがどのような使われ方をしているかについては――」

「民泊でしょう。けっこう儲かるらしいじゃないですか」

　鮫島の言葉をさえぎり、呉竹は答えた。

「そこまでご存じですか。ではその『４０２』号室で殺人があったことも知っていらっしゃいますね」

　鮫島はいった。呉竹は頷いた。

「それも聞いてる。けど俺は何も知りません。ずっと横浜にいたから」

「被害者について何か聞いていませんか」

「いいや。民泊として使われてるのは知ってたけど、経営とかには一切タッチしていないから、俺」

「法律上の所有者は呉竹さんです。何かあれば責任を問われることになる」

「何かって？」

「たとえば火事が起こり、その原因に消防法違反があれば、あなたがつかまる」

「それはしょうがない。承知の上で貸してるのだから」

　呉竹は答えた。

「それだけ権現さんを信用しているということですか」

「信用……。そうだね、信用しているといってもいいかもしれないね。よくも悪くもあの人はきっちりしている」

「イカサマ麻雀であなたから家をとりあげたとしても？」

「いったろう。イカサマにひっかかって負けた俺が悪いんだ」

　呉竹は淡々といった。

「あなたを『サロン』に連れていった遠藤さんを覚え

ていますか」

「『バニシング』のマスターだろ。そういや『バニシング』も潰れた」

「遠藤さんは権現さんのいとこだというのは知っていましたか？」

「前は知らなかった。エンちゃんはちょっとずるいよね。でもあの人も赤坂でうまくいかなかったからな」

「カジノの件ですね」

呉竹はあいまいに頷いた。

「その話はしたくないな。誰かに迷惑かけるし、もうなくなった店だ」

「わかりました。ＫＳＪマンションの『４０２』で殺された人は『華恵新』という中国名で部屋を予約していたと権現さんから私はうかがいました。『華恵新』という名を聞いたことはありますか」

鮫島は訊ねた。

「いいや、まったく。民泊についちゃ知らないっていったろう」

「『４０２』号室に私物は一切なく、『華恵新』は身分を証明するものをもっていなかった。奇妙だとは思いませんか。旅行者なら、泊まっている部屋に荷物がなくパスポートもないというのは、考えにくい」

「俺はその人じゃないからね。そんなことといわれてもわからないよ」

「権現さんから聞いたことはありませんか」

「何を？」

「旅行者ではない人間による利用について」

「旅行じゃないのにＫＳＪマンションに泊まっているってこと？　そりゃそういう人もいるんじゃないの」

「『華恵新』は泊まってさえいませんでした。夜の数時間を『４０２』号室で過《すご》しただけで」

呉竹は唸り声をたてた。

「わかんないね。民泊って、要するに安あがりのホテルでしょ。ホテルだったら打ち合わせや会議に部屋を使うこともあるわけだから、ＫＳＪマンションを同じように使う人もいるんじゃないの。もしそれが悪いことのためだったとしても、どうしようもないよね」

「責任を問われるのがあなたであっても？」

「まあ、それはちょっと困るかな」

「現実はしかし、そういう形になっています」

呉竹は黙りこんだ。

「俺にどうさせたいのよ」

やがて訊ねた。

「捜査への協力をお願いしたい。呉竹さんは知らなくても、権現さんは被害者に関する情報をもっているかもしれない。それを警察に話すよう、あなたから説得してほしいのです」

「あんた会ったんだろ、権現さんに。いうこと聞く人だと思うか」

呉竹は鮫島をにらんだ。

「確かに腹がすわった人のようです。しかし権現さんはあなたに弱みがある」

「弱み？　何が」

「ＫＳＪマンションです。法律上の所有者をあなたにしているのは、何か起こったとき、自分が責任を問われたくないからで、いわば隠れミノだ。あなたの陰に隠れているという弱みが権現さんにはある。あなたがでるところにでるといえば、彼はいうことを聞かざるをえない」

「そんな度胸、俺にあるわけない。あの人は以前――」

「酒井という別名で一俵会の組員だった」

「そこまで知ってるならわかるだろう」

「表面上は足を洗っているようですね。しかし今でもつながりはある。だからこそ表にはでてこない」

呉竹は黙った。

「今の時代、組とつながっているというのは、むしろ弱みです。カタギの陰に隠れなければ極道は何もできない」

呉竹は首をふった。

「だとしても、だ」

「私から見ると、あなたは損な役回りを押しつけられている。なのに腹も立てず、むしろ権現さんに敬意を抱いているように感じるのはなぜでしょう」

鮫島は呉竹を見つめた。石森もそうだった。恨んでもおかしくない立場なのに、なぜか権現に対してはそうではないのだ。

「なぜだろうね」

　呉竹は否定しなかった。

「あの人には、どこかついていこうと思わされちゃうんだ。組とかそういうのは関係なく、自分の生き方みたいのをちゃんともってる。確かに俺は、あの人に食われたようなものだけど、その食いカスにこうして居場所を与えてくれてるのも権現さんだ。あんたら警察は、極道にはかかわるな、食いものにされるというけれど、食うに困ったカタギを助けてはくれない。俺は確かに人生をやり損なった。会社も辞め女房子供からも絶縁されてる。でもそれは、麻雀が三度の飯より好きだったからで、極道に食われたのはあくまでその結果なんだ。いいたいこと、わかるか?」

　頭から外したタオルを握りしめ、呉竹はゆっくりと喋った。

「権現さんと会わなくても自分は麻雀で人生をしくじったろう。権現さんがいなかったら、もっとひどいことになっていたかもしれない?」

　鮫島が訊くと、呉竹はにっこり笑った。

「そうそう。その通りよ」

　そして矢崎を見やった。

「兄さんは若いから、俺が負け惜しみをいってると思うかもしれないけど、本当にそうなんだ。ここで雇われマスターやって、毎日麻雀が打てれば、俺は満足なんだよ」

　矢崎は何かいおうとするように口を開いた。が、何もいわなかった。呉竹は鮫島を見た。

「あんたは俺に、何か権現さんの弱みを喋らせたいのだろうけど、俺は喋らない。喋らないし、喋りたくても知らないんだ」

　鮫島は呉竹を見返した。その目に怯えはなかった。

「わかりました。ですが、今日うかがった一番の目的は別のことでした」

「何だい、目的ってのは」

「呉竹宏さんが生存しているのを確認したかった。とっくに殺されてしまっているのに、法律上は生きている可能性を疑ったのです」

「殺されてる――」

　呉竹は驚いたようにくり返した。

「そうです。あなたが亡くなっていても行政はその事実を知りようがない。公共料金があなたの名で払われている限り、あなたの安否を気にする者はいない」

　呉竹の目が一瞬泳いだ。

「俺が生きてようが死んでようが、『ＷＴＳ』はやってけるってわけか」

「そのためのシステムを権現さんは作った。それはずっとうまくいく筈だった、殺人事件さえ起きなければ」

「つまり犯人は権現さんじゃないってことだ。ちがうか」

「そうですね。金儲けの材料にしているマンションで人殺しをするほど、計算のできない人間には見えませんでした」

「だろ。権現さんは関係ないよ」

「関係がないかどうかはわからない。被害者が中国の犯罪組織の人間で、権現さんがその組織とつながっている可能性はありますから。呉竹さんはそれもない、と思いますか」

　呉竹は、ぷっと頬をふくらませた。

「そこまで俺にわかるわけないだろうが。俺はあの人のシノギの駒でしかないんだ」

　鮫島は呉竹の目を見つめ、頷いた。

「そうですか。いろいろとありがとうございました。お時間をとらせ、申しわけありませんでした」

　頭を下げた。

「もういいのかい」

「申しあげたように、まずあなたが生きていることを確かめたかったので」

「気持悪いこというなよ」

「事実です。もしあなたの生存を確認できなかったら、権現さんをより厳しく調べることになった」

　鮫島は告げた。呉竹は目をそらし、生唾を呑んだ。

「生きてるよ、俺は。ここにくりゃ、いつだって会える」

　鮫島は頷いた。

「それでは失礼します。ご協力感謝します」

もう一度頭を下げ、その場を離れた。矢崎も、

「失礼します。ありがとうございました」

といってついてきた。

ふたりはそのまま無言で桜木町駅まで歩いた。

「晩飯を食っていこうか」

鮫島がいうと、

「ええ。昼飯抜きだったんで嬉しいです」

矢崎は顔をほころばせた。ふたりはトンカツ屋に入った。鮫島がヒレカツ定食を矢崎はロースカツ定食を頼む。

「ああいう人生もあるんですね」

ノンアルコールビールで乾杯すると矢崎はいった。

「潔いっていうか、まあ愚かしいといえば愚かしいけど、どれだけ麻雀が好きなんだって、話を聞いていて思いました。しかも本人は食われちまってるのに、まるで不幸せそうじゃない。賭け麻雀にひっかからなかったら、今でもふつうに勤めて家族に囲まれていたかもしれないのに」

「だとしても、それを幸福と感じているかどうかはわからないさ。ただ、今が不幸じゃないからといって権現が感謝される筋合いじゃない。権現はただ食いものにしただけだ。もちろん権現が現れなくても、呉竹が他の極道に食われた可能性はある。場合によっては今より悲惨な結果になったろう。あるいは殺されていても不思議はない。呉竹はそれを感じているから、恩義のように思っているんだ」

「結局、ああいう人は、木の葉が水に流されるように、いきつくところにいってしまうんですかね」

矢崎がいった。鮫島は思わずその顔を見直した。

「俺、変なことをいいましたか」

「いや。大人だと思った」

「やめて下さい。で、これからどうします?」

「そうだな」

鮫島は箸を止め、宙を見つめた。奇妙な気分だった。これまで捜査の過程には報告しかなかった。誰にも相談することなくひとりで動き、判明した事実と仮説を桃井に伝えた。

これからどうする、という相談を誰かから受けることはなかった。

「マル害の名前が判明したことで捜査が進んだ可能性もありますよね」

矢崎がいった。

「そうかもしれないが、我々の仕事は側面援護で、殺しのほしを捜すことじゃない」

「そうなんですか」

鮫島は頷いた。

「ＫＳＪマンションの使用者について洗い、そこからほしにつながる材料を見つける。ほしを咬むのは一課の仕事だ」

「なんだ」

矢崎はがっかりしたような表情になった。

「帳場が立てば、場合によっては我々もそこに組みこまれるかもしれないが」

矢崎という相方ができた今、津田は鮫島を捜査陣に加えることをためらわないだろう。

鮫島の携帯が振動した。久米だった。鮫島は矢崎を残し、トンカツ屋の外にでた。

「鮫島です」

「今どこにいる？」

前おき抜きで久米は訊ねた。

「桜木町です。呉竹宏に会いました。生きていて、ＫＳＪマンションを権現に預けていることを認めました」

久米は黙った。

「何か？」

「さっき津田さんから連絡があった。このヤマは我々の手を離れる」

今度は鮫島が沈黙する番だった。

「刑事部長と公安部長とのあいだで話がついた。今夜中に一課は引きあげろとのことだ」

「どこが担当するんです？」

「わからない。訊いても教えてくれる奴はいないだろうな。あんたが得た情報は、公安《ハム》に渡さないつもりだ。津田さんともその点は一致した。あんたの動きは、一課とは筋がちがう。だから渡す必要はない、という結論だ」

「ありがとうございます」

「いや。たぶん公安の連中は新宿にもこない。俺らから全部吸い上げ、それでいて何をしてるかは、まるで聞こえてこないって寸法だ。ムカつく話だ」

　鮫島は苦笑した。

「あんたはまだ動くつもりだろ。鼻を明かしてやれよ」

　電話は切れた。久米や津田の気持はわかるが、今は自分ひとりではない。鮫島が何かをすれば、矢崎も責任を負うことになる。

　トンカツ屋に戻った。

「何か？」

　矢崎が訊ねた。鮫島は無言で首をふり、定食の残りを口に運んだ。

「俺が払います。どうせ精算でしょう」

　伝票をとった矢崎の手を止めた。

「ここは私が払う。初日なんだ。それくらいはする」

　鮫島はいって勘定を払った。

「新宿に戻るんですよね」

　訊ねた矢崎に、

「いや、今日は直帰でいい。君はどこだ？」

と鮫島は訊ねた。

「大久保の寮です」

「だったら途中までいっしょにいこう。私は野方《のがた》だ」

　鮫島はいった。

　阿坂と話さねばならないが、矢崎の同席は避けたかった。自宅に戻るフリをして、署にいき、阿坂と話そうと考えていた。

17

矢崎と別れた鮫島が新宿署に着いたのは、八時近い時刻だった。阿坂はすでに帰宅していた。課内は無人だ。

鮫島は阿坂の携帯を呼びだした。

「阿坂です」

「鮫島です。夜分にすみません。一課のことをお聞きになりましたか」

「いえ。今日は五時にはでてしまったので。何かあったの?」

「KSJの事案が公安部預かりになり、一課は引きあげです」

「まあ」

「そのことでお話をしたいのですが」

「明日の朝一番で聞きます」

「矢崎くんを同席させないで話したいのですが」

阿坂は黙った。やがていった。

「わかりました。明朝八時半に西新宿パークホテル一階のカフェテリアで会いましょう」

「八時半に西新宿パークホテル一階のカフェテリアですね。了解です」

鮫島は答え、電話を切った。目を上げると、藪が課の入口に立っていた。

「引きあげるとなると、あっという間だ。捜一は誰も残ってない。まるで公安《ハム》に見つかるのを恐がってるみたいにいなくなったぞ」

「あんたの予想通りになった」

パソコンを立ちあげ、鮫島は答えた。呉竹との面談を記録に残しておきたかった。

藪は課内に入ってくると椅子のひとつに腰をおろした。背後からパソコンの画面をのぞきこむ。

「生きてたんだ。あのマンションの元オーナー」

やがていった。

「元じゃない。法律上は今でもオーナーだ」

「左ウチワか」

「麻雀荘の雇われマスターをやってる」

キィボードをたたきながら鮫島は答えた。

「その矢崎ってのが、あんたの相棒か」

「そうだ。機動隊からきた」

藪はため息を吐いた。

「お目付役だな」

「お目付役？」

鮫島は藪をふりかえった。

「そうさ。あんたがしたことは全部、課長にご注進だ」

鮫島はわずかに考え、首をふった。

「そこまで器用そうには見えない。刑事になりたてだ」

「捜査のいろはを教えてやれ、か？」

「俺のやり方は手本にはならない。教わったら、むしろマイナスだ」

「だが先生はあんたしかいない」

「明日、外すように課長にかけあう」

「何といって、だ？　使いものにならない、か」

「そうじゃない。公安に渡ったヤマを俺ひとりが勝手にやるのならともかく、いっしょだとなれば、矢崎がにらまれる」

「じゃああんたも外れればいい。生安には他にもたっぷりヤマがあるだろう」

鮫島は手を止めた。

「その通りだ」

「一件落着だ。あんたが手を引いても、誰も悲しまない。課長はあんたもいっしょに外れろというさ」

鮫島は息を吸いこんだ。矢崎は若く、優秀な刑事になるだろう。ほんの数時間、共に過ごしただけでもそれがわかった。矢崎を巻きこめば、その将来を潰してしまうことになりかねない。

「そうしたら外れるさ」

「本気でいってるのか」

藪は尖った声をだした。

「矢崎を巻きぞえにはできない」

「ずいぶん気に入ったんだな」

「真面目ないい奴だ」

「おいおい、真面目じゃない若い警察官なんているのかよ」

藪は首をふった。

「確かにそうだ」

「公安がでてくるのは予想していたが、あんたの板ばさみまでは考えてなかった。捜査と若い奴にはさまれるとはな。もしその矢崎ってのが外れたら、捜査はつづけるのだろう？」

「もちろんだ」

「矢崎がやりたいっていったらどうする？」

「彼の決めることじゃない」

「じゃあ誰が決める？」

「課長だ」

藪は黙っていたが、いった。

「大塚の件、使っていいぞ」

「大塚の件？」

「香田元理事官が動いてるって話だ。あんたと元理事官の件を知れば、新しい課長も気持がかわるかもしれん」

「それはない」

鮫島は首をふった。香田が警視庁を退職した経緯について阿坂が知っているとは思えないし、たとえ話しても信じないだろう。まして内調の下部機関が動いているとなれば、必ず手を引けというにちがいなかった。

「話せばまちがいなく嫌がられる」

鮫島はいった。

「どうかな。熱い人らしいじゃないか。公安なんかに負けるなというかもしれんぞ」

鮫島は笑いだした。

「何だよ」

藪は鼻白んだようにいった。

「確かに熱いが、その熱さは警視庁愛だ」

「警視庁愛？」

鮫島はあたりを見回した。さすがに藪以外の人間には聞かせたくなかった。

「あの人が愛しているのは、日本の警察だ」

「警察を愛しているなら仕事も愛しているだろう」

「愛しているだろうが、職業よりも組織に対する愛のほうが上回っている」

「なんだ、それは」

「話せばわかる」

「けっこう感動してる馬鹿もいた。今度の課長は、前とはまるでちがう、と。何もわかってないくせに」

桃井は陰で「マンジュウ」と呼ばれていた。死体という意味だ。およそやる気があるようには見えなかったからだ。

鮫島は黙っていた。桃井について、まだ語ることはできない。何をいっても最後は自己弁護にいきつく。それが許せない。

「悪かった」

藪はつぶやいた。

「いや」

「なあ、あんたが手を引いたら、桃井さんはがっかりすると思うぞ。たとえ若い後輩のためであったとしても」

藪はいいにくそうに告げた。

「考えてみる」

鮫島は答えた。


「なぜ公安部が動いているのか、事情は聞いたのですか」

翌朝、ホテルのカフェテリアで会った阿坂は開口一番で訊ねた。クリーム色のスーツを着け、襟もとにブローチをあしらっている。

「私は聞いていません。いませんが、おそらくＫＳＪマンションで見つかったマル害が関係しているのだと思います。日本人ではなかったとすれば、監視対象者や情報提供者だったのかもしれません。身分を証明する品を何ひとつ身につけていなかったことを考えあわせれば、外国情報機関の人間という可能性もあります」

「マル害に関する情報の拡散を抑えるのが目的で、公安部は捜査をとりあげたということ？」

阿坂の頭の回転のよさに鮫島は驚いた。

「そうだと思います。身許に関する捜査が進めば、マル害が接触していた人物などが行動を控えたり、国外に退去するかもしれません。場合によっては、犯人逮捕が公安部の今後の活動に支障をきたす」

　阿坂は首をふった。

「そんなことはありえない。殺人犯の逮捕を望まない警察官はいません」

「公安部にとって重要なのは情報です。それはときに法の執行より優先されます」

「そういうケースがあることは理解できます。国家の安全という観点に立てば、刑事部とは異なる価値観も生まれてくるでしょう。鮫島さんは、公安畑にいらしたこともあるから、わたしより詳しいとは思いますが」

「問題はそのことではなく、今後の捜査です。私はKSJマンションの所有者と会いました。本人は、権現に貸しているのを認めました。今後はヤミの民泊施設摘発の筋で、捜査を進めたいと考えています。殺人の捜査ではありません」

　阿坂は鮫島の顔を見つめている。

「矢崎くんを外していただきたいのです」

　鮫島は告げた。

「捜査の邪魔になっているのですか」

「いえ。彼は優秀な刑事になると思います。ですが今後の捜査において公安部と軋轢《あつれき》が生じる可能性があり、そこに巻きこみたくないのです」

「巻きこまれたらどうなるというのです？」

「警視庁、警察庁上層部の大半は、公安警備畑の出身者で占められています。矢崎くんはまだ二十九です。悪い印象をそれらの幹部に与えたくありません」

「自分は大丈夫なんですか」

　鮫島は頷いた。

「私は何もかわりません。自分から警察を辞めない限り、ここにずっとおかれるだけです」

　阿坂は黙った。ウエイターを呼びとめ、コーヒーのおかわりを頼む。

「新宿への着任前、忠告してくれた人がいました。生安にいったら注意しろ、と。厄介《やっかい》な人間がいる。敵対しても問題はないが、親しくなるのはやめておけ、といわれました。わたしは笑いました。同じ部署の人と敵対などするつもりはない、と。また親しくなったからといってわたしに不利益が生じるとも思えない。そんないじめのような下らない行為が警視庁内で起きるとは思いたくない」

「その考え方は立派ですが、現実的には――」

「わたしはいいつづけたいの」

鮫島の言葉をさえぎり、阿坂はいった。

「なぜだかわかります？　ノンキャリアのわたしがここにくるまで、どんな思いをしたのか、知っている人は少ないでしょう。女の腐ったようなという言葉があります。女々しい、という言葉もあります。皆、男に使う言葉で、そこに女という文字を使ってほしくない。嫉妬や誹謗中傷をどれだけわたしが味わってきたか。すべて男性からうけた行為です。男の嫉妬は、それはいやらしくきたないものでした。わたしが警視庁を立派な組織だと口にするとき、そういう男性たちに恥を知れという思いもこめています。わたしがいいつづければ、彼らも自分のとった行為の愚かしさ惨めさに気づくかもしれない」

鮫島は黙った。阿坂は大きく息を吸い、鮫島の目をとらえた。

「基本を守る、ルールを曲げない、というわたしの信念は、そういう人たちに対抗するためでもありました。彼らが何をいおうと、ルールにしたがっているだけだといい返すことができます」

「理解できます」

「矢崎さんに訊いてみてはどうでしょう」

阿坂はいった。

「訊く、とは？」

「北新宿の事案に対する捜査をつづければ、矢崎さんの将来にこういうマイナスの影響が及ぶかもしれない。本来それはあってはならないことだが、警視庁には卑怯な考え方をする男性もいる。それを避けたいのなら、この事案の捜査を打ち切る。果たして公安部がほしをあげられるかどうか、確かにわかりませんが、決定は決定です。鮫島さんもその決定にしたがって下さい。矢崎さんがやりたいというのなら、自己責任で、捜査をつづければよいと思います」

それはといいかけた言葉を鮫島は呑みこんだ。矢崎に決めさせるというのは、無責任な気がする。捜査をつづけるにせよやめるにせよ、矢崎には大きな負担だ。

「矢崎さんの将来を心配する鮫島さんの気持は立派です。しかし本当に誠実な警察官なら、上ににらまれることを恐れない筈です。また、にらむような上であれば、尊敬に値しません」

　鮫島は目を閉じた。手を引くしかない、と思った。矢崎に決めさせることなどできない。

　そのとき鮫島の携帯が振動した。無視していると、音を聞きつけた阿坂がいった。

「電話ですか。でて下さい。重要な連絡かもしれません」

「失礼します」

　鮫島は携帯をとりだした。登録のない番号からだった。

「鮫島です」

「石森だ。覚えてるよな。六本木で会った」

「もちろんだ」

　石森はほっとしたように息を吐いた。が、すぐには何もいわない。妙な気配を感じた。

「どうした？」

「権現さんだ」

　いって、また黙った。

「権現がどうした」

「連絡がとれない」

「連絡がとれないとは？」

「その通りのことだ。居場所がわからないし電話もつながらねえんだ」

「いつからだ？」

「はっきりしねえが、社の人間にいろいろ訊いた感じじゃ、きのうの夕方から夜にかけてだ。正確にいうと、午後六時以降、誰も姿を見てないし、話してもいない。八時にはくる筈だった事務所にもこないで、それきりだ。何もないのに連絡がとれなくなる人じゃない」

　鮫島は考え、訊ねた。

「一俵会やその上ともめていたという話はなかったか？」

「俺は知らねえ。殺しがあった件では、説明にいったとは聞いてる」

「誰に説明したんだ」

「電話じゃいえない」

「わかった。今、打ち合わせ中なので、あとでまた連絡する」

　告げて、鮫島は電話を切った。

「権現に何かあったのですか」

　やりとりを聞いていた阿坂が訊ねた。

「昨夜から所在がつかめず連絡がとれなくなっているそうです」

　阿坂は鮫島を見つめた。

「北新宿の事案と関連してのことでしょうか」

「わかりません」

「電話は誰からです？」

「元赤坂署の石森です」

　阿坂の表情が険しくなった。

「上ともめたというなら、それだけのことですが」

「一俵会の上は、指定の田島組ですね」

　鮫島は頷いた。

「権現が民泊で稼いだ金はそっちに流れているの？」

「ＫＳＪマンションなどの民泊施設の改装には資金が必要で、それは銀行からは借りられなかった筈です。だとしたら、でどころはそのあたりです」

「金銭トラブルで一俵会または田島組に拉致された？　それなら組対の仕事です」

「権現が生きていて被害届をだせば、組対は喜んでやるでしょう。おそらく届はださないでしょうが」

「もし一俵会や田島組でなければ、どうなります？」

　鮫島は黙った。

「動くのはかまいません。矢崎さんに確認をとってから、なら」

「もう一度うかがいます。彼を外すのは駄目ですか？」

「警察官なら、捜査にあたっては上の顔色をうかがうことはあってはならない。それがわたしの信念です」

　阿坂は答えた。

18

出勤時間をずらすため、鮫島は先にカフェテリアをでた。徒歩で新宿署に向かう。

矢崎はすでに出勤していた。

「おはようございます」

きのうと同じ紺のスーツだが、シャツとネクタイの色がちがう。

「鮫島さん、聞きました？　公安部の話」

「聞いた」

「でてきて聞いて、びっくりしました。公安部がもっていったって、どういうことですかね。鮫島さん、わかりますか」

矢崎は鮫島を見つめた。

「でよう」

鮫島は矢崎をうながした。課をでた廊下で阿坂とすれちがった。

「おはようございます」

「おはようございます」

何もなかったかのように挨拶をし、鮫島は矢崎を署外に連れだした。

「どこへいくんです？」

「待ってくれ」

告げて、石森に電話をかけた。

「鮫島だ。いつ会える？」

「きのうから寝てねえんだ。早いほうがいい。あんた今どこだ」

「署の近くだ」

「じゃあ俺がそっちにいく。東口に昔からある『社交室』って喫茶店、わかるか」

「わかる」

「三十分かそこらで着く」

「了解した」

電話を切った。

「今のは石森だ。出勤前に電話があって、権現と連絡がつかない、というんだ。電車の中だったので、かけ直した」

　つじつまをあわせるために説明した。

「権現というのは、きのう、鮫島さんが呉竹と話していた人物ですよね」

「元一俵会の構成員だが、おそらく今でも一俵会やその上の田島組と関係がある」

「さらわれたんですか」

「それはまだわからない。銃は？」

　矢崎は頷いた。

「正直、私服でもつのは初めてなんで、すごく落ちつかない気分です」

　上着の上から腰に触れ、いった。

「東口に昔からある喫茶店にくるそうだ。そこで待とう」

「社交室」は四十年近く前から新宿駅前にある喫茶店だ。クラシック音楽が流れ、テーブルには白いクロスがかけられている。

　とりあえず向かいあわせにすわり、ふたりはコーヒーを頼んだ。

　鮫島は深く息を吸いこんだ。

「寝られなかったんですか」

　矢崎が訊ねた。

「なぜ、そう思う？」

「何だかつらそうです」

「観察力があるな」

　コーヒーが運ばれてきた。

「今後の捜査をどうするか、迷っている」

「どうする、とは？」

「殺しの捜査は公安部がもっていった。私の、我々の担当はヤミ民泊だが、今後公安部とぶつかるかもしれない」

　矢崎の表情はかわらない。

「問題は、なぜもってったかでしょう」

「マル害以外理由は考えられない」

「そうですね。やはり外国人で、公安が重大な興味をもっていた人物だったのですかね」

「その上で、今現在、公安部がかかわっている事案に関係していたのだろうな」

「身分証はもっていなかったと聞きましたが、外見はアジア系だったのですか」

鮫島は頷き、いった。

「アジア系だからといって、国籍がそうとは限らない。カナダには中国系の人間が多いし、韓国系アメリカ人という可能性もある」

「そうか。中国とかは決められないんですね。もし権現がさらわれたとして、この殺人と何か関係があるでしょうか」

「今はまだ決められない。君はいいのか」

「いい、とは？」

「公安部とぶつかったら、君の将来に傷がつく」

矢崎は驚いたように目を広げた。

「そうなんですか」

「機動隊にいたなら、そういう話を聞いたこともあるだろうが、警視庁の幹部は大半が公安畑出身で占められている。我々が捜査をつづければ、それを気に入らないと考える公安部の人間もでてくる。そうした人物がやがて君の上司となるかもしれない」

機動隊には長い待機時間がある。昇進試験の勉強にあてる者も多いが、噂話に花が咲くこともある。

矢崎はぱちぱちと瞬きした。

「つまり、にらまれる？」

鮫島は頷いた。

「でも鮫島さんは捜査をつづけるのですよね？」

「権現の情報が私あてに寄せられているあいだは、つづける。これからくる石森は、おそらく私以外の人間には口を開かない」

「だったら俺も――」

「君と私とでは立場がちがう」

「立場って何ですか」

鮫島は息を吸いこんだ。

「私について、誰かから何かいわれなかったか？」

「『新宿鮫』という渾名《あだな》の、すごいベテラン刑事だと」

「他には」

「本当は今ごろ、警視長か警視正くらいになっている筈なのに、ずっと警部のままだって。そんなのありえないと思いました」

「半分は本当だ。そこまで出世できたかどうかはわからないが、いろいろあって私はずっと新宿にいる。つまりこれ以上、上ににらまれることはないんだ。あとは警察官を辞めるか辞めないかだけで」

矢崎は鮫島を見つめている。

「つまり、私には失うものはほとんどない。だが君はちがう。私といたら、君も大きなものを失くすかもしれない」

「大きなものって何ですか」

「警察官としての未来だ。君にはおそらく、警察官として階段を上《のぼ》っていく能力がある。しかしその階段を、私のせいで失ってしまう」

「つまり出世から外される？」

「そうだ」

矢崎は鮫島から目をそらした。喫茶店の中を見回し、激しく瞬きをする。

「そんな、そんなことって」

いって言葉を呑みこんだ。

「捜査をやめようと思っていた。だが権現が音信不通になった理由をつきとめたい。課長には、君を外すようにいった。課長は、君に訊けといった」

「コンビを解消するってことですか。たった一日で？」

阿坂は、矢崎の判断がすべてだといういいかたをした。がそれを告げれば、責任を押しつけることになる。

石森が店の入口に現れた。

鮫島がひとりではないことに気づくと、石森は驚いたように足を止めた。

「こっちで話そう」

鮫島は空いたテーブルに石森を誘った。残された矢崎は呆然とこちらを見ている。

「何だ、あれ、相方《あいかた》か」

「そうだ」

「『新宿鮫』ってのはいつもひとりだって話を聞いてたが」

「事情がある。それより権現の話だ。事件の説明にいったというのは、どこの誰のところにいったんだ？」

石森は責めるように鮫島を見たが、答えた。

「たぶん、古巣の上だ」

「古巣というのは一俵会で、その上となると田島組か」

石森は店内を見回し、頷《うなず》いた。

「マルBがいねえな。バブルの頃は、それこそここにもわんさかいたのに。そうさ、田島組だ」

「『ＷＴＳ』に資金提供をしていたのは田島組なんだな」

石森の頼んだ紅茶が運ばれてきた。石森は添えられていた牛乳をなみなみと注ぎ、かきまぜずにカップを口に運んだ。

「抜けるときに一俵会の親《オヤジ》ともめちまったと権現さんはいっていた。だから金繰りを頼みづらかったみたいだ」

親とは組長だ。

「その親を飛び越えて田島組にいったんじゃ、よけい具合が悪くなるだろう」

「そりゃそうだが、権現さんは『ＷＴＳ』で稼いだら、それを一俵会経由で田島組に戻すと約束して黙らせた」

「一俵会の組長と約束したのか」

石森は頷いた。

「それはいつ頃の話だ？」

「もう何年も前だ。俺が四谷にいる頃だから、五年はたつ」

「その頃に一俵会から抜けたのか」

「そうだ。チンピラが足を洗うのとはわけがちがう。稼ぎ頭だったから、親にかなり締めあげられたみたいだ。最後は指をおいていけくらいの話になったらしい。さすがにそれは勘弁してもらったといっていたが」

たとえカタギになっても指を詰めていたら極道であったことがひと目でばれる。仕事にさしつかえるし、海外では入国審査でひっかかる。「ジャパニーズヤクザ」の刺青《いれずみ》と指詰めは、今や世界中の入国管理官に知られている。

「初めのうちは権現さんも苦しかったと思う。運転代行だけじゃタカが知れているし、民泊のほうもあまり客がいなかった。でも我慢しているうちに、中国人の客が増えてきて、ようやく息がつけたといってた」

「運転代行と民泊以外のシノギは何だったんだ？」

鮫島が訊ねると、石森は鋭い目になった。

「あんた、俺に何を喋《しゃべ》らせたい」

「権現の身を心配しているのだったらわかるだろう。トラブルに巻きこまれたとしたら、どんなシノギをやっていたか知る必要がある」

石森は息を吐いた。

「俺も全部は知らねえ。特に『ＷＴＳ』は、日本人以外のスタッフもいて、そいつらに何をやらせてたかまでは、わからないんだ」

「日本人以外。どこの国だ？」

「中国、韓国、タイ、かな。アジアだ。ほら、そういう国向けにインターネットで客を募集するから」

鮫島は息を吸いこんだ。ＫＳＪマンションで殺されていたのは、そうしたスタッフのひとりかもしれない。

「『ＷＴＳ』で話を聞きたい。どこにいけば、そういうスタッフに会える？」

石森は首をふった。

「『ＷＴＳ』にオフィスはない。権現さんの賢いのはそこだ。ネットで募集をかける奴、予約の受付をする奴、部屋のあれこれを任せる奴、皆ばらばらで互いのことを知らない。中心にいる権現さんだけ、全員を知っていて、他が顔を合わせることはないんだ」

「つまり権現が『ＷＴＳ』だってことか」

「そうだ」

鮫島は石森を見つめた。

「ＫＳＪマンションで殺された人物は、身分証の類《たぐい》を一切所持しておらず、いまだに身許が判明していない。権現が使っていたスタッフかもしれない」

「それはねえ。身内が殺されたら、権現さんも黙っちゃいない。死んでたのは、きっと『ＷＴＳ』とは関係のない人間だ」

「するとあんたは、権現が上ともめてさらわれたと？」

「他に思い浮かばねえ。最近もめているとは聞いてなかったが、いきなりさらうなんて、極道くらいしかやらない」

「一俵会の組長はどんな人物だ?」

「下井《しもい》っていって、大物ぶっちゃいるが、金のことしか頭にないオヤジだ。そのぶんわかりやすいともいえる」

「権現は田島組の誰とつながっていた?」

石森は黙った。

「知らないのか」

「たぶんこの人だっていう人間はいる」

「誰だ?」

石森はためらっている。

「さらったのが一俵会とは限らないぞ」

鮫島はいった。

「浜川《はまかわ》って人だ。俺は直接は知らない。ただ一俵会が赤坂でカジノを立ちあげたときも、いろいろ助けたのが浜川さんだったと聞いてる」

「何を助けた?」

「金とか人だ。特に腕のいいディーラーは奪いあいで、浜川さんが口をきいてようやく、きてくれたらしい」

「顔が広いということか」

石森は頷いた。

「俺から聞いたことは秘密にしてくれ。一俵会はともかく、田島組にはにらまれたくない」

「浜川は本家の人間なのか」

「ばりばりの本部詰めだと聞いたことがある。英語も中国語も話せて、始終海外にいってるらしい」

「海外で何をしているんだ」

「わかるだろう。資金運用って奴だ」

広域暴力団の多くは、傘下の組が日本国内の犯罪で稼いだ金を吸い上げ、海外のオフショア銀行を通して洗浄する。いわゆるタックスヘイブンの弁護士事務所や会計事務所を使って、実体のない会社を立ち上げ、株式や石油、鉱物市場などに投資することで、利益すら得ている。

それは日本の広域暴力団に限らず、中南米の麻薬カルテルやテロリストネットワーク、独裁者など、よごれた金を集める連中の常套手段だ。

税金を逃れ、金の動きを隠す。犯罪で稼いだ金をさらにふくらませ、「きれいな金」として日本の株式や不動産に還流させる。

その結果、警察や税務署に知られることなく、企業やビルの実質的な所有権を得る。

あいだに国内外の弁護士事務所が入るため、契約する側も、まさか相手が暴力団だとは気づかないし、暴力団側も決して取引の場には現れない。

日本国内でやっているのは銀行や保険会社と何らかわらない、純粋で合法的な経済行為である。暴排条例が施行されるかなり前から、指定広域暴力団の多くは、海外へ資金を逃し、洗浄して日本に戻す方法をとってきた。

その背景には、頭の切れる経済やくざの台頭がある。警察や検察、国税庁の目を逃れ、組の資産を増やすことで頭角を現してきたような連中だ。

何人殺したかより、何億、何十億稼いだかで、組うちの地位を上げる。

おそらく浜川も、そういうタイプなのだろうと鮫島は思った。

金儲けにさとく、幅広いコネクションをもっていて、決してやくざとは思われないような外見をしている。

「切れ者なのか」

「田島組の本部じゃ断トツだ。嘘か本当か、東大《とうだい》出《で》だって話を聞いたことがある。役人になってもサラリーマンになってもタカが知れてる。でかい金を回したいから極道になったって、いってるそうだ」

鮫島の問いに石森は答えた。

「極道になったって、いきなり大きな金を動かせるわけじゃないだろう」

「組長に気に入られたらしい。『自分に任せてくれ。失敗したら殺していい』といって」

「それで答をだしたのか」

「いきなり十億稼いで、幹部連中をたまげさせたそうだ。多少尾《お》鰭《ひれ》がついているかもしれないが、それで金は浜川に任せろということになったみたいだ」

「権現とは親しかったのか」

「本人から聞いたわけじゃないが、権現さんに組を抜けるのを勧めたのが浜川じゃないかと俺は思ってる。歳は権現さんのほうが上だが、浜川には頭が上がらないみたいだ。浜川は組の金を回している以上、抜けることができない。でも権現さんなら抜けられる。それで勧めたんだ」

「組員じゃない立場で金儲けの片棒を担いでくれる人間が必要だったんだな」

　石森は頷いた。

「組で何かを始めるとなれば、警察の目もあるし、条例にすぐひっかかる。だが権現さんになら、あれやれ、これやれ、といえるからな」

「そんな関係なら、トラブルにはならないだろう」

「本来ならな。だが殺人となると話はちがう。『WTS』は殺しとは関係がないと、浜川に説明にいった」

「そこでさらわれたのか」

「わからない。説明したあとでさらわれたのかもしれない」

　鮫島は首を傾げた。経済やくざには安易な暴力を嫌う者が多い。時間を惜しみ、つまらない喧嘩や暴力沙汰でひっぱられるのは愚かだと考えている。その一方、軟弱なタイプだと見られたくなくて、わざと粗暴にふるまう者もいる。

「権現が殺しと本当に関係がないなら、さらう理由はないだろう」

　石森は深々と息を吸い、頷いた。

「確かにそうなんだが。あるいは自分を飛び越して説明にいかれたことに、下井が頭にきたとか」

「さらわれたことはまちがいないんだな。自分でなりを潜めているとは考えられないか」

「いったろう。『WTS』を含め、あの人ひとりの頭の中で回してるシノギがあるんだ。自分で隠れたのなら、現場が混乱しないように手を打つ」

「混乱しているのか」

「昨夜からてんやわんやだ。遠藤まで俺に電話してくる始末だ」

「遠藤が？」

「一俵会とまだつながっていて、たぶんしゃぶだと思うが、金の払いでもめてるらしい。権現さんに借りようとでも思ってるのか、連絡がつかないって、大あわてでかけてきた」

鮫島は頷いた。

「あの馬鹿、あんたに権現さんがひっぱられたのじゃないかってほざきやがった。お前とはちがうってんだ」

石森は吐きだし、鮫島は苦笑した。

「浜川というのは、荒っぽいタイプなのか」

「ちがうと思う。もしさらったのが浜川なら、自分じゃなく誰かにやらせている筈だ。手をよごすのは嫌う」

そういう人間なら揺さぶりがきく。

「住んでいるところはわかるか」

「勝《かち》どきのタワーマンションだ。五十何階だかで、すごい眺めらしい」

「勝どきのタワーマンションだな。下井は一俵会の本部か」

「いるとすりゃあ。もしいなかったら、さらったのは下井かもしれない」

鮫島は頷いた。

「わかった。とりあえず権現をどちらかがさらったのか、探りを入れてみる」

「頼む。権現さんをいきなりどうこうするってことはないだろうが、死人がもうでてるわけだから、何があってもおかしくねえ」

「最後に訊くが、権現は本当にＫＳＪマンションであった殺しとは関係ないのか」

石森は鮫島の目を見た。

「俺はない、と思う。せっかくカタギで始めたシノギが回り始めてるのに、わざわざそこで人を殺すか？」

「権現が殺したのじゃなく、マル害が権現とつながっていた可能性もないか？」

「だったらもっと驚いたり、怒ったりした筈だ。権現さんはまるで心当たりがないみたいだった」

鮫島は頷いた。

「じゃ、俺は先にいくぜ」

石森はいって立ちあがった。鮫島は矢崎の待つテーブルに戻った。

「悪かったな。君を信用しないわけじゃないが――」

「いいんです、当然のことです。俺は、どこの馬の骨ともわからないのですから」

矢崎は首をふった。

「それより、どんな話だったんです？」

「君は――」

「俺はつづけたいです。もし鮫島さんがかまわなければ、このまま組ませて下さい」

矢崎は鮫島の目を見つめた。鮫島が無言で見返すと、いった。

「意地とか格好つけていってるのじゃありません。初めて刑事でかかわったヤマから逃げたら、尾を引きそうで嫌なんです。公安部だってそこまで目の敵《かたき》にしないと思いますし」

「公安部について知ってるのか」

矢崎は首をふった。

「でも同じ警察官です」

鮫島は息を吐いた。

「確かに君のいう通り、同じ警察官ではある。だが私が彼らに疎まれていることを君は知らない」

矢崎は目をみひらいた。

「公安部全体が鮫島さんを嫌っているのですか」

「以前はそこまでではなかった。だがある人物が警視庁を辞め、その原因が私にあると考えている公安の人間は多い。その人物はかつては公安部のエースだった。彼を惜しむ気持は、そのまま私への反感になる」

「その人は、今何をしているのですか」

「内調の下部機関にいる」

「だったら別に、落ちぶれたってわけじゃないですよね」

「本人じゃないから、そこまではわからない」

鮫島は首をふった。

「公安が押さえたヤマを、所轄の人間がつつき回し、しかもその片割れに私がいるとなれば、君は損をする。今は気にしなくても、将来、後悔することになる」

「鮫島さんはどうなんです？　そんな風に疎まれているのを何とかはしないのですか」

「何ともできない。私はずっとこのままだ」

矢崎は驚いたようだ。

「そうなんですか」

「私を受けいれる部署はない。新宿の生安に定年までいることになるだろうな」

「そんな。それでいいんですか。辞めようと思ったことはないのですか」

　鮫島は矢崎の顔を見直した。

「君だって公安に嫌われるのを恐れない、といった。一生警察官でいられれば、それはそれで、自分を幸福だと私は思う」

　矢崎ははっとしたような顔になった。

「鮫島さんは――」

　いいかけたのを止めた。

「もうよそう。君がつきあってくれるというのなら、可能なぎりぎりまでやろう。これ以上はまずいとなったら、私からいう。そのときは課長とも相談して、外れてもらう」

「ひとつだけ訊いていいですか」

「何だ？」

「鮫島さんを辞めさせようとした人はいなかったのですか」

「いたと思う。だが彼らは私をクビにはできない」

　矢崎は目をぱちぱちさせた。

「なぜです？」

「その話はしたくない」

　告げると、矢崎は傷ついたように目を伏せた。

「すみません。立ち入ったことを訊きました」

　ちがう、君を巻きこみたくないだけだ、といいたいのを鮫島は我慢した。矢崎との距離をこれ以上縮めるべきではない。

「それより捜査の相談をしよう」

「はい！」

　矢崎はほっとしたように頷いた。

19

一俵会の本部は大久保二丁目の明治通り沿いの雑居ビルにあった。築五十年になろうという古い建物だが、テナントはずっとかわっていない。風俗店事務所、外国人芸能プロダクション、無認可の金融業者、一俵会本部だ。

　このビルをでたら、次の部屋を決して借りることのできないテナントばかりだ。でていかないし、でていけない事情を貸し手もわかっていて、何重ものまた貸しがおこなわれている。

　一方、実際に人がいるテナントは、七階建てのビルのうちの三階までで、四階から上はトランクルームとして使われていた。設備の老朽化に伴い、トランクルームとして貸しだす他なくなったようだ。

「あのトランクルームですけど、古いマンションやビルをトランクルームにして貸すにはノウハウがあって、ほとんど専門の業者なのですが、ここはちがうんです。そこで調べたところ、妙なことがわかりました。このビルの四階から上をトランクルームに改造する工事を手がけた業者と、ＫＳＪマンションを民泊施設に改装した業者が、同じだったんです」

　二日後、一俵会の本部近くに止めた覆面パトカーの助手席にすわった矢崎が報告した。

　一俵会の本部を交代で監視するかたわら、調べたようだ。

「何という業者だ？」

「練馬の『太見《ふとみ》工務店』です。実はここにくる前に、ちょっと見てきたんですが、ぴかぴかのベントレーが会社の駐車場に止まっていて、他にもハマーとか、派手な車ばっかりでした」

「人間は？」

「ハマーに乗ってきたのは、準構にしか見えないような若い奴で、ただの工務店じゃない感じです」

「施主に問題があるとわかっていても、注文を断わらないで稼いでいるのだろうな」

「同じ穴のムジナって奴ですか」

「古い言葉を知ってるな」

「小学生の頃、同居していた祖父の相手をさせられて、そのせいか、昔から年寄り臭い言葉づかいだっていわれます」

　矢崎は照れたように笑ったが、すぐに笑みを消し、訊ねた。

「で、本部はどうです？」

「かわったことはないな。下井も本部にきているし、特に出入りが激しい印象もない」

　権現を拉致したのが一俵会だとしても、この本部に監禁されている筈はない。万一踏みこまれたら、組長以下全員が検挙される。

　どこか別の場所に見張りとともにおかれていると考えるべきだ。だが権現が拉致監禁されているとして、問題はその理由だった。

　素人を極道が監禁する目的は脅迫だ。

　外部との連絡を遮断し、このまま帰れない、あるいは殺されるかもしれないと思わせ、求める行動をとらせる。

　だが権現は素人ではない。本気で殺されると思わせない限り、操るのは不可能だろう。気にくわないという理由だけでさらったとすれば、短絡的にすぎる。まして石森の話では、組長の下井は金のことばかりを考えているという。一文の得にもならない脅迫を、元身内に対しておこなうとは考えにくかった。

　あるとすれば、うまくいっている権現の事業を「譲れ」と威《おど》している可能性だ。上部組織の田島組から資金を引き、始めたヤミの民泊がうまく回っている。資金回収のパイプ役だけでは物足りなくなって、会社をそっくり渡せと迫っているのかもしれない。そのきっかけとなったのがＫＳＪマンションでの殺人だ。実際に権現とつながりがあるかどうかに関係なく、「監督不行き届きだ」と因縁をつけたのだ。

　であるとしても、そんな脅迫に権現が屈するとは鮫島には思えなかった。このご時世だから一俵会の懐ろも決してあたたかくはないだろうが、そこまで切羽つまっているとも聞かない。

「じゃあやっぱりさらったのは田島組ですか」

矢崎の言葉に鮫島は首を傾げた。田島組や稜知会といった指定広域暴力団は、常に厳しい監視の対象となっていて、たとえ交通違反ひとつでも徹底して調べられる。そんな状況で、安易に本家の人間が拉致監禁などという罪を犯すとは思えなかった。それこそ二次三次団体にさせるような仕事だ。

「そうですよね。本家の金儲けを手伝ってる人間を二次団体が勝手にさらったら、あとが恐い」

矢崎はひとりで合点したようにつぶやいた。

「とは限らない。権現は足を洗ったとはいえ、元一俵会で身内だった人間だ。内輪もめだといいわけできる」

「そうか……。でもなんかちがうような気がしませんか」

矢崎がいったので、鮫島は顔を見た。

「ちがうとは？」

「ＫＳＪマンションを民泊にしたのは権現で、そのバックに田島組がいるのはまちがいないでしょうが、殺しとそこは関係がないような気がします。だってそうじゃありませんか。やらせてる民泊の部屋で殺しをした上に、その実質的な経営者をさらうなんて、もっていってくれっていうようなものでしょう。組対にこんな話をしたら、大喜びで田島組に捜索《ガサ》かけませんか」

同じことを阿坂もいった。

「すると権現をさらったのは、田島組でも一俵会でもない、と君は思うのか」

「生意気いってすみません」

叱られると思ったのか、矢崎は首をすくめた。

「そんなことはない。だがそれなら、いったい誰が権現をさらったんだ？」

「そうなんです。そこをずっと考えていました」

矢崎は息を吐いた。ほっとしたような表情を浮かべている。

「訊いてみるか」

鮫島はいった。

「え？」

「もし権現をさらったのが一俵会でも田島組でもない

としたら、シノギが止まって困っているのは同じだ。いったい権現に何が起こったのかを彼らも知りたい筈だ」

「それって直接、一俵会に訊くってことですか」

　鮫島は頷いた。

「そんな。令状もなしで話をしますか？」

「令状があってもしないさ」

「やっぱり」

「だが権現をさらったのが本当に一俵会でなければ、話すかもしれない」

「なぜです？」

「痛くもない腹を探られないためだ。ただ賭けでもある。さらったのが一俵会だったら、警察が動いているのを知らせる結果になる」

　鮫島は携帯をとりだした。石森にかける。

「その後、権現の情報は何かでたか」

「いや、俺も同じことをあんたに訊こうと思ってた。芝居かもしれんが、一俵会も権現さんを捜してるって話が、遠藤から入ってきた」

　石森はいった。

「遠藤は準構だったな」

「そうだ。権現さんが抜けたんで、今は組長の下井にとり入ってる」

「とり入った材料は何だ？」

「女だ。遠藤の本職はスケコマシだ。組長に女を貢いでるのさ」

　それを聞いて、鮫島は思いついた。

「遠藤に連絡して、俺が話したがっていると伝えろ」

「逃げるさ。あいつは恐がりだ」

「その女の件で、しゃぶがらみで下井を俺が狙っているというんだ」

「そいつはおもしれえや」

　石森は笑い声をたてた。

「確かにあいつは女にしゃぶを使ってる。その女を下井に回していたら、奴も下井もアウトだ。実際には、その場じゃやらせちゃいないだろうが」

「いいんだ。遠藤を使って下井とつながせたい」

「下井とつなぐ？」

「権現をさらったのが一俵会じゃないなら、何か情報があってもおかしくない」

「田島組がやったのだったら？　下井の立場じゃ口が裂けても認めない」

「認めないことが材料になる」

「そういう考え方をするか」

　感心したように石森はいった。

「逆にもし、さらったのが田島組でもないとしたら、必ず情報がでてくるだろう。殺人に拉致監禁まで背負わされたら、たまったものじゃないだろうからな」

「そんなことになったら、下井は指どころか首が飛ぶぜ」

　石森はおかしそうにいってつづけた。

「遠藤の野郎をびびらせてくれ。あんたの番号を教えていいんだな」

「かまわない。ただ、あんたが恨まれる可能性はある」

「平気だね。あの野郎のことは恐くも何ともない」

　いって、石森は電話を切った。

「一俵会の組長を威すんですか」

　あきれたように矢崎がいった。

「狙いは下井じゃない。下井を揺さぶれば、それが浜川に伝わる。そのでかたしだいで、君がいうようにふたつの組が権現の拉致に関係しているかどうかがわかる」

「関係ないなら平然としている？」

「もし平然としていたら、それは関係している証拠だ」

「そうなんですか」

　鮫島は頷いた。

「権現はもう生きてはいない。死体も見つからないように処分されているだろう」

　矢崎は目をみひらいた。

「そんな……」

「本部詰めの稼ぎ頭が殺しにかかわったとなれば、それくらいのことはする筈だ。もっていかせるわけにはいかないからな。逆に権現の拉致に関係がないのなら、平然とはできない。今後、警察に何をされるかわからないからだ」

「浜川のこと、調べていいですか」

　矢崎はいった。

「どう調べる？」

「本当に東大出だったら、同級生は皆カタギです。教えてくれる人もいるのじゃないですか」

　勢いこんだ口調だった。

「組長とかとの交渉は、俺がいるより鮫島さんひとりのほうがうまくいくと思います」

「そうだな」

「じゃ、またご連絡します」

　いって、矢崎は覆面パトカーのドアを開いた。勘のいい男だ。自分が足手まといになる場面を心得ている。

　明治通りを小走りで駆けていくそのうしろ姿を鮫島は見つめた。

20

「俺と会いたがってるって聞いたが、どういうことだい」

　遠藤から電話がかかってきたのはその日の午後四時のことだった。強がっているが、不安を感じさせる口調だ。

「誰からそんな話を聞いた？」

「ふざけんな。石森が大喜びで知らせてきたんだよ。あんたが俺に目をつけてるって」

　鮫島はわざと舌打ちした。

「自分も刑事だったのを忘れて、よけいな真似を」

「そりゃそうさ。追いだしたのは、そっちだからよ」

　遠藤の口調がやわらいだ。

「で、何だってんだ」

「会って話す」

「冗談じゃねえ。こっちは会いたくないね」

「いいのか」

「何がだよ」

鮫島は黙った。

「何だよ?!」

「まあ、もっていかれるのはあんたじゃなく下井だからな」

「何だと?!」

遠藤の声がはねあがった。

「オヤジが何だっていうんだよ」

「会った上じゃなけりゃ話せない」

「そんな手にのるか。会って俺をどうにかしようと思ってるんだろう」

「あんたから始めたら、下井は逃げる。下井をやってからあんただ」

「ちょっと待てよ！　な、何の話だ、それ」

「心当たりはある筈だ」

「馬鹿いうな！　俺とオヤジが何をしたっていうんだ」

「ここから先は会ってからだ」

遠藤は黙りこんだ。

「今日の明日、どうという話じゃない。会っても何もしない」

鮫島はいった。

「あんた、まさか――」

いいかけ、遠藤は再び沈黙した。

「まさか何だ？」

「何でもねえ」

「で、会うのか会わないのか」

「会ってるところを誰かに見られたら、俺は終わりだ」

遠藤は弱気になった。

「じゃあ見られないような場所で会おう」

「どこだ？」

「カラオケボックスなんてどうだ？　新宿は避けて、あんたの好きな場所でいい。先に入って部屋番号を知らせてくれ」

「カラオケボックスか……。いつだ」

「早いほうがいいな」

「今日の明日、どうという話じゃないといったじゃないか」

「よそが動く前には動きたい」

「よそって何だよ」

「本庁の組対だ」

「なんで本庁なんだ?」

「組対五課の薬物捜査係だ。知ってる人間がいるだろう?　いないのか」

　遠藤は絶句した。

「そ、そんなのいねえ」

「そうか。あんたは知らなくても向こうは知ってるのかもしれないな」

「ちゃんと話せよ。だったら今日、時間を作る」

「今日か。いきなりだな」

「ふざけんな!　会いたいといってるのはそっちだろうが」

「わかった。何時頃だ」

「八時くらいだ」

「午後八時か」

「ああ。場所が決まったら連絡する」

　遠藤はいって電話を切った。

　きれいな手ではないが、下井をひっぱりだすためにはやむをえなかった。

　それからしばらく鮫島は一俵会本部の監視をつづけた。遠藤が駆けこむかもしれないと思ったからだ。下井は午後一時に本部に入っていた。が、遠藤は現れなかった。

　午後六時、下井が本部をでて車に乗りこむのを確認して、鮫島は署に戻った。組長の運転手は尾行に敏感だ。下井をつけ回して刺激するのは得策ではない。

　阿坂は帰宅したあとだった。鮫島がパソコンを立ちあげると、矢崎からこれまでの捜査報告書の下書きが届いていた。報告書の作成は新人の仕事だが、それにしても仕事が速い。

　いくつか手直しし、送り返した。鮫島は鮫島で、整理のために報告書を打つ。

　一俵会や田島組が権現の失踪とは無関係ではないかという矢崎の考えに鮫島は感心していた。

指定広域暴力団とその下部組織にかかわっている人間の行方がわからなくなったら、かなりのベテラン刑事であっても、まず組うちを疑う。

そこにとらわれないのは、冷静に事件全体を見ている証拠だ。経験豊富とはいえない矢崎にそれができるのは驚きだった。

だが一俵会や田島組にこだわった捜査をしているうちは、公安部と摩擦を生むこともない。

ＫＳＪマンションで起こった殺人が暴力団がらみであったら、公安部が捜査の一切をもっていく筈がないからだ。

実行犯が暴力団関係者である可能性はゼロではないが、被害者はまちがいなく公安部が関心を抱く種類の人間だ。「華恵新」は本名ではなく、中国人ですらなかったかもしれない。

とはいえ、外国工作員と暴力団が関係をもつのは、特殊な場合に限られる。共通の利益がない限り、両者が手を組むのはまれだ。なぜならどちらも、相手にかかわることで警察の注視の対象となるのをさけたいと考えるからだ。

「華恵新」が、一俵会あるいは田島組とかかわっていたとすれば、共通の利益が存在した筈だ。

外国工作員と暴力団をつなぐ材料として最もわかりやすいのは覚せい剤だ。北朝鮮は国家事業として覚せい剤を製造し、中国などの犯罪組織を通して輸出している。

だが覚せい剤が理由で殺人が起こったのだとしたら、公安部がこれほどの動きをするのは不自然だ。

暴力団捜査は、決して公安部のお家芸ではない。強《こわ》面《もて》のマル暴刑事ですら手を焼く指定広域の極道を、公安部の刑事が締め上げられるとも思えない。

何か別の理由があるのだ。それを知るには、権現に近い人間に会う必要があった。権現の失踪の理由が内輪もめでないのなら、「華恵新」の殺害と関係がある。

下井なら何か知っている。たとえ本人に明快な心当たりがなくても、手がかりとなる情報をもっているかもしれない。

一方で、それによって公安部が動いた理由をつきとめたら、いよいよ矢崎を外さなければならなくなる。

　矢崎はどこか楽観的に考えているようだが、警察官には、衝突を許されない相手というものが存在し、公安上層部もそのひとつだ。まして鮫島のせいで公安部の逆鱗《げきりん》に触れたとなれば、まちがいなく将来の芽をつみとられる。

　自覚もなく、そんな目にあわせるわけにはいかなかった。

　矢崎の勘のよさと行動力に、鮫島は好感を抱いていた。矢崎が特別に優秀なのか、今の若い警察官が等しくそうなのかは、わからないが、自分と組んだせいでその未来を閉ざすような結果を生んではならない。

　だからといって、権現が失踪した今、ＫＳＪマンションの捜査から手を引くことはできなかった。公安部がすべてをもっていった今となっては尚さらだ。

　権現の安否に、公安部は興味を抱かない。暴排条例によって追い詰められた暴力団のシノギなど彼らにとってはどうでもよいことだ。権現が殺されたとしても、それが工作員による犯行でない限り、歯牙にもかけないだろう。

　藪の言葉が現実化するのを鮫島は感じていた。矢崎の未来か捜査か、どちらかを選ばねばならなくなる。

　それは、責任を負いたくないからかもしれないと鮫島は思った。矢崎が上ににらまれる原因を自分が作ったと感じたくないのだ。

　桃井の死と自分の責任に関してすら、まだ答をだせていない今、若い刑事の未来まで背負うことはとうていできない。

　誰かに押しつけようというのではない。ふたつを負うのは無理なのだ。

　桃井の死は、おろすことのできない荷だ。これからの一生、自分は負いつづける。

　もう何年かたてば、少しは別の荷も背負えるかもしれないが、まだそんな余裕はなかった。

　鮫島はキィボードを叩きながら、突破口を探していた。阿坂を説得しようとすれば、捜査からの撤退を命じられる。

　その判断は正しい。公安部が事件を押さえた後も、単独の捜査が許されているのは、それが鮫島だからだ。矢崎を巻き添えにしたくないなら撤退せよ、というのは正論に他ならない。

報告書を打ち終わったあとも、突破口は思い浮かばなかった。

鮫島の携帯が鳴った。遠藤からショートメールが届いたのだ。渋谷センター街のカラオケボックスにいるとある。

センター街のこの時間なら、知っている極道に姿を見られる心配はないと踏んだのだろう。すぐに向かうと返信して、鮫島は署をでた。

小さな個室で、アイスコーヒーを前に遠藤は待っていた。

「いったい何が目的なんだ？」

鮫島の顔を見るなり、訊ねた。オレンジ色のフレームの眼鏡のレンズに、カラオケ用のモニターの光が反射している。

「目的？」

「考えたんだ。俺とオヤジを威して、何かさせようってのが、あんたの絵図だろうが」

「威す材料は何だ？」

「決まってる。クスリだ。この前、あんたは俺に職質《バン》をかけようとした。それで思いついたんだ」

「それが下井にどう関係する？」

「石森が喋ったんだろう。俺が女を世話してることは」

「じゃあ訊くが、しゃぶを使っているのか」

遠藤の目がギラついていた。

「そんなこと答えられるか」

「俺がくる前にキメたか。もってちゃマズいってんで」

「うるせえ！　手前も石森もクズだ！」

危険な兆候だった。暴れだすかもしれない。

鮫島は息を吸いこんだ。

「落ちつけよ。ここでキレても、誰も得はしない。あんたはそんな馬鹿じゃないだろう」

「じゃあ目的をいえ、目的を」

「権現の行方を捜している」

　遠藤は瞬きした。

「権現の？」

「トラブルに巻きこまれた可能性が高い」

「うちのオヤジを疑ってるのか」

「疑ってないからこそ、会って話を聞きたいんだ」

　遠藤は顔をしかめた。

「何だ？　どういうことだ」

「権現と連絡がつかない。ＫＳＪマンションの殺しと関係があるかもしれない。いっておくが、殺しと一俵会のあいだに何かあるとは思っちゃいない」

「あたり前だ。苦労して手に入れたマンションでわざわざ殺しをやる馬鹿はいねえ」

　少し冷静になったのか、遠藤は答えた。

「呉竹にも会ったから、そのあたりのことはわかっている」

「会ったのか?!」

　遠藤は目を広げた。

「権現に今いる場所を聞いて、会ってきた。生きているかどうかも確認したかった」

　鮫島がいうと、ほっとしたように息を吐いた。

「そうか、会ったのか」

「不思議な話だが、呉竹宏は、あんたたちを恨んじゃいなかった」

　遠藤は頷いた。

「そうだ。恨まれる筋合いはねえものな」

「それについては思うこともあるが、今は権現の居場所だ。あんたは心当たりがないのか」

「ねえ！　うちのオヤジだって心配してる」

「心配する理由は何だ？」

「身内だからに決まっているだろう！」

　声を荒らげ、

「元・身内って意味だ」

と、いいなおした。

「それだけか？　田島組とトラブルがあったって話は聞いてないか」

「冗談じゃねえ。聞いたこともねえよ。まさかあんた、俺でそんな話をでっちあげて、田島組をやるつもりじゃねえだろうな」

「いくらなんでもそんな無茶はしない。真剣に権現の安否を知りたいんだ。ＫＳＪマンションの殺しの件で、下井は権現から何か聞いているかもしれん」

「かかわりなんてあるわけがない。一俵会は何もしてねえんだ」

「だが権現のしていたことは知っていた。ＫＳＪマンションをヤミの民泊にして稼いでいる」

「それと一俵会は関係ない」

「確かに表向きは、な。だがＫＳＪマンションを権現が入手した方法にはかかわっている」

「何をいってやがる。あそこは今でも呉竹宏の名義だ」

「わかってる。呉竹宏に会ってきたといったろう。あんたたちが『サロン』で何をしたのか、俺は知っているんだ」

「いったい何の話だ」

「イカサマ麻雀の手口だ」

「今ごろになって何だよ」

「確かにな。だが名義が呉竹のままだからこそ、いざとなったら彼はすべてひっくりかえすことができる。ＫＳＪマンションを処分するといいだしたら止められないぞ」

「知恵をつけたのか」

　鮫島は首をふった。

「呉竹は今の暮らしに不満がないようだ。だが一俵会とＫＳＪマンションが無関係だといいはっても、それは通じないし、そこにあんたがからんでいることも証明できる」

　遠藤は黙った。

「下井に連絡しろ」

「ふざけんな。気やすく呼びだせる相手じゃねえ」

「忘れたのか。緊急事態だ。組対がどこまで動いているのか、俺すら知らない」

「組対を、あんた止められるのか」

「そんな力が俺にあるわけないだろう。俺にできるのは、先にあんたを咬むくらいだ。あんたを咬めば、当然下井はなりを潜める。あんたがうたえば下井は終わりだ」

「うたうわけねえだろう！」

「となれば、組対は下井をあきらめざるをえなくなる。いったろう、先にあんたをやったら下井は逃げる」

「俺をパクるってのか」

「今日はもってないのか」

「もってねえ！　そんなもの」

「じゃあ恐がらなくていい。だがあんたが遊んだ女の数だけ、ひっぱる材料はある」

　遠藤の目を見つめ、いった。しゃぶを使った女を下井に世話したという話をもちださなかったのは、一歩まちがうと女が口封じされる危険があるからだ。実際に何人いて、覚せい剤がどのていど使われたかは不明だが、秘密を守るために女を殺さないとも限らない。

　遠藤は瞬きした。

「つまり、やるなら俺をやる、と。そのかわりオヤジがやられないようにする」

　鮫島は頷いた。

「恩に着せられるだろう？」

「そんなこと考えちゃいねえ」

「とにかく電話をしろ」

「今この場でかよ?!」

「そうだ。パクられてから電話をかけてきたら妙だろう？」

　遠藤は喘いだ。鮫島は遠藤から目をそらさなかった。

「まず、ＬＩＮＥを打たせてくれ。電話していい状況かどうかわからない」

　鮫島は頷いた。遠藤は携帯をとりだし、指を動かした。

　一分としないうちに電話が鳴った。画面を見て、

「オヤジだ」

　遠藤はいった。すぐ耳にあてる。

「すみません、こんな夜分に。ちょっとお耳に入れときたいことがあったんで」

　額に汗が浮かんでいる。

「実はですね、新宿署のデコスケが俺をつけ回しているんです。ネタ？　ネタは、しゃぶです。ええ」

　相手の声が大きくなったのか、遠藤は携帯を耳から

離した。

「いや、大丈夫です。俺、俺で止めますから。ただその野郎が、権現のことを捜していて、その件でオヤジと話せるんなら、しゃぶの件には目をつぶってもいい、みたいな」

さらに相手の声が大きくなり、遠藤のこめかみを汗が伝った。

「そうじゃないです。例のＫＳＪマンションの殺し、あれを追っかけていて。うちとは関係ないとわかってる。だが権現がいなくなった理由に、オヤジなら心当たりがあるのじゃないかって――」

相手の声が小さくなった。

「取引っちゃあ取引かもしれません。狙いは俺じゃなく権現らしいんで」

いって遠藤は息を吐いた。

「いや、大丈夫です。別にしっかりネタを握られてるわけじゃないですから。いや、それは、本当のことはわからないですけど」

いって、遠藤は鮫島を見やった。

「そいつですか。生安の鮫島って――。そうです、その鮫です。はい、はい。つなぐのは俺がやります。何かあったら、俺の責任なんで……」

遠藤の声が小さくなった。

「わかりました、はい。いや、そっちのことはまだ……。でもしつこい野郎なんで、いずれそっちにもいくような気が。だからお知らせしておこうと思って……。はい、はい、わかりました。時間を稼いでおきます」

いって、遠藤は通話を終えた。

「そっちとは何だ」

鮫島はすぐに訊ねた。

「田島組だ。権現のことで動いてるなら、あんたは田島組にもいく気なのかと訊かれた。オヤジはそれが一番嫌なんだ。権現が前に田島組の本部と頭ごしに話をつけたことがあって、顔に泥を塗られたが、文句がいえなかった」

「つまり下井は、田島組に根回しをしてから、俺と話すといっているのか」

遠藤は小さく頷いた。

鮫島は宙を見つめた。下井が田島組に根回しをする理由はいくつか考えられる。

ひとつは、遠藤が下井に告げた言葉と同じく「俺で止める」と、恩を着せるためだ。

もうひとつは、田島組が権現の失踪と無関係なのかどうかを下井が知らず、確認したいのだ。

実際に関係していたなら、田島組は証拠を消そうとする筈で、下井に時間稼ぎを求めるだろう。もし権現を拉致したのが田島組だったら、口を塞がれる可能性が高い。

「権現をさらったのが田島組だったら、ヤバいことになる」

同じことを思ったのか、遠藤はいった。

「田島組と権現にトラブルはなかったとあんたはいった」

「少なくとも俺は聞いてねえ！　あんただってわかるだろう。大所帯の田島組を、警察は目の敵にしてる。交通違反でだって、下手すりゃ捜索《ガサ》をかけられる。さらうだの何だのなんて、よほどのことがない限りやらないし、やるなら絶対バレないようにやる」

「だからといっておとなしくしていたら、やくざは食えない」

「そこに権現は目をつけたんだ。白でもねえ黒でもねえ、グレイゾーンのシノギは、極道がやろうとすりゃアウトだ。何のかの理屈をつけて罪にされる。だが表向きカタギの人間がやれば問題はない」

「頭のいい男だと、俺も思った」

「だろ。あいつは俺のお袋の姉ちゃんの倅《せがれ》なんだ。年はいっこしかちがわないが、ガキの頃から頭がよくてさ。てっきりいい大学いってサラリーマンにでもなるのかと思ってたら、高校をつまんないことで退学させられて、極道街道まっしぐらだ。つきあっているうちに、俺もひっぱりこまれた」

「権現のせいにするのか」

「そうじゃねえ。初めからあいつは極道を見切っていて、名前を使い分けていた。俺にも盃をもらえとはいわず、準構のままでいろって」

「田島組に親しい人間はいたのか」

「そんな話、できるわけないだろう。あんたがその人間のところにいったら、『誰から聞いた』って話に必ずなる」

遠藤は警戒した表情になった。

「田島組は恐いか」

「決まってるだろうが。いくら警察に鵜《う》の目鷹の目でにらまれてるからって、力はあるんだ。いざやると決めたら、あっという間だ」

「あっという間に何だというんだ」

「俺にいわせるのかよ。あんたら警察は、組どうしの抗争はやたらに押さえるくせに、内輪もめは大喜びだ。俺が殺されたら、それをネタにできるからな」

組どうしの抗争は、メンツがからむため、相手事務所への襲撃や路上での狙撃など激化しやすく、一般市民を巻き添えにしかねない。そのため警察は機動隊などを双方の組事務所に配置し、徹底して動きを封じこめる。

それにより実際には死人がさほどでない。

組員の死者は、むしろ内輪もめや上に逆らった者への制裁などのほうが多い。

遠藤のいう通り、内輪もめの殺人は組そのものを痛めつけられる。組うちのトラブルにはたいてい金がからんでいて、シノギを洗う材料も得られるからだ。

「俺は組対じゃない。あんたが殺されたら儲けものだとまでは思わない」

「どうかな。昔は、刑事《でか》のいうことも少しは信用したが、今は駄目だ。組を潰すことしか、考えてない奴らばかりだ」

「ちがう刑事もいた筈だ」

「石森か？　あいつは女好きだったのでハメられたんだ。組とは表向き関係のない素人を使って韓国クラブに連れていき、女をあてがったらみごとにハマりやがった。いっとくが、やったのは一俵会じゃねえ。ハメることができそうな刑事《でか》にあたりをつけている人間がいるのさ。女でも博打でも、場合によっちゃ男も使う。大所帯は大所帯で、がんじがらめにされながらも手を打ってるんだよ」

田島組がやったとほのめかしている。

　暴排条例以降、表にはでないが、警察官に対する買収が増えていることを鮫島も感じていた。刑事とやくざが貸し借りでつきあう、昔のような馴れ合いが通らなくなり、はっきり買収で味方につけようとしている。

　買収が難しければ脅迫で、暴力団担当刑事の自宅や家族の写真を、家宅捜索をうける事務所にこれ見よがしにおいておいたりする。

　警察官の家族を標的にするなど、かつては考えられないことだった。

　つまりそれだけ追いつめられている。暴排条例による締め上げは、小組織の資金繰りを圧迫し、そこから上納金をせしめている大組織にも影響を及ぼしている。だが大組織の中枢にはこれまでに得た莫大な資産があり、海外での投資などでさらにふくらんでいる。

　金もなく力もない組は青息吐息で、その点では暴排条例は機能しているといえた。一方、田島組のような大組織の金庫は潤沢で、さまざまな規制も金の力でクリアすることができる。その上で、司法に対する反撃を水面下で企てているのだ。

「あんたらがそうさせたんだ」

　遠藤はいった。

「いくら追いつめても、極道は警察に咬みつかないとあんたらは思ってるだろう。だが、そうじゃねえ。いつかしっぺ返しがくる。極道を人間扱いしないと、どんな目にあうか。大所帯は、チャンスをうかがってるんだ」

21

「浜川ですが、本当に東大出身でした」

翌日の夜、矢崎が電話で報告した。鮫島は自宅にいた。署から戻ったところで、ひと眠りしたら、もう一度ＫＳＪマンションの監視に戻ってみようと考えていた。「華恵新」がいたのには、何か理由がある筈だ。

鮫島は時計を見た。じき十時になる。

「まだ仕事をしていたのか」

「残業していた財務省の人に会ってもらったんで。浜川の同級生です」

「そうか」

「学生時代からかわり者で、変人が多い東大でも浮いていたそうです」

矢崎はおかしそうにいった。

「どんなかわり者だったんだ」

「難しい、いいかたをされたんですが――」

メモを見る気配があって、

「『正攻法で得る権力には限界がある。システムの裏側に回る手段が有効だ。ただしそれには頭脳だけではなく肉体も使う覚悟が必要になる』と。これは浜川本人が三年生のときにいった言葉だそうです。当時、役所、ＩＴ、商社が人気で、変人でもせいぜい新聞や出版、テレビ局だったのが、そういう就活は一切せず、株や先物の取引ばかりをやっていた。同級生はてっきり投資関係の仕事につくのかと思っていたら、四年になって音信不通になり退学したという噂が流れて、卒業から二十年になる今年、暴力団幹部になっているのがわかって、皆驚いたらしいです」

「出身は？」

「神奈川です。県立名門校で、家はそんなに裕福ではなく、一、二年生時代は、バイトをかけもちしていたそうです。家族ですが、両親は他界していて、妹がいるようですが所在はつかめませんでした」

「短時間で、よく調べられたな」

「知り合いに東大出身者がいて、ＯＢ会の情報をくれたんです。ただ浜川の現況に関しては、さすがにまるで情報がないんです。成田空港で見かけたという別の同級生の話では、声をかけた瞬間に、いかついボディガードに囲まれて恐かった、と。ただ雰囲気は学生時代とかわってなかったようです。二年生のときの写真というのが手に入ったので、メールで送ります」

「ありがとう」

「そっちはどうですか」

「近いうちに一俵会の組長と話せそうだ」

「組長と直談判なんてすごいですね。俺ならびびっちゃいます」

　朗らかな口調で矢崎はいった。極道より面倒な相手を敵に回すかもしれない、という言葉を鮫島は呑みこんだ。

「今日はゆっくり休めよ」

「鮫島さんは、さすがにもうご自宅ですか」

「ああ」

「じゃあ俺も帰って寝ます。まさか夜中にどっかいくなんてことはないですよね」

　矢崎の勘のよさに驚いた。

「いくわけがない」

「ですよね。外はかなり冷えこんでます。真冬なみの木枯しが吹いてて」

「そうか。風邪をひかないようにな」

　告げて、鮫島は電話を切った。ひと眠りするつもりだったのが、矢崎の電話で目がさめていた。

　ＫＳＪマンションの向かいに建つメゾンクレストの部屋から一度もち帰った毛布を準備した。「淀橋不動産」の山口からはひと月の約束で鍵を借りている。

　小さな魔法壜にコーヒーを詰め、毛布とともに車にのせた。今回は新宿署の駐車場ではなく、ＫＳＪマンションに近いコインパーキングに止めた。ＫＳＪマンション前の駐車場も空いていたが、さすがにそこは避けた。

　メゾンクレストの部屋は冷えきっていた。屋内でも息が白い。着ているコートの上から毛布を体に巻きつけ、鮫島は窓ぎわにうずくまった。藪としかけた監視カメラは撤去していた。

ＫＳＪマンションの窓はすべて暗い。殺人事件の発生をうけてなのか「ＷＴＳ」のメールアドレス、電話ともつながらない状態がつづいている。「ＷＴＳ」には同じような民泊用マンションがあるが権現が拉致されている可能性がある状況で、「ＷＴＳ」が営業をつづけているとも思えない。

ここで何かが見つけられるという確信があるわけではない。自宅にいるよりマシというだけだ。だが、「華恵新」がＫＳＪマンションの「４０２」号室にいた理由を知る手がかりを得たかった。宿泊のためではなかったのはまちがいない。

不意にポケットの携帯が振動した。登録のない番号が表示されていた。

「はい」

耳に当て、鮫島は応えた。

「夜分遅く、申しわけありません。鮫島さんの携帯電話でしょうか」

早口の男の声がいった。早口なのは緊張や不安のせいではなく、もとからそうだとわかる喋りかただ。

「そうですが、そちらは？」

一拍おいて、

「浜川と申します」

男は答えた。鮫島は言葉を失った。なぜ浜川が電話をしてくるのか。

「どちらの浜川さんでしょう？」

「田島組におります」

鮫島は一度電話を耳から離した。そっと息を吸いこむ。

「ご用件は？」

電話を戻し、訊ねた。

「お話をしたいと思いまして。ある人の安否を、鮫島さんが気にしていらっしゃると聞いたものですから」

「誰方《どなた》から聞いたのです？」

鮫島が訊くと、

「つまらん腹の探り合いは時間の無駄です。権現さんを捜していると、下井さんから聞いています。もしちがうなら、そうおっしゃって下さい」

「ちがいません。権現さんがどうしているかに関心をもっています。浜川さんはご存じなのですか」

「いえ。ですが、権現さんは妙な連中につきまとわれていたようです」

「妙な連中?」

「ええ。何かを捜していて、権現さんがその在りかを知っていると考えていたようだ」

「何者です?」

「会って話をしませんか」

「私はかまいませんが、田島組の人が刑事と会うというのは、立場上まずくはありませんか」

「ふたりきりで会えば、大丈夫です。鮫島さんさえ秘密を守って下されば」

「いいでしょう。いつ、どこで会います?」

「これからはどうです?　場所は……北新宿の例のマンションで」

　鮫島は思わずあたりを見回した。今いるところを知られているのではないか。

「KSJマンションですか」

「ええ。現場に入るのはマズいでしょうから、ひとつ下の階の『302』号室でお会いするというのはどうでしょう」

「しかし部屋にはロックがかかっている」

「番号錠でしょう。マスターナンバーを知っているので、私が先にいって開けておきます」

「マスターナンバー?」

「通常の四桁とちがって、全部のロックが解けるマスターナンバーがあるんです。四桁より多いのですがね」

　滑らかな口調で浜川は答えた。

「わかりました。一時間後で大丈夫ですか」

「まったく問題ありません。では後ほど」

　答えて浜川は電話を切った。

　鮫島は携帯を見つめた。気づかなかったが矢崎からメールが届いていた。開くと、日に焼けた若者の写真だった。ハイネックのセーターにジーンズをはき、腕を組んでいる。眉が太く、目に挑戦的な光があった。入手した、学生時代の浜川の写真のようだ。

　ポットからコーヒーを飲み、浜川の意図が何なのかを考えた。

　まず罠を疑った。浜川ではなく別の人間が、浜川を名乗って、自分を拉致しようとしているのではないか。だが現在の鮫島を拉致する必要は誰にもない。浜川はもちろん、下井や遠藤にもない。鮫島をどうにかしたとしても、本庁組対が動いているという威《おど》しには対抗できない。

　殺すという可能性はどうだろう。

　それも考えにくい。殺さなければならないと思うほど、重要な情報を鮫島はまだ得ていない。一俵会にしても田島組にしても、刑事を殺すとなると、組の存続に根幹からかかわるような事態に限られる。ＫＳＪマンションで起きた殺人がそこにつながるとは鮫島には思えなかった。

　だとしても、保険はかけておく必要がある。

　かつてなら浜川と会うことを桃井に知らせておけばよかった。今は矢崎か阿坂ということになる。

　矢崎に負わすのは酷だ。

　午前零時を過ぎていたが、阿坂の携帯を呼びだした。

「はい？」

　驚いたような声で阿坂が応えた。

「深夜に申しわけありません。お伝えしておきたいことがあって電話をしました」

「明日では間に合わないことなのですね」

「はい。実はこれから、田島組の人間と一対一で会います」

「田島組の誰です？」

「浜川という男です。若手幹部で、権現に資金援助をしていた人物です。私が権現の行方を捜していると知って、電話をかけてきました。権現につきまとっていた連中の情報があるというのです」

「つきまとっていた？」

「何かを捜していて、その在りかを権現が知っていると考えていたようだ、と」

「どんな連中なの？」

「それを会って話そうというのです。ふたりきりで会おう、といわれました」

「それがこれから？　場所は？」

「ＫＳＪマンションです」

「まさか現場？」

「いえ、ひとつ下の『３０２』です」

阿坂はふうっと息を吐き、黙った。

「電話をかけてきたのが浜川本人であるなら、罠とかそういう可能性は低く、本当に何かを伝えたいのだと思います」

「なぜそんな真似をするの？」

「警察にあれこれ探られたくないからでしょう。痛くない腹であっても」

「ずいぶんストレートな考え方をする極道ね」

「東大出身の切れ者だそうです」

「まあ」

「とはいえ何が起こっても不思議はないので、課長にいちおうお知らせしておこうと思いました」

「矢崎さんはいっしょじゃないの？」

「彼は知りません」

阿坂は再び息を吐いた。

「それでわたしに知らせたということ」

「はい。万一に備え、誰かに状況を知らせておこうと思いました」

「深夜、一対一で指定広域の幹部と会う。本来なら服務規程にも抵触しかねない行動です。基本を守る、ルールを曲げないというわたしの考え方は、あなたにとってはどうでもいいということですね」

阿坂の声が険しくなった。

「そうは思っていません。しかし捜査に必要な情報を得る機会です」

「そこがあなたとわたしのちがいです。基本を守らずルールを曲げてまで得た情報に、わたしは価値を感じない。たとえそれが事件解決につながったとしても、認めるわけにはいきません。イレギュラーな手段で得た結果は、あくまでイレギュラーでしかない。今後につながるとはいえません」

鮫島はそっと息を吐いた。

「申しわけありません」

「あやまる必要はありません。鮫島さんは鮫島さんなりに、努力をしている。ただその方法がわたしとはちがう。あなたには、わたしの方法でやる気持がない。あくまでも自分のやりかたにこだわっている。ちがいますか」

「いえ、ちがいません」

「おそらく、前任者の桃井さんは、あなたにそれを許していた。しかしわたしはちがいます」

鮫島は目をみひらいた。浜川と会うなというのか。

「今回のようなケースで、あなたは桃井さんに情報をあげ、いざというときのバックアップを頼っていた」

「おっしゃる通りです」

「あなたは気づいていますか。そのやりかたが、桃井さんを亡くす原因となったことに」

胸を射抜かれた。息が止まり、鮫島は思わず目を閉じた。

その通りだ。基本通りに行動していたら、桃井が撃たれることはなかった。

「言葉も、ありません」

「危険を恐れるなと、確かにわたしはいいました。けれども基本を無視して受傷したり、万が一死亡したら、それは無謀でしかない」

鮫島は思わずいった。

「桃井さんが亡くなったのは、私の責任です。桃井さんが決して無謀だったわけではありません」

「もちろんわかっています。生活安全課に赴任するにあたって、わたしが報告書を読まなかったとでも思っているのですか」

鮫島は黙った。阿坂の言葉は正しい。しかし、今すべき議論なのか。

「あれは一種の事故です。それでもあなたと桃井さんが基本を守っていれば、防げた事故でした。同じ轍《てつ》を踏まないで下さい」

「おっしゃることはわかります。しかし今回に限っては、面談を避けるわけにはいきません。もし避ければ、浜川は私に疑いを抱き、今後接触してくることはないと思われます」

「それはあなたのメンツを潰すことでもある。サシで会おうといわれ、服務規程に反するから断わる、というのは男らしくないと思ってはいませんか？　サシで極道と会うのを逃げたら、卑怯だといわれるのではないかと恐れていませんか」

「そこまでは考えていません」

「考えていないのは、断わることなどありえないからではありませんか」

　矢継ぎ早に言葉が浴びせられる。論理的で容赦がない。

「その通りです」

「わたしは許可しません。浜川に連絡をとり、断わって下さい。浜川から今夜得られる筈だった情報は、田島組を捜査すれば、いずれ得られる筈です」

「誰が捜査するのですか。公安部はそこまでしません。私と矢崎くんのふたりだけで、田島組の内部情報を得ようとすれば、何日、何週間という時間がかかります」

　鮫島が告げると、阿坂は黙った。やがて息を吐き、いった。

「あなたとわたしのちがいをいいましょうか。あなたは結果のみを見ている。わたしは正規の方法にのっとった捜査で得た結果しか認めない」

「事件解決には、どちらであってもいいと私は思います」

　苦笑する気配があった。

「あなたは曲げないのね」

　今度は鮫島が黙った。

「たとえわたしの指示を聞かなくても、今の自分の位置がかわることはない、そう思っている」

「いえ。所属長である阿坂課長は、私を異動させる権限があります」

「そう。問題は、あなたを受けいれる部署がどこにもない、というだけ。その点についてもわたしは調べた。あなたとわたしが徹底的に衝突した場合、自分に何ができるか、と」

　鮫島は深々と息を吸いこんだ。

「交通課でもかまわない。制服を着て、スピード違反や信号無視を一日摘発して回る、平巡査と同じ仕事にあなたをつけることができないか、と調べた」

「どうだったのです」

「交通課や地域課は、若い警察官のスタート地点です。そこにあなたをおくのは、明らかに彼らの将来に悪影響を与える、と相談した本庁教養課の方にいわれました。それくらいなら、退職してもらったほうがよほどいい」

「退職はしません」

「わかっている。あなたは退職しないし、免職もさせられない」

鮫島は時計を見た。時間が気になった。このやりとりのせいで、浜川以外の人間がＫＳＪマンションに近づいていても、察知できない。

「申しわけありません。今、議論をしている余裕は、私にはありません」

「了解です。今夜のことは、いずれはっきりしたであろう、あなたとわたしの考え方のちがいを確認する時期を早めた。あなたの今後の行動に対し、いかなる支持もわたしがすることはない。以上です」

電話が切れた。鮫島は呆然と電話を見つめた。同時に苦笑がこみあげた。阿坂の最後の言葉は、明らかに感情に支配されたものだった。

鮫島を見捨てる、と決めたのか。たとえどんな事態になろうと、ひとりで切りひらけといわんばかりだった。

それはかまわない。矢崎さえ巻きこまなければ。

鮫島は窓の外に目をこらした。タクシーがＫＳＪマンションの下で止まったからだ。ルームランプが点《つ》き、やがて男がひとり下りた。

厚手のコートに手袋をしているのが、コインパーキングの外灯の光で見えたが、顔まではわからない。

ＫＳＪマンションの入口に立つと、男はあたりを見回した。エラの張った顔は、矢崎から送られてきた写真と似ている。髪は短く切っていて、襟もとにスカーフを巻いていた。

そのまましばらく男は動かなかった。誰かがくるのを待っているのか、それとも何かを確認しようというのか。

やがて男はＫＳＪマンションの入口の扉をくぐった。五分としないうちに「３０２」号室の明りが点《とも》った。

カーテンは閉まっていたが、すきまから洩れる光でわかった。

　鮫島は時計を見た。浜川の電話から四十分近くが経過している。

　浜川がひとりでＫＳＪマンションに入ったことは確かだ。だが付近に人をおいていないという確証はない。

　鮫島は待つことにした。携帯が振動する。ショートメールだった。

「浜川です。到着しています」

　と打たれている。

　鮫島はポットからコーヒーを飲んだ。ここから見える範囲に、人が潜んでいる気配はない。腰に留めた銃に触れた。万一の場合、このニューナンブだけが頼りだ。

「了解」

　とだけ、ショートメールを返し、鮫島は部屋をでた。

22

　向かいにいたと悟られるのを避けるため、メゾンクレストをでた鮫島は大回りした。あえてＫＳＪマンションの裏側から近づく。玄関をくぐって階段を上がり、手前の「３０２」のインターホンを押した。

　扉が開いた。窓から見た男が立っている。

「どうぞ」

　エアコンディショナーが作動していて、部屋の中は少しあたたかい。鮫島は無言で扉をくぐり、部屋の中を見回した。見える範囲に他の人間はいない。左手で扉を閉じた。右手はずっと腰のあたりにおいている。

「初めまして。田島組の浜川と申します」

　男の風体《ふうてい》、口調に、極道を感じさせるものはない。四十代の初めだろう。街で見かけたら、地味なサラリーマンだと誰もが思いそうな風貌だ。

　ただし着ているコートや三和土《たたき》に脱がれた靴は高級

品だ。

「新宿署の鮫島です」

浜川は小さく頭を下げた。

「お噂はかねがね。まあ、どうぞ」

リビングのダイニングセットを示した。自身も椅子にかける。革手袋をはめた両手を合板のテーブルの上で組んだ。

「今夜はかなり冷えますね。きてすぐエアコンを入れましたが、なかなかあたたまらない」

鮫島は椅子を引き、浜川の向かいに腰かけた。

「外からくると、それでもあたたかい」

浜川は小さく頷いた。早口なのは、頭の回転が速いからだろう。自分の考えを少しでも早く、相手に伝えたいのだ。

同じようなタイプを何人か、鮫島も知っていた。医者や研究者に多い。高校や大学時代の友人で、その点で懐かしさを覚えた。

「何かおかしいですか」

浜川が首を傾げた。

「え？」

「今、笑った」

「笑いましたか？」

「目もとでね」

鮫島は気をひきしめた。勘の鋭い男でもあるようだ。

「昔の友人を思いだした。あんたと同じような話し方をした」

「極道ですか、その人も」

鮫島は首をふった。

「大学教授です」

浜川は瞬きした。

「すると――」

「そんな話より、権現さんにつきまとっていたという連中のことを」

浜川の言葉をさえぎり、鮫島はいった。大学の思い出話を始める気はないし、浜川との距離を詰めようとも思わない。

浜川は小さく頷いた。

「日本人ではないようです」

「どこの国です？」

「中国、あるいは韓国。本当のことはわかりませんが、いずれにせよアジア系の外国人です」

「もっと詳しく」

「この上で人が殺されたあと、権現は私に連絡をとってきた。事件は一切、自分のあずかり知らぬことで、殺された者にも殺した者にも心当たりがない。いわばもらい事故だ、と」

「信じたのですか」

　浜川は頷いた。

「奴は人を手にかけるような人間じゃない。万一、手にかけるとしたら、慎重の上にも慎重を重ねてやり、自分とつながる痕跡は残さないような男です」

「かっときたのかもしれない」

「そんなに未熟な極道じゃありませんよ。たとえ何があっても、その場はにこにこ笑って引きあげ、時間をかけて仕返しをする。鮫島さんも会われたから、わかる筈だ」

「私と会ったことを聞いたのですか」

「すぐに電話がかかってきました。私に迷惑はかけないので安心してくれ、と。そのときに聞いたのです。妙な連中につきまとわれている。外国人のようで、どうやってか『ＷＴＳ』と自分の関係をつきとめ張りこんでいるようだ、と。権現を尾行し、会う人間会う人間を写真に撮っている節がある」

　すると鮫島も撮られているかもしれない。

「目的は？」

「そこです。権現の携帯に知らない男から電話がかかってきた。華恵新の友人だ、と名乗って」

　鮫島は浜川を見つめた。

「華恵新から預かっているものはないか、とその男は訊ねたそうです」

「何を預かっていると？」

　浜川は首をふった。

「権現には心当たりがなく、何を預かっていると思うんだ、と逆に訊き返した。すると電話は切れた」

「その男に外国人訛《なま》りは？」

「ありませんでした。日本人としか思えない話し方だったそうです」

「電話がかかってきたのはいつです？」

「あなたと権現が会った翌日の午前中です。それを私に知らせてきて、その日の夕方から連絡がとれなくなった」

石森の話と一致する。鮫島は訊ねた。

「権現さんの身に何が起こったのだと思いますか？」

「さらわれた。目的は、権現が華恵新から預かったと思われている品の回収です」

浜川は答えた。

「どちらだと思います？」

鮫島は訊ねた。

「どちらとは？」

「本当に華恵新から何かを預かっていたのか、それともただのいいがかりなのか」

浜川は目を細めた。

「権現が何かを預かり、それを私にも隠していたとは考えられない。といって、いいがかりで権現をさらうほど乱暴な連中なら、とっくに正体は割れている。つまり華恵新がもっていた品を捜していて、手に入れるためなら手段を問わない。しかも自分たちの正体を勘づかせないような連中です。中国マフィアなら、そうだと権現はいった筈です。『ＷＴＳ』を始めるにあたって、奴は在日の中国や韓国の黒社会の連中にも、それなりに筋を通していました。つきまとっているのがそういうのなら、わかった筈です」

「中国や韓国の黒社会の人間でなければ何者です？」

「そこです。私には見当もつかない」

浜川は答えた。

「本当に？　もしかすると、と思う相手がいるのでは？」

鮫島の問いに首をふった。

「まったく心当たりはありません。そこへもってきて、おもしろい話を聞いた。この上で起きた殺人の捜査を、警視庁の公安部がもっていったそうですね。つまり公安がらみの事案だということだ」

「どこで聞いたのかは知りませんが、それについては一切話せません」

浜川は微笑んだ。

「けっこうです。ですが、公安部は何か心当たりがあるから、捜査をもっていった。ちなみに権現の自宅に今日の昼間、捜索《ガサ》が入りました」

「家宅捜索ということですか」

「ええ。権現の女房の話では、権現や『ＷＴＳ』がもっている不動産について、しつこく訊かれた」

鮫島は息を吸いこんだ。公安部の動きが思った以上に早い。しかも捜査一課になかった情報を握っている。だからこそ権現の自宅に家宅捜索をかけた。

「不動産の何を知りたがったのでしょう」

浜川は鮫島を見つめた。

「『ＷＴＳ』がここ以外にもっている民泊施設ではありませんか」

鮫島は答えた。

「なるほど。では何のために他の民泊施設について知ろうとしたのだと思いますか」

「見当もつかない」

浜川は首を傾げた。信じられないといわんばかりだ。

「あなたはどう思う？」

鮫島が訊ねると、浜川は目をそらし、「３０２」号室の中を見回した。

「やや結論を急いだ考えではありますが、公安部の人たちは、権現をさらった連中と同じものを捜している。不動産について訊ねたのは、権現がそれをどこかに隠していると疑ったからではないかと思います」

「つまり、もって歩けるほど小さな品ではない、ということだ」

浜川は頷いた。

「私も同じことを考えました。ＵＳＢというわけではなさそうだ」

鮫島は無言だった。公安部が何かを捜しているとしても、それが鮫島まで伝わってくる可能性は皆無だ。

「下井から、権現をさらったのが田島組ではないかとあなたが疑っている、という話を聞き、それはまちがっていると知らせておかなければならないと思ったのです。あなたのことは聞いています。うちは大所帯で、このご時世では非常につらい立場におかれています。

この上、あなたに目をつけられたら、より厳しい事態になるのが予測できる。可能なら、それを避けたい」

「権現のことがあろうとなかろうと、田島組のおかれた状況には何のかわりもないし、私の立場も同じです。指定団体に対しては、徹底して潰滅に当たる」

　浜川は苦笑した。

「お題目はさておき、私も権現の安否を知りたい。それについて協力しあいませんか」

　鮫島は首をふった。

「あなたの気持は理解できるが、協力は難しい。理由はわかる筈だ」

　浜川は深々と息を吸いこんだ。

「なるほど。もし公安部が捜しているのが何かわかれば、鮫島さんに情報提供ができるかもしれないのですが」

「取引はできない。それより権現を監視していたという連中について、何か特徴などを聞いていませんか」

　一瞬だが、浜川の目に怒りが浮かんだ。

「引くだけ引いて、だすのはお断わりって主義ですか。馴れ合おうっていうのじゃないんだ。権現のために協力しあうのが、そんなに嫌なのか」

「権現のために協力するのが嫌なのじゃない。極道であるあんたと協力するのがお断わりなんだ」

　浜川は息を吸いこんだ。体がふくらんだように見えた。いくら賢くても、やくざはやくざなのだ。

「鮫島さんも知ってるだろうが、極道ってのは意外に頭の切れる奴が多い。まあ、それも当然で、頭の悪い奴はいくつになっても兵隊としてしか使いようがない。頭の切れる奴はそれなりに出世していく。ですがね、頭がいいといったって、せいぜい回転が速くてレスポンスがいいってレベルだ。半年や一年先は見えても、五年後十年後までは見通せない。権現は珍しくそれができた。だから大切なんですよ。もし生きてるなら、何とか助けてやりたい」

「極道のシノギに見切りをつけたからか」

　浜川は目を細めた。

「あんたもわかるだろう。大所帯の看板は、もう商売にならない。使えるとすれば国外だ。必要なら何十億って銭をひと晩で動かせることを、向こうの弁護士や会計士たちは知ってる。一般企業にはできない業《わざ》だ。『タジマグミ』や『リョーチカイ』は、でるところにでれば、でかい銭の代名詞なんだ。ビジネスマンぶろうってのじゃない。俺は手前《てめえ》の分《ぶん》をわきまえているつもりだ。権現はちがう。あいつは足を洗っているんだよ」

「あんたにとって大切な人間だというのはわかった。だったら尚さら教えてほしい。公安は権現の安否になど、何の興味ももたない。権現を助けたいなら、監視していたという連中についての話を」

浜川は鮫島をにらみつけた。

「自分のことを心配してるのじゃないのか」

「自分？」

「あんたも写真を撮られている筈だと権現はいっていた」

「そのことはさっき思った。だが渋谷本町ハイツを訪ねたとき、監視されているとは気づかなかった」

「かなり手慣れていて、チームを組んでいる。初めはマル暴の刑事じゃないかと疑ったが、それにしてはおとなしいんで、ちがうと思ったそうだ」

「おとなしいとはどういうことだ？」

「マル暴なら、ツラ割れしても平気であとをついてくる。その連中は徹底してツラ割れを警戒し、キャップやマスクで変装していた。そのセンスが日本人らしくなかった」

「日本人らしくないとは？」

「あんた黒いマスクとかするか？」

「黒いマスク？」

「日本人がするのはふつう白いマスクだ。新大久保あたりにいくと、黒やチェックの柄のマスクが売られている。そういうのをつけていたらしい」

鮫島は目をみひらいた。色や柄のついたマスクをした人間は、新宿でもよく見かける。ＫＳＪマンションの周辺でも、見たような記憶があった。不審な点はまるでなく、ただの通行人だと思っていた。

「心当たりがあるようだな」

鮫島の表情の変化に、浜川がいった。

あれはいつだろうか。藪とカメラをしかける前だったような気がする。

　思いだした。張りこみを始めて二日目だ。

　この「302」に泊まっていた中国人四人組が昼間でかけ戻ってきた午後三時前後だ。自転車に乗ってKSJマンションの前を走りすぎるマスクの男を見た。黒ではなく、ストライプのような柄の入ったマスクだった。

　自転車といえば、コインパーキングの監視カメラに写った犯人と思《おぼ》しい人物が、犯行時刻の少し前に自転車でKSJマンションの前を横ぎっている。

　浜川は鮫島を見つめた。

「華恵新を殺《や》った奴か」

「何もわかってはいない」

「嘘をつくなよ。あんたは今、心当たりがあるという顔をした」

「柄の入ったマスクをした男を、この近くで見かけた。事件の前だ」

　鮫島はいった。

「事件の前？」

　浜川は首を傾げた。

「なぜ事件の前に、この近くにいたんだ？　あんたこそ何かを隠しているのじゃないのか」

　鮫島は息を吸いこんだ。

「ここでしゃぶの小分けがおこなわれているという密《タレ》告《コミ》があり、張りこんでいた」

「しゃぶ？」

　浜川はあっけにとられたような顔をした。

「誰がやってるってんだ。まさか権現を疑ってたんじゃ――」

「いいや。お宅とは別の組を破門になった元極道だ。小分けしたしゃぶを売人に卸す場所として、ここを使っていたようだ。ヤミの民泊なら、簡単にはアシがつかないと考えたのだろう」

「どこの組にいた人間だ？」

「それは教えられない」

「張りこんでいたのなら、殺した奴を見たんじゃないのか」

鮫島は首をふった。

「殺人が起きたのは、張りこみのない深夜だった」

「なんで深夜に張りこまない？　怠慢じゃないのか」

いってから浜川は首をふった。

「極道が何をいってるんだって話だが」

「卸しをやっているのだから、不特定多数の人間がここを訪れる。深夜にそんな真似をしたら、むしろ人目を惹く」

「なるほど。だから張りこむ必要はないってか」

ビデオカメラのことを浜川に話すつもりはなかった。

「どの部屋か、決まっていたのか」

「ここだ。『302』」

その瞬間、浜川は食べた米粒の中に小石が混じっていたような顔になった。

「まさか俺を疑っちゃいないだろうな」

「しゃぶの小分けなんてケチな仕事を、もしあんたがやっていたのなら、田島組はじき潰れるだろう」

にこりともせずに鮫島が答えると、わずかだが浜川は安堵の表情を浮かべた。

「やっているのか？」

鮫島は訊ねた。

「知ってるだろう。クスリは組の法度《はっと》だ。隠れてシノギにしている二次三次はあるかもしれんが、俺がやったら示しがつかない」

鮫島は頷き、本来の質問に戻った。

「華恵新について権現は何かいってなかったか？」

「あんたに全部話したといっていた。俺が聞いたところでは、ここに泊まるのは初めてだったようだ」

「実際に泊まっていたわけではない」

「そうなのか」

「荷物がなかった。ベッドを使った形跡もない」

「それは権現からも聞いた。たぶん密輸にからんだ仕事をしていた奴だろうといっていた」

「運び屋という意味か」

浜川は頷いた。

「預かっているものはないか、という電話があったんで、権現も思いついたようだ。華恵新は運び屋で、日本に運んできた品を横どりされた」

「すると犯人は『４０２』から密輸品を奪おうとしたことになる」

鮫島がいうと、浜川は矛盾に気づいた。

「もち歩けるほど小さいブツじゃないって話だったな」

「権現をさらったのが運び屋の仲間なら、写真を撮ったり監視するような手間をかけないのじゃないか」

鮫島はいった。

「それについちゃ、俺はちがう考えだ。権現を疑った運び屋どもは『ＷＴＳ』を調べ、バックが田島組だとわかって、うかつに手をだしたら大事《おおごと》になると考えた。そこで権現が実際にどんな連中とつるんでいるのかを調べようとした。日本の極道ならそんな手間暇はかけないかもしれないが、中国マフィアには、慎重なのがいる。向こうじゃ、地元の役人と黒社会がべったりだ。バックも調べずにちょっかいをだしたら命とりになる」

浜川の考えにも一理があった。

「つまり権現をさらった犯人は華恵新の仲間で、殺害犯とは別、と考えているんだな」

鮫島がいうと、浜川はあたり前だといわんばかりの顔をした。

「『４０２』にはなかったかもしれないが、華恵新を殺した奴が、ブツをもっていった。華恵新の仲間は犯人をつきとめブツをとり返したいんだ」

「つまり田島組やあんたに疑いをかけている。そうか、だからか」

鮫島はいって浜川を見つめた。

「次に自分が狙われるかもしれないんで、私に連絡をしてきたんだな。少しでも相手の情報が得られないか、と」

浜川は息を吐いた。

「噂どおりだな。読みが鋭い」

鮫島が口を開くと、片手をあげ、止めた。

「誓っていうが、俺も含め田島組は、華恵新のことは何も知らない。たとえどんなにでかいブツだったとしても、ここで殺したら、警察ににらまれるわ、客は泊められなくなるわ、そっちの損害のほうがでかい。

殺すなら、さらってどこか他で殺る」

　それには答えず、

「華恵新が運び屋だったとして、何を運んでいたと思う？」

　鮫島は訊ねた。

「さあな。かさばる代物《しろもの》だとすれば、ふつうに考えればしゃぶだ。それも一キロ二キロとかじゃなく、何百キロって量だ。だがな――」

　浜川はいって首をふった。

「何だ？」

「公安部てのはしゃぶの捜査もするのか」

「ふつうはしない」

「だったら公安部が捜査をもっていくってのはおかしくないか」

「警察官みたいな考え方だ」

「もうひとつある。しゃくだが、いおう。もし華恵新を殺した野郎が奪ったのが半端じゃない量のしゃぶだったとすれば、マーケットの値がかわる。上がるか下がる。ふつうに考えれば値崩れするが、賢い野郎ならしばらく寝かせ、市価が上がるようにもっていく。俺はしゃぶに触ったことがないのでわからないが、値上げにもっていくやり方があるらしい。だからしゃぶのマーケットを調べさせた。だがしゃぶの値に何の変化もなかったし、流通量に関する噂も流れちゃいなかった。だからしゃぶじゃない、と思う。それなのにあんたが、ここで小分けをやってる奴がいるなんていうから、びっくりした」

　鮫島は笑いを噛み殺した。

「なるほど。しゃぶじゃなけりゃ何だ？」

「少しは自分の考えをいえよ！　あんたキャリアなのだろう」

　浜川は目をむいた。

「それとこれとは関係ない」

「あんただって大学は――」

「その話はしない」

「武器だ」

　鮫島はぴしゃりといった。そしてつづけた。

「何？　何といった？」

「武器だ。密輸品でかさばる品と考え、思いついたのは武器だった。大量の拳銃やライフルといった武器だ」

「そいつはない」

浜川は首をふった。

「今、道具はむしろだぶついている。中国人がもちこんだマカロフコピーが、この何年間か買い手もつかないで浮いている」

「抗争はどうだ。西のほうはキナ臭い」

「昔とちがうんだ。組員に道具を配って戦争してこいなんていったら、その組は終わりだ。もってはいるさ、それは、な。組員全員に配って、余るくらいの道具を、大所帯はどこももってる。だがそれは核兵器みたいなものだ。うちもお宅も備えはある。だから戦争はやめておこうって話だ。危ない仕事はアウトソーシングする」

「なるほど」

「大国と広域ってのは、考え方が似てる。大国の政治家は自国の兵隊が死んだら、マスコミに叩かれるし選挙に負ける。それが嫌だから、プロを雇う。民間軍事会社を最前線に送りこむ。広域も同じだ。いつも警察が監視していて、一発でも音が鳴ったら、わっと押しかけてきやがる。それを避けるためにプロを使う。組員が怪我したり死んだら補償がたいへんだが、プロなら、死のうが何しようが、最初に決めた金ですむ。まちがえるな、これは例だ。実際にうちがそうしてるわけじゃない」

「そうしているようにしか聞こえない。どこのどんなプロを使っているのか、教えてもらおうか」

浜川は笑い声をたてた。

「油断もスキもないな、あんた。悪いが、これはすべて仮定の話だ」

「華恵新を殺したのはプロだ。理由はいえないが、まちがいない」

「そうかもしれんが、うちは関係ない。だいたい、プロの大半は日本人じゃない。使い捨てからトップレベルまで、いろんなランクがいるらしいが、ほとんどが中国人だ。犯人がプロでも何の参考にもならないぞ」

「しゃぶでもない、武器でもない。だったら何だ？」

「他に考えられるのは金《きん》だが、もち歩けないほどの金は、密輸するのに手間がかかりすぎる」

浜川はいった。

金《きん》の価格は世界中一定だが、日本で金を売り払うと、売却値段に応じた消費税がそれに加わり、密輸業者の利益になる。

「密輸してもせいぜい五キロ、十キロだ。何百キロとなったら、もちこむのも容易じゃない。色を塗ったところで、検査でバレる」

鮫島が頷くと、浜川はいった。

「結局のところ、華恵新を殺った野郎か、権現をさらった奴に訊くしかないってわけだ。これまでのやり口から見て、さらってすぐ殺すような手合いじゃない。ブツについて権現がどこまで知っているか、じっくり吐かせようとする筈だ。だから助けるチャンスはある」

浜川は鮫島を見つめた。

「これからも情報は入れる。だから奴を捜してくれ」

「わかった。だがこれは取引ではない。ギブアンドテイクにはしない」

鮫島がいうと、いらだったように浜川は首をふった。

「そんなことはいわれなくてもわかっている。俺は権現を助けたいだけだ」

23

ＫＳＪマンションを先にでた鮫島は、きたときと同じように大回りをしてメゾンクレストに戻った。監視に使っている部屋に入ると、ポットのコーヒーを飲んだ。

ＫＳＪマンション「３０２」の明りはまだついている。こちらの部屋は明りを一度もつけていない。

やがて「３０２」の明りが消え、ＫＳＪマンションの玄関から浜川が姿を現した。迎えがくるようすはなく、浜川は小滝橋通りのほうに歩いていった。

鮫島はさらにコーヒーを飲んだ。今いる部屋は寒いが、喉が渇いていた。浜川とのやりとりは緊張したが、同時に愉快でもあった。

頭が切れる一方で正直な男だ。田島組で出世するのも理解できた。ただ賢くて利にさとい男というのは、人から好かれない。浜川には、極道の世界で上に立つ人間特有の人懐こさのようなものがある。権現の身を心配しているという言葉がどこまで真実かは不明だが、ある種の運命共同体のように権現のことを考えているのは確かなようだ。

隠していることはあるかもしれないが、今日の話に嘘はないと鮫島は感じていた。刑事を相手に作り話をして何かを得ようとするほど浜川は愚かでもないし小物でもない。

重要なのは、華恵新が密輸業者である可能性が高く、その運んだ品が失われているという点だ。品物が何であるかはわからないが、殺害の動機が、それを奪うためだったと考えることはできる。

ただ、コインパーキングの監視カメラに残っていた犯人と思しい人物は、何ももってはいなかった。犯人が密輸品を奪ったとしても「４０２」号室からではない。奪ったのは、密輸品の保管場所の鍵かもしれない。

そう考えていくと、華恵新が自ら犯人を迎え入れたという現場の状況も納得がいく。華恵新は密輸品を渡す相手を待っていたのだ。

ＫＳＪマンションでの受け渡しはせず、保管場所の鍵を渡せば、仕事は完了する。そこへ犯人が訪れ、華恵新は招き入れた。犯人が実際に取引の相手であったかどうかは不明だ。そして犯人は華恵新を撃ち、鍵をもって逃走した。

だがこの想像には難点がある。華恵新がプロの密輸業者だったなら、取引相手でもない人物を部屋に招き入れたりしない。といって本当の取引相手なら、仕事の完了している華恵新を殺す理由がない。映画などでは、「口封じ」に運び屋を殺すシーンがあるが、殺人は密輸よりはるかに罪が重く、口の固いプロの運び屋をわざわざ殺すのも愚かな行為だ。

プロの犯罪者は、常に利益と危険を天秤にかけている。殺人より大きなリスクはない。警察も殺した相手の仲間も敵に回すことになる。たった一度の密輸で引退できるほどの利益が得られたとしても、余世を追われて過したいとふつうは考えない筈だ。

華恵新が密輸業者ではなく、品物の〝売り主〟だったら、殺害の動機は料金の踏み倒しとも仮定できるが、護衛がおらず、華恵新ひとりというのが解《げ》せない。

非合法品の売買は現金による決済が基本だ。そうなれば、品物もその場にあるので、相手の裏切りを警戒して護衛は必ずおく。

品物が「４０２」になかったのは決済がすでに終了していたことを意味する。つまり華恵新は〝売り主〟ではない。

華恵新が「口封じ」で殺されたとすれば、ひとつだけ考えられる可能性があった。

それは華恵新が運んだ品が、テロなどの大量殺人に使われる兵器だというものだ。高性能の爆弾、あるいは生物・化学兵器といった代物で、実行前にテロの情報が洩れるのを防ぐため運び屋を消した。

が、この推理にも難点がいくつかある。

ひとつ目は、それがどのような危険物であるにせよ、テロリストグループが護衛をつけていない筈がなく、それを奪おうとすれば必ず戦闘になる。これから大量殺人を実行しようというのだから、まちがいなく武装している。にもかかわらず、東京都内、あるいは日本国内でそうした戦闘が起きたという事実はない。

また高性能の兵器の密輸に成功したテロリストが、それを長時間使用せずにおくことも考えられない。まして口封じに運び屋を消すほどの品なら、間をおかずテロを実行する。

その前に何者かに横どりされてしまうというのは考えにくい。

いずれにせよ、権現が監視、拉致されたことから推理できるのは、密輸品の所在が不明になっている、ということだけだ。

華恵新に密輸品を運ばせた側は、それをとり戻そうと躍起になっている。手がかりを求めてＫＳＪマンション周辺に現れるかもしれない。

色つきのマスクをつけた男に権現が監視されていたという浜川の話は、似たような人物をＫＳＪマンションの周辺で見ていただけに、鮫島には衝撃だった。

新宿区内に在住するアジア系外国人は多い。住民として区役所に届けをだしている者以外にも、区内の就労者が仮住まいする場合もある。

マスクを医薬品の一種と考える日本人は白色以外のマスクに抵抗があるが、他のアジア系外国人はむしろカラフルなマスクを好む。その理由を、白色のマスクは病人が使用するもので、自分がマスクをつけるのは、予防が目的だと周囲にアピールするためだと聞いたことがあった。歌舞伎町や新大久保といったあたりでは、こうした色つきのマスクを使用する者が多く、鮫島も見慣れていた。

一方で欧米人はマスクをほとんど使用しない。伝染病の発生地域以外で、マスクをした欧米人を鮫島は見たことがなかった。

刑事もマスクをもち歩き、多用する。家宅捜索などでの「ツラ割れ」を警戒したり、事件現場の悪臭を軽減する目的だ。腐敗した死体や火災現場は、日常ではありえない異臭を漂わせている。悲惨な現場状況よりもその臭いで嘔吐してしまうほどだ。

サングラスと異なりマスクには、夜間であっても使用者が目立たないという利点がある。そこに帽子をかぶり、髪型や髪の色を隠してしまえば、かなり人相を隠すことができる。さらにカラフルな柄のマスクは視線をひきつけるので、顔そのものの印象が残りにくい。尾行する者が使えば、むしろ目立つだろう。権現を監視していた人間が色つきのマスクを使っていたのは、顔の印象を消すためだ。

そう考えると、日本人ではないと権現が感じたのも、そう仕向けられた可能性がでてくる。

権現を監視していたのが警視庁公安部という可能性はあるだろうか。

十分、ある。家宅捜索をおこなった時点で、公安部は権現とＫＳＪマンションの関係を押さえていた。とはいえ、権現の失踪も公安部の仕業だとは考えにくい。逮捕状もなしに拘束されるほど、権現は素人ではない。

公安部は、華恵新が何を運んだのかを知っていて、その在りかをつきとめようとしている。手がかりとなる権現の失踪は、公安部にとっても痛い筈だ。

消えた品が、テロに使われる兵器だとしたら、公安部の早い動きも納得できるが、すでに考えた理由で、その可能性は低いと鮫島は思った。もし兵器であったら、公安部と刑事部の合同で、徹底したローラー作戦が展開されている。公安部による情報抱えこみのせいで、万一テロが防げなかったら、飛ぶクビは公安部長ひとりではすまない。

東京都内で大規模なテロが実行されるかもしれないとなれば、情報統制はむしろマイナスになる。あらゆる警察官に、その可能性を通達し、情報の収集につとめるよう指示がでる筈だ。

公安部がその決断を下せないとは、さすがに鮫島も思わなかった。世界各地で起きているテロ行為は、テロリストの背景とは関係なく、いつ日本で起こっても不思議はない。まして外国人観光客を積極的に受けいれている現在、テロの対象は日本人とは限らない。テロの防止に失敗すれば、警察上層部のみでなく、日本政府が国際的な非難を浴びることになるだろう。

現在までの状況から判断して、失われた品が兵器ではないと、公安部は知っている。その上で在りかを捜しているのだ。

気づくと夜が白んでいた。少し眠ったようだ。鮫島は体に巻きつけていた毛布を剝がし、こわばったからだを屈伸させた。

　カラスの鳴き声が聞こえた。新聞配達らしい原付バイクが走っていく。

　浜川と会ったことを矢崎には話さなければならない。阿坂もより詳しい説明を求めてくる可能性がある。

　ぬるくなったコーヒーを喉に流しこみ、鮫島は再び床にあぐらをかき、ＫＳＪマンションに目をこらした。

24

　阿坂は目を合わそうともしなかった。鮫島が出勤したときにはすでに課長席におり、コンピュータのモニターの光を老眼鏡に反射させていた。

「おはようございます」

　挨拶も無視した。そこに矢崎が出勤してきた。

　鮫島は迷った。矢崎を課から連れだせば、〝共犯者〟と阿坂は考えるかもしれない。

「課長」

　考えた末、鮫島は阿坂の前に立った。

「課長と矢崎くんに報告したいことがあります」

「書面でだして下さい」

　阿坂はそっけなくいった。矢崎が驚いたような顔になる。

「わかりました。ですが矢崎くんには口頭で伝えます」

「どうぞ、好きにして」

モニターに目を向けたまま、阿坂は答えた。キィボードの上にある手は動いていない。

鮫島は矢崎をふりむいた。

「実は昨夜、田島組の浜川と会った」

「えっ」

矢崎は目を丸くした。

「会いにいったんですか」

「いや、電話があり呼びだされた。下井から話が伝わったようだ」

「話すなら、よそでして下さい」

阿坂がいった。

「わかりました」

鮫島は答え、課外に矢崎を連れだした。

自動販売機のおかれた休憩スペースで向かいあうと、矢崎がいった。

「課長、怒ってますね」

「浜川に会うと事前に知らせたら、止められた。問題行動になる、と」

「確かにふたりで会うのは、いろいろとあるでしょうから、自分を呼びだして下さればよかったのに」

「それも考えたが、万一のときに迷惑をかけると思った」

「そんなことをいちいち気にしないで下さい。俺はまだひよっこですが、心配ばかりされていたら成長できません」

矢崎は語気を強めた。鮫島は無言で頷いた。

「で、浜川は何と？」

「権現をさらったのは田島組ではなく、自分も心配している、と」

「信用できます？」

「してもいい、と私は思った。浜川の話では、事件のあと権現を監視する連中がいたそうだ。写真も撮っていたらしい」

「写真、ですか」

矢崎は首を傾げた。

「さらに、華恵新から預かったものはないかという電話が権現にかかってきたそうだ」

「誰からです」

「不明だ。ただ言葉に外国人訛りはなかったらしい」

矢崎は考えこんだ。

「もうひとつある。きのう、公安部が権現の自宅に捜《ガ》索《サ》をかけた」

矢崎は瞬きした。

「そうなんですか」

「公安部の狙いは、権現や『WTS』が関係する不動産の情報だったらしい」

「わかりません。なんで……」

「華恵新は密輸業者だったのではないかと、権現は考えていたそうだ。平たくいえば運び屋だ」

「何を運んだんです？」

「それが問題だ。華恵新が殺され、権現に預かりものがないかという電話がかかってきたことを考えると、華恵新が運んだ品が失われた可能性が高い。華恵新の仲間、あるいは本来その品を受けとる筈だった者が、行方を捜している」

矢崎は無言で考えていた。

「しかも公安部もそれを知っている」

「えっ、それというのは何です？」

「華恵新が運んだものが失われたという事実、さらにその品が何であるかも知っていると考えられる」

「なぜそう思うんです？」

「不動産情報だ」

「わからないです。どういうことですか」

「権現をさらった連中も公安部も、華恵新が運んだ品を捜しているんだ」

「それは殺した犯人が奪ったのじゃないですか？」

「もちろんその可能性は高い。だがKSJマンションからもちだしたのではない、と私は考えている。品物はポケットに入れられるような大きさではなく、もっとかさばる代物だ」

「どうしてわかるのですか」

「だから不動産情報なんだ。KSJマンション以外の場所に保管されていると公安部は考えている。品物が何であるか知っているからこそだろう」

「でも」

いいかけ矢崎は目を動かした。けんめいに頭を回転させているようだ。

「何のために犯人は華恵新を撃ったのです？」

「保管場所の鍵を奪うためではないかと私は思っている。ＫＳＪマンションの下にあるコインパーキングの監視カメラには犯人と思しい、自転車に乗った男が写っていたが、荷物をもってはいなかった。華恵新から何かを奪ったとしても、それはポケットにしまえる大きさだったんだ。華恵新が運んだのがその品なら、公安部がＫＳＪマンション以外の不動産に興味をもつ理由がない。ＫＳＪマンション以外に保管場所がある、と公安部は考えているから動いたんだ」

「整理させて下さい。華恵新は運び屋で、何かを国外から運んできた。それを殺されたのとはちがう場所に隠していた。殺害犯の目的は、保管場所の鍵を手に入れることだった、と」

「そうだ」

「すると犯人は、その鍵がどこの鍵かを知っていたのですね」

「撃つ直前に訊きだしたのかもしれない」

矢崎はメモ帳をとりだした。書きつけるのではなく、書いてあるものを読んでいる。事件に関する思いつきや疑問点をメモしてあるようだ。

「犯人は、品物を受け渡す相手だったのですかね？」

「そうなら殺す理由がない」

「そうか。じゃあ目的は横どりですか」

「その可能性が高い」

「ただ殺した、というのはどうです？　昔の恨みで華をつけ狙っていたとか」

「もしそうなら、夜中に部屋に招き入れたりするか？　運び屋にせよ、そうでないにせよ、華もプロの犯罪者だ。所持品に身分を証明するものがなかったのが、その証拠だ。プロがそんな不用意な真似をするとは思えない」

「確かに」

矢崎はつぶやいた。

「で、ブツは何だったんでしょう」

「そこだ。ふつうに考えれば薬物だが、公安部がそんなもののために動くとも思えない」

　矢崎は無言で鮫島の顔を見ている。

「テロ用の兵器という可能性も考えたが、それなら公安部はさすがに警告をだしている」

「テロかあ……。ちょっと考えにくいですね」

「部屋をそのために用意しなければならないほどの品と仮定すると、機械類とかになるが、密輸する理由が思いつかない」

　兵器以外の機械製品で、日本で入手が難しく、しかもアジア製となると、思い浮かばない。

「そうですね。ひと部屋を使うわけですものね」

「ひと部屋とは限らない。倉庫ひとつという可能性もある」

　鮫島はいった。

「そうか。何かの原材料とかですかね」

「武器や薬物に転用できるものだとしたら、そう簡単にはもちこめない筈だ。公安部は、それが何だか、知っている」

「本当に知っていますかね」

　矢崎はいった。

「まず、それありきだったのではないかと私は疑っている。そのブツを押さえたくて、公安部は捜査をもっていった」

「それほどのものですか」

「だから一瞬、兵器を疑ったんだ」

「兵器って、爆弾とかですか」

「化学、あるいは生物兵器もある」

　鮫島が答えると、矢崎は首をふった。

「さすがにそれはありえないのじゃないですか。そんなヤバい代物《しろもの》が入ったとわかったら、大騒ぎですよ」

「私もそうあってほしいと思っている」

　鮫島は矢崎を見つめた。

　矢崎は不安げに瞬きした。

「どういう意味ですか」

「多くの人間の命が危険にさらされるとわかっていても、情報の拡散をおさえこもうという傾向が公安部にはある」

　矢崎はうつむいた。

「いくらなんでもそんなことはしないですよ。それじゃあスパイ組織で、警察じゃない」

「公安の中には、警察官というよりスパイにしか思えない者もいる」

「それは実際に鮫島さんが会った人間がそうだったということですか」

鮫島が頷くと矢崎は沈黙した。無言で手もとを見つめていたが、やがていった。

「それで今後はどう捜査します?」

「課長と衝突した以上、捜査の続行は難しい」

矢崎は顔を上げた。

「捜査をやめるんですか」

「少なくとも君といっしょでは難しい」

「待って下さい。どうして俺といっしょでは駄目なんです?　鮫島さんひとりだったらできるというように聞こえます」

「そうだ」

矢崎は鮫島を見つめた。

「なぜ、そう思うんですか」

「君と私のちがいがある」

「それは……、鮫島さんがキャリアだから、ですか」

あたりを見回し、矢崎は小声でいった。

鮫島が無言でいると矢崎はつづけた。

「本庁にいる友だちに訊いたんです。そうしたら鮫島さんについて調べるだけでも危ないといわれました」

「その友だちのいうことは正しい」

「鮫島さんは危険人物だがキャリアだから守られている。ノンキャリアの俺は、いつでもクビにできる?」

「ちがう。君には将来があり、私にはない。私を異動させたくとも受けいれる部署がない。引きかえ君は、東京の外れの交番や派出所に飛ばされ、そこで定年を迎える羽目になるかもしれない」

「そんな!　いくらなんでもそんなことが起きますか」

「起きてからじゃ遅い」

矢崎は首をふった。

「俺は信じません。警視庁はそんな腐った組織じゃない」

「組織が腐っていないとしても、腐った人間はいる。その人物が君の将来を奪うんだ」

「いや、それはないですよ」

　矢崎は断言した。

「そんなことは絶対起きません。もし起きたら、俺は断固、闘います。鮫島さんはあきらめているかもしれませんが、俺はあきらめない」

「誰があきらめている？」

「え？」

「私はあきらめてはいない」

「でもずっと警部のまま新宿署におかれているんでしょう。同期はとっくに警視長や警視正になっているのに」

「それは、何を求めているかのちがいだ。階級が上がることより、捜査をつづけられることが、私にとっては大切なんだ」

　矢崎は信じられないという顔になった。

「でも鮫島さんだって――」

「最初の日にいった筈だ。私はずっとこのままだ。これ以上よくなることも悪くなることもない」

　矢崎は息を吸いこんだ。

「何かが起きても、私には何もできない。後悔するだけだ。もう、後悔はしたくない」

　鮫島がつづけると、

「その、後悔というのは、前の課長のことですか」

　と矢崎は訊ねた。

「そうだ。昨夜、今の課長にもいわれた。基本やルールを守らなかったから、前の課長を亡くすことになったのに、またあなたは同じことをしようとしている、と。その通りだ」

　矢崎は鮫島を見つめた。

「でも、かえる気はないのですね」

「他のやりかたを知らない。私がこれまで結果をだせたとすれば、基本やルールを無視してきたからだ。そういう意味では、私のような警察官が増えるのは望ましくない。君が私の影響で、基本やルールを守らなくなることを、警視庁は恐れている」

「おおげさです」

「いや、おおげさではない。基本やルールを無視することは簡単だ。一度味をしめてしまえば、伝染病のように広まる」

　矢崎は笑おうとして、途中でやめた。

「じゃあなぜ、鮫島さんは基本やルールを守ろうとしないのです。今からでも守ればいいじゃないですか」

「そうしたら私は結果をだせなくなる。そのことを一番恐れているのは私だ」

「『新宿鮫』でいられなくなるのが恐いのですか」

　痛烈な言葉だが的を射ていた。鮫島は頷く他なかった。

「大先輩に対して、ものすごく生意気ないいかたですが許して下さい。どんなやりかたをしたって、鮫島さんは結果をだせる人だと思います。刑事を知りませんし、ほんの何日かいっしょにいさせていただいただけですが、自分にはわかります。だからいっしょにやらせて下さい」

「君の責任をとれない」

「責任をとる必要なんてないですよ」

　矢崎が強い口調でいった。

「もし俺が、鮫島さんのせいでどこかに飛ばされるとしたら、警視庁は腐ってる。でも俺はそんなことはないと信じています。それを確かめるためにも、いっしょにいさせて下さい。たとえそうなっても鮫島さんを責めませんから」

　鮫島は大きく息を吐いた。

「意地になっているのじゃないか」

「ちがいます。意地で自分の人生を賭けるほど馬鹿じゃありません」

　矢崎の目を見つめた。矢崎はまっすぐに見返してくる。

「私にない確信が、君にはあるようだ」

　そう告げると、矢崎は急に顔を伏せた。

「そんなものはありません。ただ確かめたいだけです」

「この話はひとまずおこう。課長の今後の判断によっては、状況がかわってしまうかもしれない」

　矢崎は頷いた。

「そうですね。で、どうします？」

「華恵新がもちこんだ品が何であったのかを調べる。華恵新の名で税関に提出した書類、借りた倉庫などがないか、探す」

告げて、鮫島は皮肉だと思った。それこそ基本的な捜査だったが今さらそのことを阿坂に告げたところで、理解は得られないだろう。やがて決定的な何かが起こる。

それをどこかで望んでいる自分を、鮫島は感じていた。

そうなればようやく〝罰〟が下る。桃井を死なせた責任を問われるときがくる。

25

トンがスクンビット・ソイ3の店を売りたがっているという話を聞きつけてきたのは盧《ルー》だった。トンはソイ・カウボーイとナナ・エンターテインメント・プラザにも店をもっている。バンコクの顔役だ。ソイ・カウボーイとナナ・エンターテインメント・プラザは、タイ人の女をおいた典型的なゴーゴーバーだが、ソイ3の店はちょっとちがう。タイ人の女はマネージャーだけで、働いているのは中国人とロシア人の女ばかりだ。

ロシア人といっても実際はモルドバやルーマニア、ブルガリアなどから連れてこられた女たちだが、本当の国籍などはどうでもいい。要するに白人の女、というのが大切なのだ。

白人の女と中国人の女は、タイ人の女よりも高くとれる。

ソイ3の店は「ダイアナ」という名で、ゴーゴーバーではなく、会員制ディスコの形式をとっている。ダンスフロアとバーカウンターが一階にあり、二階がプールバーと客室で、三階にも客室がある。そこにいる女たちは水着ではなく、皆私服を着けている。プライベートでディスコに遊びにきているという演出だ。客はディスコの入場料を払い、踊ったり飲んだり、球を撞《つ》いたりしている女を値踏みする。気に入った女が見つからなければ、一杯やってそのまま帰ってもいい。見つかったら交渉し、二階か三階の個室で楽しい時間を過す。

「ダイアナ」で働く中国人女をトンに仲介したのは陸《ルー》永昌《ヨンチャン》だった。カンボジアのポイペトの売春屋に、中国雲南省《うんなんしょう》で買いつけた女たちを連れていく途中、若くて見た目のいいのだけをピックアップして「ダイアナ」に卸している。

バンコクとポイペトでは女の値段がちがう、バンコクのほうが当然高く売れる。

ポイペトは、タイとの国境のすぐ内側の町だった。以前はカジノと売春屋しかなかったが、最近はホテルも増え、観光地として人気がではじめている。昨年、その一軒を永昌は買い、今は改築させている。アメリカンスタイルのホテルにするためだ。

この数年、日本でのできごとを除けば、永昌の事業は順調に進んでいた。ポイペトのホテルが軌道に乗ったら、次はミャンマーに手を広げる。ミャンマー南部のダウェイ港の大規模な開発が再開されたからだ。

このダウェイとバンコクは、陸路でわずか三百五十キロだ。ダウェイ港はアンダマン海に面しているため、ここからインドや中東など西に向かう船は、マラッカ海峡を通り抜けずにすむ。マラッカ海峡はマレー半島とインドネシアのスマトラ島を隔てる海峡で、太平洋とインド洋を最短で結ぶ航路となっている。しかし大型船舶の可航幅が狭く、海賊が出没する。

ダウェイ港が完成すると、タイからインド、アフリカ方面への海上輸送にマラッカ海峡を経由する必要がなくなる上、バンコクの南東に位置するカンボジア、さらに東のベトナムを陸路でつないだ南部経済回廊が飛躍的に発展するといわれていた。

ダウェイはミャンマー最大の都市ヤンゴンからは南に六百キロ離れていて、バンコクのほうがはるかに近い。そのためダウェイ港が本格的に稼働すれば、タイに莫大な経済効果がもたらされる筈だった。ところが二〇〇八年に始まったダウェイ経済特区《SEZ》の開発がタイ側企業の資金ショートで止まってしまった。この企業は永昌も知り合いがいるタイのゼネコンで、軍政時代のミャンマー政府要人とのコネで工事を受注したものの、資金、人材、技術すべてに問題を抱えていたのだ。

そこに救いの手をさしのべたのが日本だった。日本には資金、人材、技術のすべてがある。いっしょにやりませんか、というわけだ。

ミャンマーもタイも、それに飛びついた。

だが日本政府の魂胆は明らかだった。東南アジア全域で増している中国の影響力を少しでも削《そ》ぎたいのだ。

ダウェイ港が完成すれば（いったい何年かかるかはわからない。問題のゼネコンにいる永昌の知り合いは「ダウェイSEZは底なし沼だ。土地の収用や自然破壊などの問題をクリアするのに三十年はかかる」といった）、とてつもない規模の物流が経由することになる。日本の政府や企業はそこから大きな利益を得る。

が、真の狙いは中国の進める「一帯一路」構想に楔《くさび》を打ちこむことにある。

日本政府内にもダウェイSEZへの協力には賛否両論があるらしいことを、永昌は聞いていた。情報をよこしたのは日本の組織「金石《ジンシ》」のメンバーで、日本の国会議員の私設秘書をしている人物だ。

この数年、永昌は母国中国と距離をおいている。大《だい》連《れん》の自宅はそのままだし、丹東《たんとう》や延辺《えんぺん》のオフィスも閉めてはいない。が、北朝鮮と中国両政府の関係が今後どうなるのか、まるで見当がつかない。それはアメリカのせいでもあるのだが、まるで猫の目のように状況がくるくるかわるせいで、中朝を舞台に新たなビジネスが始めにくい。

チャンスだといっている人間はたくさんいる。北朝鮮に変革が起これば、二千五百万人の、安く使える労働者と消費者が生まれる。

もちろんその恩恵に最初に浴するのはまちがいなく中国だ。が、変化が悪いほうに向いたとき、災厄をこうむるのも中国だった。中国政府はそれを何より恐れ、アメリカと北朝鮮の指導者の動向から目を離せない。

永昌から見れば、最も変化の起こりにくい国が日本だ。つまりそれだけビジネスチャンスに乏しいともいえる。

いずれ日本は沈む運命にあるだろうが、日本円と同じで、突然の暴落は起こらないだろう。

重要なのは、アジア経済に対して日本は大きな影響力をもっているのに、日本人の大半がそれを意識していないという点だ。

興味がない、といってもいい。日本人の多くにとって、特に東南アジアは休日に訪れる場所であって金儲けの対象ではないようだ。

その理由は、日本が戦争に負けたからだと日本人の友人はいった。日本を負かしたのはアメリカだ。以来、日本はアメリカしか見ていない。アメリカを相手に金儲けをして国力をつけた。日本人が関心をもつ外貨は「ドル」で、決して「元」や「バーツ」「ドン」ではない。

東南アジアの経済が中国と日本によって動いていることは、中国人にとっては明白な事実だが、日本人にはそうではない。それゆえに、東南アジアにおける金儲けの材料となる情報が、日本では簡単に入手できる。

中国なら高級ホテルやレストランの一室でひそひそ耳打ちされるような話が、まるで道ばたの石ころのように扱われている。

なぜなのか不思議だったが、あるとき永昌は気づいた。日本人は、日本より物価の安い国を差別している。それらの国を商売相手にしている人間は別だろうが、タイやベトナムを観光地としてしか意識していない日本人は、自国より物価の安い国で金儲けができるとは信じていないのだ。

だから日本には、別の意味でビジネスチャンスがある。それをもたらすのが「金石」のメンバーだ。

だがその「金石」の依頼で、ある警察官を暗殺しようとして永昌は失敗した。雇った殺し屋たちは逮捕されたが、家族への報復を恐れ、永昌の名は口にしなかった。が、しばらく日本には足を踏み入れられなくなった。

その警察官に永昌は会ったことがある。永昌の父親を逮捕し、刑務所に送ったのもそいつだ。

鮫島という、その私服警察官の名と顔を、永昌ははっきり覚えていた。機会があれば必ず殺す。

急ぐことはない。父親が刑務所をでるまでにカタをつければいい。

おそらく一生、刑務所からでられないだろうが。

永昌は、トンと会う約束を盧にとりつけさせた。トンはまだるこしい話を嫌う。下手に探りを入れるより「ダイアナ」をいくらで売る気なのか、はっきり訊くほうがもめない筈だ。

トンが金繰りに困っているという噂を、永昌は別の筋から聞いていた。その最大の理由は、屋台の取締りだ。

バンコクでは、主だった通りには必ず屋台が並んでいて、自宅で料理をする習慣に乏しいタイ人の台所の役目を果たしてきた。

屋台には食物以外にも衣料品や雑貨、数は減ったがコピー商品などもある。

トンはコピー商品の腕時計やバッグ、ブランド衣料品などを扱っていた。

それがうまくいかなくなっている。

初めは商品の値下がりだった。中国や韓国での取締りが強化された結果、一時、タイに大量のコピー商品が流れこみ、値崩れを起こしたのだ。

次に、タイ政府も外圧に負け、コピー商品の取締りを始めた。

そして今度は、屋台そのものをなくそうという動きが起こっている。道端にずらりと並ぶ屋台が国の品格を下げ、外国人観光客の顰蹙《ひんしゅく》を買っている、というのが理由だ。

およそ馬鹿げていた。屋台に最も多くむらがっているのが外国人観光客だ。メインストリートにずらりと並ぶ屋台は、バンコクの名物といってもいい。

それをなくそうというのは、警察や役人に渡る賄賂が原因かもしれない。屋台がなくなれば、ファストフードやファストファッションの店に客が流れる。誰かがそれを思いつき、政府に働きかけた。

結果、かつてはどこにでもあった屋台街がどんどん姿を消している。トンの実入りがさらに減ったというわけだ。

スクンビットソイ24の中国料理店の個室を永昌はおさえさせた。トンは韓国焼き肉より、スシか中華料理を好むと聞いたからだ。

タイ風中華料理ではなく、本格中国料理店だ。中国人と韓国人のビジネスマンが増えたせいで、どちらの料理も本格的なものをだす店が多くなった。

かわりに日本料理店に変化が起きた。店の数はかわらないのだが、日本人の料理人が減った。腕のいい「イタマエ」は、焼き肉とスシをセットで提供する高級韓国料理店に引き抜かれ、日本料理店のキッチンで働くのは中国人や韓国人のコックという、奇妙な現象が起きている。

盧の話では、トンは一千万から一千五百万バーツで「ダイアナ」を手放す気だということだった。「ダイアナ」の建つ土地の名義はかえられない。タイでは、外国人の土地取得に多くの規制がかけられていて、それを永昌のような立場の人間がクリアするのは容易ではない。下手をすれば、土地の値をはるかに超える賄賂が必要になる上に、担当の役人がかかわったという理由でとりあげられる危険もある。したがって「ダイアナ」の箱はともかく、土地については永昌も手に入れられると考えてはいなかった。

「ダイアナ」入手にあたって、永昌はアルバニア人と話を進めていた。アルバニアは、バルカン半島における麻薬と人身売買のハブの役割をになっている。つまり、東南アジアにおけるタイとまったく同じだ。

アルバニア人の、タイでの取引相手はほとんどがロシア人とタイ人の組織で、中国人とは実績がなかった。「ダイアナ」を買えば、取引の実績を作ることができる。そうなれば、ポイペトへもアルバニア経由で白人の女の供給が可能になり、あっという間にトンに払った金を回収できるにちがいない。

汚職追放キャンペーンの広がりもあって、新たなビジネスを動かしにくい中国に比べ、タイにはまだまだチャンスがある。

永昌の次の目標は、タイの国籍取得だった。タイ人になってしまえば、土地も買えるし日本に入国するのも容易だ。偽の中国パスポートはいくらでも手に入るが、万一、日本入国の際に見破られれば、中国への強制送還が待っている。そんな危険を冒してまで、日本を再び訪れる気は、永昌にはなかった。

そのメールがくるまでは。

トンとの交渉に向かおうと、スクンビットのオフィスをでる直前、携帯にメールが届いた。空メールだが、送ったのは東京の人間だ。

永昌はオフィスをでて、タイ人運転手のトゥアムレックがハンドルを握るレクサスに乗りこんだ。行き先は、助手席にすわる盧が指示した。

携帯電話をとりだし、中国大連の自宅の固定電話を呼びだす。電話は二度鳴ったのち、留守番電話に切りかわった。録音されたメッセージがあるのだ。暗証番号でメッセージを再生した。

日本語が流れた。

「こちらは東京です。花屋さんが入院してしまい、連絡がとれなくなり、困っております。お電話をお待ちしております」

ため息がでた。念のため、もう一度再生した。喋っている男の声に聞き覚えはない。

おそらく、吹きこんだ留守番電話の持ち主が誰なのかすら知らない男だ。だが日本の警察官であることはまちがいない。

永昌にとって、日本の警察官は二種類だ。

永昌の情報に金をだし便宜をはかってくれる警察官、永昌を逮捕し刑務所にぶちこもうという警察官。

警察官など信用できないという点では、どちらも同じだ。

携帯電話の電話帳で「金石」にいる知人を検索しかけ、永昌の指は止まった。

ある可能性に思いあたったからだ。

それを確認するまでは、「花屋の入院」は日本にいる人間に知らせないほうがいいだろう。

だが確認するためには、日本にいかなくてはならない。

「花屋」は、永昌の幼馴染みだ。「入院」は死を意味している。「花屋」に何が起こったのかを調べる必要があった。日本で起きたことだからとほうっておけば、次に「入院」するのは自分になるかもしれない。

複数の国でアンダーグラウンドの事業を展開している永昌には、生きのびるために怠れないことがひとつある。

誰かが殺されたら、その理由をつきとめる。金か女か、裏切りか。理由が何であれ、自分にそれが関係していないかを調べあげる。

そうしなければ、信号で止まったとたん隣の車から銃弾を撃ちこまれても文句をいえない。

「花屋」を日本の警察に紹介したのは永昌だった。連中が探している条件に「花屋」はぴったりだったのだ。

その「花屋」がなぜ殺されたのか、永昌は知る必要があった。

「パスポートを手配しろ。日本にいく」

永昌は盧に告げた。

26

「華恵新」がもちこんだと思《おぼ》しい品は見つからなかった。中国人あるいは中国企業によってこの一カ月のあいだにもちこまれた物品について、鮫島は矢崎と手分けしてあたった。

電子製品、衣料品、食品、民芸品、薬品から玩具雑貨にいたるまで大量ではあったが、貿易実績のある商社や商店を除外していくことで、かなり絞りこめた。

実績のある商社や商店は、密輸に神経を尖らせている。届けをだしたのとは異なる物品を輸入したのが発覚すれば、あっという間に商売ができなくなるからだ。

「華恵新」が運び屋だったとすれば当然、合法品をもちこんだ筈はなく、密輸品は別の物品に偽装されている。それがトランクひとつで運びこめる量ならお手上げだが、保管場所を用意しなければならないほどの量であれば、偽の書類で税関を通したにちがいない。

が、このひと月に限っていえば、該当する輸入品はなかった。

中国、韓国、タイ、ベトナムにまで対象国を広げて、個人が輸入した雑貨を調べた。厖大《ぼうだい》な量だったが、書類から絞りこみ、怪しいと感じたら足を運んで調べた。

全部で七カ所だった。個人宅、商店、倉庫といった場所を鮫島と矢崎は訪ねた。結果、提出された書類と同じ種類、量の輸入品を確認した。

そもそも個人輸入は税関が一番目を光らせる対象だ。運がよければ、麻薬犬やX線に探知されず麻薬や拳銃を運びこめると考える者があとを絶たないからだ。

「どこかで見落としたんでしょうか。それとも成田や羽田、東京、横浜じゃない空港や港からもちこまれたとか」

「小規模な空港や港に個人輸入品が入れば、税関はむしろ細かく調べる。他に可能性があるとすれば、名古屋、大阪、神戸、福岡といったところだろうが、もし地方でもちこんだのなら、東京で取引をおこなう必要はなかった筈だ。品物の移動にも危険が伴う。事件が東京で発生したことを考えれば、東京近郊と考えるべきだろうな」

　深夜、横浜から新宿署に戻ってきた鮫島と矢崎は言葉を交わしていた。

「となると、やっぱり見落としか」

　矢崎は疲れで脂の浮かんだ顔を両手でこすり、息を吐いた。

　本来なら何チームも動員するような捜査なのに、文句をいわずにがんばっていると鮫島は思った。刑事の仕事に慣れていないからなのか。

　そうではないだろう。愚痴をいって、コンビを解消されたくないのかもしれない。がそれは、鮫島に敬意や愛着を抱いているからではなく、ある種の意地からにちがいない。

「よく働くな」

　生活安全課の入口に藪が立っていた。コーヒーの入ったマグカップを手にしている。

「くたくただ」

　鮫島が答えると、コーヒーをすすり藪は矢崎を見つめ、いった。

「鑑識の藪だ」

　矢崎はすわっていた椅子から立ちあがった。

「もちろん存じあげています」

　藪は小さく頷き、矢崎をじっと見つめた。矢崎は落ちつかなげな表情になった。それを救ってやろうと、鮫島はいった。

「手詰まりだ。華恵新が何をもちこんだのかをつきとめようとしているのだが、見つからない」

　藪は鮫島に目を移した。

「マル害は運び屋で決まりなのか」

「マル害がもちこんだものを回収しようとしている連中がいる。外国人のグループのようで、『ＷＴＳ』の実質的な経営者を拉致した」

「マル害の仲間か」

「それはまだわからない。仲間なのか取引相手なのか、横どりしようとしている連中なのか」

「横どりは考えられないだろう。別のグループが動いているとなると、もちこんだブツに関する情報がかなり拡散していることになる。そうなら、こっちの耳にも入ってくるさ」

　鮫島が頷くと、藪は訊ねた。

「ブツは殺した奴が奪ったと考えているのか？」

「そう考えるのが妥当だろう」

「コインパーキングの監視カメラに写っていたほしは空手じゃなかったか？　それともブツはポケットに入るくらい小さなものだったのか」

「いや、逆に保管場所が別に必要なほどカサのあるものだ」

「なぜそう思う？」

「公安が、『ＷＴＳ』にガサをかけた。その際、ＫＳＪマンション以外の不動産に関する情報をしつこく調べた」

「何の容疑で？」

「殺人以外にあるか」

　藪は首をひねった。

「ハムにしちゃ動きが早すぎないか。本当はほしを挙《あ》げる気なんかなくて、そのブツが狙いなのじゃないか？」

「俺もそう思う」

「ほしはマル害を撃っただけで引きあげたと？」

「鍵を奪った、と考えている。保管場所の鍵をマル害はもっていた。撃ってそれを奪ったんだ」

　鮫島は答えた。

「保管場所に関する情報もそのとき聞きだしたというのかよ」

　鮫島が頷くと藪は宙をにらみ、いった。

「ほしは自転車でＫＳＪマンションにいき、四階にあがった。『４０２』の扉は、暗証番号を打ちこむか中の人間がノブを回さない限り開かない。そのどちらかで扉を開け、マル害に銃をつきつけ、情報と鍵を入手し、撃った」

「扉を開ける方法はもうひとつある。マスターナンバーというのがあって、桁数は多いがそれを入力するとすべてのロックを解けるらしい」

「俺もそれをさっきつきとめて、あんたに知らせようと思ってきたんだ。そっちはどうしてわかった？」

「『WTS』のさらに上にいる人間と会った。その人物に教わった」

「マルBか」

「田島組の幹部だ。浜川という」

薮は頷き、いった。

「ほしの話に戻ろう。ほしが情報と鍵の両方をマル害からとりあげるつもりだったら、玄関で撃ったというのはおかしくないか。扉を開けたか開けさせたかは別として、入ったその場で威《おど》すような真似をすれば、建物内に声が響く。とりあえず部屋の奥までマル害を追いこんだ筈だ。だが実際は、マル害は三和土《たたき》から撃たれている。一度奥に追いこみ、玄関まで戻ってから撃つというのは合理的じゃない」

確かにその通りだ。

「じゃあ鍵だけを奪って撃ったのか」

「マル害が運び屋だったなら、簡単に鍵を渡すと思うか」

薮がいった。

「どういう意味だ？」

「ほしはマル害を撃っただけだ、と俺は思う。『402』の扉を開けたのがほしかマル害かはわからないが、三和土に立ったほしはその場でマル害の心臓に銃弾を撃ちこんだ。そしてすぐにでていった」

「だったら現場に鍵がなかったのはなぜだ？　そうか！　保管場所も番号錠なんだ」

薮は頷いた。

「だからハムは『WTS』のガサ入れのときに、他の不動産に関する情報を探ったんだ」

「その場でほしが撃った理由は？　保管場所もロックを解く暗証番号も知っていたのか？」

「か、マル害が運んだブツには興味がなかった」

鮫島はまじまじと薮を見つめた。

「ブツを奪うために殺したのじゃないというのか？」

「口封じというのはどうだ？」

薮がいった。

「ほしはマル害の取引相手で、ブツは受けとっていた。だから口を封じるためだけに殺した」

「だとすればよほどのブツだ」

「そうだな。密輸より殺人のほうがはるかに罪が重い。そんなリスクをプロは冒さない」

藪はすぐに気づいた。

「やはりほしはマル害を殺すのだけが目的だったんだ。その結果、ブツの保管場所がわからなくなった。取引が終わっていないので、マル害の仲間がブツを捜している」

「それだ」

目の前が不意に明るくなったように鮫島は感じた。

「ハムも同じなんだ。マル害がＫＳＪマンションのような施設にブツを保管していたことを知っていて、そのブツを手に入れようとしている」

藪はいった。

「それはいったい何だ？　ハムが欲しがるブツって、何なんだ？」

鮫島はいった。情報ではない。情報なら保管場所に部屋はいらない。やはり兵器の類なのだろうか。

「人間か、とも思ったが、それはないな。閉じこめられているとしても、監視役がいる筈で、それなら場所がわからなくなるなんて筈はない」

藪の言葉に鮫島は頷いた。

「問題は、それが何だかわからない、という点だ。このひと月のあいだに中国、韓国、タイ、ベトナムといった国から個人輸入されて、保管場所を必要としそうな物品をあたったが、見つけられなかった」

「それで毎日、遅くまで働いていたのか」

「国を広げるか、水揚げされた場所を広げるか。可能性があるとすると、名古屋、大阪、神戸、福岡といったあたりだが」

「そうならマル害が新宿にいた理由がない」

「俺も同じ考えだ。すると国がちがうのか。すべての輸入品を当たるのはきつい」

鮫島がいうと、藪は沈黙した。

「あの」

矢崎が口を開いた。

「考えていたのですが、マル害は輸入したのではなく、輸出しようとしていたのじゃないでしょうか」

「輸出？」

「運び屋は、輸入だけじゃなく輸出もしませんか。禁止された品を輸出しようとしていたとは考えられませんか？」

「禁止された品？」

　鮫島がいうと、

「ワッセナーか」

　藪がつぶやいた。

「ワーセッナー？」

「ワッセナー協約、通称は新ココム」

「ココムは聞いたことがある。共産圏への軍事物資や技術の輸出を禁止していた協定じゃないか」

「正確には対共産圏輸出統制委員会だな。ＮＡＴＯや日本、オーストラリアなどが参加していたが、ソ連が崩壊したんで一九九四年に解散した。それを受けついだのがワッセナー協約で、今度は国家に絞ることなく、テロリストグループなども対象として、軍需品だけじゃなくエレクトロニクスやコンピュータ、通信関連にも規制をかけている。ココムよりはるかに参加国が多く、日本も入っている」

「軍需品だけじゃないのか」

「軍事技術に転用できる民生技術も含まれているから品種が多い。たとえばゴルフクラブのシャフトはミサイルの、シャンプーに含まれる成分は化学兵器の材料となるから、相手国や地域によっては禁輸品だ。中国への輸出許可をとっていたとしても、中国から北朝鮮へと転売されるのがわかったら違反に問われる」

　藪の説明を聞き、鮫島は矢崎に目を向けた。

「ブツは、輸入されたのではなく、これから輸出される品だというのか？」

　矢崎は頷いた。

「それなら税関に記録がなくても不思議はありません。協約にひっかかる民生品を調達し、何らかの方法で禁輸先に輸出しようとしていた。その矢先に殺されたんで、仲間がブツを捜しているとは考えられませんか」

「ブツはそれなりの量があるので、どこかに保管されている。その場所はマル害しか知らなかった、と。確かに考えられるな」

　藪がいって感心したように矢崎を見つめた。

「優秀だな」

「ただの思いつきです」

矢崎は首をふった。

「これから輸出しようとしているのに、ＫＳＪマンションにいた理由は何だ」

鮫島はいった。

「まずマル害は日本人ではなかった。運び屋ですから、日本における足跡をたどられないために民泊施設を利用した。あるいは取引の打ち合わせなどにも使ったかもしれません。ビジネスホテルは、客室に宿泊者以外が入るのを嫌がりますが、民泊施設だったら、誰からも文句をいわれない」

「ゴルフクラブのシャフトやシャンプー以外だったら何がある？」

鮫島は藪に訊ねた。

「炭素繊維、ガラス繊維、アラミド繊維、アルミニウム管、大型非破壊検査装置、大型発電機、大型真空ポンプ、いろいろな測定器、噴霧器を搭載できるドローンなどだ。中古品でもいいわけだから、ものによっては簡単に手に入る」

「華恵新はそれらを買い集め、どこかに隠していた。もちだす手段については偽装する手筈《てはず》が整っていたか、整いつつあった。その矢先に殺されたということか」

鮫島はつぶやいた。

「すると運び屋ではなく、ある種の貿易代行業者だったと。殺された理由は何だ？」

藪が訊ねた。

「恨みだろう。国内で活動していたのなら、頻繁に日本に出入りしていただろうし、もしかすると日本人であった可能性もある。過去のトラブルで恨みを買っていて、撃たれた」

鮫島がいうと、矢崎は頷いた。

「きっとそうです。マル害が運び屋だったら、当然いろいろな警戒をしていた筈で、他人を簡単に部屋に入れるわけがない。輸入じゃなくて輸出だから、変な話、ヤバいブツではない。日本で誰かに奪われるなんてことも考えてなかった。だからほしを部屋に入れたのじゃありませんか？」

「その結果、ブツの保管場所がわからなくなった華恵新の仲間が『ＷＴＳ』の経営者を拉致したというわけか。おい、相当切れるな。鮫の旦那以上だぞ」

　藪がいうと、矢崎は顔を赤くした。

「勘弁して下さい」

「ハムが動いている理由は何だ」

　鮫島はいった。

「泳がせていたんだよ。マル害がどんな偽装でブツをもちだすか、情報を得ようとしていた、というのはどうだ？」

　藪が答えた。

「それに相手国の問題もあります。他の国を経由して規制対象国に輸出しようとしていたのなら、経由国の司法機関とも協力する必要があるのではありませんか」

　矢崎の言葉に、鮫島と藪は顔を見合わせた。

「ハムにひっぱられるのじゃないか、そのうち」

　藪がからかうようにいった。

「もしかすると公安部は、殺しのほしがマル害がしていた仕事とは無関係だというのをつかんでいるのかもしれない」

　鮫島はいった。

「だからブツの在りかと行方だけを気にしている、ということか。だがそうなると、ハムは殺しのほしとその動機まで見当がついている。ほしを挙げられたら、ブツの動きを追えなくなると考え、捜査を刑事部からとりあげた」

　藪がいったので、鮫島は首をふった。

「いくらなんでも、それでは殺しのほしをかばっているのと同じだ」

「殺しのほしなんか、連中にはどうでもいい。ましてマル害を殺《や》ったのが、中国マフィアとかだったら、まるで興味なんてない筈だ。考えてもみろ。マル害が用意したブツが輸出され、大量破壊兵器に転用されたら、それこそ何千何万という人命にかかわってくる。殺人犯ひとり見逃したって、どうということはないという話だ。あるいはブツが日本から運びだされてから、ほしの情報をリークするってやり方もある」

藪はいった。

「もしそうなら、我々の捜査は大量破壊兵器の製造をあと押しすることにつながりかねない」

鮫島はつぶやいた。藪が息を吐いた。

「ジレンマだな」

鮫島は矢崎を見た。

「どう思う?」

「え? どうって……」

矢崎はどぎまぎしたようにいった。

「君はどう思う?」

「私の考えですか」

「華恵新を殺したほしを挙げれば、大量破壊兵器に転用される材料の輸出ルートを解明できなくなるかもしれない。そうなれば、華恵新のルートで運ばれた材料で作られた大量破壊兵器が多くの人命を奪う可能性がでてくる」

鮫島はいった。矢崎は瞬きした。

「なぜほしを挙げたら、ルートの解明ができなくなるのですか」

「華恵新の仲間が潜る。ほしは華恵新の動きを把握していた。華恵新の仕事について情報をもっている可能性が高い。以前の取引相手とか元仲間なのかもしれん」

藪が答えた。

「つまりほしが挙げられたら、その情報をうたうと?」

「今回の仕事にかかわっていないのなら、喋るだろう。場合によっちゃ司法取引の材料にできる」

藪の言葉に鮫島は頷いた。大量破壊兵器の材料を密輸出しようとしているグループに関する情報を提供するといわれれば、検事が取引に応じる可能性は高い。

「でも考えようによっては、ほしの検挙で密輸出ルートがひとつ潰せるわけですよね。それなら意味があるのじゃないですか」

矢崎がいうと、藪は答えた。

「そこで相手国の問題がでてくるんだ。他の国の司法機関と連携していたら、日本側の都合でルートを潰すわけにはいかない」

「複数の国の捜査機関がずっと追っているルートで、最終的にテロリストにいきつく可能性まであったら、絶対に潰せない」

鮫島も頷いた。

「そんな。いくらなんでもそこまでのブツでしょうか」

矢崎は首を傾《かし》げた。

「他の国の司法機関うんぬんといったのはお前さんだぞ」

藪がいった。

「それは思いつきです。本当にそうだったら、すごく大きな話じゃないですか。公安だけじゃなく内調とかまででてくるような」

藪が意味ありげに鮫島を見た。鮫島は無言で首をふった。香田と「東亜通商」の話を矢崎に聞かせるわけにはいかない。

「で、どうするんだ?」

黙りこんでいると、藪が訊ねた。

「捜査をつづけるべきだと思います。ほしを挙げれば、いろんなことがわかる筈です。それから考えてもいいのじゃないですか」

矢崎がいった。

「ハムに探りを入れるか」

藪がいったので鮫島はいった。

「今は駄目だ。我々が動いていることが逆に向こうに伝わる」

そうなれば、鮫島はともかく矢崎に累が及ぶかもしれない。

「じゃあ何をする?」

「ほしを捜す。今までの仮説が正しければ、公安部は、ほしに触りたくないと考えている筈だ」

「どうやって捜すんです?」

矢崎が食いついた。

「道具だ。道具からほしをたどる」

「七・六五ミリのオートマチックか」

藪がつぶやいた。

「その弾を使う銃は珍しくないとあんたはいったが、減音装置《サプレッサー》つきの銃で一発で仕留められるほどの腕をもった人間はそう多くない」

「プロさ」

「もしプロなら、マル害に関する情報は本来もっていない筈だ。雇われて標的を撃っただけだからな。そうじゃないから、公安部はほしに触りたがらないのじゃないか」

鮫島がいうと、藪は目を広げた。

「確かにそうだ。雇われた殺し屋なら、つかまっても何も吐かないだろうし、吐きようがない。ほしとマル害につながりがあるというのを、ハムは知っているんだ」

「こういうのはどうですか。ほしはプロの殺し屋だがマル害の知り合いで恨みがあった。それがたまたまKSJマンションにマル害がいるのを知って襲撃した」

矢崎がいった。

「確かにつじつまがあう。ほしはマル害の今の仕事に興味がなく、撃っただけでその場を離れた。だがその結果、ブツの在りかがわからなくなり、マル害の仲間はあわてている。一方、ハムはほしの見当をつけているが、触ればマル害の仲間や取引相手に伝わるから、ひっぱれずにいる」

藪は頷いた。

「そうにちがいありません」

矢崎が勢いよくいった。

「殺し屋の情報だな」

藪は鮫島を見つめた。鮫島は無言で頷いた。

27

翌日の昼、署に出勤する前に鮫島は浜川の携帯を呼びだした。

「先日は失礼した。俺も今、連絡をしようと思っていたところだ」

番号から鮫島からだとわかったのか、浜川は告げた。

「何かあったのか」

「権現をさらった連中のことが少しわかった。あんたのほうは？」

鮫島は間をおき、告げた。

「ＫＳＪマンションのほしに関する情報がある」

「それは会う価値がありそうだ。だがどうする？」

「あんたの自宅かこちらの自宅。そこで会うのが一番だろうな」

鮫島はいった。

「わかった。俺の家にきてくれ。勝《かち》どきだ」

浜川は答えた。

「時間は？」

「人の出入りが激しい、夕方の六時過ぎ。それが一番目立たない。防犯カメラに写りはするが、タワーマンションで下にスーパーや病院、本屋なども入っている。知り合いに見られても、いいわけはできる筈だ」

いいわけはできても、指定広域暴力団の幹部の自宅を訪ねたとわかれば、疑いは免れない。だがそのリスクを冒すのは浜川も同じだ。刑事を招き入れたと組うちに知られたら、場合によっては身の危険すらある。

「わかった」

鮫島が答えると、浜川はマンション名と住所をいった。部屋は五十二階だという。

その日、矢崎には報告書作成に当たるよう告げ、鮫島は早めに署をでた。阿坂は本庁で開かれる会議にでている。

勝どき駅から徒歩で五分ほどの場所に、浜川が住むタワーマンションはあった。周辺にも同じようなマンションが何棟もたち、歩道を多くの人がいきかっている。ほんの一ブロックなのに、住民の数が多く、おそらくかなりの人口密度だろう。

　ここに住むことを選んだ浜川の賢さを感じた。分譲か賃貸か、いずれにしても本人の名は使えないが、住んでしまえば大量の住民に紛れこめる。この時代、極道は何より、目立ったり、正体を知られるのを恐れる。

　一階のロビーはオートロックだが、常に人が出入りしているのでインターホンで開けてもらう必要がなかった。鮫島は浜川の部屋を呼びだすことなくロビーをくぐり、エレベーターホールにでた。ここで少しとまどった。エレベーターの数が多い。低層、中層、高層階と分かれている。

　高層階用のエレベーターに乗りこみ、五十二階にあがった。五十二階は最上階の三階下になる。同じエレベーターに乗りこみ、「55」のボタンを押した子供連れの集団は中国人だった。

　五十二階で下りると、浜川の部屋のインターホンを押した。

　スポーツウエアを着た浜川が扉を開いた。ラフな服装でもやくざには見えない。

「入ってくれ。家の者はいない」

　一面ガラスばりのリビングからは、隅田川《すみだがわ》と東京湾が一望でき、鮫島もさすがに息を呑んだ。

「いい眺めだ」

　浜川は頷いた。複雑な表情を浮かべている。

「ムカつかないか？」

　鮫島に訊ねた。

「何にムカつくんだ？」

「極道の分際でこんなに眺めのいいところに住みやがって、と。ひきずりだしてやる、と思うのじゃないか」

　鮫島は浜川を見た。

「そう思われるのが嫌なら極道をやめることだ。だが今は思わなかった。いわれて、そんな気もしてきた」

「よせよ」

　浜川は首をふり、リビングの中央を占める、革張りの巨大なソファを勧めた。

「すわってくれ。コーヒーをいれる」

「おかまいなく」

「自分が飲みたいんだ」

鮫島は腰をおろした。室内の装飾はモノトーンで統一されており、これまで見てきた極道の部屋とはまるで異なっていた。

やがて浜川がマイセンのカップを運んできた。香りだけで、ていねいにドリップしたコーヒーだとわかる。

「うまい」

「コーヒーがうまくてもムカつくのはなしだ。他の刑事ならともかく、あんただってここに住んだり、いいコーヒーを飲む生活を手に入れようと思えば、手に入れられた筈だ。警察官の道を選ばなければな」

「どういう意味だ」

「キャリアになる頭があれば、他のどんな道に進んでも、このていどの成功は手に入った。ちがうか？」

「権現を拉致した連中の情報を聞こうか」

浜川はむっとしたような表情を浮かべたが、テーブルにおかれていた携帯を手にした。操作し、すべらせてよこす。

画面に、バンに乗りこむ複数の人間が写っている。鮫島は手にとった。

「この写真は？」

「権現がどこでさらわれたのかを調べ、近くの防犯カメラから吸いだした」

「吸いだした？」

「そういうのがうまい奴がいる。場所は、権現の自宅のそばだ。目立たないように、少し離れたところで運転手に車を止めさせていたようだ。そこから家まで歩いて帰る途中でさらわれた。運転手は降ろしてすぐ走りだしたので、さらわれたのに気づかなかった」

写真の中にマスクをしている男がいた。ユニオンジャックの柄だ。その男を含む四人に権現は囲まれていた。不自然なほど体を近づけているので、銃か刃物をつきつけられているのだとわかる。

「見覚えのある人間はいるか」

鮫島が訊ねると、浜川は苦笑した。

「同じことを訊こうと思っていた」

鮫島は携帯の画面を見つめた。マスクの男以外は、顔をさらしている。全員、ノーネクタイのスーツ姿だ。

「いない」

鮫島は答えた。

「俺はいる。マスクの向かって左側にいる奴だ。たまに飯を食いにいく、新大久保の韓国料理屋の従業員だ」

「まちがいないか？」

浜川は頷いた。

「写真を拡大してみろ。眉間《みけん》に大きなホクロがあるだろう」

鮫島は指先で写真を拡大した。言葉通り、ホクロがはっきりと写りこんでいた。

「何という料理屋なんだ？」

「犯人の情報を」

浜川がいった。

「華恵新を襲った拳銃は七・六五ミリ口径、アメリカ式にいえば32口径だ」

「32。それだけか」

「減音装置《サプレッサー》がついている」

「サプレッサー？　サイレンサーのことか」

鮫島は頷いた。

「何発撃ったんだ？」

「一発だ。一発で心臓に命中させている」

浜川は目を広げた。

「プロかよ」

「その可能性が高い。そういう殺し屋に心当たりはないか？」

「俺はないが、調べさせることはできる」

「やってみてくれ」

「韓国料理屋の名は、『ムグンファ』だ」

「『ムグンファ』？」

「韓国語で木槿《むくげ》のことだ。けっこう大きな老舗《しにせ》だ」

「そこまでわかっていて、ホクロの男に手をださなかったのか？」

鮫島が訊ねると、浜川は首をふった。

「外国人とはいえ、相手はカタギだ。俺らがちょっかいをだしたら、厄介なことになる。権現が死んでいるなら容赦はしないが、まだわからない今は手をだしづらい」

鮫島は浜川を見つめた。鮫島に接触してまで権現の安否を知ろうとしたにしては、慎重すぎる。

「外国人なのか」

「確かめたわけじゃないが、店の場所を考えたらそうだろう。在日という可能性もあるが」

「名前は？」

浜川は首をふった。

「そこまでは知らない」

「『ムグンファ』について何か知らないか」

「いった通り、老舗だ。韓流ブームの前から今の場所にある。経営者はもういい年だから店にはでていないだろう。上野にも支店があると聞いたことがあるが、今もあるかどうかはわからない」

鮫島は携帯で検索した。「ムグンファ」は「無窮花」と書き、職安通りを北に入った大久保一丁目の路地にあった。支店も東上野に存在する。

「今も支店はあるようだ。この画像をもらいたい」

鮫島がいうと浜川は首をふった。

「それは駄目だ。顔を覚えてくれ。眉間のホクロが手がかりになるさ」

「あと三人いる」

「ホクロの男から訊きだせばいいだろう。その写真は、うちの人間の仕事の証拠になっちまう。渡せない」

防犯カメラをハッキングした事実を残したくないのだ。鮫島は息を吐き、画像を目に焼きつけた。四人はすべて東洋人だが、服装から国籍は判断できない。日本人、中国人、韓国人、いずれともとれる。

「この写真が撮影された場所はどこだ」

「世田谷《せたがや》の上馬《かみうま》だ。権現の自宅の近くだ」

「公安部がガサをかけた自宅か」

「そうだ。組を抜けちゃいたが、権現は嫁のために気を遣っていた。それがガサ入れでパーだ。噂がたち、嫁は肩身のせまい思いをしている」

浜川は暗い顔になった。

「殺し屋のことはどう調べる？」

鮫島は訊ねた。

「やりかたまでは、あんたに教えられない。だが該当する人間がいたら知らせる」

鮫島は頷いた。浜川が手をのばし、画像を表示させた携帯を引きよせた。

「行方不明者届、あるいは被害届をだす気はないか」

鮫島の問いに、浜川は首をふった。

「よけいなことはしたくない。権現の命を縮める」

「なぜ縮めるとわかる？　警察が動けばほうりだす可能性もあるだろう」

「そんなヤワな連中なら、さんざん監視したあげく、さらったりしない。権現のバックが田島組だというのも知っていた筈だ」

「じゃあ何者なんだ？」

浜川は首をふった。

「それを調べるのはあんたの仕事だ」

鮫島は無言で浜川を見つめた。

「何だよ」

浜川は不愉快そうにいった。

「なぜにらむんだ」

「このホクロの男の正体をあんたは知っている。権現のことをあんなに気にかけていたのに手をださず、私に預けたのには理由がある筈だ」

「どんな理由だよ」

「かかわりたくない相手」

「かかわりたくない相手？　お巡りだとでもいうのか」

「お巡りより場合によっては面倒で危険な相手だ」

浜川は黙った。

「工作員だろう。それがわかっているんで、私にふった」

浜川は息を吐いた。

「厄介な人だな」

「図星か」

「そうだよ」

「なぜ工作員だとわかった？」

鮫島は訊ねた。浜川は黙っていたが、ため息とともに口を開いた。

「だいぶ前の話だ。うちの二次団体がしゃぶに触っているという話があり、風紀委員会にいた俺が調べることになった」

　冗談のような話だが広域暴力団には風紀委員会がおかれ、法度《はっと》を破る者に目を光らせている。薬物売買は、田島組の法度だ。とはいえ、シノギのために手をだす二次三次団体は少なくない。

「たいした量じゃなかったが、確かにその組の人間がしゃぶに触っていた。どこからか入手して、売ろうとしていたんだ。飼っているプッシャーがいないんで、まとめて卸す先を探していた。俺は人を使って買いとった。調べさせたところ、純度の高い上モノとわかった」

「そんな上モノを子飼いの売人もいない組員がもっていたと？」

　鮫島の問いに浜川は頷いた。

「当然、どこから手に入れたのかって話になる。知っているだろうが、日本国内でしゃぶは作られちゃいないから、当然外国産だと考える」

　鮫島は頷いた。原料となる薬品の売買が日本では規制されている上に、製造過程で強い臭気が発生するため、少量を除けば国内で覚せい剤は作られていない、というのが司法関係者の〝常識〟だ。原料入手や設備投資などのコストを考えると、輸入したほうがはるかに安全で安あがりだからだ。

　その輸入品は、圧倒的に北朝鮮産が多く、次いで中国、メキシコなどだ。昨今は、中南米の犯罪組織がコカインから覚せい剤に商品を転換する傾向がある。植物由来のコカインは天候の影響をうける上に、栽培に人手がかかる。引きかえ化学薬品である覚せい剤は、製造工場さえあれば、安定した供給が可能だ。

　問題は密輸の方法だが、超高速船などを所有する専門の密輸業者が、北海道や沖縄にいる。巨大なエンジンを搭載し、海上保安庁の巡視船すら追いつけないようなモンスターボートを使って、公海上で取引をおこなうのだ。

　鮫島はいった。

「北朝鮮産なのか」

「どこ産かまでは、そのときはわからなかった。組長に事情聴取をしたが、組員がしゃぶを触っていることは知らなかったといった。薄々は気づいていても、知らぬフリをしていた可能性はあるがな。問題はその組員が、どうやってしゃぶを手に入れたかだ。組長に呼びださせ問いつめたら、すんなり吐いた。博打のタネ銭のカタにとったというんだ」

「麻雀賭博か」

　浜川は首をふった。

「もう少しでかい博打だ。詳しいことはいえないが、警察が踏みこめないカジノで、金にかえられないかともちかけられたらしい。その、もちかけた相手が、ホクロの男だった」

「警察が踏みこめないカジノとは何のことだ？」

「わかるだろう。カジノ自体が、日本であって日本じゃない場所にある」

　鮫島は気づいた。外国の外交官が関係しているのだ。アフリカや東ヨーロッパの小国の外交官が、自宅や関連施設をカジノとして貸しだしているという噂を何度か聞いたことがあった。治外法権があるので、警察も簡単には踏みこめない。それらの外交官の目的は家賃収入で、外交予算が乏しいため〝国策〟として大使館関連施設を貸しているという。

「韓国料理店の従業員が、カジノに出入りしていたのか？」

「ただの従業員じゃないってことだ。カジノなら、警察の目を気にせず人と会える」

「ふだんからカジノに出入りしていたのだな」

　浜川は頷いた。

「たとえばの話、この国のマスコミは北朝鮮が世界から孤立しているようなことをいっているが、実際は多くの国と国交があり、外交関係をもっている。そういう国の大使館関連施設に北朝鮮の人間が出入りしていても不思議はない。たまたまそこがカジノで、博打にはまれば、タネ銭が欲しくなることもあるだろう」

「つまりこういうことか。ホクロの男は北朝鮮と国交がある国の大使館関連施設におかれたカジノに出入りしていて、ギャンブルの元手が必要になり、そこにいた極道にしゃぶを買わないかともちかけた」

　浜川は頷いた。

「八百万という最初の話を、五百に値切ったといっていた。純度が高いんで、うまくさばけば二千万にはなる、と詳しい奴にいわれたそうだ」

「ホクロの男にウラをとったか」

　浜川は手を広げた。

「とれるわけがない。が、今後のことがあるんで、男が何者なのかは調べさせた。すると表向きは新大久保の韓国料理屋の従業員だってことがわかった。釜山《プサン》出身ということになっているそうだ」

「名前は？」

「店では、イサンゴンと名乗っている。十七のときに大阪にいる親戚を頼って来日し、二十年以上になると、いっているらしい。『ムグンファ』では六年前から働きだした。ボーイとして入り、今は副店長だ。住居は大田区になっているが、頻繁に出入りしている場所が他にもある」

「どこだ？」

　浜川は苦笑した。

「何でもかんでも訊くなよ」

「自分たちがかかわりたくないから、ホクロの男の情報をよこしているのだろう？　知っていることはすべて教えていいのじゃないか」

　参ったというように、浜川は横を向いた。

「大田区は仲六郷《なかろくごう》のアパートだが、もう一カ所は神田《かんだ》和泉町《いずみちょう》にある小さな古本屋だ」

「古本屋？」

「『栄古堂《えいこどう》』という店で、ずいぶん昔からあるらしい。一階が店舗で、二階が住居になっている。そこに入ったきり、ずっとでてこなかったことが何度もある」

「誰が調べた？」

「問題の組の人間にこっそり調べさせた。お咎《とが》めなしというのと引きかえに。ただのギャンブル好きの韓国料理屋の従業員が、神田の古本屋に泊まるというのは妙じゃないか。純度の高いしゃぶをもっていたのは、もっと妙な話だが」

「それで北朝鮮の工作員だと考えたのか」

「ふだんからしゃぶを商売にしているなら、つきあいのない極道に売りつけるのは考えられない。じゃあなぜもっていたか。非常用の貯えか、何かの支払いに使うつもりで準備し、使わなかったか、使った残りか、というところだろう。どっちにしても北朝鮮ではしゃぶは官製品だ。韓国料理屋の店員は世を忍ぶ仮の姿としか思えない」

「イサンゴンが北朝鮮の工作員である可能性が高いのはわかった。権現をさらった理由は何だ？」

「ＫＳＪマンションの『４０２』で殺された男がもっていたブツの在りかだ。しゃぶじゃないぞ。もししゃぶなら、どこかの組と取引があった筈で、そこの連中がとっくに動いている。イサンゴンと仲間が動いたってことは、極道がからまないブツなんだ」

　論理的な判断だ。

「そのブツだが、何だと思う？」

　鮫島の問いに浜川は首をふった。

「それがわかりゃ苦労しない。あんたは調べてないのか」

「調べたが、主だったアジア諸国からの輸入品に該当するようなものはなかった」

「どういう意味だ？」

「『４０２』で殺された男を運び屋だと考え、保管所が必要なほどの量の個人輸入品について税関の記録を当たった。この一カ月間に限定してだが。非合法品なら当然、申告書類は偽造されている。だが申告通りの輸入品ばかりだった」

　浜川はあきれたようにいった。

「仕事が早いな、あんた」

　それには答えず、

「そこで、ある可能性に思いあたった」

　鮫島は告げた。

「ある可能性？」

「『４０２』で殺された男が保管していたブツは、輸入ではなく輸出される予定だったのではないか」

　浜川は目をみはった。

「輸出。そうか！」

　携帯電話を手にとり、検索する。

「日本じゃ問題のない代物が、輸出されるとなったとたんひっかかる。まして相手が北朝鮮じゃ尚さらだ」

鮫島に目を向けた。

「『４０２』で殺された男は、北朝鮮あてに輸出するブツを保管していた。殺されたことで保管場所がわからなくなり、工作員が動いている。となると、殺された男は北朝鮮の人間じゃないな」

「警察や税関にマークされたくない北朝鮮の工作員にかわって品物を調達していたんだ」

鮫島はいった。

「中国人か」

「日本人という可能性もある。『華恵新』は中国名だが、本名ではない。お宅に届けた上海の住所も架空だった」

浜川は考えていたが、いった。

「ブツが輸出用で、まだ日本にあるのなら、権現は殺されていない筈だ。イサンゴンを絞れば、権現がどこにいるかわかるだろう」

鮫島は頷いた。

28

用心のため永昌は関西空港から日本入りした。乗る便名を前もって知らせることはしない。そこまで日本の警察を信用していないし、彼らがどれだけ自分の動きを把握しているのかも確かめたい。

偽造パスポートを見破られることなく日本に入国した永昌は盧とともに新幹線で東京に向かった。

東京駅に近い高級ホテルにチェックインする。世界中、どの街であっても最高級のホテルに泊まるのが、警察を含むトラブルからの一番の予防策だ。ただしイスラム圏は別だ。イスラム圏における最高級ホテルは、アメリカ人利用者が多く、テロの対象になりやすい。イスラム圏を訪れたときは、安ホテルに泊まることにしている。

シャワーを浴び、衣服を着替えて、永昌は電話をかけた。何人かを通して、ようやく黄《ファン》につながる。

かけてきたのが永昌で、それも日本にいると知ると、黄はひどく驚いた。

「気は確かか。十年は日本にこないと思っていた」

「私もそう思っていましたが、特別な理由ができました」

「特別な理由？」

「会って話しませんか」

　永昌がいうと、黄は沈黙した。

「大丈夫です。私が日本にいることを、日本の警察は知りません」

「あんたは警察と仲よしだと思っていたが、あのあとはそうでもないらしいじゃないか」

「二種類います。私と仲よくしたい警察とつかまえたい警察と。そうなったのは、あなたの依頼をうけたからですが」

「失敗したからだ。あんたの手配した人間は三流だった」

「三流ではありません。もし三流なら、私やあなたのことを日本の警察はつきとめた。だが誰の名もつきとめていません」

「家族を皆殺しにされるからだ」

「威《おど》しだけでは、人は口を閉じません。報酬も必要です」

　黄は息を吐いた。

「あの刑事はまだ生きている。だがしばらくは手をださないことにした。何かあればまた俺たちをつけ回すからな」

「そのうちいなくなります」

「それはあんたがいなくさせるということか」

「機会があれば」

「金は払わないぞ」

「金は問題ではありません。会う場所と時間を決めましょう」

　黄は考え、答えた。

「調整して、メールで連絡する」

「できれば今日中がいいです」

　電話を切って二十分後にメールが届いた。今夜九時、西麻布《にしあざぶ》のスシ店を予約したとある。それを見て永昌は首をふった。

　黄は日本人の金持の真似をしたいのだ。

だがすぐにそうではないと気づいた。黄は日本人だ。中国人に育てられ、中国語を話すが、黄の正体は日本人だ。ただ日本と日本人を嫌っているだけだ。

　夜になり、永昌は盧を残してホテルをでた。タクシーを二度乗りかえ、西麻布に向かう。

　西麻布が、黄の好きな六本木の街に近い住宅街であることを永昌は知っていた。銀座や六本木に飽きた日本人の金持が好んで利用するレストランや会員制のホステスクラブがひっそりと並んでいる。

　そういう連中は新宿には一切近づかない。新宿は貧乏人や田舎者が遊びにくる街だと思っているのだ。黄も同じだ。以前、黄と新宿で待ち合わせようとして、断わられたことがある。

　ひらがなで書かれた小さな看板しかでていないビルの一室が、黄の指定した店だった。扉を開けると、木目の美しいカウンターが店の中央を横切っているのが見えた。その内側に白衣を着けた男がふたり立ち、客はひとりもいない。

「黄さんと待ちあわせました」

　永昌がいうと、男のひとりがカウンターを示した。

「いらっしゃいまし。好きなお席にどうぞ」

　どうやら貸し切りになっているようだ。永昌はカウンターの中央に腰をおろした。

　こういう場合日本では、カウンターの奥が一番の上席とされる。黄のためにそこをとっておいた。

　九時を少し過ぎて、黄が現れた。光沢のある紺のスーツにネクタイを締めている。連れはいない。

「いらっしゃいまし、黄さん」

「こんばんは。いつも通りでお願いします」

　いって、黄は永昌を見た。

「スシで食べられないネタはありますか」

　日本語で訊ねる。永昌は首をふった。

「何でも平気です」

「じゃあお任せで」

　渡されたお絞りで手をふきながら、黄はいった。

「飲みものは何を?」

黄は少し考え、

「ノンアルコールビールを下さい」

と答えた。

「ノンアルコールビール？」

永昌がいうと、

「試してみろ。おもしろい飲み物だ」

と、中国語でいった。だされたノンアルコールビールを飲み、永昌は驚いた。ビールそっくりの味なのに、アルコール分がない。

何のためにこんなものが必要なのかを訊ねると、飲酒運転が厳罰だからだ、と黄は答えた。つまりビールは飲みたいが、飲めば罰せられるという人間のために作られたのだという。永昌は半ば感心し、半ばあきれた。欲しがる者がいれば、必ず商品化するのが日本人だ。

「ビールを飲みたければ、運転手を雇えばいい」

永昌はいった。

「運転手を雇うには金がかかる。運転手は雇えないがビールを飲みたい貧乏人が、この国にはたくさんいる」

黄は答えた。

「ではあなたはどうして飲むのです？」

「ビールを飲みたいが、あんたといるあいだは酔いたくない。どんな話がでてくるかわからないからな」

会話はすべて中国語で、この店に中国語のわかる人間はいない、と黄はつけ加えた。

最初に刺し身がでた。脂ののったマグロで、黄は好物らしく、おかわりをした。

「特別な理由というのは何だ？」

「最近、日本で私の知り合いが亡くなりました」

「葬式にでるためか？」

「それはまだわかりません。もしかすると葬式をおこなえない死にかたをした可能性もあります」

黄は永昌を見た。

「殺されたのか」

永昌は肩をすくめた。

「日本人か」

「中国人です」

「名前は？」

「本名を使ってはいなかった筈です。ビジネスのために日本にいましたから」

「何のビジネスだ？」

「貿易です」

黄の表情が硬くなった。

「輸入ではなく輸出です」

つけ加えると、表情がゆるんだ。黄は永昌の紹介で、北朝鮮から覚せい剤を輸入し、日本の暴力団に卸している。だが本業は造園業者だ。日本人の名前で造園会社を経営している。

「じゃあ関係ない」

いって、黄は日本語でワインを下さい、といった。ワインリストを手渡され、永昌に相談することなく注文した。

「なぜ死んだのか、日本の警察に調べさせればいい」

中国語で黄はいった。

「日本の警察に頼まれて、その知り合いを紹介したんです。日本人が用意した品物を輸出する手筈でした」

「品物は何なんだ？」

「それはわかりません」

「輸出する相手は？」

「北朝鮮です」

再び黄の表情が険しくなった。

「北朝鮮だと？」

永昌は頷いた。

「北朝鮮が何を欲しがっているか、黄さんは知っているでしょう？」

「あらゆるものを欲しがっている。高いワインも欲しいし、高級な腕時計も車も。もちろん円もドルも、な」

黄もやはり「ドル」なのだ。永昌はおかしくなった。

「他にはどんなものがあります？」

「いろいろな機械、兵器の開発に使えるからだ。待てよ、日本人が用意したものといったな。その日本人は何者なんだ？」

「よく知りませんが、警察の仲間だと思います」

黄は首をふった。

「ありえない。日本の警察が北朝鮮向けに輸出するわけがない。日本は北朝鮮とのあらゆる貿易を禁止しているんだ」

「だから知り合いを紹介するよう頼まれたんです。こっそり北朝鮮と貿易をしたがっていたので」

黄は口に運びかけていたワイングラスをおろした。

「それは本当か？」

「本当です」

黄は宙を見つめ、考えていた。

「おもしろい話だ」

「黄さんの仲間のビジネスに役立ちますか」

永昌は訊ねた。黄と同じく、日本人と中国人の顔を併せもつ仲間が何人かいるのを、永昌は知っていた。「金石《ジンシ》」という名で呼ばれている組織だ。ダウェイ経済特区《SEZ》の情報を永昌にもたらした議員秘書も属している。

「失礼」

日本語でいって、黄は店をでていった。電話をかけにいったようだ。

やがて戻ってくると、永昌に告げた。

「俺の知り合いに会ってくれ」

29

「ムグンファ」の従業員、イサンゴンに犯罪歴はなかった。まっとうな人生を過してきたか、イサンゴンという人物が実在しないかのどちらかで、おそらくあとのほうだろうと鮫島は思った。

イサンゴンが工作員ならば、警察の目を常に意識している筈で、下手な行動確認は飛ばれる原因になる。尾行や監視をされていると気づけば、自宅にも帰らず行方をくらます可能性があった。

そこで鮫島は浜川から聞いた「栄古堂」という古本屋を調べることにした。

神田和泉町は国道四号昭和通りの東側で、台東区と接した千代田区の端にある。古書店の多い神田神保《じんぼう》町《ちょう》とは離れていて、細い路地をはさんで古い家並みとオフィスビルが共存する街だ。東京のほぼ中心部ながら、時間にとり残されたような古い家も少なくなく、「栄古堂」もそうした一軒だった。木造モルタルの二階建ては昭和時代の建物だとわかる。二十坪あるかどうかという大きさで、一階に「古書」の看板が掲げられている。

近くの喫茶店で矢崎を待たせ、鮫島は店に入った。古書店を訪ねるのはたいてい中高年のひとり客だ。ふたり連れは目立つ。

ガラスの引き戸を開けると、人ひとりがやっと通れる幅を空けて、書架が連なっていた。手前側は小説や雑誌の古本ばかりだが、奥はアジア圏の語学や文化、紀行などの書籍が並んでいて、そのあたりが専門分野のようだ。

古本屋の多くがそうであるように、正面奥がレジで、横長の大きなテーブルの上に未整理の本が積みあげられ、その山に隠れるようにして、年配の男がひとりすわっている。白髪を束ねて丸眼鏡をかけ、鮫島のほうを見ようともせずに手もとのノートに目を落としていた。低い音量でラジオが流れている。

男の背後は小さな居間になっていて、奥に階段が見えた。食卓が手前にあるが、他の人間の気配はなかった。

『呂宋日本人町史』という本を鮫島は手にとった。フィリピン・ルソン島にかつてあった日本人町について記したもののようだ。昭和七年の出版物だ。値段を見ると「二万円」とあり、そっと書架に戻した。店主と思《おぼ》しい男は、こちらを気にするそぶりも見せない。

並んでいる海外関連の本の中では、朝鮮半島に関係するものが多いような気もするが、先入観かもしれない。

ハングルの本や雑誌も並んでいるが、それが韓国のものなのか北朝鮮のものなのかは、判断がつかなかった。

「栄古堂」が上べだけの古本屋でないことは確かめられた。鮫島は細い通路を戻り、ガラスの引き戸を開いて外にでた。外は明るく、空気を新鮮に感じた。それだけ店内が暗く、カビ臭かったのだ。が、鮫島は古書店の空気が嫌いではなかった。

古本には、発行された時代の空気がとじこめられていて、古書店にはそれが詰まっている。知識のタイムカプセルのようなものだ。

たとえ日本語で印刷された本だけであっても、これまでに出版された数は厖大だろう。一生をかけても、その一パーセントすら読むことは不可能だ。そう考えると、古書店に身をおくだけで、自分が賢くなったような気がする。

奥にいた男は、いかにも古本屋の親爺《おやじ》という印象だった。偏屈で、一見《いちげん》の客には目もくれないという風情だ。それが北朝鮮の工作員とつながっているとすれば、本人もまたスリーパーである可能性が高い。

イサンゴンは古書店を訪ねるフリをして接触し、指令をうけたり情報を渡したりしているのだろう。そしてときおり泊まっている。気の休まるときの少ない工作員には、貴重な隠れ家なのかもしれない。

矢崎を待たせている喫茶店に向かって歩きだした鮫島は路地を曲がったところで、思わず立ち止まった。

反対側から曲がろうとした男が同じように足を止め、目をみはっている。香田だった。

「何をしている」

つかのまの沈黙のあと、香田が不快そうに訊ねた。

「偶然だな」

鮫島は答えた。香田は首をふった。ステンカラーコートの下は、白いシャツにネクタイだ。

「お前とのあいだに偶然などない。ここで何をしているんだ？」

「古本屋をのぞいていた」

香田の顔を見つめ、鮫島は答えた。香田の表情に変化はない。

「古本屋。このあたりにそんなものがあったか」

鮫島は頷いた。

「あんたは何をしているんだ？」

「カイシャの取引先がこの近くにある」

「どんな取引先だ？」

「お前には関係ない」

「てっきり同じ古本屋を訪ねてきたのかと思った」

鮫島はいった。香田は顔をしかめた。

「妙なことをいうな」

「華恵新とつきあいがあったのか？」

鮫島は切りこんだ。

「誰だって？」

「北新宿で殺された男だ」

香田は息を吸いこんだ。

「お前の仕事じゃないだろう」

「華恵新が撃たれた現場は、ヤミ民泊だ」

香田はふんと鼻を鳴らした。

「だから生安が首をつっこむ理由になると？」

「もともとあのマンションに目をつけていたんだ」

「じゃあ勝手にやれ」

「北朝鮮工作員が、そのヤミ民泊の実質経営者をさらった。何か知らないか？」

香田は鮫島をにらんだ。

「なぜ俺が知っていると思うんだ」

「ここにいるからだ。あんたも古本屋に用があってきたのだろう」

香田は答えない。

「さらわれたのは、田島組系の元組員だ」

「だから何だ？　元極道がどうなろうが、知ったことじゃない。よけいな真似はするな」

「元極道が死のうがどうしようがかまわないというのか」

「お前が死んでも、な」

「何を捜しているんだ？」

　鮫島が訊くと、香田の表情が硬くなった。

「華恵新がもっていた品をハムも工作員も捜している。何なんだ？」

「何をいっているのかわからんな」

「じゃあ俺が在りかを見つけても、知らせる必要はないな」

「好きにしろ」

　鮫島は頷いた。

「わかった。そうさせてもらう」

「お前の、そういうハネあがりのせいでまた誰かが死ぬことになるぞ」

　こみあげた怒りを鮫島はおさえこんだ。黙っていると香田はつづけた。

「わかっている筈だ。お前のところの課長が死んだのは自分のせいだと。お前は自分さえよければ、それでいい。組織の中にいるくせに組織を無視している。そのせいで多くの人間が迷惑をこうむっている。お前を好きにさせていたせいで、課長は死ぬことになった。まだ反省しないのか」

　鮫島は歯をくいしばった。

「反省も後悔もしているさ。だが俺が刑事をやめたら、顔向けできない」

「お前はクズだ。いい加減に気づけ」

　鮫島は深呼吸した。香田はわざと挑発している。

「『東亜通商研究会』の邪魔をして悪かったな。どうぞ古本屋にいってくれ」

「忘れるな。お前は俺に借りがある。樫原の身元引受人の情報を、俺は渡した。それをお前は生かすことができず、それどころか課長を死なせたんだ」

「その借りを何かで返せといいたいのか」

　鮫島は冷ややかにいった。香田は答えなかった。

「華恵新のブツの在りかか」

香田は顎をあげ、鮫島を見つめた。

「何をいっているのかわからん、といったろう」

そして鮫島を押しのけ、歩きだした。早足で「栄古堂」とは反対の方角に遠ざかっていく。

香田が「栄古堂」を訪ねるつもりだったとしても、この足ではいかないだろう。「栄古堂」を調べる材料を鮫島に与えたくないからだ。

鮫島も同様に、矢崎の存在を香田に気づかれなくてよかったと思った。公安部を離れたとはいえ、香田は警視庁とつながりをもっている。香田の信奉者もいると聞いたことがあった。鮫島と行動を共にする若い刑事がいるのをそれらの連中に知られたくない。

香田の言葉通り、ここで会ったのは偶然ではない。香田のいき先は「栄古堂」だったにちがいない。そしてそれは監視が目的ではない。

監視が目的なら、ひとりでは動いていない。

鮫島はあたりを見回した。こちらをうかがっているような者はおらず、駐車している車にも人の気配はなかった。

香田の目的地が「栄古堂」なら、ひとりで動いていたのは接触するためだ。

となると、「栄古堂」はただのスリーパーではない。

二重スパイ、という言葉が浮かんだ。「栄古堂」は北朝鮮エージェントであるイサンゴンとつながりをもちながら、内閣情報調査室下部機関の香田とも接点がある。

北朝鮮の情報を香田に流し、見返りに得た情報をイサンゴンらに渡しているのかもしれない。最終的に「栄古堂」がどちらの側に属しているかは不明だが、少なくとも日本側は「栄古堂」が北朝鮮エージェントとつながっているのを知っている筈だ。

鮫島は矢崎を待たせた喫茶店には戻らないことにした。携帯のメールで矢崎にその旨を知らせ、新宿署に向かった。

「私の同期で、今は内閣情報調査室の下部機関にいる、香田という男と『栄古堂』の近くでばったり会った。喫茶店に戻らなかったのは、そのせいだ」

新宿署に戻ってきた矢崎に鮫島は告げた。今日は、阿坂も席にいる。が、阿坂から求められるまで、鮫島は口頭では情報をあげないつもりでいた。署内のイントラネットで報告を送る。

「下部機関、ですか？」

矢崎は首を傾《かし》げた。

「そうだ。『東亜通商研究会』という民間団体を装っているが、アジア方面の情報収集にあたっている。香田も『栄古堂』にいく途中だったようだ」

「いったのですか、『栄古堂』に」

「いや。私とでくわした以上、その足でというわけにはいかなかったのか、反対方向に立ち去った」

「監視をしていたのではなくて？」

鮫島は首をふった。

「香田はひとりだった。監視任務なら、ひとりの筈がない。車などに分乗して任務に当たるだろう。客を装って『栄古堂』を訪ね、接触をはかるつもりだったのだと思う」

「『栄古堂』は、北朝鮮工作員の支援者ですよね。それと内調の人がつながっているというのですか」

「内調じゃなく、下部機関だ。そこに意味がある。公務員ではないからこそ、直接会うことができる」

矢崎は目を広げた。

「つまり『栄古堂』は二重スパイってことですか」

「その可能性は高い」

「鮫島さんの同期の方が『栄古堂』にいこうとしていたことと、今回のこの件にはつながりがあると？」

鮫島は息を吐いた。

「大塚《おおつか》の監察医務院に華恵新の遺体を確認しに、公安部のグループがきた。その中に香田がいた」

「えっ、どういうことです？」

「殺された華恵新の顔を、香田に確かめさせるのが目的だったんだ」

「その人はマル害ともつきあいがあったってことですか」

「そうだ。華恵新が北朝鮮相手に貿易をしているのを知り、情報を得るために接触していた。あるいは、華恵新自身が、エージェントだった可能性もある」

「それは北朝鮮ではなく、日本の、ということですよね」

鮫島は頷いた。

「華恵新が内調の下部機関のエージェントだったなら、殺人の捜査を公安がもっていく理由になる。活動内容を我々に知られたくないだろう」

矢崎は瞬きした。

「それを、同期の人は認めたのですか」

「いや、『栄古堂』を訪ねようとしていたことすら認めなかった。わかりきったことでも、絶対に認めない」

矢崎は下を向いた。

「以前鮫島さんがおっしゃっていた公安部のエースだった人が、その香田さんですか」

「そうだ」

矢崎は顔を上げ、鮫島を見た。

「向こうも知って、鮫島さんも知った。どうなります？」

「わからない。本庁に手を回して、我々を足止めしようとするかもしれないが……」

「しれないが？」

「泳がせる可能性もある」

矢崎は首を傾げた。

「泳がすって、鮫島さんと自分を、ですか」

「そうだ。華恵新のブツの在りかをつきとめさせる。北朝鮮工作員も動き、内調の下部も動いているが、捜しものは、捜す人間が多ければ多いほど、見つかりやすくなる」

「見つけたら、とりあげる？」

「そうなるだろうな」

鮫島は目で阿坂を示した。阿坂がその後まるで干渉してこなくなったのは、上からの通達をうけているからかもしれない。

今ふたりがいる位置は阿坂の席から離れている。この会話はおそらく聞こえていないだろう。だが矢崎は声を潜めた。

「課長もそれを了解しているというのですか」

「その可能性はある」

矢崎は黙りこんだ。やがて訊ねた。

「イサンゴンは、『栄古堂』が内調の下部機関とつながっているのを知っているのでしょうか」

「わからない。が、おそらく知らないだろう」

答え、鮫島は思いついた。それを材料にすれば、権現を助けだせるかもしれない。だが「栄古堂」が二重スパイだと伝われば、イサンゴンらに報復される可能性がある。

「同期の方は、イサンゴンを我々が把握しているのを知っていますか」

「イサンゴンの話は香田としていない」

「するとイサンゴンの存在を知らないかもしれない?」

「可能性は半々だな。『栄古堂』から聞いているか監視でつきとめているか」

「どちらにしてもその人は鮫島さんが迫っていることを、『栄古堂』に教えますよね」

鮫島は息を吸いこんだ。

「わからない。下手に刺激をして、工作員を警戒させたくないと考えるかもしれない。といって、我々の存在を教えなかったとわかれば、信頼関係が損なわれる。悩みどころだろう」

「その人がどう考えるかですね。鮫島さんの今後のでかたを」

鮫島は改めて矢崎を見た。

「鋭いな」

「何をいっているんです。それより、鮫島さんがどうでると、その人は考えるでしょうか」

香田は、鮫島を独断専行の人間だと決めつけている。その考え方に立てば、鮫島が「栄古堂」に直接当たると香田が考えて不思議はない。さらに「栄古堂」と「東亜通商」との信頼関係を無視して、北朝鮮工作員に「栄古堂」の正体を知らせる可能性すら考えられる。

「警報を発するかもしれないな。『栄古堂』に」

「そうなったら『栄古堂』はどうします? イサンゴンに知らせますか」

「イサンゴンが『栄古堂』の正体をどこまで知っているかだ。警察に目をつけられていることを、誰がお前に教えたと疑うかもしれない」

「そうなる危険があれば、警報を発しないのではありませんか。『栄古堂』はイサンゴンには何も伝えず、ようすをうかがう。あるいは同期の方も、『栄古堂』には黙っている。問題のブツの在りかがわかるまで、情報を押さえるかもしれない」

「そうなると賭けだな」

矢崎は頷いた。

「戦々《せんせん》兢々《きょうきょう》です。いつ我々が『栄古堂』やイサンゴンに直接、接触するのか、と。そのときに備えて、公安部は監視をおくのではありませんか」

それを聞き、鮫島は思いついた。香田を揺さぶることでブツの正体がつきとめられるかもしれない。だが公安部の逆鱗に触れる可能性がある。そうなったら、鮫島はとにかく、矢崎が無事ではすまない。鮫島を牽制するために、矢崎を〝人質〟にとられるかもしれなかった。

かつて香田は、自分と鮫島はコインの裏表だといった。確かにその通りだ。互いに弱みを握りあい、相手のでかたをうかがうことになる。

「イサンゴンにもこれで下手に触れなくなった」

鮫島はいった。ひとりなら、あえて刺激する手段をとったろう。だが今はそれができない。

「何か方法がある筈です。考えましょう」

矢崎が答え、その言葉を鮫島は心強く感じた。

30

翌日、永昌は高田馬場《たかだのばば》の古いビルの一室にいた。デスクが四台とパソコンが六台、コピー機などがおかれ、本がぎっしりと詰まった棚が壁だけでなく窓までおおい隠している事務所だ。顔色が悪く、ひっきりなしに煙草を吸う男がそこにいた。痩せていて度の強い眼鏡をかけている。

　高田馬場駅で永昌と待ちあわせここに連れてきた黄は、男を「作家」だと紹介した。男は名刺をだしたが、そこには「亀沢尚《かめざわたかし》」という名と携帯電話番号、メールアドレスしか記されていない。

　亀沢は古い応接セットに永昌と黄を並んですわらせ、向かいに腰かけるとＩＣレコーダーをあいだのテーブルにおいた。

「黄さんから少しお話を聞いて、ぜひ調べてみたいと思いましてね。調べたことを勝手に発表したりはしませんから安心して下さい」

　亀沢はいった。永昌は黄を見た。

「亀沢先生は調査とレポートの専門家だ。レポートは雑誌に載ったり本になることもあるが、国会議員が買う場合もある」

　黄はいった。

「陸さんは赤木《あかぎ》さんをご存じですよね。赤木さんとは昔からのおつきあいです。赤木さんは、他のご同業の方もご紹介して下さいました」

　赤木というのは、国会議員の秘書の名だった。「金石」のメンバーだ。

「黄さんからうかがったのですが、北朝鮮との貿易をされていた陸さんのお友だちが亡くなられたそうですね。それで日本にこられたとか」

　永昌は頷いた。亀沢は新聞記事のコピーらしいプリントをさしだした。

「お読みになれますか」

　永昌は答えず、手にとった。この亀沢という男の正体がわからない。

「北新宿のマンションで男性の射殺体。ヤミ民泊施設か」

　という見だしだ。氏名も年齢も不詳の男が撃たれて死んでいるのが見つかり、警察が殺人事件として捜査を始めた、と記事はつづいている。写真はない。

「この方ですか」

　亀沢は訊ねた。

「わかりません。写真があれば、そうだといえるのですが」

　永昌は答えた。

「ではなぜ、陸さんはお友だちが亡くなったと知ったのですか」

「知らせてくれた人がいたからです」

「それは警察の人ですか」

「そうです。元、ですが」

「元？」

「ええ。今はちがう仕事をしています」

「どんな仕事です？」

　永昌は亀沢の目を見つめた。

「それをお話しするのは、その人と私の信頼関係にかかわります」

　亀沢は動じなかった。

「ではなぜ、今日、ここにおいでになったのです？」

「知りたいことがあるからです」

「何です？」

「この記事の人物が私の友人だとしましょう。誰になぜ殺されたのかを知りたい」

　亀沢は首を傾げた。

「それを知って、どうされます？　復讐します？」

「その可能性もないとはいいませんが、自分自身の安全のために知りたい」

「ご自身の？」

　永昌は黄と亀沢を見比べた。

「たとえば、今日このあと、黄さんが殺されたとします。あなたは気になりませんか。誰がなぜ黄さんを殺したのか。それが私だったら、次に自分が殺されるかもしれないとは考えませんか？」

　亀沢は身じろぎし、黄を見た。黄は黙っている。

「私がなぜ殺されるのです？」

亀沢は訊ねた。

「そこです。あなたは、理由を知りたい。私がなぜ黄さんとあなたを殺すのか。しかし人殺しは殺すときにいちいち理由などいいません。私はあなたを殺し、立ち去るだけだ。でも黄さんをなぜ私が殺したかを知れば、あなたは死を免れられるかもしれません。私に対し、自分を殺すのはまちがっていると説得できる」

亀沢の顔がこわばった。

「ええと、つまり、陸さんは、ご自分の安全のために、知りたい」

「その通りです。私は恐がりなんです。私の知らない理由で、私を殺したい人がこの世界にいるのは嫌です」

亀沢は息を吸いこんだ。新たな煙草に手をのばす。

「亀沢さんは、私の知りたいことを調べられますか？」

「努力はします。いろいろなコネが、私にはありますから」

「警察にも？」

亀沢は頷いた。

「あります」

「その人に私のことを話しますか？」

「いえ、話しません。陸さんが知りたいことと私が知りたいことは別です。まず、陸さんの知りたいことを調べてから、私の知りたいことを調べる。そのときは、陸さんのことを誰かに話すかもしれません。ですがそれをする前に、必ず陸さんの許可を得ます。勝手にあなたの話を、誰かにしたりはしません」

永昌は微笑んだ。

「よかった」

亀沢はほっとしたように煙草を吹かした。

黄がいった。

「亀沢先生をあまり脅かさないように。大丈夫ですよ、先生。この陸さんは、見ての通り優しい人です。ただ用心深いんです」

「そう、用心深いです。だから今まで生きてこられました」

永昌はにこやかにいった。亀沢は煙草を灰皿に押しつけた。

「では、質問を再開してよろしいですか」

亀沢の目の中に、さっきまではなかった恐怖があるのを感じとり、永昌は頷いた。

「どうぞ」

「元警察の人の、今の仕事を」

「『東亜通商研究会』という団体で働いています。そこにいるのはたいてい元警察官で、アジアのいろいろな国の情報を集めています」

「なるほど。一種のスパイと見ていいでしょうか」

「かもしれませんが、私はスパイに詳しくありません」

「陸さんはどうしてその人たちと知り合われたのです?」

「私は遼寧《りょうねい》省の丹東という町で育ちました。父親はおらず、母親がひとりで私を育てたのです」

「丹東というのは、北朝鮮との国境にある街ですね」

亀沢の言葉に頷いた。

「そうです。北朝鮮との交易をする人が多く、私の母もそのひとりでした。私はその仕事をうけつぎ大きくして、不動産事業にも手を広げました。しかし土地を買って売るだけの仕事はおもしろくないし、いつか駄目になるとわかっていました。日本のバブルというお手本がありましたから。そこで土地以外のものを売り買いすることにして、そのためには中国より便利な、タイに移ったのです。タイである日本人と知り合いました。リタイアした日本の元外務省の役人で、顔が広く、私が日本語を話せると知ると、いろいろな人を紹介してくれました」

「何という人です?」

亀沢の問いに永昌は首をふった。

「その人の名はいえません。しかし、その人がきっかけでした」

水倉《みずくら》という男だった。男女を問わず、十代半ばまでの子供との性行為が好きで、外務省を追いだされた。だが表裏に顔が広く、日本から逃げてきた犯罪者をタイの犯罪組織に紹介していた。タイに逃げるような犯罪者は逃走資金をもっており、それを元手に何か商売を始めようとする。犯罪者が思いつく商売といえば、金貸しか飲み屋、売春屋くらいなものだ。当然、地元のギャングと軋轢《あつれき》が生じる。それを避ける交渉を、水倉は仕事にしていた。

が、あるとき手をだした十四歳の少年が、パタヤの顔役の家出中の息子だった。金を請求され、ただの美人局《つつもたせ》だと考え、断わった。

二日後に射殺された。撃ったのは、タイの犯罪組織に追いこまれた日本の元やくざだった。

タイ警察は、日本人犯罪者どうしの抗争として処理した。

水倉に何度か〝子供〟を世話してやり、永昌はいくつかのコネを得た。

「陸さんはどんなものをタイで売り買いしているのですか？」

亀沢が訊ねた。永昌は肩をすくめた。

「あらゆるものです。ビジネスですから。欲しい人に欲しいものを売る」

「たとえば？」

亀沢がたたみかけると、黄が止めた。

「いいにくいこともありますよ、先生」

「ひとつでいい。何を売り買いしているのか、教えて下さい」

亀沢がくいさがった。永昌は答えた。

「女の人です。今いる場所より稼げるのなら、たとえ言葉が通じない土地であってもいきたいという女性はいる。特に若い女性は」

「あ、なるほど。それはどこからどこへ、です？」

「いろいろです。中国からタイ、タイから中東地域。タイには世界中から人が流れこんできます」

永昌はいって、亀沢を見つめた。さすがにこれ以上はまずいと気づいたようだ。咳ばらいし、訊ねた。

「その元外務省の人が、日本の元警察官を紹介したのですね」

「直接ではありません。あいだにもうひとり、人がいました。タイ人の元軍人です。軍の情報機関にいて、いろいろな国の同じような人たちと親しい。最初にその人と知り合いになり、次にその人が日本の元警察官を紹介したのです」

　タイ人の名前は長く、小さいうちに渾名《あだな》をつけられる。職場であっても渾名で呼ばれることが多い。

「その人の名前を教えていただけますか」

「アレックス。渾名ですが、それでたいてい通じます。アレックスは、私のように情報をもっている人間を、情報の欲しい人に紹介し、お礼をもらっています」

「それは軍隊を辞めたからですか？」

「軍隊にいたときもしていました」

　亀沢は頷き、訊ねた。

「アレックスは、何といって日本の元警察官を紹介したのですか」

「私が日本語が話せて丹東出身だと知ると、日本でのコネが欲しくないか、と訊かれました。北朝鮮の情報をあげれば、いろいろと便宜をはかってくれる日本人がいる、と。コネは多ければ多いほどいい。それで会うことにしたんです」

「それが『東亜通商研究会』という団体の人だったのですね」

「最初は、互いに名刺もだしませんでした。食事をして世間話をしただけです。主に子供の頃の話をしました。母親のビジネスを手伝った思い出です。二回めは、タイにくるまでの、中国でのビジネスの話をしました。三回めにようやく、彼らは名乗りました。そして取引をする気はないかと訊ねました」

「取引？」

「彼らが求める北朝鮮に関する情報の取引です。彼らが知りたいことを調べて渡す。一件についていくらという報酬の払いかたと、ひと月にいくらという契約の二種類があるといわれました」

「どちらにしたのです？」

「ひと月単位の契約です」

「金額は？」

「情報があってもなくても五十万円です」

　亀沢は唸り声をたてた。

「それは陸さんにとって、大きな収入ですか」

「いいえ。多くはありません」

「ではなぜその金額で契約されたのです？」

「私のようにいろいろな国でビジネスをしている人間は、それぞれの政府の人に知り合いがいたほうがいいのです。政府の方針がかわったり、外国人に対する締めつけが厳しくなるようなときに、前もって知ることができますから」

「中国政府の人にも知り合いはいますか」

「もちろんいます。でも中国人の私がその人の名を口にするわけにはいきません。わかりますね」

亀沢は頷いた。

「中国政府はあなたのパスポートを没収し、拘束できる」

「そうです。それができるのは中国政府だけです。だから私はなるべく中国政府を怒らせたくない」

「『東亜通商研究会』は、中国の情報を求めてはこないのですか」

「きませんし、求められても、私は中国政府のことに詳しくありません。詳しく知りたいとも思わない」

「では中国政府はどうです？　日本政府と同じように、中国政府もあなたから北朝鮮情報を得ようとはしなかったのですか？」

馬鹿ではないようだ、と永昌は思った。

「中国には、私などよりもっと北朝鮮情報に明るい人がいます」

亀沢は疑うように永昌を見つめた。永昌は見返した。

「すると中国情報機関からの接触はなかったのですか」

永昌は頷いた。

「中国政府は私に関心がないと思います。それに今、私は中国にいません。自宅は大連にありますが、しばらく帰っていません」

「『東亜通商研究会』の人たちの名前を教えていただけますか」

「私が知っているのは、城山《しろやま》さんと香田さんという人です」

「それは本当の名前ですか」

「わかりません。でも私は、彼らには張《チャン》と名乗っています」

「城山、香田。この字ですか」

メモに漢字を書き、亀沢は見せた。

「そうです」

亀沢は満足したように頷いた。

「ありがとうございます」

「私の知りたいことはいつわかりますか？」

永昌は訊ねた。

「二日ほど時間を下さい。ところで殺されたお友だちは、何という方です？」

「本名は李立声《リークーシェン》。日本では別の名前を使っていたと思います」

「それをご存じですか」

「姓は『華《フウア》』といった筈です。日本の人たちは電話で彼のことを『花屋さん』と呼んでいました。李が亡くなったときは『花屋さんが入院した』と知らせがきました」

「入院。それを陸さんに知らせただけですか？」

「入院し、連絡がとれなくなって困っている、私に電話をほしいということでした」

「なぜ陸さんに電話が欲しいといったのでしょう？」

「それはまだわかりません。彼らと話していないので」

「話していないのですか」

「話す前に、李がなぜ殺されたのかを知りたい。もしかすると、李を殺したのは彼らかもしれません」

「日本の元警察官が、李さんを殺したというのですか。それはなぜです？」

永昌は首をふった。

「わかりません」

「李さんは日本で何をしていたのです？」

「彼らに頼まれて、北朝鮮に品物を輸出しようとしていました」

「『東亜通商研究会』に頼まれて、という意味ですか？」

「そうです」

「『東亜通商研究会』は、日本の元警察官で構成されています。その人たちが北朝鮮に品物を輸出するために、李さんの手を借りていた、そうおっしゃるのですか」

　レコーダーに録音するためか、亀沢は回りくどい訊きかたをした。

「その通りです」

「いったい何を輸出しようとしていたのです？」

「それは知りません」

　永昌が答えると、亀沢の顔に落胆が浮かんだ。

「ご存じないのですか」

「知りません。『東亜通商研究会』は、私に北朝鮮と貿易をしている人を紹介してほしいといい、李を紹介しました。李は彼らのために日本にいき、準備をしていました」

「その品物の調達も李さんがおこなったのですか」

「わかりませんが、おそらく『東亜通商研究会』が用意し、それを李が輸出する手筈だったのだと思います。日本に李がきたというのは、品物がこちらにあり、それを李のコネクションで動かそうとしていたからでしょう」

「どんなコネクションですか？」

　永昌は手を広げた。

「直接、北朝鮮には運べません。中国、ベトナム、ラオス、ミャンマー、カンボジア、どこか別の国に運び、そこから北朝鮮にもちこむ。どうであれ、『東亜通商研究会』の名前はでません」

「李さんは、それをビジネスにしていたのですね」

　永昌は頷いた。

「北朝鮮の高官とパイプがあり、スムースに品物をもちこむことができました」

「北朝鮮からの輸入はどうです？」

「それもしていたかもしれませんが、扱っていた商品までは知りません」

「なるほど。陸さんの考えを聞かせて下さい。『東亜通商研究会』が準備し、李さんに北朝鮮まで運ばせようとしたのは、何だったと思いますか」

「まったく想像がつきませんし、知りたいとも思いませんでした」

「用心深い陸さんが、知りたいと思わなかったのですか」

「用心深いからこそです。日本政府は今、北朝鮮とのあらゆる取引を禁止している。なのに政府につながる人たちが輸出しようとしているんです。かかわりたくありません。品物が何なのかを知れば、かかわったのと同じです」

亀沢は息を吸いこんだ。

「その品物はもう、日本から出荷されたと思いますか?」

「いえ。まだ日本にあると思います」

永昌は答えた。

「なぜそう思うのです?」

「もし品物が日本から出荷されていたら、『東亜通商研究会』の人は、私に連絡をしてこなかったでしょう。李が準備したルートにのって第三国に運ばれる。そこから北朝鮮に運びこむ手筈も、李はつけていたと思います。私にできることは何もありません」

亀沢は永昌を見つめた。

「なるほど。すると品物はまだ日本にある?」

「ええ。李が死んだので、『東亜通商研究会』は、かわりの人を捜しているのかもしれません」

「もしそうなら、李さんを殺したのは、『東亜通商研究会』ではないということになる」

亀沢の言葉に永昌は頷いた。

「そうですね」

「陸さんは誰が殺したと思いますか? そもそも李さんは、日本に敵がいましたか」

「誰が殺したのかはわかりませんが、敵はいてもおかしくないと思います。亀沢先生はご存じだと思いますが、北朝鮮との貿易はお金になります。北朝鮮には不足しているものがたくさんありますし、それが最も簡単に手に入る国のひとつが日本です。運びだす方法にさえ知恵を使えば、大きな利益が得られる。ただ大きな利益を生む仕事にはリスクがつきまといます。警察もそうですし、ライバルの問題もある」

「ライバル?」

「同じように貿易をビジネスにしている人たちです。中国人だけでなく、韓国人や日本人もいる。輸出のために準備した品をそっくり奪うような者もいる。強盗です。強盗した品を北朝鮮に売りつける」

「強盗」

亀沢はつぶやいた。

「そうです。ふつうの人から強盗したら、警察が追いかけてきます。でも北朝鮮との密輸をしている人から強盗をしても、警察は追いかけてきません。警察に知らせられないからです」

亀沢は首をふった。

「でもその人を殺してしまったら、警察に追われます。殺人事件ですから」

永昌は頷いた。

「その通りです。でも殺せば問題が解決すると考えるような馬鹿な人間はどこにでもいます」

黄が身じろぎした。不愉快そうな顔をしている。亀沢がいった。

「とりあえず、事件について警察がどこまで調べているのか、知り合いを通じて訊《たず》ねてみます」

「他に、どんなことができますか？」

永昌は亀沢を見つめた。

「そうですね……。裏社会の動きに詳しい人たちに問い合わせます。北朝鮮がらみで、何かかかわったことはなかったか、と。密輸品が関係しているなら、噂が流れているかもしれません」

「お礼はどうすればいいですか？」

「お礼？」

「亀沢先生に調べていただくお礼です」

亀沢は首をふった。

「必要ありません。陸さんからいただく情報で十分です。そうだ、陸さんにお願いしたい」

「何をです？」

「この、城山と香田という人に会って、事件について訊《き》いてほしい」

「彼らが李を殺していないと、亀沢先生は断言できるのですか」

亀沢は頷いた。

「彼らが人を殺さないとはいいません。殺すかもしれませんが、こんなやり方はしない。少なくとも死体を放置することは絶対ない」

永昌は黙った。永昌自身も、「東亜通商研究会」が李を殺したとは考えていなかった。

殺しておいて永昌に連絡してくるのは不自然だ。それに亀沢がいう通り、殺し方がずさんすぎる。

「でも、弾みということがあります。何か、突然トラブルが生じたのかもしれません」

永昌はいった。

「李さんはどんな人でした？　トラブルに巻きこまれやすい性格をしていましたか」

亀沢が訊ね、永昌は首をふった。

「いいえ。私の知る李さんは慎重な人でした。警察ににらまれるようなことは決してしなかった」

「李さんについて話して下さい」

「あまり詳しくは知りません。私と同じように丹東で北朝鮮相手の交易をしていましたが、日本にもよくきていました」

「それはビジネスのためですか」

「だと思います。彼の専門は、輸入ではなく輸出でした。北朝鮮から何かをもちこもうとすれば、中国でも警察がうるさい」

「なぜです？」

「中国で売れる、北朝鮮のものといえば、まずは覚せい剤です。それから美術品。あとは武器です。どれもつかまれば、罪が重い」

「すると日本にきていたのは、北朝鮮への輸出品を調達するためですか」

「はい」

「そうした品を李さんはひとりで調達していたのですか。それとも日本にビジネスパートナーがいましたか」

「いたと思います」

「どんな人かご存じですか」

永昌は首をふった。

「いいえ、知りません」

嘘だった。だが永昌はその人間に二度とかかわりたくなかった。

明るく美しく、そして際限のない欲望にとりつかれている女。利益を得るためなら誰とでも組み、そして誰をも裏切れる女だ。恐ろしく頭が切れ、笑みを絶やさず、自分に特別な感情を抱いていると男に錯覚させる。

　これが日本でなければ、永昌は殺していた。

　当然だ。自分の家の居間に毒蛇がいたら、誰でも殺す。

　だがあの女は日本人で、決して永昌の縄張りには足を踏み入れなかった。

　初めて会ったとき、親しくなりたいと願い、本気で惚《ほ》れる直前に正体に気づいた。あの女の周囲には嚙み殺された男たちの死体が散らばっていた。

　李もそのひとりだ。だが実際に李を殺したのが、あの女である筈はなかった。自ら人殺しをするほど愚かではない。

「李さんがそのビジネスパートナーともめて殺されたとは考えられませんか？」

　亀沢が訊ねた。

「わかりません。ですがパートナーを殺すような人間と組むほど李は愚か者ではありませんでした」

「ビジネスパートナーだったのなら、何か知っている筈です。連絡をとる方法をご存じありませんか」

「いいえ、その人の名前も知りません」

　答えながら、なぜそのことに気づかなかったのだろうと永昌は思った。理由はわかっている。

　あの女を思いだしたくない。二度とかかわりたくない。

　亀沢は信じられないように永昌を見つめている。

「その人が何人《なにじん》かもご存じありませんか」

　永昌は首をふった。

「知りません。でも日本に住んでいる人だとは思います」

　亀沢は息を吐いた。

「李さんが殺された理由を、その人なら知っているとは思いませんか？」

「知っているかもしれませんが、私には探る方法がない。ビジネスパートナーの連絡先を知らないので」

　亀沢は小さく頷いた。

「ところで李さんが日本で使っていた名ですが、華何《なん》といいましたか」

「華恵新《フイシン》です」

亀沢がペンと紙をさしだし、永昌は書いた。

「華恵新」

「フウア・フィ・シン」

永昌はいった。亀沢がそれをくり返した。

「そうです」

永昌が頷くと、亀沢は訊ねた。

「李さんのビジネスパートナーについて、陸さんが調べることは可能ですか。中国にいる、共通のお知り合いに問い合わせるとかで」

「わかりません。調べられるかもしれません」

「お願いできますか」

「やってみます」

亀沢は永昌の目を見つめている。気が進まないのを見抜かれたような気がした。見かけとは裏腹に、頭の切れる男だ。もっともそうでなければ、黄は会わせようとしなかったろう。

もしかすると、この亀沢も「金石」のメンバーなのかもしれない。そう考えると、少し不気味だった。

「金石」にはいろいろなメンバーがいて、犯罪以外のネットワークもあるようだ。ネットワークは利権の入手や事業の拡大に役立つ。互いに力を補い合い、邪魔者を始末する。ネットワークに連《つら》なっていても、表面上はつながらない人間が始末したなら警察は関係を疑わない。殺人は事故や喧嘩で処理され、本当の目的は明らかにならない。

これまで永昌は、「金石」をただの犯罪者集団だと考えていた。血の気の多い人間がたくさんいて、黄のような男が仕切っている、と。

だが異なるようだ。「金石」を上手に使えば、より大きな金儲けができるかもしれない。

そのためには、李を殺したのが何者で、なぜなのかをつきとめなければならない。

どうやら毒蛇とかかわる覚悟をしなければならないようだ。

31

　鑑識の部屋に鮫島と矢崎を呼びだした藪が突破口をもたらした。

「あれから凶器について調べてみた。まず七・六五ミリ口径拳銃が使用された犯罪だが、過去十五年以内に限ると二件ある。殺人未遂とドア撃ちで、殺人未遂のほうは、ほしが挙げられ凶器も押収されている」

　藪はプリントを渡した。八年前、広島市内のスナックで暴力団員どうしが喧嘩になり、片方がもっていた銃を発砲した事件だ。弾丸は被害者の太股《ふともも》を貫通し、犯人はその場で逮捕されている。押収された銃はイタリアのベレッタ社製小型自動拳銃トムキャット3032だった。

「トムキャットはベレッタの小型自動拳銃シリーズの商品名で、口径や色のバリエーションがある」

　藪が拳銃の写真をパソコンに表示した。

「銃の入手経路は？」

　鮫島は訊ねた。

「ヨーロッパ旅行で買い、もち帰ったと自供した」

「嘘だ」

　鮫島はつぶやき、藪も頷いた。

「俺もそう思う。組が道具をどうやって調達したのかをうたうわけにはいかず、苦しまぎれについた嘘だろうが、それで押し通したようだ」

　ドア撃ちのほうは、六年前に埼玉県川口市で発生していた。金融会社のシャッターに銃弾一発が撃ちこまれたもので、現場から発見された薬莢《やっきょう》が七・六五ミリ口径だった。

「この金融会社は、地元暴力団のフロントだったが、四年前に組長が廃業届をだし、解散した。廃業の理由は、シノギが回らなくなったことだ。ドア撃ちの犯人は挙がっていない」

「プロの殺し屋がドア撃ちなんてしますか」

　矢崎がいった。

「ライフルマークは？」

鮫島の問いに藪は答えた。

「弾丸は潰れてしまっていた」

鮫島は息を吐いた。

「その銃が流れたかどうかもわからないってことだな」

「そこで調査の範囲を広げた。銃弾が割れたり粉々になって、口径が判明していない事件を洗ってみた。そのひとつがこれだ」

新たなプリントを渡された。

三年前に横浜市青葉区で起きた強盗殺人事件だった。会社社長が自宅マンション近くの駐車場で射殺された事件で、犯人はつかまっていない。

「弾丸は首のうしろ、つまり襟足付近から斜め上に向け撃ちこまれた。脳を抜け額の裏側で止まったが、粉々になった。硬い頭蓋骨にあたって砕けたと思われる。現場から薬莢は見つかっておらず、脳内に散った破片の重量をもとに七・六二、または七・六五、さらに九ミリ口径のどれかだろうと神奈川県警の鑑識は判断した。犯人は被害者のすぐ背後から銃を発射していて、現場が屋外であったにもかかわらず、銃声を聞いたという証言はなかった」

「減音装置《サプレッサー》か」

藪は頷いた。

「まうしろから近づき、うなじから頭に抜ける角度で撃つ。一発で致命傷を与えられる」

「ＫＳＪマンションのほしと同じかもしれないな。公安には伝えたのか」

「事件データには誰でもアクセスできる。調べようと思えば、ハムにもつきとめられる筈だ」

藪はいった。

「つまり知らせていない？」

「過去の事件に似たものがあるかと訊かれれば、教える。今のところハムから問い合わせはない」

鮫島は息を吸いこんだ。事件の概要を記したプリントに目を向ける。

被害者は、四十一歳の「投資コンサルタント」だった。横浜市中区に事務所をもち、射殺されたのは自宅マンションのそばだ。借りている駐車場に自家用車を止め、帰宅する途中を襲われたらしい。

名前は三井省二《みついしょうじ》、事件の五年前に大手証券会社を解雇されている。解雇の理由は反社会的勢力の資金運用に協力したというものだ。

その反社会的勢力とは、暴力団栄勇会だった。鮫島は目をみひらいた。栄勇会は「金石」と薬物取引をおこなっており、幹部の吉田が別件で自首した。自首を受けいれたのは鮫島で、別件とは樫原茂による一連の殺人の共犯だ。

樫原茂は殺人罪での服役を終えて出所した昨年、警官を殺したいからと拳銃の調達を吉田に頼んだ。その、殺したい警官というのが、亡くなった新宿署生活安全課の前課長、桃井だった。

吉田は若いとき樫原に大きな借りを作っていて、それを返そうとしていた。樫原が「金石」のメンバーを殺したことで問題が複雑化し、組を守るために自首したのだ。

所属していた栄勇会と「金石」の取引については最小限の供述しかせず、新宿署と警視庁の組対は栄勇会に打撃を与えることができなかった。だが「金石」による薬物の提供は止まっていた。それは栄勇会が薬物の卸しをやめたことで判明している。

証券会社を退職し、わずか半年で三井は自分の事務所を立ちあげていた。従業員は電話番の秘書一名で、元キャバクラホステスの、三井の恋人だった。秘書は知らないといいはったが、三井が自分の会社を使って、暴力団の投資や資金洗浄に協力していたことは明らかだ。

事件後一週間で、その秘書が行方不明になった。三井が所持していたパソコンが殺害現場から失われており、犯人と三井の関係を示唆する情報が含まれていたと神奈川県警は踏んでいたのだが、秘書まで姿を消すに及んで、捜査は暗礁にのりあげた。

鮫島はつぶやいた。

「栄勇会がからんでいるのか」

「殺したのが栄勇会とは限らないがな。資金運用を任せていたのなら、よほどのトラブルにならない限り殺さないだろう。それに殺すとしても、もっと地味なやり方をした筈だ。こっそりさらって埋めるとか」

　藪がいった。

「どういうことでしょうか。教えて下さい」

　矢崎がいい、鮫島は向き直った。

「栄勇会は、『金石』というグループを通じて中国からしゃぶを入れていた。『金石』は、中国残留孤児三世などで構成された集団で強い結束力がある。さらに『金石』と関係の深い人物が情報提供者だったため、公安部が『金石』に関する情報を押さえこんでいた」

「また公安ですか」

　矢崎は顔をしかめた。

「また？」

　藪が聞きとがめた。鮫島は説明した。

「北朝鮮工作員と思われる人物の情報を入手したんだ。新大久保の韓国料理店の従業員で、イサンゴンと名乗っている。そのイサンゴンの立ち回り先のすぐ近所で香田にばったり会った」

「立ち回り先って何だ？」

「神田和泉町の『栄古堂』という古本屋だ。イサンゴンはそこに何時間も、ときにはひと晩じゅういることがある」

「どこからの情報だ？」

「田島組の浜川だ」

「また会ったのか？」

　藪は眉をひそめた。鮫島は頷いた。

「そのときにイサンゴンと『栄古堂』の情報を提供された」

「なぜお前に提供した？」

「権現の身を心配している。工作員にさらわれたのじゃないかと疑っているんだ」

「北朝鮮工作員ということか」

「その可能性が高いと、俺も思う」

「だが『金石』は中国だろう」

「中国とは限らない。樫原茂の息子を産んだ母親は、中国遼寧省丹東の出身だ。北朝鮮との国境の街だ」

「息子の名前は何といったっけ」

「陸永昌だ」

「お前に殺し屋をさし向けた奴だな」

鮫島は頷いた。

「殺し屋は依頼人の名を吐かなかったが、おそらくまちがいない。父親を逮捕され、陸は俺を恨んでいる」

「だがもう日本にはいないのだろう」

「たぶん、いない。頭が切れる印象だった」

藪はため息を吐いた。

「話を戻すぞ。その古本屋の近所に、なぜ香田がいたと思う？」

「これは俺の勘だが『栄古堂』は二重スパイかもしれない。北朝鮮工作員のアシストをしながら、そこから得た情報を日本側に流している」

「目的は何だ？　金《かね》か」

「あるいは」

「で、『金石』はこのヤマと関係あるのか、ないのか」

鮫島は首をふった。

「まだわからない。だが横浜のヤマとＫＳＪマンションのヤマは、同一犯の可能性が高いぞ」

「フリーの殺し屋だとしたら？　同一犯でも依頼人は別だ」

藪がいった。

「それなら誰が三井省二を殺させたか、だ。栄勇会か、別のところか」

鮫島はいった。

「栄勇会ならとっくに神奈川県警が挙げている」

藪の言葉に鮫島は頷いた。三井と栄勇会の関係が判明している以上、神奈川県警は徹底して栄勇会を洗った筈だ。それでも逮捕者がでていないのは、決定的な証拠をつかめなかったことを意味している。

「神奈川の情報が欲しいな」

鮫島がいうと、藪が頷いた。

「お前がそういうと思って、パイプに連絡をした」

「パイプ？」

「神奈川の鑑識だ。俺の弟子がいる」

藪は自慢げにいった。

「五年前に弾道検査をイチから教えてくれといってきて、教えたんだ。三年前に起きたこのヤマでもアドバイスしてやった。そいつを通して神奈川の捜一の話を聞けないか、交渉してやる」

「助かる」

矢崎が口を開いた。

「同じ殺し屋が、この三井省二と華恵新を撃ったと考えていいのですか」

「断定はまだできない。三井の頭の中から見つかった弾丸は割れていてライフルマークの検出はできなかった。だが屋外での発砲にもかかわらず、銃声を聞いた者がいないというのは凶器の銃に減音装置がとりつけられていた可能性が高い。減音装置のついた七・六五ミリ口径の拳銃が複数出回っている可能性は低く、しかもどちらの犯行も一発で致命傷を与えている。銃だけでなく使用者も同一であると考えるのが合理的だ」

藪が答えた。

「仮にプロの殺し屋だとして、華恵新を殺させたのが何者かは不明だが、この三井省二なら絞りこめるかもしれない」

鮫島はいった。

「でも栄勇会でなかったら、誰なんです？　三井が死ねばまっ先に疑われるのがわかっていたから、殺し屋を使ったとは考えられませんか」

矢崎がいった。

「だから神奈川が挙げられなかったのかもしれません。殺し屋への依頼は組うちの合意ではなく、ごく限られた組員しか知らなかったとしたら？」

鮫島は沈黙した。

「一理あるな」

藪がつぶやいた。

「だがそれにしても殺し方が派手だ。組で殺《や》るなら、さっきもいったが、こっそり埋めたほうが早い。それに秘書の女があとから行方不明になるというのも妙じゃないか。口を塞ぐならふたり同時のほうが安全だ」

「神奈川はどう見ているんだ？」

鮫島は訊ねた。

「詳しくはわからない。ただ栄勇会が殺させたのではないとすると、誰がやらせたのか、見当がつかないようだ」

藪の答に鮫島は考えこんだ。藪が携帯を手にした。

「弟子に連絡をとってみる。ただ、会うのはお前さんひとりにしてくれ」

矢崎は不満そうな表情を浮かべた。

「警視庁に捜査情報を流したとバレたら、まちがいなくトバされる」

鮫島は矢崎を見た。

「もうひとり、情報をひけるかもしれない人間がいる」

「誰です?」

「服役中の栄勇会の組員だ。吉田敏夫《としお》という。服役先を調べてくれ」

暴力団員は長期刑者が収容される「LB級刑務所」に通常、送られる。「LB級刑務所」があるのは、旭川、宮城、岐阜、徳島、熊本の五カ所で、収容先は服役者の出身地や犯行などとは無関係に決められる。

「吉田敏夫ですね。わかりました!」

矢崎の顔に明るさが戻った。

32

藪の弟子は市川《いちかわ》といった。三十代初めで、眼鏡をかけずんぐりとした体つきをしている。ひと目見て、鮫島は笑いを噛み殺した。若い頃の藪に驚くほど雰囲気が似ていた。

藪の提案で、市川とは浅草の牛鍋屋で会った。藪は浅草の出身だった。実家は、隅田川公園病院という、戦前からある病院だ。

浅草なら、万一市川の姿を神奈川県警の人間に見られても、観光で訪れていたといいわけできる、と藪がいったのだ。

これも戦前からある古い牛鍋屋の奥の座敷で三人は向かいあった。牛鍋屋の主人と懇意の藪が、他の客と顔を合わせないテーブルを指定した。

牛脂をなすりつけた鉄鍋に仲居が肉と野菜《ザク》を並べ、割り下を流しかけると、甘辛い匂いがたちのぼった。

「あとはこっちでやるから大丈夫」

藪がいい、仲居は席を離れた。

「お忙しいところをわざわざ浅草まできていただいて」

鮫島は頭を下げた。

「いえ。有名な鮫島さんにお会いできるというんで、ちょっと緊張しています」

近くで見ると市川は童顔だった。黒縁の野暮ったい眼鏡のせいもあるが、服装によっては大学生でも通りそうだ。それに比べると、順調に中年太りをした藪は、年齢以上に老けている。

「そういやさっき、市川君の顔見て、変な表情をしていたな。前に会ったことがあるのかと思ったぞ」

藪がいった。市川のぶんも卵をとき、煮えた肉を入れてやる。

「ほら、食えよ。煮えすぎると硬くなる」

「あっ、はい」

市川は箸を手にした。

「若い頃のあんたに似てる」

「何？　何だって？」

藪は顔をしかめた。

「市川さんだ。ひと目見て、若い頃のあんたに雰囲気がそっくりだと思った」

「俺が？　この坊やに？」

藪は首をふった。

「ありえない。俺はこんなにオタクっぽくなかった筈だ」

「いや。完全にオタクだった。今でもだが」

歯でも痛くなったような顔に、藪はなった。

「まあいい。近くにいても理解されにくいタイプの人間はいるものだ。で、その後捜査は進んでいるのか」

「あまり、です。三井の秘書、まあ恋人だったんですが、新本《あらもと》ほのかという元キャバ嬢が消えてからは、ほとんど新しい情報がでなくて。三井は離婚していて、別れた妻子や古巣の証券会社の人間ともまったくいききがなく、三井の情報に関しては、この新本ほのかが頼りでした」

市川が答えた。

「三井はトラブルを抱えていたのですか？」

鮫島は訊ねた。

「新本ほのかによれば、トラブルらしいトラブルは特になかった、と。自分は本当に電話番くらいしかしておらず、事業の内容はわからないといっていました。確かにオフィスの固定電話の通話記録を調べても、同じ番号から頻繁にかかってきたということはありませんでした」

「携帯は？」

藪が訊ねた。

「携帯もパソコンといっしょで、犯行現場から失われていました。強殺になった理由です」

「パソコンや携帯を奪うのが目的なら、殺す必要はなかった筈だ。殴りつけ、奪えばすむ。マル害は屈強なタイプだったのか？」

市川は首をふった。

「いえ。ひょろっとした体型で、特に格闘技とかをやっていたという情報はありません」

藪は鮫島を見た。

「ＫＳＪの現場では、ほしは何も奪っていない可能性が高い。携帯も、プリペイドタイプだが、マル害の上着に残されていた」

鮫島は頷いた。市川がいった。

「パソコンや携帯を奪ったのは、犯人につながる証拠を残さないためだと、捜査本部は見ています。パソコンと携帯の両方に顧客情報なども入っていたでしょうから」

「新本ほのかの行方については何もつかめないのですか」

鮫島は訊ねた。

「ええ。新本ほのかは伊勢佐木町《いせざきちょう》のキャバクラで働いていた、事件の一年半前に入店して三井と知り合い、三カ月で退店して三井の秘書になっています。年齢は失踪当時二十六歳。ただ妙なのは、失踪はさらわれたのではなく、本人の意思だったと思われる点なんです」

市川が答えた。

「本人の意思？」

「ええ。借りていた会社近くのマンションを引き払い、荷物をすべてもってでています。携帯電話はつながらず、そのまま解約されたようです」

「身許《みもと》に関してはどうなんです？　マンションの賃貸契約は？」

「社宅として三井の会社が借りており、入居申し込みに書かれていた、それ以前の住所等はガセでした」

　鮫島と藪は顔を見合わせた。

「てっきり消されたのだと思っていたんだが、ちがうようだな」

　藪がつぶやいた。

「恐くなって逃げたのかもしれません。三井が殺され、事業の内容を知っているのは自分しかいないとなって、口を塞がれると思った」

　市川がいった。

「三井が殺された直後のようすはどうでした？　恋人が殺されたのだから、とり乱していましたか」

　鮫島は訊ねた。

「会社を捜索したときは、元気がないようではありました。マスクと眼鏡をつけていたんで、表情まではわかりませんでしたが」

「マスクと眼鏡？」

　藪がいった。

「事件をうけて、会社にはけっこう取材がきていたんです。新本ほのかは自分はアルバイトなのでわからないの一点張りでしたが」

「それにも嫌けがさしたか。ただ入居申し込みに書いた住所が嘘というのは妙だな」

　藪はいって鮫島を見た。

「新本ほのかという名は、本名だったのですか？」

　鮫島は市川に訊ねた。市川はうなだれた。

「実はそれも、今となってはわからないんです。前の勤め先だったキャバクラに訊ねたら、入店時に身分証で年齢などを確認しコピーもとるが、退店すると破棄するというんです。個人情報保護の問題があるので、辞めた子のデータは残さないと。なので、本名や当時の住所が確認できないのです。仲のよかった同僚もおらず、三井と知り合ってすぐ辞めてしまったと」

「事件の一年半前に入店して、三カ月で退店した、といったな」

　薮がいい、市川は頷いた。

「三井本人はそのキャバクラの常連で、証券会社時代からきていたそうです」

「証券会社時代から？」

「ええ。栄勇会の人間に連れられてきたようです。店側は、極道だとは知らなかったといっていましたが。ただ自分で会社を立ちあげてからはひとりでくることが多く、新本ほのかを雇ってからは、ほとんどこなくなっていたそうです」

「新本ほのかが三井の会社で働いていた期間はどのくらいですか？」

「約一年というところです」

　鮫島は息を吐いた。

「新本ほのかは生きていると思うか？」

　薮が訊ねた。

「わかりません。逃げたのは自分の意思かもしれませんが、その後栄勇会につかまった可能性はあります。三井を殺したのが栄勇会かどうかはさておき、新本ほのかが栄勇会にとってマイナスとなる情報を握っている可能性はありますから」

　市川がいった。

「そうだな。二十六の元キャバ嬢がどんなに知恵を絞っても、極道のネットワークから逃げるのは難しい。実家だろうがどこだろうが、簡単につきとめられちまう」

　薮は頷いた。鮫島は無言で考えていた。

「捜査本部は、ほしをどう見ている？」

　薮は市川に訊ねた。

「銃の扱いに慣れていることから、極道の可能性が高いと見て、栄勇会をかなりしつこくやりました。ですがやれそうな組員には、まともなアリバイがあって絞れない。それに三井が死んだことで、栄勇会も弱っている節があります」

「弱っている？」

「三井は栄勇会の資産を預かり運用していた可能性が高い。しかし当然、栄勇会の資産としては扱えないので三井本人か三井の知人で信用できる者の名義で運用していたと思われます。三井が死んだことで、栄勇会はそれを回収できなくなっているかもしれません。カタギとちがって、返してくれという訴えを起こせませんから。そしてもしそうなら、栄勇会には三井を殺す理由はありません。殺ったのがプロだとしても、栄勇会が雇う筈はないわけです」

「栄勇会が弱っているというのは確かなのですか？」

　鮫島は訊ねた。

「ええ。組対の栄勇会担当の者の耳にも聞こえてきているようです。栄勇会には、吉田という金庫番がいたのですが長期刑《ナガムシ》をくらっていて、三井に頼る部分が多くなっていたようです」

「三井は他の組の金を預かってはいなかったのですか？」

「今のところ栄勇会以外の名は挙がっていません。他の顧客にも怪しいのはいますが、殺し屋を雇うほど三井ともめていたという話もでていません」

「するといったい誰が三井を殺させたのかって話だな」

　藪は息を吐いた。

「栄勇会じゃなかったら、どこなんだ？」

「顧客に関する情報はまるで入手できないのですか？」

　鮫島は市川に訊ねた。市川は頷いた。

「ええ。証券会社時代の同僚などにも当たったのですが、三井は海外の弁護士事務所などを使って投資をおこなっていた可能性が高いというんです。もしそうなら、インターネットを介して本人と証明するコードを打ちこまない限り、取引の詳細を確認することはできない。パソコンが失われているので、それは不可能というわけです」

「逆にいえば、パソコンとコードさえあれば、取引を続けるのは可能ということですね」

　鮫島がいうと、市川は、

「それはそうかもしれませんが……」

　とつぶやいた。

「そうか！　そういうことか」

藪がいって鮫島を見た。鮫島は頷いた。

「え、どういう意味です?」

「三井は栄勇会の資産を海外のオフショア銀行などに開設した口座を使って運用していましたが、その際は栄勇会ではなく、ペーパーカンパニーの名義だったと思われます。パソコンと携帯を奪い、コードをつきとめれば、その資産を動かすことができる」

鮫島がいうと、市川は目をみひらいた。

「栄勇会の資産を横どりするのが目的だったというのですか」

「当然、手引きしたのは新本ほのかだろう。秘書なら、ペーパーカンパニーの名や、もしかすると認証コードだって知っていたかもしれない」

藪がいった。

「姿をくらませるのは当然というわけだ」

鮫島はいった。

「待って下さい。もしそれがバレたら、栄勇会につけ狙われます。そんな度胸が、元キャバ嬢にありますか」

市川がいった。

「誰かが知恵をつけたのかもしれないし、元からそれが狙いだったのかもしれないぞ」

藪がいった。

「えっ」

「考えてもみろ。新本ほのかが犯人だとすれば、プロの殺し屋を雇うコネももっているということになる。そこまでの女なら、三井のいきつけのキャバクラで働いて、たらしこむくらい朝飯前にやるのじゃないか」

「暴力団に一生追われるのも平気だというのですか?」

藪が鮫島を見た。

「暴力団をまるで恐れないような連中もいる」

鮫島は小さく頷いた。

「新本ほのかの写真はあるか」

藪が市川に訊ねた。

「いわれてみると、まともな写真はないかもしれません。キャバ嬢時代の写真も破棄したと店側はいっていましたし、我々が会うときはいつもマスクに眼鏡で、取材にもそれで応じていたような気がします」

　市川が答えた。

「くそっ」

　藪が不意に大きな声をだした。

「どうした？」

「肉が煮えすぎちまった」

　鍋を見ていた。

33

　栄勇会組員の吉田敏夫が宮城刑務所で服役中であることを、矢崎は調べてきた。鮫島は宮城までの出張を阿坂に申請した。

　ずっと無視をつづけてきた阿坂が反応した。

　鮫島と矢崎を会議室に呼びだし、訊ねた。

「受刑者への面会が目的と、申請理由にありますが、何のためですか」

「宮城刑務所に服役中の、栄勇会組員に会って、情報を得たいと考えています」

　鮫島は答えた。

「何の情報です？」

「三年前に横浜市青葉区で殺害された三井という投資コンサルタントに関する情報です。このコンサルタントの殺害に使われた凶器がＫＳＪマンションでの凶器と同一である可能性が高く、マル害は栄勇会と親しい関係にありました。栄勇会の資産運用に協力したという理由で、事件の五年前に大手証券会社を解雇されています」

「服役中の組員は殺された投資コンサルタントと親しかったのですか？」

「組員の名は吉田敏夫といい、組の金庫番でした。シノギのために、中国との覚せい剤取引を指示していたことも判明しています」

「吉田敏夫。それは桃井前課長の事件にも関係していた人物ではありませんか」

　阿坂がいった。

「そうです。吉田は樫原茂との関係から組に累が及ぶのを恐れ、私を指名し自首しました。樫原の共犯であることは認めたものの、自身が関与していた覚せい剤取引の件については一切うたわず、十二年の刑をうけています」

「マルBがそんな理由で自首し、十二年の刑を受けいれたというのですか」

「理由はもうひとつあります。以前お話しした『金石』というグループです。吉田の覚せい剤取引の、中国とのパイプとなったのが『金石』でした。『金石』は、自分たちの組織を守るためなら、警察官、極道、その家族の命を平気で奪います。樫原が『金石』のメンバーを殺害したため、吉田は自分や家族に危険が及ぶと考え、家族の保護を条件に自首しました」

「保護したの？」

　鮫島は頷いた。

「吉田の妻と子供は、現在、別の名前を使って暮らしています」

「覚せい剤に関しては吐かなかったにもかかわらず、保護したというのですか。利用されたのと同じでは？」

　阿坂は厳しい口調でいった。

「結果的にはそうなりました」

「そんな人物が、捜査に役立つ情報を提供するでしょうか」

「わかりません。しかし吉田が、コンサルタント殺しに関して何らかの情報をもっている可能性は高いと思います」

　阿坂は矢崎に目を移した。

「あなたの考えは？」

「鮫島さんと同じです。この吉田という組員に会えば、ＫＳＪマンションのほしにつながる情報が得られるかもしれません」

　阿坂は鮫島と矢崎を見比べた。

「我々が動いていることについて公安部から何かいってきているでしょうか」

　鮫島は訊ねた。阿坂は首をふった。

「何もありません。あなたたちが捜査をつづけていることは、公安部には伝わっていないようです」

　妙だ、と鮫島は思った。鮫島と出会ったことを香田が伝えていない筈はない。が、「栄古堂」の話をここでもちだすのはためらわれた。浜川との情報交換に触れざるをえなくなる。

「あるいは公安部は何もしていないのではないでしょうか」

　矢崎がいった。

「何もしていない？」

　阿坂が訊き返した。

「はい。公安部の狙いは事件に蓋をすることだけで、捜査をとりあげたあとは、ほとぼりがさめるのを待っているだけとか」

　矢崎が答えると、阿坂は険しい表情になった。

「同じ警視庁警察官として、そんな発言をすべきではありません。公安部が動いていないように見えるのは、何か理由があってのことでしょう」

　矢崎は無言でうつむいた。鮫島はいった。

「電子報告書でも上げましたが、華恵新が密輸入ではなく密輸出をしようとしていた可能性に矢崎君が気づきました。そう考えると、輸入された物品に該当するものがないことが理解できます。問題は、その物品が何でどこにあるのかという点です。『ＷＴＳ』の実質的な経営者であった権現が行方不明になったのは、その在りかを知ろうという勢力に拉致された可能性が高い、と見ています」

「権現は物品の在りかを知っていたのですか」

「わかりません。私には、知らないような口ぶりでしたが、嘘をついていたかもしれません」

「田島組の浜川はどうなのですか」

「はっきり知らないといっていて、権現の身を案じていることからも、それは信用してよいと思います」

「浜川がその物品を奪い、権現を殺して知らぬフリをしているとは考えられない？」

阿坂は鋭い目で鮫島を見つめた。

「それならまず私に接触はしてこなかったでしょうし、物品が輸出用であったなら日本国内で調達できるものです。よほど高額な品でない限り、フロントの人間を殺してまで奪う必要があるとは思えません」

「では権現がその物品を奪って逃げているとか」

「それも考えにくい事態です。権現と浜川のあいだには信頼関係があります。浜川は田島組の資産を運用する立場にあり、その点では、栄勇会における三井と似ています。栄勇会には浜川のような人間がいないので三井に委嘱したのだと思われます。権現は、その浜川の指示で足を洗い、『ＷＴＳ』を始めていました。浜川を裏切るとは思えません」

鮫島の答に、阿坂は納得したように頷いた。

「吉田敏夫は、三井の資産運用について情報をもっていると、あなたは考えているのですね」

「殺害現場からは、三井のパソコンと携帯電話が失われていました。それがあれば、三井が運用していた資産の詳細を知り、場合によっては動かすことが可能かもしれません。それについて最も詳しかったのは三井の秘書ですが、その女は事件の一週間後に失踪し、いまだに所在がわかっていません」

「失踪した？　拉致されたのですか」

「拉致ではなく、自発的に行方をくらませた可能性もあり、そのあたりの事情を吉田は知っているかもしれません。三井省二の殺害は、吉田の収容前ですから」

鮫島は答えた。

「吉田は、あなたが家族を保護したことを恩義に感じているのでしょうか」

「わかりませんが、もし感じていたら情報を渡すと思います。ただし組にマイナスになると考えたら渡さないでしょう。もともといた組が潰れ、拾われたといういきさつがあるので、吉田の栄勇会に対する義理だては、他の組員を超えています」

「外様《とざま》なのに義理だてしていると？」

「そういう男なのです」

鮫島が答えると、阿坂は首をふった。

「それが男らしいと考え、ヒロイズムを感じている。馬鹿ばかしい」

鮫島は黙っていた。阿坂は息を吐いた。

「でも、そのヒロイズムが答を導きだすかもしれない。出張を許可します」

「ありがとうございます」

34

宮城刑務所は仙台市の南東部である若林区に所在し、男性で、精神や肉体に障害、または疾患のある「Ｍ」「Ｐ」、犯罪傾向が進んでいるとされる「Ｂ」、さらに十年以上の執行刑期をうけた「ＬＢ」に分類される受刑者が収容されている。

その面会受付時間は、原則平日の八時半から十一時半と十二時半から十六時までとなっていて、鮫島と矢崎は翌日の午後一時過ぎに、宮城刑務所に到着し、身分証を提示した上で面会手続きをおこなった。

受刑者との面会は、親族、受刑者にとって法律上又は業務上の重大な利害にかかわる用務の処理に当たる者、受刑者の更生保護に関係ある者、刑事施設の長が許可した者、にのみ許される。警察官が面会を求める場合は刑事施設長の許可が必要だが、未解決の殺人事件捜査のためという理由に、面会は許された。

透明のアクリル板で仕切られた面会室で鮫島と矢崎が待っていると、やがて刑務官に連れられた吉田が姿を現した。

　収容前の吉田は顔色がひどく悪かったが、それが改善されている。一方、黒かった頭が灰色に染まり、白髪が増えたとわかる。

「ごぶさたしています。その節はありがとうございました」

　アクリル板の向こう側におかれた椅子にすわると、吉田は頭を下げた。

「以前に比べ、顔色がいいな」

　鮫島がいうと吉田は苦笑した。

「健康的な生活ですから」

　その目が鮫島の横にすわる矢崎に移った。

「同じ新宿署生安の矢崎君だ」

　鮫島が告げると、吉田は黙礼した。

「早速だが、三井省二という投資コンサルタントを知っているな。三年前に横浜市青葉区で射殺された」

　吉田は鮫島の目を見つめ、頷いた。

「それが何か？」

「先月、北新宿で発生した殺人事件に同じ凶器が使われた可能性があり、犯人につながる手がかりを捜している」

「同じ道具だというんですか？」

　鮫島は頷いた。

「あれはプロの仕事です。一度使った道具は処分しますよ」

「同型の拳銃を使ったのかもしれない。犯行に使われた拳銃には減音装置がとりつけられていた」

「サプレッサーって奴ですか」

「そうだ」

　吉田は息を吸い、黙りこんだ。

「三井を殺した犯人はつかまっていない。北新宿の事件は、同一犯かもしれない」

「殺されたのは極道ですか」

「ちがう」

「何者です？」

「それをあんたに教える前に訊きたい。三井が殺されたせいで、栄勇会は三井に預けていた資産を失う羽目になったのじゃないか？」

　吉田の表情に変化はなかった。

「なぜそう思うんです？」

「栄勇会には三井を殺す理由がなかった。あったとしても、あんな派手なやり方はしない筈だ。犯人が栄勇会でないのなら、誰がなぜ三井を殺したのか。殺害現場から三井のパソコンと携帯電話が奪われており、それらと認証コードさえあれば、三井が海外で運用していた資産を奪えると犯人は考えたんだ。つまり栄勇会の金だ」

「いい度胸ですね。極道の財産をとったら、一生的《まと》にかけられる」

　吉田はまるで関係のない人間のようにいった。

「ああ、いい度胸だ。しかも犯人を手引きした可能性のある人間がいて、栄勇会はその人物を必死に捜している筈だ。ちがうか？」

　鮫島は吉田を見つめた。吉田は目をそらした。口もとに笑みが浮かんでいる。

「今さらとぼけてもしかたがないか。別に俺の長期刑《ナガムシ》は、長くも短くもなりませんよね」

「ならない」

「鮫島さんのおっしゃる通りです。額はいえませんが、かなりのものをうちは三井に預けていました。三井が殺されて、それを回収する手だてがなくなった。その上、三井の秘書だった女まで飛んだ」

「神奈川県警は、当初、栄勇会を疑った筈だ」

「かなりしつこく調べられました。三井を殺ってあの女をさらったのじゃないかってね。だがおっしゃる通り、うちには三井を殺る理由がなかった。女に関しちゃ、ほとぼりがさめたら口を割らせようとは思っていました。預けたものがどうすれば戻るのか、知っているのはあの女だけでしたから。ですが、殺しの捜査がつづいているあいだは触れない。神奈川県警は、女よりうちのほうを厳しく見張っていましたから。ところが女が飛び、ようやく絵図に気づいた。あとのまつりです。まさか神奈川県警に泣きつくわけにもいかない」

鮫島は頷いた。吉田はつづけた。

「あの女が全部の絵図を描いたのだとすると、相当のタマです。三井を殺った野郎は、雇ったのか仲間だったのかはわかりませんが」

「その女に会ったことはあるか？」

吉田は頷いた。

「いい女です。伊勢佐木町のキャバクラにいたっていうのが、意外でね。もっと高級な店で働きそうなタイプでした。ただ、歳のほうはもう少しいっているかもしれないと思いました」

「年齢を偽っていた？」

「二十五、六といっていて、そう見えなくもないんですが、妙に落ちついてるんで、本当は三十になってるのじゃないかと俺は疑っていました」

「新本ほのか」

鮫島がいうと、吉田は首をふった。

「全部ガセです。名前も届けてた旧住所も。伊勢佐木町のキャバクラの前に勤めていたという、厚木《あつぎ》のキャバクラも調べましたが、そんな女はいなかった。ハナから名前も何もかもすべて嘘で、三井を一本釣りしたんです」

「一本釣り？」

吉田は頷いた。

「いってみりゃ、三井もうちも的にかけられていた。あの女は、三井をたらしこむためにキャバクラに入り、狙い通りモノにした。そして三井の秘書となり、必要な情報を手に入れて、消したんです」

「つまり最初から、三井が動かしている資産を奪うのが目的だったというのか？」

「もちろんです。金をとられても極道は騒げない。被害届をだすわけにもいきませんから」

「だが一生、追われる」

「そんなことは覚悟の上だ。名前はガセ、顔も整形しちまえばわからない。もともと、そういう腹のすわった連中の仲間なんです」

鮫島は息を吸いこんだ。

「『金石』、か」

「他に考えられません。連中は、うちとのつきあいを通じて三井のことを知り、やれると踏んだんですよ。もちろん証拠はない。あるとすりゃひとつだけ。極道も恐がらないで食いものにするって度胸だ」

「栄勇会と商売をしながら、食いものにもした、と？」

「今の時代、極道は絶好のカモです。締めつけにあって身動きがとれないところにつけこめば一発だ。身ぐるみ剝がされても、泣きつく先もない。警察はせせら笑うだけだ」

「新本ほのかを名乗っていた女の仲間に心当たりはないか」

吉田は鮫島を見つめた。

「名前をだせない人間もいます」

「しゃぶの取引にかかわっていた連中だな」

「それについては何もいえません」

鮫島は気づいた。樫原茂の事件が起きるまで、覚せい剤の取引は栄勇会にとっても大きなシノギだった。新本ほのかが「金石」のメンバーではないかと疑いをもっていても、取引をぶち壊しにしてまで問い詰めることはできなかったのだろう。

「だがもう、同じルートの取引はしていない筈だ。ちがうか？」

吉田は首をふった。

「どうなっているかなんて、ここにいてわかる筈ありません」

「栄勇会は相当困っているだろう。三井に預けていた財産をもっていかれた上に、しゃぶのシノギがストップした。金庫を預かっていたあんたは、当分でられない」

「どうしようもありません。今の時代、少しでも目端《めはし》が利く奴は、極道になんてなりません。これからはもう、極道はいなくなっていきますよ」

「だがなくなりはしない」

吉田は頷いた。

「大きいところほどなりを潜めて、長く細く生きる。小さいところは逆に派手にやって、太く短く生きるしかない。栄勇会はもう、太く短くやる他ありません。それを止めるのは、俺には無理です」

「拾ってもらった恩は十分返したと？」

吉田の目に一瞬、怒りが宿った。

「恩返しなんて思ってはいません。俺自身が生きていくためにやったことです」

「三井省二の情報を、新本ほのかは誰から得たんだ？」

鮫島は訊ねた。吉田は沈黙した。やがて訊ねた。

「北新宿で殺られたのは誰です？」

「華恵新という名を使っていた人物だ。本名も国籍も判明していないし、指紋も該当する人間はいなかった」

「中国人ですか」

「アジア系であることはまちがいない。民泊施設に夜ひとりでいたところを撃ち殺された。その場から奪われたものはないと我々は考えている」

「何もとってない、と？」

鮫島は頷いた。

「すると口封じか恨みですね」

「身許が判明していないので、調べようがない。そこで凶器の線をたぐって、三井の事件につきあたった」

吉田は横を向いた。鮫島に横顔を向け、考えている。

「鮫島さんの役に立つかどうかわかりませんが、古橋《ふるはし》というブローカーがいます。古橋一機《かずき》」

字を吉田が教え、矢崎が書きとめた。

「どんなブローカーなんだ？」

「横浜で貨物船相手に、小さな荷を世話しているんです。外国からの貨物船は日本にやってくると荷をおろし、当然別の荷を積んででていくんですが、その別の荷が少ないときに、船主や場合によっちゃ船員がこづかい稼ぎに単発で日本から輸出品を積んでいくことがあるんです。腐るものじゃマズいんで、雑貨とか小さい機械類が多いらしいんですが、そういう品を手配する仕事です。帰りの航路にあわせて、寄れそうな港に欲しがりそうな品を届けさせる。場合によっちゃ紛争地とかもあるんで、まともな商社なんかはやらないような仕事です。税関ににらまれたらやってはいけない商売なんで、禁制品はさすがに扱ってはいないと思います」

「その古橋が何だと？」

「三井と争って、キャバクラ時代の新本ほのかに入れあげてたって話を、今思いだしました。たかだか数カ月しか店にいなかった新本ほのかに通い詰めて、相当金を使っていたようです。その話を新本ほのかに聞かされて三井が焦り、新本ほのかを水揚げしたんです」

「新本ほのかにとっては大切な客だったんだな」

「それだけじゃないかもしれません。三井を一本釣りするための、煽り役だったのじゃないか、と」

鮫島は吉田の顔を見直した。

「新本ほのかとグルだったというのか」

吉田は頷いた。

「新本ほのかに三井は惚れていた。そこへ太客《ふときゃく》のライバルが現れて、ガンガン金を使って口説《くど》いていると聞き、そいつにもっていかれないために無理をしてでも、水揚げをしたのじゃないですかね。水揚げさえすれば店にださず、自分の手元における。そこへ、新本ほのかが、ただ愛人なんてつまらないから仕事を手伝わせてくれ、といえば、給料という形で月々の手当てが払えるわけですから願ったりかなったりだ。実は、三井が元キャバ嬢を秘書に雇ったと聞いたとき、危ないのじゃないかと、俺は反対したんです。ですが三井はぞっこんで、頭のいい女だから大丈夫だと聞き入れなかった。で、実際会ってみたら、確かに頭がいい。これなら大丈夫かと思ったが、こっちの想像以上に頭がよかったってことです」

鮫島は息を吐いた。

「もしその古橋一機と新本ほのかがグルだったとすれば、計画的に三井省二を釣り上げたというわけか」

吉田は頷いた。

「俺たち極道ですらひいちまうほどえげつない手です。釣り上げて、獲物を手に入れたあとは消す。情け容赦がない。シノギというよりは、ゲームみたいな感覚なのかもしれません」

「古橋一機は実在するんだな」

吉田は頷いた。

「調べたことがあります。ヤバい品を扱っているなら、脅して新本ほのかから手をひかせたい、と三井がいうんで。ですが、密告《ちつくり》を嫌がるような仕事じゃありませんでした。東神奈川に『カズシッピングサービス』って会社をもっていました」

　古橋一機が新本ほのかとグルだったにせよ、三井のただのライバルだったにせよ、実在の人物である以上、手がかりにはなる。

「新本ほのかの行方がわからなくなって、当たろうとは考えなかったのか」

「もちろん考えて、しばらく見張りました。こっそり連絡をとっているのじゃないか、と。だがそんなようすはなかった」

「それだけか？　さらって吐かそうとは考えなかったのか」

　吉田は息を吐いた。

「考えましたよ、もちろん。だがさらっちまったら、新本ほのかとグルであろうがなかろうが、生かしておくわけにはいきません。警察に駆けこまれたらそれきりだ。だからしばらくようすを見ることにしたんです」

　鮫島は吉田の顔を見つめた。

「やけに手ぬるいな」

「手ぬるい？」

「ついさっき、あんたはいった。『極道の財産をとったら、一生的《まと》にかけられる』と。なのにさらわずに、しばらくようすを見ることにしたのか。妙じゃないか」

　吉田は黙っている。矢崎は理解できないように、鮫島と吉田の顔を見比べた。

「隠すつもりだったのか」

　吉田は答えない。

「三井に運用を任せていたのは、金庫番だったあんただろう。その三井が殺され、運用していた財産の行方がわからなくなった。あんたにも責任が及ぶ事態だ。古橋をさらったりすれば、当然、組の人間に知られてしまう。だから隠すことにした。隠して、なるべく穏便な手段で財産をとり戻そうと考えていた」

「古橋を見張らせたら、組うちにバレます」

「監視を組員でない者に任せたとしたらどうだ？」

吉田の顔が苦しげになった。

「鮫島さんには参ります。俺のしくじりを全部見抜かれる」

鮫島は気づいた。

「古橋の監視を『金石』に頼んだのか」

吉田は自嘲するような笑みを浮かべた。

「どれだけ馬鹿なんだって話です。組の人間を動かせない以上、そういう仕事を頼めるのは連中しかいなかった。そのときは、まさか仲間だと思っていなかったんです。笑えるでしょう。泥棒に泥棒を見張ってくれと頼んだんだ」

「それで気づいたのか？　新本ほのかとしゃぶの取引にかかわっていた連中が仲間であると」

吉田は小さく頷いた。

「監視は頼んだものの、古橋があの女と連絡をとっているようすはないの一点張りで、あるときから妙だと俺は疑い始めた。そこで奴らに、古橋をさらうよう頼みました。さらって、新本ほのかの行方を吐かせろ、と。するとしゃぶの取引が止まってもいいのか、と威《おど》された。そのとき初めて、俺は気づいたんです。古橋も新本ほのかも奴らの仲間だった、と」

「組の人間を動かしてさらえば、しゃぶの取引が駄目になる上に、組の財産を奪われたことも明らかになってしまう。だから泣き寝入りする他なかった」

鮫島が告げると吉田は息を吐いた。

「そういうことです。ツトめが終わっても、もう俺は組には戻れません。財産をとられたことはとっくにバレています」

「じゃあなぜ、しゃぶの取引についてうたわなかったんだ？　組への義理立てか」

「当然でしょう。銭を奪われた上に、組員まで逮捕させたとあっちゃ、俺は生きていけない。奴らに仕返ししたい気持はあっても、警察はまず栄勇会を叩く。『金石』なんて、メンバーを捜すのも大変だ。俺が何をうたったところで、警察はやりやすいところからいくに決まっています。実際、鮫島さんですら、あれから『金石』のメンバーをパクってない。この上、組に迷惑をかけるわけにはいかなかった」

つかえがとれたように吉田は吐きだした。

「何をどうつくろおうと、俺のドジなんです。外様《とざま》の身で切れ者なんておだてられて、金庫を任され、調子をくれた報いです。預けていた銭をとられた上にしゃぶの取引を止められたら、それこそ組は干あがっちまいます。ぶち殺してやりたかったが、それをしたら組も俺も終わりだ。腸《はらわた》煮えくりかえっても我慢するしかありませんでした」

鮫島が無言でいると、矢崎が大きなため息を吐いた。

35

永昌が日本にいることを知れば、「東亜通商研究会」は、あれこれと指図をし、監視すらつける可能性があった。それはもちろん永昌の身を守るためではない。永昌と「東亜通商研究会」の関係を隠しておきたいからだ。永昌があの刑事を殺そうとしたことを「東亜通商研究会」は薄々気づいている。

日本にいることを連中に教える前に、あの女に会う必要がある。気は進まなかったが、自分自身の安全のためだ。李がなぜ死んだのかを、あの女なら知っているかもしれない。

だがあの女に会うことで、別の危険を自分は抱えこむ。それがわかっているから、会いたくない。

黄や亀沢と別れ、ホテルの部屋に戻った永昌は、しばらく天井をにらみつけていた。

こういう行動が、まず自分らしくない。これまで迷ったことがないわけではないが、それはつかのまだった。一瞬後には判断を下し、行動した。

日本だからか。いや、ちがう。日本にいるから迷っているのではなく、永昌の中を流れる日本人の血が迷わせているのだ。あの女に惑わされたのは、自分の中にいる日本人だ。

会えば、また惑わされるのではないかという不安がある。必要な情報を得る前に、何かを約束させられてしまうのではないか。

気づくと夜になっていた。

寝そべっていたベッドから起きあがり、永昌は携帯電話を手にした。あの女とはいつもメールではなく、電話でやりとりしていた。

最後に話してから一年以上がたっている。

電話帳を検索しながら、あの女の携帯がいっそつながらなくなっていればいい、と願った。だがつながらなかったらつながらなかったで、落胆するだろう。あの女の声を聞きたいと願う自分もいる。

「ＭＡＲＩＫＡ」という表示の番号を呼びだした。動悸が速まるのを感じた。が、呼びだし音がつづくうちにそれがおさまった。あの女は電話にでない。

留守番電話サービスが応答した。永昌は息を吸い、吹きこんだ。

「陸です。連絡を下さい」

それだけ告げ、電話を切った。あの女が応えなかったことでほっとしていた。

電話が鳴った。あの女だった。たった今、留守番電話に吹きこんだばかりだというのに、もうかけてきた。

「はい」

「永昌！　日本にいるの⁉　いつきたの⁉」

明るい声が弾けた。

「きのうです」

「会いたい！　会いたい！　いつ会える？　今から会える？」

永昌は携帯電話を耳から離し、深呼吸した。

まるでかわっていない。ひと言話した瞬間から、あの女のペースにのせられている。

「大丈夫」

「やった！　よかった、今どこなの？　東京？」

「はい」

李のことをもちだそうかと思い、やめた。会って、表情を見ながら話したほうがいい。

だが、あの女の嘘を見抜く自信はない。

「東京のどこ？」

「銀座の近くです」

「おいしいご飯、食べましょう。銀座にはいっぱいおいしいお店があるもの。何が食べたい？　永昌」

「何でもいいです」

「じゃあ、わたしが決める。インド料理は？　あ、駄目ね。タイにはもっとおいしいインド料理屋さんがある。日本食がいい？　それともイタリアン？」

「いや――」

「そうだ！　お肉にしましょう。おいしいステーキの店。日本の牛肉は好きでしょ？」

「はい」

「じゃ、そうね。銀座四丁目の交差点、和光の下で待ち合わせ。今から一時間、待って、四十分あればいける。どう？」

「大丈夫です」

「永昌、ワイン、好きよね？」

「好きです」

「そのお店ね、ワインのもちこみオッケイなの。いいワイン、うちからもってく。あなたの好きな重めの赤。でしょ？」

覚えていた。もちろんだ。この女は、かかわった男すべての趣味を覚えているのだ。だからこそ皆、だまされる。

「そうです」

「楽しみ！　あとでね」

電話を切り、気になったのは、何を着ていくかということだった。ふだんは着るものにはこだわらない。だがあの女と会うときは別だ。お洒落をしていかないと、自分がひどくみすぼらしい人間になってしまったような気分になる。

もってきた服の中で、一番上等なジャケットとパンツを、永昌は身につけた。

十メートル手前からでも、あの女のことはわかった。短めのスカートからのびた、形のいい長い脚に永昌は見とれた。もちろん永昌の趣味をわかった上で、短めのスカートをはいてきたのだ。赤い革のコートも、脚を隠すほどの長さはない。ブーツではなくハイヒールのパンプスをはいている。

うつむき気味で携帯をいじる横顔に、永昌は息を吐いた。やや唇を尖らせ、まるで小娘のようだ。大人の女と少女が同居している。邪悪だが無邪気だ。

視線を感じたのか顔を上げ、ぱっと笑みを浮かべた。たまらない笑顔だ。

「永昌！」

駆けよってきた。さすがに抱きつくことはしないが、上目づかいに永昌の目をのぞきこむ。コートの前が開き、光沢のある生地のブラウスを盛りあげる豊かなふくらみが、永昌の腕に触れた。気づかないフリをしているが、もちろん計算だ。

つややかな黒髪が肩のあたりで波打っている。甘く、それでいて爽やかな香りがした。

顔いっぱいの笑みを浮かべている。

「どれくらいぶり？　ホアヒンよね、最後は」

マリカはいった。

「二年です」

「二年。そうか、そんなにたっちゃったんだ。もう会えないとは思わなかったけど、そんなにほうっておかれたのね、わたし」

永昌をにらみ、腕をとった。

「こっち」

銀座一丁目の方角に歩きだす。

「ワインは？」

永昌は訊ねた。

「先にお店に寄って預けておいた。デキャンティングしてもらおうと思って。ブルゴーニュとナパ。二本もってきた」

永昌は頷いた。マリカのほうがはるかにワインに詳しい。自分で飲むのに、はずれのワインをもってくる筈がない。

「今、どこに住んでいますか」

「今？　この近くよ。銀座から車で十分くらいのところ」

　マリカに連れていかれたのは、銀座二丁目の裏通りの地下にあるステーキハウスだった。

　地下にあり、階段にまで肉の匂いが染みこんでいる。こぢんまりとした造りで、テーブルは全部で四つしかない。その中心に肉を焼くオーブンがおかれ、赤々と炭が燃えている。

　マリカは常連のようで、扉の向こうに立つソムリエエプロンを着けた男が、永昌が手をかける前に扉を引いた。

「いらっしゃいませ」

　笑みを浮かべ、頭を下げる。

「ようこそお越し下さいました」

「ワインは？」

「準備ができております。どちらから参りますか」

「最初にシェリーを飲んで、それからオーパス。それからシャンベルタン」

「承知いたしました」

　マリカのコートを預かり、ソムリエはふたりをテーブルに案内した。テーブルとテーブルのあいだには竹で作られたついたてがおかれていたが、他に客はいない。

「お料理はどういたしましょう？」

「前菜をちょこっと。スープはいらない。お肉をいっぱい食べたいから。シャトーブリアンを、わたしはウエルダン、永昌はレアが好きよね？」

　永昌は頷いた。笑みを浮かべ、

「何グラムくらいお焼きしましょうか。三百？　もう少しいきましょうか」

「わたしは三百でいい。永昌は？」

「男性の方でしたら四百はいけると思います。脂がそれほど重くない肉ですので」

　永昌は頷いた。

「では四百をミディアムで」

「レアじゃなくて？」

　マリカが訊いた。

「もうレアはつらい」

永昌は微笑んだ。何もかも思い通りにはさせない、と宣言したつもりだ。

「お肉のつけ合わせはポテトでよろしゅうございますか？　アスパラもございますが」

「じゃあ両方」

「承りました」

ソムリエはさがった。辛口のシェリーがグラスで運ばれてきて、ふたりは乾杯した。

「教えて、教えて。どうして日本にきたの？　お仕事？」

正面から永昌の目をのぞきこみ、マリカは訊ねた。大きな瞳をさらにみひらくように広げている。永昌は間をおいた。

飲み干したシェリーのグラスをテーブルに戻す。ソムリエが近づき、二杯目を注ごうとした。掌をあげ、それを断わった。

ソテーされた帆立が運ばれてきた。バターと雲丹《うに》のソースがかかっている。

「華《フウア》と会っていますか？」

マリカの顔から目をそらさず、訊ねた。形のいい鼻筋は整形で作られたものだ。初めて会ったとき、整形手術を受けているとマリカは告白した。自分に自信をもちたかったのだという。五年前のことだ。

それはまちがいなく成功した。

「華さん？」

マリカは小首を傾げた。

「華恵新《フウアフィシン》です」

「ああ、その華さん。いいえ、ぜんぜん会っていない。最後に仕事をごいっしょしたのは二年前かしら。そうだ、ホアヒンにいく前。頼まれて、ワインを揃えたのだった。ほら、ワイン好きでしょう、あの人が」

あの人というのは北朝鮮の指導者だ。マリカはワインや葉巻、腕時計といった、値は張るがかさばらない高級品の調達を李からうけおっていた。特に年代を指定したワインやアンティークモデルの腕時計の入手に手腕を発揮した。ときにはとてつもない値段を要求したが、北朝鮮はいい値で買ったと聞いている。

「最近は会っていませんか？」

「会ってない。どうしたの、華さん」

　永昌の目を見つめ、マリカは訊ねた。

「死にました」

　マリカは小さく首をふった。

「処刑されたの？」

　切った帆立を口に入れ、訊ねた。

「処刑だったのかどうかはわかりません。日本で殺されたんです」

　マリカは小さく目をみはった。

「日本で？」

「ええ。新宿です」

　マリカは無言で口を動かしていた。真珠のような歯が帆立をかみ砕いている。その歯の滑らかな舌ざわりを覚えていた。唇を合わせた瞬間、まるで獲物に襲いかかる蛇のように永昌の口の中に舌が入りこんできた。

　そのとき、真珠を味わった。

「誰がやったか、知りませんか」

　マリカは首をふった。表情に変化はなかった。深刻にはなっていない。といって喜んでもいない。

「トラブルを抱えていたのなら、相談してくれればよかったのに」

　永昌は息を吸いこんだ。

「『東亜通商研究会』を知っていますか」

　マリカは首を傾げた。

「知らない」

　駄目だった。嘘だとしても見抜けない。

「華は、その『東亜通商研究会』と仕事をしていました。頼まれて品物を送る手筈でした」

「品物は何？」

「それがわからないのです。知りませんか？」

　マリカは視線を下に向けた。皿に残った雲丹のソースをちぎったパンでぬぐい、口に運んだ。

「華さんが用意したの？」

「いえ」

「その、何とか研究会が用意したもの？」

　頷きながら、失敗したな、と永昌は心の中でマリカに告げた。一度聞いた名前をマリカは決して忘れない。

「東亜通商研究会」の名を、永昌は二度口にした。

何とか研究会は、やりすぎだ。

「そうです。何か聞いていませんか。噂でも」

マリカは目を上げ、首をふった。

「いいえ。ずっと会っていなかったのだからしかたないでしょう」

「あなたなら何か知っていると思った」

「華さんが亡くなったので、日本にきたの？」

永昌は頷いた。

「そうです。誰がなぜ華を殺したのか知りたい」

サラダが運ばれてきて、ふたりは口を閉じた。

ふたりの話し声がソムリエやウエイターに聞こえている心配はない。サーブするとき以外は、十分すぎるほどの距離をおいているからだ。そういうマナーを守れない店をマリカが選ぶ筈もなかった。

永昌の知る限り、完璧な女がこの世にいるとすれば、それがマリカだ。

「調べて、どうするの？」

レタスにフォークを刺し、マリカが訊ねた。

「どうするかは決めていません。誰が、も知りたいが、なぜ、も重要です。それによっては、日本にはもう当分きません」

マリカは頷いた。

「その何とか研究会は、どんなところなの？」

「スパイです。日本の」

マリカの表情に変化はなかった。

「スパイが何かを送ったわけ？」

「まだ送ってはいません。品物はまだ日本にあります」

「そうなんだ」

マリカは理由を訊かず、永昌も、

「ええ」

というにとどめた。

マリカは考えていた。そうだろう。たくさん考えなければならない筈だ。永昌にどこまで真実を話し、どこまで嘘をつくか。

サラダを食べ終えると、新たなナイフとフォークが届けられた。ナイフは先が尖り、刻みの入った肉用だ。

それを見やり、永昌はマリカを殺すことを想像した。喉にナイフを突き立てたら、どんな顔をするだろう。それともそうする前に、自分が殺されるだろうか。

「華さんはスパイに殺されたわけじゃないのね？」

「品物を送る前に華が死ねば、困るのはその人たちです」

「気がかわったのかもしれない。送るのをやめようとした。でも華さんがそれを受けいれず、しかたなく殺した」

「だとしたら、もっと静かなやりかたをする筈です。華はマンションで撃たれて死んだ」

「スパイに訊いたの？」

「いえ。まだ彼らには会っていない」

マリカがにっこり笑った。

「最初にわたしに会ってくれたのね。嬉しい」

永昌も微笑んだ。

「そうです」

「わたしが何か知らないか、確かめようとしたのでしょう？」

「それもある」

「それも？」

永昌は頷いた。

「他の理由は？」

永昌は首をふった。「会いたかった」などとは、口が裂けてもいえない。いった瞬間、襲いかかってくる。

「わたしと同じだったら、すごく嬉しい」

マリカが手をのばした。テーブルごしに永昌の手をつかんだ。

「あなたの理由は何ですか」

爪をたてられた。肉の皿が運ばれてきて、マリカが手を引っこめた。

「あとで教えてあげる」

マリカは吸いこまれるような流し目をして答えた。

36

古橋一機の会社「カズシッピングサービス」は一年半前に移転していた。新たな移転先は東京の港区芝浦の雑居ビルであることを矢崎がつきとめてきた。

古橋は同じ港区内の虎ノ門にあるタワーマンションに住み、イタリア製のスポーツカーで会社に通っていた。新車で買えば二千万円はする車だ。

鮫島と矢崎は五日間にわたって古橋の行動確認をおこなった。

四十一歳の古橋一機は離婚歴のある独身で、虎ノ門のタワーマンションには、会社を移転した一年半前から住んでいた。同居人はおらず、不特定多数の女性が部屋を訪れるのを目撃されている。

会社には午前十時頃出勤し、午後二時から夕方にかけ、複数の海運会社を回り、午後六時に再び会社に戻って、七時過ぎに帰宅する。

五日間のうち二日間、渋谷と六本木に飲みにでかけた。一軒ではなく二軒から三軒を、ときにはホステスを連れて飲み歩いている。飲みにでるときは、車ではなくタクシーを使っていた。

六日めは土曜日だったが、古橋はふだん通りに車で出勤した。車は会社に近い月極駐車場に止めている。土曜日とあって、雑居ビルの周辺は静かだ。

鮫島は乗っている覆面パトカーを少し離れた場所に路上駐車していた。矢崎には休みをとらせた。行確は水分の摂取に注意し、根気さえあれば、ひとりでも可能だ。一方、対象者が警戒しているときは、何人でおこなっても失敗する確率が高い。

細長い七階建ての雑居ビルだった。各階に一社ずつテナントが入っていて、「カズシッピングサービス」は三階にある。他のテナントは倉庫会社や船舶用厨房器具の輸入商社などだ。土曜日は休みなのか、過去五日間に比べ、人の出入りが極端に少ない。

爆音が聞こえた。右のサイドミラーに、近づいてくる大型バイクが映った。鮫島は身を低くした。バイクは鮫島が乗る覆面パトカーの後方で停止し、フルフェイスのヘルメットをかぶったライダーが下りた。ヘルメットを外し、ハンドルにぶらさげる。

革のツナギを着け、ブーツをはいたライダーは覆面パトカーのかたわらを歩きすぎ、「カズシッピングサービス」の入るビルの玄関をくぐった。

何かの配達だろうか。だがライダーは腰のポーチ以外の荷物をもっていなかった。

道路の反対側でタクシーが止まった。後部ドアから、黒いセーターに革のジャケットを着た、大柄な男が下りた。白いマスクをつけている。男はあたりを見回し、鮫島は再び姿勢を低くした。

男は道路を渡り、ライダーがくぐったのと同じ玄関を入った。

鮫島は時計を見た。午前十一時ちょうどだ。

雑居ビルに入っていったふたりを、これまでの監視で見た記憶はなかった。彼らが「カズシッピングサービス」の来客だという確証はないが、もしそうなら、十一時ちょうどという時間は、待ち合わせの可能性を示している。

「カズシッピングサービス」に、古橋以外の社員はいない。

鮫島は覆面パトカーのエンジンをかけた。

その場から百メートルほど移動し、車を下りた。早足で雑居ビルに戻る。玄関をくぐり、エレベーターを見た。三階で止まっていた。

エレベーターホールの奥に非常階段があった。

三階まで上った。

「カズシッピングサービス」と記されたガラスがはまった扉が正面にある。

雑居ビルは昭和五十年に建てられたもので、タワーマンションに住み、イタリア製高級車を乗り回す人間の事務所にはそぐわない。廊下は冷んやりとしていて、コンクリートの上に張られたリノリウムはすり減っている。

鮫島はその床に耳をおしつけた。振動が伝わってきた。同時に話し声も聞こえる。内容まではわからないが、「カズシッピングサービス」に複数の人間がいるのは確かなようだ。

非常階段を下り、雑居ビルの外にでた。覆面パトカーに戻る途中、バイクのナンバーを携帯に打ちこんだ。革ジャケットの男を降ろしたタクシー会社も同様にメモする。

これまで「カズシッピングサービス」を誰かが訪ねるのを見たことはなかった。仕事の打ち合わせは、すべて古橋が海運会社に足を運んでおこなっていたのだ。

今日が土曜日であることも考えると、ふたりの男が「カズシッピングサービス」を訪れた理由が、船荷に関する相談だとは思えなかった。

古橋を含む三人は、何か別の理由で集まったのだ。土曜日のオフィスビルは人けが少なく、密談に適しているともいえる。

ようやく収穫を得た思いだった。

月曜日、バイクのナンバーから所有者が判明した。氏名は倉木《くらき》智貴《ともき》、三十八歳で、ワインの輸入販売会社を経営している。

会社のホームページによれば、ワインの並行輸入を手がけ、社長の倉木が自ら買いつけに海外に飛ぶこともあるようだ。ホームページには、「大学を卒業後、大手商社の輸入酒部門に十年勤務ののち独立」したとある。会社の所在地は港区新橋で、本人の住居は千代田区三番町のマンションだった。

また革ジャケットの大男を乗せたタクシー運転手は、目黒区青葉台の高級マンションの前で乗車したのを記憶していた。

月曜日は、矢崎が行確に当たることになっていた。虎ノ門のタワーマンションをでた古橋が芝浦のオフィスに入った時点で、新宿署に戻るよう、指示してある。

古橋は虎ノ門のタワーマンション、倉木は千代田三番町、そして革ジャケットの大男は目黒区青葉台と、いずれも不動産価値が高い場所に住居をかまえている。彼らが正業に就いている証しだ。賃貸であれ分譲であれ、正業をもたない人間が住むのは難しい地域だ。倉木の住むマンションは、近隣の不動産業者に確認したところ、月額三十万円以下では借りられないという。

鮫島は浜川を思いだした。高級マンションに住むことで匿名性と安全の両方を手に入れていた。

分譲なら億を超え、賃貸だと月額三十万円を超えるようなマンションは、住人のプライバシーに神経質だ。住人は互いの素性を知らず、来訪者に敏感な管理人や警備員が常駐する。

それはつまり住んでさえしまえば、好奇心や調査から守られることを意味している。

貧しさを逃れる目的で法を犯す者とはおよそ異なるタイプの犯罪者の生活がそこにはある。裕福であり、それを維持するか、さらに裕福になるのが目的で、罪を重ねる。いわば、成功した犯罪者だ。高級な住宅に住み、高価な衣服を身につけ、態度も洗練されているので、外見からその正体を見抜くのは難しい。

暴力団に対する締めつけが、こうした犯罪者を産んでいる。ことごとくシノギを断たれ、泥棒でも強盗でもやる他ないと思いつめる者が多数いる一方で、貧乏などどこ吹く風といった体《てい》、豪華な生活を楽しんでいる。

その姿は真実を知らない者の目には「勝ち組」とうつるだろうが、内心は警察を恐れている。

恐れているからこそ、追いつめられた犯罪者とはほど遠い身なりや住居を選ぶ。そうすることで、少しでも逮捕から逃れられると信じたいのだ。

十一時を過ぎたとき、机にいた鮫島の携帯が振動した。矢崎だった。

「はい」

「矢崎です。マル対にガサが入りました」

「ガサ？」

矢崎の声がくぐもった。掌で電話をおおいながら話しているようだ。

「外二《ソトニ》のようです。関税法違反容疑で『カズシッピング』を捜索しています」

鮫島は絶句した。公安部外事二課は、アジア圏各国の諜報活動を監視し、ときには阻止するのが任務だ。中国や北朝鮮も対象に含まれる。

「なぜ今なんだ」

「わかりません。この一週間、行確にあたっていたのは我々だけでしたよね」

　矢崎も途方にくれたようにいった。公安は捜査対象者を徹底的に監視する。古橋一機と「カズシッピングサービス」を内偵していたのなら、芝浦のオフィスや自宅の張り込みに気づかなかった筈はない。

「で、古橋は？」

「現在、捜索に立ちあっていますが、おそらくひっぱられると思います」

「君は今どこだ？」

「芝浦のオフィスビルの近くです」

「外二に見つかったか？」

「わかりません。もしかすると気づかれているかもしれませんが、何もまだいわれていません。捜索の件は、三田署の知り合いに電話をかけて聞きました」

「戻ってこい」

「いいんですか」

「そこにいても何もできない」

　電話を切り、鮫島は課長席を見た。阿坂の姿はなかった。


　服役中の吉田敏夫が、新本ほのかの共犯者の可能性がある人物として古橋の名をあげたことは報告してあった。

　だが華恵新の事件関係者であるとはひと言もいっていないし、実際そうであるかどうかはまったくわからない。

　公安の動きが速い、といった藪の言葉を思いだした。「ＷＴＳ」の捜索に入ったときにいっていた。

　公安の目的はおそらく華恵新の〝ブツ〟だ。「カズシッピングサービス」に捜索に入ったのも、古橋がその保管と輸送に関与しているのを疑ったからだろう。

　公安部はどうやって古橋のことを知ったのか。華恵新や「ＷＴＳ」から、古橋の存在をつきとめられたとはとうてい思えない。

　吉田敏夫の話がなければ、鮫島たちも決して古橋にはたどりつかなかった。

　考えられる可能性はふたつ。ひとつは華恵新と「金石」のあいだに何らかの関係があり、「金石」のメンバーを把握している「東亜通商研究会」から古橋の名が公安部に伝わって、捜索になった。

　もうひとつは、鮫島と矢崎の報告書から古橋の存在を公安部が知った。

「東亜通商研究会」が古橋の名を教えたのだとすれば、捜索が今日おこなわれたのは不自然だ。古橋の名を、公安部はもっと早く知ることができたからだ。それに矢崎がいったように、この一週間、古橋を公安部は監視していない。古橋の名をつきとめていたなら、とっくに行確にあたっている。

　矢崎が戻ってきた。鮫島は目で合図し、生活安全課をでた。鑑識の部屋に入る。パソコンに向かっていた藪がふりむいた。

「どうした?」

「ちょっと話をさせてくれ」

　藪は肩をすくめた。

　使っていない二脚の椅子で、鮫島と矢崎は向かいあった。

「やはり古橋はひっぱられました。ひっぱられた先は三田署ではないそうです」

　芝浦を管轄しているのは三田署だ。そこに移送したのでないとすると、警視庁本庁ということになる。

「知り合いに確認したのか?」

　矢崎は頷いた。

「ガサに関しては刑事課に今朝、話を通してきたそうです。協力は必要ない、といって」

　どうやら矢崎の知り合いは、三田署の刑事課にいるようだ。

「どうやって公安は古橋のことをつきとめたんです。吉田に会いにいったのですかね」

　鮫島は首をふった。

「それはない。古橋の名を公安が知ったとすれば、『金石』のメンバーとしてか、我々の情報が伝わったかのどちらかだ。だが我々の情報が伝わったのだとしても、このタイミングは早すぎる。まず徹底して監視をおこなうだろう」

「誰がひっぱられたんだ?」

　藪がわりこんできた。鮫島は宮城刑務所で吉田から聞いた話をした。

「つまり『金石』のメンバーということだな」

「おそらくそうだ。だが『金石』とＫＳＪマンションのヤマがつながっているという証拠はない」

　鮫島がいうと、藪は首をふった。

「『東亜通商研究会』が『金石』をかばったのを忘れたか」

「それは情報提供者を守るためで、その情報提供者は『金石』ではなく、中国人だ」

「『金石』とそれ以外の関係がなかったと断言できるか？」

「それは……できない。だがそうなら、なぜひっぱる？　公安と『金石』の関係は悪くないということだ」

「『金石』というのはネットワークなのだろう？　極道の組織のようなタテのつながりがない、と前にお前から聞いたような気がするが？」

　鮫島は頷いた。

「そうだ。『金石』のメンバーはそれぞれ正業をもち、頂点がいるという組織じゃない。犯罪でも事業でも、金儲けのためにネットワークを通じて協力する。結束は強固だが、それは規律というよりは、祖国をもたないという出自による連帯感からくるものだ」

「祖国をもたない？　国籍がないのですか」

　驚いたように矢崎がいった。

「いや、そうではない。彼らは日本人だ。だが日本という国を信用していない。日本にいることで、むしろ苦しめられたと感じている」

　鮫島はいった。

「だからといって、中国も連中の祖国じゃない。言葉やメンタリティは日本人より中国人に近いが、連中の親は中国を離れ、日本にきた」

　藪がつけ加えた。

「そんな。すごく宙ぶらりんじゃないですか」

「そうだ。だからこそ、自分たちのネットワークしか信じないし、ときには極道よりも思いきったことをする」

　鮫島は答えた。

「思いきったこと？」

「以前、まだ『金石』という名を私が知らない頃、連中は自分たちの存在を隠すために、引退して外房に住んでいた元暴力団組長と妻、四頭の飼い犬を撲殺して、その家の敷地に埋めた」

「ただ秘密にしたいだけで、ですか？」

信じられないように矢崎はいった。鮫島は頷いた。

藤野組の中堅組員だった国枝の言葉を思いだす。

『金《かね》じゃねえ。いや、もちろん銭は欲しいのだろうが、何ていうか、もっと強いもんがあるんだ。俺ら極道だって、それなりに腹をすえてやってる。反社会的集団なんていわれて、マスコミやサツに目のカタキにされても、それがどうした、この野郎と思ってる。組長《おやじ》や若い衆を守るためには何だってやってやるってな。だけどよ、あいつらはそういうのとはちょっとちがうような気がする。あいつらの中にあるのは、自分らだけだっていう、独特の何かなんだ。たとえば中国人だって国に帰りゃ、家族や親戚がいるわけで、日本じゃ何のかんのと痛めつけられても、中国だったら見てろこの野郎ってのがあるだろう。ところがあいつら、日本にも中国にもそんなのはねえ。自分たちだけだ。信じられるのは、自分たちだけ。それ以外は全部敵だ。相手が日本人だろうと中国人だろうと関係ねえ』

「国枝らは、経営する風俗店の女の引き抜きをめぐって『金石』ともめた、中国人グループのケツモチをやっていた。そこで田《ティエン》という『金石』のメンバーをそうとは知らずにさらって、さんざん痛めつけた。そして落とし前をつけさせると仲間を呼ばせた。

『ぱっと見は、中国人にも裏稼業にも見えねえような連中だった。ただ俺らの前じゃ最初、中国語しか喋らなかった。シノギの話をすると、ちょうど近く、中国からＭＤＭＡ《タマ》が届くんで卸してもいい、といった。やれやれてなもんで、俺らはほっとした。田を自由にしてやり、悪かったな、乾杯でもして水に流してくれといった』

直後に、男たちは豹変した。拳銃を抜き、やにわに通訳をしていた、藤野組組員の足を撃った。そして訛《なま》りのない、ごくふつうの日本人が喋る日本語で告げた。

『お前たちとは取引はしない。文句があるのならいつでも相手になる。そのかわり、皆殺しにするか、される覚悟でこい』

　そしてその場で藤野組の人間を全員、全裸で土下座させ、ひとりひとりの写真を撮り、それ以上は何もせずに帰った。暴行を覚悟していた国枝は、かえってそれが嫌だったといった。こいつらに半端はない、やるときは殺す、という覚悟なのだ、と」

　矢崎の顔が青ざめた。

「そんなに危険な集団が、なぜ摘発されないのです？」

「『金石』のメンバーは全員正業につき、日本人と中国人、ふたつの顔をもっている。名前を使い分け、仕事に応じて日本人にも中国人にもなる。しかもはっきりとした組織構造をとっているわけではないので、存在が発覚しにくく、誰がメンバーで誰がメンバーでないということもわからない。互いの安全や利益のために集結し、ことが終わればバラバラになる」

　矢崎は首をふった。

「古橋はそんな連中のひとりだったんですか」

「土曜日に集まった、倉木ともうひとりも、『金石』のメンバーだろう」

「問題は、なぜこのタイミングでハムが動いたかだ。『金石』のメンバーとして前から古橋を把握していたのなら、行確をしなかった理由はわかるとしてだが」

　藪がいった。

「なぜだと思う？」

　鮫島は訊ねた。

「お前たちが古橋をつきとめたからだ。報告書か、それとも実際にお前たちが張りこんでいるのを知って、身柄を押さえた」

　鮫島はいった。

「目的は、華恵新のブツじゃないのか？」

「だったらもっと早くひっぱった筈だ。保護が目的だとは思わないか？」

　藪が訊き返した。

「保護？」

「ハムと『金石』のあいだにはつながりがある。だから華恵新のブツに関して、古橋から情報が得られるとハムは考えていた。そこへお前たちが現れた。うかうかすると、古橋をもっていかれるかもしれない。そこで古橋を守るために、ひっぱった。お前たちに古橋を調べられたくなかったんだ」

　鮫島は藪の顔を見つめた。

「ハムにしては動きが速い、とあんたはいっていたな」

「それだ。ＫＳＪのヤマをもっていったのも、古橋をひっぱったのも、ほしをつかまえるのではなく、何かを守るのが目的だ」

「何を守るんです?」

　矢崎が訊ねた。藪は矢崎に目を移した。

「それを調べるのがお前たちの仕事だよ」

37

　マリカと会って三日後、亀沢から永昌のもとに連絡があった。これまでにわかったことを報告したいという。

　永昌は高田馬場の亀沢の事務所に向かった。

　黄はおらず、亀沢はひとりで待っていた。

「早速ですが、ご依頼の件についていくつかわかったことがあるので、ご報告しようと思います。まず殺されたのが陸さんの知り合いかもしれないという件ですが、警察は現場の部屋を借りていた人物の名が『華恵新』だったことをつきとめています。どうやら知り合いの方でまちがいないようです」

　ＩＣレコーダーをテーブルにおくと亀沢は告げた。

「犯人はわかったのですか」

「まだわかってはいません。捜査は当初、新宿警察署と警視庁の刑事部捜査一課という、殺人などを担当する部署がうけもっていたのですが、すぐに公安部の外事二課にひきつがれました。というより、とりあげられたといってもいい」

　亀沢が答えた。

「とりあげられた？」

「そうです。陸さんがおっしゃっていた『東亜通商研究会』は、警視庁公安部のＯＢなどがいく内閣情報調査室という組織の下部団体で、警察官にもごく一部の人間にしか、その存在を知られていない秘密機関です。したがって、『東亜通商研究会』と殺された華恵新さんとの関係を隠すために、捜査を公安部がとりあげたと考えるのが妥当でしょう」

「それで犯人はつきとめられるのですか？」

「そこが問題です。公安部というのは、本来、殺人事件の捜査などはおこないません。スパイを見つけ、逆にスパイするのが仕事のような部署です。もし犯人をつきとめられるとすれば、もともと怪しいと疑っていた人間がいた場合に限られると思います。華恵新さんが、『東亜通商研究会』に依頼された仕事をしていたなら、その過程でかかわった人物が犯人かもしれず、そうであれば公安部にも犯人をつきとめることは可能でしょう」

「ちがったら？　たとえば華恵新が輸出する荷物を横どりしようとした人とか、華とトラブルを抱えていたビジネス関係者だとしたら、つきとめられますか？」

「捜査一課が担当するより可能性は低くなるでしょうね。公安部の狙いは、犯人の捜査より、むしろ情報統制にあったと思います」

「つまり本気でつきとめたいと考えていないということですか」

「つきとめたいとは思っているでしょうが、犯人の正体やその動機によっては、真実を隠蔽する方向に動くかもしれない」

「中国共産党と同じですね」

　永昌がいうと、亀沢は頷いた。

「役人というのは皆同じですよ。自分たちに都合の悪いことはすべて隠したいし、またそれができると思いこんでいる。たまに失敗すると大騒ぎになる」

「他にわかったことはありますか?」

「華さんこと李立声《リークーシェン》さんに関しては、ほとんどありません。ただ北朝鮮相手の貿易をされていたというのを知っている人間はいました。同じように北朝鮮と貿易をしている連中で、李さんは、高価な腕時計やブランド品を扱っていた。それらの品は、北朝鮮の指導者が功労者に報賞として与えるために買われていたようです」

そんなことはわかっている。永昌は頷いた。

「ところで李さんのビジネスパートナーについて調べていただけましたか?」

亀沢が訊ねた。

「はい。何人かに問い合わせてみたのですが、女の人だということしかわかりませんでした」

「女性、ですか」

「そうです。日本人の女性で、高価なワインや腕時計といった贅沢品を扱う、インターネットショップを経営している人だそうです。名前はわかりません」

「贅沢品のインターネットショップを経営している女性ですね。わかりました」

録音するためか、亀沢はくり返した。

「ところで『東亜通商研究会』の人とはお会いになりましたか」

「まだ会っていません。亀沢先生のお話を聞いてから連絡をとろうと考えているので」

亀沢は頷いた。

「李を殺した犯人について、何か手がかりはないのですか?」

永昌は訊ねた。亀沢はまるで役立つ情報をだしてこない。もし金を払っていたら、殺すところだ。

「殺害に使われた銃には消音器がとりつけられていたようです。日本では珍しい。したがって実行犯はプロで、何者かに雇われて李さんを撃った可能性があります」

やっと役に立つことをいった。

「日本には、そういうプロは少ないのですか?」

亀沢は頷いた。

「まず消音器そのものの入手が難しい。犯人が自作したのかもしれません。関係者の話によると、銃にかなり詳しい人間なら、作ることはできるそうです」

手下の銭《チエン》が作っているのを見たことがあった。銭は解放軍の偵察部隊にいたのだ。

「すると、そのプロを捜せば、誰が李を殺したのか、わかるのではありませんか？」

「その通りですが、もうそれをしている連中がいるのです」

「警察ですか？」

「いえ。田島組という暴力団です。李さんとつきあいがあったとは思えないのですが、何かご存じですか」

「田島組。いいえ、まったく知りません」

「田島組が、ある種類の銃を使う殺し屋について情報を集めている、という話があるのです。七・六五ミリ口径で消音器がつけられた拳銃を使う殺し屋です」

「李を撃った銃も七・六五ミリなのですか」

「それについてはわかりません。わかりませんが、タイミングを考えると偶然とは思えません。ただなぜ田島組が捜しているのかがわからない。李さんは田島組とつきあいがあったのでしょうか？」

「知りません」

永昌は首をふった。本当だった。李がやくざとつきあっているという話を聞いたことはない。

これが黄のように北朝鮮からの輸入を仕事にしている人間なら、やくざとつきあいがあって不思議はない。覚せい剤などの北朝鮮製品を売れるからだ。だが、海外から北朝鮮に品物を輸出していた李にはやくざとつきあう理由はなかった筈だ。

「李さんは品物を北朝鮮に輸出するだけで、輸入はされていなかったのですか？」

同じことを考えたのか、亀沢が訊ねた。

「私の知る限り、李は輸出専門でした。覚せい剤の取引には関係していなかった。高価ではあっても、中国や日本でふつうに手に入るものを輸出していました」

「ではなぜ田島組が動いているのでしょうか。田島組は、日本では一、二を争う規模の暴力団です。表向きは覚せい剤をシノギにすることを禁じていますが、食べていくためにこっそり仕事にしている組員も多いと聞いています。李さんがそれを提供していて、そのせいで殺されたとは考えられませんか」

「もしそうであるなら、なぜスパイを取締る部署の人たちが捜査をするのですか？　しかも『東亜通商研究会』の人たちは、李に何かを輸出してもらおうとしていた。李が覚せい剤を扱っているような人間だったら、かかわりをもたなかった筈です」

　永昌がいうと、亀沢は頷いた。

「まったくおっしゃる通りだ。すると田島組がこのタイミングで殺し屋を捜しているのは偶然なのでしょうか」

「偶然ではないと思います」

「では、なぜなのでしょう」

　永昌は宙を見つめた。その答を知っている者は誰なのか。

「東亜通商研究会」なら、何か知っているかもしれない。

38

　古橋一機が公安部に押さえられた今、「金石」の仲間だと考えられる倉木智貴を一刻も早く洗うべきだった。

　倉木の会社は新橋の雑居ビルの一室にあった。「クラキリカー」という名で、社員をふたり使っている。午後三時から十時にかけてが「クラキリカー」に人の出入りが激しくなる時間帯だ。まず宅配業者がオフィス兼用の店舗にワインを運びこみ、夕方になるとそれを求める客がひっきりなしに訪れ、八時を過ぎると今度は「クラキリカー」の人間が、銀座のクラブやバーにワインを〝配達〟するようになる。年代物のワインや高価なシャンパンのストックが切れた店から急きょ注文が入ると届けているようだ。

　そのせいで午前中は「クラキリカー」に出勤する者はない。午後二時に倉木を含む全社員が揃い、十一時を過ぎると社員二名は帰宅する。倉木だけが午前零時過ぎまで残っている。

　午後十一時二十分に社員ふたりが帰宅するのを見はからい、鮫島は「クラキリカー」を訪れた。矢崎は連れていない。「金石」は、相手が警察官であっても怯まない。この場は安全でも、別の場で襲撃してくる可能性がある。矢崎の顔と名を、倉木に覚えさせたくなかった。

　矢崎には、帰宅する「クラキリカー」の社員のひとりの尾行を命じてあった。四十代の初めで、地味な印象の女性だ。

　エレベーターを五階で下りた鮫島は雑居ビルの廊下を進んだ。五階の窓で明りが点っているのは「クラキリカー」だけなのを、下から確認していた。

「クラキリカー」の扉には、他のオフィスとはちがい、警備会社のステッカーが貼られている。高額なワインを扱っているので、盗難を警戒しているのだろう。扉も、分厚いスティール製で、インターホンとは別に防犯カメラがとりつけられている。

　鮫島はインターホンを押した。

「どうぞ」

　客だと思われたのか、扉のロックが外された。鮫島は紺のスーツにネクタイを締めていた。

「お邪魔します」

　中に入ってまず目についたのは、すべての壁を埋めるワインセラーだった。びっしりとワインが寝かされている。部屋の隅には、天井まで積み上げられた空の木箱があった。

　正面の小さなデスクでパソコンと向かいあっているのが倉木だった。細身で口ヒゲを生やし、髪をべったりとなでつけている。光沢のある細身のスーツを着け、ボタンダウンのシャツにレジメンタルタイを締めていた。

「倉木智貴さんですね」

　鮫島の口調に違和感をもったのか、倉木はモニターから顔を上げた。鮫島は身分証を掲げた。

「新宿署の鮫島と申します」

「新宿署？　このあたりは愛宕《あたご》だよね。銀座なら築地だし」

　とまどったように倉木はいった。鮫島は頷いた。

「はい。お訪ねしたのは、お知り合いの話をうかがうためです」

　倉木は瞬きし、

「もう一度、お名前をうかがえますか」

　といった。

「新宿署、生活安全課の鮫島と申します」

　倉木の顔がこわばった。鮫島の名を聞いたことがあるのだ。

「申しわけないんですが、大急ぎで仕上げなけりゃならないドキュメント《文書》があるんですよ。できれば――」

「古橋一機さんをご存じですよね」

「私のいったことが聞こえました？　書類を作らなけりゃならないんです」

「お忙しいのは承知しています。申しわけありません。ですが、五分ですみます。古橋さんが警察に拘束されたことはご存じでしたか？」

「な、何といいました？」

「古橋さんが、警視庁公安部外事二課に拘束されています」

「古橋って――」

「芝浦で『カズシッピングサービス』という会社を経営されている方です。お知り合いですね？」

「いや――」

　鮫島は手帳をだした。

「先週土曜日の午前十一時に、倉木さんが『カズシッピングサービス』を、もうひとりの方と訪ねたことは判明しています」

　倉木は目をみひらいた。

「どうして、それを知っているんですか」

「どうしてか、考えてみて下さい」

　倉木は瞬きした。

「何か、誤解をしていませんか」

「どんな誤解だというのです？」

「我々を犯罪者のように思っている」

「我々というのは誰ですか？　あなたと古橋さんですか。それともあなたともうひとりの方ですか」

倉木は口を閉じた。

「もうひとりの方のお名前を教えていただけますか?」

「いや、それは……」

「私が誤解をしているのなら、あなただけでなく、その方に会ってお話を聞けば、わかるとは思いませんか」

倉木は黙っている。

「もちろんおっしゃらなくてもかまいません。古橋さんからうかがえばすむことです。ただ倉木さんの口からうかがったほうが、誤解はときやすいと思いますが。その方の住所もわかっていますし――」

「高川《たかかわ》です。高川和《なごみ》」

「どんな字を書かれますか?」

倉木の答をメモした。

「お三方の関係を教えていただけますか」

「関係?」

「同窓生だとか、幼馴染みだとか、お仕事上のつながりがあるとか」

「そういうのではなくて、何ていうか共通の知り合いがいる、みたいな」

「共通の知り合いというのはどなたです?」

「いや、そんな、すぐには思いだせないな」

「考えて下さい」

「ちょ、ちょっと何なの。古橋のことは知らないけど、俺を何か疑っているの?」

鮫島は間をおいた。倉木は動揺している。

「高川さんは、何のお仕事をしておられます?」

「高川の仕事? 造園・ゴルフ場とかそういうの」

「造園。会社の名は何とおっしゃるんです?」

「何とか緑化。ええと、『フジ緑化』だったかな」

「フジは植物の藤、それとも富士山の富士ですか」

「カタカナだよ」

「『フジ緑化』の高川和さんですね」

「古橋はどうしてつかまったんですか」

「関税法違反、と聞いています」

「新本ほのかさんをご存じですか」

鮫島は切りこんだ。

「誰？」

倉木は目を上げた。

「新本ほのかさんです」

倉木は即答しなかった。

「どうですか」

倉木は考えていた。思いだそうとしているのではなく、知っていると答えるべきかどうかを考えているようだ。古橋がどこまで話したのか、想像がつかないので、全否定もできないのだろう。

「高川さんは新本さんをご存じでしょうかね」

鮫島はいった。

「私の考えでは、新本ほのかさんも、お三方と同じく共通の知り合いがいらっしゃると思うのですが」

「どんな知り合いですか？」

倉木は探るように訊ねた。

「ひと言でいい表すとすれば、『金石』というグループです」

瞬間、倉木の顔が能面のようになった。一切の表情が剝がれ落ち、刺すような目で鮫島をにらむ。

「まったくわからない。あんたのいっていることが」

鮫島は倉木の視線をうけとめた。それからゆっくり「クラキリカー」のオフィス内を見回した。

「『金石』のメンバーにはふたつの顔がある。サラリーマンや実業家といったカタギの顔と極道も嫌うような犯罪者の顔だ。なぜ嫌うかというと、敵とみなした相手を容赦なく痛めつけ手打ちもしないからだ。手打ちをしないというのは、極道にはない発想だ。組に属す極道は、いかに相手に恨みがあろうと、組が手打ちをすると決めればしたがわざるをえない。『金石』には、はっきりとした組織は存在せず、連帯感によってつながっているに過ぎない。それだけに属する者を特定しづらく、活動の把握も困難だ。その一方で、ふたつの顔をもつことで弱点も背負っている」

「何いってるんだ？」

倉木は冷ややかに訊ねた。

「そう、その強気さは『金石』のメンバーに共通している。相手が極道だろうが警察だろうが恐れない。なぜか。自分たちが日本という国のルールに縛られるとは思っていないからだ」

「わけのわかんないことといって、仕事の邪魔をしないでくれるかな」

「確かにカタギなら、そうやっていえる。そしてそれがあんたたちの弱点だ」

　鮫島は倉木のデスクに近づいた。

「はあ？」

「極道はプロの犯罪者だ。だから的にかけられたり警察に追われるのを覚悟している。いついかなるときであっても、そうなったら家に帰らず家族とも連絡を断って姿を消さなきゃならない。それが一週間、一カ月、場合によっては何年という期間に及ぶこともある。一方、カタギの顔をもつあんたたちはそうはいかない。新宿署の鮫島がきやがった、うっとうしいから逃げるかと思っても、この会社はどうする？　使っている社員は放っておいてよいのか？　在庫やとり寄せているワインの保管は誰がするんだ？　カタギだけに今日の明日消える、というわけにはいかない」

「消えなけりゃどうなる？　パクるのか」

　倉木が吐きだした。

「それはあんたしだいだ。ひとつ教えておこう。私があんたに会いにきたのは、古橋が逮捕されたのとはちがう犯罪について知るためだ」

「ちがう犯罪？」

「新本ほのかを知っているなら、それが何なのかわかる筈だ」

「知ってるなんてひと言もいっていない」

「知らなければ即座に知らないといったろう。あんたは何もいわなかった。どちらがよいか考えたからだ。私が何をどこまで知っているのか、探りだしてやろうと思った。だが『金石』の名を私が口にしたことで気づいた。こいつは敵だ、と」

　倉木は無言だった。鮫島はさらに倉木に近づき、見おろした。

「あんたが三井殺しにかかわっているのなら、そうやってつっぱるのもしかたがない。が、もし三井殺しと関係ないのなら、あらゆることで不利になる」

「あらゆることって何だよ」

「ふたつの顔の両方に、とてつもない圧力がかかる。少なくともカタギの顔はつづけられなくなる。極道のように、自宅には帰れない、家族にも会えないという日が突然やってくるのを受けいれる他なくなる。ひどく惨めで、ここで羽振りよくやっていた日々を、夢のようだったと思いだすだろう」

「ふざけるな。威してるのか」

「犯罪者はそうなる、といっているだけだ。カタギと犯罪者の顔を使い分け、おもしろおかしく生きていくことなど決してできない。私がさせない」

最後の言葉を、倉木の目をのぞきこみながら告げた。

倉木の顔が白茶けた。

「俺は知らない」

「何を知らないんだ？」

「だから、その、三井ってのの件にはかかわってない」

「何があったのかは知っているな」

「噂だけだ」

「どんな噂だ？」

「だから、投資コンサルタントをはめて、そいつが運用している財産をものにした」

「もっと詳しく」

「本当に知らないんだ。そのコンサルタントが死んだってのは聞いたが、なんで死んだのかも知らない」

「新本ほのかについてはどうだ？　知っているのか」

倉木は頷いた。

「知ってる。高川の知り合いだ」

「じゃあ噂を誰から聞いた？」

倉木は黙った。

「高川か。確認するぞ」

「ちがう。うちの事務員だ。新本ほのかの従姉《いとこ》だか叔母《おば》さんなんだ」

「事務員？」

「経理を担当している人間だ。久保由紀子《くぼゆきこ》って」

「少し前にここからでていった女性か」

「そうだ」

矢崎に尾行を命じた女性社員だ。

「新本ほのかの現住所を教えてもらおう」

「知らない。本当だ」

「久保由紀子なら知っているな」

倉木は頷いた。つかのま迷い、鮫島は携帯電話をとりだした。倉木が嘘をついていないか、矢崎に確かめさせることにした。

倉木に目を向けながら、矢崎の携帯を呼びだした。すぐに応えがあった。

「矢崎です」

「今、どこだ？」

「ＪＲ田町《たまち》駅の近くのバーです。マル対は田町で電車を下り、バーに入りました」

「ひとりでか」

「入るときはひとりでした。自分は今、店の外で見張っています」

「頼みがある。マル対に接触してもらいたい。新本ほのかの親戚だという情報があり、事実なら現住所を知っている可能性が高い」

「本当ですか!?」

「マル対の氏名は、久保由紀子だ」

「久保由紀子ですね。わかりました」

「深追いはするなよ」

「了解です」

電話を切ると倉木に訊ねた。

「久保由紀子の住居はどこだ？」

「芝浦だ」

倉木は答えた。通勤に田町駅を使って不思議ではない。

「新本ほのかはどんな人物だ？」

「よく知らない。一、二回しか会ったことがない」

「誰かの紹介で会ったのか」

「ワインを売った。値の張る年代物で、そんじょそこらで手に入る代物《しろもの》じゃなかった」

「あんたはもっていたのか？」

倉木は首をふった。

「仲立ちしただけだ。投資用にそういうワインばかり集めているグループがいて、そこにつないだ」

「いくらくらいするワインなんだ？」

「三本で一千万」

鮫島は驚いた。

「ワイン三本で一千万円したのか」

倉木は頷いた。

「新本ほのかはそのワインをどうしたんだ？」

「売ったんだ、もちろん。自分で飲むわけがない」

「どんな人間が買ったんだ？」

「日本人じゃない」

「どこの国の人間だ？　欧米人か」

倉木は馬鹿にしたように笑った。

「欧米だったら、いくらでもそういう商売をしている連中はいる。わざわざ俺に仲立ちを頼むこともない」

「じゃあどこだ？」

「中国か。その隣か」

「北朝鮮か」

「あそこのトップはワイン好きだ。世界中から買い集めさせているという話を聞いたことがある」

鮫島は倉木を見つめた。

「新本ほのかは、北朝鮮相手の貿易をしているのか」

「コネがあるんだ。ワインや腕時計、ハンドバッグなんかを高値で売りつけているらしい」

「それは、直接本人から聞いたのか」

倉木は首をふった。

「誰から聞いたんだ？」

「うちの久保由紀子だ」

「新本ほのかに関し、他に知っていることがあれば聞こうか」

「だから俺は、一、二回しか会ったことがないんだって」

「誰に紹介されたんだ？」

「高川だっていったろう」

「高川と新本ほのかの関係は？」

「知らないよ。美人だから、惚れてるのだろう」

「交際しているということか」

倉木は意味ありげな表情をした。

「高川がふり回されているんだ」

「投資コンサルタントの件に、高川は関係しているのか？」

倉木は首をふった。

「それはない」

「なぜ断言できる？」

「あいつは短気なんだ。コンサルタントをはめるのに何年もかかったって聞いた。そんな悠長な仕事はしない」

「じゃあどんな役割をしている？」

「知らんよ」

「知らない筈ないだろう。そんな仲なら、古橋の会社に、土曜の朝三人で集まったりしない」

倉木は大きく息を吸いこんだ。

「古橋はコンサルタントの件にかかわっていた。それはまちがいない。だが俺や高川はちがう」

「じゃあ、集まって何を話した？」

「別に。同窓会みたいなものだ。近況とか、儲け話はないか、とか。本当だ！　これ以上話すことはない」

倉木は声を荒らげた。鮫島は頷いた。

「また何かあったら、話を聞く。あんたの携帯の番号を教えてくれ」

「冗談だろ」

「本気だ」

鮫島は倉木の顔を見つめ、告げた。倉木が口にした番号を自分の携帯から呼びだし、実際にデスクにおかれた携帯が鳴るのを確認して、「クラキリカー」をでた。ビルの外に立ち、あたりを見回した。

深夜の繁華街ということもあり、酔客がいきかっている。

矢崎の携帯を呼んだ。応答がなく、留守番電話サービスに切りかわった。

新橋駅に多くの人が流れこんでいく。ＪＲ山手線の終電が近いのだ。

ひどく混雑した山手線で田町に向かった。新橋から田町までは、あいだに浜松町をはさむだけなので、五分ほどで到着した。改札をでる前に、もう一度矢崎の携帯を呼びだした。

応答はなかった。

田町駅には東西ふたつの出入口があり、西口は慶應大学が近く、小さな飲み屋街もあってにぎわっている。

一方の東口は、芝浦に近い。

久保由紀子はどっちの出口を使ったのだろうか。矢崎にバーの名を聞いておかなかったことを鮫島は悔やんだ。

試しに携帯のアプリで近辺のバーを検索すると、東口西口、両方に数軒ある。多いのは西口側だが、女性がひとりで入るなら、より家に近い店だろうと考え、東口をくぐった。駅からまっすぐにのびる広い道を進む。運河にかかる橋の手前にバス停があり、その先にコンビニエンスストアが見えた。オフィスビルが多く、通行人は少ない。

左手に雑居ビルがあり、マッサージや焼き肉屋の看板に混じってＢＡＲの文字が光っていた。二階だ。

鮫島はビルの外階段を上り、そのバーの扉を押した。カウンターとボックス席がある。

客はひとりもいない。

「いらっしゃいませ」

カウンターの内側に立っていたワイシャツ姿の男がいった。

「すみません。店をまちがえました。このあたりにバーは他にありますか？」

鮫島はワイシャツ姿の男に訊ねた。

「通りを渡ったところのマンションの地下にあります」

男が答え、鮫島は礼をいって店をでた。外階段の踊り場に立ったとき、自転車に乗った制服警官がふたり、通りを渡るのが見えた。胸騒ぎがした。鮫島は階段を駆けおりた。通りを渡り、自転車の警官たちが向かった方角に走った。高層マンションがあり、その角を曲がったところに救急車が止まっていた。制服警官の姿もあった。

救急隊員がストレッチャーに乗せた人間をのぞきこんでいる。

「すみません」

鮫島は走り寄りながら、身分証を掲げた。

「新宿署の者です。何があったのですか」

ストレッチャーに乗る人間の顔は、救急隊員の陰で見えない。

「お名前をいえますか？　もしもし」

救急隊員が大声で呼びかけている。

「男性が道に倒れているという通報がありました。救急車は通行人が呼んだようです」

制服警官のひとりが答え、救急隊員の肩ごしに、ストレッチャーに乗せられた矢崎の顔が見えた。

目を薄く開いてはいるが、救急隊員の呼びかけに応えるようすはない。

「矢崎！」

思わず鮫島は叫んでいた。右耳の後ろに血がにじんでいる。そこをペンライトで照らしていた救急隊員がいった。

「転んでぶつけたか、何かで殴られたようですね。脳挫傷を起こしている疑いがあるので、ただちに搬送します」

39

「東亜通商研究会」に連絡すると、すぐに迎えがさしむけられた。待ち合わせた東京駅丸の内北口で、永昌は城山の運転する車に乗りこんだ。助手席には香田がいる。

「香田さん、城山さん、お久しぶりです」

にこやかに永昌は告げた。ふたりの日本人も笑みを浮かべ、頷いた。

「本当に。いつ日本にいらしたのですか？」

「嘘をいってもすぐばれます。本当のことをいいます。一週間前です」

「一週間も前にいらしていたのに、連絡を下さらなかったのですか。それは水臭い」

香田がいった。

「華の件でいろいろと調べることがあったものですから」

「何かおわかりになりましたか？」

「いいえ。何もわからないので、連絡をさしあげたのです。誰が華を殺したのか、ご存じですか」

「残念ながら、まだわかってはいません」

香田がふりかえり、答えた。永昌はその目を見つめた。

「本当ですか？」

「本当です」

香田は頷いた。

「とりあえず、食事をごいっしょしながら、お話ししましょう」

車は東京駅を離れ、走りだした。やがて広くて暗い一画が右手に見え、皇居だと永昌にもわかった。

皇居のかたわらをまっすぐ進み、水をたたえた濠に沿って右折する。すぐの信号を左に折れた。そのまままっすぐ進み、やがて大きな洋館のような建物の前で止まった。歴史を感じさせる造りで、似たような建物を、永昌は上海で見たことがある。

「立派な建物ですね」

車寄せに白い上着に手袋をつけた男が立っていて、扉を外から開いた。

「たまにはフレンチでもと思いまして」

香田がいった。永昌と香田は、そこで車を下りた。城山は駐車場に車を回す。

洋館の入口をくぐると、香田は受付らしき男に、

「『東亜通商研究会』です」

と告げた。男は、すぐかたわらのカーテンをめくった。

「こちらのエレベーターで三階にお進み下さい」

三人も乗ればいっぱいになってしまうような小さなエレベーターだった。香田とふたりして三階に上った。

エレベーターの扉が開くと、そこが個室になっていた。八人がけの長いテーブルがおかれ、天井から吊るされたシャンデリアの光を、並べられたナイフやフォークが反射している。

「いらっしゃいませ。こちらにおかけ下さい」

待ちかまえていたボーイが、テーブルの角に当たる椅子を引いた。永昌がすわると、向かいの椅子を香田

が引いた。

「食前酒は何にいたしましょうか」

香田が慣れた口調で注文し、永昌はマリカを思いだした。

「前菜は、少しおいてもってきて下さい」

あとから上がってきた城山が香田の隣にかけ、ボーイに告げた。

「承知いたしました」

ボーイは、エレベーターとは反対側にある扉からでていった。階段があるようだ。

「最初に訊きます。華を殺したのは、あなた方ですか?」

永昌は向かいあってすわる香田と城山の顔を見比べた。

「ちがいます。華さんが亡くなられ、私たちも困っています。華さんにお願いしていた作業が滞ってしまっているので」

「警察は犯人を捜していますか?」

「もちろんです」

「日本の警察はとても優秀でしょう? それなのに犯人はつかまらないのですか」

香田と城山は顔を見合わせた。城山が口を開いた。

「華さんは、新宿区内の民泊施設にいるところを、何者かに撃たれて亡くなりました。この民泊施設を華さんが使っているのを、我々も知りませんでした。我々の知る、華さんの東京での住居は、目黒区内のマンションだったからです。しかも死体で発見された華さんは、身分を証明するものを何ひとつ所持していなかった。死体が華さんであると我々が知ったのは、華さんが亡くなられてから二日後でした」

「どうやって知ったのです?」

永昌は訊ねた。

「華さんと連絡がつかなくなり、新宿で外国人らしい男性の射殺体が発見されたというので、私が遺体の顔を確認しました」

香田が答えた。

「発見されたとき華さんが所持していた携帯電話は、我々が番号を知らないプリペイド携帯でした。我々の知る携帯は、目黒のマンションに置きっぱなしになっていました」

「そのマンションは調べたのですね」

香田は頷いた。

「遺体を確認してすぐに調べました。北新宿の民泊施設に、華さんが宿泊していたことを示す証拠はありませんでしたから、華さんは民泊施設を、接触や荷物の受け渡しのために使っていたと考えられます。そこに現れた人物が深夜、華さんを射殺したのです」

「すると犯人はその民泊施設を知っている人物、つまり華の知り合いだ、というのですか?」

「そう考えられます」

香田が答え、永昌を見つめた。永昌は気づいた。この連中は自分を疑っている。

「私ではありません。華が死んだと聞くまでは、日本には当分、くる予定がありませんでした」

「張さんではなく、張さんの知り合いという可能性はありませんか?」

永昌は首をふった。

「そんな危険は冒せません。理由は、あなた方もご存じの筈だ」

香田は息を吸いこんだ。

「朱《ジュ》と梁《リャン》のことをいっておられるのですか」

永昌は無言で頷いた。

「朱兆慶《ジャオチン》と梁展声《ジャンシャン》は、新宿署警察官と週刊誌記者への殺人未遂現行犯で逮捕され、現在は服役中です。朱は大連で雇われた殺し屋で、新宿署警察官の殺害後はすぐに日本を離れる予定だったと自供しました。一方の梁は黙秘を貫き、朱を雇ったのが自分なのか、それとも自分も雇われた立場で、ただの見届け役であったかどうかすら答えずに刑に服しています。おそらく朱はフリーの殺し屋ですが、梁は犯罪組織に属しており、口を割れば自分の親族に危険が及ぶのを恐れているのだと思われます」

それは少しちがう。梁こと銭は、盧と並んで永昌の古い手下だった。右腕といってもいい。盧はビジネスで銭は暴力で永昌を補佐してきた。

銭にだされた判決は懲役七年と聞いている。そのあいだ、永昌は銭の家族の面倒をみてやり、出所後は、トンから買いとる「ダイアナ」を任せるつもりでいた。銭は、自分が切り捨てられないと信じている。だから口を割らなかったのだ。

「問題はふたりの中国人ではなく、新宿の警察官です。その人は、私の父親を逮捕しました。私がその人を恨んでいると、当然、日本の警察は考える。だから日本にくるのを避けていましたし、まして誰かを使って人を殺すなどという危険は冒せません」

「その警察官は今でも新宿署にいます。しかも華さんの事件のことを調べている」

香田がいった。

「そうなのですか？」

亀沢の話とちがう。事件の捜査は、公安部にとりあげられたのではなかったか。目の前にいるふたりの男が元いたセクションだ。

香田は苦い表情になった。

「華さんの殺害を捜査する権限は、新宿署から公安部に移されました。しかしその警察官が華さんの死体を最初に発見したこともあり、捜査から手をひかないのです。表向きは殺人事件の捜査ではなく、華さんが撃たれた違法民泊施設の取締りという体裁をとっています。しかも、その民泊施設の実質的な経営者である元暴力団員が失踪し、行方がわからない。警察官は、拉致されたと考えているようです」

「香田さんは、その人の報告をうけているのですか？」

永昌が訊ねると香田は身じろぎした。

「そうではありません」

「それならどうして、その人の考えがわかるのですか？」

永昌は香田の目を見つめた。香田と鮫島は仲間なのではないかという疑念が生まれていた。警察にいない香田は、現役の鮫島を使って情報を集めているのではないか。

もしそうなら、永昌を危険だと判断すれば逮捕させるかもしれない。罪状はどうとでもなる。現役の警察官なら容疑をでっちあげるのも簡単だ。

「彼と私は、同期で警察に入りました。だから性格を知っています。頑固で、目の前のことにしか目がいかないタイプなのです。警察や警察官のありかたに関し、彼と私では正反対の考え方をしているといってもいい。だから、なのです」

「香田さんらしくないですね。香田さんはもっと、はっきりと話す人です」

　永昌は微笑んだ。

「本当のことを教えて下さい。華を『東亜通商研究会』に紹介したのは私です。その華が殺されて、私は不安を感じています。その不安がなくならない限り、今後、皆さんに協力することはできません」

　香田は無言だ。

「何といいましたか。そう、化かしあいです。お互い、真実を告げず、嘘ばかりついている」

「嘘をついているわけではありません」

　見かねたように城山がいった。

「私たちも華さんが誰になぜ殺されたのかを知りたい。張さんは『栄古堂』という古本屋の名を聞いたことがありますか？」

「古本屋ですか？」

「そうです。東京の神田にあります」

「知りません。それが華とどんな関係があるのですか？」

「『栄古堂』は、北朝鮮工作員の協力者で、もしかすると華さんとつきあいがあったかもしれません」

「北朝鮮の人間なのですか」

「いえ、『栄古堂』を経営しているのは日本人ですが、工作員の連絡中継地点として、その店が使われているのです。客を装った工作員が並んでいる古本にメッセージをはさみ、別の工作員がそれを受けとる、という手段です。古めかしいやり方ですが、電話やメールとちがい、痕跡が残りません」

「華を殺したのは北朝鮮の工作員だと、おふたりは考えているのですか」

「それはわかりません。そうであるなら、『栄古堂』に出入りする工作員に何か動きがある筈だと、私たちは考えました。ですが、今のところ目立った動きはないようです」

　香田が答えた。

「『東亜通商研究会』は、華に何を運ばせようとしていたのですか？」

　香田は首をふった。

「それをお答えするわけにはいきません。その物資を用意したのは私たちですし、華さんは第三国を経由して北朝鮮に運ぶ手筈になっていました。ですが、その作業が始まる前に、殺されてしまった」

「作業を引き継ぐ人間が必要ですか」

「それはもちろんですが、その前に、華さんに預けた物資の行方がわからなくなっているのです。日本から運びだされてはいない筈で、私たちとしては回収したい」

　永昌は気づいた。「東亜通商研究会」の目的は、これだったのだ。華が死に、物資とやらの在りかがわからなくなった。

「華を殺した人間がもっていったのではないのですか？」

「いえ。民泊施設付近の防犯カメラに犯人と思《おぼ》しい人物が写っていたのですが、犯人は現場から何ももち去っていないのです。しかも物資は、簡単にもち運べる量ではありません」

「高価なものなのですか」

「金や宝飾品の類ではありませんから、高価とはいえない。しかしまとまった量を入手するのは難しい」

　香田が首をふった。

「すると、華を殺した人は、それが欲しかったのではない？」

「少なくとも民泊施設にあったのでないことは確かです。華さんはおそらく、日本からの搬出に備え、それをどこかに保管していた。保管場所は華さんしか知らず、その結果、どこにあるのかわからなくなっているのです」

　永昌は香田を見つめた。

「それが何であるのかを知らなければ、捜すのをお手伝いできません」

「わかります。わかりますが、我々が北朝鮮あてにその物資を送ろうとしていたことは、決して公《おおやけ》にできない」

「見返りはあったのですか？」

「見返り？」

「それを北朝鮮に送ることで、得るものがある。ちがいますか？」

　香田は頷いた。

「それはもちろんです。その件についてもお話しするわけにはいきませんが」

「それほど高価なものでないのなら、あきらめて新しく用意してはどうです？」

「簡単にはいきません。政府が備蓄を定めているので、一度に大量に確保するのが困難なのです」

「日本政府が備蓄を定めている物資なのですか？」

「そうです。もちろん、石油とかそういう類の資源物資ではありません」

　当然だ。石油はいくら何でも華の手に余ったろうし、どこかに隠しておけるものでもない。

「手配がつくのなら、私に任せますか？」

　永昌は訊ねた。考えようによっては、ビジネスチャンスでもある。

「そうしたいのはやまやまですが、まずは回収が先です。万一、第三者に発見された場合、その用途が必ず問題になる。ニュースにもなるでしょうし、それを防ぎたいのです」

　ドアがノックされた。ボーイが顔をのぞかせ、前菜を運んでもよいかと訊ねた。

　香田は真剣な表情で永昌を見つめた。

「回収に協力していただけるなら、今まで以上に張さんには便宜をはかります」

「もうちょっと待って下さい」

　城山がボーイに告げた。

「協力するのはかまいません。ただ、気になることがあります。私の父親を逮捕した警察官が、私も逮捕しようと考えているかもしれない。その人をコントロールできますか」

「もちろん、いざとなればコントロールは可能ですし、彼の動きに関しては情報が入るよう、手だてを打っています」

香田が答えた。

「どんな手だてなのです？」

永昌は訊ねた。

40

矢崎が搬送されたのは、芝にある大学病院だった。ただちに頭部ＣＴ検査がおこなわれ、外傷性脳内血腫及びくも膜下出血と診断された。意識は戻ったが、一時的な記憶障害を起こしており、なぜ自分が病院に運ばれたのかが理解できないようだ、と医師は鮫島に告げた。

右耳の後ろ、後頭部寄りに打撲の痕があり陥没骨折が起きている。その内側の脳が損傷を受け、血腫と出血が生じているという説明だった。ただちに手術をおこなわなければならないという状況ではないが、経過を見て、出血がつづくようであれば、開頭手術になる。

外傷の状態から、転倒による怪我とは考えられず、小さく硬い、たとえば金槌のようなもので斜めうしろから殴られた可能性が高い、という。

同行した三田署の警察官が傷害事件発生として通報

し、第一機動捜査隊が出動した。

鎮静剤の効力で矢崎は眠っている。鮫島は田町の現場に戻った。

そこでは駆けつけた制服警察官と機捜刑事による現場検証がおこなわれていた。現場を統括する機捜の班長は諸住《もろずみ》といって、鮫島と面識があった。

「やっぱりそうでしたか。地域課の人間から、新宿署の鮫島という刑事が駆けつけてきたと聞いたので、もしかしたらと思っていたんです。マル害は新宿署員なのですか」

大柄で柔和な顔つきの諸住が訊ねた。

「矢崎といって、生安に配属されたばかりの人間です」

諸住の目が鋭くなった。

「捜査中だったのですか」

「ええ。事件関係者の会社に勤務する女性社員の行確をおこなっていました。たぶん、そこのバーだと思います」

二百メートルほど離れたマンションの入口にある看板を示した。午前二時を過ぎていたが、看板に明りが点っている。

「いっしょにいきましょう」

諸住は告げ、バーに向け歩きだした。看板には「ＢＡＲ　ＰＥＰＰＥＲ」と書かれている。

歩きながら諸住はあたりを見回している。近辺に防犯カメラがないか、確認しているのだと鮫島は気づいた。

「報告では、人が倒れているとの一一〇番通報があり、交番から制服が駆けつけました。通報者は一一〇番の前に一一九番にも連絡しています。飼い犬を散歩させていた付近住人で、発見したとき、マル害は道にひとりで倒れていたそうです。初め、酔っぱらいかと思ったが、頭から血がでているのを見て、ちがうと気づいたといっていました」

諸住がいった。

「こんな時間に犬の散歩ですか」

「仕事が板前で、独身なので、仕事から帰ってきてから、犬に散歩をさせているのだそうです。矢崎さんの対象者は、どんな人物ですか」

「久保由紀子といって、新橋にあるワイン販売会社の従業員です。彼女の親戚に当たる新本ほのかという女性が、三年前に横浜で起きた未解決殺人に関与した疑いがあり、その行方を捜していました」

諸住は「BAR　PEPPER」に下りる階段の手前で足を止めた。頭上にある防犯カメラを見上げ、

「これだと距離が遠いな」

とつぶやいて、鮫島に目を移した。

「横浜で起きた事件ですか？」

怪訝《けげん》そうに訊ねる。

「ええ。犯行に使われた拳銃が、北新宿のヤミ民泊であった殺しと同口径である可能性が高いので」

「ああ、身許不明のホトケが見つかった」

諸住は頷いた。捜査が公安部に移ったことまでは知らないようだ。階段を下り始め、いった。

「じゃあ最初は鮫島さんにお任せします」

「感謝します」

鮫島はいって、階段を下りきったところにある黒い扉を押した。

「いらっしゃいませ」

奥に細長い店で、手前のカウンターに、ベストにバタフライを着けたバーテンダーがひとりでいた。広げたタオルの上に洗った灰皿を積んでいる。客はおらず、閉店間近という雰囲気だ。

「三時までなんですが、よろしいですか」

バーテンダーは色が浅黒く、口ヒゲを生やしていて、南米人のような風貌をしている。

「客じゃないんです。ちょっとうかがいたいことがありまして」

鮫島はいって、身分証を見せた。バーテンダーは鮫島を見つめた。

「刑事さんですか。どうしたんです？」

「この付近で傷害事件が起きました。被害者は、こちらのお店のお客さんを訪ねてきた筈なのですが」

「うちの客が被害にあったのですか？」

バーテンダーの顔が真剣になった。

「客できたかどうかはわかりません。眼鏡をかけてい

て、身長は一七〇センチくらい。年齢は二十九で、紺色のスーツにネクタイを締めています」

　バーテンダーは首を傾げた。

「何時頃、きた方でしょう？」

「十二時前後です。その少し前に、ここにひとりで入った、女性のお客さんがいて、その人を訪ねてきたと思うのですが」

「ひとりで見えたお客さん……ああ」

　バーテンダーは頷いた。

「その女性客はわかりますか？」

「ええ。名前までは知りませんが、ときどーき、そうだなあ、ふた月に一度くらい見えるお客さんですね。以前、ちょっと話したらワインに詳しかった。でもお連れの方はいませんでした」

「いつもひとりでこられるのですか？」

「だいたい、おひとりです。時間は遅かったり早かったり、まちまちですけど。一度だけ、カップルときたことがありました。女性はすごくきれいな人で、男性は背の高い、ちょっとごつい感じの方でした」

「それはいつ頃です？」

「えーと、去年の今くらいかな。もう少し前だったかもしれません」

　バーテンダーは答えた。

「もう一度うかがいますが、眼鏡でスーツの男性が、今日、その女性客を訪ねてはきませんでしたか？」

「いらしてません。女性のお客さんも、今日は三、四十分くらいでお帰りになりました」

「ここで誰かと会ってはいない？」

　バーテンダーは首をふった。

「他にお客さんはいませんでした。こられてすぐ、トイレに入り、でてきてギネスを頼まれました。飲んでいるうちにメールだかラインがきて、それで帰られました」

「携帯を見て、帰ったということですか？」

「ええ。あ、そうだ。トイレからでてきたときも手に携帯をもっていたので、トイレで誰かにかけたかもしれません」

「トイレはどこです？」

バーテンダーは店の奥を示した。諸住が動いた。つきあたりの扉の前に立った。

「ここですね」

「はい」

諸住は中に入り扉を閉めたが、すぐにでてきた。

「中で喋りましたが、聞こえましたか？」

鮫島は首をふった。矢崎の尾行に気づき、トイレから誰かを呼んだのかもしれない。

「一年前にいっしょにきたカップルについて教えて下さい。女性の年齢はいくつくらいです？」

鮫島は訊ねた。

「ええと、二十代後半かなあ。もしかするともう少しいっていたかもしれませんが、もっていたバッグとかが超高級で、見るからにお金持そうな女性だなと思ったのを覚えています」

「いっしょにいた大柄の男性は、恋人という感じですか」

「どうなんだろう。ほとんど女性どうしで喋っていて、あまり口はきかなかったような気がします」

「会計は誰が？」

「その男の人です。あ、思いだした。ファンさんて、呼ばれてた。渾名《あだな》なのか名前なのかはわからないんですが、うちにくるほうのお客さんが、『ファンさん、ごちそうさま』って、いったのを覚えています」

「外国人だったのですか」

「うーん。ときどき喋る言葉は、まるきり日本人でしたけど」

「きれいな女性の名前は、でませんでしたか」

バーテンダーは首をふった。

「よくこられるほうの女性客ですが、住んでいるところとかをご存じありませんか」

「いえ。近くだとは思うんですが、どこなのかは聞いたことがないですね」

鮫島は諸住をふりかえった。

「何かありますか？」

諸住はバーテンダーを見つめた。

「その女性客は、支払いは現金でしたか？　それともカード？」

「現金です」

「こちらで最近、何かトラブルとかはありませんでしたか？　お客さんどうしで喧嘩とか」

「ありません。なにせ暇な店なんで」

バーテンダーは自嘲の笑みを浮かべた。

「ほとんど趣味でやってるんだろうとよくいわれます。そんなことはないのですけどね」

「『金石』という言葉を聞いたことはありますか？」

鮫島はいった。

「え、何ですって？　ジンシですか」

バーテンダーの表情に変化はなかった。

「いえ、聞き覚えがなければけっこうです」

「こちらの電話番号を教えていただけますか」

諸住がいうと、バーテンダーはブックマッチをさしだした。赤い表紙に黒く「ＢＡＲ　ＰＥＰＰＥＲ」と印刷されている。

「ありがとうございます。お手数をかけました」

受けとった諸住は鮫島に頷いてみせた。ふたりは店をでた。

「矢崎の尾行に気づいたマル対が店のトイレから携帯で仲間を呼び、その仲間が矢崎を襲った可能性がありますね」

外にでると鮫島はいった。

「マル対は、ワイン販売会社の従業員だといいましたよね」

諸住は首を傾げた。

「ええ。今のバーにいたマル対が新本ほのかの親戚であるというのがわかり、私は携帯で矢崎に接触を指示しました。新本ほのかの現住所あるいは連絡先をつきとめるためです。私の失敗です。見た目が地味なので、久保由紀子をただの会社員だと考えてしまった」

「しかしバーテンダーの話では、矢崎さんは店に訊きこみにきていない。それはどう考えます？」

諸住が訊ねた。

「指示をうけた矢崎が向かおうとした矢先に、久保由紀子がバーをでてきた。そこで路上で訊きこもうとしたところを襲われたのかもしれません」

鮫島は矢崎とのやりとりを思い返した。久保由紀子がバーに入ってどのくらいたつのかを矢崎は口にしただろうか。

いや、ただ「バーに入りました」といっただけだ。それはおそらく、バーに入ってから長時間たってはいなかったからだ。三十分以内といったところだろう。バーテンダーも、店にいた時間は三、四十分だといっていた。

「呼んだ仲間が到着したという知らせがきたので、久保由紀子は店をでた。その時点で矢崎は襲われたあとだったかもしれない」

鮫島はあたりを見回した。矢崎が倒れていたのは、バーに下りる階段の入口が見える場所だった。通行人の少ない時間帯にひとりでいれば、尾行者だとすぐに気づかれたにちがいない。

鮫島の指示をうけた矢崎がバーに向かおうとしたそのとき、襲撃者が到着し、背後から矢崎を襲った。

「矢崎さんとは話せていないのですね」

検証現場に戻りながら諸住が訊ね、鮫島は頷いた。

「医者の話では、一時的な記憶障害を起こしていて、なぜ自分が病院にいるのかわからなかったようです。その後、鎮静剤を投与されたので、今はＩＣＵで眠っています」

鑑識係が作業する現場の手前で鮫島は立ち止まった。阿坂に連絡をしなければならない。

「矢崎さんは、生安の前はどこに？」

諸住が訊ねた。襲われたのが捜査とは別の理由である可能性を考えているのだと鮫島は気づいた。別の部署にいたときに恨みを買った人間がいて、ここで偶然でくわしたこともありえる。

「機動隊です。市谷の特科車両隊だといっていました」

「市谷？　おい、森永《もりなが》」

諸住は鑑識のかたわらでメモをとっているスーツの男に声をかけた。「機捜」の腕章を巻いている。矢崎より少し年上だ。

「はい」

「お前、前は市谷だったよな」

「はい」

「矢崎さんての、わかるか？」

「矢崎？」

森永と呼ばれた刑事は首をひねった。

「特科車両隊にいたそうだ」

諸住がつづけた。

「自分、車が好きなんで特科車両の連中とは仲よくしていましたけど、矢崎さんという人は知りません」

「つい最近まで特科車両隊にいたようなのですが」

鮫島はいった。

「いくつくらいの方ですか」

「二十九だそうだ。このマル害だ」

諸住がいうと、

「えっ」

森永は目をみひらいた。

「マル害が!?」

「知らないか」

諸住は念を押した。森永は首をふった。

「自分は去年までおりましたが、矢崎さんという人は知りません」

諸住は鮫島を見つめた。

「どういうことでしょうか。本人がそういったのですよね」

鮫島は頷いた。機動隊にいたのに日焼けしていないと指摘したとき、驚いたような表情を見せたのを覚えていた。

「おっしゃった、久保由紀子という会社員の連絡先はわかりますか」

諸住は事件に話を戻した。

「いえ。芝浦に住んでいるという情報だけです」

鮫島は、久保由紀子がつとめる「クラキリカー」の社長である倉木智貴が、公安部に身柄を拘束された古橋一機の仲間であることを話した。

「何の仲間です？」

「同窓会のようなものだと倉木はいっていましたが、犯罪にかかわっている可能性は高いと思います。古橋、倉木、高川という三名の名前が判明しています」

高川の人台は、バーテンダーがいっていた、長身でごついという印象と一致する。高川和という名に「ファン」と呼ばれる要素はないが、渾名なら名前と共通点がなくても不思議はなかった。

「倉木智貴の連絡先ならわかっています。今、連絡をとりますか?」

鮫島は訊ねた。諸住は少し考え、首をふった。

「いや、急がないほうがいい。その『クラキリカー』という会社を明日当たります。極道じゃないのだから、すぐに飛んだりはしないでしょう」

鮫島は頷き、倉木の携帯の番号を教えた。

「『クラキリカー』にいくとき、鮫島さんも同行されますか」

「ぜひお願いします」

鮫島はいって「クラキリカー」の営業時間を教えた。

「私のミスです。対象者を、ふつうの会社員だと考えて、単独での接触を命じてしまった」

鮫島はいった。

「接触の前に襲われた可能性もあります」

「それだったら尚さらです。尾行しただけで襲撃されるとまでは考えていなかった」

「病院にいかせた者から聞きましたが、命に別状はないとか」

諸住はいった。

「ええ。しかし頭ですから安心はできません」

鮫島は低い声でいった。桃井につづいて矢崎にまで万一のことがあったら、悔やんでも悔やみきれない。

「硬いものでうしろから殴られたようだ、と医者はいったそうですね。小さくて硬い、金槌みたいな凶器だと」

森永がいった。諸住が鮫島を見た。

「矢崎さんの身長は一七〇センチくらい、といってましたね。するとほしはそれなりに身長がある。久保由紀子は長身ですか」

「いえ。一六〇センチあるかどうかといったところです」

新橋のビルをでていく姿を思いだし、鮫島は答えた。

「するとほしではないな」

「ええ。バーテンダーのいっていた、カップルの客の、男のほうは高川かもしれません。大柄です」

「高川の住居はどこです?」

「確認はしていませんが、目黒区青葉台だと思われます」

「目黒区青葉台か。この時間なら、車で三十分もあれば駆けつけられるな。ファンという名前についてはどうです?」

諸住はいった。

「それはわかりません。高川の下の名は和で、造園業だそうです。会社の名は『フジ緑化』」

森永がメモをとっている。

「明日、『クラキリカー』に向かう前に『フジ緑化』を調べます」

諸住がいい、鮫島は頷いた。

「お願いします」

森永と目が合った。

「市谷に、矢崎という人間はいなかったのですね」

「五機全体にいなかったかどうかはわかりません。ですが特科車両隊にいなかったのは確かです。少なくとも自分が市谷にいたときには、矢崎という人はいませんでした」

市谷には、特科車両隊の他に第五機動隊も詰めている。

「お前が市谷にいたのはいつだ?」

諸住が訊ねた。

「去年こちらに異動してくるまでの、三年間です」

森永が答えた。

「わかりました。ありがとうございます。矢崎のようすを見て、確認します」

鮫島は告げ、携帯番号の入った名刺を諸住に手渡した。

「いろいろありがとうございました。明日、連絡をお待ちしています」

「了解しました。何かでたら、明日お伝えします」

諸住がいい、鮫島はもう一度礼を告げて、現場を離れた。

時刻は午前三時を過ぎている。阿坂の携帯を呼びだしたが、応答のないまま留守番電話に切りかわった。

「鮫島です。矢崎くんが田町駅付近で頭部を負傷し、入院しました。外傷性脳内血腫及びくも膜下出血ですが、現在のところ生命に別状はないとのことです。行確作業中に、何者かに襲われたもようで、一機捜があたっています。私はこれから署に戻り、ご連絡をお待ちしています」

吹きこみ、鮫島はタクシーを拾った。自宅に戻る気にはなれず、新宿署で朝を待つことにした。

41

阿坂から電話がきたのは午前七時だった。

「矢崎くんの入院先を教えて下さい」

てきぱきとした口調だった。鮫島は教え、

「そちらに回られますか。ならば、ごいっしょしますが」

といった。

「芝なら、自宅の近くなので、今からいって容態を確認します。あなたは署にいて下さい。受傷時の状況について話を聞かせていただきます」

「了解しました」

鮫島は生活安全課の自分のデスクにいた。

矢崎の受傷も含めたできごとをパソコンで整理していた。

午前九時過ぎに阿坂が出署した。化粧をしておらず、急いで自宅をでたのだとわかった。

「具合はどうでした？」

「医者の話では、出血が止まったので、ＩＣＵをでてもいいとのことだった。ただ、本人がひどく痛がっているので、今は痛み止めをだしている。怪我をしたときのことは何も覚えていない。マル対が入ったバーを監視していて、あなたから電話がかかってきたところで、記憶がとんでいるそう」

　答えて、阿坂は鮫島を見すえた。

「何があったのですか？」

「矢崎くんが行確をしていたのは、新橋の『クラキリカー』というワイン販売会社の社員、久保由紀子です。『クラキリカー』での訊きこみで、久保由紀子が、三年前の投資コンサルタント殺しの関係者である新本ほのかの親戚であることが判明し、新本ほのかの住所あるいは連絡先を訊ねるよう、電話で私が指示をしました。襲われたのは、その直後のようです。久保由紀子が入ったバーの近くの路上で頭から血を流して倒れているのを通行人が発見し、一一〇番と一一九番通報しました。救急車に乗せられるところに私が到着し、呼びかけましたが、目は開いているものの答えられない状態でした。病院に同行し、鎮静剤を投与した医師からの説明を聞いて、現場に戻りました」

　諸住と「ＢＡＲ　ＰＥＰＰＥＲ」で訊きこんだ話をした。

「すると久保由紀子は矢崎くんの尾行に気づき、そのバーのトイレから仲間を呼んだ。その仲間が矢崎くんを襲ったというの？」

「その可能性が高いと思います。久保由紀子をただの会社員だと私は考えていました。しかし『金石』のメンバーなら、警察官に対し暴力をふるっても意外ではありません」

　阿坂は首を傾げた。

「ただ尾行している人間を、いきなり金槌で殴りつけるかしら。暴力団員でもそんな無茶はしない」

「『金石』には暴力団以上の狂暴さをもつ人間がいます。また、矢崎くんは覚えていないかもしれませんが、あるいは久保由紀子に路上で声をかけ新本ほのかについて訊ねたとすれば、殺人事件に関与している新本ほのかを守ろうと、仲間が暴力に訴えた可能性はあります」

「服役中の吉田は、新本ほのかの関与を認めたの？」

「新本ほのかは計画的に三井省二に近づき、秘書として必要な情報を吸い上げたのち殺害したというのが、吉田の考えです。その結果栄勇会は、三井に運用を任せていた海外資産を根こそぎ奪われました。新本ほのかは行方をくらまし、彼女の仲間だと思われる古橋一機の監視を、吉田は覚せい剤の取引でつきあいのあった『金石』のメンバーに頼みました。組の人間を動かせば、資産を奪われたのがバレると考えたからです」

「つまり吉田は奪われた資産をこっそり取り返そうと考えていたのね」

「おっしゃる通りです。その時点で吉田は、新本ほのかや古橋一機が『金石』のメンバーだと気づいていなかった。さんざん焦らされたあげく、結果のでない『金石』を問い詰めた吉田は、あべこべに覚せい剤の取引を打ち切ると脅され、ようやく新本ほのかたちの正体に気づきました。資産を奪われた上に覚せい剤の取引を切られたら栄勇会は終わりです。泣き寝入りする他なかった」

「つまり『金石』は仲間を守った」

「結束が固く、警察や暴力団にも怯《ひる》まない、精神的なバックボーンをもつ集団です」

鮫島が答えると、阿坂はまっすぐ見つめた。

「暴力団の財産を奪えば、とことん追われる。それすら恐れないというの？」

阿坂は首をふった。

「警察官への襲撃もためらいません」

「それにもかかわらず、あなたの報告書によれば古橋一機は『カズシッピングサービス』、倉木は『クラキリカー』という正業をもっている。なぜそんな危険を冒す必要があるのかがわからない」

「日本に住み、日本人として暮らしながら、日本への帰属意識がないのです。どこの国の人間でもないという独特の連帯感で結ばれています」

「中国人でもなく？」

「ちがいます。中国語を話せ、中国名ももって、中国人としてふるまうときもあるが、中国への帰属意識ももたない。必要に応じ、日本人にも中国人にもなるが、それは仮の姿でしかないんです」

「あなたを狙った殺し屋もメンバーだったの？」

「殺し屋は中国人です。『金石』は中国とのパイプを使って、私を消そうと考えたのです」

「でもそれは失敗した」

「殺し屋は、私の自宅付近で待ち伏せをしていました。帰ってきた私を撃とうとした瞬間に、張りこんでいた週刊誌の記者が前にとびだしてきたのです。弾丸は記者に当たり、私は殺し屋を撃ちました。どちらも命に別状はありませんでした」

　阿坂は深々と息を吸いこんだ。

「刑事を待ち伏せするなんて……」

「いいわけになりますが、矢崎くんの顔を倉木に覚えさせたくなくて、あえて無関係だと思われた久保由紀子の尾行を命じました。今後また『金石』が強硬な手段で捜査を妨害するかもしれない、と考えたからです。彼を『クラキリカー』から引き離し、私はひとりで倉木に訊きこみをおこないました。その結果、久保由紀子が新本ほのかの親戚であることがわかったため、接触を指示したのです。軽率でした」

「倉木はよく話したわね」

「三井殺しに関連づけられるのを恐れたからです。課長がおっしゃるように、正業をもつ以上、徹底して私にマークされることを嫌ったと思われます」

「脅したのですか」

「犯罪者とカタギの顔をうまく使い分けて生きていくことなど許さない、といいました」

　阿坂はすぐには何もいわなかった。無言で鮫島の顔を見つめていたが、やがてふうっと息を吐いた。

「やはりあなたは、他の警察官とはちがうということね」

「そうでしょうか」

「あなたの信念の強さは、わたしの知っているいかなる人ともちがう。あなたは、あなただけの倫理にしたがっているように思える。その倫理がまちがっているというつもりはないけれど、あなたは退《ひ》くことがない」

「退けない、と思っているのです。退いたとたん、今まで私に煮え湯を飲まされたと思っている連中が襲いかかってくる。それに誰かが巻きこまれるのだけは避けたかった」

「矢崎くんは巻きこまれたというの？」

「『金石』は、新宿署の鮫島が彼らについて調べていたのを知っています。倉木も私の名を知っているようすでした。矢崎くんが私の同僚という理由で、強硬な排除の対象にされた可能性はあります。『金石』にしても、すべての警察官を目の敵にしているわけではないでしょうし」

「あなたのいう通り、カタギと犯罪者の顔を使い分けているなら尚さらでしょう。矢崎くんが、あなたの指示で動いていると彼らが考える理由はあるのですか」

「昨夜の時点では、それはなかったと思います。仮に矢崎くんが久保由紀子に質問したとしても、私の名をだしたとは思えません」

「だったら、ただ尾行をしていたというだけで、矢崎くんは襲われたということになります。その久保由紀子という会社員が『金石』のメンバーで、『金石』がいくら警察に敵対的だとしても、凶暴すぎるとは思いませんか？」

「思います」

それについては眠れないまま、署でも考えていた。矢崎の尾行を久保由紀子が察知していたとしても、誰かに襲撃させるというのは攻撃的すぎる。矢崎に対して著しい危機感を抱いたとしか思えない。

矢崎から、威嚇的な印象をうけたとも考えられない。外見からも、そう誤解されるタイプではない。

「あなたを襲ったのであれば、以前からの捜査に危機感を抱いてという動機も考えられますが」

「おっしゃる通りです」

「犯人が矢崎くんのことを前々から知っていて、恨みをもっていたという可能性はあるでしょうか」

「一機捜の班長も同じことを考えていました。ただ――」

鮫島はいい淀んだ。

「ただ？」

阿坂が訊き返したので、その目を見つめた。

「矢崎くんは、ここにくる前、市谷の特科車両隊にいたと私にいいました」

言葉を切った。阿坂は頷いた。

「わたしもそう聞いています」

「本人からですか」

「本人もいいましたし、人事からの書類にもそうありました」

迷いのない表情で答えた。

「昨夜の機捜の中に、市谷の五機にいたという同世代の者がいて、車好きなので特科車両隊と仲よくしていたが、矢崎という隊員はいなかったというのです」

阿坂は首を傾げた。

「いなかった？」

「はい。矢崎くんの自己紹介によれば、まちがいなくその人間と市谷で顔を合わせている筈なのですが」

「何かのまちがい？」

いいかけて阿坂は首をふった。

「そんなことはありえない。人事がまちがえる筈はない」

鮫島は頷いた。阿坂は沈黙した。うつむいて考えている。

「どういうことなの」

「本人に訊くしかないと思います」

阿坂は目を上げた。

「受傷したばかりの人です。それにいつ退院できるか、まだわからない」

「はい」

「わたしが人事に問い合わせてみます。それまでは、異動前の話は彼にしないで下さい」

「了解しました。私も、機捜に協力したあとで病院をのぞくつもりです」

「何を協力するのですか」

「倉木の会社への訊きこみです」

「矢崎くんを襲撃したのが倉木である可能性は？」

鮫島は首をふった。

「直前まで私は倉木といました。それはないと思います」

「わかりました。判明したことがあれば、ただちに報告して下さい。それと矢崎くんへの傷害が『金石』に関係があると決まったわけではありません。速断は避けるように」

「了解しました」

　阿坂と話しているうちに気づいたことがあった。

「BAR　PEPPER」のバーテンダーは、久保由紀子が一度だけカップルときたことがあり、男のほうを「ファンさん」と呼んでいたといった。「ファン」は中国名だった可能性がある。中国語には、日本人にとって聞き分けが難しい同音の発音が多い。「FAN」「FANG」「HUAN」「HUANG」、すべて日本人の耳には「ファン」と聞こえる。

　席に戻って調べると、「幡」「繁」「方」「坊」「房」「防」「訪」「欢」「浣」「黄」「皇」といった文字が「ファン」と発音される姓にはあった。

「BAR　PEPPER」に久保由紀子ときたカップルの男の中国名が、このひとつだったのかもしれない。

　午後になると諸住から連絡が入った。「フジ緑化」を訪ねたが、社長の高川和は群馬に出張中だという。これから「クラキリカー」に回るという諸住と、新橋駅で待ち合わせた。

　諸住は森永を伴っていた。

「徹夜ですか」

　鮫島が訊くと、

「仮眠はとりました。先ほど病院を回ったのですが、マル害はやはり何も覚えていません」

　諸住はいって苦笑した。

「それでマル害のことですが、森永くんが知っている特科の人間に問い合わせてくれたところ、やはり、この十年くらい、矢崎という隊員はいなかったそうです」

「まちがいありません」

　かたわらの森永もいった。

「不思議ですね。先ほど生安課長とも話したのですが、課長も矢崎を特科車両隊からきたと信じていたそうです。なぜなら人事から回ってきた書類にもそう記されていた、と」

「人事の書類に?」

諸住は眉をひそめた。

「どこかで別の人間の記録とまちがったのかもしれません」

鮫島はいった。

「同姓同名なら、そういうこともあるかもしれないが、矢崎という隊員はいなかったというし……」

諸住がつぶやくと、

「本人に確認しますか」

森永がいった。

「少し待ちましょう。課長は人事に問い合わせるといっていましたし、受傷直後です」

鮫島はいった。

「確かにそうですな」

話しながら三人は「クラキリカー」の入ったビルに向かって歩いた。

「『フジ緑化』の印象はどうでした?」

「江戸川区の葛西に会社はあって、まあ連絡事務所という感じですね。造園にかかわる人間を手配し、現場に派遣しているようです。若い衆といったところが留守番をしていて、カタギといえばカタギだろうが、ガキの頃は警察のお世話になったことがありそうな印象でした。我々を警察官と知っても驚いたようすは見せませんでしたし」

「用件は告げたのですか」

「いえ。出張から明後日帰ってくるというので、出直すといって引きあげました」

鮫島は頷いた。捜査の対象になっている理由を前もって教える必要はない。知らなければ不安をかきたてられ、理由がいくつも思い当たる人間なら、自らぼろをだすこともある。

「高川和は身長、肩幅、ともにあります。一八〇センチ、九〇キロくらいといったところです」

鮫島は告げた。

「するときのうのバーに現れたカップルの男のほうは高川かもしれませんね」

「ええ。それに矢崎くんを襲った被疑者の可能性もある。出張はアリバイ工作とほとぼりを冷ますためかもしれない」

「クラキリカー」の入ったビルの前にきた。

「任せていただけますか？」

諸住が訊ねた。

「お願いします」

鮫島は頷き、諸住、森永のあとにしたがって、「クラキリカー」の扉の前に立った。

扉にはロックがかかっていて、諸住がインターホンを押した。

「はい」

倉木の声が応えた。

「警視庁第一機動捜査隊に所属する、諸住といいます。昨夜発生した事件について、おうかがいしたいことがあって参りました」

扉のかたわらには防犯カメラがある。中にいる倉木には三人の姿が見えている筈だ。

扉のロックが解けた。

「どうぞ」

三人は扉をくぐった。昨夜と同じく倉木ひとりがデスクについている。他の従業員の姿はない。

諸住が身分証を提示した。

「第一機動捜査隊の諸住です。同じ一機捜の森永と、鮫島さんには昨夜会われていますね」

倉木は無表情に諸住を見返した。

「何なの？」

「昨夜、三田署管内で傷害事件が発生し、その初動捜査を担当しております」

倉木は鮫島には目を向けようともしない。

「それで？」

「こちらの『クラキリカー』には、久保由紀子さんという従業員がおられますね。今日は出勤されていますか？」

「久保は今日からワインの買いつけでカリフォルニアに飛んでいます」

「カリフォルニア？　アメリカですか」

「ええ。ナパバレーです」

「何時の便で発《た》たれました？」

「十六時発のＵＡです。今、離陸したくらいですね」

壁の時計を見て、倉木はいった。丸い壁かけ時計が三つ並んでいて「東京」「ロス」「パリ」と下に書かれていた。

「出張ですか」

「英語が堪能なもので、カリフォルニア出張は、いつも久保に任せています」

倉木がいった。

「久保さんは、御社には長くお勤めですか」

「創業以来ですから五年ですか」

「それまでは何をしておられたのでしょう」

「結婚してサンフランシスコに住んでいましたが、離婚して、当社に入る前の年に日本に戻ってきたと聞いています。前の旦那という人がアメリカ人のワイン商で、ワインに関する知識もあったので、うちにきてもらいました。久保が何か？」

「久保さんは今日出張前にこちらに出社されましたか？」

倉木は首をふった。

「自宅から直接、成田にいった筈です」

「自宅はどこです？」

「芝浦です」

「今日、久保さんと話されましたか？」

「いいえ」

「海外出張にいかれるのに、ですか」

「よくありますから。ナパワインは人気なので、三月《みつき》に一度くらい、久保には飛んでもらっています」

「昨夜、会社をでて以降、一度も久保さんとは話していない？　メールやＬＩＮＥのやりとりもされていませんか」

「してません。何だというんです」

諸住が鮫島を示した。

「昨夜、ここをでたあと久保さんはまっすぐ帰宅されなかった。田町駅東口にあるバーに寄りました。それを鮫島さんの同僚である刑事が確認しています。その刑事がバー近くの路上で何者かに殴られ入院したのです」

倉木の表情はかわらなかった。初めて鮫島に目を向けた。

「電話をしていたな、そういえば」

「鮫島さんが、ですか？」

諸住が訊ね、倉木は頷いた。

「電話の内容を覚えていますか」

「久保に親戚のことを訊け、といっていた」

「親戚の誰です？」

「新本ほのか」

「あなたも知っている人ですか」

「何回かしか会ったことはない。聞いているんでしょう、そっちから」

鮫島に顎をしゃくった。

「鮫島さんにあまりいい印象をもっていないようですね」

「脅されたからね」

「脅された？」

諸住は驚いたように訊き返した。

「そうさ。おもしろおかしく生きさせてなんかやらないといわれた。誰がおもしろおかしく生きてるっていうんだ」

倉木は鮫島をにらんだ。

「話を戻しましょう。久保さんに会えといわれた刑事は、バーに入る前に襲われています。頭をうしろから殴りつけられ、意識を失った。一歩まちがえば死んでいたかもしれない。そうなれば殺人だ。先ほどは傷害事件といいましたが、殺人未遂にもなりえます。犯人に心当たりはありますか」

「知りませんよ。私じゃない」

「あなたを疑ってはいません。鮫島さんとここにいたのですから」

「俺のアリバイを証明してくれるわけだ。今日は静かだな、あんた」

倉木は鮫島にいった。

「鮫島さんと話したいですか」

「別に――」

「どうぞ」

諸住は倉木を無視して、鮫島に告げた。

「昨夜、高川と話したな」

「何？」

「高川と話したろう」

「なぜ話すんだよ」

「私と会ったことを知らせなかったか？　知らせた筈だ」

　倉木は黙った。

「話したのですか」

　諸住が訊ねた。

「電話したがつながらなかった」

「それはいつです？」

「十二時くらい。この人がここをでていってすぐ」

「折り返しかかってもこなかったのですか」

　倉木は頷いた。

「今日はかけていないのか」

　鮫島は訊ねた。

「かけてないよ」

「今、この場からかけてもらえませんか」

　諸住がいうと、倉木は目をみひらいた。

「なぜ⁉」

「お話をうかがいたいからです。今朝、高川さんの会社にいきましたが、いらっしゃらなかった」

「断わる」

「なぜです」

「警察に協力しているみたいだ」

「協力してはいただけないのですか。ただお話を訊くだけです」

「嫌いなんだ、警察が。俺がじゃない、高川が」

「なぜ嫌うんです？」

「若い頃、少しやんちゃしていて、いじめられたらしい」

「若い頃？　今ではなくて？」

　諸住がいうと倉木の顔はこわばった。

「高川さんと久保さんは知り合いですか」

「ああ」

「いっしょにお酒を飲むこともある？」

「知らないよ、そこまでは」

「高川さんの体格を教えて下さい。背は高いですか」

倉木は頷いた。

「体つきはがっちりしている？」

「してる。なんでそんなことを訊く？」

「昨夜久保さんが入られたバーに、以前がっちりした男性と美人のカップルを久保さんが連れてきたことがあるらしいのです。それが高川さんだったのじゃないか、と」

「そんなの俺にわかるわけがない」

「ですから、高川さんに電話をしていただきたいのです。電話でも訊けることですから」

諸住がいうと、倉木の表情が動いた。

「電話で訊いて、それで終わりなのか」

「高川さんしだいですね」

「駄目だ。そんなのじゃかけられない。まるで罠じゃないか」

「罠？　我々がどんな罠をかけるというんです？」

「高川に何か罪を着せようとしている」

「どんな罪です」

倉木は鮫島を見た。

「だから刑事を殴ったとか」

「なぜそう思うのです？　久保さんと刑事が話すのを、高川さんが嫌がる理由でもあるのですか？」

「いったろう。高川は警察が嫌いなんだ」

「なぜファンと呼ばれている？」

鮫島は訊ねた。

「ファン……」

「久保由紀子が高川をファンと呼んでいるのを聞いた人間がいる」

倉木の顔に動揺が走った。

「渾名ですか、それとも本名ですか」

「知らない」

「知っている顔ですよ。高川さんは外国籍なのですか」

「日本人だよ！」

「じゃ、なぜファンと呼ばれるのですか」

「本人に訊けよ」

「それでは電話を。この場であなたが教えて下さるのなら、その必要はありませんが」

諸住は倉木を見つめた。

「子供の頃の渾名だと思う」

「なぜファンなのです？」

「あいつの父親がオウという中国名をもってた」

「オウ？　どんな字を書くのですか」

「黄色だよ。色の黄を中国語でファンと読むんだ」

42

高川が黄《ファン》、倉木は如《ルウ》、古橋が丘《チウ》、久保由紀子の中国姓が赤《チー》であることを、倉木は認めた。中国名の由来は、それぞれの祖父母などにある。全員が中国残留孤児の三世なのだった。

中国残留孤児あるいは残留邦人の国費帰国者は六千人を超えている。その家族を含めると二万人以上の人間が、帰国による言語や習慣のちがいや差別に苦しんだ。そうした二世、三世の中から自然に生まれたのが「金石」だった。

当初、互助会的な性格であった「金石」は、やがて犯罪による高収入を得た一部のメンバーによって先鋭化する。

「金石」に具体的な組織はない。冠婚葬祭やビジネス上役立つ情報を交換するネットワークなのだ。

その中にカタギと犯罪者の顔を使い分ける者がいる。

倉木は、自分は犯罪行為に手を染めたことはないと断言した。「金石」の友人の中に、そういう者がいたとしても、誰が何をしているのかは知らない。たとえ知っているとしても、警察に話す気はない。

「金石」の周辺には暴力団や外国人犯罪組織が存在し、境界があいまいになりつつある。中国語を話す家で生まれ、学校や社会では日本人として育った「金石」のメンバーは、暴力団と中国人犯罪者の通訳として重宝され、やがてより主体的な活動をする者も現れた。

日本に存在する外国人犯罪組織は、中国人ばかりではない。ベトナム人や日系ブラジル人などの組織も自然発生している。外国人生活者が困窮や差別などにあって法を踏み外す心情を「金石」の人間は理解できる。

警察につかまったり、暴力団に一方的に利用されないための助言を与え、自分たちのビジネスにとりこむのだ。

「金石」に属する者は、メンバーであることに自覚的だが、その総数がどれほどなのかは知らない。「金石」に上下関係はなく、メンバーに利益をもたらすのが最大目的である。

日本や中国を、心の底から母国だとは思っていない。必要に応じて両方の国民を装うだけである。表面上は日本人であるため、人前で中国語で会話をしたり中国名で呼び合うことはしない。

久保由紀子が高川を「黄」と呼んだのは、ある種の友情の表れで、深い意味はなかった筈だと倉木はいった。

実際「ＢＡＲ　ＰＥＰＰＥＲ」で、三人は中国語を話してはいない。あくまで日本人客としてふるまっていた。

「クラキリカー」をでた鮫島は諸住らと別れ、矢崎のいる病院へと向かった。途中、阿坂に電話をかけ、判明した事実を報告した。

「人事に問い合わせていただけましたか」

「問い合わせました。書類は、本庁の人事二課から回ってきたということでした。本庁の人事に問い合わせるとなると――」

いって阿坂は言葉を切った。

「本人に確認してからのほうがいいですね」

鮫島がいうと、

「あなたにそれをお願いしたものか、迷っています」

阿坂は答えた。

「なぜでしょうか」

阿坂は沈黙した。鮫島は意外に感じた。阿坂は迷い、弱気になっている。

「もし、もしです。矢崎くんの人事記録が事実と異なるものだとしたら、なぜそのようなものが作られたのでしょう」

「誰かが意図して矢崎くんの経歴を捏造したことになります」

「何のために？　わたしはまちがいであってほしいと思っています。単なる記録のとりちがえだと。しかしそうではありません。本庁の人事課はそんなまちがいは起こさないでしょうし、仮にまちがいをしたとしても矢崎くん本人が同様の経歴を口にする筈がありません。つまり矢崎隆男という巡査部長は実在しないということです」

「はい」

「ではいったい何者なのか。警察官ではないのでしょうか」

「いえ。警察官だと思います。それも優秀な」

「それならなぜ、別人を装って新宿署の生活安全課に異動してきたのか」

鮫島は息を吸いこんだ。

「課長もご存じではないのですか」

「受傷の報告もあり、署長、副署長とも話しました。人事の話をするとふたりとも驚かれていました。つまり新宿署の人間は、誰も知らされていなかったのです。そうなると、思いあたる理由はあなたしかありません」

鮫島は沈黙した。

「わたしは基本を守る、ルールを曲げない、というのを信条にして、やってきました。ですからあなたのこれまでの捜査方法に疑問をもちました。その結果、矢崎くんをあなたのパートナーにした。わたしは利用された疑いがある」

「利用する、というのとはちがうかもしれません」

「では何だと?」

「矢崎くんに確認します」

「ではわたしもその場にいきます」

「いえ、いらっしゃらないほうがいいと思います」

　阿坂は一拍おいて訊ねた。

「あなたはわたしをかばおうとしているのですか」

「そうではありません。矢崎くんが実在しない人物だとして、その新宿署への異動は、KSJマンションで発生した事案と関係があると思うからです」

「事案の第一発見者はあなたです。そのことも関係があると?」

「はい」

「彼は、スパイなの?　対象はあなた?」

「そう考えるのが妥当なようです」

「捜査は公安部がもっていきました」

「私は動いています。その理由もあります。ヤミ民泊の捜査は、生安の仕事ですから。その結果得る情報を逐次、入手したいと考えたのかもしれません」

「誰が考えるのですか」

「公安部と内閣情報調査室、その下部機関です」

　阿坂は黙りこんだ。

「もしそうであるなら、私が確認したほうが答は早いと思います」

「あなたは――」

　いいかけ、阿坂は黙った。

「大丈夫です。怪我人を追いつめるような真似はしません」

「わたしなら、するかもしれない。裏切られた、あるいはだまされたような気持です」

「おっしゃる通りですが、矢崎くんが意図したわけではありません。彼は、いわば駒です」

「警視庁には、そういうことをする人間はいない、と信じたかった」

　絞りだすように、阿坂はいった。

「残念です。また後ほど、ご連絡します」

　告げて、鮫島は通話を終えた。

　矢崎は一般病棟の個室に移されていた。長時間でなければ面会は可能だという。

　個室の扉を開いた鮫島を見ると、矢崎は「あっ」といって、ベッドから体を起こそうとした。ガーゼを固定するためのネットを頭にかぶせられている。

「そのままでいい」

　鮫島は止めた。

「すみません」

　矢崎は枕に頭を戻した。

「何があったか、思いだしたか」

「いえ。申しわけありません。何も覚えてないんです。鮫島さんから電話をいただいたのは思いだしたのですが、そのあとのことは何も。気がついたら病院にいました」

　顔をしかめ、矢崎はいった。

「殴られたことも覚えていないのか」

「はい。なさけない話ですが。頭がめちゃくちゃ痛くて、最初、交通事故にあったのですかと看護師さんに訊いたくらいです」

「バーには入らなかったのだな」

「入っていないと思います。久保由紀子に質問しろといわれたのですよね」

　鮫島は頷いた。

「何を訊け、といわれたのでしょうか」

「覚えてないのか」

「申しわけありません。そのあたりは記憶がまだらなんです」

「久保由紀子と新本ほのかは親戚だ。それで新本ほのかの現住所を訊くように、君に指示した。君はバーに入るか、久保由紀子がバーをでるのを待って、質問しようとした筈だ」

　矢崎は目をみひらき鮫島の言葉を聞いている。

「おそらく殴られたのは、質問をする前だろう。殴ったのは久保由紀子ではないと思う」

「機捜の人は、金槌みたいな凶器だろうといっていました。右うしろから殴られた、と。一歩まちがえば、死んでいた可能性もあるそうです。びっくりしました。自分にはまるで被害の実感がないんです。殴られた瞬間のことすら覚えていなくて」

「私の失敗だ。久保由紀子を『クラキリカー』のただの社員だと思っていた。『金石』のメンバーだったんだ。久保由紀子は君の尾行に気づき、『ＢＡＲ　ＰＥＰＰＥＲ』から仲間に電話をかけた。その仲間が君を襲った」

「なぜ襲うんです？　尾行していたからですか」

　矢崎は瞬きした。

「それがわからない。ただ尾行しているだけの人間を殴るなんて凶暴すぎると課長もいっていた」

「警察官を目の敵にしているのでしょうか」

「それだけじゃない、と思う」

　鮫島は矢崎を見つめた。

「ほしは君を知っていたのかもしれん」

「え、どういうことです？」

　矢崎は眉をひそめた。

「もともと君に恨みを抱いている人間があの場にきあわせたという可能性だ」

「そんな。ありえないですよ」

「機捜は、君が以前かかわった事件の関係者の可能性を考えている」

　矢崎は黙った。

「そこで訊きたい。君は何者だ？」

　鮫島は矢崎の目をのぞきこんだ。

「矢崎隆男という巡査部長が市谷の特科車両隊に所属していた事実はない」

　矢崎の顔がこわばった。

「そんなわけ、ないです。何かのまちがいです――」

　鮫島が首をふったので、矢崎の言葉はとぎれた。

「矢崎隆男は、新宿署生活安全課に配属させるための偽装《カバー》だ。君の本当の所属はハムだ」

　矢崎は鮫島から目をそらし、天井を見上げた。

「藪がいっていた。公安の動きが速い、と。古橋が外二《ソトニ》に挙げられたときに気づくべきだったよ。いや、それ以前に気づくチャンスはあった」

　矢崎の目が動いた。鮫島はつづけた。

「田島組の浜川が東大出身だというのを、君はあっという間に確認してきた。知り合いに東大出身者がいてＯＢ会の情報をくれた、といって。公安部には東大出身者が何人もいる。あるいは君自身もそうか？」

　矢崎は弱々しい笑みを浮かべた。

「まさか。もしそうなら、こんな役を押しつけられません」

「公安総務《コゥソゥ》か」

　矢崎は小さく頷いた。警察官を調査するセクションがある。

「『東亜通商』には筒抜けか」

「申しわけありません。任務でした。そう申しあげても許していただけるとは思いませんが」

　鮫島は黙っていた。怒りより哀しみが強い。裏切られたと感じるのは矢崎に対してではなく、警視庁に対してだ。

　もともと信頼などしていなかった。なのになぜ、こんな感情がこみあげるのか。

　鮫島は宙を見つめた。警視庁を信じなくても、自分は警察官という職業は信じている。そのひとりである矢崎をあてがわれたとき、とまどい、いらだち、しかしその熱心さと頭の回転に感心し、初めてもつパートナーに心強さすら抱き始めていた。

　矢崎が怪我をしたとき、後悔し怯えた。桃井を失ったようなできごとには、二度は耐えられない。

　鮫島はいった。

「いずれにしても、君の受傷の責任は私にある。あの場にいくよう指示したのは私だ。ほしが何者で、君と関係があるにせよないにせよ、そこに君がいたのは、久保由紀子の尾行を私が命じたからだ」

　矢崎は無言だ。

「覚えていないというのは本当なのか？　それとも理由があって、そう主張しているのか」

「本当です」

　低い声で矢崎は答えた。

「受傷のことを、本当の所属長は知っているのか」

　間をおき、矢崎はいった。

「伝えましたが、判断は任されました。継続可能なら、任務をつづけよ、と」

「そういった人間の名を知りたいな」

「申しあげられません」

鮫島は小さく頷いた。

「そうだろうな。私も聞いたら、冷静でいられる自信はない。十四階に乗りこんで血反吐《ちへど》を吐くまで痛めつけてやる」

警視庁本庁舎の十四階に、公安第一課と公安総務課は所在する。

矢崎はわずかに目をみひらいたが無言だった。

鮫島は顔をそむけた。

「君は、私が考えるよりはるかに優秀だったわけだ」

「怒られるかもしれませんが、鮫島さんに少しでも認められたいと一生懸命でした」

「知っているのか、華恵新が扱っていたブツの正体を」

「知りません。本当です。華恵新を使っていたのは『東亜通商研究会』で、公安総務課とは直接のパイプがありません。私の報告は所属長を通して内調に渡っていました。私に情報を与えれば、あべこべに鮫島さんに吸われると『東亜通商』は警戒しているんです」

「君の任務の最終目標は何だ？」

「ブツの在りかです。華が死んで、ブツがどこにあるのかがわからなくなり、困っているんです。誓っていえますが、鮫島さんといっしょに調べたこと以外、私には何の知識もありません。おそらく所属長も同じだと思います。このブツに関しては、内調のごく一部と『東亜通商』だけが触っていて、公安部長の特命で私は新宿署に潜入させられたんです」

「それだけ焦っているということか」

「ブツが第三者に発見されるのもマズいようで一刻も早く回収したいと考えているんです」

「『金石』はどう関係しているんだ？」

矢崎は首をふった。

「『金石』については、鮫島さんから初めて聞きました。存在すら知りませんでした」

「公安総務に何年いる？」

矢崎は目をそらした。

「二年です」

「その前は？」

「外二におりました。中国語が話せるので」

「勉強したのか」

「父親が小さな機械メーカーにおり、重慶《じゅうけい》に駐在していたときに覚えて、そのあと学校に通いました。それで公安配属になったんです」

「なるほどな」

「何度か通訳を命じられたことがあります。守秘義務があるので、それ以上は申しあげられませんが」

「『東亜通商』の人間と会ったことは？」

「一度もありません。名前を聞くだけです」

鮫島は息を吐いた。訊きたいことはいくつもある。が、捜査の役に立つ情報を今の矢崎から聞けるとは思えない。知らないか、知っていても話さない。

「――本当に、申しわけありませんでした」

矢崎が硬い表情でいった。

「君は任務を果たした。そういうことだ」

鮫島は告げ、病室をでていった。

43

香田と城山との食事を終えたあと、永昌は最寄りの地下鉄の駅で車を下りた。尾行の有無を確かめるのと考えをまとめるためだ。

子供の頃から乗りものの中で考えごとをするのが好きだった。それも外の景色が見えない地下鉄が一番集中できる。

香田が話した手だてとは、鮫島という刑事のそばにスパイをおくことで、あまりのありきたりさに永昌は失望した。鮫島に対し、もっと強い圧力をかけたり、動けなくすることはできないのだろうか。

永昌の中には、鮫島に対する不安がある。

それは恐怖といえるほどのものではないが、何か自分にとって大きな痛手となるできごとをあの刑事が起こすのではないかという予感だ。

あの男に殺されるとは思わない。日本の警察官が人を殺すことはありえない。

　これがタイやカンボジアなら話は別だ。永昌は「制服」と仲間うちで呼んでいるが、軍隊や警察は、必要とあれば簡単に人を殺す。

　もちろん何の罪も犯していないような者を手にかけることはないが、犯罪で稼いでいるのに賄賂《わいろ》を払うのを拒んだり、軍や警察が利権にしている商売、たとえば物資の横流しなどに割りこもうとすると、消されることになる。たいていは、影響下にあるギャングを使って消させるが、場合によってはパトカーがきて取調べをおこなうといって乗せられ、翌日、頭を撃ち抜かれて海に浮かぶこともある。

　それはよほど「制服」を怒らせたときだ。

　軍にとって邪魔だから消すというのではなく、「制服」のメンツを潰すような真似をすると、連中は自ら手を下す。そこには見せしめの意味もあり、「制服」を本気で怒らせるなというメッセージがこめられている。

　東南アジアには、国内最大の犯罪組織が軍か警察という国がいくつかある。民間の犯罪組織は「制服」の下請けに過ぎず、常にその顔色をうかがっている。

　永昌もそれにちがいはない。重要なのは、正しい場所に払うべきものを払うことだ。

　まちがった場所に賄賂を渡しても、身の安全にはつながらない。難しいのは、その見きわめだ。「制服」は皆、自分こそが受けとるべき立場にある、と主張する。

　連中は、「制服」を着ているだけで、あらゆる賄賂を受けとる権利があると信じているのだ。

　安い金ならそれでもいい。バラまいてもタカが知れている。が、本当に渡すべき相手にケチると、報復を受けることになる。

　日本の警察に賄賂が通用しないというのはわかっていた。この国では、役人より政治家のほうが立場が上で、政治家に金を渡して警察をコントロールするほうがたやすい。

　が、金の渡しかたが難しい。政治家は用心深く、わかりやすい形での賄賂は決して受けとらない。まして外国人である永昌からとなれば尚さらだ。

以前、永昌は日本の政治家に金を渡す方法を黄に調べてもらったことがある。

それは恐ろしく遠回りで莫大な金のかかる方法だった。一億の金を渡そうと考えると倍かそれ以上の金が必要になる。政治家に届くまでに、多くの組織や人間を経るからだ。そのパイプを通して洗浄された金しか政治家は受けとらないという。

見も知らぬ外国人の賄賂など受けとれない、そんな奴と心中して政治生命を絶たれるわけにはいかないというわけだ。

国家が成熟すればするほど、政治家は狡賢《ずるがしこ》く、用心深くなる。そして選ばれた者だけが、政治家の懐ろを潤した恩恵をこうむるのだ。

日本に比べれば、タイやカンボジアはまだ平等といえる。外国人や新参者でも、「制服」にうまくとりいれば、大儲けが可能だからだ。

そういうわけで永昌は、日本で大きなビジネスを動かすのはあきらめていた。それが華恵新こと李立声の死によってチャンスが生まれようとしている。

「東亜通商研究会」は「制服」ではないが、「制服」に近い存在だ。李のブツを見つけるのは、これまでおこなってきた情報提供とは異なり、大きな利益につながる可能性がある。

ブツの行先が北朝鮮というのも、北朝鮮との国境の街、丹東で育ちビジネスを覚えた永昌には格好だった。

このチャンスをものにする。そこに向かう上で、唯一の不安材料が鮫島なのだった。

やはり鮫島は排除するべきだ。

問題はその方法だ。

以前、黄に頼まれ、大陸から殺し屋を呼んだときは失敗した。「金石」はアテにできない。自らの手で鮫島を消せるなら、「金石」はとっくにそうしている。だが日本に生活基盤をおく彼らは、「制服」を殺す危険を冒したくないのだ。

誰を使うのがいいだろう。

思いついた。北朝鮮の工作員だ。彼らも李立声のブツを捜している。その点において、鮫島が障害になるのはまちがいない。

永昌はマリカにメールを送った。マリカは北朝鮮とのパイプをもっている。

十分後マリカから電話がかかってきて、永昌は地下鉄を下りた。あたりに人のいないホームの隅で、永昌は中国語で用件を話した。

刑事を殺したいという永昌の希望を聞いても、マリカは「あら、そうなの」といっただけだった。買った果物がいたんでいたと知ったていどの反応だ。

「他に頼める人間がいるなら、そっちでもかまわない？　工作員は用心深いからそんな仕事をやりたがらないかも」

「きちんとできる人間なら、誰でもいい。万一つかまっても、あなたや俺に迷惑をかけないような人間だ」

「訊いてみる」

マリカはいって、電話を切った。永昌は駅から地上にでてタクシーを拾った。尾行はついていないようだ。

乗りこんだタクシーが走りだすと、携帯が鳴った。黄だった。

「はい《ウェイ》」

永昌は中国語で応えた。

「殺し屋を捜しているらしいな」

永昌は目を閉じた。マリカは黄にあたったのだ。

当然といえば当然だ。黄は北朝鮮から仕入れた覚せい剤を日本の暴力団に卸している。そういう連中とのコネがある。

「そうです」

「誰を殺るんだ？」

「前にあなたから頼まれた人物です。そのときは失敗した」

「奴か」

黄は息を吐いた。

「俺は今はかかわれない」

「なぜです？」

「奴が俺の仲間を洗っている。それで俺も今は東京を離れている」

悪い予感はあたったと思った。鮫島は黄らから「金石」に目をつけているのだ。

「追われているのですか」

「まだそこまでではない。俺から話を訊きたがっているらしい。会った仲間の話では、俺たちについてかなり詳しく知っているみたいだ」

「マズいですね」

「ああ。俺から彼女にいっておく。その件では俺は役に立てそうもない」

「あなたのビジネスパートナーはどうなのです？　あなたから品物を買っている人たちは」

「奴らは警察官には手をださない。万一手をだしてそれがバレたら、組織全部を潰される。しかもあの刑事は、絶対に退かないことで有名なんだ。奴らのあいだでも知られている」

「知られている？」

「シンジュクザメという渾名がある。新宿の鮫という意味だ」

　シンジュクザメは日本語だと永昌は気づいた。「新宿鮫」だ。禍々《まがまが》しい響きの言葉だった。

「やくざはあいつを敵に回したがらない。何度も痛い目にあわされているようだからな」

　永昌は息を吐いた。そんな毒蛇のような奴をなぜ今まで生かしておいたのだ。「制服」だからだ。「制服」を殺すのは、その国の人間には難しい。

「あなたを頼りにはできないのですね」

「彼女と相談する。連絡を待ってくれ」

　いって、黄は電話を切った。

　タクシーを一度乗りかえた永昌がホテルに着くと、マリカから電話がかかってきた。待ち合わせ、ふたりは東京駅に近いカラオケボックスで会った。

　個室に入るとマリカはいった。

「あなたが殺したがっている人のことを黄から聞いた。その人は、わたしについても調べて回っている」

「『金石』をつかまえようとしているのですか」

「『金石』はただの名前でしかない。彼が調べているのは、三年前にわたしが横浜に住んでいたときのことで、わたしの叔母が勤めている会社にも現れた」

「あなたをつかまえようとしているのですか？」

「わからない。つかまえられるような証拠はない筈。

居場所をつきとめられなければ、彼はわたしには何もできない」

「つきとめたら？」

モニターの光を反射しているマリカの顔を見つめた。

「面倒なことになる」

「あなたが困る顔を見たくない。でも日本で私にできることは限られています。黄さんがもっと頼りになると思っていました」

マリカは微笑んだ。

「彼もわたしを守ろうとしてくれた。それで今、東京にいられなくなっているの」

嫉妬が永昌の胸を焼いた。当然だ。男は皆、この女のためなら何でもする。

「あなたはなぜ彼を殺したいの？　追われているの？」

永昌は首をふった。重要な話なのに、こうして個室にふたりきりでいると、頭がうまく回らなくなる。今日のマリカはぴったりしたジーンズにフェイクファーのジャケットを着けていて、その内側は襟ぐりの深いシャツだ。目はどうしても胸のふくらみに吸い寄せられる。

「今は、まだ。ですがいずれ私のビジネスの邪魔をしそうな気がする」

マリカは首を傾げた。

「華さんのことと関係があるの？」

「あります。彼のビジネスを受け継ぎたいのです」

マリカは永昌を見つめた。

「華さんを殺した犯人がわかったの？」

「いえ。でも例の刑事が捜しているそうです」

マリカは一瞬沈黙し、いった。

「あなたのいっていたスパイからの情報？」

「そうです。華の事件の捜査をやめさせようとしたのに、あの刑事はやめないでつづけているそうです。それで彼らは、あの刑事に、華が送る筈だった品物を捜させることにした。もし見つかれば、私が送る手配をします」

「見つかる？」

「わかりません。でもあの刑事が見つけたら、知らせがきます」

「どうして？」

　鮫島にスパイがつけられていることは話せない。

「どうしてもです」

「あなたは日本のスパイと組もうとしているのね」

「スパイといっても、元は警察官です」

　マリカは頷いた。

「彼らとコネを作れるのは大きい。わたしがあなたを助けたら、そのコネを使わせてくれる？」

　永昌はマリカを見つめた。それは組みたい、ということなのか。

　この女と組むのは危険だ。おいしいところだけを奪い、簡単に裏切るだろう。だが鮫島を排除する手段をこの女がもっているとなれば、話はかわってくる。

「黄はできないと私にいいました。あなたはできるのですか？」

「黄の知らない人をわたしは知っている」

「北朝鮮工作員ではなくて？」

「元はそう。今はちがう」

　永昌は首を傾げた。

「今はちがう？」

「国に裏切られ、忠誠心をなくした。当然よね。国なんて信じるのが馬鹿なの」

「何をしているんです？」

「いろいろ」

「いろいろ？」

　訊き返した永昌の唇をマリカの唇が塞いだ。

「キスしたくなっちゃった。ふたりきりなんだもの」

　耳もとで喘《あえ》ぐようにいった。

「わたしと組む？」

「本当に彼を排除できるなら」

「大丈夫」

　永昌の耳たぶを甘嚙みしながらささやいた。欲望がつきあげ、思わずマリカの体をひき寄せた。マリカの手が永昌の右手をつかみ、自分の胸もとに押しつけた。

「触って。硬くなってる」

　尖った乳首に永昌の指が触れると、マリカは子猫のような声をたてた。

「これ以上は、ここじゃ駄目」

「どこかにいこう」

「あなたのホテルは？」

永昌は息を吐いた。

「ここから歩いていける」

「そこにいこ。我慢できなくなっちゃった」

永昌の首に両腕を回し、目をのぞきこんでマリカはいった。

44

新宿署に戻った鮫島は、阿坂と会議室に入った。

「彼の本当の所属は公安総務でした」

鮫島が告げると、阿坂はぎゅっと目をつぶった。

「最悪ね。わたしはわざわざスパイをあなたにつけた」

「課長が命じなければ、人事を通してそうするよう仕向けたでしょう。目的は華恵新が送る筈だった荷物の在りかです。『東亜通商研究会』と内調が懸命に捜している」

「何なの？」

「矢崎君も知らされていないようです」

阿坂はうつむき、考えていた。

「日本国内で調達できる品を、なぜ公安がそんなに必死になって追うの？」

「わかりません。ちなみに矢崎君は公安総務の前は外二にいました。中国語が話せるので、安全な通訳として使われていたようです」

「怪我のことは公安総務に伝わっているのですか」

「本人が伝えたようです」

鮫島が答えると阿坂は目を上げた。

「それで、何と？」

「継続可能なら任務を続行せよ、と。その判断は任されたそうです」

「本人は何といっている？」

「本当に申しわけなかった、と。公安部長からの特命で、断われない任務だったようです」

阿坂は、小さく息を吸いこんだ。

「公安部長自らが、あなたをスパイしろと命じたということね」

「それだけ追いつめられているのだと思います」

「何が追いつめているの」

「華恵新が北朝鮮に送る予定であったブツです」

答えてから鮫島は阿坂の顔を見直した。

「ことによると、その輸出を依頼したのが内調だったのかもしれません」

「どういうこと？」

「内調は北朝鮮と取引を進めていた。制裁措置に違反するのを承知で、北朝鮮に物資を送ろうとした。それが、華が殺されたことで宙に浮いてしまった。物資の所在は不明となり、輸出も回収もできなくなっている。そのため何としても物資の所在をつきとめる必要があったのです」

「つまり物資を手配したのが内調だということ？」

鮫島は頷いた。

「矢崎君は、そこまでは知らされていたようです。当初私は、華が北朝鮮から日本に何かを密輸入したのだと考えていました。それを輸出しようとしていた可能性に、彼は誘導しました。捜査妨害が目的であったら、そんな誘導はしません。あさっての方角を私に調べさせておけばいいのですから。輸入ではなく輸出目的の物資であったことまでは、彼は知っていて、少しでも早く見つけさせようとしたのです」

「あなたが彼とおこなった捜査の内容はすべて伝わっ

ているのね」

鮫島は頷いた。

「であるからこそ、外二は古橋を押さえたのでしょう。古橋は、内調と北朝鮮との取引について何かを知っていたのかもしれません。あるいは知っていると考えたハムが先に身柄を押さえたか」

「知っている理由は？」

ショックで停止していた頭が動きだしたのか、阿坂は鋭い目になった。

「新本ほのかです。横浜の投資コンサルタント殺しで、古橋は新本ほのかと共犯であったかもしれないと、服役中の吉田はいいました。この殺しで使われた拳銃と華を撃った銃は同口径で、同じ犯人の可能性があります。もしそうであるなら、新本ほのかと古橋一機は華恵新を殺した犯人に関する情報をもっています」

「犯人が特定されれば、わからなくなっている物資の所在をつきとめられると考えた」

阿坂はいった。鮫島は頷いた。

「つまり犯人が物資をもっている？」

「その可能性はあると思いますが、ＫＳＪマンション近くの防犯カメラに写りこんだほしと思しき人物は、何も所持していませんでした」

「奪ったのがポケットに入る大きさの品だったとしたら？」

阿坂はいった。

「そんな小さなものなら、運び屋を使う必要はありません。『東亜通商』の人間が第三国で手渡せばすみます。ＫＳＪマンションを民泊施設として使っていた『ＷＴＳ』に対するハムの動きを考えても、物資は保管場所を要するカサのあるものです」

「カサのあるもの」

阿坂はつぶやいた。

「ほしが華恵新から保管場所の鍵を奪った可能性はあります。それなら手に何ももっていなかった説明はつく」

鮫島がいうと阿坂は大きく頷いた。

「それだ」

「ただ、それだと疑問がひとつ生まれます」

「何？」

「華恵新は部屋の玄関口で倒れていました。ほしが死体を移動したのでない限り、ほしは三和土《たたき》から華を撃ち、すぐにでていったと考えられます。華恵新が鍵を身につけていたのであれば、その場で奪えますが、そうでなかったら室内を物色しなければなりません。その痕跡がないのです」

阿坂はとまどったような表情になった。

「ない？」

「ＫＳＪマンションの扉は番号錠でした。開錠番号かマスターキィとなる番号を打ちこめば開きます。現場の扉をほしが開けたのか華が開けたのかは不明ですが、華は玄関で撃たれ――」

「撃つのが目的だったということ？」

鮫島のいわんとしていることに阿坂は気づいた。

「そうです。ほしはすでに物資を手に入れていて、華を殺すのが目的だったという可能性があります。あるいは物資には興味がなく、華に恨みがあり、ただ殺したかっただけかもしれません」

阿坂は息を吐いた。

「いずれにしても内調は公安部に物資の回収を依頼する。その結果が矢崎君なのね」

鮫島は頷いた。

「公安部長に話をしてみる。おそらくけんもほろろの扱いでしょうけれど、何か手がかりを得られるかもしれない」

決意のこもった目だった。

「それには賛成できません」

鮫島はいった。

「公安部長が刑事部長を通して、この事案に関する新宿署の動きをすべて禁じてくる可能性があります」

阿坂は目をみひらいた。

「ここまで私が動けたのは、ヤミ民泊が生安の事案だったからです。それがわかっていたからこそ、公安部長は私に矢崎君をつけた。矢崎君の監視がなくなったら、私には動いてもらいたくない筈です」

「じゃあ、どうしろというの？」

「このまま知らぬ顔を通して下さい。矢崎君がスパイであったと、私から報告すら受けていないフリをしていただきたいのです。そうすれば、もうしばらくは捜査をつづけられます」

「スパイであったことを知られたと、矢崎君が報告していたら？」

「そうなったらなったで、公安部長も考えざるをえなくなります。新宿署の捜査を封じるには、スパイをつけていたことを認めざるをえなくなる。なぜなら、これまで許していたのに矢崎君が動けなくなったとたん、禁じるというのは不自然だからです。スパイの件について、認めずにすむなら、そのままにしておきたい筈です」

「あなたは――」

　いいかけ、阿坂は首をふった。

「桃井さんはずっと、あなたとこの立場を共有していたの？」

「課長、いえ桃井さんは、私の盾でもありました。同じことができる人はいません」

　阿坂は無言になった。やがて大きく息を吐いた。

「矢崎君の問題についていうなら、わたしはこれ以上ないというくらい、腹がたっています。公安部は、あなただけではなくわたしの立場も無視し、姑息な手段で情報を得ようとした。これまでのわたしだったら、必ず問題にした。刑事部長、公安部長を巻きこみ、大騒ぎを起こしたでしょう。たとえこの先の警察官人生を閉ざされることになっても、泣き寝入りはしない」

「泣き寝入りではありません。彼らの鼻を明してやりたいのです」

　鮫島はいった。阿坂は泣き笑いのような表情になった。

「それがいえるのは、あなただから。桃井さんはあなたを信じていたのですね」

「それに応えられなかった自分を、私は許せないでいます」

「わかりました！」

　不意に阿坂はいった。

「ここは、あなたの希望を酌みましょう。知らぬ顔をします。矢崎君が戻るもよし、戻らぬもよし。とりあえず抗議などは一切おこなわないことにします」

　鮫島は阿坂を見つめた。

「よろしいのですか」

「前任者への敬意だと思って下さい。あなたではなく、桃井さんがしてこられた努力のことを考えての決心です」

　鮫島は目を閉じた。理由はわからないが、鼻の奥が熱くなった。

「ありがとうございます」

　頭を下げた。

　自席に戻り、書類仕事を始めると、携帯が鳴った。田島組の浜川だ。

　鮫島は息を吐いた。イサンゴンと「栄古堂」の情報を渡したのに、捜査が進んでいないと責められるだろう。

　イサンゴンと「栄古堂」に触らなかったのは、矢崎の身を案じたからだ。公安部の逆鱗《げきりん》に触れた矢崎の将来が閉ざされるのを恐れた。

　その矢崎が公安部の人間だとわかった今、いいわけはできない。

「はい」

「今、話せるか。難しいなら折り返してくれ」

「折り返す」

　鮫島は告げて立ちあがった。阿坂は戻っていなかったが、生活安全課には課員が何人もいた。

　署の共用スペースにも人が多くいて、鮫島はやむなく鑑識の部屋に足を運んだ。藪はおらず、若い課員がひとりパソコンに向かっている。鮫島を見るといった。

「藪さん、晩飯にでかけました。十分かそこらで戻ってくると思います」

「待たせてもらっていいか」

「どうぞ。自分はもう帰りますが」

　課員がでていくと、鮫島は携帯をとりだし浜川にかけた。

「その後、どうだ？」

　電話にでるなり浜川は訊ねた。

「『栄古堂』を少しあたった」

「それで？」

「まだめぼしい話はない」

「ない？　あんたらしくないな」

「凶器に関する情報があり、そっちで動いていた」

「どんな情報だ？」

　迷ったが、話すことにした。七・六五ミリ口径の銃を使う殺し屋について調べさせると浜川がいったのを覚えていた。

「三年前、横浜市で起こった強盗殺人事件だ。三井省二という投資コンサルタントが帰宅途中に撃たれ、携帯電話やパソコンなどを奪われた。被害者の体内に残っていた銃弾の破片から、七・六五ミリ口径の拳銃が使用された可能性が高く、犯人はつかまっていない」

「そいつはどこかの組の金を回していたのじゃなかったか」

「なぜ知っている？」

「噂を聞いた」

「それだけか」

「疑っているのか」

　鮫島は黙った。

「本気か、おい。よその組の金をかっぱらうような真似はしない」

　浜川の声が高くなった。

「噂について教えてくれ」

「女だ。その投資コンサルタントに食いついた女がいて、殺しもその女が手引きをしたらしい。女は恐いってオチがつく噂だ」

「その女の正体を知っているのか」

「いや。事件の直後、秘書だか愛人だかの女が飛んだんで、やったにちがいないという話になっただけだ。ちがうのか」

「ちがわない、おそらく」

「女の名前は何というんだ？」

　浜川が訊ねた。

「新本ほのか」

　字を説明した。

「聞いたことのない名だ。殺ったのもその女なのか」

「手口から見て、三井を撃ったのはプロだ。うしろから近づき、襟足から撃ち、一発で即死させている」

「一発」

「華恵新と同じだ」

「その女だが、日本人か？」

「まだわからない。なぜ訊くんだ」

鮫島は訊き返した。

「殺し屋の情報があるんだが、そいつは日本人じゃない」

「何人《なにじん》だ？」

「北朝鮮さ」

「北朝鮮？」

藪が鑑識の部屋に入ってきた。鮫島が電話をしているのに気づくと、無言で自分の席にすわる。

「工作員なのか」

鮫島は訊ねた。

「とも、いえる」

「ともいえる？」

浜川は間をおいた。

「会って話す。今夜遅くなら俺は動ける。あんたはどうだ？」

「何時でもかまわない」

「じゃあ、最初に会ったＫＳＪの『３０２』にきてくれ。時間は午前一時くらいになるがいいか」

「大丈夫だ」

「そのときに」

浜川はいって電話を切った。

「誰と話してた？」

藪が訊ねた。

「田島組の浜川だ」

鮫島が答えると顔をしかめた。が、それについては何もいわず、訊ねた。

「あの若いの、入院したらしいな。何があった？」

「尾行中に襲われた。頭を殴られたんだ」

「大丈夫なのか」

「命には別状ない」

「そうか。よかったな」

鮫島は藪を見た。藪は見返した。

「何だ」

「彼の本当の所属先は公安総務《コウソウ》だった」

藪の顔が無表情になった。

「どういうことだ」

「そういうことさ。ハムの動きが速い、とあんたはいっていたな。理由が矢崎だ」

藪は宙をにらんだ。

「何て真似しやがる。新しい課長も知っていたのか」

「いや、知らなかったようだ」

「本当か」

「ショックを受けていた。芝居には見えなかった。署長や副署長にも通っていなかったようだ」

「ハムもなりふりかまわずだな」

「それだけ例のブツを回収したいのだろう」

藪はパソコンのモニターを示した。

「あれからどんなブツの可能性があるのかを調べてみた」

さまざまなリストが表示されている。

「日本で入手できる民生品で兵器開発に転用できるのがこれ。次に、北朝鮮の指導部が欲しがっているのが高価なワインや腕時計、バッグといったブランド品」

「新本ほのかは三本で一千万するワインを北朝鮮に売ったという情報がある」

「そんなに高いワインがあるのか」

藪は目をむいた。

「あるらしい。投資用にもっていたグループから買い、北朝鮮に売ったという話だ。ただブツがそういう品なら、ＫＳＪマンションにおかれていて不思議はない。そんな高価なワインを大量には買いつけないだろうし、目も離さない」

藪がいった。

「葉巻という可能性は考えた。だがキューバから直接仕入れればすむ。社会主義国家を標榜するどうし、国交はあるだろうからな。葉巻の最高級品はキューバ産だ」

「他には何がある?」

「北朝鮮は恒常的に物資が不足していて、それを補っているのが中国だが、今は国際的な制裁もあり、さらにものがなくなっているようだ。最も不足しているのはエネルギー物資だろうが、それはちょっと考えられない。石油や石炭はアパートに隠しておけるような代物じゃないからな」

　鮫島は藪の言葉を待った。

「となると、思いつくのは医薬品だ」

「医薬品？」

「抗生物質、解熱剤、止血剤、日本なら薬局で買えるものもあるし処方箋が必要なものもあるが、日本で簡単に入手できる医薬品が、北朝鮮では不足しているだろう。たとえばインフルエンザの特効薬とか」

　鮫島は目をみひらいた。

「医薬品なら、重さはなくてもカサはある」

　藪は頷いた。

「これから冬に向かいインフルエンザが流行すれば、栄養状態の悪い北朝鮮では大量の死者がでる。覚せい剤を作り輸出している北朝鮮だが、本物の医薬品は欠乏している。政府以外にも欲しがる者はいる。北朝鮮には闇市があるらしいからな」

　鮫島は頷いた。

「マル害は、買いこんだ医薬品をどこかに隠していて、そいつを動かす前に殺された。ただわからないのは、医薬品だとするとそれをなぜハムが必死になって捜しているのか、だ。兵器に転用できないようなブツなら、別にあせる必要もない。医薬品には期限があるから、見つからなけりゃ見つからないで、そのうち効力が切れる」

　鮫島は藪を見つめた。考えてもいなかった可能性が浮かんだのだ。

「それを用意したのがハムだったとしたらどうだ？」

「ハムが？　何のために」

「情報を得るためだ。兵器に転用できる機械類はありえないが、インフルエンザの特効薬を大量に渡す見返りに、喉から手がでるほど欲しい情報を北朝鮮から得ようとした」

「喉から手がでるほど欲しい情報？」

　鮫島は頷いた。

「拉致され、その安否すらわからない日本人の情報だ。通常の手段では得られない情報を、超法規的な取引で得ようとした。あるいは北朝鮮政府ではなく、情報をもつ個人からもちかけられたのかもしれない」

　藪は無言でパソコンに向きなおり、キィボードを叩いた。モニターに抗インフルエンザウイルス剤の画像が浮かんだ。黄色と白の二色のカプセルだ。

「用法は、大人なら一カプセルを一日二回、五日間服用とある。つまり十カプセルだ。百カプセル入りがこの箱で、大きさは１０５ミリ×62ミリ×55ミリ。これひと箱で十人ぶんだから、千箱で一万人ぶん。一立方メートルの段ボールに二千八百箱近く入る。ざっと段ボール三十六箱で百万人ぶんだ。一立方メートルの段ボール三十六箱なら倉庫を借りるまでもないぞ」

　計算した藪がいった。鮫島はモニターを見つめた。華恵新が〝輸出〟しようとしていたのは、この抗インフルエンザウイルス剤だったのだろうか。

「だがこれだとして、ハムが回収しようとする理由は何だ？」

　鮫島がつぶやくと、

「決まってる。百万人ぶんもの抗ウイルス剤は、そう簡単には調達できない。日本政府も大流行に備えて備蓄しているんだ。それが民泊施設から見つかったなんてことになればニュースになる。誰がどこからもってきたのか、厚労省あたりが調査にのりだすだろう。それを避けたいのさ。偶然発見されて一番困るのが、ハムというわけだ」

　藪がいった。

　確かにその通りだ。それが十万人ぶんだったとしても、大量の抗インフルエンザウイルス剤が、病院でも薬局でもない場所で発見されたら、誰もがその理由を怪しむ。

「お前のいうように、取引用にハムが用意したものなら、無関係な第三者に見つけられて一番困るのが当のハムだ。それだけの量だと入手方法も限られるから、マスコミに嗅ぎつけられる危険もある」

　鮫島は無言で頷いた。公安部の不可解な動きに説明のつく仮説だった。

45

ＫＳＪマンションの「３０２」号室は冷えこんでいた。前もって部屋をあたためておく余裕が浜川にもなかったようだ。

鮫島を部屋に招き入れると、腰をおろした浜川はカシミヤのロングコートの襟に首をうずめ、ポケットに両手をさしこんだ。

「冬だな」

低い声でいった。鮫島は頷き、向かいの椅子にすわった。窓のカーテンは閉じられ、建物の中は静かだ。

「殺し屋の情報を聞こう」

「本名はわからない。どうせ日本に入ったときから偽のＩＤを使っていただろうからな。仮にパクとでもしておくか。いろいろな名を使っていて、その中にパクというのもあったらしい」

浜川は投げやりな口調でいった。

「パクは北朝鮮の偵察総局に所属する工作員で、八年前に来日した。そのときはカンボジアのパスポートを使っていたそうだ」

「そうだ？」

「情報をよこした人間の話だ」

「何者なんだ？」

「何者でもいいだろう。大事なのはパクの情報だ」

「情報に信頼がおけるかどうかを知りたい」

浜川は息を吐いた。

「百パーセントというわけにはいかない。わかるだろう。殺し屋に関して、百パーセント信頼のおけるような情報をもっていたら、そいつ自身が当の殺し屋か、遠からずその殺し屋に消される羽目になる」

「その人物の職業は？」

「口入れ屋だ」

「殺し屋の、か」

鮫島が訊くと、浜川の目は鋭くなった。

「だけじゃない。いろいろ、だ。最近はどこの組もアウトソーシングをする。警察にまとわりつかれたくないからな」

「暴力沙汰を避けるという意味か」

浜川は頷いた。人を脅したり痛めつけたりするのは、以前なら暴力団の専売特許だった。今それをすれば、あっという間に逮捕される。しかも逮捕者は実行犯だけでなく、幹部、組長にまで及ぶ。

「来日したパクの仕事は、在日朝鮮人実業家の締めつけだった。日本政府が禁じるまで、北朝鮮には、連中から莫大な金や援助物資が送られていた。それが二世三世と代がわりするうちに、母国を支援しようという熱意は冷め、総連などの団体を抜けたり、子供を総連系の学校に通わせない者が増えてきた。かつてなら大喜びでもらった北朝鮮の勲章も、前ほど価値がなくなった。物資の受取人だった北朝鮮国内の親族が高齢化し音信不通になると、さらに愛国心は失われていく。そういう不届きな連中を脅し、場合によっては日本で処刑せよという命令を受けていたのがパクだ。本国指導部からの指令を無視したり、総連系の商工会を脱退したりして、周囲にもそれを勧めていたような者が、パクの来日直後、たてつづけに死んだ。死にかたはさまざまで、撃たれる刺されるだけじゃなく、自家用車に細工され、高速道路で事故死する者もいた。それが指導部による制裁だという噂が流れ、あわてて皆、送金額を増やした。同時に、本国からきた処刑人をつきとめようと躍起になった」

「警察は？」

鮫島が訊くと、浜川は首をふった。

「わかるだろう。朝鮮国籍の人間が殺されても、警察は真剣に動かない。情報は少ないし、捜査に協力する人間もいない。身内の話で、警察なんて関係ないと思ってる。極道殺しなら、まだ組を叩く口実になるから警察もやる気をだす」

鮫島は黙った。飲食、不動産、金融、パチンコ店と、在日朝鮮人の事業は多岐にわたるが、地縁血縁で深く結びつき、日本人社会とは異なる結束がある。たとえ殺人事件といえども、そこに捜査員が切り込むのは難しい。

身内の恥をさらしたくないというだけでなく、警察官に犯人を知らせるのは仲間を売るのと同じだ、それくらいなら自分たちでカタをつけると考える者もいるからだ。

「で、つきとめられたのか？」

鮫島の問いに浜川は首をふった。

「パクは在日朝鮮人社会に一切近づいちゃいなかった。近づいていたら、正体が割れ、下手すりゃリンチにあったろう。ごく少数の、北朝鮮から送りこまれていた工作員だけがパクの支援をしていた。そいつらも、パクににらまれたら殺されるかもしれず、一切逆らえない。いってみりゃ、パクは北朝鮮指導部が送った処刑人だった」

「それがなぜ殺し屋になった？」

「本国に切られたんだ。何があったかはわからんが、平壌《ピョンヤン》に残してきた家族が逮捕され、処刑されたり収容所に送られたりした。奴に身内を殺された在日朝鮮人が復讐したのか、奴自身がしくじったか、本当のところはわからない。いずれにしても祖国に捨てられ、在日朝鮮人社会に助けを乞うわけにもいかないパクは、特技を使って日本の裏社会で生きる他なくなった」

「特技が殺人か」

浜川は頷いた。

「七・六五ミリの拳銃をもっているのか」

「そこまではわからん。だがパクは無駄弾を使わないというのを信条にしているそうだ。北朝鮮の特殊部隊、偵察総局で訓練をうけ、一発必中の技を身につけた。もっている弾丸の数だけ標的を殺せると豪語していたらしい」

鮫島は息を吸いこんだ。華恵新は心臓、三井省二は頭部にうけた一発の弾丸が致命傷となった。

「そう仕込まれたのだろうな。何せ北朝鮮は物資がない」

浜川がつけ加えた。ありうることだと鮫島は思った。プロなら止《とど》めをさすのではないかと考えていたが、パクにはそれを必要としない腕があるというわけだ。

「銃に関する情報はないのか」

浜川は首をふった。

「それは口入れ屋も知らないし、知りたがらない」

「で、パクとの連絡手段は？」

「メールを使ったやりとりだ。アドレスから居場所をつきとめるのは無理だ。世界各地のサーバーを経由させている」

「報酬の支払いはどうしているんだ」

「旧札のドルか仮想通貨だ。メールアドレスといい仮想通貨といい、北朝鮮の特殊部隊の得意技だ」

「口入れ屋はパクの顔を知っているのか」

　鮫島の問いに浜川は頷いた。

「知っている。だからといって、モンタージュとか馬鹿なことはいうな。俺が警察とつながっているのを教えるわけにはいかない。この話はあくまであんたどまりだ」

「パクに仲間はいるのか。最初は支援していた工作員もいたのだろう？」

「いるとすればそのあたりだ」

「イサンゴンはどうなんだ？」

「それはわからない。つきあいがあるかもしれないし、パクが本国に切られたことで絶縁しているかもしれない。奴にまだ当たっていないのか」

　鮫島は頷いた。浜川の顔が険しくなった。

「どうしてだ？　俺の情報が信頼できないというのか」

「そうじゃない」

「じゃあなぜせっかく提供した情報を使わない」

「『栄古堂』を調べたときに、近くである人物に会った。元は警視庁公安部にいて今は下部機関に所属している。『栄古堂』を訪ねたのだとしか思えない」

「下部機関て何だ？」

「民間組織を装って情報を収集する」

「スパイか」

「そうだろうな」

　浜川は息を吸いこんだ。

「『栄古堂』が北朝鮮スパイと日本スパイの両方とつながっているということか」

「おそらく」

「どっちの味方なんだ」

「不明だ。どちらかに所属する二重スパイなのか、あるいは両方に情報を提供することで重宝されているのか」

「そんな真似が通るのか」

「公安にとっては、情報がすべてだ。合法非合法を問わず、信用のおける情報をとれる存在は貴重だ。逮捕などしたら、存在は失われ情報を得られなくなる」

「イサンゴンにとっては？」

「わからないが、イサンゴンがテロなどを企てず、通常の諜報活動をしているうちは、公安部も手をださない。もし身柄を押さえようという動きがあったら『栄古堂』から警告がいくのじゃないかと思う」

「つまりもちつもたれつということか」

「断言はできないが」

「あんたや俺たちの関係とはだいぶちがうな。何かあれば容赦なくひっくくるのが、あんたたち刑事部で、敵とつながっているのを薄々知りながら泳がせているのが公安部か」

「そうだ」

「となると、俺たちのこの関係は画期的というわけだ」

どこか嬉しそうに浜川はいった。

「長つづきはしない。権現の消息を知るまでだ」

ぴしゃりと鮫島がいうと、浜川の表情は暗くなった。

「もう生きちゃいないさ」

「楽観はできない。だが工作員が捜しているものによっては、生かされている可能性がある」

「ブツか。あんたは何だと思う？」

「医薬品かもしれない」

「医薬品？」

「それも公安部が用意し、北朝鮮に提供しようとしていた医薬品だ」

「なぜ公安部が医薬品を。敵だろうが」

「表向きは外部機関が用意した。受けとるのが北朝鮮政府なのか別の人物、組織なのかはわからない。目的は、北朝鮮の深いところからしか得られない情報だ」

浜川は黙った。目だけを動かし、考えている。

「なるほどな。そういうことか」

「華恵新が殺され、その医薬品の所在がわからなくなった。万一第三者に発見されるとニュースになるし憶測も呼ぶ。そこで一刻も早く発見したい。同様に取引にかかわっていた北朝鮮側の工作員も、その医薬品を入手したい。そこで権現を拉致した」

「権現は在りかを知らない。消されるだろう」

「知っているかもしれない」

浜川は鮫島の顔を見直した。

「何だと」

「仮に医薬品だとしよう。物資が不足している北朝鮮にとっては、どのような医薬品であれ貴重だが、たとえば抗インフルエンザウイルス剤だったら、一立方メートルの段ボールひと箱に二万八千人ぶんが入る。それが数十箱なら、どこかの部屋におかれている可能性が十分ある」

鮫島がいうと、浜川は首をふった。

「『WTS』がもっている部屋は全部調べさせた。何もなかった」

「拉致される前、権現は妙な連中の監視をうけているとあんたにいっていた。それが医薬品の行方を捜す北朝鮮工作員だったら、権現には拉致されるに足る理由があったことになる」

「『WTS』の部屋以外にも隠し場所があるというのか。そうだとして、なぜ権現がそれを華恵新に提供する？」

浜川は訊ねた。

「権現は通り名で、本当は在日朝鮮人ということはなかったか？」

鮫島は訊ねた。

「それはないと思うが――」

いいかけた浜川の表情がこわばった。

「何だ？」

浜川は黙っている。

「心当たりがあるんだな」

鮫島は浜川を見つめた。

「権現の女房だ」

やがて浜川はいった。

「権現の女房は、以前韓国クラブで働くホステスだった」

「韓国クラブ？　元赤坂警察署の石森も確か韓国クラブのホステスとつきあっているのじゃなかったか？　権現の下で運転手をやっている」

　鮫島の問いに浜川は答えた。

「そうだ。前に聞いてすっかり忘れていたんだが、石森の女と権現の女房は知り合いだ」

　鮫島は浜川を見つめた。

「石森の番号を知っている。確認していいか？」

　浜川は頷いた。鮫島は携帯電話をとりだした。ホステスの「宅送り」をやっている石森は、この時間、連絡がつく筈だ。

　鮫島は石森の携帯電話を呼びだした。

「はい」

　石森はすぐに応えた。

「鮫島だ。今、話せるか」

「大丈夫だ。お客待ちをしてる」

「つかぬことを訊くが、あんたの周囲に北朝鮮出身の人間はいるか」

「なんでそんなことを訊くんだ」

「権現を拉致したのは、北朝鮮の工作員だという可能性がある。権現と北朝鮮のあいだに何か関係があったのかを知りたい」

　鮫島はいった。

「権現さんの女房だ」

　やがて石森がいった。

「いろいろあって籍は入れていないが、あの人の奥さんは、韓国から日本に出稼ぎにきていた。だがもとは、父親と十歳のときに韓国にきた脱北者だ」

「脱北者」

「ああ。今の俺の女房は妹ぶんで、ホステス時代、世話になっていた」

「権現の女房の名は？」

「さおりだ。韓国名はミジョン」

「年齢はいくつだ？」

「四十前後だったと思う」

「最近会ったか？」

「俺は会っていないが、権現さんがいなくなってから、女房がよく泊まりにいっている。今日もいっている筈だ。危ないのか」

　石森の声音《こわね》がかわった。

「今すぐ危険だとはいわないが、状況によっては危なくなる」

「わかった。仕事が終わったら迎えにいって、うちにきてもらうことにする」

「また連絡する」

　鮫島は電話を切って浜川を見た。

「権現の女房だ。十歳のときに脱北した」

「ブツが医薬品なら、女房に頼まれて華恵新を助けた可能性があるな」

　浜川はいった。

「万一に備え、石森は自分の家に身を寄せてもらうといっていた。話を訊きにいく」

　鮫島が告げると浜川は頷き、

「パクについてだが、連絡をとる方法がひとつだけあった」

　といった。

「何だ？」

「依頼人になることだ。誰かを殺すよう頼むのさ」

　鮫島は浜川を見つめた。

「俺はやらないがな」

　鮫島が何かを言う前に、浜川はいった。

46

前夜署に泊まった鮫島は自宅に戻った。仮眠をとってシャワーを浴び、衣服をかえる。食事して時間を潰し、石森に電話をした。正午になっていた。

眠そうな石森の声が応えた。

「何時だ？」

「正午だ」

「あと一時間寝かせてくれ」

「かまわないが権現の奥さんもいっしょか」

「ああ。うちに連れてきた」

「どこなんだ？」

石森は住所をいった。千葉県の松戸《まつど》だ。

「これから向かう。一時間くらいはかかるだろう。権現の奥さんと話せるか」

石森は大きく息を吐《は》いた。

「いっとく」

電話は切れた。

鮫島は自分の車に乗りこんだ。カーナビゲーションに石森の自宅の住所を打ちこみ出発する。

首都高速中央環状線の外回りを進み四《よ》つ木《ぎ》で下りると、国道六号水戸街道をまっすぐ北東に向かい松戸市に入った。

石森の自宅は松戸駅から離れた住宅地にあった。小さな一戸建てで、駐車スペースに見覚えのあるアルファードが止まっている。

電話をかけてから一時間がたっていた。鮫島は車を止め、石森の携帯電話を呼びだした。

ため息とともに石森が応えた。

「車、見えてる。ついたんだな」

「いい家だ。皮肉じゃないぞ」

「静かでいいところだがな、車がなけりゃたいへんだ。水戸街道からの分かれ道のところにファミレスがあったろう」

「あった」

石森は店の名を口にした。

「そこにいてくれ。仕度していく」

「わかった」

鮫島は言葉にしたがった。ファミレスの駐車場に車を止め、奥のテーブルで待つ。

二十分ほどで石森がふたりの女を連れて現れた。ひとりは小柄で少女のように幼い雰囲気がある。もうひとりはすらりとした長身だ。ふたりとも化粧っけはないが整った顔立ちだった。

手をつなぎ、石森の背に隠れるようにして歩みよってくる。

「鮫島さん、ミジョンさんと女房のチヨンです。ふたりとも『さおり』と『かな』って日本名がありますが、家じゃ韓国名で呼ぶことにしています」

ふたりを鮫島の向かいにすわらせ石森はいった。

「鮫島です。突然おうかがいして申しわけありません。ご主人の権現さんがいなくなられたというので、行方をつきとめたいと思っています」

「ミジョン、この人は信用していい」

石森がいった。長身のほうが権現の妻だった。まっすぐに鮫島を見つめ、いった。

「夫がどこにいるのか、わたしはわかりません。夫は生きていますか。誰が連れていきましたか」

かすかに訛りはあるものの流暢な日本語だった。石森の妻はずっとミジョンの手を握っている。

「はっきりしたことはわかりませんが、ご主人を連れていったのは、北朝鮮の工作員である可能性があります」

ミジョンは目を閉じた。

「心当たりはありますか」

「はい」

ミジョンは目を開いた。涙でうるんでいた。

「わたしは十歳のときにお父さんといっしょに、川を渡って韓国にきました。脱北したんです。初めは、韓国政府も周りの人も親切でした。でも北朝鮮と韓国はちがいすぎました。お父さんは韓国にきて四年で自殺しました。わたしは施設で育ちました。施設をでたあと、いろいろな仕事をしましたが、お金を稼ぎたくて日本にきました。それに韓国にいると、北朝鮮に残してきたお母さんと弟のことをいつも思いだしてつらかった」

「ふたりは今も北朝鮮にいるのですか」

　ミジョンは頷いた。

「弟は三歳で、川を渡るのは無理でした。お母さんは弟をおいていけないから残りました。お父さんはわたしだけを連れていきました」

「つらい思いをされましたね」

「お母さんと弟はきっと収容所に入れられました。でも助けてあげられない。少しでも北朝鮮の人を助けたいと思っています」

「権現さんが経営している民泊施設を華恵新という中国人が使っていました。ご存じですか」

　ミジョンはわずかに間をおき、頷いた。

「その人は、夫に、秘密で薬をおける場所はないか相談していました。北朝鮮に送る薬です」

「何の薬です?」

「タミフルと夫はいっていました」

「華恵新はその薬をどこで手に入れたのでしょう?」

　ミジョンは首をふった。

「わからないです。初め、かかわるのは嫌だと夫は断わりました。でもわたしが説得しました。もしかするとその薬がお母さんや弟の役に立つかもしれないから」

「お気持はわかります。それで権現さんは薬を預かることにしたのですね」

「はい。でも会社のもっている部屋は危ないので、別の場所を使うといっていました」

「それはどこですか」

「知りません」

　ミジョンは答えた。

「本当です。夫はわたしにもいわなかった。でも薬は段ボールで何十箱もあったそうです」

「何十箱」

「百万人を助けられる量だ、と夫はいっていました。北朝鮮の人口は二千五百万です。だからすごくたくさんの人が助かります」

　藪の考え通りだ。百万人ぶんで段ボール三十六箱。

「でもその華恵新が殺され、権現さんは困ったのではありませんか」

「はい。とても困っていました。薬のお金は誰が払うのか、どこにもっていくのか。何も聞いていなかったそうです。もし北朝鮮政府に渡ったら、薬は指導部や軍の幹部が独占し、市民には配られません。だからわたしは渡してはいけないといいました」

「それで問い合わせがあっても、権現さんは知らないフリをした」

　ミジョンは頷いた。

「華恵新が誰に薬を送ろうとしていたのか、権現さんは知らなかったのですね」

「はい。でも北朝鮮政府ではないと思います。北朝鮮政府なら、薬をすぐに運んだ筈です。政府ではない人に、薬は渡されるとわたしは聞いていました」

「民間人ということですか」

「民間人ではないです。市民にそんなことはできません。だから軍人か役人か。タミフルがとてもお金になるので、取引をしたのだと思います」

「取引の相手は？　タミフルを用意したのが誰だか知っていますか」

「日本人です。でも誰かは知りません」

「その日本人はなぜタミフルを用意したのでしょうか」

　ミジョンは首をふった。

「わかりません」

「日本人の目的がお金だとは思えません。何だったのでしょうか」

「本当にわからないです。わたしはとても後悔しています。北朝鮮の人たちを助けてと頼まなければ、夫は連れていかれなかった」

　ミジョンは両手で顔をおおった。

「華恵新を殺したのが何者だかご存じですか？」

　顔をおおったままミジョンは答えた。

「知らないです。でもその人のせいで、北朝鮮の人がたくさん死ぬ。薬があれば死なないですんだ人が死ぬんです」

　指のあいだから嗚咽がもれた。

「薬を見つけて下さい。見つけて北朝鮮に送って。お母さんや弟を助けるために」

　泣きながらミジョンはいった。

47

「奇妙なことが判明しました。田島組という暴力団が殺し屋を捜しています。華さんが撃たれたのと同じ銃を使っている殺し屋です」

　電話をかけてきた香田が永昌にいった。

「なぜ捜しているのですか」

「上からの命令のようです。華さんは田島組と関係があったのでしょうか」

「暴力団と関係があるという話は聞いたことがありません」

「しかし華さんの仕事は密輸です。何らかの形でかかわっていたとは考えられませんか」

　香田はくいさがってきた。

「それは少しはあったかもしれません。しかし華が扱っていたのは、日本では法律に触れない品物ばかりです。暴力団に調達を頼まなければならないようなものではありませんでした。香田さんたちこそ、いったい何を華に運ばせようとしていたのですか、それをうかがわなければ、これ以上の協力は私には難しい」

　永昌は強くでることにした。マリカは殺し屋と連絡をとるといった。そいつが鮫島を消せば、恐いものがなくなる。

「暴力団が欲しがるようなものではありません」

「ですから何なのです？　もし華に頼んだ仕事を私が受け継ぐなら、それを知っておく必要もある」

　香田はわずかに間をおき、答えた。

「タミフルです」

「インフルエンザの薬ですか」

　驚いて永昌は訊き返した。

「そうです。指導部中枢にコネクションをもつ人物の要求でした。タミフルを用意すれば、我々が必要としている情報を提供するというのです」

「どんな情報です」

「軍事情報でないとだけ申しあげておきます」

　永昌は気づいた。彼らはいつもそれを知りたがっていた。だが北朝鮮内部でも極秘扱いされている情報だ。

「その人はタミフルをどうするつもりだったのですか」

「国内にもちこめば、どのようにも使えます。売ることもできるし、権力者への貢ぎものにもなる。入手の難しい北朝鮮国内では、現金より価値がある」

「密輸がばれたら処刑されます」

「医薬品です。いざとなれば指導部と国民のためにもちこんだといえばいい」

　永昌は黙った。確かに医薬品は不足していて、それを知る指導部は闇マーケットでの医薬品売買には目をつぶっていると聞いていた。そこにつけこんで偽薬を北朝鮮に売りつけた中国人がいた。

　死者がでて闇マーケットで売った商人は死刑になり、中国人は殺された。殺したのが北朝鮮の工作員なのか闇マーケットの人間なのかはわからない。

「田島組はタミフルが欲しいのでしょうか」

　永昌は訊ねた。

「それがわからないのです。我々が準備したタミフルは百万人ぶんで、転売すれば確かに金にはなるでしょうが、それを田島組が知っているとすれば、華さんから聞いたとしか思えない」

「わかりました。華が田島組とつきあっていたか、調べます」

「タミフルを田島組が押さえているのなら話は簡単なのですが、それはおそらくちがう。殺し屋を捜しているのは、その殺し屋がタミフルを奪ったと考えているからだと思われます」

「香田さんもそう思いますか」

「見当もつきません。殺し屋が奪ったのか、そうではないのか。しかし奪ったのでないとすれば、なぜ華さんが殺されたのかがわからない。華さんは日本でそんなに恨みを買っていたのでしょうか」

「外国で敵を作るのは、愚かなことです。華は用心深い人間です。だからこそ、私はあなた方に紹介しました」

「一度しかお会いしていませんが、私も同じ印象をもちました。華さんと仕事上のつきあいがあったと思われる日本人をひとり、我々もつきとめました」

　香田がいったので永昌は訊ねた。

「誰です？」

「古橋という人物で、船荷を手配する会社を経営しています。社名は『カズシッピングサービス』です」

「その人から話を聞けませんか」

「私の古巣の人間たちがそれをしています。しかし何も知らないか、よほど口が固いかで情報をひきだせずにいます」

「華を殺したのは、その人なのでしょうか」

「それはまだわかりません。ですが古橋の会社や自宅にタミフルはありませんでした。もしタミフルが無関係な第三者によって発見されると、さまざまな問題が生じます。我々はそれを何としても避けたいのです」

　香田の声は真剣だった。

　電話を切ると、マリカからのメールが入っていた。殺し屋に連絡をとっているという。仕事を頼む場合、支払いは仮想通貨になる。

　望むところだ。銀行送金と異なり、仮想通貨の動きはアシがつきにくい。

　永昌はマリカに電話をかけた。

「メール、見てくれた？」

「見ました。その件は大丈夫です。ところで古橋という人を知っていますか？」

「何をしている人？」

「船荷を手配しているそうです。華恵新とつきあいがあったようです」

「それをどこから聞いたの？」

「華のことを調べている人間です」

「警察という意味？」

「警察官ではありません」

「じゃあなぜ調べるの？　あなたが頼んだわけ？」

「ちがいます」

　そろそろ腹の探り合いは終わりにしたい。

「『東亜通商研究会』です」

「『東亜通商研究会』？」

「銀座で食事をしたときに話しました。あなたは知らないといったが、私は知っていると思います」

「どうして？」

　永昌はため息を吐いた。彼女を追い詰めすぎてはならない。だが、彼女の言葉を何もかも信じると思っているのなら、それはまちがいだと知らせるべきだ。「女王さま」を演じるだけではビジネスは進まないと気づいてもらう。

「私はあなたが好きです。だからあなたが嘘をついているとわかっても、それを責めたりはしません。そのときその場が楽しかったら、それで幸せです。ただしビジネスは別です。あなたは『東亜通商研究会』を知っている筈です。知らないというのなら説明しますが、それは時間の無駄になります」

「嫌な人」

　マリカがつぶやいた。くやしげな響きがあり、なぜかそれを聞いた永昌は嬉しくなった。

「でもあなたのことを大切に思っています」

「それならなぜ、ずっと連絡をくれなかったの？　二年もほったらかしだった」

「恐かったからです。好きすぎて、会ったらどんなことでも聞いてしまうような気がした。私は女にそんな気持になったことはありません」

「嘘つき」

「嘘じゃない。あなたは特別だ」

「女は特別って言葉が大好きよ。それを知っていていってるんでしょう」

「ちがいます。『東亜通商研究会』の話をしてもいいですか」

小さな勝利を味わいながら、永昌は訊ねた。

マリカは吐息とともに答えた。

「いいわ」

「あなたも知っているように、華の仕事は北朝鮮への輸出でした。華は『東亜通商研究会』に頼まれてある品を送ろうとしていた。『カズシッピングサービス』はその輸送をうけおっていたのだと思います」

「品物は何？」

永昌は迷った。たった今入手したばかりの情報だ。だが駆け引きばかりのやりとりには飽きた。マリカとも二度楽しんだ。

「タミフルです」

「タミフルを北朝鮮に運ぼうとしていたの？　量は？」

「百万人ぶんです」

マリカの絶句を永昌は楽しんだ。

「待って。輸出は、日本の『東亜通商』が華さんに頼んだの？」

「そうです。彼らはそれと引きかえに情報を得る」

「北朝鮮政府から？」

「そこは微妙です。直接北朝鮮政府と取引をするのは、彼らにとって危険が大きすぎる。指導部とつながりのある有力者がもちかけ、『東亜通商』がのったのだと私は思います」

「タミフルと交換の情報って何よ」

「軍事情報ではない、といいました。私にはそれ以上――」

「わかった！」

マリカがいった。

「え？」

「何の情報かわかったの。その取引のことが公になったら、確かに困るでしょうね」

「『東亜通商研究会』とあなたの関係を教えて下さい」

永昌はいった。

「目をつけられないように気をつけているの、北朝鮮とビジネスをしていると知られたら、必ず何かをいってくるにちがいないから。利用されるのはごめんよ」

「利用されるでしょうか」

「役人よ。信用できるわけがない」

硬い声でマリカは答えた。

「日本の役人を信用しないという意味ですか？」

「どこの国の役人でも。役人は信用しないと決めている」

「でも北朝鮮の役人とあなたはビジネスをしています」

「用心はしている。ビジネスマンは信用を大事にする。だから嘘をついたり裏切ったりはしない。でも役人は平気で嘘をつくし、裏切る。信用なんて必要としていないから。自分たちは国の代理だから、何をしても信用を失わないと思っているのよ」

珍しく怒りをにじませた。

「役人にだまされたことがあるのですね」

「わたしじゃないけれど」

「誰がだまされたのです？」

「わたしの祖父母」

「日本の役人にだまされたのですか」

マリカは黙った。やがて答えた。

「中国と日本の役人。話をかえましょう。タミフルがどこにあるのかつきとめる前に、あの刑事を殺してしまっていいの？」

「殺し屋はそんなに早く手配できるのですか？」

「メールを送ったから、早ければ今日中に依頼できる」

本当は直接会っているのではないか。疑問が浮かんだ。殺し屋はマリカに惚れ、いうなりなのかもしれない。

「腕のいい殺し屋はめったにいない。その人は信用できますか」

「できる」

「前にも使ったことがあるのですか」

「そんな質問をするなんてあなたらしくない。嫌だ。ヤキモチ？」

マリカの声に笑いがにじんだ。永昌はため息を吐いた。

「何とでもいって下さい。本当に信頼できるかどうかを知りたいだけです。元北朝鮮工作員ということは、その人は『金石』ではない。もともとあなたと仲間ではなかったのでしょう？」

「わたしそこまであなたに話した？　永昌には何でも喋っちゃっているのね、わたし」

「喜ばそうとしているのですね、私を」

「本当のことよ。『金石』じゃないけれど信用はおける。彼のことを知っている人間は、『金石』にも多くない。黄も知らない」

「あなたひとりですか」

「ひとりではないけれど」

「大丈夫ですか。もし彼を使った場合、それが『金石』を通して他に伝わる危険はありませんか」

「『金石』っていうのはただの名前だといったでしょう。だからそんな心配をする必要はない」

マリカの声が尖《とが》り、永昌は不安を感じた。

甘い言葉と仕草で、どんなときもマリカは本心を隠す。いらだつのは、本当に知られたくない秘密がそこにある証拠だ。

マリカは、殺し屋との関係を詮索されたくないのだ。

「その人の名前は何というのです？」

「名前なんていくらでもかえられる。それに知らないほうがあなたのためじゃない。やっぱりヤキモチを焼いているのね」

ヤキモチ？　そうかもしれない。マリカに、親しくしている殺し屋がいるというのは決して歓迎できる状況ではない。殺し屋はマリカの指示があれば、永昌を殺しにくる。

いや、指示がなくてもヤキモチで永昌を狙うかもしれない。

「マリカ。私は殺し屋について、あなたより知っています」

「本当に？」

「ええ。殺し屋をやるような人間に、本当の意味で友人はいない。恋人もいない。映画の世界とはちがいます。殺し屋は人を殺すのが仕事です。人間関係がうまくいかなかったら、殺す以外の解決方法を知らない。だから人と親しくなどなれない。もしあなたが、その殺し屋と自分は親しいと思っているのなら、それはいつあなたが殺されてもおかしくないということです」

「恐がっているのね」

マリカがいった。笑みを含んでいるような声だ。

「その人がヤキモチで、あなたを殺すのが」

「それもある。でもあなただって安全ではない」

「わたしを心配してくれているの？」

「もちろんです」

「ありがとう。本当のことをいうとね、その人にはもう頼んであるの。同じ刑事がわたしや『金石』の仲間のことを調べているから。永昌とわたしの敵はいっしょなの」

驚きはなかった。そうなるような予感があった。

「その人はいつ仕事にかかりますか」

「わからない。やり方は任せることになっている」

永昌は息を吸いこんだ。香田は鮫島にスパイをつけているといっていた。殺されたら、すぐに知らせがくるだろう。

「古橋を知っていますね」

マリカは知っているとも知らないともいわなかった。つまり知っている。

「ええ」

低い声でマリカは認めた。

「タミフルがどこにあるか、古橋は知っている」

「いいえ。彼は知らない」

「本当ですか?!」

「本当。古橋を華さんに紹介したのはわたしなの。華さんは、使ったことのないルートでタミフルを北朝鮮に運ぼうとしていた」

「どうしてです？」

「華さんの取引相手はずっと指導部だったから、これまでに使ったルートはすべて知られている。でも今回はちがう。指導部に気づかれない方法でタミフルを北朝鮮に運びこまなければならない。あなたもいったでしょう。指導部とつながりのある有力者がもちかけた、と」

　永昌は深々と息を吐いた。その通りだが――。

「なのに古橋はタミフルがどこにあるのかを知らない？」

「ええ。受け渡しの打ち合わせをする前に、華さんが殺されてしまったから」

「あなたがそこまで知っているということは、その取引にかかわっていたのですね」

「かかわってない。わたしにはメリットがない。わたしの顧客は指導部よ。彼らとの関係が悪化するような取引にかかわる筈がないでしょ」

　となれば、答はひとつしかない。

　マリカは華を殺した犯人を知っているのだ。

が、そのことは口にせず永昌は訊ねた。

「田島組を知っていますか？」

「名前は、ね」

「田島組が、華を殺した犯人を捜しています」

「え？　どういうこと？」

「田島組と取引をしていると、華から聞いたことはありませんか？」

「一度もない。華さんは、暴力団とつながるのを避けていた筈よ。暴力団とかかわったら、必ず警察に目をつけられる。どうしてそんなことを訊くの？」

「田島組が、華を殺した犯人と同じ銃を使う殺し屋を捜しているのです。つまりそれは、華を殺した犯人を捜しているということです」

「『東亜通商』からの情報？」

「そうです」

　マリカは黙った。その沈黙は嘘を作るためではなく、思いあたる理由を探すためだろう。

「わからない。なぜ田島組がでてくるの？」

「思いつく理由はひとつです。田島組はタミフルのことを知っていて、華を殺した犯人がそれを奪ったと考え、犯人を見つけて横取りしようとしているのです」

「どうしてタミフルのことを知ったの？」

「華から聞く以外ありません」

「ありえない。華さんが暴力団に話す筈がない」

「親しくしていた日本人が田島組だったということはありませんか？」

「そんな日本人がいるなんて知らない。変よ。絶対におかしい。田島組が動いている理由は、華さんじゃないと思う」

「では誰です？」

「今はわからない。でも調べてみる」

どうやってと訊ねそうになり、永昌は言葉を呑みこんだ。決まっている。華を殺した犯人に訊くのだ。

華を殺しタミフルを奪ったのはマリカではないのか、マリカなら北朝鮮指導部にそれを売ることもできる。

永昌は息を止めた。自分は喋りすぎた。華を殺させたのがマリカなら、殺し屋の標的は鮫島ではなく、自分だ。自分が死んだら、「東亜通商研究会」がマリカの存在を知る可能性は消える。

そう考えると、田島組の調査にマリカが不安を感じるのは当然だ。田島組は殺し屋の線からマリカにたどりつくかもしれない。

「待って下さい。田島組に関しては私が動きます。あなたがかかわるのはよくない」

永昌はいった。

「どうして？」

「あなたがいった。暴力団とかかわると警察に目をつけられる、と。私は日本人ではないし、『東亜通商』との関係があるから大丈夫ですが、あなたはちがう」

「方法は？　どうやるの？」

「黄さんから紹介された人がいます。ジャーナリストで調査の専門家です。その人なら調べられる筈です。その上で、私が田島組と話をします」

「永昌が？」

「彼らが喜ぶような取引を、私はもちかけることができる。タミフルよりもっと稼げる取引です」

永昌と田島組につながりが生じれば、マリカも簡単には永昌を殺せなくなる。いわば〝命綱〟だ。

「田島組と組むの？」

「華を殺した犯人を知りたいのです。私はそのために日本にきました。それにジャーナリストに『東亜通商』の話もしてあります。何かあったときに備えて」

「何かあったときって？」

マリカが訊いた。

「この日本で私が殺されたときです。いろいろな人が関係しすぎていて、誰を信じてよいのか、私にもわかりません。『東亜通商』だって鮫島の仲間かもしれない。タミフルを欲しがっている北朝鮮や田島組に狙われる可能性もあります」

「華さんを殺した犯人がタミフルをもっているという証拠はあるの？」

「ありません。しかしタミフルを奪うため以外に、華を殺す理由はありますか。あなたも知っている通り、華は人から恨まれるような男ではなかった」

「華さんを殺した奴がタミフルを奪ったなら、とっくに処分されているかもしれない」

「百万人ぶんのタミフルです。日本国内で処分するのは難しいでしょう。少しずつ売るか海外にもっていくしかない。『東亜通商』は、まだ国内にあると考えていて、それが無関係な第三者に見つけられるのを恐れています」

マリカは黙った。やがていった。

「永昌はわたしを疑っているのね」

「あなたは古橋を華に紹介したことを、私に黙っていました。しかもタミフルが古橋に渡っていないことも知っていた。十分、疑う理由になる」

「華さんを殺していないし、殺させてもいない。考えてみて。もし華さんを殺してタミフルを奪ったのがわたしだったら、あなたに会うと思う？　あなたが犯人を捜すのがわかっていて」

永昌は息を吐いた。

「そうですね。私を懐かしがるより、利益を選ぶのがあなただ」

その言葉の意味に気づいたのか、マリカは黙った。

たとえ華恵新を殺させタミフルを奪ったのがマリカでも、本当に永昌が好きならば、そこに気づかれる危険を冒しても会った、といえる。つまりはマリカは、永昌を利用することしか考えていない。

「ちがう！」

永昌の気持を読みとったかのようにマリカは強い口調でいった。

「華さんはあなたの友人でしょう。好きな人の友人を殺すわけない、といっているの」

永昌は思わず苦笑した。まるで十代のカップルの痴話喧嘩だ。本当は好きじゃないんだ、いや好きよ、わたしを信じられないあなたこそ、本気じゃない――そんなやりとりをしていながら、別の場面ではお互い平気で人を殺す。

「あなたが『残念』と私にいう姿が想像できます。私を殺すときです。『永昌がいなくなって残念、寂しくなる』、そういいながら引き金を引く」

「永昌こそそうするでしょう。セックスしても、女に優しくなる人じゃない」

マリカの声から感情が消えた。永昌は痛みを感じた。マリカと自分のあいだにあると信じていた糸が切れたのだ。

いや、そんな糸など最初からなかった。あってほしいと思っていただけだ。マリカも同じだったかもしれないが。

「あなただけは特別だった。あなたのような人を私は知らない。かわいらしく賢くて、いっしょにいると心が占領される」

「だったらなぜひどいことをいうの。わたしが永昌を殺すだなんて」

「なぜなら、あなたは嘘つきで冷酷だからです。あなたが信用するのは、自分のいうなりになる人だけだ。あとは『金石』のメンバーにも信用する人がいるかもしれないが、私はそのどちらでもない」

「ヤキモチなのね」

「そういうときもありました。でも今はちがう。教えて下さい、華恵新を殺した者を知っているのでしょう」

「知らない。タミフルなんて興味がない。永昌、会って話しましょう」

「それはよくない。会えばきっと感情的になります。

あなたはならないかもしれないが私がなります」

わずかの間をおき、

「わかった」

とマリカは答えた。

「でも田島組についてわかったことを教えてね。もし、わたしがどうなってもいいとあなたが思っているのでなければ」

「そんなことは思っていません」

殺すなら、この手で殺したい。そう思い、永昌は自分に驚いた。これまで女を殺したことは一度もない。自分の手でも人を使っても。

だがマリカは別だ。殺すなら自分だ。他人に殺させたくない。

「また、連絡します」

「永昌――」

長電話を永昌は終えた。

48

権現がタミフルの隠し場所を知っているとわかった今、重要なのはその生死だった。

華恵新を殺した犯人と権現を拉致したのは別の人物だと鮫島は考えていた。拉致はタミフルの入手が目的であり、同じ犯人だったら殺す前に華恵新に在りかを吐かせた筈だ。

権現がタミフルの隠匿に協力したのは、北朝鮮の人民を助けてほしいという妻の願いを聞きいれたからだ。もし拉致した人間が正当な取引相手なら、権現はタミフルの在りかを教え、渡していたろう。そうではないから、権現は監視され拉致されたのだ。

取引相手に関する情報を、権現は華恵新から得ていたにちがいない。

権現の妻ミジョンの話から、拉致したのは北朝鮮の工作員である可能性が高い。「東亜通商」が北朝鮮政府中枢にいる協力者とタミフルによる情報取引をおこなおうとしているのを知り、割って入ったのだ。

その仮定に基づけば、工作員の目的はふたつある。ひとつはタミフル、もうひとつは協力者の正体をつきとめることだ。

権現がそのふたつの情報をすでに提供していたら、とうに自由の身になるか殺されている。容易に発見できない場所に死体を遺棄したのでない限り、権現はまだ生きていると考えられる。

石森らと別れたあと、鮫島は東京に戻る車中、携帯電話で浜川と話した。権現が拉致されたのは、タミフルの在りかを知っていたからだと話すと、浜川は大きく息を吐いた。

「簡単にはケツを割らない男だ。だとすりゃまだ生きてる。半殺しにはされているかもしれないが」

「華恵新の取引相手は、北朝鮮政府ではなく、その内部にいる〝協力者〟だ。さらったのは、協力者の正体を知るためもあった筈だ」

鮫島は告げた。

「協力者の正体か。すると権現は、日本の公安警察がもう一方の取引相手だと知っていたのか」

「それはわからない。華恵新がどこまで話していたかによる」

答えてから鮫島は思いついた。

「そもそも華恵新がどこから現れたのかというのもわからない。華恵新というのは偽名だろうが、その正体が北朝鮮の人間なのか中国人なのかも不明だ。あるいは在日朝鮮人という可能性もある」

「あんたのいう公安部の下部機関の人間じゃないのか」

「所属してはいないだろう。所属している人間に、万一公になったらおおごとになる取引をやらせるわけがない。華恵新を信頼して、輸出を任せられると考えた理由があるんだ」

「そんなことは俺に訊かれてもわからない。あんたらの中の話だ。こいつは信用できるぜと教えた紹介者でもいたのじゃないか」

その言葉を聞いた瞬間、鮫島は鋭い矢に胸を射抜かれたような気がした。

　まさか、と思った。が「東亜通商」が「金石」に関する情報を封じてまで守ろうとした人間のことを考えずにはいられない。

　樫原茂の息子。陸永昌と父親に名乗り、城山と香田の知り合いだと告げて、鮫島を牽制しようとした。

　その直後、桃井が撃たれ死んだ。樫原は、服役中に中国人の妻を自分から引き離したのが桃井だと思いこみ、その生命《いのち》を奪うと広言していた。

　陸永昌は「東亜通商」にとって重要な協力者だった。当初鮫島は、「東亜通商」が妨害しているのは「金石」に対する捜査だと考えていた。実際は、「金石」が陸永昌と取引をしていたため、そこから陸永昌の存在を暴かれるのを恐れたのだ。

　陸永昌がいったいどのような協力者であったのかはわからないままだった。

　陸永昌は中国人だ。だが中国政府の情報を提供する協力者だとは考えられなかった。その理由は、「金石」が鮫島にさし向けた殺し屋だ。中国人だった。おそらく陸永昌が「金石」に紹介したのだ。

　陸永昌が「東亜通商」に提供しているのが中国政府の情報なら、殺し屋とは縁遠い立場にある筈だ。共産党幹部の親族であるとか、軍の高官、あるいは本人が中国政府の要人といった立場だ。

　陸永昌はそのどれでもないというのが、鮫島の印象だ。年齢のわりには落ちついているが、官僚や軍人の匂いはしなかった。父親は樫原茂なのだから、共産党幹部の親族というのもありえない。

　とすれば、陸永昌が提供しているのは、中国以外の国の情報なのだ。

「東亜通商研究会」はアジア各国の情報を収集する機関だが、中でも中国と北朝鮮を重要視していることは想像に難くない。

　陸永昌が北朝鮮情報の提供者なら、華恵新とつながりがあっても不思議はない。

「どうした？　誰か心当たりがあるようだな」

　黙りこんだ鮫島に浜川は告げた。

「ある。直接はこの事件には関係のない筈の中国人だ」

「中国人か。まあいい。それより権現の居場所だ。さらったのが北朝鮮の工作員だとすれば、イサンゴンが知っているかもしれないな。あんた、イサンゴンには触れないのか、その公安部の下部機関とやらにつながっているんで。それなら俺が動くぞ」

「工作員にはかかわりたくないといったのはそっちだ」

「身内の命がかかっているとなれば別だ」

「それは駄目だ。そっちのやり方は明らかに犯罪になる」

「何日もかけて嗅ぎ回る気か。そのあいだに権現がケツを割るかもしれない」

鮫島は息を吐いた。浜川の言葉は正しい。矢崎に累を及ぼすのを恐れ、イサンゴンと「栄古堂」には触らなかった。がその結果、捜査に時間をかける余裕を失っていた。

「イサンゴンは工作員だ。安易に近づけば、すぐに飛ぶ」

鮫島はいった。

「だから俺がやるといっている。俺には令状だの何だのは必要ない」

「イサンゴンを拷問する気か。イサンゴンが権現を拉致したひとりだとしても、仲間がいる。権現は殺されるぞ」

「じゃあどうするんだ。あんたがイサンゴンをひっぱっても結果はいっしょだろう。権現は殺される」

鮫島は黙った。浜川のいう通りだ。権現を救出できるという確信がない限り、イサンゴンには触れない。

「イサンゴンを監視し、権現の監禁場所をつきとめる」

「今さらか。遅いんだ。なぜイサンゴンのことを教えたときにそれをしなかった?」

「わかっている。が、理由があってできなかった」

「なんだ。公安部ににらまれたくないという理由か。『新宿鮫』も公安部には逆らえないってのか、おい」

浜川の声にすごみが加わった。

「そうじゃない」

「じゃあ何なんだ、いってみろや！」

「あんたには関係ない」

「ふざけんな。手前、今さら何をいってやがる」

浜川は怒鳴った。演技ではなく、本気で怒っている。

「若い同僚を巻きこまないためだ。相方だった若者の将来を潰したくなかった。イサンゴンと『栄古堂』に触れれば必ずそうなる」

やむなく鮫島は答えた。

「だったら永久に触れないだろう」

「その者は現場を離れている。怪我をしたんだ」

「なるほど。だから助けるってわけか。あんたは平気なのか」

「むろんだ。時間をくれ」

「そのあいだに権現が殺されたらどうする。落とし前をつけられるのか」

鮫島は息を吸いこんだ。暴力団とかかわれば必ずこうなる。だがこの場合、浜川のいいぶんが正しい。

「もうとうに権現が殺されているのなら仕方がないが、まだ生きていて、あんたのヘタのせいで殺されたとなったら、覚悟しろよ」

浜川はいって、電話を切った。

49

「なぜ田島組が動いているのか。『東亜通商研究会』の人間もわからないといっているわけですね」

亀沢の言葉に永昌は頷いた。高田馬場の、亀沢の事務所だった。

「タミフルが目的だとしても、田島組はどこからタミフルのことを知ったのでしょう。李と仕事をしていた日本人の知人に訊ねても、李は田島組と関係がなかったというのです」

永昌は告げた。

「その答になるかもしれない情報があります。李さんが殺された現場となったマンションは、違法に運営されていた民泊施設で、田島組の資金源になっていることがわかりました」

「やくざが民泊を経営しているのですか」

「暴力団、特に田島組のような大きな組織はあらゆるビジネスに手をだしています。しかもそれがバレないように、表向きカタギの人間を立て、資金などをバックアップするのです。犯罪で稼いだ金を一見まともな事業に投資し回収することで、マネーロンダリングにもなります」

亀沢はいった。永昌は息を吐いた。日本は、政治家だけでなく犯罪組織も回りくどいことをする。

「すると李を殺したのは田島組なのですか」

「だとしたら田島組が殺し屋を捜すのは妙だと思いませんか。『東亜通商研究会』の人の話では、田島組が捜しているのは、李さんを撃ったのと同じ銃を使っている殺し屋だと陸さんは聞いたのでしょう?」

「そうです。もしかしたら、その殺し屋がタミフルをもち逃げしたので、田島組が怒って捜しているのかもしれませんね」

永昌は答えた。亀沢は考えていたが、首をふった。

「もしそうならば田島組は殺し屋の正体を知っています。わざわざ銃を手がかりに捜す必要はない。それに噂になるようなやりかたもしない。外に洩れないようにこっそり捜すでしょう。組の恥ですからね」

「どうしてもタミフルを手に入れたいのではありませんか」

「それはどうでしょう。タミフル百万人ぶんとなれば、確かに高額でしょうが、国内で処分するのは簡単ではありません」

　亀沢は、永昌がマリカにいったのと同じことをいった。

「それともうひとつ、奇妙なことがあります。李さんが殺された民泊施設を表向き運営しているのは『ＷＴＳ』という会社なのですが、そこの経営者が、何日か前から行方不明なのです。『ＷＴＳ』に取材をしたのでまちがいありません」

　香田からその話は聞いていたが永昌は訊ねた。

「逃げたのですか」

「逃げたのではなく、さらわれたのではないかと私は考えています。さらったのは田島組ではありません。経営者は田島組の息がかかった人間ですから、さらう理由がない」

「では誰がさらったのでしょう？」

「李さんが取引をしようとしていた相手か、その周囲にいてタミフルの情報を知る者でしょう。つまり北朝鮮に関係のある人物です。目的はもちろんタミフルです。まだ日本国内にあるとわかって、在りかを捜しているのです。田島組が殺し屋を捜しているのは、タミフルが目的ではなく、さらわれた『ＷＴＳ』の経営者をとり返すためなのではないでしょうか」

「李の取引相手が李を殺すでしょうか」

「私もそう思います。そんな真似をしたら、タミフルを北朝鮮に運ぶ人間がいなくなる。たとえ口封じだとしても、密輸が無事にすんでからする筈です」

「『東亜通商』の話では、タミフルと引きかえに情報を提供してくれる人物が取引相手だったそうです」

「情報？」

「軍事情報ではない、といいました」

「なるほど」

「北朝鮮国内にもちこめば、闇マーケットで売ることもできるし、権力者への貢ぎものにもなるので、入手困難な北朝鮮では現金より価値がある、というのです。密輸がばれても、指導部のためにもちこんだといいわけすればいい」

「つまりその人間も、北朝鮮政府の中枢にいる、というわけですね」

亀沢の言葉に永昌は頷いた。

「おっしゃる通りです。役人か軍人か、あの国では、ただの市民にこのような密輸は不可能です」

「これはでかい。警視庁公安部と内閣情報調査室の下部機関が情報入手を目的に、国際的な制裁をうけている北朝鮮にタミフルを輸出しようとしていたなどということが公になったら、大問題になります」

亀沢は頬を紅潮させた。

「陸さん。あなたはとんでもないネタを提供して下さった」

「役に立ちますか」

永昌が訊ねると、急に冷静になったのか亀沢は顎に手をあてた。

「そこです。金になるというのとはちがう。もちろんニュースとしては大きいし、警察の大汚点にもなりますが、それでは私たちには何の得にもならない」

永昌は亀沢を見つめた。

「使うとしてもよほど慎重にやらないと、あっという間に潰されてしまうかもしれません。あまりにも危険な情報ですから、公安部は全力で封じにかかるでしょう」

「警察を動かすことができるのですね」

永昌の問いに亀沢は頷いた。

「もちろんです。表沙汰になれば、警察庁長官と警視総監のクビが飛びます。日本と東京の警察のトップです」

「刑事もクビにできますか」

「この件にかかわっている刑事ですか」

「はい。その上、亀沢先生を紹介して下さった黄さんのこともあれこれ調べているそうです」

亀沢は首を傾げた。

「黄さんについて、ですか」

「黄さんの仲間についても、です。『金石』のことをずっと追いかけているようです」

「『金石』ですか。名前は聞いたことがあります」

亀沢の表情はかわらなかった。自分がそうだともちがうともいわない。

「新宿署の鮫島という刑事です。しつこくて皆が迷惑しているようです」

「新宿署。所轄署の刑事がしつこく捜査しているというのは、妙ですね。所轄署が単体で動くのは小さな事件です。殺人などの捜査になれば警視庁がでてきて、所轄署員は手足になるだけですよ」

「それはわかりません。でも鮫島には皆が迷惑しています。この情報を使って排除できませんか」

「所轄のたったひとりの刑事のクビを飛ばすには、このネタは大き過ぎます」

亀沢は淡々といった。

「ではこの情報を使わなくても鮫島を排除することが可能ですか」

「それこそ『東亜通商研究会』の人に苦情をいえばすむのではありませんか。『東亜通商研究会』は警視庁にも影響力がある筈です」

「香田さんの話では、その刑事は李の事件を捜査する権限がないにもかかわらず手をひかないのだそうです。香田さんとは同期で、互いを知っているのですが、頑固だといっていました」

亀沢は首を傾げた。

「同期。『東亜通商研究会』の香田さんがそういったのですか」

「そうです」

「もう一度、その刑事の名前を」

「鮫島です。黄さんの話では『新宿鮫』という渾名をつけられているそうです」

亀沢の表情がわずかに変化した。

「知っていますか」

「聞いたことがあります。なるほど。『東亜通商研究会』にいる人と同期なのですね」

「同期ということに何か意味があるのですか？」

永昌は訊ねた。

「日本の警察官の中には、キャリアと呼ばれるスーパーエリートがいます。二十五万人以上いる警察官のうちに五百人ていどしか含まれない。難関の国家公務員試験に合格した上で警察官になる道を選んだ人たちです。あなたのいわれる香田さんが同期という言葉を使ったのは、警察庁への入庁年次ではなく、その国家公務員試験の合格年次かもしれません。そうならば、香田さんも鮫島も、どちらもキャリア警察官ということになる。ただ、キャリア警察官が所轄署の刑事でいるのは奇妙です。鮫島の年齢はいくつくらいですか？」

「四十は超えていると思います」

「それなら大きな署の署長レベルに出世していておかしくない。とするとキャリアではないのかもしれませんね」

「鮫島が、先生のいわれるキャリアだとすると、何かちがってくるのでしょうか」

　亀沢は小さく頷いた。

「鮫島のことを、警視庁、警察庁のすべての幹部警察官が知っていると考えてまちがいないでしょう。私も知っているキャリア警察官がいますが、彼らは自分たちが雲の上の存在であることを自覚しています。それだけに小さな事件にはこだわらない。キャリア官僚というのは国を動かすのが仕事だという自負があるのです。尊大で嫌みな考え方ですが、確かにそれに見合う頭脳と知識をもっていました」

　鮫島はどうだったろう。一度しか会っていないが、尊大な人間には見えなかった。物静かで、冷静に人を観察していた。

　永昌は首をふった。

「きっとちがいます。中国やタイで、エリートの役人や軍人を私は見ました。その人たちにはどこか似た雰囲気がありましたが、鮫島はそんな感じではありませんでした」

「その香田さんはどうです？」

　訊かれて永昌はとまどった。香田には確かにエリートの匂いがあった。

「そうですね。香田さんには、そんな雰囲気があります」

　亀沢は小さく息を吐いた。

「調べましょう。どのみち『東亜通商研究会』に関しても情報を集めようと考えていました。それで陸さんは今後、どのようになさるつもりですか」

「李が隠したタミフルを見つけたいと思っています」

「見つけてどうされるのです?」

「李の仕事をひきつぎます。北朝鮮にもっていき、『東亜通商研究会』とのビジネスを広げようと思っています」

　亀沢は頷いた。

「なるほど」

「でも先生がこの情報を公開したら、ビジネスができなくなりますね」

　亀沢は首をふった。

「公開はありえません。申しあげたように大ニュースにはなるでしょうが、一文の得にもならない。情報は別の形で使うつもりです。むしろ陸さんの役に立つような形で」

「どんな形です?」

「それはこれから考えます」

　亀沢は教えなかった。

「それよりタミフルの在りかをどうやって見つけだすのですか」

「北朝鮮の工作員にあたります」

「工作員に知り合いが?」

　永昌は首をふった。

「いいえ。李のビジネスパートナーについて調べたと申しあげましたね。その人物なら心当たりがあると思います」

　亀沢は永昌を見つめた。

「工作員との接触は慎重にされたほうがいい。正体が露見したとわかれば、すぐに姿をくらませるか、逆に陸さんの口を塞ごうとするかもしれない」

「わかります」

　永昌は頷いた。

「北朝鮮の工作員が李さんを殺してタミフルを奪ったと、陸さんは考えているのですね」

「犯人は誰でもかまいません。私を殺そうとさえしなければ。タミフルはまだ日本にある筈です。私はそれを見つけたい。李の仕事をひきつげば、『東亜通商研究会』だけでなく、北朝鮮の中枢にいる人間ともコネを作ることができます。すぐには役に立たないコネかもしれませんが、使えるときがいずれくるでしょう」

動くときだと永昌は思っていた。亀沢と話し、日本の警察をさほど恐れなくてもいいとわかってきた。

これはビジネスチャンスだ。日本の「制服」と北朝鮮の「制服」をつなぐ仕事になる。しかもそれによって自分の安全も確保できる。

複雑なことが好きな日本人はスキャンダルには弱い、と亀沢の話を聞いていて気づいたのだ。

「東亜通商研究会」を動かす材料を、自分は手に入れた。

50

神田和泉町にある古本屋「栄古堂」が店を開けるのは正午過ぎで、閉店は午後八時から九時のあいだだというのを、近隣への訊きこみから、鮫島はつきとめた。

店主は、以前見かけた白髪を束ね丸眼鏡をかけた人物で、他に従業員はいない。店舗と住居を兼ねているらしく、一階の店にシャッターが下りていても、二階の窓に明りが点っていることが多い。出入口は、店の正面と裏の二カ所がある。

店主は、会えば挨拶はするが、積極的に近所と交流してはいない。また妻や子といった家族が同居しているようすもないという。

四十年以上営業している近くの喫茶店で、常連だという年配の客が話した。

「あすこは居抜きで二代目なんだよ。先《せん》は、昭和三十年頃始めた古本屋で、それが十五年くらい前に亡くなって、今の親爺が入ってきたんだ。もともと客で、古本屋をやりたかったらしいんだな。ただよ、このあたりは固定資産税も高いのに、よくやれるなって皆んな感心してたんだ。まあ、いっていた連中も、ほとんどいなくなっちまったがよ」

　歯切れのいい東京弁でまくしたてた。以前は魚屋をやっていたという。

「古本屋やるくらいだから、前の親爺も偏屈だったが、今度のはもっと偏屈で、近所づきあいなんてほとんどないね。祭りのときなんかも協力費はだすけれど、それ以上のおつきあいはお断わりって奴だ。時代だあね」

　客と同世代の喫茶店のマスターがいった。ふたりとも七十代後半から八十代の初めといったあたりで、雰囲気が似ている。

「人の出入りはどうです？」

「あんまり見たことないね。親戚かな、たまあに息子くらいの年の男が裏口からでてくるのを見かけることはあるけれど」

「眉間《みけん》にホクロがある人ですか」

「それそれ。お釈迦《しゃか》さまみたいだから、覚えている」

　イサンゴンだ。

「他によく見かける人はいませんか？」

　雰囲気の似たふたりは顔を見合わせ、首をひねった。

「このあたりはね、古くからの商売人もいりゃ、新しい会社もある。まあだいたいがカタギだが、中にゃ正体不明なのも昭和の頃からいるよ。東京のまん中だけにな」

　元魚屋の老人がいった。

「ご協力ありがとうございました。『栄古堂』さんには、このことは内密に願います」

「そりゃそうだ。俺らも他人《ひと》さまの話をぺらぺら喋ったなんて、いえやしねえよ」

　喫茶店をでた鮫島は「栄古堂」に向かった。

　客を装って店内に入る。店内は以前きたときと同様うす暗かった。低い音量でラジオが流れているのも同じだ。店主はずっと手もとに目を落とし、入ってきたとき以外は鮫島を見ようともしない。

『華僑経済史』という本を鮫島は手にとった。一九七二年の発行で、見返しに「１０００」と書かれたシールが貼られている。

それを手に店主に歩みよった。千円札とともにさしだした。

店主は無言で見返しからシールを剝がし、本を紙でくるんだ。

「香田さんは最近きていますか」

鮫島は訊ねた。店主は老眼鏡から上目づかいで鮫島を見た。

「香田？」

鮫島は頷いた。

「知らないね」

店主は感情のこもらない声で答えた。

「そうですか。ではイさんはどうです？　新大久保にある『ムグンファ』で働いている」

店主は左手で老眼鏡を外した。背筋をのばし、鮫島を見つめる。鋭い目だった。

「あんた、どこの人かね。いや、いわんでいい。ただ、上司はあんたがここにくるのを許したのかな」

「上司の許可は得ていません」

「なるほど。となるとあんたは、田舎の駐在さんが希望というわけだ」

店主は穏やかにいった。

「ここにくるとハムの逆鱗に触れる、というわけですね」

店主は肯定も否定もしなかった。

「今すぐここをでていけば、あんたのことは忘れよう。どうだ？」

「香田は私の話をしていないのですね」

店主は首を傾げた。

「どうしても自分の話をしたいのかね」

「私がしたいのは、権現という人がどこにいるかという話です。新宿で違法な民泊施設を運営していましたが、何日か前から行方がわからなくなっている。行方がわからなくなった理由は、彼の経営する民泊施設で撃たれて亡くなった人物が北朝鮮に輸出しようとしていた医薬品の在りかを知っているからです。ここをよく訪れる、イサンゴンという人やその仲間が、権現の口からそれを訊きだそうとしているらしい」

　店主の表情はかわらなかった。

「ほう。医薬品とな」

「抗インフルエンザウイルス剤のタミフルです。権現の妻は脱北者で、まだ本国にいる母親や弟のために、タミフルの輸出に協力してほしいと夫を説得したのです」

「なるほど。で、あんたはその権現を助けたいというわけか」

　鮫島は頷いた。

「権現は元極道で、公安部からすればその生死などどうでもいいのでしょう。ただ公安部も公安部で、タミフルの在りかをつきとめたい。なぜかといえば、内閣情報調査室の下部機関である『東亜通商研究会』が、国際的な対北制裁のとりきめに違反してタミフルを北朝鮮に輸出しようとしたことが明らかになっては困るからです」

「あんた、自分が今何をいったのかわかっておるのか。田舎の駐在どころではすまんぞ」

「タミフルの受取人は北朝鮮政府ではありません。政府内部にいる情報提供者です。タミフルと交換に、『東亜通商研究会』は、重要な情報を得ようとしていました」

　鮫島は告げた。店主が瞬きをした。

「権現を拉致したのは、北朝鮮の工作員だと思われます。タミフルを押収すると同時に、北朝鮮内部にいる情報提供者の正体を知るためでもある」

　店主は黙りこんだ。やがていった。

「どうやら、最初に戻ったほうがいいようだな。あんたの所属はどこだ？」

「新宿署の生活安全課です」

「新宿署？」

　意外そうに店主はくり返した。

「華恵新と名乗っていた、北朝鮮への密輸業者が射殺されたマンションが、管内でした」

「そうかね。で、あんたは今ここでした話をどこで聞いた？」

「調べました」

「調べた？」

店主は眉をひそめた。

「いい加減なことを。誰からここの話を聞いた。カイシャの人間だろう」

「ちがいます」

「嘘をつけ。警察関係者以外にここのことを知っている者がいる筈がない。重大な信義違反だ」

「イサンゴンはある国の在日大使館関連施設におかれているカジノに出入りしていて、知り合った暴力団員に上質の覚せい剤を買わないかともちかけました。覚せい剤の密輸や売買を商売にしているなら、親しくもない暴力団員に売ろうとする筈がありません。ギャンブルの元手が必要となり、手もとにあった覚せい剤を金にかえようとしたのです。ところが、その暴力団は覚せい剤を組の法度《はっと》にしていた。冗談のような話ですが、暴力団にも風紀委員会というのがあって、イサンゴンのことを調べたのです。暴力団の調査能力は警察を上回るときがあります。この店のことをつきとめたのは、田島組という暴力団です」

店主の顔がこわばった。

「あんたの名を聞こうか」

机上のメモとペンを引きよせた。

「鮫島と申します」

店主の手が止まった。目をみひらき鮫島を見つめた。

「あんたがそうか」

「香田からお聞きですか」

「いいや」

店主は首をふった。

「噂を聞いていた。現役だったときに」

鮫島は目をみひらいた。「カイシャ」という言葉を店主が使ったとき、もしかしたらと思ってはいた。

「警察におられたのですね」

「いたよ」

そっけなく店主は頷いた。

「するとこの店を始められたのも――」

「他にすることがなかった」

鮫島の言葉をさえぎるように店主はいった。

「四十年近く、ずっと公安にいて北を担当しておった。嫁や子供にも逃げられ、趣味は何もない。ただ顔だけは広い。特に在日の連中にはな」

鮫島は浜川とのやりとりを思いだした。在日朝鮮人社会には独特の結束があり、重大犯罪が起きたとしても、そこに警察官が入りこむのは難しい。

「この顔をまだ使いたいといわれた。店番をしていれば、寄ってくる人間もいるだろう。あいつはどうしている、こいつは元気かって世間話をたまにしてくれればいい、とな」

鮫島は息を吸いこんだ。

「イサンゴンはあなたが――」

「薄々は気づいとるだろうな。だが昔から私は情報《ネタ》を引くだけで、パクったりはしなかった。互いに正体がわかっておれば安心してつきあえる。特にイのようなスリーパーは、な」

鮫島はうす暗い「栄古堂」の店内を見回した。

「ここは『東亜通商研究会』があなたにやらせている店なのですね」

それには答えず、店主は鮫島を見つめた。

「香田くんとは古いつきあいなのかね」

「同期です」

「彼も妙なところに流れついたものだ。だが気骨があるからそうなった。内務官僚を上手にこなすような人間だったら、まだ警察にいたろう」

鮫島は頷いた。

「頑固な男です」

店主は目をそらした。

「頑固な警察官など、歓迎されない。特に公安では」

「権現の居場所をご存じですか」

「私が知っているわけがない」

「イサンゴンとあなたは親しい。権現の消息に関する情報をご存じありませんか」

「もし知っていたら香田くんに伝えている」

その言葉から、香田に対する好意のようなものを鮫島は感じた。

「香田もタミフルを捜している筈です」

「タミフルうんぬんなどという話を、私は初めて聞いた」

「彼に確かめて下さってかまいません」

「『東亜通商』は快く思わないだろう。君のような所轄の人間が動き回っているのを。元は香田くんと同じだったとしても」

「立場は重要ではありません。人の命がかかっています」

「その権現とやらの消息が判明したら田島組が動くのか」

鮫島は首をふった。

「それではおおごとになります。怪我人や下手をすれば死者もでかねない。私が動きます」

「手柄を狙っているのかね」

「そんなことは考えていません。申しあげたように、元極道の生死になど公安は興味をもたないでしょう。彼らの目的はタミフルの回収です。私は権現を助けたいだけです」

「タミフルには興味がないと？」

「表沙汰になれば、多くの人間が責任を問われます。それを望んでいるわけではありません」

香田も立場を失う。「東亜通商研究会」は解体されるだろう。

店主は無言で考えていたが、いった。

「まず君の話を確認しないとな。その上で、必要なら、イに探りを入れてみる」

「気をつけて下さい。口を塞がれるかもしれません」

「誰に向かっていっている。私が何年何人の工作員とつきあってきたと思っているのか」

店主の口調が冷ややかになった。鮫島は頭を下げた。

「おっしゃる通りです。たいへん失礼しました」

店主は黙っていたが、不意に笑った。

「初めて香田くんがここにきたとき、生意気なことをいうので叱った。あんたのようにはあやまらず、ふくれっ面《つら》をした。だが私のことを信用した」

「お名前を教えていただけますか」

「古本屋でかまわん。名前など意味がない」

鮫島は携帯電話番号の入った名刺をさしだした。

「ご連絡をお待ちします」

店主はおかれた名刺には触れようともしなかった。

51

「矢崎くんが退院したそうです。今日一日休養をとって、明日、出勤します」

署に戻った鮫島に阿坂が告げた。厳しい表情だった。

「どうされるおつもりですか」

阿坂は痛みに耐えるように目を閉じた。しばらくそうしていたが、目を開いた。

「あなたとのチームは解消させます。受傷直後ですし、しばらく署内の仕事に専念してもらう。それが不満なら、本庁十四階に戻るでしょう」

鮫島が頷くと、阿坂はつづけていった。

「わたしなどの判断より、本当の所属長が決めることですが」

「所属長は、あなたほど部下に優しくはないと思います。任務を継続するかどうかの判断を矢崎くんに任せたそうですから」

阿坂は息を吸い、顔をそむけた。

「それだけ信頼されているということね」

「優秀であることはまちがいありません。だからこそハムにひっぱられ、スパイを演じさせられたのです」

阿坂は鮫島を見た。

「楽しんでやっていたのかしら」

「苦しんでいたと思います。任務だと自分にいい聞かせて」

「でも同情はできない」

「同情などしたら、かえって傷つくでしょう」

鮫島が答えると、意外そうに訊ねた。

「そうなの？」

「本当の所属が発覚したことに対し、上司は厳しい評価をします。公安警察官としては未熟だ、と」

「なぜわかるのです？」

「公安警察官に望まれる姿がそうだからです」

「公安にいたことがあるのですか」

「短い期間ですが。任務の優先順位が刑事警察とは異なり、馴染めませんでした」

「その結果、新宿署にきたのね」

「よかったと思っていますか」

「本当にそう思っていますか」

「思っています。もし公安セクションにおかれていたら、警察を辞めていました」

「ここでの仕事が、あなたは——」

いいかけ、阿坂は黙った。首を小さくふった。

「いくらなんでも立ち入りすぎですね。忘れて下さい」

鮫島は間をおいて告げた。

「私のほうからも報告があります。神田和泉町に『栄古堂』という古本屋があって七十代半ばくらいの店主がひとりでやっています。その店主は元公安警察官で、北朝鮮をずっと担当しており、在日朝鮮人社会にも顔が広い。彼が古本屋を始めたのは、情報を集積させるために『東亜通商研究会』が要請したからです」

「情報を集積させる？」

阿坂は瞬きした。

「そこには、正体を知られている北朝鮮の工作員もきています。核心的な情報は口にしないまでも、世間話をすることで、警察と工作員、双方の情報が店主のもとに集まる。その結果、まったく非公式ではあるけれども、日本と北朝鮮の情報機関をつなぐパイプとなっているようです」

「二重スパイではないの？」

「見かたをかえればそうです。しかしどちらかの味方というより、調整役と考えたほうがいいような気がします」

「あなたはどうしてそんな場所のことを知っているの？　公安部にいた頃の知識？」

「いえ。田島組の幹部、浜川から聞きました」

阿坂は唇をひき結んだ。

「接触するのを、わたしが反対した人物ね」

「申しわけありません」

「それで？　つづきがあるのでしょう」

「『栄古堂』にイサンゴンという人物が出入りしています。表向きは新大久保の韓国料理店の従業員ですが、北朝鮮の工作員です。浜川は、イサンゴンが高純度の覚せい剤を売ろうとしていたことから、その正体をつきとめたのです。ただし、覚せい剤を買いとって商売にはしていません」

「よかった。それを訊こうと思った」

何かをいいたそうにしていた阿坂が頷いた。

「華恵新殺害の現場であるＫＳＪマンションは、田島組が『ＷＴＳ』というフロントにやらせている民泊施設です。『ＷＴＳ』の経営者、権現が正体不明のグループに監視され、そののち拉致されました。華恵新が北に輸出しようとしていたブツの在りかをつきとめるためのようです」

「それも、その古本屋で聞いたことですか」

鮫島は首をふった。

「権現の妻は、十歳のときに父親とともに脱北した韓国クラブの元ホステスです。華恵新が北に運ぼうとしていたのは、抗インフルエンザウイルス剤のタミフルでした。それを知った妻が、祖国に残した家族のために協力してほしいと権現に頼んだのです」

「待って。あなたの話だと、北朝鮮と取引を進めていたのは、内調ということだった。内調がタミフルを送ろうとしていたというの？」

「そうです。しかし取引相手は北朝鮮政府ではなく、内部にいる協力者でした」

「協力者とは？」

「タミフルと引きかえに、北朝鮮政府内の重大情報を渡すという取引だったようです」

「重大情報――」

いいかけ、阿坂は息を呑んだ。

「拉致被害者の情報⁉」

「可能性は高いと思います。権現の妻の話では、タミフルは百万人ぶんあったそうです。段ボールで三十六箱です。ＫＳＪマンションでは発見されていませんが、それくらいの量なら、アパートやマンションの一室に保管することが可能です。権現はその保管場所を知っているのだと思います」

「拉致した目的は、タミフルの入手ね」

「それともうひとつ、北朝鮮政府内の協力者の正体をつきとめることもあると思います」

「つまり権現を拉致したのは北朝鮮の工作員だというの？」

「おそらくそうだと思います」

「それならば工作員はどうしてタミフルの存在を知ったの？　取引は当然隠密裡《おんみつり》に進められていた筈」

鮫島ははっとした。その通りだ。

「華恵新から北の工作員に洩れた？　それで華恵新が工作員に殺されたというのならわかるけれど」

阿坂はいってつづけた。

「でもそうなら、今になってタミフルの在りかを工作員が捜すのはおかしい。華を殺した時点で、そこにはなくてもタミフルの保管場所を知っていなければならない。殺したら訊きだせなくなるのだから」

「おっしゃる通りです。華を殺したのは、北の工作員ではないかもしれません」

「じゃあ誰が殺したの？　華に恨みをもつ人間？」

「かもしれませんが、華の記録が警察になかったことを考えると、日本の暴力団などではないと思います」

「『金石』の殺し屋という可能性を、あなたは疑っていた。だったら少なくとも日本にいる人物でなければならない」

鮫島は頷いた。

「宮城刑務所までいってつきとめた新本ほのかかその共犯者が、華恵新を殺したという可能性はないの？」

「あります。三井省二も華と同じ七・六五ミリ口径の拳銃弾一発で致命傷を負わされています。浜川にその情報を渡したところ、可能性のある殺し屋の存在が浮かびました」

「何に関する情報を渡したのですか」

阿坂の顔が険しくなった。

「凶器に使われた銃の口径です。七・六五ミリという情報は公開されていません」

阿坂は首をふった。

「つまり田島組の幹部と情報共有をした、と」

「そうです。浜川は権現の身を案じており、情報交換をしたいと申しでてきました。田島組の情報収集力は馬鹿になりません。私は自身の判断で、凶器に関する情報を提供しました」

「その結果、イサンゴンという工作員の名と古本屋、それに殺し屋の情報を得たと。三対一、悪い取引ではないわね」

阿坂がいったので、鮫島は驚いた。

「叱責されると思いました」

「あなたが『栄古堂』にいったのはいつですか」

「今日です。浜川からその存在を教えられたのはもっと前でしたが、矢崎くんのことを考えると触れませんでした」

「なぜ？」

「浜川からその名を聞いてすぐ、私はひとりで『栄古堂』のようすをうかがいにいきました。その帰り道、『東亜通商研究会』にいる、同期の人間とでくわしたのです。彼の行き先も『栄古堂』であったことは、ほぼまちがいありません」

「何という人？」

「香田です」

阿坂は息を吸いこんだ。

「公安部から組対部にいき、その後退職した警視正ですね」

「ご存じでしたか」

「噂は聞いていた。辞められた原因までは知らない。あなたは矢崎くんが公安部ににらまれるのを避けようと考えたのね」

「おっしゃる通りです」

「皮肉な話ね。公安部からかばおうとした人間が、公安部のスパイだったなんて」

「問題は、浜川がつきとめてきた殺し屋です」

「何者なの？」

「名前はわかりません。浜川は仮にパクと呼んでいました。八年前、カンボジアのパスポートを使って来日しましたが、正体は北朝鮮偵察総局に所属する工作員です。パクの任務は、母国に対する忠誠心が薄れつつある在日朝鮮人社会に警告を与えることでした」

「警告？」

「祖国に非協力的な態度を示していた在日朝鮮人を処刑したのです。事故を装っての殺人もあったようですが、撃つ刺すという殺害方法もあり、それが指導部による制裁だという噂が在日朝鮮人社会に流れ、皆あわてて恭順の意を表したそうです。その上で処刑者の正体をつきとめようと懸命になった。任務が任務なので、パクは在日朝鮮人社会から距離をおいていて、一部の工作員だけがパクの支援をしていたそうです。ところがそのパクが、理由は不明ですが本国に切られた。平壌に残していた家族が逮捕され、処刑されたり収容所に送られたりした。そうなると工作員の支援もアテにできない。糸の切れた凧《たこ》となったパクは日本で生きのびるために殺し屋になったのです」

「それを浜川はつきとめたの？」

「浜川の知る口入れ屋から得た情報だそうです。組員にさせづらい殺しや人を痛めつける仕事を発注する相手だそうです。その口入れ屋に関する情報提供は一切拒否されました」

「だったらどこまで信用できる情報か、わからない」

「ええ。ですが嘘の情報を流す理由が、浜川にもその口入れ屋にもありません」

　鮫島の返事に阿坂は考えこんだ。

「報告書には載せられない話ばかり」

「どのみち『東亜通商研究会』についても触れられません。パクは物資の乏しい北朝鮮軍にいたため、無駄弾を使わないというのを信条にしていて、標的は必ず一発で仕留めるそうです。華恵新と三井省二は、どちらも一発で殺害されていました」

「すると華恵新の射殺にも新本ほのかが関係していると、あなたは考えているの？」

「そこは不明です。ただ新本ほのかは北朝鮮指導部相手に高額のワインなどの取引をおこなっています。華がタミフルを輸出しようとしているという情報を得て、横どりしようと考えたのかもしれません。そうであったら、パクに殺害させた時点でタミフルは新本ほのかの手に渡っており、北の工作員はそれを捜しているということになります」

「華と新本ほのかが互いを知っていた可能性は高いでしょうね。どちらも日本で調達した品を北朝鮮に輸出するという仕事をしていたのだから。『東亜通商研究会』と新本ほのかのあいだにもつきあいがあったとは考えられない？」

　阿坂が訊ねた。鮫島は考え、答えた。

「新本ほのかの取引相手は北朝鮮指導部で、今回の華恵新がうけおったタミフルは、指導部内にいるかもしれないが正体を知られてはまずい人物が取引相手です。『東亜通商研究会』が新本ほのかを知っていたとしても、使うのは危険と考え、華恵新に任せたのではないでしょうか」

「華恵新を『東亜通商研究会』に紹介したのは誰かしら？　新本ほのかではないの？」

「かもしれませんが、もうひとり可能性のある人物がいます」

「誰です？」

「陸永昌。樫原茂の息子で『東亜通商研究会』への情報提供者です。以前私を狙った殺し屋が中国人だったのは、おそらくこの陸永昌が『金石』に紹介したのだと思われます」

「『金石』には三井省二や華恵新を撃ったパクがいる。なのにあなたを狙わせた殺し屋を中国から呼び寄せた理由は？」

「まずパクは『金石』のメンバーではなく北朝鮮の元工作員です。『金石』はピラミッド構造の犯罪組織ではありません。パクが新本ほのかとつながっていても、あのとき私を殺そうと考えたのが、『金石』の他のメンバーであればパクを使えなかった。パクの存在すら知らなかったかもしれません。『金石』が私を狙ったのは、栄勇会が北朝鮮からひいていたしゃぶの取引を嗅ぎつけられたからです。その仲立ちをしていたのが『金石』と陸永昌でした。ただ『金石』側が誰なのかは判明していません」

「つまりこういうことね。栄勇会としゃぶの取引をしていた『金石』のメンバーは新本ほのかではない。もし新本ほのかなら、使い慣れたパクにあなたを狙わせた。別のメンバーだったので、中国から呼び寄せた殺し屋を使った。警察官が標的なので、日本人は使いづらかった」

阿坂の理解は早かった。

「おっしゃる通りです。陸永昌が新本ほのかを知っているかどうかも不明です」

「つまり新本ほのかがキィパースンということね。華恵新を殺しタミフルを奪った犯人の可能性が最も高い」

鮫島は頷いた。

「新本ほのかなら、自身のもつパイプを通して北朝鮮にタミフルを売りつけることも可能です」

「問題は彼女がどこにいるか」

「知っている可能性があるのは、現在渡米中の久保由紀子、そして『フジ緑化』の社長、高川和、別名黄です。久保由紀子は当分日本に戻らないでしょう。高川は出張という形で東京を離れていますが、日本にはいます。矢崎くん襲撃のマル被として機捜も追っています。ただ捜査が長びくようだと、担当が機捜から三田署に移るかもしれません」

「わかりました。高川和の捜査については、機捜と三田署にわたしが情報提供をお願いします。形の上では部下が受傷した事件ですから、協力してもらえると思います」

「そうしていただけると助かります」

「あなたは北朝鮮工作員と思われるイサンゴンを洗って、権現の行方をつきとめて下さい。イサンゴンがパクを知っている可能性があるなら、接触は慎重に。パクがあなたを狙うかもしれません」

「承知しました」

「それからもうひとつ、今の話を聞いていて気づいたことがある」

「何でしょうか」

「矢崎くんが襲われた理由。久保由紀子の尾行が原因だとすれば犯人が凶暴すぎるという話をしたのを覚えている？」

　鮫島は頷いた。

「矢崎くんの本当の所属は公安総務《コウソウ》でその前は外二《ソトニ》で通訳として使われていた、とあなたから聞いた。そのどちらかで、矢崎くんはそれと知らず『金石』のメンバーと接触していたのかもしれない。久保由紀子からの知らせをうけ田町に駆けつけた『金石』のメンバーが矢崎くんをそうだと認め、襲ったという可能性がある」

　鮫島は頷いた。

「もしそうなら、高川和です。以前、久保由紀子、新本ほのかと訪ねているので、バーの場所も把握していますし、矢崎くんの受傷の状況から得た、ほしは長身であるという情報とも一致します」

　バーテンダーの話を覚えていた。

「明日、あなたとわたしのふたりで矢崎くんに心当たりがないか確かめましょう。彼にとっては針の筵《むしろ》でしょうが、それには耐えてもらいます」

　決意のこもった顔で、阿坂はいった。

52

矢崎は頭にネットを巻いた姿で出勤してきた。その矢崎を阿坂が呼んだ。鮫島と三人で会議室に入った。矢崎は唇を引き結び、顔は青ざめている。

「痛みはどうですか」

阿坂が訊ねた。

「ほとんどひきました。ありがとうございます」

硬い声音で矢崎は答えた。そして阿坂と鮫島を見比べた。

「課長はもう、ご存じなのですか」

「あなたの本当の所属が公安総務で、偽の経歴で新宿署の生活安全課に赴任したということを、ですか」

矢崎はうつむいた。

「そうです」

「あなたの口から説明を聞きたい」

阿坂はいった。矢崎は顔を上げ、唇をなめた。

「公安部長の特命だと、公総の課長にいわれました。ＫＳＪマンションで殺された華恵新が所持していたブツが行方不明になっている。新宿署員が見つけだしたなら、ただちにそれを報告せよ、です。何なのか、私は知らされておらず公総の課長も、知らないようでした。それについては『東亜通商研究会』と内調のごく一部にしか情報がないとのことでした」

阿坂が鮫島を見た。

「教えましょう。彼だって知りたいだろうから」

矢崎は目をみひらいた。鮫島は告げた。

「華恵新が北朝鮮に輸出をしようとしていたのは、抗インフルエンザウイルス剤タミフルだった。百万人分らしい」

「タミフル……」

「用意したのは『東亜通商研究会』で、華恵新を通じて、北朝鮮中枢部の情報提供者に渡される予定だった」

「情報提供者、ですか？」

「何者かはわからないが政府の高官だろう。タミフルは情報の代価だったようだ」

鮫島は答えた。

「すると『東亜通商』は北朝鮮相手に取引をしようとしていたのですか」

「北朝鮮政府そのものではなく、重要な機密情報に近づける地位の人間だったのではないかしら。政府か、軍の」

阿坂がいった。

「公安があわてたのは、大量のタミフルが第三者によって発見され、そのでどころを調べられることだ。結果、北朝鮮政府関係者との取引を日本の情報機関が秘密裡に進めていたとわかれば、国際的にも問題となる」

目をみひらいて聞いていた矢崎はいった。

「そうだったのか。だったらなりふりなんてかまっていられないわけですよね。新宿署に真実を知られるわけにはいかない。それで私が使われた」

頭を下げた。

「ありがとうございます。教えて下さって」

「そこで訊きたいのだけど、田町であなたを襲撃した犯人の顔に見覚えはあった？」

阿坂が訊くと矢崎はうつむいた。

「見覚えも何も、私は犯人を見ておりません」

「高川和、別名ファンという男を知らないか。『フジ緑化』という会社の社長で『金石』のメンバーだ」

鮫島は訊ねた。矢崎は瞬きした。

「ファンという名前に聞き覚えがあります。三年ほど前、外二《ソトニ》にいたときに一度会った中国人でそういう名の人物がいました」

「何者だ？」

「上司に通訳として呼び出された席に、複数名の中国人がいて、そのうちのひとりがファンと名乗った記憶があります。ですが結局通訳は必要ないからと帰されました」

「人台は？」

阿坂が訊ねた。

「覚えておりません。申しわけありません」

「場所はどこだ？」

「新宿のハイアットホテルです。外二の上司一名と中国人三名だったと記憶していますが、互いに名乗っただけでそれ以上は何の会話もしませんでした。ファンがその人物だとすると、何者なのかは知りません」

　矢崎は答えた。阿坂が鮫島を見た。

「三人のうちのひとりが、ファンなら、通訳が必要ないのは当然ね。それを知らない上司が矢崎君を呼んだ」

「久保由紀子はあの晩君の尾行に気づき、『ＢＡＲ　ＰＥＰＰＥＲ』から高川に助けを求めた。田町まできた高川が君を見て、以前会った刑事だと気づき、背後から殴った可能性がある」

　矢崎は目をみひらいた。

「なぜ殴るのです」

「君の上司は高川を中国人だと思いこんでいたのだろう。だが久保由紀子といっしょにいる高川を君が見たら、日本人である可能性を疑われる。君を公安部の刑事として記憶していた高川にとって、それは望ましくない事態だ」

「つまり私が高川を思いだしては困るから殴ったのですか」

「君に顔を見られずに久保由紀子をその場から連れ出すには、その方法しかないと考えたんだ」

　矢崎はあ然としたように瞬きをした。

「ずっと考えていました。いったいどうしてこんな目にあったんだろう、と。張りこんでいるだけで殴られるなんて、重要手配犯でもなければありえない、と」

「高川は車で前を通りすぎたか何かで、張りこんでいる君の顔を見て、一度会った刑事だと思いだしたのだろう」

　矢崎は顔をしかめた。

「そういえば殴られる直前、走ってきた車にハイビームのライトで照らされました。まぶしくて顔をそむけたのを覚えています」

「まちがいないわね」

　阿坂がいった。

「高川は近くに車を止め、あなたを襲ったのよ。機捜に連絡し、傷害と公務執行妨害で逮捕してもらう」

矢崎は無言だ。

「それはまずいの？」

阿坂が矢崎を見つめた。

「わかりません。公総の上司に、受傷を叱責されました。緊張感が足りない、と。それに潜入捜査中に負った怪我は公傷にはできないからそのつもりでいろ、ともいわれました」

阿坂の顔が一変した。

「その上司の名は？」

矢崎は黙った。

「いったいあなたのことを何だと思っているの。消耗品？　冗談じゃない」

「課長のお気持はすごく嬉しいです。しかし私は任務に失敗した人間です」

矢崎は苦しげにいった。

「鮫島さんから聞いたとき、わたしは猛烈に腹が立ちました。同じ警察官に、こんな風にあざむかれるとは思ってもいなかった」

「申しわけありません」

矢崎は低い声でいった。

「でも考えてみて、あなたはこの任務を断わることができなかったのだと気がついた。もしわたしが若いときに公安部にいて、同じ任務を命じられたら、やはり受けいれるしかなかったでしょう。したがって、あなたをスパイに仕立てた人物にこそ責任がある。それが公総の課長なら、署長や本庁刑事部を通して猛抗議をしてやろうと思った。でも鮫島さんと話し、それはしないことにしました。鮫島さんとのコンビは解消しますが、あなたにはしばらく生活安全課にいてもらう。もちろん公総への復帰をあなたが希望するなら、それはそれでかまわない」

矢崎はまじまじと阿坂を見つめた。

「本当によろしいのですか」

「任務を離脱するかどうかの判断は君に任されたといったな」

鮫島がいうと矢崎は頷いた。

「はい」

「君が生活安全課にいる限り、課員の受傷事案としての対応が、課長には可能です」

鮫島の言葉に阿坂は笑みを浮かべた。

「なるほど。確かに怒りに任せてつっ走ってはできないことですね」

矢崎は不安げな表情を浮かべた。

「あの、それで私は――」

「あなたは自分を襲撃した人間が野放しになっていてもかまわない?」

「とんでもない。嫌です」

「だったら機捜に高川和に関する情報を提供します」

「機捜はすでにマル被として高川をマークしている。所在さえつかめば、すぐに確保する筈だ」

鮫島はいって、阿坂を見た。

「担当は一機捜の、諸住班長です」

阿坂は頷いた。矢崎を見た。

「どうします? 生安に残る? それとも公総に戻る?」

「もうしばらくいさせて下さい。自分を殴った人間が逮捕されるのを見たいです」

「わかりました。今日のこの話のことを、公総の上司に――」

「もちろんいいません!」

矢崎が阿坂の言葉をさえぎった。阿坂は目をみはった。

「すみません。つい……」

「いいのよ。いわなくて大丈夫なの?」

「逐一報告せよといわれているわけではありません。上司の命令は、あくまでも華恵新のブツの所在をつきとめよ、です」

矢崎の顔は紅潮していた。

「そうかもしれないが、結果、君は二重スパイのような立場に身をおくことになるぞ」

鮫島はいった。

「じゃあどうせよとおっしゃるのです」

鮫島は深呼吸し、阿坂と目を合わせた。

「何もしないことね」

やがて阿坂がいった。

「何かをすれば、それがあとあとどちらの側を利する行為だったのかが問題になる。内勤に徹し、じっとしていなさい。たぶん、そんなに長くはかからない。高川和が逮捕され、動機を自供すれば、あなたは戻されることになる」

　矢崎は頷いた。

「わかりました。あの、何といっていいのかよくわからないのですが、ありがとうございます」

　立ちあがり、頭を深々と下げた。

「この経験が、いつかあなたの役に立つときがくると思っています」

　阿坂が答え、鮫島は静かな感動を覚えた。

53

　その日の夜九時過ぎ、鮫島の携帯が鳴った。かけてきたのは「栄古堂」の店主だった。

「権現という人物だが、生きているようだ」

「ありがとうございます。今どこにいるんでしょうか」

「それについては調べてもらっている。ただし所在が判明した場合、『東亜通商研究会』にも知らせなければならない立場に、私はある」

「わかります」

「香田くんと話してみてはどうだ」

　店主の言葉に鮫島は黙った。

「君は権現を助けたい。香田くんはタミフルを回収したい。目的はちがうのだから、協力は可能だ。もちろんこれは、君と香田君だけの話であって、『東亜通商』がそうした動きをとるという意味ではないぞ」

「香田に私の話をされたのですか」

「まだしてはいない」

　鮫島は息を吸い込んだ。

「わかりました。お任せします」

「では一度、切る」

　店主はいって、電話を終えた。鮫島はＫＳＪマンション近くに止めた覆面パトカーの中にいた。疲れているし睡眠不足もつづいている。が帰宅してもどうせ眠れない。

　落ちつかない気持のまま待っていると携帯が鳴った。店主ではなく藪だった。

「どこにいる？」

「ＫＳＪマンションの近くだ」

「まだ張っているのか」

　あきれたように藪はいった。

「何かあったのか？」

　鮫島は訊ねた。

「七・六五ミリを使った殺しがもう一件判明した。七年前だからだいぶたっているが、大阪寝屋川《ねやがわ》市の金融業者が頭部を撃たれて死亡した」

「一発だけで、マル害は在日朝鮮人か」

　鮫島がいうと、

「何だよ、どこで仕入れたんだ」

　藪はおもしろくなさそうな声を出した。

「あのあと会った浜川からの情報だ。八年前カンボジア国籍のパスポートで来日した北朝鮮偵察総局所属の工作員が、祖国に反抗的な在日朝鮮人を処刑していたらしい。が、その工作員も本国に切り捨てられた」

「切り捨てられた？」

「平壌に残っていた家族が逮捕され、本人も追われる身になったようだ。それで生きるために日本で殺し屋になった。在日朝鮮人社会に助けを求めるわけにもいかなかったからだ」

「七・六五ミリを使うのか」

「それは不明だが、特殊部隊の訓練の成果で一発必中の腕があると自慢しているらしい」

「なるほど。可能性は高いな。だが、そいつがほしならなぜ華を殺す？」

「問題はそこだ。華恵新が持っていたのは、あんたのにらんだ通りタミフル百万人ぶんだった。華は『東亜通商』の依頼でそれを北朝鮮にもちこもうとしていた」

「北朝鮮との裏取引だったのか」

「相手は政府ではなく、内部の個人らしい。タミフルは情報提供への対価として渡される予定だった」

「とすれば、拉致関連の情報だな」

「おそらく。タミフルも欲しいだろうが、北朝鮮の工作員はその取引相手の正体をつきとめたくて権現を拉致したようだ」

「正体がわかったら、まちがいなく処刑されるな」

「権現の妻は韓国クラブの元ホステスで、子供のときに父親と脱北していた。北朝鮮には母親と弟が残っている。そのふたりのためにもなるからと、権現を説得し華恵新の仕事を手伝わせたようだ」

「するとタミフルの在りかを知っていたんだな。とっくに吐かされ、消されているのじゃないか」

「浜川が権現は簡単にはケツを割らない男だといった。それに生きているという情報がついさっき入った。まだ口を割ってはいないということだ」

「どこからそんな情報が入った？」

「それはいずれ話す。今は連絡待ちの状態だ」

「仮にお前のいう工作員崩れが華を殺ったとしよう。北朝鮮政府に雇われたのか。戻るのを許すという条件で」

　藪はいった。

「もちろんその可能性はある。だがそうだったら、華を殺す前にまずタミフルの在りかを訊きだした筈だ。北朝鮮側にしてみれば、華の命を奪うより、タミフルや情報提供者の名前を手に入れるほうが重要だ」

　鮫島は答えた。

「確かにそうだ。ほしは玄関先で華を撃ち、すぐにでていっている。拷問した痕跡もない。殺すのだけが目的だったとしか考えられない。すると北朝鮮に雇われて殺したのじゃない、ということか」

「辻褄はそのほうがあう」

「復讐かもしれんな」

「復讐？」

「その元工作員が祖国に切られた理由は何だ？」

「そこまではわからない。だが相当な数の在日朝鮮人を処刑したので、仕返しにハメられたのではないかという説はある」

「だったら尚さらだ。祖国のためにきたない仕事をこなしてきたのに、偽の情報で家族が捕らえられ自分も切り捨てられたとなれば、恨みは深い。祖国への復讐に華を殺しタミフルの輸出を阻止しようと考えたのかもしれない。そいつが暗殺のプロなら、自分の特技で祖国に復讐しようとするだろう。日本にいて北朝鮮の高官を殺すのは無理だが、北朝鮮を救う薬品を届かないようにはできる」

「そうかもしれんが、タミフルの取引のことをどうやって知った？」

鮫島は訊ねた。

「横浜での殺しから考えて、そいつは新本ほのかとつながっている。『金石』から情報を得たのさ」

鮫島は考え込んだ。

「新本ほのかも北朝鮮と密貿易をしている。『東亜通商』が、新本ほのかではなく華恵新にタミフルの輸出を任せた理由は何だ？」

「新本ほのかが扱ってるのは、高価なワインや腕時計といった、カサのないブツだ。タミフル百万人ぶんとなると、そうはいかない。それに新本ほのかの顧客は指導部のトップグループだ。今回の取引の相手はその中のひとりかもしれないが、機密情報を日本に売り渡す裏切り者に協力したというのはマズいだろう。取引の話を向けられても、先のことを考えればひきうけないのじゃないか」

藪の答はもっともだった。鮫島はいった。

「これは俺の勘だが、『東亜通商』に華恵新を紹介したのは陸永昌かもしれない」

「樫原茂の息子か?!」

藪のトーンがはねあがった。

「そうだ。陸永昌は、栄勇会と『金石』の北朝鮮しゃぶルートをつないでいた。北朝鮮と貿易をしている人間に詳しくても不思議はない」

「陸本人もからんでるということはないか」

「もしからんでいたら、タミフルの在りかがわからなくなることはなかったと思う。陸永昌は慎重な奴だ」

「華恵新が『金石』のメンバーだった可能性はどうだ?」

「『金石』の生活基盤は日本にある。もしそうなら、すぐに身許が判明した筈だ。華恵新は本名ではないとしても、中国人で、『金石』のメンバーじゃない」

鮫島の携帯が別の電話からの呼びだしをキャッチした。

「電話が入った。切る」

「わかった。おい、気をつけろよ。元工作員が『金石』とつながっているなら、追いかけるお前を消そうと考えるのは自然の流れだ。お前の頭から七・六五ミリの破片を回収するのはごめんだからな」

藪はいって、電話を切った。

「はい、鮫島です」

通話ボタンに触れ、鮫島は告げた。

「結局、お前はでしゃばってくる。何をやってもあきらめない。意地になっているのか」

香田だった。鮫島は息を吸いこんだ。

「意地じゃない。職務だ」

「ふざけるな。越権行為だというのがわからんのか。お前のいう職務とやらは国益を損なっているのだぞ」

「タミフルを回収したいのだろう」

鮫島はいった。

「その鼻のよさだけはほめてやる。どうやってつきとめたのかは知らないが」

「権現を助けたい」

香田は黙った。やがていった。

「今から黒井《くろい》さんのところに来い」

「黒井さん?」

「『栄古堂』だ」

告げて、香田は電話を切った。

54

神田和泉町のコインパーキングは、夜とあってどこも空いていた。覆面パトカーを止めた鮫島は「栄古堂」に向かった。

ガラス戸の入口にはカーテンがかかっていたが、中の明りはついている。ガラス戸をノックすると、店主の黒井がカーテンをはぐり、鍵を開けた。

「夜分申しわけありません」

「かまわんよ。二階に上がりなさい。下の明りを消したいのでな」

黒井は答えた。鮫島は言葉にしたがった。いつも店主がすわる机の奥に急な階段があった。ハネ上げ式で手すりがない。鮫島はそれを上った。

二階にあがってすぐに六畳ほどの和室があり、卓袱《ちゃぶ》台《だい》に香田の姿があった。

「お前がここに上がってくるとはな」

不快そうに香田はいった。

「あんたはよくくるのか」

「黒井さんからはたくさんのことを教わった」

「初めて会ったときに生意気な口を叩き、叱られたくせにか」

鮫島がいうと香田は虚を衝かれたような表情を浮かべた。

「なぜ知ってる？」

「俺も生意気な口を叩き、叱られた。あやまったら、お前はふくれっ面をした、と教えられた」

香田は息を吸い、天井を見上げた。

「まったくムカつく奴だな。いつまでたっても」

「お互いさまだ」

階段が軋《きし》んだ。湯呑みと急須を載せた盆を手にした黒井が危なっかしく上ってきた。香田が腰を浮かせ、盆を受けとった。

「こんなお気づかいは無用です」

いまいましそうに鮫島を見やりながらいった。

「そうかな。喉がカラカラになるまでやりあいそうじやないか」

黒井はどこか楽しげに聞こえる口調で答えた。鮫島と香田を見比べる。

「ここでのやりとりを、上司も含め、外部に洩らすことはないと、約束してもらえんか。むろんそんな約束に効力などないが、私がそうしてほしいのだ」

「お約束します」

鮫島はいった。

「軽率な奴だ」

香田は蔑んだように鮫島を見た。

「君はできんのか？」

黒井が訊ね、香田は苦しげな表情を浮かべた。

「黒井さん、これは――」

「国益とかほざくのはやめよ。そんな言葉に、今さら何の価値も私は認めておらん」

香田は唇をひき結んだ。

「どうだ。約束できないなら、ここを、でていけ。情報は鮫島くんとだけ共有する」

香田の表情に、鮫島は笑いを嚙み殺した。まさに〝ふくれっ面〟だ。

「何を笑ってる?!」

香田が憤った。

「お前はきっと、勉強のできた小学生の頃から中身がかわってないのだろうな」

「何っ」

「思い通りにならないと、すぐ顔にでる」

「ふざけるな！　俺を何だと思っている」

「いつもではないのだろうが」

香田は深々と息を吸い込んだ。

「口ばかり達者な奴だ」

黒井を見た。ふたりのやりとりを愉快そうに聞いている。

「お約束します」

黒井は頷いた。

「ではまず事実確認を互いでしてはどうかね」

香田は目を白黒させた。

「今、するのですか」

「そうだ。互いに判明している事実をつきあわせる。

捜査会議のようなものだ。前提とする条件が異なれば、事態はまるで違って見える」

　黒井は告げて、茶をすすった。

「では先に私がつきとめたことを話す」

　鮫島はいった。店主は頷き、香田は無言だ。

「十一月二日の午前二時、新宿区内のＫＳＪマンションの『４０２』号室で、減音装置つきの拳銃一発が発砲され、室内にいた自称中国人華恵新が死亡した。ＫＳＪマンションは『ＷＴＳ』という会社が管理する違法民泊施設で、華恵新はインターネットを利用して部屋を予約していた。『ＷＴＳ』に届けた中国の住所は虚偽で、所持していた携帯電話は使い捨てだった。室内に荷物は存在せず、宿泊とは別の目的でＫＳＪマンションを使用していたと思われる。その後の捜査で、華が北朝鮮と密貿易をおこなう業者であった疑いが浮上した。が、『４０２』号室には密輸品と思しい品はなく、奪われたか別の場所に保管されているものと思われる。『ＷＴＳ』の実質上の経営者は、暴力団田島組元組員の権現という男だ。権現には事件後『華恵新から預かっている品はないか』という匿名の問い合わせがあり、何者かに監視されているようだったが、事件の三日後行方不明になった。権現の妻は韓国クラブの元ホステスだが、十歳の時に脱北している。その妻の話では、華恵新は百万人ぶんのタミフルを北朝鮮に輸出する予定だったという。タミフルを受けとるのは北朝鮮政府ではなく個人で、それができる立場にある高官だ。タミフルを調達したのは『東亜通商研究会』、その交換から得られるであろう情報の対価として、タミフルをさしだすことにした」

「さしだしたのじゃない。求められたのだ。公にはなっていないが、北朝鮮では毎冬、インフルエンザによる厖大な死者が出ている。それを食い止めたいという人物が、密かに接触をしてきた。赤十字などの人道機関を通さない医薬品の提供は、定められた制裁措置に抵触する。だがその人物は、タミフルを渡すなら我々が最も必要としている情報を提供する、といってきたのだ」

　香田がいった。

「その人物の名まではいわなくていい」

黒井がいうと、香田は首をふった。

「私にも知らされておりません」

「コードネームはあるのか」

「カイシャ内では『ザクロ』です」

「権現を拉致したのは北朝鮮の工作員だと思われる。目的は『ザクロ』の正体とタミフルの横どりだ。ただなぜ北朝鮮工作員が、華恵新の取引のことを知ったのかがわからない」

鮫島がいうと、香田は黒井を見た。

「それは我々にもわからない。何か聞いておられますか」

「知らされたようだ」

黒井は答えた。

「知らされた？　誰からです」

香田は黒井を見つめた。

「『チョスンサジャ』と連中が呼んでいる人物だ」

「『チョスンサジャ』？」

鮫島が訊き返すと、

「朝鮮語で『死神』という意味だ」

黒井は答え、つづけた。

「八年前にカンボジア経由で来日した工作員に在日朝鮮人社会がつけた渾名だ」

「なぜそんな渾名がついたのですか」

香田が訊ねた。

「在日朝鮮人社会は長年のあいだ万景峰《マンギョンボン》号などを使って、祖国に送金を行ってきた。それは愛国心の証しであり、祖国にいる親族のいわば身代金でもあった。が、二〇〇六年の北朝鮮によるミサイル発射実験を機として、北朝鮮籍船舶の日本への入港はすべて禁止された。その結果、直接送金が大幅に減少し、親族の高齢化も進んでいることから、愛国心が失われつつあると危惧した北朝鮮指導部が暗殺者を日本に送りこんだのだ。任務は、祖国に反逆する在日朝鮮人を処刑し、祖国と指導部がいかに偉大であるかを再認識させることだ。日本で生まれ育った在日三世、四世に、愛国心を植え付ける。当時君は本社におったから知らんだろう。祖国に非協力的な人間にまず警告があり、それを無視したり反抗的な態度をとったりした者が次々と死亡した。死因は強盗や通り魔、事故などさまざまだが、処刑であるのは明白だった。工作員の正体を在日朝鮮人社会はつきとめようと躍起になった。が、処刑のために来日したのだから、当然、在日朝鮮人社会との接触を断っている。密命をうけた一部の潜行工作員だけが、その人物の支援を行っていた。それが『死神』と呼ばれた由来だ」

「いったい何人くらいを処刑したのですか」

　香田の問いに、

「十人近くだろう。関西が多かった」

　と黒井は答えた。

「で、正体をつきとめたのですか」

「やがて発覚したが、暗殺者だけに所在をつかませず、報復は容易ではなかった。そこで一計を案じた者がいた。『死神』が日本政府に投降したという噂を平壌で流したのだ。と同時に、『死神』に協力していた北朝鮮工作員を日本の警察に密告した。二名の工作員が大阪府警に検挙され、一名が国外逃亡した。『死神』が祖国を裏切ったと平壌が考えるように仕向けたのだ。計画は功を奏し、『死神』は北朝鮮偵察総局の処刑リストのトップに上がり、平壌に残っていた妻は処刑され、子供は収容所送りになった」

　香田は息を吐いた。

「国民をまるで信用しない国家ならではの話ですね。それで『死神』はどうなったのです？」

「裏切り者に仕立てられ、祖国に戻れば処刑が待つし、在日朝鮮人社会からもつけ狙われている。日本で生きのびられる道は、そういくつもない」

「殺し屋になったと聞いています」

　鮫島はいった。香田は目をみひらいた。

「そうか。田島組が動いていたのはそのせいか。お前が田島組に情報を提供したんだな」

「逆だ。田島組が『死神』の情報を入手し、提供した」

「なぜそんなことをする」

「権現を救うためだ」

「元組員ひとりを救うためにそこまでするか？　権現

は何か田島組にとって大きなネタを握っているのじゃないか」

「かもしれないが、俺は知らない」

鮫島が答えると香田はあきれたように首をふった。

「利用されてもかまわないというのか」

「俺にとって重要なのは、華恵新を殺したほしを咬み、権現を生きたまま助けだすことだ」

鮫島は答え、黒井に目を向けた。

「なぜ『死神』は、取引のことを北朝鮮工作員に知らせたのです？　返り咲くのが目的なのでしょうか」

黒井は湯呑みに茶を注いだ。

「わからん。私は『死神』の本名も知らない。だがそんな甘い期待を抱くような人物ではないと思うがな」

「あなたに『死神』のことを教えたのは、支援をしていた工作員ですか」

「それを答えるわけにはいかん。私が工作員に関して持つ情報が具体的になってしまうのでな」

「では、これは確認させて下さい。華恵新を殺したのは『死神』なのですか」

黒井は頷いた。

「滅音装置つきの七・六五ミリ拳銃を使用しているのですね」

「それが奴の得物だ」

「華を殺した動機は何です？　タミフルですか」

香田が訊ねた。

「ちがうだろう。そうならば、わざわざ工作員にタミフルの取引のことを知らせる筈がない」

「祖国への復讐」

鮫島はいった。

「その可能性はある。タミフルが北朝鮮に送られれば、この冬インフルエンザで死亡するかもしれない百万人の人間を救う可能性がある。逆に、華を殺しその取引を阻めば、百万人が死の危険にさらされる」

鮫島と香田は顔を見合わせた。

「いっておくが私はタミフルの所在は知らん。権現が知っているというのをつきとめたのは鮫島くんだ。そこで私は、権現に関する情報を集めた」

「権現はどこにいるのです？」

鮫島は訊ねた。

「教える前に約束をしてもらいたい」

黒井は鮫島を見つめた。

「何でしょう」

「大捕物にしてもらっては困る。機動隊などをひき連れて救出に向かってはならん」

「なぜです?」

「大捕物となれば、当然、在日工作員のネットワークが損なわれる。それは私や『東亜通商』の知る工作員が入れ替わる結果につながる。これまで構築してきた情報網が失われてしまう」

「お前にはわからんだろう。検挙だけが捜査のすべてではないんだ」

香田がいったので、

「いかにもハムらしいいいぐさだ」

鮫島はいって黒井を見た。

「お言葉は理解できます。しかし生半可《なまはんか》なやり方をすれば、権現が殺される危険があります。そうなったらタミフルの回収も難しくなります」

黒井は香田に目を向けた。

「君はどう思う」

「黒井さんがもっておられるネットワークを破壊するのは本意ではありません。しかしタミフルの回収に失敗し、ことが公になれば、ここも『東亜通商』も無事ではすみません」

黒井は息を吐いた。

「その通りだな」

宙を見つめて考えていたが、いった。

「君らだけで救出することはできんか。私も協力する」

「我々だけで、ですか」

香田はあっけにとられたようにいった。

「拉致監禁されておるといっても、何人もにとり囲まれているわけではないだろう。私が知った監禁場所も、野なかの一軒家ではない。不特定多数の人間の出入りは人目を惹く。おそらくひとりかふたりの監視役しかふだんはいない筈だ」

「つまり工作員を逮捕せず、権現だけを救いだすのですね」

鮫島の言葉に黒井は頷いた。

「鮫島くんは武装しているのか」

「拳銃なら、着装しております」

黒井が目を向けると、香田はあわてたようにいった。

「国内での武装は禁止されております。国外でもつことはありますが」

「『東亜通商』に準備はないのか」

「いえ、なくはないです。その、非常時の装備として」

「撃てとはいわん。が、丸腰では救出できんぞ」

「使えるのか」

鮫島が訊くと、

「馬鹿にするな。射撃は上級だった」

香田は答えた。

「私のぶんも用意してもらおう」

「黒井さん——」

「明日、もってこられるか」

有無をいわせない口調で、黒井は訊ねた。香田は無言で頷いた。

「車はどうだ？」

「私の覆面パトカーがあります」

鮫島はいった。

「いいだろう。権現が監禁されておるのは、西池袋の雑居ビルだ。テナントのほとんどが中国人向けの新華僑の店舗で、一、二階は二十四時間営業のスーパーが入っている」

鮫島は目をみひらいた。

「新中華街と呼ばれているエリアですか」

黒井は頷いた。

「そのビルの最上階に権現は閉じこめられている。ビルに出入りするのは大半が中国人だ。ビルを所有するのは朝鮮族系の中国人で、北朝鮮にいる親族を人質にとられ北朝鮮政府に協力させられているのだ。それだけに工作員が多数出入りするのは避けているらしい」

「ビルの所有者をご存じなのですか」

香田が訊ねた。

「知っているからこそ、救出の手伝いをするといっている。所有者は金《きん》という男だ。脅されて北朝鮮工作員に部屋を提供しているが、犯罪に使われては困るし、なるべく早くでていってもらいたい。権現を我々が救出すれば、工作員が部屋を使う理由はなくなる。金はそれを願っている。日本で商売を続けていくためには、警察、やくざ、工作員、いろいろな連中と仲よくしなけりゃならん。それだけの頭がある人物だ」

「中国安全部との関係は大丈夫ですか」

香田が訊ねた。

「多少はあるだろう。日本で手広くやっておれば、麻布から頼まれごとをされるだろうし、断るわけにもいかんしな」

麻布は、中国大使館を意味する。

「今度の件がそっちに伝わりはしませんか」

香田が訊くと、黒井は笑った。

「どこの国民であろうと、進んで役人と仲よくしようとする人間には必ず下心がある。金にはそんな下心はない。中国や北朝鮮政府と仲よくすれば、日本の公安ににらまれることを知っている。この国では、それが一番厄介だということも、な」

「以前にあったのですか、そういうことが」

鮫島はいった。黒井は頷いた。

「池袋署の公安に、長いことつきまとわれておった。何かしら申請するたびに嫌がらせをされてな。袖の下が目的だったんだ。私がそいつを追っ払ってやったのを恩に感じている」

極道以外の日本人に賄賂をせびる警察官は少ない。が外国人に対しては賄賂を求める警察官がいるという話を鮫島は聞いたことがあった。

開発途上国からきた人間にとって、袖の下を受けとる公務員は珍しくない。賄賂が社会の潤滑油として機能しているからだ。そこにつけこみ、金を要求する。被害者が告発しようにも、言葉や制度のちがいなどから泣き寝入りすることが多い。

「何という名前ですか?!」

香田の顔が赤くなった。

「公安の風上にもおけない奴だ」

「もう警察にはおらんよ。存外、君の近くかもしれんぞ」

　黒井が答えたので、目をみひらいた。

「本当ですか」

「『東亜通商』ではないが、似たようなところにいった筈だ」

「許せんな」

　香田はつぶやいた。

「それはエリートの考え方だ。立場を金にかえられるだけの頭がある者は、スパイに向いている。杓子定規の考え方しかせん者は、すぐに正体が露見するからな」

　黒井がいうと、香田は頬をふくらませた。

「それとも何か。規律を守れんような人間は国も守れん、と君は思うのか」

　香田は首をふった。

「そこまで頭でっかちではありません」

「なら、明日、武器を用意してこられるな」

　表情を硬くしたが、決心したように香田は頷いた。

「拳銃でよろしいですね」

「他の武器もあるのか」

「アサルトライフルやサブマシンガンもあります」

　黒井は首をふった。

「私には使い方がわからんよ。それに大きい銃は目立つ」

「わかりました」

「明日の午後一時に、ここに集合だ」

「昼間ですか」

「場所を考えれば、昼間のほうが目立たない」

　黒井は答えた。

55

ずっとかけていた香田の携帯がつながったのは、午後十一時過ぎだった。

「張さん、何かありましたか」

「これからお会いできませんか」

永昌が訊ねると、わずかに間があいた。

「申しわけありません。出張で今、東京を離れているのです。城山なら動けると思いますが、何かトラブルでも？」

「華さんを殺した人物のことがわかったのです」

「本当ですか」

香田の声が高くなった。

「ええ。しかし電話でできる話ではないので」

「城山だけでは駄目でしょうか。明朝なら東京に戻れるのですが、午後からまた予定が入っていまして」

違和感をもった。食いついてくると思っていたのに、意外に冷静だ。

香田から情報をひきだし、亀沢に提供しようと永昌は考えていた。

「では城山さんとお話しします」

「すぐに城山に連絡をさせます」

香田は告げ、電話を切った。

城山と会ったのは、日比谷にあるホテルのバーだった。周囲に他の客のいない奥まった席でふたりは向かいあった。

「香田が出張中で申しわけありません。忙しい男なので」

ふだんは香田ひとりが喋ることが多く、城山とはあまり話すことがない。香田と異なり、言葉も表情も乏しい印象があった。

「いいえ。城山さんはこんな遅くても大丈夫なのですか」

「ひとり者ですから」

「城山さんも、昔は警察にいたのですか」

「いいえ」

城山は首をふった。それ以上はいわない。

「どこにいたのですか」

あえて永昌は訊ねた。つかのま考え、

「自衛隊におりました」

と城山は答えた。

やはり、と永昌は思った。表情に乏しいのは軍人だったからだ。

「ところで、華さんについて何かわかったとか」

城山は訊ねた。

「はい。華を殺したのは、北朝鮮の元工作員だった人物です。祖国に裏切られて忠誠心を失い、日本で殺し屋をしています」

「名前は何というのです?」

「そこまではわかりません。城山さん、もしタミフルを回収できたら、華の仕事を私に任せていただけますか」

城山の表情がわずかに動いた。

「どこにあるかわかったのですか」

「いえ。ですが、皆が捜しています。いずれ見つかるでしょう。そうなったら、華のかわりが必要になります」

「私に決められることではありませんし、見つかりかたにもよります」

「わかります。その件について香田さんや他の方と相談をしていただけますか。殺し屋のことは私が調べますから。それを香田さんとお話ししたかったのです」

「もち帰って、明日お返事いたします」

城山は硬い表情で答えた。

「お願いします。どうぞ、先にでて下さい。私はこれを飲んでから帰ります。勘定は払っておきます」

永昌はワイルドターキーのオンザロックを示して告げた。互いに一杯目だ。

「では、ごちそうになります」

城山は立ちあがり、バーをでていった。二分後、永昌の携帯が振動し、メールが届いた。

『今でていった人が香田さんですか』

亀沢だった。

『城山さんです。香田さんは出張中でした』

永昌は返信した。

『城山さんがどこにいくか、尾行をつけました。話しているおふたりの写真は撮影しました』

『あなたは今どこにいますか』

『入口に近いカウンターですが、ここで話すのはやめましょう。彼らの仲間が見張っているかもしれません。別の店の情報を送るので、そこで三十分後に』

『了解しました』

今いるホテルに近い中国料理店の情報が送られてきた。

バーボンを二杯飲み、永昌は立ち上がった。

カウンターに亀沢の姿はなかった。先にでたようだ。ホテルをでて、鉄道の高架沿いの道を歩いた。十二時を回っていたが、人通りは多い。

教えられた中国料理店の前まできて、永昌は立ち止まった。看板の明りは消え、「閉店」の札が暗い色のガラス扉に下がっている。

その扉が内側から開いた。白いシャツにバタフライをつけた男が顔をのぞかせ、

「陸先生《ルーシエンション》？」

と訊ねた。

「是《シ》」

永昌が頷くと、中に入れと首を傾げた。

永昌は扉をくぐった。照明を落とした中国料理店の奥のテーブルに亀沢がすわっていた。スーツを着てネクタイを締めている。高田馬場の事務所にいるときとはちがい、身なりがいい。

「亀沢先生、見ちがえました」

「あのホテルにいつもの格好でいったら、かえって目立ちます」

バタフライの男が中国茶の入ったポットと茶碗をふたりのいるテーブルにおき、奥へとひっこんだ。奥には他にも人がいるらしく、甲高い女の話し声が聞こえる。広東語《カントン》だった。

「城山さんは平河町にあるビルに入りました。『東亜通商研究会』の名前が郵便受けにあるそうです」

「平河町？」

「皇居の近くで、政治家の事務所などが多い地区で

す」

「城山さんは以前は自衛隊にいたと私に話しました」

永昌がいうと亀沢は頷いた。

「なるほど。〝ベッパン〟かもしれないな」

「〝ベッパン〟?」

「別の班という意味です。自衛隊の諜報機関の通称です。ところで鮫島のことがわかりました。国家公務員試験に合格したエリートだったのがトラブルを起こし、ずっと現場におかれたままの人物のようです。エリートだが出世はありえない。それほど心配する必要はないでしょう」

「そうなのですか」

「警察を辞めておかしくないのに、辞めないのは意地になっているからだという話です。それから、田島組が動いているのは、やはり『WTS』の経営者をとり返すためのようです。権現という男で、女房は韓国クラブの元ホステスなのですが、いっしょに働いていた者の話では脱北者だそうです」

「脱北者」

子供の頃、母親が脱北者を家に連れてきたことがあった。がりがりに痩せ、今にも死にそうに見えるのに、食べものを貪る姿がまるで悪鬼のようで、恐ろしかった記憶がある。母親が脱北の手助けを商売にしていると知ったのは、だいぶあとのことだ。

「その女房がタミフルの在りかを知っているかもしれないのですが、自宅におらず、携帯電話もつながりません。権現といっしょに拉致されたか、姿をくらましているのか」

亀沢はいった。

永昌は携帯電話をとりだした。マリカとの駆け引きはこれが最後だろう。

「失礼」

立ちあがり、店の隅にいってマリカの携帯を呼びだした。

「永昌!」

マリカはすぐに応えた。

「あんな切り方をするなんてひどいじゃない! 嫌われたのかと思った」

「とんでもない。あなたのために動いていたんです」

「何をしていたの？」

「田島組について調べていました」

「何かわかった？」

「ええ。田島組もタミフルを捜しています」

「なぜ田島組がタミフルのことを知っているの？」

「お話ししますが、その前に華を殺した人間を教えて下さい。あなたの知り合いの殺し屋がやったのでしょう？」

「そうよ」

マリカの声が低くなった。

「あなたがやらせたのですか」

「ちがう！」

マリカは叫んでつづけた。

「今度の仕事をするにあたって、華さんはボディガードを捜していた。もし北朝鮮工作員に知られたら、タミフルを狙われて、誰が受けとり人なのかを調べるにちがいないから、それでわたしは華さんに彼を紹介した」

「ボディガードを頼まれていたのに、華を殺したのですか」

「最初はわたしも知らなかった。でも彼からいってきた。自分が華さんを撃った、と」

「どうして撃ったのです？」

「華さんが北朝鮮にタミフルを輸出しようとしていたから。彼は祖国を憎んでいる。裏切ってもいないのに裏切り者にされ、奥さんを処刑された。華さんが死ねば、タミフルは北朝鮮に渡らなくなる」

「ではタミフルのことを知っていたのですね」

「殺した理由を訊いて、初めて知った。でもあなたにいえば、わたしが華さんを殺させたと思ったでしょう。だから知らないフリをした。それと、彼の気持がわたしにも少しわかったから」

「彼の気持というのは？」

「わたしには祖国がない。国籍はある。日本よ。でも日本を祖国だと思えたことは一度もない。だからといって中国を知っているわけでもない。わたしの祖母はおきざりにされた日本人で、ずっと日本に帰りたがっていた。死ぬ半年前になってようやく日本に帰ることができたけど、日本語を話せず、両親はもちろん生きていなかった。祖母に連れられて日本にきたわたしの両親はすごく苦労した。日本人になるために必死で日本語を覚え、見つけた仕事は馬鹿みたいに給料が安かった。わたしはいつも差別され、いじめられていた。こんな思いをするなら、中国に帰ればいいのにとずっと思っていた。だけど、あるときわかった。わたししたちは中国には帰れない。なぜなら日本人だから。こんなにつらくてこんなに惨めな思いをさせる国が祖国だなんて、ありえない。祖国に裏切られるのが、どんなことなのか、永昌にはわからないでしょう？」

「わかりません。祖国を捨てたいと思ったことはあっても、帰りたいと思ったことはないから」

「それは祖国があなたに優しかったから」

「優しい？　何もしてもらってはいない」

「それが優しいの！　働きたくても雇ってもらえなかったり、言葉がおかしいといじめられた経験がない。役所にいって訴えても、文句は祖母にいえ、といわれる。あげくに生活保護が目的で日本人になったのだろうと蔑まれた。中国人になれるならなりたい、とそのときは思った。でも十七のときに初めて中国にいって、中国も優しい祖国にならないと知った。わたしに優しい国はどこにもない。だから捨てたいと思ったこともない。そんな心配はない。どこの国からも捨てられているのがわたしだから」

マリカがこれほど感情を露わに話すのを聞くのは初めてだった。

永昌はそっと息を吐いた。

「あなたと彼には共通点がある、ということですね」

「わたしが勝手にそう思っているだけだけど」

その言葉には痛みの響きがあった。マリカは殺し屋に惚れているのだと、永昌は気づいた。

永昌は首をふった。人殺しに惚れた女の末路は悲惨だ。これほど賢く魅力的な女が、殺し屋にしかなれなかった男に惚れるとは皮肉な話だ。

いや、むしろ世の中は公平だというべきか。

「人《レン》们《メン》都《ドウ》经《ジン》历《リ》过《グオ》痛《トン》苦《クウ》（誰もが等しく苦しみを味わう）」

　思わずつぶやいていた。

「そうかもしれない。それで、田島組のことを教えて」

「田島組は、さらわれた仲間を捜しているのです。その男は華が撃たれたマンションの実質上のオーナーで、華に協力していました。だからタミフルがどこにあるかを知っている。さらったのが誰なのか、あなたにはわかる筈です」

「北朝鮮の工作員ね」

「そうです。あなたなら、その人たちと連絡をつけられる。さらわれた男の居場所を探り出せる筈だ」

「それをして、何の役に立つの？　わたしが狙われる。今後、北朝鮮との仕事にも支障をきたす」

　永昌は深々と息を吸いこんだ。

「マリカ、このままいくとあなたはとても困ったことになる。あなたには保険が必要です」

「保険は彼よ。刑事が死ねば、わたしの身は安全になる」

「そんなに簡単にはいかない。『東亜通商』だっている。彼らに恩を売るのです。そうすれば、何かあったとき、あなたを救える。殺し屋は殺すだけです。救うことはできない」

「恩を売るのはわたしじゃなく、あなたでしょう。それともあなたがわたしを救うというの？」

「あなたを救うか殺すしか、私にはできません」

　本音だった。それがマリカにも伝わった。

「私を殺そうと思っていたの？」

「必要なら。本当のことをいいます。あなたを殺すなら、自分の手で殺したいと思った」

　一瞬、間があった。

「そこまでわたしを思っていてくれたの」

「いった筈です。こんな気持になったのはあなただけだ。そして、殺すよりは助けたい。たとえ刑事が死んでも、あなたは必ず追われる」

「わかっている。警察は黄も捜している」

「黄を？」

「仲間のために刑事を襲ったから」

「殺したのですか？」

「殴っただけ。でも警察は黄がやったと知っている。わたしたちは警察に目の敵《かたき》にされているの。鮫島のせいで」

「だからといって殺しても、問題は消えません」

「あなたが消したいといいだした」

「その通りです。でももう遅い」

「じゃあこうしましょう。知っている工作員にわたしは連絡をとる。田島組の人は何というの？」

「権現です」

「わかった。権現がいる場所を調べられないか試してみる。もしそれがわかったら、『東亜通商』と取引をする」

「何の取引です？」

「権現はタミフルの在りかを知っている。権現と引きかえに、警察はわたしたちから手を引く」

「わたしたちというのは『金石』のことですね」

「そう」

「誰が権現を助けるのです？」

いってから気づいた。訊くまでもなかった。殺し屋だ。喜んで北朝鮮の工作員を殺すにちがいない。

だがそうなればタミフルは北朝鮮に渡ることになる。

「彼はいいのですか、それで」

「それで、とは」

「見つかったタミフルは北朝鮮に運ばれる。華を殺した意味がなくなります」

マリカは黙った。永昌はいった。

「もし、その男をあなたが説得できると考えているなら、それはまちがっています。殺し屋は、人を殺すことしかできない。あなたが危ない。いっておきますが、これはヤキモチではありません」

「考えさせて。とにかく権現の居場所を見つけるから。あなたは『東亜通商』にその話をして。もしそれまでにわたしたちがつかまったら、『東亜通商』も困る筈」

そんなにうまく運ぶだろうか。数時間前の電話で香田から感じた冷静さが気になる。

が、タミフル以外の保険が自分にはある。

「わかりました。なるべく早い連絡を待っています。

私のためではない。あなたのためです」

　告げて、永昌は電話を切った。

　亀沢のもとに戻った。

「李のビジネスパートナーが、知っている北朝鮮工作員にあたってくれることになりました。さらわれた男の居場所がわかるかもしれません」

　永昌が告げると、亀沢はテーブルにおいたスマートフォンに文字を打ちこんだ。

「そのビジネスパートナーはマリカといいます。亀沢先生はご存じですか」

「マリカ……」

　亀沢は首を傾《かし》げた。

「本名ではないかもしれません。『金石』のメンバーです。先生もそうなのですか?」

　亀沢は首をふった。

「私は残留孤児の縁者ではありません。ですが彼らを支援したいと思っています」

　永昌は亀沢を見つめた。黄は亀沢を「作家」だといった。高田馬場の事務所で会ったとき、亀沢は確かに「作家」らしく見えた。

　が、今はちがう。

「なぜ支援したいのですか」

「彼らの心情に共感するからです。私は長いことマスコミの世界に身をおいてきました。どこの国でもそうですが、国家の〝皺寄《しわよ》せ〟をうける人々がいる。彼らがまさにそうです。しかしそれを訴えても、何もかわらない。すべては過去に起きたことが原因で、日本人は過去にとらわれるのを好まない。だからこそ、マスコミにはときどき過去を甦《よみがえ》らせる責務があります。国家の皺と皺のあいだに埋まってしまった人々がいるのだと知らせなければならない」

「それをして亀沢先生は何を得るのです? 名声ですか」

　亀沢は首をふった。

「そんなものを欲してはいません。でも私の活動を評価してくれる人たちはいる」

「黄もそのひとりですか」

　亀沢は頷いた。

「黄さんはときおり情報を提供してくれます」

「黄さんを警察が捜しているそうです」

「そういうことは過去にもありました。心配しないで下さい。黄さんはきっと切り抜けますよ。重要なのはタミフルです。入手する必要はありません。存在を証明する映像さえ入手できればいい」

「その映像を何に使うのです？」

　永昌は訊ねた。亀沢の正体が見えたような気がした。残留孤児ではない日本人で、『金石』を支援しているという言葉が真実ならば、だ。

「使いみちはいくらでもあります」

「日本政府との取引の材料にするのですね」

　亀沢は答えなかった。勘が当たったと永昌は思った。亀沢に金を払っているのは中国人だ。亀沢は中国外務省や安全部の協力者にちがいなかった。日本人の立場で、中国の宣伝工作を支援している。中国政府に有利となる情報を日本人向けの雑誌やインターネットに発表し、報酬を得ているのだろう。

　どこの国の情報機関も、メディアに影響力をもつ協力者を相手国内で捜し、ときには育てている。

　亀沢は金《かね》の他にも情報を中国政府から受けとり、必要に応じ日本政府の関係者に流している。鮫島に関する情報をいち早く入手できたのもそれが理由だ。

　日本の警察は、亀沢が中国政府の協力者だと見当をつけているだろうが、民主主義国家でそれは犯罪ではない。

「わかりました。タミフルが存在する証拠を入手して、亀沢先生に提供します」

　永昌はいった。亀沢は頷いた。

「それはきっと大きな力をもちます。私にとっても陸さんにとっても」

56

ＪＲ池袋駅の北西側、線路と劇場通りにはさまれた一画が、新中華街、あるいはチャイナタウンと呼ばれるようになったのは、二〇〇〇年代に入ってからのことだ。

それ以前は、大陸からの出稼ぎ中国人は新宿に最も多く集まっていた。飲食店、風俗店での不法就労、さらに売春に携わる中国人が歌舞伎町を埋めつくし、蛇《じゃ》頭《とう》と呼ばれる、密入国をうけおう旅行代理店が高額料金と引きかえにさらに日本へと送りこんでいた。

当時は中国人の日本の観光ビザの取得が容易ではなく、蛇頭はそこにつけこんだのだ。蛇頭への支払いは借金となり、密入国者は返済のために不法就労する。蛇頭と組んだ暴力団が、不当に安い肉体労働や売春を斡旋《あっせん》し、密入国者を食いものにした。

厳しい労働や返済から逃れようと密入国者が行方をくらますと、蛇頭は中国に残した家族にそのツケを求めた。幼い子供を辺境地区に売りとばしたり、売春を強要するのだ。

留学生として合法的に来日した中国人の多くも中国との物価差に苦しみ、新宿に収入を求めてやってきた。歌舞伎町で多数の中国人が暮らし働く現象は中国国内でも有名となり、一時は、裕福な中国人旅行客に人気のある日本の観光地となったほどだ。

こうした風評と治安の悪化をうけ、東京都は歌舞伎町の浄化にのりだした。出入国在留管理庁の出張所を新宿に設け、警視庁と連携して、不法滞在外国人の摘発を徹底しておこなった。

その結果、中国、韓国、イラン、コロンビアといった国々からの不法滞在者が新宿から一掃された。

新宿に集結していた中国人は、日本各地に散ったが、そのうちの一部が池袋周辺に集まり、そこを核として中国人街が発展した。

歌舞伎町の時代と異なるのは、不法滞在者が圧倒的に少ないという点だ。中国の経済成長ともあいまって、出稼ぎのために日本にやってくる中国人は減少した。かわりに就学や事業のための来日者が増え、職ではなく情報や消費を目的とした街が形成されたのだ。

そこには中国料理店だけでなく、食材や書籍、ＤＶＤを扱う店や美容室、スーパーマーケット、スナックなど、中国人を対象にする店舗が集中していた。

珍しい料理や商品に惹かれる日本人客も足を運び、東京で小規模なビジネス展開を考える中国人の多くが、池袋に拠点を求めるようになった。

池袋駅がある東京都豊島《としま》区の中国人居住登録者は一万人を超えていて、新宿区に匹敵する。

一万人を超すすべてが池袋駅周辺で働くわけではないが、利便性やある種の〝安心〟を求めて、豊島区内に居住していることはまちがいなかった。

それは、池袋がかつての歌舞伎町とはちがって、不法滞在者の街ではないことを表していた。池袋で商売をする日本人が、この池袋中華街を受けいれ、共存共栄をはかっている点も歌舞伎町の時代とは異なっている。

新宿と池袋、距離的には決して遠くはないふたつの街における中国人のありようが、中国という国の変化を象徴していると鮫島は思っていた。

新宿に中国人が増えたきっかけは、一九八〇年代終わりの台湾における暴力団追放運動だった。居場所を失った台湾マフィアが、当時密輸などでつながりのあった華僑や日本の暴力団を頼って来日し、独自の裏社会をつくった。台湾人女性が働く飲食店や風俗店が増え、日本人を呼びこんだ。やがて暴力団との摩擦、警察の取締りをうけ、台湾が経済発展をとげたこともあり、マフィアは故郷に戻っていく。

そのすきまを埋めたのが、中国本土からの出稼ぎ労働者だった。台湾マフィアと異なるのは、当初彼らがプロの犯罪者ではなかったという点だ。日本で稼ぎ暮らしていく過程で暴力団などからの収奪を逃れるために生まれた互助会が組織化し、やがて同じ中国人をも食いものにしていく。

日本にいる成功した中国人を狙った強盗や身代金目的の誘拐から、違法薬物の密輸や管理売春にまで手を広げ、日本の暴力団とも対等な関係を築く。

　こうなると立派な犯罪組織で、拠点を中国本土にもちながら、取引のために来日する構成員すらいる。中国本土、香港、台湾をまたにかけ、日本や韓国、北朝鮮やベトナムといった国々ともつながりをもつほど巨大化したグループも存在するほどだ。

　一方で、日本に〝爆買い〟にやってきたり、超高級マンションの高層階を買い占める中国人富裕層も現れた。

　すべてこの三十年のあいだの変化だ。一九八〇年代、歌舞伎町では中国人といえば台湾人だった。それが福建人になり、やがて黒龍江省や吉林省といった東北地方からきた者が幅をきかせ、二十一世紀に入るや姿を消してしまった。

　かわりに池袋に新中華街が生まれた。犯罪のイメージは消え、珍しい料理や安価な商品を提供する場として注目を浴びている。

　香田、黒井とともに権現救出に向かうことを、鮫島はさすがに阿坂には告げられなかった。万一、銃撃戦などになったら、阿坂は責任を問われる。事前の了解があったとなれば、それはさらに重くなる。

　あくまでも独断の行動にしなければならず、それは香田も同じ筈だ。

　翌日の午後一時、「栄古堂」の前に鮫島が車を止めると、香田はすでに店内で待っていた。浮かない顔をしている。

　覆面パトカーに乗りこんだ香田と黒井に、

「武装してきたか」

と鮫島は訊ねた。

「抗弾ベストも着けている。お前のぶんはないぞ」

香田が答えた。ふたりとも薄手のコートを着ていて、それでベストを隠していた。

「心配無用だ」

鮫島は答えた。抗弾ベストをセーターの下に着け、ふだんよりひと回り大きなジャケットを着ている。

「平和通りに向かってくれ。わかるかね」

黒井がいった。

「わかります」

鮫島は答えた。平和通りは池袋大橋の手前から北にのびる路地だ。安価だが本格的な中国東北料理をだす店や中国人女性が接客するバーやスナックが集まっている。

一方通行にしたがって、鮫島は国道二五四号、通称川越《かわごえ》街道側から平和通りに進入した。石畳の道がのびている。

「次の角を右に。その左側のビルだ」

黒井がいい、減速する。黒井のいったビルは平和通りと文化通りの中間に位置していた。

ビルの周辺には人が集まっていた。前で停止するのは避け、鮫島は文化通りまで車を進めた。平和通りとは逆向きの一方通行路で、小規模なオフィスビルや飲食店、民家などが混在している。ランチタイムが終わり、人通りは多くない。鮫島はハザードを点《とも》し、停止した。

「ビルを見たか。六階建てだ。権現は最上階にいるといいましたね」

助手席にすわる香田がいった。

「そうだ。一階と二階が二十四時間営業のスーパーで、客は大半が中国人だ。三階には美容室やネイルサロン、マッサージ屋などが入っていて、四階は中国人向けのカラオケボックスだ。五階はオフィス仕様で、旅行代理店や貿易商、観光業者の事務所が入っているが、六階は使われていない。オーナーが新しい店舗を始めるつもりでテナントを移動させたんだ。改装工事に入りかけたところで、北朝鮮に貸す羽目になった」

黒井が淀みなく説明した。

「いつ下調べをしたんです？」

香田が眉をひそめた。

「オーナーから話を聞いて、一度調べにいった。中国人に化けたが、知っている工作員とでくわしそうになった」

「イサンゴンですか」

鮫島は訊ねた。黒井は鮫島を見やり、頷いた。

「そうだ。イは、あんたも知っておる通り、堅物ではない。苦労しているし、国に呼び戻されるときに備えている」

「何を備えているのです？」

「帰国命令がでても、おそらくしたがわないだろう。日本に愛人と子供もいる」

「逃げるための資金を貯めているということですか」

香田が訊いた。

「資金以外の準備も必要だ。命令に不服従な者は、ただちに処刑リストに載せられる」

黒井が答えた。

「そのときはあなたに保護を求めるのではありませんか。イは、あなたとは親しくしている」

鮫島は訊ねた。

「イは女房を上官に奪われた。評判の美人妻だったようだ。上官はイを日本に送りこみ、女房との縁を切らせた。それに苦しんだイの愚痴を聞いてやった。そのうち、イも新しい相手をこっちで見つけた」

「その相手は、イが工作員だと知っているのですか？」

「いいや。死ぬまで秘密にしろ、といっている。やくざな男だと思われてもいい。工作員という正体は明かすな、と」

「愛人は日本人なのですか」

香田が訊ねた。

「そうだ。子供まで作ったが、在日だというので親族の反対にあってイとは入籍できずにいる。入籍などもとからできないのだが」

香田は首をふり、質問をかえた。

「見張りがいるのは六階だけですか」

「私が見たときはそうだった。他の階を外国人がうろつけばかえって人目を惹く。中国人のビルだからな」

「見張りの数は？」

「金の話では、二、三人ということだ。たまたまようすを見にいったときに、拷問をおこなっていたらしい。だからこのビルで人を殺すような真似だけはしないでくれと頼んだといっていた」

「権現はまだ生きているのでしょうね」

「四階のカラオケボックスから一日二回、食事を届けている、と金はいっていた。見張りのぶんもあるだろうが、権現が死ねば見張る必要もない。死体を運びだすか、隠しておけばすむ。死なないていどに痛めつけて口を割るのを待っているのだろう」

「金は、今日我々がいくのを知っていますか」

鮫島は訊ねた。

「いや、知らん。話を聞いてからは、ビルに近づくなといってある。何があっても知らぬ存ぜぬで通せ、とな」

答えて、黒井は鮫島と香田の顔を見比べた。

「六階には非常階段で上るのがベストだが、四階まで階段は倉庫がわりになっているから使えない。五階まではエレベーターで上がって、そこから階段でいくんだ」

階段を倉庫がわりに使うのは消防法違反だが、飲食店の入ったビルでは珍しいことではない。

「六階のようすはごらんになりましたか」

鮫島の問いに黒井は首をふった。

「いや、金の話では、いくつかの部屋の間仕切りをとっぱらう工事を始めていたらしい。もしそうなら、見通しがいい。気をつけないとすぐに見つかる」

「見張りは武装していますか」

「全員かどうかはわからんが、している者はいると考えるべきだ。銃なり刃物をとりだす前に制圧せんとな」

香田が首をふった。

「急襲部隊の仕事です。たった三人では難しい」

「じゃあやめるか」

鮫島がいうと、憤然となった。

「誰がやめるといった。腹をすえてかからなけりゃならないという意味だ」

黒井が笑った。

「いいコンビだな、お前さんたちは」

「笑いごとじゃありません」

香田はいった。黒井は首をふり、鮫島を見た。

「作戦はあるかね？」

「思いつきですが、ひとりがエレベーターで上がり、見張りの注意をひきつけておいて、ふたりが階段で上がるというのはどうでしょうか」

「同じことを考えていた」

不愉快そうに香田がいった。

「だったら決まりだ。エレベーターには私が乗る。君らが階段でこい」

「しかし――」

「見張りと会話をできるのは私だ。中国語をまくしたててもいい。君らは喋れるかね」

「中国語なら少しはできます」

香田がいった。黒井は首をふった。

「少しじゃ駄目だ。私は朝鮮語も中国語もネイティブ並みに話せる」

「お任せします。我々が先にいき、ようすを見て連絡します」

鮫島はいった。

黒井と香田が車を下り、別々に平和通りに向かった。

鮫島はいったん大通りにでて、平和通りに車を戻した。ビルに近い場所に、エンジンをかけたまま路上駐車する。

決して広い通りではないが左に寄せて止めれば、十分くらいは止めておけるだろう。違反切符は覚悟の上だ。レッカー移動は困るが、交通課の警官が見れば、装備から覆面パトカーとわかる筈だ。キィはふたつあるので、エンジンをかけたままドアをロックしていく。

車を下り、ビルに向かった。一階の周辺には人だかりがある。レジに並ぶ客が外まで行列を作っているのだ。店の人間は気にするようすもなく、奥に黒井と香田の姿が見えた。

スーパーの店内に入ると、独特の匂いが鼻を突いた。見なれない野菜からたちのぼっている。野菜の他にも魚やスッポン、蟹や貝なども見たことのない種類が売られ、使いみちの想像がつかないような、袋入りの香辛料や調味料が積まれている。狭い通路を、カゴを手にした中国人がいきかい、肩がぶつかってもおかまいなしだ。

狭い道ですれちがうとき、身をよけるのが日本人で、中国人や韓国人はよけないという話を鮫島は思いだした。

店内を見回したが、見張りの北朝鮮工作員と思《おぼ》しい人間はいない。中国語がとびかい、詰問するような客の口調に、店員が叩きつけるような言葉を返している。

黒井が店の奥に目配せした。鮫島と香田は奥へと向かった。

階段とエレベーターホールが並んでいた。階段にはぎっしりと段ボールが詰まれている。

「二階は雑貨やＤＶＤなどを売っている」

エレベーターのボタンを押しながら黒井がいった。三人はエレベーターに乗りこんだ。

黒井は五階のボタンを押した。エレベーターは上昇した。三人は手袋をつけた。コートの前を黒井が開けた。腰のベルトに中型のオートマチック拳銃をさしている。警視庁でも配備されているＳＩＧだった。

「おっと、忘れておった。これをせんとな」

つぶやいてＳＩＧのスライドを引き初弾を装塡した。

「日本では自動拳銃などもつことはなかったな」

「海外ではあったのですか」

鮫島は訊ねた。香田が同じ動作をした。

「アメリカに研修でいかされたことがあってな。そのときはベレッタの九ミリをもたされた。君はニューナンブか」

「ええ」

「今どき警察官がリボルバーなどを使っているのは日本くらいだろう。だがリボルバーにも長所はある。引き金をひけばすぐ弾丸がでる」

「おっしゃる通りです」

「威力はこころもとないがな。アメリカにいたときに思った。熊みたいな体つきをした奴に38口径など何発撃ちこんでも屁でもないだろう、と」

珍しく多弁だ。緊張のせいだろう。

三人は五階でエレベーターを下りた。五階はリノリウムのしかれた通路に沿って扉が並んでいる。中国語の表記ばかりだ。

「上についたら携帯で連絡します」

香田が小声でいった。黒井は頷いた。

鮫島と香田は階段に向かった。さすがに段ボールはおかれていないが、ビニール傘を束ねたものがいくつも転がっていた。

鮫島はニューナンブを抜き、階段を上った。踊り場でいったん足を止め、上をうかがう。

湿ったコンクリートの匂いが漂ってきた。

改装工事の途中だという話を思いだす。五階に比べると六階はうす暗い。通路の窓がブルーシートでおおわれているようだ。

香田に踊り場で待てと手で合図し、鮫島は階段をあがった。足音のたたない靴をはいていた。香田もスニーカーをはいている。

体をかがめ、階段口から六階の通路をうかがった。エレベーターの正面に、がらんとした空間が広がっていて、とりはらわれた壁と思しいコンクリートの瓦礫が片隅に積まれている。

目に入る範囲に人影はない。じっとうずくまり、鮫島はようすをうかがった。

煙草の匂いがした。通路の先から漂ってくるようだ。誰かが咳ばらいをした。

階段をあがって左の奥から聞こえた。待っていると、短い会話が聞こえた。日本語ではなかった。

鮫島は通路の床を這うように進んだ。細かなコンクリート片が散らばっている。左側の通路の奥に半ば開いた扉があり、中のようすはうかがえないが光が洩れていた。内部に人がいるようだ。

不意に扉が開かれ、鮫島はあわてて階段口に逆戻りした。足音が近づいてくる。急いで階段を下り、鮫島は踊り場にうずくまった。階段口の前を男が歩きすぎた。右側の通路のどこかにある扉を開け閉めする音が聞こえた。

香田が目をみひらき、鮫島を見つめた。鮫島は唇に人さし指をあてた。

やがて水音が聞こえ、扉が開く音がして男が左側の通路を戻っていった。ナイロン製のスポーツウエアの上下を着けていた。髪を短く刈っている。

右側の通路にある扉は手洗いのようだ。

「連絡だ」

鮫島は香田にささやいた。香田は頷き、拳銃をしまうと携帯をとりだした。ＬＩＮＥを打つ。

鮫島は階段を上った。香田もついてくる。

通路にでたところで、

「ここにいろ。俺はあの扉の陰にいる」

光が洩れている扉を示し、鮫島はいった。

香田が無言で鮫島をにらんだ。

「中に何人いるかわからない。俺はそっちを制圧する。お前はでてきた人間だ」

ヒュンというエレベーターの稼動音が聞こえた。黒井が上がってくる。香田が口を開いた。

「わかった」

鮫島は左の通路を小走りに進んだ。扉の陰までいき、立ち止まった。低い話し声が扉の内側からは聞こえる。鮫島はしゃがんだ。背中から汗がふきでた。

エレベーターが六階に到着した。話し声がやんだ。エレベーターの扉が開く音に、中から男がふたりとびだしてきた。

エレベーターから黒井が下りた。右手をうしろに回している。

「何ですか、ここは立入禁止です」

男のひとりがいった。黒井がいった。

「延辺旅行社を探しとるんだが」

「それは五階です」

「おかしいな」

階段から拳銃をかまえた香田が姿を現すのを見届け、鮫島は扉の内側に踏みこんだ。

ブルーシートが床にしきつめられ、その中央で半裸の男が椅子に縛りつけられていた。タオルで目隠しされ猿グツワをはめられている。裸の上半身には黒ずんだ痣《あざ》と血のにじんだ傷がいくつもある。尿の匂いがした。

シートの端にすわっていた男があわてて立ちあがった。かたわらに転がる金属バットに手をのばす。三十代だろう。

「よせ」

鮫島はニューナンブの狙いを男につけていった。男は手を離した。

鮫島は室内を見渡した。液体の入ったバケツがおかれ、ペットボトルや弁当のカスを詰めたゴミ袋が隅にある。人の姿は他にない。

「入るぞ」

香田の声が扉の向こうから聞こえた。

「大丈夫だ」

鮫島は答え、椅子に縛られている男に近づいた。目隠しを外す。権現だった。権現はまぶしそうに瞬きし、鮫島に気づくと目を大きく広げた。

両手をあげた男ふたりが扉をくぐった。拳銃をかまえた香田と黒井がつづく。室内の状況を見てとり、

「廊下を見張る」

黒井はいって扉をでた。鮫島は感心した。黒井がいいださなければ、見張りの必要性に気づかなかった。自分よりはるかにこういう状況への対応に慣れている。

「床にすわって頭のうしろで手を組め」

香田が男たちに命じた。男たちはひと言も発しない。この連中もまた、こういう状況におかれる覚悟ができているようだ。

三人は香田の言葉にしたがった。鮫島は権現に近づいた。ガムテープで椅子にぐるぐる巻きにされ、容易には剝がせない。

シートの上に錆びた果物ナイフが転がっていた。拾いあげ、ガムテープを切った。立ちあがろうとして権現はよろけ、鮫島は支えた。

異臭が鼻を突いた。元はグレイだった権現のスラックスがどす黒い色に染まっている。

「大声をだすなよ」

鮫島は権現にいって猿グツワを外した。外れたとたん、まるで獣のような唸り声を権現はあげた。鮫島の手からナイフをもぎとると、恐しい早さで三人に近づき、次々と顔に切りつける。血が飛んだ。

「よせっ」

鮫島は権現を羽《は》交《が》い締めにした。

「ぶっ殺す！」

権現は叫んだが、一瞬後にはうずくまった。肩で息をしている。鮫島はナイフをもぎとり、三人に歩みよった。手前の男は鼻筋を切られ、押さえた手の下から血が滴っている。

「どうした？」

黒井が扉から顔をのぞかせた。

「大丈夫です」

香田が答えたが、顔が青ざめていた。

「洋服を脱げ」

鮫島は鼻を切られた男にいった。半裸の権現を外に連れだすわけにはいかない。男は鮫島をにらみつけた。

「早く脱げ」

鮫島は権現からもぎとったナイフをふりあげた。男が立ちあがり、あわてて脱いだ。

「靴もだ」

「お前たち、何だ？」

室内に残っていた男がいった。権現に頬を切られている。

「田島組だ、この野郎！　手前《てめえ》ら誰を相手にしているか、わかってんのか！」

香田が大声をあげた。鮫島は思わず香田を見た。

権現がスラックスを脱ぎ、スポーツウエアを引きよせた。ぶるぶると手が震えている。着るのを鮫島は手伝った。

「ここでお前らを殺してもいいが、どうせ制裁をうけるだろう。今は見逃してやる。そのかわり腹這いになって、声をだして百数えろ」

香田がいった。鮫島は権現を扉に押しやった。権現はあらがい、いった。

「道具貸してくれ」

「我慢しろ」

鮫島はいった。権現はかぶりをふった。血のにじむ目もとが濡れていた。

「頼む。こいつら殺さなきゃ、いられねえ」

鮫島は権現の肩をつかんで、揺すった。

「我慢するんだ。ミジョンさんが待ってる」

権現はかっと目をみひらいた。見る見る涙でまっ赤になる。鮫島は頷き、権現を部屋の外に押しやった。

「イル《一》、イー《二》、サム《三》、サー《四》……」

男たちの唱える声が聞こえた。廊下に立つ黒井がエレベーターのボタンを押す。エレベーターが到着すると、鮫島は権現を支えて乗り、

「エレベーターがきた！」

叫んだ。拳銃をかまえた香田が後退《あとずさ》りながら扉をで

てきた。

　エレベーターに乗りこむ。扉が閉まった瞬間、香田は壁に手をついた。

「油断するのは早いぞ。ポケットの中で銃を握っておけ」

　黒井がいった。香田は深々と息を吸い、銃を握った右手をコートのポケットに入れた。

「車はビルをでて右にいった平和通りに路駐してあります」

　鮫島はいった。

　途中止まることなくエレベーターは一階に到着した。扉が開くとスーパーマーケットの喧騒に四人は包まれた。鮫島、権現、香田、黒井の順で店内をつっきり外にでる。大声をあげたり指さす者がいないか緊張した。が、誰からも注目されることはなかった。

　店をでる寸前、鮫島はうしろをふりかえった。エレベーターは一階で止まったままだ。

　ほっと息を吐き、車まで早足で向かう。走りたくともそうする体力が権現にはないようだ。

　後部シートに黒井と権現、助手席に香田を乗せて鮫島は発進した。

「あせるなよ。事故を起こしたら何にもならん」

　黒井が背後から肩を叩き、

「はい」

　鮫島は答えた。平和通りから線路沿いを進み、池袋駅につきあたると要町《かなめちょう》通りを西に進んだ。ルームミラーで追跡してくる車がいないかを確認しながら走る。

「大丈夫です」

　要町の交差点を過ぎたところで鮫島はいった。

「止めてくれ」

　香田がいい、鮫島は車を左に寄せるとハザードを点した。香田がドアを開け、その陰で嘔吐した。二度ほど吐くとドアを閉め、

「もう大丈夫だ」

　といった。かたわらの鮫島をにらむ。

「馬鹿にしてるだろう」

　鮫島は無言でハンドルにかけていた手をあげて見せた。小刻みに震えていた。

権現を医者に診《み》せる必要があった。黒井が口の固い医者を知っているといい、鮫島は荒川《あらかわ》区に車を走らせた。

三河島《みかわしま》の駅の近くだった。住宅密集区域で、狭い一方通行を入っていくと、古い一戸建ての庭先で椅子にかけ煙草を吸っている女性がいた。

「止めろ」

黒井がいい、鮫島はブレーキを踏んだ。女性は小太りで、白髪をひっつめている。六十代のどこかに見えた。

覆面パトカーのドアを開け、黒井が下りた。

女性のすわる椅子の周囲には鉢植えが並び、何匹もの猫が寝そべっている。

「あら」

「よう」

女性と黒井は見つめあった。

「患者がいる」

「もう引退したのよ」

女性はいって太い煙を吐いた。

「頼む」

「撃たれているなら駄目よ。手術ができないから」

女性がいった。

「撃たれてはいない。殴られてるのと切られてるだけだ」

黒井が答えると、女性はぐるりと目を回し立ちあがった。足もとで寝そべっていた猫がとびのく。

「中に連れてきて」

家の中に入っていった。

「あれ、本当に医者か」

権現がつぶやいた。

「贅沢はいえないだろう」

鮫島はいってハザードを点した。うしろから車がくる気配はない。香田とふたりがかりで権現を車から降ろし、すりガラスのはまった一戸建ての玄関をくぐった。

暗くて冷んやりとした屋内に入ると、かすかに消毒液の匂いがした。

「こっち」

上がって右にある部屋の扉を開け、女性が顔をのぞかせた。白衣を羽織っている。

診察室になっていた。表面のすりきれた診察台があり、

「服を脱がせて、寝かせる」

と女性が顎をしゃくった。老眼鏡をかけ、ペンライトを手にしている。

鮫島と香田は言葉にしたがった。スポーツウエアを脱がせると権現の体から悪臭が漂ったが、女性は眉ひとつ動かさなかった。

十分ほどかけて診察し、

「アバラが二本折れてる。脳と内臓は、ここで見る限りは大丈夫だけど、精密検査をうけたほうがいい」

女性はいった。切り傷を消毒し、湿布薬を貼った。

「痛み止めあるか」

横たわったまま権現が訊いた。

「そんなものない。薬局で頭痛薬でも買って多めに服《の》んでおきなさい」

女性は答え、黒井を見た。

「けっこう鍛えた体をしてるから、今日の明日、どうこうということはないと思う。殺す気でやったわけじゃないようね」

黒井は頷いた。

「もっとひどいのをいっぱい診たろう」

「引退したら忘れたわよ。二、三日寝かせてご飯を食べさせれば、たぶん元気になる。血を吐いたり、血便、血尿がでたら、すぐ病院に連れていって」

「わかった。いくら払えばいい」

女性は老眼鏡ごしに黒井をにらんだ。その姿は、「栄古堂」で話した黒井を思いださせた。

「お金をもらったら、医師法違反よ。いいから連れて帰りなさい」

「悪いな」

治療のあいだ女性の家の前に覆面パトカーを止めたままだったが、クラクションを鳴らされることもなかった。

「どこにいく？」

権現を再び車に乗せると香田がいった。権現は妻のミジョンには電話で無事を知らせていた。だがミジョンのいる松戸までは遠いし、まだ権現にタミフルの在りかを聞いていない。浜川なら安全な隠れ家を用意できるだろうが、そうなると状況がかわってくる。

「俺の家はどうだ」

鮫島はいった。

「だったら私の店のほうがいい」

黒井がいった。

「あの場にイサンゴンはいましたか?」

鮫島は訊ねた。いたのなら、「栄古堂」は安全とはいえない。

「いなかった。三人とも初めて見る顔だ」

黒井が答えた。香田が頷いた。

「とりあえず神田に向かおう」

走りだすと権現がいった。

「また携帯を貸してくれないか」

「浜川にかけるのか」

運転しながら鮫島は訊ねた。権現はミラーの中で頷いた。

「今はまだ駄目だ」

「なんでだよ」

権現は鮫島をにらんだ。

「あんたは俺に話していないことがある。ミジョンさんから聞いた」

「あれだけやられても口を割らなかったんだ。べらべら喋れるか」

「誰が助けたと思ってる」

香田がいった。

「助けてくれなんて頼んでない。あんた何者だ。新宿署じゃねえだろう」

権現は苦しげにいい返した。

「華恵新に仕事を頼んでいた人間だ。タミフルが北朝鮮に届くのをミジョンさんは願っている。ちがうか?」

鮫島は告げた。

「だとしても、こんな目にあわされて黙っちゃいられない」

「足を洗ったのじゃないのか」

黒井が口を開いた。権現は黙った。

「しかも相手が悪い。仕返しをしようなどとは考えないことだ」

「俺が仕返しするとは限らねえ」

「だったら尚さらだ。極道と工作員と。喧嘩になどならん。しかもスジの悪いのが、この一件にはからんでいる。下手をすると大量に死人がでるぞ」

「何だ、スジの悪いのってのは」

「華を殺した犯人だ。北朝鮮の元工作員で、今は祖国を恨んでいるらしい」

鮫島は答えた。

「華を殺したのは、北に復讐するためか」

「そういうことだ。タミフルの在りかを教えてくれれば、北朝鮮に送る。もともと、あんたのものではない」

香田がいった。

「今は俺にも権利がある。あれだけ痛い目にあったんだ。いいから電話を貸してくれ。さもなけりゃ、ここで降ろせ！」

鮫島はハザードを点し、車を止めた。「栄古堂」のすぐ近くまできていた。

権現の顔を正面から見すえた。

「何が欲しいんだ？」

「何も欲しくはない。落とし前をつけたいんだよ」

「落とし前だと。あんたは北朝鮮の人たちを助けたかったのじゃないのか」

「それは女房だ」

「じゃあ他に何がある？　誰かが報酬を約束したのか」

「いいや」

「確かに浜川はあんたを助けたがっていた。そのために情報を俺に提供した。だが今、あんたを浜川のところに帰せば、タミフルは田島組が押さえる。北朝鮮には届かない」

権現は鮫島をにらみ返した。

「この世の中には、個人の利益のために使われるべきではないものがある。この場合、あんたが在りかを知っているタミフルがそうだ」

黒井がいった。

「だがそれで得する奴が北にいる。タミフルが一般人を助けるとは限らない」

権現はいい返した。

「確かにそうかもしれないが、誰かの命は救う」

鮫島はいった。

「とにかく浜川さんと話させろ。俺も助かったことを知らせなきゃならない」

「駄目だ」

香田がいった。

「暴力団をからませるわけにはいかない」

「俺だって元暴力団だ。気に入らないのなら、ここで降ろせ」

権現は香田をにらんだ。

「わかった、電話は貸す。だがタミフルの回収に協力すると約束しろ」

鮫島はいった。

「駄目だ！」

香田が叫んだ。鮫島は香田に目を向けた。

「このままじゃ同じことのくり返しだ。拷問されても口を割らなかった人間を、どう喋らせる？」

香田は目をぎらぎらさせていった。

「女房に説得させる」

「その手は効かんだろう。旦那の怪我を見たら、女房も何もいえなくなる」

黒井がいった。

「電話を貸せや」

権現は手をだした。

「協力するか」

「浜川さんに相談する」

「ふざけるな！　極道に何がわかる。これには国益がからんでいるんだ！」

香田が大声をだした。鮫島は静かにいった。

「国益のために動いているのじゃない」

「何だと⁉」

「国益のためだけなら、もっと別のやり方があった筈だ。ちがうか？」

「お前、それでも警察官か」

「わかっている筈だ。あんたと俺とでは、考え方がちがう」

鮫島は権現に目を移した。

「気持はわかる。だがここで張る意地は、何も生まない。浜川なら、それがわかる筈だ」

携帯電話を手渡した。権現は鮫島をにらみ、

「外で話す。でてくるな」

といって、車のドアを開けた。携帯を操作しながら後部に回り、トランクによりかかるようにして耳にあてた。

「何のためにあんな思いをしたんだ」

香田がつぶやいた。

「人ひとりの命がかかっていた。タミフルだけじゃない」

鮫島はいって、ミラーをのぞいた。権現が話している。声は聞こえなかった。

「悩んだことがある」

不意に黒井がいった。鮫島と香田は黒井を見た。

「国とは、人間の集まりなのか。人間の容《い》れものなのか、とな。人間の集まりならば、鮫島くんの考えだ。容れものならば香田くんだ。容れものだとして、その意思はどこからくる？　誰が決める？」

「それこそ国益にかなうかどうか、です」

香田が答えた。

「感情に流されていたら、交渉も戦いも決して前に進まない」

「片方が感情を排し国益に徹する決断を下し、片方が感情を優先した結果が、九・一一を生んだ。政治家ではない我々に対立を回避する力はない。できるのは対症療法だけだ。だが、それでいいのかね。君が『東亜通商』にやってきたのも、それでは不十分だと考えた結果ではないのか」

鮫島ははっとした。香田が警視庁を辞めざるをえなかった理由を、黒井は知っている。

香田は無言だった。

不意に運転席のドアが開いた。権現が携帯電話をつきだした。

「あんたと話したいそうだ」

鮫島は受けとった。

「鮫島だ」

「礼をいう。ヤバい橋を渡って、助けてくれた。正直、もっと大がかりなことをすると思ってた。たった三人でやったそうだな」

浜川がいった。

「ああ」

「あんた以外は、公安畑の人間か」

「そうだ」

「腹のすわった奴は、そっちにもいるんだな」

「そんなことより――」

「タミフルだろう」

浜川は鮫島の言葉をさえぎった。

「そうだ」

「あんたに渡せといった。そこにいる人間じゃないぞ。あんただ」

鮫島は息を吸いこんだ。

「権現はそれで納得したのか」

「あいつだっていっぱいいっぱいなんだ。誰かがそれらしいことをいってやらないと」

「あんたがその役回りか」

「そういうことだ。用事がすんだら迎えをやる。それまでは権現を預ける」

浜川はいった。

「わかった」

電話は切れた。権現が無言で頷いた。車の外に立つ権現と鮫島は目を合わせた。

「乗れ」

鮫島は告げた。

57

「あなたに会わせたい人がいる。これから銀座にでてこられる?」

翌日、電話をしてきたマリカがいった。永昌はぴんときた。マリカは殺し屋を連れてくる気だ。

「どこにいけばいいのです?」

「この前いったステーキハウスの入っているビルの一階にワインバーがある。わかる?」

「わかると思います」

電話を切ると永昌は盧を呼んだ。

「これから女と男に会う。男は殺し屋で、もしかしたら俺を狙うかもしれない」

「ナイフしかありません」

盧はとまどったような表情を浮かべた。

「俺とは離れていて、合図をしたら、そいつを刺して逃げろ。命を狙われている奴だから、俺の指示だとは思われない」

「わかりました。殺してもいいのですか」

「かまわない」

ホテルをでた永昌は盧とは別々に指示された店に向かった。まず盧が先に入り、五分ほどおいて永昌が入る。土曜の夕方で人通りが多い。ワインバーも客でいっぱいだった。

マリカはひとりでカウンターの端にかけていた。盧はテーブルがわりの樽にむらがる立ち呑み客に混じっている。

「きました」

マリカのかたわらに立ち、永昌はいった。マリカは無言で永昌を見た。店の中はひどくやかましい。

「来不及《ライブージー》（間にあわなかった）」

マリカがいった。

「どういう意味です?」

永昌も中国語で訊き返した。

「権現が連れだされた。田島組よ」

永昌はマリカを見返した。

「どうしてわかったのです？」

「自分たちでそう名乗った！」

「そうではなくて、どうして権現の居場所が田島組にわかったのですか」

　マリカは瞬きした。

「それは、わからない。ずっと捜していて、つきとめたのでしょう」

　田島組はタミフルを狙っている。権現の居場所がわかれば、とり返しにやってくるのは当然だ。

「その場にいた人間はどうなりました？　権現をつかまえていた連中です」

　マリカは首をふった。

「何も。どうせ制裁をうけるだろうからと何もせずに田島組はでていったみたい」

「おかしい」

　即座に永昌はいった。

「田島組はやくざです。何もしないでおく筈はない。権現だって仕返しをする」

「顔を切られたといってた」

「顔だけですか」

　マリカは頷いた。

「詳しくは聞いていないけれど」

「そいつらは田島組ではないかもしれない」

「じゃあ誰なの」

「『東亜通商』です」

　昨夜、香田と連絡がとれなかったのは、そのせいではないのか。

「権現がさらわれたのはいつです？」

「詳しくは知らないけれど、今日の昼間だと思う」

「あなたがそれを知ったのは？」

「今日の午後三時過ぎよ。昨夜のうちにわたしは知り合いに連絡をとったの。その人は日本にいる工作員の幹部で、情報が集まる地位にいる。権現の居場所を調べて連絡するといってくれたのだけど、さらわれたと電話があった」

　永昌は頭を巡らせた。情報がもっと必要だ。

「その人に会いたい」

「それは無理。わたしの立場も考えて」

「タミフルをとられてもいいのですか」

「できないことはできない」

硬い声でマリカは答えた。永昌は息を吸いこんだ。

「それで、私に紹介したいという人はどこにいます？」

「あなたのうしろ」

いわれてふりかえった。いつのまにか背後に男が立っていた。左手に赤ワインの入ったグラスをもち、紺のスーツに白いシャツとネクタイを着けている。色が黒く、背が高い。背中を少し丸めていて、鎌首をもたげた蛇のようだ。

のっぺりとした顔に特徴はなく、眼鏡をかけている。日本人でも中国人でも通じる顔だ。きれいになでつけた髪が天井のライトに光っていた。

盧はまるで気づいていない。店の出入口を不安げに見つめている。

「初めまして」

抑揚のない日本語を男は喋った。

「私は田中《たなか》です」

「田中さん」

永昌はいって、田中の手を握った。

「私は陸です。よろしくお願いします」

「よろしく」

田中はのぞきこむように永昌を見つめた。空っぽの目だった。本物の人殺しの目をしている。

「田中さん、今、話していたのですが、彼女が、北朝鮮の大物工作員を知っているそうです」

マリカが中国語で喋っていたのは、この田中に会話の内容を知られたくなかったからだ。

田中はマリカを見た。

「本当ですか」

マリカは険しい表情になった。

「本当です。このままではタミフルが北朝鮮に運ばれます」

永昌はいった。

「ちがう！」

マリカが大きな声をあげ、声を潜めた。

「権現を連れていったのは田島組よ。タミフルは送れない」

　永昌をにらみつける。

「いい加減なことをいわないで」

「いい加減なことではありません。田島組だったら、見張りは殺されたか、大怪我をした筈です。権現はどこにいたのですか？」

　マリカは一瞬沈黙したが、

「池袋」

と答えた。

「池袋のビルよ」

「ほのかにそれを教えたのは誰です？」

田中が訊ね、マリカが田中にはほのかと名乗っていることに永昌は気づいた。

「それはいえない。ビジネス上の知り合いだから」

「ペクジュンゴンではありませんか」

田中がいい、

「誰？　それ」

　早口でマリカが訊き返した。

「上野で会社をやっている人です。ホテル、レストラン、パチンコ。ペクは北朝鮮海外情報局の幹部でもあります。池袋のビルというのはおそらく、金という中国人のもっているビルで、金はペクの手伝いをしています。北朝鮮国内に金の伯父や伯母がいて、いうことを聞かなければ収容所に送られる」

　田中は永昌に説明した。

「そうなのですか」

　永昌は訊ねた。

「知らないといっているでしょう」

　冷たい声でマリカがいった。田中がつづけた。

「ペクジュンゴンは、私の抹殺指令をだした。ペクなら、いろいろなことを知っていておかしくない。会いたいです」

　マリカが田中を見つめた。

「やめて。皆が困るのよ。あなたは殺され、わたしはビジネスをつづけられなくなる。それに永昌――」

　マリカは永昌を正面から見すえた。

「あなたに頼まれてわたしは情報を集めた。なのにこの仕打ちはどうなの？　ひどすぎない？」

「この場の話によっては、あなたは田中に私を殺させるつもりだった。ちがいますか」

　永昌はいい返した。

「そんなこと、わたしがすると思う？」

「します。私より田中をあなたは必要としている」

　マリカは首をふった。

「ちがう！　わかっていないのね。どちらがよりわたしを必要としてくれるか、なの。わたしがいなかったら困るのは、永昌よりこの人なの」

　田中の腕をつかみ、マリカはいった。田中はマリカを見た。

「ペクジュンゴンに会いたい。連絡をして下さい」

「駄目」

　マリカが首をふった。永昌はいった。

「あなたは選ばなければならない」

「永昌なんて選ばない！」

「ちがいます。彼か私かという選択ではなく、彼かペクかという選択です。両方を選ぶことはできないし、選ばないこともできない。もしあなたがペクを選べば、彼は私やあなたを殺す」

「そんな筈ない」

　マリカが田中を見つめた。

「そうでしょ」

「私が選ぶのは朝鮮に復讐する道です」

　田中が答えた。マリカは目を閉じた。

だからいったのです。殺し屋には人を殺すことしかできない。心の中で永昌はつぶやいた。

　田中がマリカの腕をつかんだ。

「ほのかがペクを選ぶなら、お別れです」

「そう……しかたないわね」

　マリカが目を開き、いった。

「外にでよう」

　田中はいい、マリカは頷いた。永昌はふたりのあいだに体をさし入れた。

「マリカ。君がペクに警告するのをこの人は許さない」

　マリカは目をみひらいた。

「わたしを殺すの」

田中は無言だった。空っぽな目でマリカを見返した。田中には、嘘をついてやる思いやりすらない。マリカを利用し、邪魔になれば殺す。そんな男を、必要とされているという理由でマリカは選んだ。こんなにも思っている自分よりも。

永昌は右手を背中に回した。盧に合図するしかない。

「わかった。ペクに会わせる」

マリカがいった。

58

権現は這うようにして「栄古堂」の二階にあがった。安心した一方で、痛みがひどくなったようだ。

「頭痛薬を服むかね。置き薬だが」

そのさまを見て、黒井がいった。権現は頷いた。卓《ちゃ》袱《ぶ》台《だい》をどかした和室に黒井は布団をしき、権現はそれに寝そべった。

「布団に臭いがつきます」

香田が小声でいった。

「『東亜通商』で新しいのを買ってくれ。そうだ、こいつを返さんとな」

黒井はいって、抗弾ベストと拳銃を畳の上においた。

「どっちも使わずにすんでよかった」

黒井がコップに注いだ水を粉薬といっしょに権現に手渡した。権現は喉を鳴らして飲み、

「もう一杯もらえるか」

とコップをつきだした。黒井は頷き、

「今、茶もいれる」

階段を下りていった。権現は家の中を見回した。

「ここはあの人の家か」

「今はな」

香田が答えた。

「何なんだ。もう現役じゃないのだろう」

「アドバイザーといったところだ」

「なるほどな」

頷いて、権現は鮫島を見た。

「いっていいのか」

「黒井さんが戻ってきたら、話してもらおう」

黒井が急須と湯呑みを手にあがってくるのを三人は待った。

「ひとり者か」

権現がつぶやいた。

「定年まであと少しというところで、奥さんと子供にでていかれたんだ」

香田が小声でいった。

「他にできることなどない。ひとりにならなくてもやっていた。結局、女房子供には捨てられたさ」

階段の下から黒井がいい、香田は顔をこわばらせた。

「すみません」

「本当のことだ」

鮫島はあがってきた黒井から盆を受けとり、畳の上においた。切った羊羹《ようかん》ものっていた。それを見た権現の目が輝いた。

「食っていいか」

黒井の返事を待たず、手をのばした。

「今、出前を頼んだ。朝飯も食べてないのだろう?」

黒井の言葉に鮫島と香田は頷いた。

「何の出前です?」

「鮨だ。それが一番早いのでな」

香田の問いに黒井は答えた。羊羹をたてつづけに食べ、権現は茶を飲んだ。

湯呑みをおろすといった。

「タミフルは新宿だ」

「新宿のどこだ?!」

香田が訊《たず》ねた。答えず、権現は鮫島を見た。

「あいつらの身許《みもと》を教えろ」

「あいつら?」

「池袋にいた奴らだ」

「仕返しなど考えるな」

香田がいった。権現は香田をふりむいた。

「わかってねえ。あいつらだってこのままじゃすまさない。俺や女房は狙われる。一生逃げ回れってのか」

香田は黙った。

「逮捕したらどうだ?」

鮫島はいった。

「できるのかよ」

「入管難民法でひっぱれば、国外退去だ。新しくくる連中は、顔をはつられたわけじゃない。本来の任務を優先するだろう」

「約束しろ」

権現は鮫島を見すえた。鮫島は黒井に目を向けた。

「連中の正体をつきとめられますか」

黒井は無言だ。下で電話が鳴った。店の固定電話だった。

「つづけろ」

いって黒井は立ちあがった。階下に下りる。

「あそこにいた連中の偽装《カバー》がわかれば逮捕はできる」

香田がいった。

「あいつらがパクられたとわかったら教える。それまでは駄目だ」

「そんな条件をつけられる立場か」

香田は険しい顔になった。

「だったら何だ? 俺をパクれるか。パクれるなら、パクってみろや」

権現はいい返し、香田は唇をひき結んだ。

黒井が階段をあがってきた。

「イサンゴンからだった。何かかわったことはないかと訊いてきた。この男の行方を捜しているのだろう」

立ったまま告げた。

「大丈夫ですか?」

香田が眉間《みけん》に皺《しわ》をよせた。

「何ともいえんな。だが逃げ隠れすれば、連中の疑いを裏づけることになる。そうなったらこれまで作ってきた関係が壊れる」

「ここに工作員が押しかけてくる可能性はありませんか」

鮫島は訊ねた。

「今のところは大丈夫だ。まずは田島組を連中は疑っている」

「自分を痛めつけた連中の身許と引きかえじゃなければ、タミフルの在りかは教えられないと、この男はいっています」

香田がいった。黒井は権現を見た。

「仕返しを考えておるなら無意味だ。あれは任務だ。もしやらなかったら自分が罰せられる」

「任務だろうが何だろうが、泣き寝入りできるか」

「するんだな。命が助かっただけでも儲けものだ」

「冗談じゃねえ。ぶっ殺す」

「馬鹿者！」

黒井が怒鳴った。

「お前ひとりで仕返しをするのか。それとも田島組の人間を連れて乗りこむのか。連中は訓練をうけている。殺し合いになったら、何人死ぬかわからんぞ。今日うまくいったのは、ただの偶然に過ぎん」

「だが奴らだって黙っちゃいないだろう。組の者を襲うかもしれん」

「連中が襲うとすれば、あんたの居場所を知っていそうな人間だ。闇雲に仕返しなどしない」

香田がいった。

「ミジョンさんは大丈夫か」

鮫島は訊ねた。

「とりあえず家には近づくなといった。石森が守ってくれる筈だ」

鮫島は香田、黒井と顔を見合わせた。

「連中が知りたいのは、タミフルの在りかもそうだが、『東亜通商』に取引をもちかけた北朝鮮側の人間の正体だ」

黒井がいった。鮫島は権現を見つめた。

「華恵新は、取引相手のことを何かいったか？」

「奴らにもそれをしつこく訊かれたが、俺は知らない」

　権現は首をふった。

「あんたの身の安全のためにも、タミフルを回収させろ。それが一番の仕返しになる」

　香田は権現を見つめた。権現は深々と息を吸いこんだ。

59

　ワインバーの外からマリカは電話をかけた。ペクではなく仲間に相談しているようだ、と永昌は思った。場合によっては自分と田中を殺すつもりかもしれない。

　田中は無言で宙を見つめている。手にしているワイングラスには口をつけていない。

「彼女とはどこで知り合ったのです？」

　永昌は訊ねた。田中は答えなかった。永昌の言葉がまったく聞こえていないかのようだ。

「田中さん」

　永昌は呼びかけた。田中はゆっくりと首を回した。

「答えられない」

　短くいい、再び目をそらした。永昌は息を吐いた。

「彼女はあなたのことが好きなようだ。あなたも彼女を好いていると思っていたが、ちがうのですか」

　田中は沈黙している。マリカが戻ってきていった。

「迎えがくる」

「ペクがよこした迎えですか」

田中が訊ねた。マリカは首をふった。

「ちがう、わたしの友だち。黄さん」

最後の言葉を永昌に向け、いった。

「黄さん。大丈夫なのですか」

警察に追われているといっていた。

「大丈夫。指名手配をうけているわけではないから」

声を低めてマリカが答えた。

味方が欲しくて黄を呼んだにちがいない。黄はひとりではこないだろう。

「マリカ、黄さんはタミフルのことを知っているのですか」

永昌は中国語で訊ねた。

「今は知っている」

「彼を巻きこむと、問題が複雑になりませんか」

マリカは冷たい目で永昌を見た。

「あなたを信用できない。万一のときわたしを守ってくれる人が必要なの」

「田中が守ってくれるのではありませんか」

マリカの目がさらに冷たくなった。

「そうではないといったのはあなたよ。彼をあなたに会わせたのがまちがいだった」

「いった筈です。殺し屋は人を殺すことしかできない。彼を信じるのなら、殺されることも受けいれなさい」

マリカの目がみひらかれた。

「そんなにわたしが憎いの」

永昌は微笑《ほほえ》んだ。

「憎んでいます。私もあなたに憎まれたい」

マリカは天を仰いだ。

「そうね。少なくとも憎めば、その人は自分の中にいる」

田中を見ていった。

「この人の中にわたしはいない」

「憎むものが大きすぎるからです。あなたの入る場所がない」

中国語が理解できるのかわからないが、田中はまったく表情をかえなかった。無視されているとも感じていないようだ。

やがてワインバーの入口に黄が立った。紺のブレザーにポロシャツを着けている。

「迎えがきた」

マリカがいった。永昌と田中は黄に歩みよった。

「黄さん」

永昌は日本語で挨拶して手を握った。懐ろで携帯が振動した。

「失礼。ビジネスの電話です」

いって、耳にあてた。盧だった。

「外に止まった車の中に黄の手下がいます。どうしますか」

「タクシーを拾って車のあとをつけろ。黄の車に俺も乗る」

マリカと黄に背中を向け、永昌は小声で告げた。

「わかりました。見失ったら電話をします」

永昌は電話を切って、マリカに向き直った。

「いきましょう」

「待って。あなたをペクに会わせるとはひと言もいっていない」

マリカが日本語でいった。

「わかっています。ですが私を連れていったほうがいい。保険になります」

「保険？」

マリカが訊き返した。

「そうです。あなたたちは警察に追われている。その動きを私は止めることができる」

マリカが眉をひそめた。黄を見る。

「そうなの？」

黄は小さく頷《うなず》いた。

「亀沢先生にえらく感謝された。いい人を紹介してくれた、とな。細かいことは教えてくれなかったが、珍しく興奮していた」

「あの人は中国のスパイです。ちがいますか？」

永昌は黄にいった。

「スパイというよりはロビイストだな。フィクサーというか――」

「その人のことはどうでもいい。本当に警察を動かせるの？」

　マリカが黄の言葉をさえぎった。

「おそらく。亀沢先生を通して、ですが」

「じゃあ黄の逮捕をやめさせて」

「それにはまずタミフルが存在する証拠を手に入れなければならない」

　永昌はいった。マリカは唇をすぼめた。

　永昌は田中を見た。

「タミフルがどこにあるか、華に訊かなかったのですか」

　田中は黙っている。

「答えなさい。華は私の友人だった。その華をあなたは殺した」

　日本語でいったので、黄があたりを気にした。

「その話は外だ」

　四人はワインバーをでた。視界の隅で盧がタクシーを探しているのが見えた。

　ハザードを点《とも》し止まっている白のアルファードを黄は示した。

「あの車だ」

「華を殺したとき、タミフルの在りかを訊かなかったのですか」

　永昌は田中の目を見つめ、訊ねた。田中は瞬《まばた》きした。

「ここか、と訊いた。ちがうといったので撃った。私にタミフルは必要ない。朝鮮に届かなければいい」

「華のいる場所をどうして知ったのです？」

「華さん本人から聞いたの。彼はもともと華さんを知っていた。彼が日本にきたばかりの頃、華さんが本国からの指示を伝えていた。在日朝鮮人には近づけないから。そのとき華さんは別の名を使っていたみたいだけど」

　マリカが答えた。

「早く車に乗れ。つづきは車の中だ」

　黄がせきたて、四人はアルファードに乗りこんだ。運転席にひどく若い男がいた。二十《はたち》そこそこにしか見えない。

「こいつはうちの社員で袖浦《そでうら》。運転がうまいんで連れてきた」

袖浦という男はうしろをふりかえり、小さく頭を下げた。剣呑《けんのん》な目をしている。運転の他にも得意なことがありそうだ。

「あなたは華と連絡をとっていたのですか」

永昌が訊ねると、田中はマリカを見た。

「答えてあげて。華さんを『東亜通商』に紹介したのが、この陸なの」

田中は永昌の目をのぞきこんだ。

「朝鮮から金をもらっているのか」

「私が育ったのは丹東だ。母の代から、北朝鮮とはビジネスをしている」

永昌は答えた。田中は小さく頷いた。

「華とはずっと会っていなかった。華はお互いしか番号を知らない携帯にかけてきて、『今、日本にきている。金を払ってくれ』といった」

「何の金ですか」

「仕事の報酬だ」

「仕事？」

永昌は訊き返した。田中はわずかにいらだったような表情を浮かべ、

「道具の調達を頼んで、その代金をまだ払っていなかった。仮想通貨で払おうとしたが、現金じゃなければ駄目だといわれ、その払いがずっと残っていた」

と答えた。永昌はカタコトだが、華は朝鮮語に堪能だった。

「華は日本にいる理由を話したのですか」

田中は頷いた。

「いつ私が殺されるかわからないので、早く金を払ってもらいたかったといった。私が追われているのをどうして知っているのかと訊くと、朝鮮中央委員会のメンバーのホンから聞いたという。ホンに大量のインフルエンザの薬を届けることになっていると。中央委員会との取引なのかと訊くと、そうじゃない、個人の取引なのだと答えた」

田中は言葉を切り、永昌とマリカの顔を見た。

「ホンは日本の奴らと組んで私を裏切り者にしたてた。ホンを殺したいが、そのためには朝鮮に戻らなければ

ならない」

「だからかわりに華を殺したのか」

　永昌は訊ねた。

「先に私が殺されたら損をするので、華は金を受けとってから密告する気だった。連絡用に使っていた携帯の番号をホンに教えさえすれば、居場所をつきとめた奴らが殺しにくる」

　その通りだ、と永昌は思った。祖国に切り捨てられた田中と仲よくしても得はない。未払いの代金を回収したら、あとは工作員に恩を売ったほうがいい。

　マリカが口を開いた。

「華さんはふたつ部屋を借りていた。ひとつは打ち合わせに使うため、もうひとつは品物を保管するため。丘がそうしろと華さんにいったの」

「丘？」

「『カズシッピングサービス』の古橋のこと。取引が取引だけに、警察だけじゃなく北朝鮮の工作員にも知られたらマズい。その点、民泊施設は偽名で借りられる」

「じゃあ丘はタミフルがどこにあるのかを知っているんですね」

　永昌の問いにマリカは首をふった。

「それを丘が聞く前に華さんは死んでしまった」

　永昌は田中を見た。田中は表情をかえることなく永昌を見返した。

「華がいるところに金を届けにいくと私は電話でいった。すると工作員に見つからないように気をつけてこい、と華は答えた。金をとりそこねたくなくて私の身を心配しているのかと思ったが、そうではなくホンとの取引を秘密にしたいのだと気づいた。それは私にとっても都合がよかった。教えられた部屋の下にいくと、カーテンが開いていて、安全だというサインだった。部屋にいき、薬はここにあるのか、と私は訊いた。すると誰も知らない場所に隠してある、と華は答えた。『誰も知らない場所？』『そうだ。朝鮮人は誰も知らない』、華がいったので、私は撃った。もっていた携帯の中から、私との連絡に使っていた携帯だけをとって、部屋をでた。華が死に、隠し場所がわからなくなれば薬は朝鮮に渡らず、ホンも困るだろう」

「この男は危ないぞ」

黄が中国語でいった。

「彼をペクジュンゴンに会わせる」

マリカがいったので黄は眉をひそめた。

「ペクに？　やめておけ」

「タミフルの在りかをつきとめるにはペクの協力が必要なの」

「黄さんは、そのペクという人を知っているのですか」

永昌は中国語で訊ねた。

「北と貿易をやろうと思ったら、ペクに話を通さずには難しい。それがどんな品物でもな」

黄が答えた。黄が密輸入している覚せい剤は日本では違法薬物だが、北朝鮮では官製品だ。朝鮮人参や松茸と並ぶ、外貨獲得源になっている。

「大物なのですね」

永昌はいった。

「それこそ中央委員会ともつながっている。ペクににらまれたら、日本では北との商売ができなくなる」

「ペクはどこにいるのです？」

「ふだんは朝から晩まで上野の会社にいるが、週末はゴルフだ。もう終わって帰ってくる頃だ。自宅は足立《あだち》区だが、月島《つきしま》のタワーマンションで女と暮らしている」

「そこにいけ」

田中が中国語でいった。黄がぎょっとしたように田中を見た。

「しかし――」

「ほのか、私のことをこの男に話して下さい」

田中は日本語でいった。マリカは息を吐いた。

「横浜の件、この人に頼んだ」

黄は息を吸いこんだ。

「なんでこんな奴を連れてきたんだ」

「ごめんなさい。でも助けようって決めたの」

感情のこもらない声でマリカはいった。

「この人はあなたの助けなど必要じゃない」

永昌はいった。

「じゃあこう考えて。タミフルが存在する証拠を手に入れたら、警察はわたしたちを追わなくなる」

黄は瞬きした。

「なんで警察が関係するんだ？」

「亀沢先生から聞いていませんか？」

永昌は訊いた。黄は首をふった。

「警察のことは何もいっていなかった」

「華にタミフルの輸出を依頼したのは、日本の情報機関なのです。そのことが公になったら、日本政府が困る。だからこの取引のことは絶対に秘密にしたいのです」

黄はあっといって目をみひらいた。

「だからあいつが田町にいたんだ」

「あいつ？」

「前に一度会った、公安の若い刑事だ。赤が尾行されているみたいだと電話をしてきて、ようすを見にいったら、待ち合わせたバーの外にそいつが立っていた。一度会っているから、顔を見られるわけにはいかない。それで仕事で使う玄能でうしろから頭を殴った」

「うしろから殴ったのに、犯人はあなただとバレている」

マリカがいった。

「鮫島だ。あいつはずっと俺たちを追いかけている。如のところにもきた。そこから若い刑事が赤を尾行した」

「鮫島」

永昌はつぶやいた。黄が永昌を見た。

「あいつだ。消すのに失敗したから、ずっと俺たちを追いかけてやがる」

「今は鮫島よりタミフルよ」

マリカがいった。

「どうするんだ？」

マリカが携帯電話をとりだし、操作し耳にあてた。

「あ、ペクさんですか。マリカです。お電話、大丈夫です？」

甘い声でマリカは訊ねた。

「ゴルフだったんですか。今は？　帰り道。運転中ですか？　ちがう。よかった。じゃあお話しできますね。

そうです、例の件です」

いって、マリカは車内を見回した。

「池袋にきた人たちのことはわかりましたか？　わからない。実はそれなのですが、田島組ではない可能性があるんです」

一度言葉を切った。

「ええ、そういったというのは聞きましたが、嘘をついたのじゃないかと」

相手の話に耳を傾《かたむ》けた。

「そうです。わざとです。田島組だといって、自分たちの正体を隠そうとした——。ええ、ですからやくざじゃありません。その逆です」

マリカは永昌を見た。

「『東亜通商研究会』という名前をお聞きになったことはありませんか。はい、それです。池袋にきて権現を連れだしたのは、そっちの関係者かもしれません。理由？　理由はもちろんタミフルです。タミフルの行方をつきとめないと『東亜通商研究会』が困るからです」

マリカの表情が変化した。

「今ですか。銀座におります。わかりました。向かいます」

携帯をおろし、いった。

「会いたいといってきた。ペクは田島組の情報を集めるばかりで、『東亜通商』がやったとは考えていなかったみたい」

「どこで会うのです？」

「六本木の個室焼き肉店。今、アクアラインの渋滞にはまっていて、それさえ抜ければ、三十分で着くそうよ」

「ペクがくるのですね」

田中の声に力がこもった。マリカがその腕に手をかけた。

「今日はペクに手をださないで。ペクがもっている『東亜通商研究会』の情報が必要なの」

マリカは永昌を見た。

「あなただって調べられる筈でしょ」

「やってみましょう。ただしそのためには田中さんの話をしなければならない」

永昌はいって、田中を見た。田中の表情はかわらなかった。

「すればいい」

「あなたの本名を教えてください」

「ユンヨンチョルだ」

淀みなく田中は答えた。

60

香田の懐ろで振動音がした。とりだした携帯を見て、香田は眉をひそめた。

「失礼します」

いって階段を下りた。

「あいつはタミフルを北朝鮮に送りたいだけだろう？」

権現がいった。

「俺の仕返しになんかなりゃしない」

「そうかもしれないが、もともとタミフルはあんたのものじゃない。華恵新が殺され、その在りかを知っているのがあんただけになってしまっただけだ」

鮫島がいうと、権現は目をすえた。

「それは俺のものといっしょだ」

「だが何に使う？　売るのかね」

黒井が訊ねた。

「その手もある」

「犯罪になるぞ」

鮫島はいった。

「あんたがパクるってのか。あんたも北朝鮮にタミフルを送りたいのか」

「それについては何ともいえない。だがあんたの奥さんの気持はわかる」

権現は顔をしかめた。香田が階段をあがってきていった。

「華を殺したほしの名前が判明した。ユンヨンチョルという」

「誰からの情報だ？」

鮫島は訊いた。

「答えられない」

「何が目的で教えたのだ？」

黒井が訊ねた。

「目的？」

「ユンヨンチョルの名を教えた人間は、君に引きかえの情報を求めた筈だ。それは何だ？」

香田は権現を見た。

「田島組の動きについて何か知らないかと訊かれました。権現が解放されたという情報が広まっていて、行方を捜しているようです」

「その人物は北の工作員か？」

黒井が訊いた。

「いえ、ちがいます。北の人間ではありません」

「日本人か？」

「答えられません」

「重要な問題だ。答えろ」

黒井が問い詰めた。

「情報提供者で、日本人ではありません」

「陸永昌だな」

鮫島はいった。香田はとぼけた。

「陸？　誰のことだ」

「樫原茂の息子じゃないのか」

香田が瞬きしたのを鮫島は見逃さなかった。

「そっちには何と名乗っているんだ？」

一拍おいて、

「張だ」

と香田が答えた。黒井が訊ねた。

「中国人なのかね」

「日本人の父親と中国人の母親とのあいだに生まれたのですが、父親が長期刑《ナガムシ》をくらっていたので、中国で育てられたようです」

鮫島は説明した。

「なぜその張が動いているのだ？」

黒井は香田を見つめた。香田は大きく息を吸い、

「張が華恵新を紹介したのです」

と答えた。鮫島を気にしながら言葉をつづける。

「張はもともと母親の出身地である遼寧《りようねい》省で北を相手に仕事をしていたのですが、今は中国を離れています。タミフルの輸出を任せるのは適切ではないと考え、華を紹介させました。華の死亡を知って来日し、独自に情報を収集したようです」

「『金石』から情報を得たんだ」

鮫島はいった。香田は無視した。

「『金石』？」

「『金石』は残留孤児二世三世から生まれた集団で、日本人と中国人の顔を使い分けています。その中には陸と組んで北朝鮮から覚せい剤を密輸入し暴力団に卸している者もいます」

「張は密輸にまではかかわっていない。ルートを紹介しただけだ」

香田がいって黒井を見た。

「張は、タミフルの在りかをつきとめるから華の仕事を引き継がせてほしいといってきました」

「その過程で『死神』の正体を知ったというわけか」

黒井がつぶやいた。

「『金石』のメンバーである新本ほのかという女が三年前に横浜で『死神』を使った可能性があります」

鮫島はいって、三井省二の強盗殺人事件の話をした。

「『死神』が本国に切られたのは四年前だ。時期は符合する」

黒井が頷いた。鮫島は香田を見た。

「この件は知っていたか？」

「いや、知らん」

「本当だろうな」

香田の目に怒りが浮かんだ。

「お前、我々が殺人犯をかばっているといいたいのか。いったろう、張と『金石』は別だ。『金石』に興味はない」

「そんな話はどうでもいいが、その情報提供者が『死神』の本名をつきとめたということは、本人と接触した可能性を示している」

黒井がいった。

「華恵新を殺害してまでタミフルの輸出を阻止しようとした『死神』と、華恵新の仕事を引き継ごうという陸永昌が会うというのは妙ではありませんか」

鮫島はいい、香田に訊いた。

「陸は金に困っているのか」

「困ってはいない筈だ。移り住んだ先でも事業を展開している」

「だとすれば華の仕事を引き継ぎたいという目的は金じゃないな」

「そこまでは知らん。我々としては、タミフルの在りかが判明すればいい」

香田は首をふって、権現を見た。

「あんたひとりの手に負える代物じゃない。どこにある?」

権現は鮫島に訊ねた。

「俺と女房を守ると約束できるか」

「約束はできない。が、工作員の正体が判明すれば、逮捕する」

鮫島は答えた。黒井が息を吐いた。

「残念だが、そこには協力できん。ただタミフルが回収されれば、今おる工作員は更迭《こうてつ》されるだろうから、あんたにかまう余裕はなくなる」

「いいか、ひとりで口を閉ざしていたら、華恵新と同じで『死神』に命を狙われることになるぞ」

香田がいった。

「俺を威《おど》すのか」

「そうじゃない。だがあんたのことを北の工作員は知っている。いずれ『死神』にも情報は伝わる」

「その『死神』って野郎が華を殺したんだな」

「そうだ。『死神』は工作員だったのだが、罠にはめられて家族を処刑され、今は北を憎んでいる」

黒井が答えた。

「つまりその野郎と、あんたたちの情報提供者がいっしょになってタミフルを捜しているということか。じゃあ見つけたらどうするんだ？　北に送りたい奴と送りたくない奴と。喧嘩か？」

権現は嘲《あざけ》るようにいった。

「陸の本当の目的はタミフルじゃない」

鮫島はいった。

「じゃあ何だ」

香田が嚙みつくように訊ねた。

「あんたたちに恩を売ることだ」

「恩だと」

「あるいは弱みを握ることといってもいい」

香田の表情がかわった。

「その話はするな」

鮫島は権現を見た。

「浜川はあんたに何といった？」

権現は答えない。

「田島組のバックアップが得られないなら、タミフルをこちらに渡すしかないぞ」

「浜川さんがケツを割るとはな」

くやしげに権現はいった。

「ケツを割ったのじゃない。筋が悪すぎると考えたんだ。田島組がタミフルを入手しても、日本国内での処分は難しい。その上、警視庁公安部の恨みを買う。刑事警察とちがって、公安のやりかたはえげつない。それを危惧したんだろう。意地を張ったあんたが命を縮めるのも、浜川は望んでいない」

鮫島は権現の目を見つめた。

「くそ」

権現はつぶやき、顔をそむけた。

「浜川さんはあんたに渡せといった」

「じゃあ俺にだけ教えろ」

「携帯を貸してくれ」

鮫島は携帯を渡した。権現は地図アプリを表示させると操作した。

「ここだ。キィの番号は打ちこんでおいた」

渡され、ひと目見て、それがどこであるか鮫島にはわかった。新宿警察署から歩いて数分の距離だ。

「どこだ?」

香田が訊ねた。

「管内だ」

「だからどこだと訊いている」

「俺がいって所在を確かめ、その上で連絡する」

「何だと?!」

「そうしてくれ」

権現はいった。

「一度あんたに預けたら、あとは好きにしていい」

「ふざけるな！　ひとりでいく気か」

香田の顔が怒りで赤く染まった。

「俺の意地なんだよ！　文句あんのかっ」

権現が叫んだ。香田は鮫島をにらんだ。

「お前、それでいいのか」

「あわてるな。存在を確認したら連絡する」

「本当だろうな」

「くどい」

鮫島はいって立ち上がった。黒井に告げる。

「もう少し、この男の面倒をみてやって下さい」

「鮨も届くしな」

黒井は頷いた。

61

以前、黄と食事をしたスシ店のすぐ近くにある店だった。スシ店と同じように看板が小さくわかりにくい。黄は車に残るといい、永昌らは三人で店に入った。扉をくぐると、髪をひっつめて、黒いタイトスカートをはいた女が立っていた。

「ご予約をいただいておりますでしょうか」

「白井《しらい》さんと待ち合わせです」

マリカが答えた。

「こちらへどうぞ」

焼き肉屋だとマリカはいったが、肉を焼く匂いがまるでしない。金属でできた銀色の通路を進み、つきあたりの扉を女はノックした。

「お連れさまがおみえです」

分厚い扉を押し開いた。横長のテーブルが部屋の中央にすえられ、八つの椅子が囲んでいる。テーブルの中央はくぼんでいて、そこに赤い炭が熾《おこ》っていた。中央の椅子に、日に焼けた白髪頭の男がかけている。大きな目をみひらき、こちらを見た。俳優のように整った顔立ちで、金にも権力にも困ったことがないように見えた。もし困ったときがあったとしても、それは何十年も前だろう。

「ペクさん、大人数で急に押しかけて申しわけありません」

マリカがいった。男は頷き、手首の腕時計に目を向けた。埋めこまれたダイヤが光った。

「食事をごちそうできればいいのだが、ここは別の人との会食のために予約していた。先方には無理をいって三十分遅らせてもらった」

田中は珍しげに室内を見回している。部屋の隅に生ビールサーバーと小型のワインセラーがあった。

「それで、なぜ『東亜通商研究会』が池袋から権現を連れだしたと思うのか、理由を聞かせてくれないか」

ペクがいうと、マリカは永昌を見た。

「彼が説明します。わたしの知り合いの陸さんです。

陸さんは『東亜通商』とビジネスをしています」

「中国の方ですか」

　ペクが訊ね、永昌は頷いた。

「そうです。遼寧省で育ちました」

「遼寧省のどちらです？」

「丹東です」

「なるほど。国境の街ですな」

「その通りです。私の母がずっと北と仕事をしていたので、それを引き継ぎました」

「では今も丹東にいらっしゃる？」

「いいえ。今はタイにいますが、会社はまだ中国にあります」

「『東亜通商』との仕事は丹東にいらしたときから？」

「タイに移ってからです。コンサルタントを頼んでいたタイの元軍人が、日本の元警官を私に紹介し、その人が『東亜通商』と私をつなぎました」

「『東亜通商』がどんな組織なのか、ご存じですか？」

「私が知っているのは、警察官や自衛官だった人たちで構成された情報機関だということです」

　ペクは頷いた。

「おっしゃる通りです。『東亜通商研究会』は、内閣情報調査室の下部機関で、アジア、特に北朝鮮と中国の情報を収集している」

「私が求められたのは北朝鮮の情報です。中国に関しては、私は役に立ちません」

　ペクは永昌を見つめた。

「どうして池袋に現れたのが『東亜通商』の人間だと思うのです？　『東亜通商』の人間から聞いたのですか」

　永昌は首をふった。

「『東亜通商』には、私の担当者がふたりいて、そのうちのメインとなる人間と昨夜から今朝にかけて連絡がとれなくなりました。私が日本にいるあいだは必ず連絡がつくのに、昨夜に限っては出張だというのです。私は妙だと思いました。『東亜通商』は、北のある人物からの依頼でタミフルを密輸出しようとしていたのですが、その実務を任せていた人間が殺され、困っていました。タミフルの保管場所がわからなくなったのです。『東亜通商』にその人間を紹介したのは私でした。そこで私は日本にきて、彼らに協力することにしました」

「誰がその人を殺したのかをご存じですか？」

「知りません」

「ではタミフルを輸入しようとしている人物についてはどうです？」

「いえ。私の担当者たちもその人の名前までは知らされていないようでした。ただ殺された人間には、日本人の協力者がいることはわかりました。それが池袋にいた権現です」

「権現は田島組の元組員で、今も民泊施設や白タクの経営で組に貢献しています。タミフルのことを知った田島組が権現を連れ戻したと私は考えていたのですが、ちがうとお考えになる理由は何でしょう」

「権現をつかまえていた人たちです。生きていると聞きました」

ペクは小さく頷いた。

「その場には三人がいて、権現にナイフで顔を切られましたが、それほどひどい傷ではないそうです。痕は残るようですが」

「田島組はやくざです。身内を拉致され痛めつけられたのに、そのていどですませるのはおかしいとは思いませんか。池袋に現れたのは何人です？」

「三人です。全員、拳銃で武装していて、ひとりは白髪を束ねた年寄りだったそうです」

「たった三人ですか。銃は撃った？」

「いえ、一発も撃たなかった。そっと入ってきて、いきなり銃をつきつけたそうです」

「池袋のどんな場所に権現はいたのです？」

「新中華街のビルです。オーナーは中国人で、ビルには中国人向けの企業しか入っていません」

「それをどうして田島組はつきとめたのでしょう？」

ペクは首をふった。

「わかりません。オーナーから話を聞こうにも雲隠れしてしまって、連絡がつかない」

「オーナーが『東亜通商』に自分のビルが使われていることを知らせたとは思いませんか？」

永昌がいうと、ペクは黙った。

「しかも私の聞いた話では、池袋にきた人間は自ら田島組だと名乗ったそうですね。あとで殺すつもりなら別ですが、ちがうのに田島組と名乗るのは妙だと思いませんか。権現を連れにきたのは『東亜通商』の人間で、混乱させようと田島組を名乗ったのかもしれない」

ペクは無言のままテーブルの上にあった携帯をとりあげ、操作し耳にあてた。

「池袋の金と親しくしている日本人がいると前にいっていたな。何者だ？」

前置き抜きで相手に訊ねる。

「古本屋？　どこの古本屋だ。池袋か？」

相手の返事を聞き、

「どんな男だ？」

と訊ねた。

「イなら知っているのか？　わかった」

一度切り、再び操作した携帯を耳にあてた。

「神田の古本屋を知っているな。何という店だ？」

次の相手に訊ねた。

「『栄古堂』。それはどんな人間なんだ？　年寄り。どれくらい年寄りだ？」

表情がわずかに変化した。

「わかった。こっちにこい」

電話を切った。永昌をまっすぐ見てペクは告げた。

「池袋のビルのオーナーは、神田にある古本屋の主人と親しくしているそうです。その主人は白髪を束ねていて、権現を連れだしたひとりと人相が一致します」

「古本屋？　なぜ古本屋なんかがでてくるの」

あきれたようにマリカがいった。ペクはマリカに目を向けた。

「元は刑事なんだ。ずっと朝鮮の工作員を担当していて、今もつきあいのある者がいる」

「それがわかっていて、放置しているのか」

田中が初めて口を開いた。ペクは不思議そうに田中を見つめた。

「あなたは？　日本人でも中国人でもないようだが」

「わたしのボディガードです」

　マリカがいった。ペクの目が鋭くなった。

「残留孤児なのかね」

「『東亜通商』が権現を連れだしたことがはっきりしましたね」

　永昌は大きな声でいった。ペクは永昌を見た。

「どうやらそのようです」

「つかまえているあいだ、権現は何か話しましたか？」

「いいえ。知らないの一点張りだったそうです。もしそうなら、殺すしかありませんでした。連れだされたことも含めて、担当していた者の怠慢です。制裁を科します」

「古本屋をやっているのは何という人間ですか」

　マリカが訊ねた。

「そこに出入りしている人間がきます。イサンゴンという男で、近所で待機させていたので、すぐにくる筈です」

　いって、ペクは再び腕時計を見た。

「あとはイから聞いてください」

「わかりました。ペクさん、本当にありがとうございます」

　マリカが頭を下げた。

「権現を見つけたら、タミフルはあなたたちにさしあげよう。ただし、タミフルを受けとるのが誰だったのかを、私に知らせてもらいたい」

「わかりました。では失礼します」

　マリカはいって、目で永昌たちをうながした。扉を押し、通路にでた。一、二歩、進んだところで田中がいった。

「ペクに、タミフルの受けとり人の名を教えよう」

　マリカは田中を見た。

「ホンの名を知れば、ペクも喜ぶ。ちがうか？」

　田中はいって、マリカにはかまわず、今いた個室に戻った。扉が閉じた一瞬後、向こう側でくぐもった音がした。

　マリカが目を閉じた。すぐに扉が開き、何ごともなかったように田中がでてきた。

「喜んでいた」

表情をかえることなく、マリカに告げた。

永昌は黙って歩きだした。黄がいったように田中は危険だ。だがタミフルを見つけるまで、この男と争うのは避けるべきだった。

焼き肉店をでると、黄が待つアルファードの横にタクシーが止まり、色の黒い男が下りた。

「イさんですか?」

マリカが声をかけると、男はとまどったように三人を見やり、目をみひらいた。

「お前――」

朝鮮語でいった。

「駄目!」

マリカが叫んだ。永昌は上着に手を入れた田中の肩をつかみ、

「ここでは駄目だ」

と低い声でいった。

「この人を知っているんですか」

タクシーを下りた男は田中を凝視している。

「チョスンサジャ《死神》」

男はつぶやいた。

「私たちに協力してくれたら、あなたに危害は加えません」

永昌はいった。男は永昌に目を向けた。

「誰なんだ」

「『東亜通商』と取引をしている者です。権現を池袋から連れだしたのは田島組ではなく、『東亜通商』の人間です」

「あなたの知っている古本屋もそこにいました。その人にわたしたちを会わせてください」

マリカがいった。

「ペク社長は何といっている」

男が訊ねた。

「あなたに協力してもらえ、と」

「聞いてみる」

男は懐ろに手を入れた。マリカがその手を押さえた。

「ペクさんは今、大切なお客さまと会食中です。邪魔

をするのはよくありません」

　男は瞬きし、マリカを見つめた。

「案内してくださったら、謝礼は払います。私たちの目的はタミフルです」

　永昌はいった。

「あんたは『東亜通商』と取引をしているといったな。それならタミフルの在りかを訊けるだろう」

「『東亜通商』より先にタミフルを手に入れれば、彼らとの取引をより有利に進められます」

「何の取引だ」

　永昌は声を潜めた。

「中央委員会が関係している、ペクさんも知らない大きな取引です。大金が動きます」

　浅黒い男の顔が変化した。

「謝礼はいくらだす?」

「権現を見つけたら百万円」

「少ない」

「二百万では?」

　聞いていたマリカがいった。

「三百だします。タミフルを入手できたら」

　永昌はいった。男は頷いた。

「わかった。案内してやる」

62

　覆面パトカーを運転して鮫島は新宿に向かった。西新宿の新宿警察署の前で一度車を止めた。あたりは暗くなっている。

　鮫島は藪の携帯を呼びだした。タミフルの存在を確認する場に、藪がいたほうがいい。

「何だ？」

　藪が応えた。声の向こうが騒がしい。

「どこにいる？」

「本庁に呼びだされた帰りだ。日比谷でカレーを食っている」

　のんびりと藪は答えた。

「タミフルの在りかがわかった。署のすぐ近くだ」

「三十分、いや四十分待てるか。待て、署でいろいろ揃えるから一時間だ」

「一時間だな」

　いって鮫島は電話を切った。カレーという言葉を聞き、ひどく空腹だったことを思いだした。

　署に覆面パトカーをおき、青梅街道成子坂《なるこざか》を下った。青梅街道をはさんで北側が西新宿八丁目、南側が西新宿六丁目だ。権現が地図アプリで示した住所は西新宿八丁目だった。

　青梅街道沿いにある中華料理店に鮫島は入った。味はそれほどでもないが量だけは多く、若い署員がよく食べにくる店だ。

　ラーメンとミニ中華丼を頼んだ。この店で食べてきた中で、一番うまく感じた。

　食べ終えると署に戻った。藪はまだ着いていない。阿坂は帰宅していた。

　十分ほどして携帯が鳴った。

「どこだ？」

「生安にいる」

　やがて大きな機材バッグをふたつ肩にかけた藪が現れた。コーヒーを飲んでいた鮫島にいった。

「何のんびりしてやがる。いくぞ！」

鮫島は苦笑して立ちあがった。

「どこなんだ？」

廊下を歩きながら藪が訊ねた。

「成子天神下の手前、右だ」

藪はあきれたように首をふった。

「本当に近くじゃないか」

「ああ。だから歩いていける」

「じゃあ、こっちをもて」

藪はバッグをひとつつきだした。鮫島は受けとり、肩にかけた。

「どうやってつきとめたんだ？」

「さらわれている権現を助けた」

「打ちこんだのか。そんな話は聞いてないぞ」

「打ちこみじゃない。監禁場所に忍びこんで連れだしたんだ」

藪は立ち止まった。

「どこにいた？」

「池袋の新中華街のビルだ」

「新中華街？　北にさらわれていたのじゃなかったのか」

「さらったのは工作員のようだが、監禁場所は朝鮮系中国人がオーナーのビルだった。オーナーは北にいる親族を人質にされ、協力せざるをえなかった」

「よくそこまで調べたな」

ふたりは署をでていた。聞こえる範囲に人がいないことを確認し、鮫島はいった。

「元ハムで神田で古本屋をやっている人からの情報だ。そこには香田も出入りしている」

藪は無言で鮫島を見つめた。

「権現を助けたのは、その人と香田と俺の三人だ」

藪は目をみひらいた。

「たった三人でやったのか」

「信じられないくらいうまくいった。見張りは三人いたが」

「撃ったのか？」

「いや、一発も撃っちゃいない」

鮫島は首をふった。

「権現は無事だったか」

「かなり痛めつけられてはいたがな」

「見張りはどうした？」

「そこにおいてきた。他にどうすりゃよかった？　現行犯逮捕《ゲンタイ》か。こっちが違法捜査しているというのに」

鮫島がいうと藪は息を吐いた。

「無茶する奴だ」

鮫島は答えなかった。

成子天神下の交差点の手前にある細い道を鮫島は曲がった。新宿署を出動したパトカーのサイレンが青梅街道を遠ざかっていく。

再開発が進んでいる西新宿では、比較的古い建物が残る一画だった。アプリで位置を確認しながら進んだ。

「ここだ」

三階建ての鉄筋アパートだった。人が住んでいるようすはなく「トランクルーム」の看板がでている。

老朽化したマンションやアパートを一括して借り、倉庫として貸しだす専門業者だ。最近、新宿区内で物件を増やしている。

古い建物だが入口はま新しい金属扉だった。番号錠になっている。

権現は六桁の数字をふたつ、鮫島の携帯に打ちこんでいた。そのうちのひとつで入口の扉が開いた。

中に入ると、自動で明りが点灯した。クリーム色に塗られた通路の左右に、細長い扉がいくつも並んでいる。ひとつひとつの扉の奥がトランクルームで、広さは十平米くらいだろう。

扉にはさまれた狭い廊下の途中に階段があった。「２０１—２１２」という数字が上に向かう矢印とともに表示されている。

ふたりが階段を上り始めると廊下の明りが消えた。人間の動きを感知し一定時間が過ぎると消灯する仕組のようだ。

六桁の数字の他に「２Ｆ　２１２」という文字を権現は打ちこんでいた。

「二階の『２１２』だ」

鮫島はいった。

「一階は『１２４』まであったが、二階は『２１２』

までか。それだけ広いスペースなんだ」

階段を上がりながら藪がつぶやいた。

二階の廊下の照明が点灯し、階段の明りが消えた。

「省エネだな」

藪がいって、廊下を進んだ。「212」は、階段口から最も遠い位置にある扉だった。扉の前にくると、ふたりはバッグをおろし、手袋をはめた。そのあいだに廊下の照明が消えた。

「おいおい、早過ぎないか」

藪がいって手をふった。照明がついた。

「212」の番号錠に鮫島は数字を打ちこんだ。錠の外れる音がした。

鮫島は扉を開いた。

63

古い木造の建物で、一階のガラス戸にかけられたカーテンの奥は暗かったが二階の明りは点っていた。

「夕方電話をしたときには店にいた」

少し離れた場所に止めたアルファードの中でイサンゴンがいった。

「何かいっていましたか?」

永昌は訊ねた。

「いや。何もかわったことはない、と。あってもいわないだろうが」

イサンゴンは答えた。表情に乏しく、危険ではないが、信用のおけないタイプだと永昌は感じていた。

「本当に黒井が池袋にきたのか」

イサンゴンが訊ねた。

「ペク社長は、犯人のひとりは白髪を結んでいたといった」

マリカがいうとイサンゴンは息を吐いた。

「黒井だ。あとはどんな奴がきたんだ?」

「もう少し若い、中年の男ふたりだったそうよ。三人ともピストルをもっていた」

マリカが答えると、イサンゴンは首を傾げた。

「黒井ももっていたのか」

「何か問題でもあるのか」

黄がいった。

「いや、黒井が銃をもっているなんて知らなかった。警官を引退して何年もたっているんだ」

「あなたに話していなかっただけでしょう」

マリカが冷ややかにいった。イサンゴンはマリカを見た。

「そうかもしれないな」

感情のこもらない声で答えた。怒らせたようだ。

「権現の居場所を訊きだせますか」

永昌は訊ねた。

「簡単にはいかない。さんざん修羅場をくぐってきた人だ」

「私がやる」

田中がいった。

「駄目よ。あなたはすぐに殺す」

「殺すのは駄目だ!」

イサンゴンが声を荒らげた。田中はイサンゴンを見た。

「日本人の味方か」

「黒井は両方にとって使える。かわりのきかない人間だ」

イサンゴンがいうと田中は首をふった。

「かわりのきかない人間などいない。たとえ労働党の委員長でもな」

「自分のしたことを棚にあげて逆恨みか」

田中はイサンゴンを見つめた。

「私が何をしたのか知っているのか? 私を恐れた奴らが私を罠にはめた。尽くしてきた私を裏切ったのは、朝鮮のほうだ」

イサンゴンは目をみひらき、田中を見返した。

「俺の聞いた話はちがう。お前は祖国の裏切り者だ」

「今はな。朝鮮を滅ぼすためなら、何でもしてやる。だがアメリカや日本とは組まない。お前とはちがう」

「いい加減にして。大切なのは権現がどこにいるか」

マリカがいった。

「見ろ」

黄がいった。一階のガラス戸のカーテンがめくられ、扉が開いた。長身の男が、白髪頭の男に送られてでてくる。香田だった。

「でてきた奴は知らないが、中にいるのは黒井だ」

イサンゴンがいった。

「『東亜通商』の人間です。私を担当している」

永昌はいった。

「すると池袋にきたひとり?」

「かもしれません」

マリカの問いに答えた。香田はキャスター付のバッグを引いていた。あたりを見回し、アルファードを一瞬見つめた。運転席の袖浦が身をかがめた。後部席はスモークガラスなので、外から見られる心配はない。

「つかまえよう」

田中がいった。

「『東亜通商』の人間には手をだしてはいけません。彼らに追われたら、日本のどこにも隠れ場所がなくなる」

永昌はいった。「制服」を殺すのは最後の手段だ。

香田は不審げにアルファードを見つめていたが、やがて歩きだした。

「中に入って権現がいるかどうか、確かめましょう」

永昌がいうと、イサンゴンは首をふった。

「俺ひとりでいく」

永昌の携帯が振動した。香田からだ。永昌は指を立て、皆を黙らせると耳にあてた。

「張です」

「情報をありがとうございました。先ほどはとりこんでいて訊けなかったのですが、ユンヨンチョルの名をどこで知ったのですか」

「日本の友人が調べてくれました」

香田は一拍おき、訊ねた。

「それは『金石』に属する人ではありませんか」

「なぜそう思うのです？」

「ユンヨンチョルが『金石』に雇われて人を殺しているという情報があります」

「本当ですか？」

「情報にまちがいがなければ、ユンヨンチョルは非常に危険な人間です。張さんは接触したのですか」

「いえ。しかし華を殺した理由を知りたいと思っています」

　マリカが永昌を見た。田中の表情はまったくかわらない。

「祖国への復讐ではないかと考えられます。張さんにユンヨンチョルの名を教えたのは、何という人ですか」

　永昌は息を吸いこんだ。

「それは会ったときに話しましょう。今はタミフルを見つけるために動いています。それとも、もう見つかったのですか」

「いえ。まだ見つけてはいません。張さんこそ手がかりを何かつかんだのですか」

「ユンヨンチョルが何か知っているのではないかと、私は思っています」

「ユンヨンチョルに接触するつもりなら、やめたほうがいい」

「タミフルの在りかをつきとめたいのです。お話ししたように、華の仕事を引き継ぎたいと私は思っているので」

　田中がちらりと永昌を見た。自分を殺す腹を固めたにちがいないと永昌は思った。

「張さんにとって、それほど重要な仕事だとは思えません。なぜです？」

　不思議そうに香田は訊ねた。

「それもお会いしたときにお話しします」

「無茶はしないで下さい。タミフルの所在は、近々判明する筈です」

「そうですか。それは楽しみです」

　では、と告げて永昌は切った。香田はまだ話したそうにしていたが、これ以上のやりとりは無意味だった。互いに嘘を吐きあうだけだ。

「さっきでていった男だ。どうしてあんたの名を私がつきとめたのか、不思議がっていた」

永昌は田中にいった。

「とりあえず、ようすを見てくる」

イサンゴンがいって、アルファードのドアに手をかけた。

「待って。何といって訪ねていくの？」

マリカが訊ねた。

「いちいち理由はいらない。俺がいけば、歓迎してくれる」

田中が薄笑いを浮かべた。

「裏切り者はお前じゃないか」

朝鮮語でいった。イサンゴンの表情がかわった。

「何だと、もう一度いってみろ。俺がどんな思いで――」

あとは早口で永昌には聞きとれなかった。

田中の手に拳銃が現れた。まるで手品のようだった。いつ、どこからとりだしたのか、まるでわからない。

田中は銃口をイサンゴンの顔に向けた。

「よせっ」

「やめろ！」

車内で声が響いた。イサンゴンは目を閉じ顔をそむけた。

「やめて！」

マリカが叫んだ。田中をにらむ。

「あなたは馬鹿なの?! こんなところでピストルをだすなんて。気に入らない人は全部殺すつもり？」

田中は無言だった。不意にマリカが田中の手にしている拳銃をつかみ、自分に向けた。

「撃ちなさい！ 気に入らないのでしょう。撃ったらいい」

田中の表情はかわらない。

「あなたがどんな目にあったのかは知らない。でも、だからって誰でも殺していいわけじゃない！」

ふたりに気をとられていた永昌の背中を何かが突々《つつ》いた。助手席にすわる黄だった。マリカと田中は最後部のシートに、中央のシートにイサンゴンと永昌がすわっている。

拳銃を黄はさしだしていた。リボルバーだ。永昌は受けとり、太股の下につっこんだ。

「すまなかった」

田中がいった。

「わたしじゃない！　イさんにあやまって」

叩きつけるようにマリカはいった。田中は銃をおろし、イサンゴンを見た。

「申しわけない」

田中とイサンゴンはにらみあった。永昌はリボルバーのグリップを握りしめた。この距離ならダブルアクションで発砲しても外すことはないだろう。

イサンゴンが大きく息を吐いた。永昌たちに目を向け、

「いってくる」

といってアルファードの扉を引いた。

イサンゴンは携帯を耳にあてながら、カーテンの下りた店先に近づいていく。

「北で何があったのです?」

永昌は田中に訊ねた。拳銃は消えていた。

「私の母と妻は公開処刑され、子供は収容所に送られた。私は裏切っていなかった。さっきのペクやペクたちから金をもらった党の幹部が、嘘をついた」

マリカが田中の肩にそっと手をかけた。

「ここは北朝鮮ではないし、わたしたちは仲間よ。あなたを裏切ることは決してない」

まるで母親のように優しい声だった。思わず嫉妬して、永昌はマリカを見た。

マリカは永昌と目を合わせながらつづけた。

「あなたは何も感じていないかもしれないけれど、わたしたちはとても困っている。警察がわたしたちを追ってくるかもしれない」

「警察？　くれば皆、私が殺します。教えて下さい」

田中は平然といった。永昌と黄は目を合わせた。黄は無言で首をふった。

「殺すだけでは何も解決しない。タミフルを見つけることが重要。イさんは、そのために必要なの」

「おい」

黄がいった。

古本屋の一階のカーテンの内側に明りが点っていた。

カーテンがめくられ、白髪の男が姿を現した。ガラス戸を開け、イサンゴンと向きあう。

白髪の男とイサンゴンはいいあっていた。イサンゴンがアルファードをふりかえり、手招きをした。

「いくぞ」

黄がいって助手席のドアを開いた。永昌は後部シートのふたりを見た。

「あなたたちはここにいて下さい。特に、田中さんは」

田中はガラスのような目で見返しただけだ。

リボルバーをスラックスのポケットにつっこみ、永昌はアルファードを下りた。

イサンゴンがガラス戸に手をかけ、閉めさせないようにしている。永昌と黄が近づいていくと、いった。

「いつもは中に上げてくれるのに、今日は駄目だというんだ。権現がいるんだ」

「君らは何だ？」

白髪の男が永昌に訊いた。表情は落ちついている。


永昌はリボルバーを抜くと白髪の男の腹に向けた。

「タミフルの場所を教えて下されば、何もせずに帰ります」

「いうことを聞いて下さい、黒井さん。私はあなたに恩を感じている。傷つけたくない」

イサンゴンがいった。

「これが恩を感じている人間のすることなのか？」

黒井がいった。永昌はリボルバーを黒井の体に押しつけた。

「中で話しましょう。もめたらあいつがでてくるかもしれない」

「あいつ？　あいつとは誰だ？」

黒井が訊ねた。

「チョスンサジャ《死神》です」

イサンゴンが小声で答えた。

「チョスンサジャといっしょなのか」

「奴はすぐ人を殺します。殺すことしか知りません。だから今のうちに協力して下さい」

永昌はいった。永昌とイサンゴンは店の中に入った。

カビ臭い匂いに包まれる。中は古い本の山だった。

「俺はここで見張っている」

黄がいった。怯えている。

「そうして下さい」

ふりかえりもせずに永昌は答えた。店内に他の人間はいない。が、奥に階段があるのが見えた。

「権現は上ですか」

イサンゴンが訊ねた。黒井は無言だ。永昌は黒井を押しのけ、階段に近づいた。

「権現さん！　そこにいるのですか」

階段の下から叫んだ。

「誰だ」

声が返ってきた。

「張といいます。香田さんの友だちです」

「それが何の用だ」

「下りてきて下さい」

「無理だ。怪我をして横になっている」

黒井がいった。

「では我々が上にいきましょう」

永昌がいうと、それが聞こえたのか、

「今、いく」

と権現の声が降ってきた。永昌は黒井を見つめた。

「ここにいるのはふたりだけですか」

「そうだ」

「鮫島はどこです？」

「知っているのか、鮫島を」

黒井は永昌を見つめた。

「知っています」

「帰った」

階段の軋《きし》む音がした。よごれた服を着た男が這うように下りてくる。顔に痣と傷痕があった。永昌は歩みより、手助けした。

「権現さんですね。私は張といいます」

「香田くんにチョスンサジャの本名を教えたのはあんただな」

黒井がいった。

「そうです」

「なるほど。いっしょに行動をしているわけか」

黒井は永昌を見つめた。権現は階段の途中に腰をおろした。悪臭がその衣服から漂ってくる。

「タミフルを送りたい奴と送りたくない奴か」

権現がいったので永昌は思わずふりむいた。

頭の切れる男のようだ。状況に気づいている。

「はっきりいいます。タミフルの在りかを教えて下さらなければ、ユンヨンチョルをここに呼びます」

「あの男はおかしい。すぐに人を殺したがる」

イサンゴンがいった。黒井はイサンゴンに訊ねた。

「なぜお前がいっしょにいる？」

「ペク社長に呼ばれたんだ。逆らえない」

「ペクジュンゴンか？」

黒井の問いにイサンゴンは頷いた。

「なるほど。大物だな」

「今は死人です」

永昌はいった。イサンゴンは目をみひらいた。

「何だって」

「ユンヨンチョルが殺しました。あの男は誰でも殺します。最後には自分も殺す」

「どこにいる？」

「外に止めた車の中です。無駄に血を流したくないので」

「俺が喋ると思うか。あんなに痛めつけられても黙っていたのに」

権現がいった。永昌は権現を見つめた。

「一度は死ぬ覚悟をしたでしょう、でも今は助かってここにいる。むしろ命が惜しくなった筈です。それにあなたを助けた恩人も死ぬのですよ」

権現は黒井に目を向けた。

「喋ってもどのみち殺される」

黒井がいったので、永昌は首をふった。

「殺しません。タミフルがあるという証拠さえ得られれば、警察は私たちに手がだせない。あなたたちを殺す必要はなくなる」

黒井は深々と息を吸いこんだ。

「やはりそういうことか」

永昌をじっと見すえる。

「何だ？　どういう意味だ」

権現が訊いた。

「この男は警察を、ひいては日本政府を脅迫するつもりのようだ」

「そんなことができるのか」

永昌は権現を見た。

「私ひとりでは不可能ですが、仲間がいるので」

権現は目をみひらいた。

「約束します。タミフルの場所を教えて下さったら、おふたりを傷つけません」

永昌は告げた。黒井と見つめあう。

やがて黒井がいった。

「教えてやりなさい」

権現は無言で黒井を見た。黒井はつづけた。

「教えなければ、私は殺され、あんたはまた拷問される。教えれば、まだ助かるチャンスはある。最初から我々を殺す気なら、チョスンサジャを連れてきた筈だ」

黒井がいって権現を見返した。権現は迷ったように訊ねた。

「警察を脅迫するなんてことができるのかよ」

黒井は永昌に目を向けた。

「仲間というのは何者かね？」

「中国政府と親しくしている人です」

永昌は答えた。

「なるほど。そういう筋か。それが真実なら、確かに我々を殺す必要はない」

「信用できるのか」

権現が訊いた。

「するしかありません。生きのびるためには」

永昌はいった。

「タミフルはどうするんだ？　あんたは返す気かもしれんが、華を殺した野郎は許さないぞ」

「それはこちらの問題です」

永昌は答えた。黒井がじっと永昌を見つめた。

「若く見えるが、腹はすわっているようだ」

永昌は微笑んだ。

「教えたらどうなる？」

権現が訊ねた。

「あなたたちを縛って見張りをおき、確かめにいきます。タミフルが見つかれば、自由にします」

「チョスンサジャに見張らせるのかね」

黒井の問いに永昌は首をふった。

「彼はあなたたちを殺すでしょう。もしタミフルがいわれた場所になかったら、見つけるのが難しくなる」

「俺が見張る」

イサンゴンがいった。

「あなたひとりでは心配です」

永昌は黄を見た。

「残ってくれますか、ここに」

黄は頷いた。ほっとしたような顔をしている。

「そうする」

「タミフルの隠し場所を教えて下さい」

永昌は権現を見つめた。

64

部屋の照明が自動で点灯し、鮫島は息を呑んだ。

透明なビニールテープを巻きつけた段ボールが天井に届くほど積み上げられていた。段ボールの大きさは五十センチ四方ほどで、茶褐色の表面には何も記されていない。

藪が数えた。

「縦に五箱、横に六箱、奥行きが十箱だから三百箱だ」

「中を調べよう」

鮫島がいうと、

「待て」

藪がビデオカメラをバッグからとりだし、三脚にセットした。

「動画を撮っておく」

戸口にセットし、部屋の奥に向けると録画スイッチを押した。カメラのライトが点った。

「いいぞ」

同じくバッグからとりだしたカッターナイフを鮫島に手渡した。

「別のカメラでも撮る」

もう一台のカメラをバッグからだし、かまえた。

鮫島は一番手前の段ボールをくるんだビニールテープにカッターを当てた。テープは段ボールを横に二箱単位で固定している。箱は軽く、テープを切ると上から二段めの箱を容易に抜きとることができた。ひと箱の重さはせいぜい二キロといったところだろう。

抜いた段ボールを床におき、封をしているテープを切った。藪がカメラを近づけた。

段ボールを開いた。白地に緑の帯が入った紙箱がぎっしり詰めこまれていた。

「リン酸オセルタミビル　75㎎」

と上面に印刷されている。

「だしてみろ」

撮影しながら藪はいった。鮫島は紙箱をとりだした。

「PTP10×10　100カプセル」

と記されていた。開くと、十カプセルのシートが十枚入っている。カプセルは白と黄色のツートーンだ。

「タミフルだ。通常成人には一カプセルを一日二回、五日間投与するから、この一シートでひとりぶんだ。紙箱に入っているのが十人分。段ボールに入っているのが――」

撮影しながら藪が紙箱の量を数えた。

「ざっと三百四十箱。つまり三千四百人ぶん、それが三百箱あるから、百万人ぶんを超える」

鮫島はシートを紙箱に戻し、紙箱を段ボールに押しこんだ。自分の携帯でも写真を撮った。それを見て、藪もカメラをおき、携帯で撮影した。

「こいつをどうするかだな。押収するか」

藪がつぶやいた。

「難しい。といって華恵新に返すこともできない。『東亜通商』が本来の所有者だという証拠をだしてきたら、返却することになるだろうが、そんな真似はしないだろう」

鮫島は答えた。手にしていた携帯が振動した。香田からだった。鮫島は耳にあてた。

「見つけたか?!」

叫ぶように香田が訊ねた。

「たった今、見つけた」

「どこだ？」

「教える前にひとつ訊きたい。これをどうする？」

「むろん回収して、再送の手配をする。何か文句があるのか」

鮫島は息を吸いこんだ。返事を考えていると香田が訊ねた。

「いくつある？」

「段ボールで三百箱。ざっと百万人ぶんだ」

「まちがいないか」

「全部の箱を開けたわけじゃないが、ひとつにはタミフルが三千四百人ぶん入っていた」

香田が息を吐いた。

「その場所を教えてくれれば、あとはこちらで回収する」

「これは殺人事件の証拠だ」

「わかっているだろうが、その存在を公にすることはできない。まちがえるなよ、殺人犯を見逃せといっているわけじゃない」

「逮捕状をどう請求する」

「それはお前が考えろ。殺人の動機がタミフルの輸出阻止じゃなかったことにすればいい。いや、そうする他ない。鮫島、そのタミフルによって得られる情報の重さはわかる筈だ」

「わかっている」

「じゃあ場所をいえ」

鮫島は唇をかんだ。納得はできない。が、他に選択肢はなかった。

この場の住所を教えた。香田は住所をくり返し、告げた。

「まず俺がいく。それまではそこにいろ」

「わかった」

電話を切ると、藪に告げた。

「香田がくる」

藪は鮫島を見つめた。

「渡すのか」

「他に方法があるか。あるなら教えてくれ」

藪は無言だった。部屋の戸口にあった三脚からビデオカメラを外した。バッグにしまいかけ、手を止めた。

「もうきたようだ。足音がする」

「早すぎる。別の部屋にきた人間だろう」

鮫島はいった。藪が唇に人さし指をあてた。

ふたりは動きを止め、耳をすました。

扉の向こうから足音が聞こえた。廊下を近づいてきて、扉の前で止まった。扉にとりつけられた番号錠を操作する音がした。中からはノブを回せば扉は開くが、外から開くにはその都度番号を入力する必要がある。

鮫島は緊張した。香田ではない。

「こっちへこい」

小声で藪に告げた。腰のニューナンブに手をかける。

ノブを回す音がした。が扉は開かず、

「番号がちがいます」

という声が聞こえた。

「入口とは別の番号なのよ。聞いてないの？」

女の声がいった。

「聞いていません」

最初の男の声が答えた。鮫島は携帯で黒井を呼びだした。

「黄に訊かせる」

女がいった。

黒井の携帯はつながらなかった。電源が切られているか電波の届かない場所にあるというアナウンスが流れた。

「隠れよう」

鮫島は藪にささやいた。藪が段ボールを示した。ふたりで協力し、段ボールを動かした。段ボールの山を手前に移動し、その陰に隠れる。

「わたし。トランクルームには入ったけど、肝心の部屋の番号錠が開かない。建物に入る番号とはちがうのよ。権現に訊いて」

女がいうのが聞こえた。

外にいる者たちは、権現からこのトランクルームの場所を訊きだしたのだ。黒井を人質にとられ、喋らざるをえなかったのか。

　香田が「栄古堂」にいたら、それは防げたかもしれない。が、一刻も早くタミフルの所在を確認したい香田は「管内」という言葉を手がかりに新宿に向かったにちがいない。

　鮫島は香田の携帯にメールを打った。

「工作員がきている」

65

アルファードの運転手は黄にいい含められ、カーナビに入力した新宿の住所まで永昌と田中、マリカを運んだ。その住所を永昌は盧にメールで知らせた。タミフルを見つけたら田中は永昌とマリカを殺そうとするにちがいない。

　権現から訊きだした住所に向かうあいだ、アルファードの車内は静かだった。タミフルを見つけたらどうするのか、誰も話そうとしない。

　マリカは青白い顔で外を見やり、田中はまっすぐ前を向いている。ふたりに背を向ける形ですわる永昌は膝の上においた携帯で盧にメールを打った。

「栄古堂」から四十分近くかかって、アルファードは目的地についた。一方通行の道に面しているため大回りせざるをえなかったのだ。

「ここです」

袖浦という運転手が車を止めたのは、三階建ての古びたアパートの前だった。横長の建物で、窓はすべて目張りがされている。

「トランクルーム」の表示と連絡先の番号がその目張りに記されていた。

「ここの二階の『２１２』だと社長はいっていました。入口の鍵を開ける番号はこれです」

袖浦がメモをさしだし、永昌は受けとった。

周囲にパトカーは止まっておらず、張り込んでいる警察官の気配もない。

「いきましょう」

永昌はいった。袖浦がアルファードのスライドドアを開いた。

三人はアパートに近づいた。そこだけとりかえられたと思《おぼ》しい金属製の扉に番号ボタンがある。永昌はメモにあった六桁の数字を打ちこんだ。

カチッという音がして錠が外れ、永昌は扉を開いた。中に入ると照明が点った。自動式のようだ。正面にのびた通路の左右に扉が並んでいる。

永昌が入り、マリカがつづいた。最後の田中が扉を閉めた。

「待て」

先に進もうとした永昌を田中が止めた。その場に立ち、気配をうかがっている。右手には拳銃があった。

「そんなものが必要なの？」

マリカがいった。

「ここのことを知っている警察官がいる」

田中は答えた。

「だとしてもくるなら大勢できている筈。パトカーも何もいなかった」

「用心のためだ」

「関係ない人を撃ったりしないでよ」

田中は不思議そうにマリカを見つめた。

「ここで俺たちを見るのは全部、関係のある人間だ」

「何をいってるの。ここを使っている人は他にもいる」

マリカの言葉に田中は黙った。永昌はいった。

「会う人すべてを殺していたら、弾がいくらあっても足りなくなります」

田中は無言で拳銃をしまった。左腰の手前にホルスターが留められているのを永昌は見た。上着のボタンを外さなくても、裾からとりだせる位置だ。見たことのない形の自動拳銃だった。

田中を先頭に三人は通路を進んだ。通路の途中に上り階段があり、矢印と「２０１―２１２」という数字が表示されている。

三人が階段を上っている途中で一階の通路の照明が消えた。

二階の通路にでると明りが点り、「２１２」が一番奥の部屋であるとわかった。通路を進み、つきあたる手前にある扉の前で田中は止まった。

あとからくる永昌とマリカを手で止める。

一瞬後、通路の照明が消え、まっ暗になった。マリカがはっと息を呑んだ。携帯電話のライトを点す。その動きで再び通路の照明が点った。

「２１２」の扉には建物の入口にあったのと同じ番号錠がついていた。数字を記したボタンが縦二列に十並んでいる。

田中がうながし、永昌はボタンの前に立った。六桁の数字は覚えている。

番号を押した。カチッという音はしなかった。ノブを引いてみたが、扉は開かない。

「番号がちがいます」

かたわらの田中をふりかえり、いった。田中の手には拳銃があった。扉が開いた瞬間に自分を撃つつもりだったのではないか。永昌の背中に汗がふきだした。右手をスラックスのポケットに入れ、拳銃をつかんだ。

「入口とは別の番号なのよ。聞いてないの？」

マリカが訊ね、永昌は首をふった。

「聞いていません」

手にしていた携帯を操作し、マリカは耳にあてた。

「黄に訊かせる」

相手がでると告げた。

「わたし。トランクルームには入ったけど、肝心の部屋の番号錠が開かない。建物に入る番号とはちがうのよ。権現に訊いて」

マリカが話しているあいだ、扉の向こうでかすかな物音がした。荷物を床におろすような音だ。

永昌は田中をうかがった。気づいたようすはない。無言でマリカを見つめている。

黄からの返事は遅かった。そのあいだに再び通路の照明が消えた。

「ああ、もう」

いらだったようにマリカがいった。携帯の明りが横顔を浮かびあがらせている。田中が拳銃を握った右手を動かし、感知した照明が点った。

「え、何番？」

マリカがいった。

「２８６５００？　２８６５００ね」

永昌は田中をうながした。

「次はあなただ」

田中は拳銃をホルスターにしまい、かがんだ。

「２８６５００よ」

永昌はポケットから拳銃を抜きだした。中に誰かいるようだし、田中にも備えなければならない。

カチッという音がした。腰をのばした田中が、

「開いた」

と永昌に告げた。

「扉も開けて下さい」

永昌は拳銃を田中に向け、いった。自分に向けられたリボルバーを見ても田中の表情はかわらなかった。

「永昌！」

マリカが小さく叫んだ。

「マリカ、この中にタミフルがあったら彼は私たちを殺します」

永昌はいった。田中は答えなかった。

「そうなの？」

マリカが訊ねた。

「朝鮮には送らせない」

田中がいって、マリカと永昌を見比べた。

「朝鮮に送って、お前は何を得る？　金か？」

永昌は首をふった。

「私が欲しいのは金ではありません。北朝鮮に送りたいわけでもない。タミフルが実在するという証拠です。

携帯で写真を撮るだけでいい」

「写真を何に使う？」

「タミフルを送ろうとしているのは、日本政府の関係者です。写真があれば、警察の動きを止められます」

「大切なことなのよ！」

マリカがいった。田中は嘲るような笑みを浮かべた。

「日本政府と取引できると思っているのか。警察はお前たちをつかまえ、タミフルを朝鮮に送る」

「日本と北朝鮮はちがう！」

マリカがいった。

「お前はわかっていない。国家はいつだって都合のいい嘘をつき、祖国に尽した人間を切り捨てる。朝鮮も日本も中国も、皆いっしょだ」

「その言葉は正しいと思います。しかし日本には、北朝鮮や中国にはないジャーナリズムがあります。タミフルの存在をジャーナリズムが公表すれば、政府は打撃を受けます」

「ジャーナリズムだと。新聞やテレビに何ができる。政府が圧力をかけたら、何もできるものか」

あきれたように田中は吐きだした。永昌は首をふった。

「そうさせない存在があるのです。私がタミフルの情報を提供するジャーナリストには、中国政府のバックアップがあります。日本政府の圧力には屈しない。タミフルの存在が公表されれば、北朝鮮に送ることは不可能になるでしょう」

「もっと簡単な方法がある。燃すんだ」

田中はいった。

「建物ごとタミフルを燃せば、どこにも送ることはできない」

そしてマリカを見つめた。

「ここが火事になっても死ぬ人間はいない」

マリカは無言だ。

「そんな騒ぎを起こせば、警察はしつこく私たちを追うでしょう。写真を撮って引きあげるだけで、すべてうまくいくのに、なぜ火事まで起こす必要があるのです」

永昌はいった。

「誰も信用できないからだ。朝鮮への仕返しは自分の手でする」

「だったら北朝鮮に帰れば。帰って、あなたを裏切った人たちを殺せばいい。それができないからって、日本で人を殺すのはやめて」

マリカがいった。田中は一瞬、目を細めた。初めて痛みを感じている表情を見た、と永昌は思った。

「俺を助けるのじゃなかったのか」

「同情していた。わたしはめったに人に同情なんかしないけれど、あなたはかわいそうだと思った。祖国に裏切られるつらさはわかるから。だからといって誰も彼も殺そうとする馬鹿とはかかわりたくない。永昌のいう通り。あなたは人を殺しつづけ、最後は自分も殺す。そんな人間といっしょにいたくない。わたしが好きなのは、お金や宝石やおいしいワインよ。そのために人を殺すのはしかたがないけれど、自分がつかまったり死ぬのは絶対に嫌。わかる？　ビジネスなの。わたしが幸せになるのが祖国への復讐で、人を殺すことが復讐なのじゃない」

田中は黙っていた。永昌はリボルバーの撃鉄を起こした。田中はこの瞬間にも銃を抜き、自分やマリカを撃つかもしれない。

「わかった」

わずかにかすれた声で田中はいった。

「ドアを開けて下さい」

一歩退き、永昌はいった。扉の向こうに警察官がいるなら、田中に撃たせる。田中も撃たれれば一石二鳥だ。

田中は永昌を見つめた。永昌の意図に気づいているのだろうか。

「心配いりません。私はあなたとちがって、すぐに撃ったりしない」

中にいるのが警察官なら、その耳にも届くように永昌はいった。

田中がドアノブを握った。半回転させ、扉を引いた。中はまっ暗だった。一瞬後、照明が点り段ボールの山が見えた。天井近くまで積み上げられた段ボールが部屋を埋めている。

「これが全部そうなの?!」

マリカがいった。部屋の幅いっぱいにおかれた段ボールは、横に六箱、縦に五箱ずつ積まれ、透明のビニールテープが一部に巻きつけられている。

「開けて中身を調べましょう」

部屋には入らず、永昌はいった。誰か潜んでいるとすれば、段ボールの裏側だ。

「どれかひとつおろさないと」

マリカが部屋に足を踏み入れた。永昌の火線をさえぎる形になった。止める間もなく、田中がマリカの腕をつかみ引き寄せた。

「マリカ！」

田中の手に拳銃が現れた。永昌はリボルバーの引き金を絞った。耳をつんざくような銃声がして、マリカが目をみひらいた。外れた、と思った瞬間、マリカのワンピースの胸にぱっと血の染みが浮かびあがった。

「痛いっ」

マリカが顔をゆがめた。床にしゃがみこむ。

田中の表情が一変した。銃を永昌に向ける。

「ほのか！」

段ボールの山が崩れた。田中とマリカに倒れかかる。田中の腕に当たった段ボールが銃口の向きをかえ、銃弾は床に当たった。

「動くな！　警察だっ」

崩れた段ボールの陰から拳銃を握った男が現れ叫んだ。鮫島だった。

66

「２８６５００」

という言葉が聞こえ、番号錠が外れる音がした。鮫島は藪の肩を押さえ、しゃがませた。

ふたりは積みあげた段ボールの陰にいた。三十箱の段ボールの山の陰に隠れている。段ボールはとうてい弾よけにはならないが、目隠しにはなる。

鮫島は汗でぬらつくニューナンブのグリップを握り直した。

今にも開くと思った扉は、だが、なかなか開かなかった。扉の外でいい合いが始まった。いい合いは日本語だった。女を含む三人以上の人間が扉の外にはいるようだ。

女は新本ほのかだろう。そしてひとりは陸永昌だ。もうひとり、おそらくユンヨンチョルもいる。

「写真を何に使う?」

という声が聞こえた。大切なことだといい返す新本ほのかの声がして、政府を動かす動かさないというやりとりになった。

室内の照明が消え、まっ暗になった。

「何を騒いでるんだ」

しゃがんだまま藪が小声でいった。

「しっ」

「ドアを開けて下さい」

男の声がいった。陸かユンのどちらかはわからない。

「心配いりません。私はあなたとちがって、すぐに撃ったりしない」

という言葉がつづき、おそらく陸永昌だろうと鮫島は思った。

ドアノブが回る音がして扉が開き、通路の光が室内に流れこんだ。つづいて室内の明りが自動で点った。

「これが全部そうなの?!」

驚いたように女がいった。向こうからこちらが見えないのと同様、鮫島からも部屋の入口のようすはうかがえない。

「開けて中身を調べましょう」

　男の声がいい、

「どれかひとつおろさないと」

　女が答えた。その直後、マリカ！　と男が叫び、銃声が轟いた。

「痛いっ」

　女が叫び声をあげ、撃たれたのだとわかった。鮫島は目の前の段ボールの山を突き崩した。拳銃を手にした紺スーツの男と、床に倒れこむ女の姿が見えた。

「ほのか！」

　スーツの男が叫び、拳銃を部屋の外に向けた。段ボールがその腕に当たって、銃弾が床に向け発射された。

「動くな！　警察だっ」

　鮫島はスーツの男にニューナンブを向け怒鳴った。外の通路にもうひとり男がいた。鮫島を見るや、身をひるがえした。

「待てっ」

　スーツの男が鮫島を撃った。抗弾ベストの中心に衝撃を受け、思わず鮫島はよろめいた。段ボールの山がさらに崩れ、スーツの男と床の女に倒れかかった。

　スーツの男が女の体の上から段ボールをはねのけた。

「捨てろ！」

　鮫島は男にニューナンブを向け、いった。男は無視し、倒れている女にかがみこんだ。

「ほのか、ほのか！」

　女のワンピースの胸に血の染みがあった。目をみひらき、男の顔を見上げている。

「銃を捨てろといってるだろう！」

　男はふりかえりもせずに鮫島を撃った。再び抗弾ベストを衝撃が襲った。鮫島は撃った。

　男の肩がよじれ、鮫島をふりかえった。

　銃を鮫島の頭に向けようとする。鮫島はもう一度撃った。男は女の上に倒れこんだ。

　段ボールをまたぎ越え、男の手から拳銃をもぎとった。初めて見る形のオートマチックだった。二発目がどこに当たったのかはわからないが、唸り声をたてている。

「これを！」

奪いとった銃を藪に押しつけた。

「六七式か」

　藪がいった。

「六七式？」

「中国製の消音拳銃だ」

「七・六五ミリ口径か」

「そうだ」

　藪は頷き、スーツの男を見おろした。

「こいつが殺し屋だったのか」

「たぶん。救急車を二台頼む」

　いったところで鮫島は咳きこんだ。抗弾ベストに命中した二発の弾丸に肺が圧迫されている。

「大丈夫か」

「前に撃たれたときよりましだ」

　中国マフィアに拉致された元やくざの真壁《まかべ》を救いだそうとして、抗弾ベストの上から撃たれたことがあった。藪もそれを覚えていた。

「あのときはトカレフだ。こいつより威力が上だ」

　咳きこみながら鮫島は頷いた。

「だったら大丈夫だろう。ここを頼む。俺は逃げたあとひとりを追う。おそらく陸永昌だ」

　手錠を倒れている男の両手にかけた。

「おい、負傷してるのに手錠かけんのか」

「こいつが俺たちの追っていた殺し屋なら、怪我人でも丸腰でも危険だ」

　体を仰向けにした。右肩と左腕のつけ根に弾丸は当たっていた。血を流し、男は怒りのこもった目で鮫島を見た。

　女は薄く目を閉じ、浅い呼吸をくり返している。出血が激しく、床に血だまりが広がっていた。

「わかった、いけ！」

　渡した拳銃を握り直して藪がいった。鮫島は通路にでた。

67

すぐにこの場を離れなければ危険だった。マリカを撃ってしまった上に鮫島まで現れた。田中はまちがいなく永昌を殺そうとする。

田中と鮫島が撃ち合い、共倒れになればいいが、そんな幸運を期待してこの場にとどまるのは愚かだ。

永昌は通路を走り、階段を駆けおりた。叫び声と銃声が聞こえた。やはり撃ち合っている。

一階に下りると永昌は足を止めた。田中や鮫島が追ってくる気配はない。携帯をとりだした。盧にかける。盧がでるや、

「車を用意しろ。すぐに逃げる」

と告げた。一階の通路を出口まで走った。

二階で再び銃声がした。二発だ。

出口の扉にたどりつき、扉を開いた。

香田が立っていた。突然開いた扉に、驚いたような表情を浮かべた。

「張さん！」

永昌は握っていたリボルバーを香田に向けた。

「どいて下さい。私はここを離れます」

「その銃はどうしたんです。どこでそんなものを手に入れたんです？」

「どいて！」

香田が不意に永昌の右手首をつかんだ。思いもよらない早業だった。手首をひねられ、リボルバーを奪われた。

「動かないで」

香田は奪ったリボルバーを永昌に向け、いった。永昌はあ然とした。

背後の扉が開き、銃を手にした鮫島がとびだしてきた。

「香田！」

と声をあげた。

「ナンバーがわからず入れなかった」

香田がいった。

「ひとりか」

鮫島が訊ねた。

「状況がわからないので、〝社〟に待機させている」

鮫島は永昌を見た。

「この男が新本ほのかを撃って逃げた」

「ユンヨンチョルは？」

「確保した。ワッパをかけ、藪が見張っている」

香田はほっとしたように頷き、永昌を見た。

「張さん、あなたを銃刀法違反で現行犯逮捕します」

「それはできません」

永昌は首をふった。携帯をかざした。

「タミフルの写真を撮りました。それをメールで友人の記者にも送った。私をつかまえたら、明日の新聞にでます」

香田の顔がこわばった。

「嘘だ」

鮫島がいった。

「段ボールの山は撮ったかもしれないが、中のものまでは写していない」

「段ボールの山でも十分でしょう。あなたたちがタミフルを北朝鮮に送ろうとしていたことが公表されます」

香田は目をみひらいた。

「だまされるな。この場から逃げたいだけだ！」

鮫島がいった。

「嘘ではありません。中国政府のバックアップをうけた記者が私の味方です。タミフルのニュースは、日本だけでなく中国でも流れます」

香田は迷ったように鮫島と永昌を見比べた。

「まずは身柄確保だ。心配なら、それから調べればいい」

鮫島が香田に告げた。

「私から連絡がなかったら、すぐにニュースが流れます」

「ハッタリだ」

「試しますか。記者はあなたや城山さんと私が会っている写真も撮っています。『東亜通商』との、これまでのおつきあいのことも全部話してあります」

香田は信じられないように永昌を見つめた。

携帯が鳴った。盧だった。

「タクシーを止めました。表通りにいます」

「そこにいろ」

永昌は携帯をおろし、

「迎えがきました。どうしますか」

訊ねた。

「あなたをいかせても、情報が公開されないという保証はない」

香田がいった。

「いった筈です。華恵新の仕事は私が引き継ぐと。ビジネスチャンスを潰すような真似はしません」

香田は折れる。こちらのものだ。

「いかせない」

鮫島がいって、永昌に銃口を向けた。

「銃刀法違反だけじゃない。殺人未遂の現行犯逮捕だ」

サイレンが聞こえた。パトカーか救急車か、その両方か。

「鮫島、よせ！」

香田が永昌とのあいだに立ちはだかった。

「ここはいかせろ」

「香田！」

「いったろう。国益がからんでいるんだ」

香田と鮫島はにらみあっている。永昌は走りだした。

「待てっ」

鮫島が叫んだ。

「ほっておけ！」

「馬鹿っ」

ふたりはもみあいになった。永昌は走った。一方通行の出口に向かう。パトカーと救急車が止まっているのが見えた。その先に、ハザードを点したタクシーがいて、かたわらに盧が立っている。

制服警官が不審げに永昌を見た。永昌は携帯を耳にあてた。

「そんな冷たいこといわないで下さい。今いきますから。シャンペンオーケーよ！　ワインも開けます」

大声で喋った。警官の目がそれた。

ワインという言葉を口にした瞬間、永昌の胸に痛みが走った。タクシーに乗りこみ、

「東京駅へ」

と告げてから、なぜ痛んだのかを考えた。

タクシーが走りだし、その理由に気づいた。

マリカだ。

わたしが好きなのは、お金や宝石やおいしいワインよ、という言葉が甦る。

マリカは死ぬだろうか。

わからない。が、生きのびたとしても永昌の中では死んだのと同じだ。マリカを殺したいと願い、自分はそれを果たした。

永昌の中で、マリカは死んだ。

田中はつかまった。奴はまちがいなく死刑だろう。

永昌は携帯をとりだした。亀沢に、あのトランクルームの場所と、今起きていることを知らせなければならない。

68

新本ほのかこと荒井《あらい》真利華《まりか》は、病院到着時に死亡が確認された。出血多量だった。ユンヨンチョルは、取調べに対し黙秘を通している。だが西麻布の個室焼き肉店で客を射殺する姿が、防犯カメラに写っていた。また所持していた「六七式微声手槍」の線条痕が、大阪で発生した未解決殺人事件で使用された銃弾と一致した。

「栄古堂」で黒井と権現を監禁していたイサンゴンと高川和は一時間後にふたりを解放した。

黒井のとりなしもあり、イサンゴンは逮捕を免れたが、高川和は矢崎に対する傷害容疑で逮捕された。が、高川への捜査は、機動捜査隊から本庁の公安総務課に引き継がれ、その後の状況は不明だった。

西新宿のトランクルームにおかれていたタミフルは、新宿署が押収したが、数日後に関税法違反で「カズシ

ッピングサービス」を捜査中の公安部外事二課に〝証拠物件〟としてもちさられたことがわかった。

鮫島はＫＳＪマンションの「４０２」号室にいた。犯罪現場としての封印は解かれているが、使用する者がいないので部屋は冷え切っている。

開いていたカーテンを閉め、エアコンのスイッチを入れた。時刻は午後十時を回ったところだ。

ダイニングの椅子にかけていると、扉が開いた。カシミヤのロングコートを着けた浜川が、うしろ手に扉を閉めながらいった。

「すっかり冬だな」

ＫＳＪマンションで会おうと提案してきたのは浜川だった。

「エアコンをつけさせてもらった」

鮫島はいった。

「かまわない。警察が引きあげても当分ここは塩漬けだ。殺しのあった建物だから、しばらく買い手もつかない」

浜川は答え、コートのポケットに両手をさしこんだまま、鮫島の向かいにすわった。

「何も知らん外国人には貸せるさ。ただし新宿区ルールを守ってな」

「さもないとあんたがパクりにくる、か」

それには答えず、鮫島は訊ねた。

「権現はどうしてる？」

「だいぶ元気になった。いっときは、池袋にいた奴らの仕返しを警戒してカミさんとよそにいってたが、もう平気だろうってんで」

「絶対にないとはいいきれないが、おそらく大丈夫だろうという話だ」

「古本屋がいったのか？」

「聞いていたのか」

浜川は頷いた。

「世話になったらしいな。新しい布団を届けてくれと頼まれた」

鮫島は苦笑した。浜川は笑い返し、

「礼をいう。無茶して助けてくれた」

といった。

「礼をいうなら古本屋だ。それと――」

いいかけ、鮫島は黙った。あれから香田とは会っていない。陸永昌がどうしたのかもわからなかった。

「もうひとり、いたそうだな。公安の人間か？」

浜川が訊ね、鮫島は首をふった。

「ちがう。どこの人間でもない」

「どこの人間でもない？　おもしろいことをいうな」

鮫島が無言でいると浜川は笑みを消し、頷いた。

「あんたがどこの人間でもないというのなら、そうなのだろうさ」

そして立ち上がった。

「帰る。ひと言、礼がいいたかった」

「それだけか。おおげさだな」

鮫島はすわったまま、いった。

「もう、これであんたと会うこともない。新宿鮫と俺がこっそり会ってるなんて、どっちの業界にも悪い評判がたつ」

浜川は答えた。

「俺はいつでも会いにいける。そうしたいと思ったら」

鮫島は告げた。浜川は笑い声をたてた。

「まったくだ。海の向こうの作家も、そんなことを書いていた。じゃあ、な」

玄関に歩き、部屋をでていった。扉が閉まり、足音が遠ざかる。

鮫島は立ち上がった。窓に歩み寄り、カーテンを開いた。歩いてＫＳＪマンションから遠ざかる浜川の姿が見えた。下で車を待たせることもしなかったようだ。用心深い男だった。

隣接するコインパーキングには車が一台も止まっていなかった。街灯が冷えびえとした光を落としている。

向かいのメゾンクレストにはいくつか明りの点っている窓があったが、鮫島が張り込みに使った部屋はまっ暗だ。その窓をじっと鮫島は見つめた。暗闇の内側から、自分を見返す目があるような気がした。

錯覚だった。闇の奥に潜む者はおらず、何の動きもない。

鮫島は息を吐き、カーテンを閉めた。エアコンを止め、部屋の明りを消して「４０２」号室をでた。

扉をくぐると、不意に冷たい空気に包まれた。思ったよりエアコンは効いていたのだ。

鮫島は階段を下りた。そして人けの少ない裏通りを、新宿警察署に向け歩きだした。

※本作品は二〇一九年一一月に小社から四六判ハードカバーとして刊行されたものです。

◎お願い◎

この本をお読みになって、どんな感想をもたれたでしょうか。

「読後の感想」を左記あてにお送りいただけましたら、ありがたく存じます。

なお、「カッパ・ノベルス」にかぎらず、最近、どんな小説を読まれたでしょうか。また、今後、どんな小説をお読みになりたいでしょうか。読みたい作家の名前もお書きくわえいただけませんか。

どの本にも一字でも誤植がないようにつとめておりますが、もしお気づきの点がありましたら、お教えください。ご職業、ご年齢などもお書き添えくだされば幸せに存じます。当社の規定により本来の目的以外に使用せず、大切に扱わせていただきます。

東京都文京区音羽一―一六―六
郵便番号 一一二―八〇一一
光文社 文芸第二編集部

暗《あん》約《やく》領《りよう》域《いき》　新宿鮫《しんじゅくざめ》XI《11》

2021年11月30日　初版1刷発行

著者　大沢《おおさわ》在昌《ありまさ》
発行者　鈴木広和
組版　萩原印刷
印刷所　萩原印刷
製本所　ナショナル製本
発行所　株式会社光文社
東京都文京区音羽1-16-6
電話　編集部　03-5395-8254
書籍販売部　03-5395-8116
業務部　03-5395-8125
URL　光文社 https://www.kobunsha.com/

落丁本・乱丁本は業務部へご連絡くだされば、お取り替えいたします。

ISBN978-4-334-07749-5

Printed in Japan

「カッパ・ノベルス」誕生のことば

カッパ・ブックス Kappa Booksの姉妹シリーズが生まれた。カッパ・ブックスは書下ろしのノン・フィクション(非小説)を主体としたが、カッパ・ノベルス Kappa Novelsは、その名のごとく長編小説を主体として出版される。

もともとノベルとは、ニューとか、ニューズと語源を同じくしている。新しいもの、新奇なもの、はやりもの、つまりは、新しい事実の物語というところから出ている。今日われわれが生活している時代の「詩と真実」を描き出す――そういう長編小説を編集していきたい。これがカッパ・ノベルスの念願である。

したがって、小説のジャンルは、一方に片寄らず、日本的風土の上に生まれた、いろいろの傾向、さまざまな種類を包蔵したものでありたい。かくて、カッパ・ノベルスは、文学を一部の愛好家だけのものから開放して、より広く、より多くの同時代人に愛され、親しまれるものとなるように努力したい。読み終えて、人それぞれに「ああ、おもしろかった」と感じられれば、私どもの喜び、これにすぎるものはない。

昭和三十四年十二月二十五日

KAPPA NOVELS